Don DeLillo, geboren 1936 in New York, hat zahlreiche Romane veröffentlicht. Für «Weißes Rauschen», 1987 auf deutsch erschienen, erhielt er den «American Book Award for Fiction» und für «Mao II» den «Pen / Faulkner Award». In der Reihe der rororo-Taschenbücher erschien bereits sein Bestseller «Sieben Sekunden» (Nr. 13170) über den Mord an John F. Kennedy sowie sein Roman «Mao II» (Nr. 13380).

Don DeLillo

AMERICANA

Roman

Deutsch von Matthias Müller

rororo

Rowohlt

Für Barbara Bennett

Deutsche Erstausgabe
Veröffentlicht im Rowohlt Taschenbuch Verlag GmbH,
Reinbek bei Hamburg, März 1995

Die Originalausgabe erschien 1971 unter dem Titel
«Americana» bei Houghton Mifflin Company, Boston

Umschlaggestaltung Susanne Müller
Lektorat Thomas Bodmer
Foto des Autors auf Seite 2 Copyright © by Joyce Ravid
Satz Aldus und Frutiger (Linotronic 500)
Gesamtherstellung Clausen & Bosse, Leck
Printed in Germany
1690-ISBN 3 499 13480 2

TEIL 1

KAPITEL 1

Dann ging wieder ein langweiliges und düsteres Jahr dem Ende zu. Jede Ladenfront war mit Lichterketten behängt. Kastanienverkäufer schoben ihre rauchenden Karren umher. Abends waren die Menschenmengen riesig, und der Verkehr schwoll zur brüllenden Springflut an. Die Weihnachtsmänner auf der Fifth Avenue schwenkten ihre kleinen Glöckchen mit einer seltsam traurigen, spitzfingrigen Vornehmheit, als streuten sie Salz auf ein übel verdorbenes Stück Fleisch. Aus allen Geschäften ertönte Musik, als Glockengeläut, Gesang und Hosiannas, und von den Kapellen der Heilsarmee ertönte die martialische Trompetenklage uralter christlicher Heerscharen. Es war seltsam, zu dieser Zeit und an diesem Ort solche Klänge zu hören, das klang nach Becken und Kesselpauken, ließ einen an Kinder denken, die für eine bodenlose Sünde gescholten wurden, und die Leute schienen sich auch daran zu stören. Aber die Mädchen waren wunderschön und ungerührt, wie sie da in jedem verrückten Laden einkauften, wie Majoretten durch diese magnetischen Zwielichter schritten, groß und rosa, bunte Päckchen an ihre zarten Brüste gedrückt. Und der Schäferhund des Blinden verschlief die ganze Show.

Schließlich kamen wir bei Quincy an. Seine Frau machte uns auf. Ich stellte ihr meine Freundin B. G. Haines vor und fing dann sofort an, die Leute im Raum zu zählen. Beim Zählen war ich mir verschwommen bewußt, daß ich mich mit Quincys Frau über Indien unterhielt. Es war eine Angewohnheit von mir, die Versammelten zu zählen. Die Frage, wie viele Personen an einem gegebenen Ort anwesend waren, erschien mir wichtig, vielleicht weil in den ständig wiederkehrenden Meldungen über Flugzeugabstürze und Militäraktionen immer die Zahl der Toten und Vermißten betont wird. Derartige Exaktheit ist ein Stromkitzel für das abgestumpfte Gehirn. Das Zweitwichtigste, was es herauszufinden galt, war der Grad der Feindseligkeit. Das war relativ einfach. Man brauchte dafür nur die Leute anzusehen, die einen ansahen, wenn man hereinkam. Ein langer Blick reichte gewöhnlich aus für eine einigermaßen brauchbare Einschätzung. Im Wohnzimmer befanden sich einunddreißig Personen. Etwa drei von vieren waren feindselig.

Quincys Frau und meine Freundin lächelten gegenseitig über ihre Peace-Ohrringe. Dann führte ich B. G. ins Zimmer. Wir warteten darauf, daß jemand auf uns zuginge und eine Unterhaltung begänne. Es war eine Party, und wir wollten nicht miteinander reden. Es ging vielmehr darum, sich für den Abend zu trennen und aufregende Leute zu finden, mit denen man reden konnte, und sich ganz am Schluß wieder zu treffen und sich einander zu erzählen, wie gräßlich es gewesen sei und wie heilfroh man sei, wieder zusammenzusein. Das ist der Inbegriff westlicher Zivilisation. Aber es war eigentlich egal, denn eine Stunde später langweilten wir uns alle. Es war eine von diesen Partys, die so langweilig sind, daß die Langeweile bald zum Hauptgesprächsthema wird. Man zieht von einer Gruppe zur andern und hört ein dutzendmal denselben Satz. «Das ist wie ein Film von Antonioni.» Aber die Gesichter waren nicht ganz so interessant.

Ich beschloß, ins Bad zu gehen und mich im Spiegel zu betrachten. An der Badezimmerwand hingen sechs gerahmte Graffiti. Die Wörter waren in großer fettgedruckter Schrift gesetzt, 60-Punkt, auf Hochglanzpapier. Damit sie authentischer wirkten, waren sie in einer handschriftlichen Type gesetzt. Drei der Graffiti waren blasphemisch und drei obszön. Die Rahmen sahen teuer aus. Ich bemerkte einige Schuppen auf meinen Schultern. Ich wollte sie gerade abbürsten, als ein Mädchen namens Pru Morrison hereinkam. Sie stammte irgendwo aus Bucks County und war gerade dabei, in den Wirbel der Großstadtmonotonie zu geraten. Sie stand mir gegenüber, den Körper gegen die geschlossene Tür gepreßt. Sie war gerade mal achtzehn, und ich war sowohl zu alt als auch zu jung, um mich für sie zu interessieren. Trotzdem wollte ich nicht, daß sie das mit den Schuppen mitkriegte.

«Ich wollt mir mal die Hände waschen.»

«Wer ist die Bimbo-Tussi?»

«Pru, ich hab gehört, daß Peck und Peck diese Woche eine Sonderaktion Reitgerten haben. Lauf doch mal rüber und guck sie dir an.»

«Hab gar nicht gewußt, daß du mit Bimbo-Tussis ausgehst, David.»

Ich begann mir die Hände zu waschen. Pru setzte sich auf den Rand der Badewanne und drehte den Wasserhahn nur so weit auf, daß er tröpfelte. Ich fragte mich, ob das irgendwas Sexuelles suggerieren sollte. Manchmal war es schwierig, solche Dinge richtig einzuschätzen.

«Ich hab einen Brief von meinem Bruder gekriegt», sagte sie. «Er bedient einen M-79-Mörser. Er ist in einer der schlimmsten Kampfzonen. Er schreibt, jeder Quadratzentimeter Boden wird hart umkämpft. Du solltest mal seine Briefe lesen, David. Die sind wirklich stark.»

Der Krieg lief jeden Abend im Fernsehen, aber wir gingen alle ins Kino. Bald sahen sich die Filme immer ähnlicher, und dann gingen wir in schummrige Zimmer und törnten uns an oder ab oder sahen zu, wie andere sich an- oder abtörnten, oder zündeten Räucherstäbchen an und hörten uns Tonbänder von Beinah-Stille an. Ich brachte meine 16-Millimeter-Kamera mit. Es war ein witziges Spielzeug, und alle waren begeistert.

«Er schreibt, man kann die Freundlichen nicht von den Feindseligen unterscheiden.»

«Wer?» fragte ich.

«Ich kann dich nicht ausstehen, du Wichser», sagte Pru.

«Wie ich von Quincy höre, hast du einen neuen Freund, Pru. Texas A. und M. Irgendso ein Jungkadett. Wie ich von Quincy höre, hast du ihn über eine computerisierte Partnervermittlung gefunden.»

«So ein dreckiger Lügner.»

«Dein eigener Cousin, Pru.»

«Du hast Schuppen», sagte sie. «Ich kann sie auf deiner Jacke sehen. Schuppen!»

Quincy war in selten guter Form, erzählte eine Reihe von Witzen über polnische Hausmeister, schwarze Pastoren, Juden in Konzentrationslagern und italienische Frauen mit haarigen Beinen. Er traktierte sein Publikum mit Schocks und Beleidigungen und forderte die Leute zum Protest heraus. Natürlich lachten wir uns geradezu halbtot, bemüht, einander darin zu überbieten, wie fortschrittlich wir waren. Es sollte entkrampfend wirken. Wer von derartigen Witzen allgemein peinlich berührt war oder bei bestimmten, die die eigene Rasse oder Herkunft verunglimpften, empfindlich reagierte, war noch nicht reif, um in den Mainstream aufgenommen zu werden. B. G. Haines, ein professionelles Mannequin und eine der schönsten Frauen, die mir jemals begegnet war, schien Quincys Nummer Spaß zu machen. Sie war eine von insgesamt vier Schwarzen im Raum – und unter diesen die einzige Amerikanerin – und sie hielt es offenbar für ihre diplomatische Pflicht, am allerlautesten über Quincys gemeinste Farbigenwitze zu lachen. Sie lag vor lauter Lachen beinahe auf dem Boden, und ich war mir sicher, daß ich da auf dem Kamm eines jeden Lachens ein krampfhaftes, gebrochenes Schluchzen bemerkte. Ich nehme an, es fehlte ihr einfach noch etwas an Übung. Tatsächlich hatte sie schon den ganzen Abend lang jeden angelächelt, der sich ihr näherte, und mit ernstem Nicken auf alle gesellschaftlichen Erkenntnisse geantwortet, die von den im Raum anwesenden Gelehrten an sie gerichtet wurden. Es war verwirrend. Schließlich erinnerte ich sie daran, daß es an uns sei, sie höflich zu behandeln, und nicht umgekehrt. Dann schloß ich noch einen Kurzvortrag über ihre Verantwortung gegenüber den Angehörigen ihrer Hautfarbe an. Sie angelte sich ein vorbeischwebendes Hors d'œuvre und wurde wieder elegant.

Es war fast vorbei. Einige waren schon gegangen. Es war nur eine Cocktailparty, und kleine Gruppen formierten sich fürs Abendessen. In einer Ecke des Zimmers vollführte Quincys Frau eine modifizierte Cocktailversion ihres Karate-Striptease, wie wir es nannten, ein Tanz, den sie, wie sie sagte, auf ihrer Reise in den Orient gelernt hatte.

Demnächst würde ich B. G. fragen, wo sie essen wollte. Sie

würde vorschlagen, daß ich das entscheide. Wir würden zu einem kleinen französischen Restaurant ganz drüben auf der West Side gehen, am Rand vom Niemandsland, wo der Wind kalt vom Fluß herüberweht und die niedrigen trostlosen Wohnblocks Verfall ausdünsten und wo zu dieser Jahreszeit eine Atmosphäre völliger Leere herrscht, als sei die Gegend auf der Flucht vor den Stiefeln des Krieges verlassen worden. Niemand außer zerrissenen Katzen und Kindern mit durchsichtigen Bäuchen könnten dort leben, und diese fernen Lichter, die da über dem Times Square knistern, gehören zu einer andern Stadt in einem anderen Zeitalter. B. G. würde Froschschenkel bestellen. Ich würde versuchen, sie damit zu beeindrucken, daß ich mit dem Kellner französisch spräche, mit der Wärme und Vertrautheit eines Helden der Résistance, der einen alten Kampfgefährten begrüßt. Der Kellner würde mich verachten, und B. G. würde meinen Bluff durchschauen. Mir würde nichts anderes übrigbleiben, als den Abend mit einer dieser Kettenraucher-Unterhaltungen über Tod, Jugend und Angst zu beenden. Da fiel mir ein, daß ich nicht mehr rauchte.

«Wo würdest du gerne essen gehen?» sagte ich.

Aber sie hörte mich nicht. Sie redete mit einem Mann namens Carter Hemmings. Obwohl Carter dreißig Jahre alt war, oder zwei Jahre älter als ich, war er beim Sender einer meiner Untergebenen. Das Alter der Männer, mit denen ich arbeitete, war mir immer sehr bewußt. Wovor mir im Sender am meisten grauste, waren jüngere Männer, die auf Positionen rucken könnten, die höher als meine eigene wären. Es genügte nicht, der Beste zu sein; man mußte auch der Jüngste sein. Meiner Sekretärin war es mittels sauberer Spionagearbeit gelungen, das Alter all jener Männer zu ermitteln, deren Kompetenzen mit meinen eigenen vergleichbar waren. Als sie mir erzählte, daß ich mit einem ganzen Jahr und drei Monaten Abstand der Jüngste war, führte ich sie ins Lutèce zum Essen aus und verschaffte ihr 15 Dollar Gehaltserhöhung. Carter Hemmings hatte Angst vor mir. Aus diesem Grund, und auch weil es die Jahreszeit für Feiertagsmilde, Straferlaß und Waffenstillstand war, nahm ich davon Abstand, seine Unterhaltung mit B. G. zu unterbrechen. Statt dessen holte ich mir noch einen

Drink. Es waren nur noch etwa ein Dutzend Leute übrig. Sullivan stand in ihrem Zigeuner-Trenchcoat gegen eine Wand gelehnt. Es war dumm von mir gewesen, sie einzuladen. Sie sah angespannt aus. Ihr gegenüber stand ein Pakistani, der bei der UNO arbeitete. In der einen Hand hielt er einen Drink und in der anderen einen Aschenbecher. Sullivan schien ihre Asche lieber auf den Boden zu schnipsen. Ich stand direkt hinter ihm und versuchte sie zum Lachen zu bringen, indem ich schweinische Fratzen schnitt. Sie schlüpfte mit dem rechten Fuß aus ihrem Schuh und stellte ihn dann mit exquisiter Nonchalance hinter sich gegen die Wand, so daß ihr Bein wie das eines Storchs unter dem Schleier ihres Trenchcoats verschwand. So blieb sie auf einem Bein, während unter ihr ein rätselhafter Schuh wie vertäut dalag. Ob absichtlich oder nicht vermittelte Sullivan mir immer das Gefühl, ich sei nicht gut genug. Ich fühlte mich schrecklich zu ihr hingezogen.

«Weil ich Moslem bin», sagte der Pakistani, «trinke ich keinen Alkohol. Und doch habe ich das Gefühl, daß ich in meiner Hand ein Glas halten muß, sonst werden mich die andern zwangsläufig für ein allzu ernstes und unfehlbares Individuum halten. Wir Moslems haben sehr strenge Ansichten, was Alkohol, Kleidung und fleischliche Beziehungen betrifft. Vielleicht haben Sie diese Leute über und möchten in Ihre Wohnung zurückkehren. Darf ich Ihnen anbieten, Sie zu begleiten? Mein Plymouth Fury steht direkt gegenüber. Wo wohnen Sie?»

«In den Herzen der Männer», sagte Sullivan.

Ich rückte gegen sie vor. Die Standuhr begann zu schlagen. Ich sah den Pakistani an und bewegte meine Lippen, ohne zu sprechen, um den Eindruck zu erwecken, daß meine Worte von der Uhr übertönt würden. Nach acht langen Schlägen war sie wieder still, und ich zupfte mir aus meinen Gedanken mitten im Satz irgendeinen sinnentleerten Reisebericht über die Schweiz heraus und setzte ihn laut fort. Er betrachtete sein Glas und dann den Aschenbecher, unschlüssig, welcher von beiden Gegenständen sich sicherer auf den anderen stellen ließe. Er befand sich auf unbekanntem Terrain, und er wollte mindestens eine Hand frei haben. Dann kam Quincy herüber und fing an, von einer neuen Mega-Droge zu erzählen, die er die Woche zuvor genommen hatte. Und die ganze Szene löste sich auf, bevor irgendeiner von uns dahinterkam, worum es eigentlich ging.

Ich ging auf die Terrasse. Autos fuhren durch den Central Park, tickende rote Bremslichter, die einander nach Norden und Westen, Richtung Dunkelheit und Fluß folgten, sich nähernde Scheinwerfer, dunkelgelb, die pfeifenden Türsteher. Das Licht der Parklaternen ein stumpfes, kaltes, beständiges Silber. Ich vertat mein Leben.

Alle nannten sie bei ihrem Nachnamen. Sie war Bildhauerin, siebenunddreißig Jahre alt, unverheiratet, eine große Frau, die durch ihre Art oder ihr Auftreten oder ihre bloße Anwesenheit einen Raum leicht zu verändern, ihn unsicher zu machen schien. Sullivans Gesicht und Körper hatten die Eigenschaft, einen zu endlosen Analogien zu inspirieren, und ich will versuchen, sie auf ein Minimum zu beschränken. So, wie sie auf Partys in einem schlichten weiten Kleid erschien, mit flachen Schuhen, ungeschminkt, die Haare lang, stumpf und ungekämmt, war sie der Typus Frau, der unweigerlich von einer kleinen Gruppe Wohlmeinender als seltsam, anders, eigenartig und bemerkenswert beschrieben wurde. Wenn Sullivan auf solchen Partys herumstand und sich von irgendeinem trostlosen Mann die rituellen Schrecken seines Lebens beschreiben ließ oder allein in einer Ecke saß und die geschwungene Taille einer Gitarre streichelte, hörte ich die Leute über ihre Herkunft spekulieren. Viele schienen sie für eine Indianerin zu halten. Andere tippten auf Katalonien, Polynesien oder das Tote Meer. Einmal hörte ich, wie eine Bewundererin Sullivans Gesicht als präkolumbianisch beschrieb. Für mich war sie einfach unscheinbar. (Die Rache mußte da natürlich auch ihr Saure-Trauben-Süppchen kochen.) Ihre Hände waren lang, mit grimmigen Knöcheln. Ihre dunklen Augen schienen darauf trainiert, alles, was sich vor ihnen abspielte, mit unfrohem Blick zu betrachten. Die Nüstern ihrer schmalen Nase, einer Fechter-Nase irgendwie, hatten die Neigung, sich plötzlich zu blähen, als rieche sie aus einer alltäglichen Bemerkung Unheil heraus. Insgesamt war sie eine hagere, harte, knochige Frau. Männer sagten ihr immer, wie brennend gerne sie mit ihr schlafen würden.

Ich ging wieder rein. Quincys Frau saß jetzt auf dem Sofa und rührte ihren Drink mit einer Zahnbürste um. Pru Morrison war offenbar gegangen. Quincy fläzte mit zwei Frauen auf dem Boden vor dem Fernseher. Die beiden Frauen arbeiteten im Sender, ebenso wie Quincy. Eine der Frauen notierte sich, was er sagte, während er sich die Sendung ansah. Ich sah mich nach meiner Freundin um. Sullivan, immer noch auf einem Bein stehend wie ein Vogel, unterhielt sich mit einem Mann, der wie eine Nissenhütte aussah. Ich schwang meine Arme auf Schimpansenart und vollführte kleine, schwerfällige Hüpfer. Gleichzeitig schob ich die Zunge über die obere Zahnreihe und das Zahnfleisch, um die Stelle zwischen Nase und Oberlippe vorzustülpen. Ich beugte mich vor, bis meine Hände unterhalb der Knie baumelten. Sullivan blickte mich kurz an. Dann nahm der Mann ihr Glas und ging in die Küche. Ich richtete mich wieder auf und ging zu ihr hinüber.

«Was ist mit deinem Aschenbecher passiert?»

«Er mußte ins Büro», sagte sie. «Plötzliche Krise auf dem Subkontinent.»

«Ich sollte auch im Büro sein. Alle reißen sich um meinen Job. Da läuft ein richtiger Wettbewerb, wer jeweils am längsten im Büro bleibt. Ein Typ namens Reeves Chubb schläft dreimal die Woche in seinem Büro. Sein Schreibtisch ist voll mit schmutzigen Hemden. Zu Besprechungen gehen wir da erst rein, wenn seine Sekretärin Luftreiniger versprüht hat. Aber ich halte mich gut. Ich mach vielleicht sogar demnächst mal Urlaub.»

«Ski laufen? Mit lauter Nymphen in Titten-raus-Pullovern?»

«Ich weiß nicht», sagte ich. «Ich möchte eher was Religiöseres machen. In der schreienden Nacht Amerika erforschen. So in der Art. Ying und Yang in Kansas. Diese Scene.»

«Vielleicht komm ich mit», sagte Sullivan.

«Im Ernst?»

«So was würde ich gerne machen, David. Wirklich.»

«Ich muß in ein paar Monaten sowieso in den Westen, um

einen Bericht über die Navajos zu drehen. Ich hab mir gedacht, ich nehm mir ein paar Wochen vorher Urlaub und fahr in der Zeit da raus.

«Wir könnten Pike mitnehmen.»

«Klar», sagte ich. «Er findet schon jemand, der seinen Laden so lange übernimmt.»

«Wir lassen ihn die Route planen. Wir geben ihm einen Kampfauftrag. Das wird ihm gefallen.»

Ich fühlte mich gut. Es war eine gute Idee. Der Mann kam mit ihren Drinks wieder. Wir wurden einander vorgestellt, und dann ging ich B. G. Haines suchen. Das Bad war leer. Ich ging ins Schlafzimmer und überprüfte die Mäntel auf dem Bett. Ihr Mantel war nicht darunter. Ich sah im Schrank nach, und da hing er auch nicht. Dann ging ich in die Küche. Die war auch leer. Ich blieb eine Weile da stehen. Dann öffnete ich die Kühlschranktür und holte einen Eiswürfelbehälter aus dem Eisfach. Es waren noch vier Eiswürfel übrig. Ich räusperte mir Schleim aus dem Hals und spuckte einzeln auf jeden Eiswürfel. Dann schob ich den Behälter wieder ins Eisfach zurück und machte die Kühlschranktür zu.

Ich ging ins Wohnzimmer zurück. Sullivan unterhielt sich immer noch mit dem rundlichen grauen Mann. Ich mußte immerzu auf diesen leeren Schuh starren.

KAPITEL 2

Ich war ein äußerst gut aussehender junger Mann. Die Objektivität, die allmählich von der Zeit geformt, und die Selbstbeherrschung, die allmählich von ihr zersetzt wird, erlaubten mir, diese Feststellung zu treffen, ohne die üblichen bescheidenen Rückzieher, daß dies und jenes – wie in einem Zuchtbuch – doch der Verdienst der Eltern und Großeltern sei. Es wird wohl stimmen, daß ich von meiner Mutter die feine helle Haut und von meinem Vater die athletische Gestalt geerbt hatte, doch gibt das Familienalbum keinen Aufschluß über die Herkunft meines klassisch-griechischen Profils. Als ich achtundzwanzig war, war mir meine körperliche Identität sehr wichtig. Ich hatte fast das gleiche Verhältnis zu meinem Spiegel wie viele meiner Zeitgenossen zu ihren Psychotherapeuten. Wenn ich mich zu fragen anfing, wer ich sei, brauchte ich bloß mein Gesicht einzuseifen und mich zu rasieren. Es wurde alles so klar, so wunderbar. Ich war der blauäugige David Bell. Offensichtlich hing mein Leben von dieser Tatsache ab.

Ich war genau einen Meter achtundachtzig groß. Mein Gewicht schwankte zwischen 83,9 und 85,7. Trotz meiner hellen Haut wurde ich gewöhnlich schnell braun. Meine Haare waren blonder als jetzt, dichter und üppiger. Mein Taillenumfang war zweiunddreißig, mein Puls war normal. Ich hatte ein Wackelknie, doch meine Nase war noch nie gebrochen, meine Füße waren nicht häßlich, und ich hatte ein überdurchschnittlich gutes Gebiß. Mein Teint war hervorragend.

Meine Sekretärin erzählte mir einmal, sie habe zufällig gehört, wie Strobe Botway, einer meiner Vorgesetzten im Sender, mich als «konventionell» gutaussehend bezeichnet hätte. Wir haben herzlich darüber gelacht. Strobe war ein kleines, kaum menschenähnliches Wesen und hatte die Angewohnheit, beim Rauchen seine Zigarette langsam zwischen Daumen, Zeige- und Mittelfinger zu drehen, wie Bogart in einem seiner frühen Filme. Strobe haßte mich, weil ich größer und jünger als er war und etwas weniger extraterrestrisch. Oft sprach er vom Bogart-Nimbus, wobei er eine germanisch angehauchte philosophische Terminologie verwendete, die keiner verstand, und er versaute viele Partys, indem er lange Passagen aus obskuren Bogart-Filmen zitierte. Er hatte auch Lieblings-Charakterdarsteller, Männer, deren Namen niemand mit einem Gesicht verbinden konnte, Männer, die sieben Filme hintereinander Gefängniswärter spielten, die immerzu japanische MG-Nester mit einer Granate in jeder Hand angriffen, die Säufer waren, psychotische Mörder, korrupte Anwälte oder Testpiloten, die die Nerven verloren hatten. Strobe schien die körperlichen Mängel von Menschen zu bewundern, ihr Lispeln, ihre Narben, ihre angeschlagenen Zähne. Seiner Auffassung nach ergaben sie zusammengenommen das, was er unter Persönlichkeit verstand, eine gewisse zweifelhafte Anziehungskraft. Seine Welt war nicht die meine. Ich bewunderte Humphrey Bogart, aber er machte mich nervös. Seine Stirn störte mich. Es war die Stirn eines Mannes, der Schulden hat. Meine eigenen Instinkte führten mich zu Kirk Douglas und Burt Lancaster. Das waren die amerikanischen Pyramiden, und sie brauchten keinen Untergrund, um ihren Ruhm zu verbreiten. Sie waren monumental. Ihre Gesichter fetzten über die Leinwand. Wenn sie lachten oder weinten, dann hemmungslos. Ihr Chromlächeln war nie mehrdeutig. Und sie hatten selten Zeit, sich hinzusetzen und geistreich-zynische Bemerkungen mit irgendwelchen rassigen Gesellschaftsweibern oder einem beschränkten Bullen auszutauschen. Sie waren Männer der Tat, die mit ganzer Hingabe rannten, sprangen und liebten. Als Teenager sah ich Burt in *Verdammt in alle Ewigkeit.* Er stand über Deborah Kerr an diesem Strand in Hawaii, und zum ersten Mal in meinem Leben spürte ich die wahre Macht des Bildes. Burt war wie eine Stadt, in der wir alle leben. So groß war er. Im Zusammenfließen von Schatten und Zeit gab es Platz genug für uns alle, und ich wußte, ich mußte mich ausdehnen, bis sich die

Moleküle teilten und ich mich mit dem Bild verband. Burt im Mondlicht war ein Crescendo männlicher Vollkommenheit, aber deswegen nicht weniger menschlich. Burt lebt! Ich trage dieses Bild bis zum heutigen Tag in mir, und ich bin überzeugt, Millionen andere, Männer und Frauen, tun es ebenso, jeder aus seinem eigenen Grund. Burt im Mondlicht. Das war ein Konzept, das war die Ikone einer neuen Religion. In dieser Nacht, als ich nach dem Kino im Auto meines Vaters über die Landstraßen fuhr, fragte ich mich, wie wirklich die Landschaft und wie sehr ein Traum ein Traum sei.

Strobe starb mitten in einer Besprechung. Er erlitt einen Herzschlag an seinem Schreibtisch. Er ist konventionell tot. Aber es hätte ihn gefreut zu wissen, daß seine Reaktion auf meine körperlichen Eigenschaften von anderen im Sender geteilt wurde. Verborgene Energien erfüllten die Luft, geheime, kleine Strömungen, wie in jedem Unternehmen, das in der Hitze des Bildes gedeiht. Es gab einen Kult des Unansehnlichen und Schlauen. Es gab Punkte für Rücksichtslosigkeit. Es gab Vendettas gegen die Gutaussehenden. Man versuchte, Kategorien zu meiden und so ihre Formulierer zu verwirren. Denn weder gutaussehend noch unattraktiv zu sein, weder rücksichtslos noch schlau, bedeutete, von den Faden als Held empfunden zu werden, von den Brillanten und Hübschen als netter Kerl, von den Schlauen als Nichts, von den militant Unattraktiven als Homosexueller, von den Rücksichtslosen als begabter junger Mann, von den gefährlichen Neurotikern als Bedrohung, von den Entfremdeten und dem Untergang Geweihten als enger und treuer Freund. Ich hielt mich, so gut es ging, bedeckt. Ich schlich mich unauffällig an den Wänden entlang und die Treppenhäuser hinauf und hinunter. Ein kleiner Zwischenfall bestätigte den Wert dieser Taktik. Es geschah eines Tages, nach dem Mittagessen, als ich zufällig die Madison Avenue Schritt für Schritt gemeinsam mit Tom Maples überquerte, einem jungen Mann, der etwa zur gleichen Zeit wie ich beim Sender angefangen hatte. Wir tauschten die üblichen vorsichtigen Scherze aus. Als wir den Bürgersteig erreichten, bat mich eine wunderschöne Teenagerin mit rosa Wimpern um mein Autogramm. «Ich weiß nicht, wer Sie sind», sagte sie, «aber Sie müssen bestimmt jemand sein.» Ihr Lächeln war ziemlich gewinnend, und ich signierte munter ihren Faltplan des Subway-Netzes, in der Meinung, Maples würde das komisch finden. Er ging mir die nächsten sechs Monate aus dem Weg. Danach bemühte ich mich, über die Maßen demütig und zurückhaltend zu sein. Ich fand, das sei wesentlich für das Wohl anderer.

Es ist jetzt wieder an der Zeit, den Film abzuspielen. Ich meine das ganz wörtlich, denn ich besitze einen Film, der in jenen Jahren gemacht wurde, und auch viele Bänder. Auf einer so abgelegenen Insel wie dieser gibt es nicht viel zu tun, und ich kann eine ganze Menge Zeit totschlagen (oder eher umverteilen), indem ich mir die Tonspur anhöre und noch mal einen Blick auf Teile des Bildmaterials werfe.

Ich ging den Gang entlang zu meinem Büro. Meine Sekretärin saß an ihrem Schreibtisch, damit beschäftigt, einen Jelly-Donut zu essen und einen Brief zu schreiben. Sie hieß Binky Lister. Sie war ein fröhliches Mädchen, ein paar Pfund Übergewicht, aber in netter Form. Sie hatte gerade ein Verhältnis mit meinem unmittelbaren Vorgesetzten, Weede Denney, blieb aber weiterhin eine vertrauenswürdige Sekretärin, das hieß, daß sie für mich log und mich vorbehaltlos gegen alle Anschuldigungen verteidigte, die von den Sekretärinnen der Männer, die mich fürchteten und haßten, gegen mich erhoben wurden. Sie folgte mir ins Büro

«Du sollst um zehn zu einer Besprechung mit Mr. Denney.»

«Worum geht's?»

«Er erzählt mir auch nicht alles, Himmelarsch.»

«Ruhig Blut, Binky. Das war nur so 'ne Frage.»

Sie stand da und legte linkisch den einen Fuß über den anderen, eine Art nicht-mimisches Schmollen. Ich setzte mich an meinen riesigen Schreibtisch und stellte mir vor, ich sei nackt. Dann schob ich den Sessel etwas zurück und begann mich in einem gebieterischen 180-Grad-Bogen hin und her zu drehen und mein Reich zu betrachten. Die Wände waren mit Vergrößerungen von Standfotos aus Filmprojekten bedeckt, die ich geschrieben und koordiniert hatte. Mein Bücherschrank war voll mit gebundenen Drehbüchern. In zwei Ecken des Zimmers standen Pflanzen und auf dem Beistelltisch lagen zwölf ordentlich arrangierte Medienzeitschriften. Die Aschenbecher waren alle von Jensen. Ich hatte ein schwarzes Ledersofa und eine gelbe Tür. Weede Denneys Sofa war hellrot, und er hatte eine schwarze Tür.

«Was noch?» sagte ich.

«Eine Frau hat angerufen. Sie hat ihren Namen nicht genannt, aber ich soll dir ausrichten, die Froschschenkel hätten nicht so gut geschmeckt wie sonst.»

«Mein Leben», sagte ich, «besteht aus einer Reihe von Telefonbotschaften, die keiner versteht außer mir. Jede Frau, die ich kennenlerne, meint, sie wäre so was wie das Delphische Orakel. Mein Telefon klingelt um drei Uhr morgens, und es ist jemand, der auf irgendeinem Flughafen festsitzt und mich anruft, um zu sagen, daß die Tier-Cracker aus dem Zoo ausgebrochen sind. Neulich hab ich von einem Mädchen von der West Coast ein Telegramm – ein Schizogramm – gekriegt, auf dem nur stand: MEINE MANDELN WAREN AUF EINER BEERDIGUNG. Schickst du manchmal auch solche Mitteilungen, Bink? Mein Leben ist ein Telex von Interpol.»

«Wenn das alles so nervig ist, warum hast du dann gelächelt, als ich dir das mit den Froschschenkeln gesagt hab?»

«Es war eine gute Nachricht», sagte ich.

Ich ging zu Weedes Büro. Er saß in seinem umgestylten Friseurstuhl. Als Schreibtisch benutzte er einen niedrigen, runden Couchtisch aus Teak. Auf der anderen Seite des Raums war seine Drei-Bildschirm-Farbfernseh-Konsole. Der Friseurstuhl, eine Exzentrizität, die jemandem in Weedes Position gestattet wurde, hatte mich nicht sonderlich gestört, aber der Couchtisch war etwas beängstigend, er schien zu implizieren, daß mein monströser Schreibtisch eigentlich überflüssig war. Weede war ein Meister der Bürokunst, spezialisiert auf die Taktik der Reaktion. Einige Zeit nachdem ich beim Sender angefangen hatte, beschloß ein Untergebener von Weede namens Rob Claven, sein Büro mit genau vierzehn von seiner Frau gemalten Gemälden zu dekorieren. Es war ein ziemlich grauenhafter Anblick. Weede sagte kein Wort. Aber eine Woche später gingen einige von uns, einschließlich Rob Claven, zu einer Besprechung in Weedes Büro. Der Anblick erschreckte uns. Alle Gemälde und die alten Stiche mit Segelschiffen waren verschwunden, und an ihrer Stelle war eine einzige Zwanzig-mal-dreißig-Zentimeter-Reproduktion eines Details aus der Sixtinischen Kapelle aufgehängt worden. Die fast kahlen Wände waren Rob Clavens Todesurteil. Der Michelangelo war das Fallbeil.

Mit einem Nicken befreite Weede mich endlich aus der Tür und wies mir den blauen Stuhl zu. Er tat dies mit einer Hand- oder Blickbewegung, die so nah am Rande des gerade noch Wahrnehmbaren war, daß ich noch im Hinsetzen mir nicht erklären konnte, woher ich eigentlich wußte, daß ich mich in den blauen Sessel setzen sollte. Reeves Chubb war schon da und rauchte eine seiner Menthol-Zigarren. Weede erzählte uns eine Anekdote, bei der es um Golf und Ehebruch ging. Im Laufe von einigen Minuten kamen noch fünf weitere Personen herein, einschließlich einer Frau, Isabel Mayer, und die Besprechung begann.

Ich sah aus dem Fenster. An einem Gebäude, das auf der andern Straßenseite hochgezogen wurde, arbeiteten Männer mit gelben Helmen. Sie schlängelten sich zwischen seinen hohlen Knochen hindurch, spritzten Acetylen und turnten über wacklige Bretter. Seltsamerweise schienen sie sich nicht mit besonderer Vorsicht zu bewegen. Vielleicht hatten sie sich mit der Angst, abzustürzen, abgefunden. Wahrscheinlich hatten sie schon andere herunterfallen sehen und diese Tode verachtet, wegen der Erleichterung, die auf den Schock folgte, einer Erleichterung, die mit dem Wind gestiegen sein muß, von Stockwerk zu Stockwerk, die rohen, dürren Schäfte des Gebäudes hinauf. Was konnte man denn anderes tun, als schnell in eine dunkle Bar gehen und drei brennende Whisky trinken? Auf einer Ebene hockten zwei Männer und nieteten, und ein anderer, eine Ebene drüber, sprang von Brett zu Brett, die Arme leicht ausgestreckt, die Hände in Hüfthöhe. Mitten im Sprung, in einem bestimmten Winkel zur offenen Seite des Gebäudes, hatte er den Himmel hinter sich, ein sattes, frühes Blau, und einen scheinbar unmöglichen Moment lang waren sie von Stahlträgern gerahmt, Mann und Himmel. Ich konnte die Nieter und den Springer sehen, aber sie konnten einander nicht sehen. Ich sah lange zu und versuchte gleichzeitig, die Bürostimmen zu ordnen, damit sie irgendeinen Sinn ergaben. Dann kam noch ein Mann hinter einem Stahlträger hervor, ein großer Mann, dessen Hose nicht ganz bis zum Rand seiner Arbeitsstiefel reichte. Er blieb einen Augenblick lang bewegungslos stehen, die Hand gegen die Sonne an den Helmrand haltend. Er schien zu uns herüberzusehen. Dann hob er die Hand über den Kopf und fing an zu winken. Er sah mich direkt an und winkte mir zu. Ich wußte nicht, was ich tun sollte. Die kühlen Stimmen klickten, wägten ab, einigten sich, zerstörten, bedrängten. Ich fand, man müsse ihm Beachtung schenken. Warum, weiß ich nicht, aber ich fand, es müsse sein. Es war absolut unerläßlich; es mußte ein Zeichen gegeben werden.

«Seht mal», sagte ich. «Seht mal den Mann da drüben. Er winkt uns zu.»

«Seht mal», sagte Isabel. «Er winkt. Der Bauarbeiter da. Siehst du ihn, Weede?»

Dann sprangen wir alle auf, alle acht, drängelten uns vor dem Fenster herum und winkten ihm zurück. Es war berauschend. Alle winkten wir und lachten. Weede rief: «Wir sehen dich! Wir sehen dich!» Wir schubsten uns gegenseitig weg, um mehr Platz zu bekommen. Isabel versuchte auf die breite Heizungskonsole unterm Fenster zu klettern. Ich half ihr hoch, und sie kniete da und winkte jetzt mit beiden Händen. Der Himmel war wolkenlos. Wir lachten jetzt völlig unkontrolliert.

Wir beendeten die Besprechung in bester Laune. Weede schlug vor, wir sollten alle gemeinsam Mittagessen gehen. Reeves Chubb entschuldigte sich mit der Begründung, daß er noch so viel Arbeit zu erledigen habe, und ich wußte, früher oder später würde Weede ihn diese kleine Schönfärberei büßen lassen. Wir gingen in den Gut Bucket, eine postmoderne Spelunke mit Spucknäpfen und Sägemehl, wo man für einen Hamburger $ 4.50 bezahlte. Sie war voller Leute vom Sender, Schauspieler und Mannequins. An der Wand hingen Hunderte von Fotos von George Raft. Wir setzten uns an einen runden Eichentisch. Volle drei Minuten lang sagte keiner ein einziges Wort. Dann kam der Kellner und nahm unsere Bestellungen auf.

In der anderen Ecke saß ein sehr gut aussehendes Paar beim Trinken. Ihre Beine berührten sich unterm Tisch. Ich schaute das Mädchen an, im Versuch, ihren Blick zu erhaschen. Ich wollte von ihr nur ein kurzes Lächeln, nicht mehr. Ich hätte mich sehr darüber gefreut. Ich hatte gerade eine Energie in mir, die auf diese bescheidene Weise freigesetzt werden wollte. Vom Nachmittag dieses Mannes ein kleines Lächeln stibitzen. Ich hortete derartige Ego-Augenblicke, erinnerte mich an jeden einzelnen. Das Nicken. Das hübsche Lächeln. Der tiefe Blick über die Spitze der Zigarette hinweg. Mehr wäre schon zuviel gewesen. Ich wollte niemandem weh tun.

«Gute Besprechung», sagte Weede. «Sind wir uns da einig?»

Bevor wir mit unserm zweiten Drink fertig waren, brachte der Kellner das Essen. In dem Laden wimmelte es von tollen Frauen. Weede erzählte uns von seiner Fotosafari in Kenya. Er und seine Frau Kitty hatten im Herbst einen Monat dort verbracht. Er sagte, wir müßten irgendwann mal alle zu ihm kommen und uns die Dias angucken. Im Sender sprachen die Leute ständig vage Einladungen aus. Irgend jemand, den du seit Monaten nicht gesehen hast, stand dann plötzlich in deiner Tür, eine seraphische Erscheinung über deinem Morgenkaffee. «Treffen wir uns mal zum Mittagessen», sagte er, und weg war er. Oder einer deiner Vorgesetzten, dem du zufällig in der Herrentoilette begegnet bist, hob sein eingeseiftes Gesicht aus dem Waschbecken, blickte mit zusammengekniffenen Augen in deine Richtung und murmelte: «Wann kommen Sie denn mal zum Abendessen vorbei? Ginny (Billie, Ellie, Sandy) und ich würden uns freuen.» Wirkliche Einladungen wurden gewöhnlich heimlich übermittelt, entweder in vertraulichen Mitteilungen oder hinter verschlossenen Türen.

Bevor der Nachtisch kam, entschuldigte sich Weede und verließ uns in einer Atmosphäre unbeugsamen Schweigens. Wir wußten alle, wo er hinging – zum Penn-Mar Hotel in der Ninth Avenue, wo Binky schon auf ihn wartete. Sie trafen sich jeden Donnerstag für eine Stunde oder so. Als er weg war, bestellte Isabel noch einen Brandy, und wir schlossen uns an. Sie war eine kleine, breiige Frau um die Fünfundvierzig. Vier Monate zuvor, auf einer Party an Bord eines Schleppers, der ständig die Freiheitsstatue umkreiste, hatte sie überall herumerzählt, daß sie eins ihrer Schamhaare in Mastoff Panofskys Whisky-Soda versenkt habe. Alle hatten Angst vor ihr. Dafür gab es keinen logischen Grund. Bei ihrem Job ging es, vage definiert, um Mode-Koordinierung, und es gab niemanden im gesamten Sender, mit dem sie konkurrierte. Doch wir alle unternahmen die beschämendsten Anstrengungen, ihr unsere Freundschaft und Loyalität unter Beweis zu stellen. Möglicherweise lag das daran, daß wir bei ihr eine gefährliche katzenhafte Perversität witterten. Konkurrentin oder nicht, schien sie eine Frau zu sein, die jederzeit angreifen konnte, ohne jegliche Rücksicht auf unseren Bürokampfkodex. Jetzt fing sie an, uns von den Graffiti in den Damentoiletten verschiedener Restaurants in der Stadt zu erzählen. Nach jedem Zitat haute sie auf den Tisch. Die Brandys kamen, und wir sprachen über das Winterprogramm, alle darin einig, daß es erstklassig war. Ein sehr großes Mädchen in Röhrenhosen ging durch den Raum. Die Beine schienen direkt mit den Schultern verbunden. Dann kam Reeves Chubb herein. Er sah uns und winkte. Er ließ sich auf den leergewordenen Stuhl fallen, mit einem Stoßseufzer der Erleichterung, der eines historischen Augenblicks würdig gewesen wäre, als hätte er sich monatelang durch den Regenwald geschlagen, um uns, das verschollene Bataillon, endlich wiederzufinden.

«Habe ich Weede verpaßt?» sagte er. «Verdammt, ich hab ihn wohl verpaßt. Dachte, ich komm noch schnell zu einem Quickie vorbei, bevor ich mir diese China-Geschichte vorknöpfe. Was trinkt ihr denn alle? Hab gerade gehört, daß Phelps gefeuert werden soll. Er weiß noch nichts davon, also nichts sagen. Wahrscheinlich warten sie damit bis Neujahr. Paul Joyner glaubt, er ist als nächster dran. Seine Tür war den ganzen Morgen über zu. Hallie hat gesagt, er hat jeden angerufen, den er seit der High-School kennt. Aber er erzählt schon seit acht Jahren, daß er als nächster dran ist. Wahrscheinlich denkt er, es passiert nicht, wenn er's ständig sagt. Umgekehrt den Teufel an die Wand malen. Seit den letzten paar Wochen ist hier echt die Hölle los. Diesen Monat war ich jedes Wochenende im Büro. Wenn das nicht bald aufhört, will meine Kindsbraut wieder heim zu Mama, sagt sie. Habt ihr gehört, daß MBO für die Strategiekoordination matrix-segmentiert? Auf dem Weg nach unten bin ich Jones Perkins über den Weg gelaufen. Er hat gesagt, Warburton hat irgendso'ne seltene, tödliche Blutgeschichte. Ich würd ja liebend gerne in Aspen Urlaub machen, aber ich weiß wirklich nicht, wie ich das deichseln kann. Aber meine Sekretärin fährt hin. Hallie geht im Frühjahr wieder nach Europa. Habt ihr gehört, was sich Merrill geleistet hat, dieser Esel? Da fällt mir ein, Blaisdell hat mir erzählt, er hat letztes Wochenende Chandler Bates' Frau in San Juan gesehen. Hängt mit irgendso'nem schleimigen Tauchertypen im El Convento rum. Isabel, das sind ja atemberaubende Handschuhe. Wenn ich nicht bald Urlaub mache, seht ihr nur noch 'n Häufchen Asche, wenn ihr in mein Büro kommt. Was trinkt ihr denn da alle?»

Wir gingen ins Büro zurück. Am frühen Nachmittag ging es immer ruhig zu, alles rekelte sich in einer tropischen Siesta, als würde das gesamte Gebäude in einer wundersamen Hängematte schaukeln, doch dann ließ die dämpfende Wirkung von Essen und Trinken nach, und uns fiel wieder ein, warum wir da waren – um zu summen und zu klingeln, und jeder beugte sich wieder über seine Maschine. Doch diese Zeit, diese eine Stunde oder so, bevor es uns wieder einfiel, hatte etwas Wunderbares. Das war die Zeit, wo man auf seinem Sofa saß statt an seinem Schreibtisch und seine Sekretärin ins Büro rief und sich leise über nichts Besonderes unterhielt – Filme, Bücher, Wassersport, Reisen, gar nichts. In diesen Augenblicken herrschte eine Art Liebe zwischen uns wie die Liebe einer Familie, die so viele vertraute Momente miteinander erlebt hat, daß es unmenschlich wäre, nicht zu lieben. Und selbst das Büro wirkte dann wie ein ganz besonderer Ort, sogar in seinem blassen, gelben, verzweifelten Licht, das so sehr an die Farbe alter Zeitungen erinnerte; da war dieser Glaube, daß wir hier in Sicherheit waren, emotional gesehen, daß wir uns auf vertrautem Terrain bewegten. Wer eine Seele hatte, die wiederum das Bedürfnis nach Wurzeln und Jahreszeiten verspürte, das Bedürfnis, in vertrauten Dingen Trost zu finden, konnte nicht zweitausend Vormittage lang zwischen diesen Schreibtischen herumlaufen und die Schreibmaschinensalven hören, ohne zu der Überzeugung zu gelangen, daß er sich hier in Sicherheit befand. Wir wußten, wo die Rechtsabteilung war und wie man ein Päckchen ohne Verzögerung durch den Packraum kriegte und zu wem wir wegen unserer Steuerabzüge gehen mußten und was zu tun war, wenn der Trinkwasserbehälter leckte. Wir wußten all die Dinge, die wir nicht gewußt hätten, wenn wir plötzlich in irgendein anderes Büro in irgendeinem anderen Gebäude irgendwo auf der Welt gesteckt worden wären. Und was, verglichen damit, wußten wir zum Beispiel über unsere Frauen, und wie sicher waren wir uns, was sie betraf? Und während dieser Zeit, bevor uns einfiel, warum wir da waren, strahlte das Büro ein Gefühl von Zugehörigkeit aus, und so saßen wir am frühen Nachmittag leicht schwankend da, in dem sicheren Wissen, daß wir gerade wieder aufs Mutterschiff zurückgekehrt waren.

Im Flur klingelte ein Telefon. Niemand machte sich die Mühe, ranzugehen. Dann fing ein anderes an zu klingeln. Ich ging langsam in meinem Büro herum und streckte mich dabei. Ich versuchte mich zu erinnern, ob Burt oder Kirk in einem Bürofilm mitgespielt hatten, in einer dieser langweiligen Moralgeschichten über Machtspiele und verschämte Ehebrüche. Ich bemerkte ein Memo auf meinem Schreibtisch. An der Kürze der Mitteilung merkte ich sofort, daß es ein weiteres jener seltsamen Memos war, die seit über einem Jahr immer wieder in unregelmäßigen Abständen auftauchten. Ich nahm es und las es.

An: Tech Einh B
Von: Hl. Augustinus
Und nie kann ein Mensch schrecklicher im Tod sein, als wenn der Tod selbst todlos ist.

Niemand wußte, wer diese Memos schickte. Es waren Nachforschungen angestellt worden, Leute befragt worden, aber ohne Erfolg. Derjenige, der sie schickte, mußte zwei Schwierigkeiten überwinden. Er mußte, ohne entdeckt zu werden, in den Kopierraum reinkommen und genügend Kopien für unsere gesamte Unterabteilung machen. Und er mußte die Memos Stück für Stück auf jeden Schreibtisch und in jedes Büro in unserem Bereich verteilen. Die Bediensteten in der Kopierabteilung wurden von jeglichem Verdacht entlastet, ebenfalls sämtliche Boten. Niemand hatte je gesehen, wie diese Memos abgegeben wurden. Sie waren einfach plötzlich da, entweder am Vormittag oder am frühen Nachmittag. Dieses war das erste des Heiligen Augustinus. Auf früheren Memos hatten Mitteilungen von Zwingli, Lévi-Strauss, Rilke, Tschechow, Tillich, William Blake, Charles Olson und einem Kiowa-Häuptling namens Satanta gestanden. Natürlich wurde der Verantwortliche für diese Mitteilungen in der Firma «der verrückte Memoschreiber» genannt. Ich nannte ihn nie so, weil der Name viel zu naheliegend war. Ich nannte ihn Trotzki. Es gab keinen besonderen Grund, ihn gerade Trotzki zu nennen. Es schien einfach irgendwie zu passen. Ich fragte mich, ob es jemand war, den ich kannte. Nach allgemeiner Ansicht war er wohl ein kleiner, grotesker Mann, der in seinem Leben viele Enttäuschungen erlebt hatte, der die unüberblickbare, unpersönliche Struktur des Senders verabscheute und der in unserer Speditionsabteilung beschäftigt war, der traditionellen Fundgrube von Sexsündern, Mutanten und Vegetariern. Es hieß, er sei höchstwahrscheinlich ein Ausländer, der in einem Mietshaus in Red Hook wohnte, seine Nächte damit verbrachte, eine achtbändige kleingedruckte Abhandlung über die Psychologie des Abnormen zu lesen, und der seinem Krämer erzählte, er sei drüben Talmud-Gelehrter gewesen. Dies war die allgemeine Meinung, und vielleicht war sogar was dran. Ich aber fand es befriedigender zu glauben, daß Trotzki einer unserer obersten Chefs war. Er verdiente achtzigtausend Dollar im Jahr und klaute Büroklammern aus dem Büro.

Ich setzte mich an meinen Schreibtisch und zog mit einem Kugelschreiber die Umrisse meiner linken Hand auf einem leeren Notizblatt nach. Dann rief ich bei Sullivan an, sie meldete sich aber nicht. Ich ging wieder ein bißchen im Büro herum und warf einen Blick hinaus in den Flur. Viele der Mädchen waren wieder bei der

Arbeit, deckten ihre Schreibmaschinen ab und verstauten schmutzige Tempos in den untersten Schubladen ihrer Schreibtische, wo sie neben alten Liebesbriefen, Flickenpuppen und pornographischen Büchern lagern würden, die ihre Chefs ihnen geschenkt hatten, im Geiste des neuen Liberalismus und um zu sehen, ob irgendwas passieren würde. Ich machte die Tür wieder zu. Dann machte ich meinen Hosenstall auf und holte meinen Schwanz raus. Ich ging so eine Weile im Büro herum. Es war ein gutes Gefühl. Ich verstaute ihn wieder und legte dann Trotzkis Memo in der Aktenmappe ab, die auch alle seine übrigen Werke enthielt neben einigen Gedichten, die ich hin und wieder im Büro geschrieben hatte, und einigen Schizogrammen von Frauen, die ich kannte. (GRÜSSE VON DER SCHÖNEN KÜSTE NEBRASKAS.) Ich machte die Tür auf. Binky saß an ihrem Schreibtisch. Sie nahm ein Sandwich und einen Papierbehälter aus einer weißen Tüte. Das Sandwich sah, als sie es auspackte, feucht und knatschig aus. Dieser Augenblick hatte etwas sehr Anrührendes.

«Willkommen zurück im großen Kandiszuckerberg.»

«Hallo», sagte sie. «Zwei geschlagene Stunden hab ich in diesem verdammten Saks zugebracht, ohne auch nur eine einzige Sache zu kaufen. Und jetzt esse ich gleich ein Coca-Cola-Sandwich. Fröhliche Weihnachten.»

«Trotzki hat wieder zugeschlagen.»

«Ich hab's gesehen», sagte sie. «Ich glaub ja immer noch, daß du's bist.»

Sie wußte, daß mir das schmeichelte. Sie sagte oft Dinge, die mir guttun sollten. Ich wußte nie, warum. Binky war in vielerlei Hinsicht wie eine gute Freundin zu mir, und ich hatte mich immer gefragt, was passieren würde, wenn ich versuchte, unsere Beziehung zu verkomplizieren, wie es damals hieß. Als wir einmal im Büro Spätschicht arbeiten mußten, zog sie sich während des Diktats die Schuhe aus. Der Anblick einer Frau, die sich die Schuhe auszieht, hat mich schon immer erregt, und ich küßte sie. Das war alles, ein Kuß zwischen zwei Absätzen, aber vielleicht war es nicht bloß Zärtlichkeit, die mich dazu verleitet hatte, noch der Wunsch, die Verbindlichkeit unseres Verhältnisses in Frage zu stellen.

Vielleicht war es einfach nur wieder einer meiner Ego-Momente. Erst wenige Tage zuvor hatte ich von der Sache mit Binky und Weede erfahren.

«Komm mit rein», sagte ich.

Sie brachte ihr Mittagessen mit, und wir setzten uns auf das Sofa.

«Phelps Lawrence ist gerade rausgeschmissen worden», sagte sie.

«Ich weiß schon.»

«Es geht das Gerücht, daß Joyner als nächster dran ist.»

«Das hat Joyner selber in die Welt gesetzt», sagte ich. «Das gehört zu seiner Überlebensstrategie. Wenn er nicht aufpaßt, geht der Schuß irgendwann mal nach hinten los.»

«Jody meint, das ist der Anfang einer Säuberung. Es hat eine Flut von vertraulichen Memos gegeben. Sie meint, Stennis wird vielleicht zurücktreten müssen. Aber behalt's für dich. Ich mußte ihr versprechen, kein Sterbenswörtchen zu erzählen.»

«Ich hab schon die ganzen geschlossenen Türen bemerkt. Manchmal habe ich den Eindruck, sie machen ihre Türen nur deswegen zu, um uns Angst einzujagen. Jeder weiß, daß verschlossene Türen Geheimberatungen bedeuten, und Geheimberatungen bedeuten Ärger. Aber vielleicht gucken die sich da drinnen ja alle nur Gitarrenfernunterricht auf Kanal 31 an.»

«Grover Palmer läßt sich scheiden», sagte Binky.

Plötzlich merkte ich, daß ich mir seit dem Mittagessen die Zähne noch nicht geputzt hatte. Ich hatte in meinem Büro etwas Zahnpasta und eine Zahnbürste und putzte mir immer die Zähne, wenn ich beim Mittagessen ein paar Drinks getrunken hatte. Nach dem Mittagessen war der Waschraum der Herrentoilette immer voller Männer, die sich die Zähne putzten und mit Mundwasser gurgelten. Zu gewissen Zeiten hatte ich das Gefühl, wir existierten alle nur auf Video beim Sender. Auf beunruhigende Weise schienen unsere Worte und Handlungen etwas bereits Vergangenes an sich zu haben. All diese Dinge hatten wir schon vorher gesagt und getan, und sie waren eine Zeitlang eingefroren worden, zusammengerollt auf kleinen Labortabletts, um dereinst gesendet und in Wiederholung gesendet zu werden, wenn die entsprechenden Sendezeiten frei wurden. Hinzu kam das Gefühl, jemand könnte mit seinem tödlichen kleinen Finger den falschen Knopf berühren, und wir alle würden ein für allemal gelöscht. Diese Augenblicke im Waschraum, wenn ein Dutzend Männer an ihren Zähnen herumsäbelten, waren vielleicht die allerschlimmsten. Wir schienen nicht mehr als elektronische Signale zu sein und uns mit dem Gestotter und dem vagen Wahnsinn einer Fernsehwerbung durch Zeit und Raum zu bewegen.

«Was tut sich bei deinem Navajo-Projekt?» sagte Binky.

«Quincy blockiert ständig den Betrieb. Ich werde mit Weede sprechen und sehen, ob ich alleine dran arbeiten kann. Aber niemandem erzählen.»

«David», sagte sie.

«Was?»

«Kann sein, daß sie ‹Selbstgespräch› absetzen.»

«Bist du sicher?»

«Derjenige, der's mir gesagt hat, hat mir erzählt, daß der blöde Sponsor nicht an einer Verlängerung interessiert ist.»

«Wieso nicht?»

«Das hat derjenige nicht gesagt.»

«Gibt's ja immer noch die Navajos», meinte ich.

«David, meiner Meinung nach ist das die dritt- oder viertbeste Show im Fernsehen.»

«Selbstgespräch» war eine Serie, die ich ganz alleine ausgearbeitet hatte. Es war die erste große Sache, die ich gemacht hatte, seit meinem Eintritt in Weedes Team – eine kleine, experimentelle Eliteeinheit, die zu dem Zweck gebildet wurde, neue Konzepte und Techniken zu entwickeln. Beim übrigen Sender verabscheute man uns wegen unserer relativen Handlungsfreiheit und wegen der Industriepreise, die wir für unsere Kriegsberichterstattung gewonnen hatten, die unabhängig von der Nachrichtenabteilung gemacht wurde. «Selbstgespräch» hatte nichts gewonnen. Jede Sendung bestand ganz einfach darin, daß sich eine Person für eine Stunde vor die Kamera stellte und ihre Lebensgeschichte erzählte. Ich wollte Binky fragen, was Weede sonst noch über die Serie gesagt hatte.

Aber das wäre nicht fair gewesen. Sie hatte schon genug riskiert mit dem, was sie mir gesagt hatte. Gerade in diesem Moment kam Weede an meinem Büro vorbei, mit schnellen Bewegungen, gesenktem Kopf und den Körper vorgebeugt, als ginge er auf Skiern. Donnerstags nachmittags kam er immer mindestens eine halbe Stunde nach Binky ins Büro zurück. Dieses Manöver war natürlich ein Versuch, Verdacht zu vermeiden. Mir gefiel die Vorstellung, daß er in dieser halben Stunde fünfmal um den Block ging oder im Foyer in einer Telefonzelle stand und tat, als würde er mit jemandem sprechen, wobei er über der Muschel die Lippen bewegte, vielleicht sogar wirklich sprach und ein ganz normales geschäftsmäßiges Gespräch mit dem Freizeichen führte. Er ging dann immer sehr schnell an meinem Büro vorbei und versuchte für den Rest des Tages, mir aus dem Weg zu gehen. Er muß außergewöhnlich komplexe Schuldgefühle gehabt haben. Ich glaube, an diesen Donnerstagen hatte er Angst vor mir. Doch am Freitagmorgen ging er auf die Suche nach mir, Rauch und Rache speiend, als wäre ich verantwortlich für seine Schuldgefühle.

Binky ging zu ihrem Schreibtisch zurück. Ich lockerte meine Krawatte und krempelte mir die Ärmel hoch. Ich hatte es geschafft, mir vorzumachen, ich könnte anderen vormachen, daß einer, der derart unordentlich war, in einer so konsequent properen Atmosphäre doch sicher das Letzte aus sich herausholte. Das Telefon klingelte. Es war Wendy Judd, eine Frau, die während der College-Zeit meine Freundin gewesen war. Sie lebte jetzt in New York, nachdem sie ein Jahr lang auf Reisen gewesen war, gleich nach der Scheidung von ihrem Mann, einem der Top-Produktionsleute bei Paramount oder Metro.

«Ich sterbe, David.»

«Du darfst das nicht verallgemeinern, Wendy.»

«New York ist brutal. Hör mal, bevor ich's vergesse, kannst du morgen abend zu einer Dinnerparty kommen? Komm allein. Du bist der einzige, der mich retten kann.»

«Du weißt doch, daß ich freitags abends immer mit den Kumpels kegeln gehe, Wendy.»

«David, bitte. Mir ist nicht nach Späßen zumute.»

«Unser Team heißt ‹Die Dampfwalzen›. Wir spielen morgen gegen die ‹Silber-Jets› um den Ligatitel. Der Sieger kriegt einen Pokal. Auf der Seite ist ein Relief mit einem nackten griechischen Kegel-As.»

«Komm früh», sagte sie. «Du kannst mir beim Salatwenden helfen. Dabei können wir über die alten Zeiten reden.»

«Es gibt keine alten Zeiten, Wendy. Die Bänder wurden aus Versehen vernichtet.»

«Gegen acht», sagte sie und legte auf.

Draußen hämmerten die Mädchen auf ihre kleinen ovalen Tasten ein.

Ich machte einen Spaziergang. Alle waren beschäftigt. Alle Telefone schienen gleichzeitig zu klingeln. Manche Mädchen führten beim Tippen Selbstgespräche und murmelten *Scheiße,* wenn sie einen Fehler machten. Ich ging zur Materialabteilung. Die Schränke hatten die gleiche Farbe wie Truppen im Feld. Hallie Lewin war dort, über eine der unteren Schubladen gebeugt. Es gibt keinen sexuell erregenderen Ort auf der Welt als ein großes Bürohaus. Es ist wie die Wunschvorstellung von einem raffinierten Frauenlabyrinth: Hinter jeder Ecke, jedem Büroabteil, ob man das Treppenhaus hoch oder runter geht, überall stößt man auf geradezu lüsterne Tableaus. Da stehen, sitzen, knien, hocken überall Frauen in Stellungen, die dazu bestimmt scheinen, einem die Sprache zu verschlagen. Es ist wie der Traum von einem lustvollen Garten, wo jeder Baum eine milchweiße Nymphe birgt. Hallie sah mich und lächelte.

«Ich hab gehört, sie haben Reeves Chubb abgesägt», sagte ich.

«Tatsächlich? Hatte keine Ahnung, daß er Ärger hat.»

«Behalt's für dich.»

«Natürlich.»

«Hallie, du hast den süßesten Hintern, den ich je gesehen habe.»

«Oh, vielen Dank.»

«Kein Wort über Reeves, klar?»

«Versprochen», sagte sie.

Ich ging in Richtung von Weede Denneys Büro. Unterwegs sah ich Dickie Slater, den fünfundsechzig Jahre alten Boten, hinter

Jody Moores Schreibtisch stehen und sich zwischen den Beinen reiben. Als er mich sah, grinste er, von Mann zu Mann, und rieb weiter. Jody telefonierte gerade und sprach aus irgendeinem Grund portugiesisch. Ich ging um eine Ecke und sah James T. Rice mit Höchstgeschwindigkeit einen Gang entlangrennen. Ich hatte keine Ahnung, was ich Weede sagen wollte. Ich war verärgert, daß meine Serie gekippt werden sollte, und deshalb giftig gestimmt. In ähnlichen Situationen reagierte ich gewöhnlich so wie ein Kind nach einer Enttäuschung oder einem Tadel, mit dem Talent des Kindes für kleinliche Vergeltungsaktionen. Ich erzählte bizarre und sinnlose Lügen. Ich machte meine Schreibmaschine kaputt. Ich stahl Sachen aus dem Büro. Ich verfaßte giftschlangenböse Memos an meine Untergebenen. Als einmal eine meiner Ideen von einem hochgestellten Vize-Direktor namens Livingstone kritisiert worden war, ging ich in mein Büro zurück, schneuzte mir mehrmals die Nase und schlich mich am gleichen Abend zu Livingstones Büro hoch, wo ich das dreckige Taschentuch in die oberste Schublade seines Schreibtisches legte.

Weede stand tief in Gedanken versunken in seinem Büro und strich sich mit einer Hand abwesend über die Glatze. Er sah mich prüfend an.

«Kann jetzt nicht mit dir sprechen, Dave. Hier laufen die Drähte heiß. Wir sehen uns gleich morgen früh.»

Auf dem Weg zurück zu meinem Büro blieb ich bei Binkys Schreibtisch stehen, um mit ihr noch ein bißchen zu plaudern, aber sie sah beschäftigt aus. Ich ging rein und wählte noch mal Sullivans Nummer. Sie war da.

«Utah», sagte ich.

«Hallo, David.»

«Montana, Wyoming, Nevada, Arizona.»

«Ich hab dich gestern nicht gehen sehen. Du hast mich diesem Haufen klagender Nekrophiler überlassen.»

«Steamboat Springs, die Sawtooth Mountains, Big Timber, Aztec, Durango, Spanish Fork, Monument Valley.»

«Ich höre Amerika singen», sagte sie, aber nicht so, als sei es ihr ernst.

«Ich kenne einen Typ mit einem Wohnmobil. Er lebt irgendwo in Maine. Wir könnten ihn abholen und dann alle zusammen in seinem Wohnmobil gen Westen losziehen.»

«Sag mir einfach eine Stunde vorher Bescheid.»

«In der violetten Morgendämmerung durch New Mexico brettern.»

«Ich hab eine Verabredung. Bin schon spät dran», sagte Sullivan.

Ich versuchte, etwas Arbeit zu erledigen. Es war jetzt dunkel, und ich ging ans Fenster. Auf der Höhe, in der wir uns befanden, nach Süden blickend, sah ich die gestapelten Lichter sich fast über die gesamte Länge von Manhattan erstrecken und dieses zarte Gitterrostgewebe in den Straßen. Ich öffnete das Fenster ein kleines Stückchen. Die ganze Stadt brüllte. Im Winter, wenn die Dunkelheit immer früher kommt, als man erwartet, und alle diese Lichter allmählich durch den schalen Dunst stechen, verwandelt sich New York in eine gigantische Hochzeitstorte. Man betritt den summenden Aufzug und fällt in nur zehn Sekunden eine Achtelmeile in die Tiefe. Vom Druckabfall sirren einem die Ohren. Es ist ein beinahe erschreckend unpersönlicher Vorgang, und doch scheint etwas in dieser Art nötig, um einen von dem Bild zu dem überzuführen, was tatsächlich auf dieser zierlichen Gabel aufgespießt ist.

Ich schlenderte zu Carter Hemmings Büro rüber. Er saß an seinem Schreibtisch und roch gerade an seinen Nikotinfingern. Als er mich sah, versuchte er, die aufwallende Panik zu neutralisieren, indem er absurderweise aufstand und die Arme weit ausbreitete, ein argentinischer Rinderbaron, der einen Generalissimo in seiner Villa begrüßte.

«Hey, Dave», sagte er. «Was tut sich so, Kumpel?»

«Soviel ich weiß, ist Mars Tyler gefeuert worden», sagte ich.

«Echt wahr? Echt wahr? Mannomann.»

«Da ist eine große Säuberung im Gange. Die Karren poltern schon durch die Straßen.»

«Setz dich», sagte er. «Ich sag Penny, sie soll uns Kaffee bestellen.»

«Kann leider keine Zeit erübrigen, Carter. Alle Kanäle voll. Wie kommt das Laserstrahl-Projekt voran? Die machen allmählich Druck.»

«Ich versuche, es soweit in Form zu bringen, daß man damit arbeiten kann, Dave.»

«Hast du dich mit B. G. gut amüsiert, gestern abend?»

«Hab nicht gewußt, daß du sie kennst, Dave.»

«Oberflächlich», sagte ich.

«Wunderschönes Mädchen. Aber wir sind eigentlich nicht so richtig warmgeworden. Abendessen. Dann hab ich sie nach Hause gebracht.»

«Weede hat heute mittag über dich geredet. Ein sonderbarer Mensch, dieser Weede. Neigt manchmal dazu, vorschnell zu urteilen. Kann dir nur raten, dich schleunigst hinter diese Laserstrahlsache zu klemmen. Ich komme morgen früh gleich mal vorbei, um mir die Sache anzusehen. Weede fängt morgen auch früh an. Wir fangen morgen alle schon sehr früh an. Schönen Abend noch, Carter. Und schönen Gruß an deine Frau.»

«Dave, ich bin nicht verheiratet.»

Ich ging in mein Büro zurück. Binky war gerade drin und versuchte, meine Akten zu ordnen. Es war fast Zeit zu gehen. Ich zog meine Krawatte fest und knöpfte mir die Manschetten zu. Im Flur läuteten alle Telefone. Ich fragte mich, wer Trotzki war.

KAPITEL 3

Die Leute lehnten sich in den Verkehr hinein, auf der Jagd nach Taxis. Tausende von Männern eilten zum Grand Central, bewegten sich in gebrochenen Schritten, wichen aus, marschierten lange Gänge entlang, die sich in Kammern entleerten, die warmen Züge erwarteten sie, lange Dunkelheit, Druckerschwärze an jedem Finger, der Kampf gegen den Schlaf. Ich ging vom Büro gern zu Fuß nach Hause, weil ich mir dann tugendhaft vorkam.

Die Menschenmengen verringerten sich erst, als ich südlich der Forty-second Street war, und der Verkehr war auf der ganzen Strecke schlimm. Unterhalb der Forty-second Street konnten die Leute ihr eigenes Tempo wählen, und doch wirkten die Gesichter hier grau und vom Schicksal gezeichnet, die Körper verstohlen im Gekrakel ihrer Mäntel, und da kam mir der Gedanke, daß in dieser Stadt das Individuum vielleicht die Menge brauchte; ohne sie hatte es nichts, woran es seine Wut reiben konnte, kein Echo für seinen Kummer und nicht den geringsten Beweis, daß es andere gab, die noch einsamer waren. Es war nur so ein Gedanke. Ich kam nach Hause, schaltete den Fernseher an, zog mich aus und ging unter die Dusche.

Ich wohnte damals in einem Apartment am Gramercy Park. Meine Ex-Frau wohnte im selben Gebäude. Das Arrangement war gar nicht so sonderbar, wie es vielleicht klingt – es war nicht einmal ein Arrangement. Während wir verheiratet waren, hatten wir in einer größeren Wohnung auf der andern Seite des Parks gewohnt. Ich erfuhr von einem Freund, daß gegenüber etwas frei war, und es schien mir vernünftig, dorthin zu ziehen, da meine Frau mich gerade verlassen hatte und ich keine so große Wohnung mehr brauchte und es keinen Sinn mehr hatte, die höhere Miete zu zahlen. Meine Ex-Frau wohnte eine Zeitlang im Village, nahm Ballettunterricht, besuchte Kurse in der New School, Unterweisung in makrobiotischer Ernährung. Sie trat auch einem Filmclub bei und begann eine Psychotherapie. Eines Abends lud sie mich zum Essen ein und erzählte mir schließlich beim Kaffee, daß ihr neues Leben nicht so gut laufe. Die Aktivitäten seien nicht sonderlich fesselnd, und ihre Herrenfreundschaften schienen über nichts Wichtigeres reden zu können als über ihre Saisonkarten für Hokkey-Spiele, Football-Spiele und die Philharmonie. Sie vermisse den Gramercy Park, sagte sie; er sei eine der letzten zivilisierten Stellen in einer sich stetig verdunkelnden Stadt. Einige Zeit später wurde in meinem Gebäude ein Apartment frei. Ich erzählte ihr davon, und sie nahm es unbesehen.

Sie war ein sehr hübsches Mädchen, blond, mit kleinen Brüsten und dem Schwung einer Cheer-Leaderin. Sie hieß Meredith Walker. Wir hatten uns bei einem Tanzabend im Country Club von Old Holly kennengelernt, dem Ort in Westchester, wo ich aufwuchs. Ich war damals neunzehn und vom College zurückgekommen, um dort meine Sommerferien zu verbringen. Merry wohnte erst seit wenigen Monaten in der Stadt. Ihr Vater war ein Major in der Air Force, der zur Leitung einer Abteilung des Reserve Officers' Training Camp an einem kleinen College in der Nähe berufen worden war. Sie sagte, ihr ganzes Leben lang sei ihre Familie von einem Ort zum anderen gezogen. Sie war achtzehn und wußte nicht, wie das war, ein Zuhause zu haben. Ich erinnere mich gut an diese Nacht, eine prächtige Augustnacht, ein warmer Wind strich durch die Wipfel der großen Eichen, die Rasensprüher zischten, und die silberglänzenden Paare standen bei den Bäumen, die Männer in weißen Smoking-Jacken und ihre Mädchen in Chiffon und Seide, jedes Paar im gedämpften Licht herausmodelliert, beinahe unbewegt, und die Entfernungen zwischen ihnen genau richtig, so daß die ganze Szene einer abstrakten Berechnung von Perspektive und Farbtönung zu folgen schien, wie für die Laune einer Kamera arrangiert. Ein Mädchen ging über den Rasen, wirbelte dann mit einem Kreischen herum, als die Gischt von einem Rasensprüher ihren Arm benetzte. Das Lachen ihrer Freunde in der warmen

Nacht war wie das Klingen eines zarten Glases, und es schien lange zu brauchen, bis es uns erreichte. Merry und ich standen auf der Veranda. Es gab Glühwürmchen und Musik, einen trägen Samba, einen Foxtrott. Merry sah wunderschön aus. Wir unterhielten uns leise und hielten Händchen. Einmal mehr, wie so oft in meinem Leben, ließ ich mich von der Macht des Bildes erregen.

Wir nahmen mein Auto zum Vergnügungspark in Rye. Dort fuhren wir, in Smoking und Abendkleid, viermal Achterbahn und kehrten danach zum Country Club zurück. Wir tanzten eine Zeitlang. Ich verspürte, uns beide betreffend, ein angenehmes Gefühl von Selbstwahrnehmung. Wir wurden von den älteren Paaren, der Generation unserer Eltern, unter die Lupe genommen, und ihren Blicken und dem Ton ihrer geflüsterten Bemerkungen war zu entnehmen, daß man uns als etwas Besonderes empfand. Später lernten wir die Eltern voneinander kennen, und dann lernten ihre Eltern meine Eltern kennen, in einem dieser Slapstick-Ballette aus unglücklich getimtem Vorpreschen, verzögertem Händeschütteln und tiefem, Blicke vermeidendem Schweigen. Meine Mutter beendete die letzte dieser Schweigepausen, indem sie uns von den Tänzen erzählte, an denen sie als sehr junge Dame in Virginia teilgenommen hatte. Wir lächelten alle und blickten über ihre Schulter im Versuch, den Rappahannock zu sehen. Ich schöpfte zwei Gläser Punsch voll und ging mit Merry wieder hinaus auf die Veranda. Sie erzählte mir etwas von den Orten, wo sie gewohnt hatte, und dem unwirklichen Leben auf einem Militärstützpunkt. Es war ein Leben, in dem nie von der Zukunft die Rede war, sagte sie, und man immer das Gefühl hatte, man könnte eines Morgens aufwachen und feststellen, daß alle, bis auf die Frauen und Kinder, fortgegangen waren. Sie war froh, daß man ihren Vater jetzt an ein College berufen hatte, und sie hoffte, sie würden wenigstens ein paar Jahre in Old Holly bleiben. Ich fing an mich zu langweilen. Je näher sie früher an einer Militärbasis gewohnt hatten, sagte sie, desto schwieriger sei es ihrer Mutter gefallen, mit dem Trinken aufzuhören. Aber jetzt sei es viel besser, und Merry hatte Westchester richtig liebgewonnen. Sie sagte, es hätte Substanz.

Ich kehrte zu meinem College in Südkalifornien zurück. Nach

Weihnachten machte Merry eine ausgedehnte Reise nach London. Sie wohnte bei ihrer Cousine Edwina und deren Mann Charles, der Engländer war. Sie liebte London vorbehaltlos. Sie liebte die Parks, die Theater, die Pubs, die Helme der Polizisten. Ihre Briefe waren lebhaft und voller Einzelheiten – Namen, Zahlen, geschichtliche Daten. Amerikaner verlieren den Überblick bei den vielen Jahrhunderten. Das waren die Zeiten, wo ich mich gefragt habe, wer wohl die Präraffaeliten waren, wann Galileo gelebt hatte und ob jetzt Keats oder Shelley ertrunken war. Merediths Briefe gaben mir zumindest eine Orientierung über die englische Szene, und ich studierte sie immer ganz gewissenhaft, prägte mir alle Könige mit ihren Daten ein, all diese urkomischen Schlachten, als könnte ihr nächster Brief ein kniffliges kleines Quiz enthalten. Diese Art von Studium gehörte zu den Pflichten einer ernsthaften jungen Liebe. Außerdem hatten ihre Briefe einen sonderbaren, gewissermaßen statistischen Charme, nicht unähnlich den Grabinschriften in Westminster Abbey. Meine eigenen Briefe waren lang, poetisch, ohne Satzzeichen, dafür gut gesättigt mit sexueller Metaphorik. Ich fand, die sechstausend Meilen, die uns trennten, erlaubten mir eine gewisse Freiheit. Es machte mir Spaß, mit meinem «Venus 4 B»-Zeichenstift in fetten Druckbuchstaben die Worte AIR MAIL auf den Umschlag zu schreiben.

Der Campus lag am Rand der Wüste. Es gab dort einen künstlichen See, in dem ich fast jeden Abend schwimmen ging, oft in Begleitung von Wendy Judd. Morgens, vor dem Unterricht, machte ich Liegestützen. Es gab nicht viel Unterricht. Leighton Gage war ein kleines, teures und sehr modernes geisteswissenschaftliches College. (Bei uns wurde in einem Palmenhain Theologie der Verzweiflung unterrichtet.) Nachmittags trank ich Coca-Cola und schrieb Gedichte. Ich dachte viel an Meredith, an ihre makellose Nase und ihr blendendes Gebiß. Im vorletzten Jahr vor dem Abschluß drehte ich einen dreißigminütigen Film, für den ich einige meiner Kommilitonen als Schauspieler einspannte. Er handelte von einem Mann, der in die Wüste geht und sich bis zum Hals im Sand einbuddelt. Dann taucht ein Haufen Mexikaner auf und setzt sich in einem Kreis um seinen Kopf. Mein Filmdozent,

Simmons St. Jean, meinte, es sei der anmaßendste Film, den er je gesehen habe, aber Anmaßung sei ja nicht unbedingt schlecht.

Im April starb meine Mutter, und im gleichen Sommer heirateten Merry und ich in der Episkopalkirche in Old Holly. Ich versuchte, das Rauchen aufzugeben. Für mein letztes Jahr gingen wir gemeinsam nach Leighton Gage zurück. Ich wollte mich nur entspannen, das Denken und den Körper meiner Partnerin verstehen lernen und mich von Wendy Judd fernhalten, die sich weiterhin nach meinem Schatten, meinem Image und der Beschleunigung und Gefährlichkeit meines Wagens verzehrte. Ich wollte mich von dieser Montage aus Geschwindigkeit, Waffen, Folter, Vergewaltigung, Orgien und Gebrauchsanweisungen befreien, aus der die amerikanische Vision von Sex besteht.

Merrys fester kleiner Körper entspannte sich, und ich glitt mit viel Lust und Freude hinein und hinaus. Nächte im Sugar Bowl. Der schwache, blasse Blütenduft von der Pasadena Rose Parade. Wir verbrachten viel Zeit miteinander. Im letzten Jahr in Leighton Gage brauchte man bloß die Studiengebühren zu bezahlen und sich anzumelden. Wenn man wollte, besuchte man pro Woche ein paar Kurse, und in der restlichen Zeit konnte man sich ganz seinem Hauptinteresse widmen. Ich erforschte mit Merry zusammen die Wüste und drehte viel. Ich benutzte damals eine Beaulieu 8 mm Kamera, genau gesagt die S 2008, mit nicht abnehmbarem Pistolengriff, automatischer Belichtungskontrolle und einem Angenieux Zoom-Objektiv – insgesamt ein kleines optisches Wunderwerk, das meinen Vater um fast siebenhundert Dollar zurückgeworfen hatte. Die Möglichkeiten des Films schienen unerschöpflich. Durch das Kameraobjektiv glitt das Licht eines weiblichen Körpers. Ich hatte das Gefühl, Dinge tun zu können, die noch keiner probiert hatte. Ein Falke streifte die Sonne, und ich pflückte ihn aus dem Raum und setzte ihn in die neue Ära, befreit von Geschichte und Tod. Ich machte einen Fünfundvierzig-Minuten-Film über Unterwäsche. Das College stellte allen Filmstudenten im letzten Jahr das hauseigene Ton-Equipment zur Verfügung, und dies wurde mein erster Tonfilm. Merry spielte mit. Sie und fünf meiner Freunde, männliche und weibliche, saßen in ihrer

Unterwäsche in meinem Zimmer und sprachen über die verschiedenen Arten von Unterwäsche, die sie seit ihrer Kindheit getragen hatten. Simmons St. Jean meinte, der Film sei erfrischend, aber dämlich.

Nach meinem Abschluß kehrten wir nach Old Holly zurück und zogen vorübergehend zu meinem Vater. Mir fiel ein, daß ich noch fünfzig Jahre auf dieser Erde zu leben, aber nicht die geringste Ahnung hatte, wie ich sie verbringen sollte. Mein Vater sorgte dafür, daß das nicht lange so blieb. Nach einer einwöchigen Schonfrist, während der ich mich von meinen vier lernintensiven Jahren am College erholen sollte, fing er an, Geschäftsfreunde anzurufen. Mein Vater war Rechnungsprüfer in einer großen Werbeagentur. Er war direkt verantwortlich für Fakturierungen in Höhe von zweiundzwanzig Millionen Dollar. Er brauchte nur bis Mittwoch. Er kam nach Hause und bot mir drei Jobs zur Auswahl an, zwei in Werbeagenturen, wo ich entweder im Ausbildungsprogramm beginnen würde oder als eine Art Mikro-Assistent, in der Funk-und Fernseh-Abteilung, und einen beim Sender, wo ich im Packraum anfangen müßte. Ich nahm den Sender. Ich fand es wichtig, ihm nicht allzu nah in seinen Fußstapfen zu folgen. Merry war einverstanden. Unabhängigkeit ist alles, sagte sie, besonders wenn man im Leben gerade erst anfängt.

Wir bezogen zusammen das große Apartment am Gramercy Park. Mein Job war schlecht bezahlt, und ich mußte mir was bei meinem Vater borgen. Aber ich kam voran, nach vier Monaten hatte ich den Packraum schon hinter mir, was beinahe ein Rekord war, wie man mir sagte. Wir hatten es lustig in diesem ersten Jahr in New York. Wir gewannen eine ganze Menge Freunde, und wir waren ein beliebtes Paar. Merry bekam einen Job als Sekretärin, und wir gingen morgens gemeinsam zur Arbeit los und trafen uns jeden Abend im Foyer ihres Gebäudes, um wieder gemeinsam nach Hause zu gehen. Wir erzählten uns alles, was wir tagsüber erlebt hatten, obwohl es nicht viel zu erzählen gab. Sonntags nachmittags kamen oft Freunde vorbei, und dann rührten wir einen riesigen Krug von dem cremigen Dessert-Drink zusammen, den wir nach Eigenrezept zusammengebraut und Spontanabort genannt hatten – Gin, Wodka, Scotch, Rye, Kognak und anderthalb Liter Kirsch-Vanille-Eis. Merry schnitt sich Rezepte aus den Frauenzeitschriften aus, und abends kochten wir zusammen. Wenn wir dann vor etwas Verkohltem und Uneßbarem saßen, was ziemlich oft der Fall war, gingen wir lachend um die Ecke und kauften uns einen Hamburger und einen Schoko-Shake. In irgendeinem tiefen Schacht meines Wesens begann eine schwarze Maschine zu ticken. Mit dem Taschengeld von ihrem Vater kaufte sich Merry ein paar atemberaubende Sachen. Sie hatte die richtige Figur für diese kondensierte Kleidung, die damals jeder trug. Wir achteten immer sehr darauf, was wir trugen, und es gab keinerlei Regeln, um die wir uns sorgen mußten. Irgendwie sah alles, was wir trugen, toll aus. Wir sahen uns immer die neuesten Filme an und gingen zu vielen Partys. Es kam uns vor, als sei alles, was wir machten, das Tollste, was überhaupt je gemacht worden war. Wir zogen je nach Film bestimmte Sachen an. Graue für Schwarzweiß. Stiefel, Leder, Baumwollhosen, Flaggenhemden und ähnliches (unsere Prä-LSD-Klamotten) zu Technicolor. Beim Anziehen kombinierten wir mit viel Bedacht Unpassendes miteinander und verbrachten mehrere Minuten damit, uns gegenseitig zu versichern, daß wir bereit waren für die Warteschlange vor Cinema 1. Jeder Film, den wir sahen, war der tollste. Merry pflegte zwei Tage lang ständig darüber zu reden und ihn dann für immer zu vergessen. Wir hatten keine Zeit, uns an etwas zu erinnern, weil immer schon gleich das nächste kam – ein anderer toller Film, ein tolles neues Pub oder Restaurant, ein toller neuer Men's Shop, eine Boutique, ein Skigebiet, ein Strandhaus oder eine Rockgruppe. Ich mußte zur Musterung und kam knapp davon, dank meines Knieproblems und einer chronischen Zyste unten an meiner Wirbelsäule. Zu der Zeit ging es da unten erst so richtig los, und deshalb gingen sie noch verhältnismäßig selektiv bei den jungen Männern vor, denen sie die Unsterblichkeit abzapften.

Bald gab ich mich nicht mehr damit zufrieden, mit meiner Frau zu schlafen. Ich mußte sie zuerst verführen. Diese Verführungen waren oft vom Kino inspiriert. Ich verhielt mich gerne grob zu ihr. Ich schwieg gerne längere Zeit. Die Filme verliehen einigen intimen Momenten meines Lebens schwierige Bedeutungen.

Meredith war damals stark von den britischen Filmen jener Zeit beeinflußt. Sie gebärdete sich wie die verkörperte Unberechenbarkeit. Wenn wir zusammen auf der Straße gingen, entzog sie mir zum Beispiel plötzlich ihre Hand und hüpfte in irgendeine Phantasiesequenz davon. Wenn wir zusammen einkaufen waren, klaute sie Sachen, irgendwelche nutzlosen Artikel, versteckte sie unter ihrem Pullover und machte Witze darüber, daß sie jetzt wohl schwanger aussehe. Im Metropolitan Museum erzählte sie dem Wärter, daß ich versucht hätte, sie im Ägyptischen Grabmal zu belästigen. Das war die erste vieler solcher schnurrigen Belästigungen von Leuten in untergeordneten Positionen. Einmal sahen wir im Central Park eine alte Dame, die Blumen verkaufte. Merry bat mich, zwei Dutzend Orchideen zu kaufen, und führte mich dann zu einer kleinen Brücke am Südostende des Parks. Wir stellten uns auf die Brücke und warfen die Blumen eine nach der andern in den See, während die Enten in dem violetten Dunst ihre Kreise zogen. Es war alles da außer der Filmmusik, und ich konnte mir vorstellen, wie sich vor Merrys geistigem Auge eine Reihe von Schnitten und langsamen Überblendungen vollzogen.

Für die Arbeit kleidete ich mich im Stil des Establishments, der, zugegeben, gar nicht so farblos war, nachdem das Establishment begriffen hatte, daß jede Farbe im wesentlichen grau ist, solange sie von allen getragen wird. Und so zögerte ich nie, in einer orangenen Krawatte zur Arbeit zu erscheinen, doch nie orangener als das Orange, das andere trugen.

Als ich den Packraum hinter mir hatte, begann ich, mehr über Angst zu erfahren. Sowie Angst aufzusteigen beginnt, anatomisch gesehen von der Magengrube zur Kehle und zum Gehirn, von der Furcht vor Gewalt zu einer Angst der unbenennbareren Art, meint man, Teil eines grauenhaften Experiments zu werden. Ich lernte, jenen Vorgesetzten zu mißtrauen, die unabhängiges Denken unterstützten. Wenn man es zeigte, zahlten sie es einem mit Terror heim, denn sie wußten ganz genau, daß Ideen, und nur diese, ihre Unersetzlichkeit gefährdeten. Das Management verlangte ständig neue Ideen. Von den Chefetagen abwärts zirkulierten Memos, in denen kühne und herausfordernde Konzepte gefordert wurden. Aber ich lernte, daß neue Ideen einen fertigmachen konnten, wenn man sie nicht in eine Plastiktüte einpackte. Ich lernte, daß die meisten Sekretärinnen intelligenter waren als die meisten Chefs und daß die Chefsekretärinnen von allen am meisten zu fürchten waren. Ich lernte, was verschlossene Türen bedeuteten und daß Freundschaft keine übertragbare Währung war und wie wichtig es war zu lügen, selbst wenn es keinen Grund zum Lügen gab. Wörter und Bedeutungen klafften auseinander. Wörter sagten weder, was gesagt wurde, noch dessen Gegenteil. Ich lernte eine neue Sprache zu sprechen und meisterte bald deren besondere Elemente.

Auf eine seltsame Art gefiel mir mein Job – zumindest am Anfang. Er veranlaßte mich dazu, auf eine Weise zu denken und zu sehen, wie ich es noch nie zuvor getan hatte. In diesen Anfangszeiten stellte ich mir meinen Geist bildlich als ein dunkles Zimmer mit vielen Türen vor. Er funktionierte am besten, wenn ein paar Türen offenstanden. Manchmal öffnete ich noch mehr Türen, ließ mehr Licht herein, riskierte die Wahrheit. Wenn es den Anschein hatte, daß jemand auch nur entfernt eine Drohung in meinen Bemerkungen und Handlungen vermutete, machte ich alle Türen bis auf eine zu. Das war die sicherste Position. Aber normalerweise behielt ich drei oder vier Türen offen. Das Bild dieses Raumes war mir oft gegenwärtig. Wenn ich bei einer Besprechung redete, konnte ich die Türen in meinem Geist auf- und zugehen sehen, und ich erlangte bald die Fähigkeit, das Fluten des Lichts mit absoluter Präzision zu regulieren. Ich bekam eine Gehaltserhöhung, und dann noch eine. Ich war nun direkt an der Produktion von Sendungen beteiligt. Währenddessen ging das Leben mit Merry so weiter wie zuvor, eine Mischung aus harten Schnitten und Weichzeichner-Zärtlichkeit. Doch es schlich sich auch etwas anderes ein, ein Flüstern der Verzweiflung. Wenn ich mal spät nach Hause kam, saß sie auf dem Boden mit einem Sombrero auf dem Kopf und versuchte, ein Haiku zu schreiben. Es tat weh zu erfahren, daß sie diese Dinge auch tat, wenn sie allein war. In dieser Zeit kaufte sie viele komische Hüte und trug sie überall – Sombreros, Jockeymützen, Strohhüte, eine wollene Seemannsmütze, einen breitkrempigen Mata-Hari, einen Fez, eine Baseball-Mütze. Die schwarze Maschine tickte.

«Laß uns heute abend mal etwas Verrücktes machen», sagte Merry öfters.

Aber da war nichts mehr zu machen. Wir versuchten, die spontane Freude der Achterbahnfahrt von damals wiederzuentdecken. Wir fuhren sogar einmal dorthin zurück, ein Veteranenpaar, das zu den Stränden der Normandie zurückkehrt, doch es regnete an dem Abend, und wir saßen im Auto auf dem Parkplatz und sahen zu, wie die weißen Lichter hoch oben ausgingen. Mit dem Gefühl, daß es Zeit für letzte Gesten war, für die endgültige Verstrickung, liebte ich sie unbeholfen auf dem Vordersitz. Der Motor lief, die Scheibenwischer waren an, das Radio hing brummend zwischen zwei Sendern, und wir holperten durch all diese Geräusche hindurch wie durch ein interstellares Loch im tiefsten Weltraum.

Die erste war Jennifer Fine. Mir ist klar, daß es nichts Öderes gibt als die Chronik der Ehebrüche eines anderen Mannes, und in vielerlei Hinsicht war diese erste Affäre der Inbegriff der Langeweile. Sie unterschied sich von den meisten anderen nur dadurch, daß ich kein Pendler war und meine Orgasmen nicht der Disziplin eines Zugfahrplanes unterwerfen mußte. Doch hier müssen ein paar Worte über Jennifer Fine gesagt werden, allein schon um zu zeigen, was mit Leuten wie mir passiert, wenn ihnen so etwas wie Liebe geschenkt und nichts weiter von ihnen erwartet wird, als daß sie das Bedürfnis des anderen nach einem Mindestmaß an Zärtlichkeit anerkennen. Sie hatte dunkle Haare und große braune Augen. Sie arbeitete in der Dokumentationsabteilung des Senders. Wir waren uns dort begegnet, als ich noch im Packraum war, und sie hatte einsam und interessant gewirkt. Sowie mir klar war, daß Merry und ich unsern Text vergessen hatten, sah ich Jennifers Anschluß im Telefonverzeichnis des Senders nach. Sie würde diejenige sein, beschloß ich, die mich in den Strudel des Clichés führte.

Wir trafen uns zu einem Drink in einem dieser Ochsenblut-

Pubs auf der East Side, wo das Gelächter und klimpernde Geplauder wie aus der Konserve wirkte, lautstärke-regulierbar. Ich setzte gleich am Anfang Zeichen, indem ich fünf Minuten zu spät kam, wohl wissend, daß Jennifer auf die Minute pünktlich da sein würde, so eine war sie eben. Wir bestellten uns was zu trinken und plauderten ein paar Minuten lang fröhlich dahin, hauptsächlich über Leute vom Sender, die wir beide nicht ausstehen konnten. Dann verfielen wir in massives Schweigen, als hätten wir plötzlich erkannt, daß die gesamte Kommunikation, die zwischen uns möglich war, sich in zehn Routinesätzen erschöpft hätte. Ich wußte, ich würde Jennifer mögen. Mir gefiel, wie sie an ihrem Schweigen festhielt. In dieser Filmkulissenatmosphäre wirkte sie wie die Mischung einer Bibliothekarin und einer Mystikerin. Ihr Gesicht war dünn und nicht richtig hübsch (obwohl gleichzeitig fast schön), und es war teilweise unter ihren langen Haaren verborgen, absichtlich, dachte ich, als müßte das Gesicht hin und wieder Zuflucht suchen. Sie konnte die Hände nicht stillhalten, und es gab Anzeichen dafür, daß sie an den Nägeln kaute. Sie blickte in den leeren Aschenbecher. Ich legte meine Hand unter ihr Kinn und hob ihren Kopf, die sanften Augen veränderten ihren Blick, zwei Teelöffel Tee. Es dauerte nicht lange, und ich redete schon darüber, wie wichtig es sei, gewisse Vorsichtsmaßnahmen zu treffen. Ich war schließlich ein verheirateter Mann, und wie leicht könnte irgend jemand vom Büro uns zusammen sehen. Ich umriß eine Reihe verfahrenstechnischer Maßnahmen, die Mittagessen, Drinks, Abendessen, büro-interne Telefonate, Büro-Partys und so fort abdeckten. Ich tat dies nicht, weil mir daran lag, daß niemand dahinterkam, sondern weil für die Aufrechterhaltung eines erfolgreichen Verhältnisses Intensität und Spannung von fundamentaler Bedeutung sind.

Am nächsten Abend trafen wir uns, erneut getrennt kommend, zum Abendessen in einem indischen Restaurant in der West Forty-ninth Street. Eine atemberaubende Frau in einem Sari nahm unsere Bestellung auf. Jennifer und ich führten ein langes Gespräch. Sie fürchtete sich vor allem – vor U-Bahnen, Fremden, hohen Gebäuden, der Nummer neun, Plastik, Rauch, Flugzeugen,

Schnee, Tauben, Insekten, Partys, Taxifahrern, Aufzügen, Vororten, Bergman-Filmen, spanischer Küche, Männern in Gucci-Mokassins. Nach dem Abendessen gingen wir durch den Central Park, kamen bei den West Eighties raus und steuerten auf ihr Wohnhaus zu, ein Sommerabend, kahle Männer, die auf orangenen Kisten saßen, die Schädel mit Taschentüchern bedeckt. Auf halber Höhe standen zwei Streifenwagen und ein Krankenwagen. Es war noch hell. Kinder spielten, und ein Hund ging durch den Schatten des Stocks eines alten Mannes. Wir erreichten ihr Wohnhaus und gingen hinauf, wortlos, beide fühlten wir die Spannung, die vom Geräusch unserer Schritte auf der dunklen Treppe erzeugt wurde. Es war ein kleines, ordentliches Apartment. Im Bad roch es nach Zitrone und Pfefferminz. Als ich herauskam, flüchtete sie zur Kochnische, um Drinks zu machen. Ich setzte mich aufs Bettsofa, und wir unterhielten uns quer durchs Zimmer, wogen die berüchtigten Gefahren der Westside gegen die niedrigeren Mieten ab. Das ist jetzt also das außereheliche Leben, dachte ich mir.

«Ich mach dir einen Gin-Tonic. Zu spät zum Protestieren.»

«Hübsches Apartment», sagte ich.

«Findest du es zu konventionell?»

«Es ist so konventionell, daß es Konvention transzendiert. Es ist wie eine Kunstform, die ihrer Zeit voraus ist. Ein Raum in einem Museum in hundert Jahren. Der amerikanische Flügel.»

«Ich sollte mir wirklich eine Klimaanlage einbauen lassen.»

«Die sind ganz schön teuer, nicht? Wir mußten für unsere ein kleines Vermögen zahlen.»

«Es ist schrecklich, nicht?»

«Was dagegen, wenn ich mir die Jacke ausziehe?»

«Natürlich nicht», sagte sie.

«So, schon besser. Vielleicht könnte ich das Fenster noch ein bißchen weiter aufmachen.»

«Es klemmt. Es klemmt schon, seit ich hier eingezogen bin.»

«Wie lange wohnst du denn schon hier, Jennifer?»

«Im Oktober sind's zwei Jahre.»

«Ist das hier ein Haus mit Mietpreisbindung?»

«David, bevor du mit mir schläfst, versprich mir, daß du mich wieder anrufst.»

Mädchen wie Jennifer tragen ihr Leben lang einen leeren Becher mit sich herum, in den ein Mann seine Bereitschaft, verantwortungsvoll zu sein, gießen muß. Mehr verlangen sie nicht, sie wollen nur ernst genommen werden. Ich verließ ihr Apartment um zwei Uhr morgens und kam drei Abende später wieder. Erst nach mehreren Monaten wurde mir allmählich klar, wie viel ich ihr bedeutete. Natürlich hatten wir, wie alle Kinogänger und Ehebruchamateure, wie alle Anhänger des Clichés, darüber gesprochen, wie wichtig es sei, unsere Beziehung auf einem niedrigen emotionalen Pegel zu halten. Doch während dieser ganzen Zeit hatte ich, beinahe verzweifelt, alles getan, damit sie sich in mich verliebte. Sowie ich mir sicher war, daß sie sich verliebt hatte, trat ich meinen Rückzug an. Ich sah sie seltener, und wenn wir zusammen waren, war ich ausweichend und launisch. Jennifer wußte, was los war, und sie war tief verletzt. Sie war eben keine dieser für New York so typischen neurotischen Püppchen, die Ablehnung in sich hineinsaugen, als hingen sie an der Mutterbrust. Im Bett war ich tückisch, spielte meine privaten Spielchen, ging an die Grenzen von Fetischismus und Gewalt. Eines Nachts, in der vorletzten, schwang ich mich von ihr herunter aus dem Bett, schaltete das Radio ein, griff nach einer Packung Zigaretten und zündete mir schnell eine an – als hätte ich mich nach alledem gesehnt, noch während wir uns liebten. Dann zog ich meine enggeschnittene Unterhose an und setzte mich in einen Sessel.

«Mußt du sofort gehen?» sagte sie. Es lag keine Tragik in ihrer Stimme und keine Bitte; sie wollte nur Bescheid wissen.

«Sie beklagt sich schon seit einiger Zeit, daß ich abends immer so spät komme. Sie denkt, die nehmen mich zu hart ran.»

«Bevor ich's vergesse, David, nächsten Dienstag kann ich nicht. Meine Schwester heiratet, und wir müssen noch proben. Für Hochzeiten und Beerdigungen fahre ich immer nach Brooklyn. Geht's am Mittwoch?»

«Ich denke schon. Ich sag dir noch genau Bescheid. Ich habe dich heute auf der Park Avenue gesehen.»

«Wann?»

«Mittags. Wir sind direkt aneinander vorbeigelaufen.»

«Warum hast du mich nicht angehalten?»

«Du warst nicht allein», sagte ich.

«David, das war mein zukünftiger Schwager. Und das ist jetzt das dritte oder vierte Mal, daß du so was in der Art erwähnt hast. Du weißt doch ganz genau, daß ich mit niemand anderem was habe.»

Ich knipste das Licht aus. Dann drehte ich das Radio lauter. Riesenlärm erfüllte den Raum, Baß und Schlagzeug wummerten aus dem Lautsprecher, schlugen und kratzten, dann der Stich einer spitzen, schrillen Trompete. In der Dunkelheit besaß diese Trompete eine tiefere Schönheit, sie ließ die Zeit hinter sich, füllte den Raum, ein schwieriger Klang, der sich verlor und wiederkehrte, und ich hatte nicht mehr das Gefühl, mich in einem Zimmer mit vier Wänden zu befinden. Ein Ton schwebte in Augenhöhe, ein schwaches Fleckchen am Gleishorizont, und verschwand dann in ein langes, von waberndem Baß überschattetes Schweigen. Ich ging zum Bett und setzte mich, immer noch rauchend, die Beine über ihren Bauch gelegt, den Rücken an die Wand gelehnt. Ein Liebhaber für Jennifer. Das wäre ein geschenkverpacktes Glück für mich gewesen. Was ich an Schuldgefühlen hatte, bezog sich auf das Bild einer alleingelassenen und verletzten Jennifer und hatte nichts mit dem alltäglichen Betrügen von Meredith zu tun. Für Jennifer blieb ich ein verschlossenes Buch. Ich weigerte mich, ihr zu irgendeinem Verständnis meiner Person zu verhelfen, und den Grund kann ich nur ahnen, nämlich, daß ich einfach jeden Fetzen Ego brauchte, daß ich Angst vor meinem eigenen Verschwinden hatte. Zu sagen, ich hätte ihre Liebe ausgenutzt, wäre eine viel zu milde Beschuldigung. Was ich tat, war viel schlimmer. Ich nutzte ihre Liebe nicht aus, sondern nahm sie gar nicht erst zur Kenntnis. Ich redete mir ein, daß ich nichts weiter als eine Jahreszeit in ihrem Leben war, in keiner Weise etwas Besonderes: es hatte andere gegeben, und es würden sicherlich noch weitere kommen, sowie ich mich davonmachte. Dann bewegte sich ihr Körper unter mir, auf der Suche nach dem Rhythmus der Musik, und die vier Wände kehrten zurück. Ich hatte früh am Morgen eine Besprechung.

«Wird allmählich Zeit», sagte ich.

«David.»

«Wird allmählich Zeit, daß ich gehe. Zeit, daß wir zum Schluß kommen, Leute. Morgen abend wieder zur gewohnten Zeit auf dieser Wellenlänge, Bell System – der Sender für Heim und Herd, Industrie und vier Fünftel des Universums – mit einer weiteren Folge dessen, was wir hier gerade gemacht haben, eine Übertragung der Ersten Telefon- und Elektronikfamilie seit Anbeginn der Zeit und seit das Leben an Land gekrochen ist, wo es bis zum heutigen Tag geblieben ist, mit einem Auslassungszeichen für die Eiszeit. Wie spät ist es? Es muß schon nach zwei sein.»

«Faschist», flüsterte sie, einmal, zweimal, noch einmal, mit klarer, leuchtender Wut in ihrer ruhigen Stimme.

Ich sah sie noch ein einziges Mal allein. Ich wollte ihr im Bett der perfekte Liebhaber sein. Das i-Tüpfelchen. Aber ich durfte sie nicht einmal nach Hause begleiten. Sie wollte nur noch ein Buch zurückhaben, das sie mir geliehen hatte.

Während meiner Affäre mit Jennifer hatte es noch verschiedene andere Frauen, jüngere und ältere gegeben, und viele danach. Mit ihnen war es leichter, und manchmal gebärdete ich mich noch faschistischer, aber ich kam damit durch, entweder weil sie keine Wahl hatten, oder weil es ihnen so gefiel. Ich hatte Jennifer sehr gern. Sie ist die einzige, die mehr ist als nur eine Erinnerung an Ausklappbetten, laue Abschiede im Morgengrauen und dieses höllische Gefühl, in einem dieser Zimmer, die alle gleich waren, irgend etwas Wichtiges zurückgelassen zu haben.

Meredith kam natürlich dahinter. Sie kommen immer dahinter. Es brachte uns näher. Ich kam eines Nachts spät nach Hause. Sie saß in unserm gelben Bett, aufrecht wie ein Gänseblümchen.

«Ich hab mit Mutter drüber gesprochen», sagte sie. «Ich verlasse dich.»

«Gehst du nach Old Holly zurück?»

«Dad ist wieder versetzt worden. Sie gehen nach Deutschland. Ich habe kurz daran gedacht, mitzugehen. Doch dann hab ich mich entschlossen, in New York zu bleiben.»

«Vielleicht könnte ich ja mitgehen», sagte ich, eine Bemerkung, die andeuten sollte, daß ich ihre Eltern mochte, daß ich meine Schande in einem fremden Land verstecken wollte, daß ich meinen Sinn für Humor nicht verloren hatte.

«Im Kühlschrank ist noch kaltes Lamm.»

(Die hat Mumm in den Knochen, dachte ich.)

«Vielen Dank, aber Quincy und ich haben gegen zehn eine Pause gemacht und was im Asia Minor gegessen, in diesem Lokal, von dem ich dir erzählt habe, wo Walter Faye dem Kellner eine runtergehauen hat. Walter Faye ist der, der mit dieser Brasilianerin verheiratet ist und der uns damals nach Greenwich eingeladen hat, an dem Wochenende, wo wir nicht konnten.»

«Und dann seid ihr beide wieder an die Arbeit gegangen, bis vor einer halben Stunde. Du und Quincy. Ganz allein da oben in diesem großen glänzenden Gebäude. Weißt du noch, wie du mir immer erzählt hast, was das für ein seltsames Gefühl ist, bis zwei Uhr morgens da oben zu sein? Der einzige im ganzen Gebäude. Du hast gesagt, du fühlst dich wie ein Astronaut kurz vor Zündung der Triebwerke. Warum machst du dir zu diesem Zeitpunkt noch die Mühe, mir immer noch diese Geschichte aufzutischen?»

«Es fällt mir so schwer, dir gegenüber irgend etwas zuzugeben, Merry», sagte ich. «Ich möchte nicht überheblich klingen, aber das ist, wie wenn man einem Kind erklären soll, was Tod bedeutet.»

«Vielen Dank», sagte sie.

«Du siehst ganz saubergeschrubbt aus. Wirklich. Toll.»

«Ich glaube, ich möchte jetzt schlafen.»

«Können wir trotzdem Freunde bleiben?» fragte ich.

Sie ging nach Mexiko, um sich scheiden zu lassen. Ich brachte sie zum Flughafen und holte sie bei ihrer Rückkehr wieder ab. Ich war dreiundzwanzig, und sie war zweiundzwanzig.

Ich trat aus der Dusche. Ich konnte den Wetterbericht im Fernsehen hören, weshalb mir ein Freund, Warren Beasly, einfiel, der früher Wettermann gewesen war. Ich trocknete mich ab, wickelte mir das Badetuch um die Hüfte, ging zum Telefon und wußte nicht mehr, wen ich anrufen wollte. Ich blickte kurz auf den Bildschirm und fand mich im nächsten Moment in einem Sessel, dreißig Zentimeter von der Mattscheibe entfernt, wieder und sah gebannt hin. Ich konnte nicht feststellen, was auf dem Bildschirm passierte, und es schien auch keine Rolle zu spielen. So nah, wie ich da saß, konnte ich nur dieses Maschenartige wahrnehmen, diese stürmischen Stäubchen, aber es zog mich hinein und hielt mich dort fest, als wäre ich ein integraler Bestandteil des Fernsehers, als würden sich meine Moleküle mit diesen Millionen von Punkten paaren. Ich saß etwa eine halbe Stunde so da. Dann kam ein Werbespot, einer, den ich schon ein dutzendmal gesehen und gehört hatte, und ich stand schnell auf und ging im Zimmer auf und ab, mit dem tauben und schäbigen Gefühl eines Mannes, der sich beim Aufwachen klar wird, daß er in der Nacht zuvor völlig betrunken auf dem Sofa seines Gastgebers eingeschlafen ist. Ich ging zum Couch-Tisch rüber und sah meine Post durch. Ein paar Rechnungen und fünf oder sechs Weihnachtskarten. Eine war von einem Mädchen in Denver. Sie hatte geschrieben: DEINS TUT ER GERN AUF KALTEN TRASSEN. Eine andere war von meiner Schwester Jane, die mit ihrem Mann, Big Bob Davidson, und ihren drei Kindern in Jacksonville wohnte. Es war keine Weihnachtskarte im herkömmlichen Sinn, es war eher ein Familienrundbrief, wie Jane ihn immer um diese Jahreszeit verschickte. Er war auf einen Standard-Briefbogen kopiert. Oben auf der Seite war eine aus einer Zeitschrift ausgeschnittene Abbildung eines Stechpalmenzweiges aufgeklebt.

Frohe Weihnachten aus Florida.

Während ich mich hinsetze, um euch zu berichten, was sich in diesem Jahr alles im geschäftigen Leben der Davidsons getan hat, habe ich das dumpfe Gefühl, daß wir alle gehörig übers Ohr gehauen wurden. Dieses Jahr kann einfach nicht 365 Tage gehabt haben.

Zunächst einmal, wir sind begeistert von Florida. Wir versuchen, Sonne, Strand und mildes Klima voll auszunutzen. Dieses lockere, entspannte Leben paßt uns Nordler bestens. Bei soviel Sonne, die da unsere Stadt verwöhnt, sind die kleinen Leute

(Vaughn, 6; Blair, 4; Sue Ann, 2) das ganze Jahr über von Schnupfen und Halsweh verschont.

Im April haben wir einen Wirbelwind-Trip nach Big Bobs geliebtem Philadelphia gemacht und haben einen irren Tag mit dem ganzen Davidson-Clan verbracht, der sich versammelt hatte, um seinen wandernden Helden zu begrüßen. Was war dieses Wiedersehen doch für ein denkwürdiger Tag, besonders für Bob, der, wie ich gestehen muß, mehr als genug von den reichlich vorhandenen flüssigen Erfrischungen genossen hat. Dann sind wir nach Old Holly hochgedüst, im Westchester County, wo wir meinen Paps besucht haben, der sie auf der Madison Avenue immer noch «reihenweise umhaut», und meinen lieben «kleinen» Bruder David. Es war so ein schöner Besuch, aber auch traurig, denn die Erinnerung an Mutter hing immer noch in diesem großen alten Haus wie die Töne einer fernen Flöte. Aber David hat uns dann wieder mit einem Gala-Tag in der Stadt aufgemuntert, gekrönt von einem Besuch in seinem Büro in Midtown Manhattan. Wir haben noch ein paar von seinen Kollegen kennengelernt und sogar ein oder zwei Fernseh-«Promis» gesehen. Bob war schwer beeindruckt!

Sommer war eine lustige Zeit in Jax, aber auch hektisch. Wir hatten eine ganze Reihe Grillpartys in unserm bescheidenen Patio, und ich habe die «Drei Musketiere» fast jeden Tag zum Strand rübergefahren. Im September hatten wir einen Orkan mit vielen Toten. Dann war es auch soweit, daß Vaughn in die erste Klasse kam. Unser kleiner «Gelehrter» hat sich die Haare gekämmt und zur Feier des Tages einen brandneuen Anzug angezogen. Aber erst letzte Woche mußte Bob ihn ganz schnell ins Krankenhaus fahren, wo er wegen irgendeinem Geburtsfehler operiert werden soll. Ich hoffe, ich kann euch nächstes Jahr um diese Zeit etwas Positives zu diesem Thema berichten.

Wir, Bob, die Kinder und ich, wünschen euch allen Frohe Weihnachten und ein Glückliches Neues Jahr.

Ihre Unterschrift, *Jane Davidson*, stand unten auf dem Blatt. Im Haus meines Vaters in Old Holly, wo sie den größten Teil ihres Besuches verbrachten, kamen sie nie aus ihren Turnschuhen und Khaki-Shorts raus. Das war eine neue Jane für mich, diese amerikanische Mannsfrau mit den großen Schritten. Als wir noch alle zusammen in Old Holly lebten, hatte ich keine meiner beiden Schwestern – die andere war Mary – je auch nur entfernt als unweiblich angesehen. Und jetzt war Jane Vizekapitän eines Rollschuhteams. Sie aßen nichts als Hamburger, Frankfurter und Kartoffelchips. Big Bob schien sich immer nur auf dem Boden mit den Kindern und dem Hund zu balgen, während Jane wie Babe Didrikson Zaharias die Treppe rauf- und runterlief, zwei Stufen auf einmal und mit einer vollgeschissenen Windel in der Hand. Mein Vater, dessen Phantasieleben (so vermutete ich) eine sonderbare Mischung aus dem staubigen, weitläufigen Glanz der Viehzüchter-Aristokratie und der makellosen Erziehung englischen Herzogadels war, betrachtete dieses Panorama mit eisiger Verachtung, einen Wildlederellbogen auf den Kaminsims gestützt, seine herrschaftliche Landhaushaltung, und einen stinkigen Stumpen im Mund – Charles Bickford in einem Grenzkrieg mit irgendeinem verweichlichten Schafzüchter. Doch er schaffte es, die Ruhe zu bewahren, und eine Stunde nach ihrer Abreise gestand er mir gegenüber eine vage Einsamkeit ein. Er war ein komplizierter Mann, oft derb in Sprache und Verhalten, gelegentlich unfreiwillig komisch, und doch zu wirklichem Verständnis fähig – ein guter Mensch, meine ich, unter der knurrigen Rabaukenschale, Anzeichen für sein Phantasieleben, das sich hauptsächlich in der Kleidung, die er trug, und in den Büchern seiner Bibliothek manifestierte, waren anscheinend nur für mich sichtbar, und es kann gut sein, daß ich versuchte, die Kraft seiner Wirklichkeit, die starke Wirkung, die allein schon die Tatsache seiner Gegenwart auf mich ausübte, dadurch abzuschwächen, daß ich ein paar verrückte Tagträume hineinmischte. Im Zweiten Weltkrieg hatte mein Vater im Pazifik gedient. Er kam mit Granatsplittern in der Brust und vielen Orden wieder. Er hielt die Orden versteckt und redete nie über die Granatsplitter, aber ich wußte, daß es beides gab. Wir hatten ein langes Gespräch über Sex und Tod, und danach fuhr ich noch schneller als sonst in die Stadt zurück.

Mir fiel wieder ein, wen ich anrufen wollte: Pike. Ich sagte ihm, ich hätte etwas Wichtiges mit ihm zu besprechen, und wir verabredeten uns im Zack's Bad News, einer kleinen Bar im East Village, wo er viel Zeit verbrachte. Ich rasierte mich, versprühte etwas Deodorant, fischte mit Zahnseide ein paar Essensreste zwischen meinen Zähnen heraus, sandstrahlte anschließend mit der elektrischen Zahnbürste und gurgelte mit Mundwasser. Ich zog meine grüne Chino mit Schlitztaschen an, mein Mandarin-Opiumhemd und meine Tobruk-Wüstenstiefel. Dann schlüpfte ich in den gefärbten Montana-Grizzlyjäger-Nietenledermantel, den ich erst vor kurzem bei Abercrombie's gekauft hatte. Ich beschloß, zum Zack's zu laufen. Es war kalt, und im Wind, der um die Ecken kam, lag der Geruch von Schnee und eine ferne Andeutung von Nadelgrün von den Weihnachtsbaumständen. Auf der Third Avenue kamen die Busse in Rudeln vorbei, wie OP-Säle beleuchtet, hinter jedem Fenster mehrere moribunde Köpfe. Ein paar Meter vor mir lief ein Mann mit einem Kofferradio. Er hielt es sich ans Ohr und überquerte die Straße, ohne auf den Verkehr zu achten. Ich ging fünf Blocks lang hinter ihm her, und er setzte das Radio kein einziges Mal ab. Ich holte auf, bis ich auf seiner Höhe war. Er lauschte einem Wetterbericht und redete mit sich selbst oder zum Radio. Er war viel jünger, als ich gedacht hatte, ein etwa fünfzehnjähriger Knabe, sehr mollig und fleckig, versteckte Augen spähten aus dem Babyfett heraus, und er hatte den etwas zurückgebliebenen Blick eines keimenden Genies – diese krähenartige kratzige Schläue der Lumpen- und Flaschensammler dieser Stadt, jener evolutionären Überlebenskünstler. Der Junge sah mich an.

«Schneebericht», sagte er.

Solchen Menschen kam ich nie gern zu nah. Ich überquerte schnell die Third Avenue. Ich war noch keinen Block weit gegangen, als ich ihn rufen hörte. Er stand auf der anderen Seite der Avenue bei einer Laterne und rief, die Hände um den Mund gelegt und das Radio in die Achselhöhle geklemmt, zu mir hinüber, während seine massige Gestalt zwischen den vorbeifahrenden Autos und Bussen wie bei einer Dia-Schau verschwand und wieder erschien.

«Er ist unterwegs», rief er. «Sie haben's grade angesagt. Er kommt hier lang. Wir müßten ihn jeden Moment kriegen. Acht Zentimeter bis Mitternacht. Alle Autofahrer werden aufgefordert, die Zufahrtsstraßen für die Schneeräumungsfahrzeuge frei zu halten. Der Bürgermeister sagt, nicht fahren, wenn's nicht unbedingt nötig ist. Kann jeden Moment kommen. Acht bis zehn Zentimeter. Schnee! Schnee! Schnee!»

Zack's war ein ungewöhnlicher Ort. Nur selten waren irgendwelche der ortsansässigen Anomalien zugegen – Zoroastrer, Zen-Cowboys, Wahrsager und ähnliches oder verlorengegangene Kinder, die Ames, Iowa suchten –, und sie blieben nie sehr lange. Es zog keine der verschiedenen ethnischen Gruppen oder Subkulturen des Viertels an, und von einer pulsierenden Atmosphäre mit Lachen und politischen Diskussionen, dieser studentischen Atmosphäre ellbogenrempelnder Spaßigkeit, konnte auch keine Rede sein. Zack's war einer der ruhigsten Orte in New York. Die meisten Stammgäste schienen verrückt zu sein. Sie saßen einfach da und tranken und murmelten vor sich hin. Immer mal wieder stimmte jemand ein völlig unzusammenhängendes Lied an, einen ganz persönlichen Mischmasch aus Schlaflied und Talking Blues, die Art von Lied, die man sonst nur um drei Uhr morgens in der U-Bahn zu hören bekommt. Mir machte das Lokal immer etwas angst.

Pike saß an seinem inoffiziell reservierten Tisch, zusammen mit einem jungen Mädchen, das ich noch nie zuvor gesehen hatte. Pike ging auf die Sechzig zu. Sein vollständiger Name war Jack Wilson Pike, und er nannte jeden Jack. Er hatte herrliche blaue Augen, eine schwindende Brust und den Bauch, der bei einem Mann seines Alters üblich ist. Ich hatte ihn über Sullivan kennengelernt, die einmal gesagt hatte, er sei so amerikanisch wie ein Stück Apfelkuchen, auf das gerade eine Fliege scheißt. Sie hatte auch gesagt, er habe ihr einmal das Leben gerettet, doch die näheren Umstände erläuterte sie nicht. Das Mädchen trug ein altes zerschlissenes Lederblouson, das ich als Pikes erkannte, seine Fliegerjacke.

«Wie gefällt dir mein obdachloses Kindchen hier?» sagte er.

Das Mädchen schlug ihm auf die Schulter.

«Er sagt, ich bin sein obdachloses Kindchen. Er ist ein Colonel von der Air Force, und ich bin die kleine Obdachlose, die er aus einem brennenden Gebäude gerettet hat. Einem Gebäude, das seine eigenen Flugzeuge bombardiert haben. Wir sind noch nicht bis zu der Stelle gekommen, warum er sich in den Straßen herumgetrieben hat, während seine eigenen Flugzeuge Bomben abgeworfen haben.»

«Ich war ein Spion», sagte Pike. «Ich war der Vortrupp. Ich bin in der Morgendämmerung abgesprungen, um die Bombardierungskoordinaten aufzustellen. Die haben mich nur mit einem Kurzwellen-Funkgerät und einem Bowie-Messer abgesetzt. Keine Pistole, haben sie gesagt. Ein einziger Schuß, und die ganze Landschaft würde vor Truppen nur so wimmeln. Wenn du töten mußt, haben sie mir gesagt, nimm das Messer. Es ist schnell und lautlos.»

Sie knallte ihm mit dem Handrücken gegen die Rippen. Pike fragte mich, was ich trinken wolle. Er selbst schien schon betrunken zu sein, oder auf dem besten Wege, und in einer Stunde oder so würde ihm der Kopf auf die Brust sinken, und sein gesamter Oberkörper würde sich mit der traurigen und schwerfälligen Majestät eines gesprengten Berghanges zum Tisch hin neigen. Er kam mit zwei Gläsern von der Theke zurück.

«Ich hab Neuigkeiten», sagte ich.

«Die Lady hat's mir schon erzählt.»

«Was hältst du davon?»

«Setzt mich in Miami Beach ab.»

«Direkt nach Westen, Pike. Hinein in den großen weißen Schlund.»

«Der große weiße Schlund und seine Schwester Katy. Um diese Jahreszeit kann man da draußen ums Leben kommen. Frag Cash hier. Sie stammt aus Wyoming, dem Gleichberechtigungs-Staat. Erzähl ihm von den Elchherden, Putzi. Wie's so kalt wird, daß sogar ein Elch das nicht mehr aushält. Da ist bei mir der Ofen aus, bei felltragenden Tieren. Wenn's für die zu kalt ist, bin ich nicht mehr mit dabei.»

«Ich würde gerne in einem großen, feuchten Gewächshaus leben», sagte das Mädchen.

«Schneestürme», sagte Pike.

«Die wollen Schneestürme haben», sagte ich. «Der Sender will Schneestürme. Wir wollen zeigen, wie viele Fortschritte die Navajos inzwischen gemacht haben, und wenn wir gleichzeitig auch noch einen Schneesturm kriegen können, um so interessanter die Show. Luftbrücken per Hubschrauber. Feldlazarette.»

«Damit heimst ihr bestimmt die saftigsten Preise des Gewerbes ein. Aber ohne mich.»

«Hör zu, der Teil der Sache ist völlig unwichtig. Wir fahren einfach da raus, weiter nichts, nur so zum Spaß. Wir fahren erst in ein paar Monaten, so daß das Wetter dann bestimmt schon sehr viel besser ist als jetzt, auch da draußen. Ich glaube, wir können uns in Maine einen Camp-Trailer organisieren. Und dann fahren wir einfach los. Du kannst die Route planen. Wird uns nicht viel kosten. Essen und Sprit. Ich übernehm den Sprit.»

«Frag Jack mal, ob er jemals schon über Land gefahren ist. Frag ihn, ob er weiß, wie nervtötend das sein kann, im tiefsten Sinne des Wortes. Ich hab's schon ein paarmal gemacht, und das Geräusch der Scheibenwischer kriegst du nicht mehr aus dem Hirn.»

«Hör mal, in meinen letzten beiden College-Jahren bin ich mit meinem T-Bird hin- und zurückgefahren. Es war super. Hab nur zum Schlafen und Essen gehalten. Wir gehen das langsamer an. Wir meiden die Super-Highways. Wir entdecken die verlorenen Straßen Amerikas. Ich nehme meine Filmkamera mit. Wir halten alles auf Film fest. Deinen geistigen Vater, Pike. Du hast doch immer gesagt, du willst mal einem Puma begegnen. Nun, da draußen ist er und wartet auf dich, hingeduckt auf einem großen braunen Felsen, und schlägt mit dem Schwanz.»

Das Mädchen trank nichts. Ich wurde aus dem Verhältnis zwischen den beiden nicht schlau. Sie war etwa ein Drittel so alt wie er und schien sehr an ihm zu hängen, aber auf eine Art, die ich nicht richtig ausmachen konnte. Ihre Ausdruckslosigkeit faszinierte mich. Sie sah beinahe verführerisch aus in Pikes Windjacke, klein und dumm und zaghaft. Ich hatte das Bedürfnis, mehr über sie zu erfahren, dieses unvollständige Bild zu füllen. Erst wenn es vervollständigt war, konnte es mir sagen, ob ich das weitergehende Bedürfnis hatte, von ihm irgendeine kleine Anerkennung meines elektrisierenden männlichen Potentials zu verlangen. Mir fiel das attraktive Pärchen wieder ein, das ich am Nachmittag beim Mittagessen in dem Restaurant gesehen hatte, wie sich unterm Tisch ihre Beine berührt hatten. Pike begann wegzudämmern.

«Wieso willst du fahren, wenn du fliegen kannst?» sagte sie. «Fliegst du nicht gerne? Ich find's toll. Es ist das Geilste, was es gibt.»

«Das ist eine religiöse Reise», sagte ich. «Flugzeuge sind noch nicht religiös. Autos sind religiös. Vielleicht kommen Flugzeuge als nächstes dran.»

«Flugzeuge sind geil.»

«Richtig, so wie früher die Autos. Aber Autos sind jetzt was Religiöses, und das hier ist eine religiöse Reise.»

Irgendwas rührte sich.

«Er ist da draußen, sagst du, und schlägt mit seinem Schwanz. Ich wollte immer schon mal einem Puma gegenüberstehen, ohne Gitterstäbe zwischen uns beiden. Da könnte was passieren. Da könnten wir was Gemeinsames spüren, eine verbindende Strömung. Ein Laie wie du kann das nur schwer nachvollziehen. Aber so einem herrlichen, dampfenden Tier direkt gegenüberzustehen. Das hat was Mystisches, Jack. Was Mystisches. Der Kuguar. Der Berglöwe. Der Catamount. Der Puma. Im Zoo hab ich ihn zum ersten Mal gesehen, als ich gerade zehn war. Schon damals habe ich diese Verbindung zwischen uns gespürt. Ich würde ihm gerne direkt gegenübertreten. Ohne Gitterstäbe. Da könnte was passieren.»

«Wir fahren in die Rockies hoch», sagte ich.

«Ich möchte ihm gerne gegenübertreten, bevor ich sterbe.»

«Wir fahren in die Rockies hoch. Da haust er, in die Schatten geduckt, und wartet vielleicht auch auf eine Epiphanie. Du kriegst einen Kampfauftrag. Hat Sully gesagt. Und du kannst unsere Route ausarbeiten.»

«Ich muß mal», sagte das Mädchen.

«Das Klo ist da hinten.»

Wir schwiegen so lange, bis sie wiederkam. Als sie sich setzte, boxte sie ihn in den Rücken. Dann sagte Pike zu mir:

«Wer rennt schneller, Windhund oder Gepard?»

«Weiß ich nicht. Keine Ahnung.»

«Denk drüber nach. Es eilt nicht. Laß dir Zeit. Windhund oder Gepard?»

«Ich muß raten», sagte ich.

«Wenn's nicht anders geht.»

«Ich würde sagen, ein Windhund ist schneller.»

Er schlug auf den Tisch und starrte unbeschreiblich angewidert in die Kulissen.

«Sag's ihm, Hühnchen.»

«Gepard», sagte sie.

«Woher weißt du das?»

«Der Gepard macht hundertzwölf Ka-Em-Ha», sagte Pike.

«Woher weißt du, wie schnell ein Windhund läuft?»

«Kein lebendes Wesen, Mensch oder Tier, schafft mehr als hundertzwölf. Nur der Gepard. Der Gepard rennt wie der Wind.»

«Sind die jemals in einem Wettrennen gegeneinander angetreten?»

«Windhunde sind noch nie schneller als siebenundfünfzig gelaufen. Sogar eine Gazelle kann einen Windhund mühelos abhängen. Ich kann dir jede Menge Tiere nennen, die in der Lage sind, den berühmten Windhund niederzumachen. Die Gazelle. Die Gabelantilope. Der Feldhase. Jede Menge. Mann, bist du dämlich.»

Pike war von Tieren fasziniert. Er veranstaltete gerne theoretische Wettrennen, Kämpfe und Kraftproben. Seine Tatsachen standen oft auf wackligen Füßen, aber seine Überzeugungen waren tief und beständig. Wer versuchte, das Ergebnis irgendeines seiner epochalen Wettrennen oder fauchenden Kulturhyänen- und Hahnenkämpfe anzuzweifeln, kam nie sehr weit. Pike legte einem gleich eine ganze Reihe von, wie er es nannte, nachprüfbaren Tatsachen und Dokumentationen vor. Sein Gesicht verkrampfte sich vor Zorn und Schmerz in dem Versuch, seinem Kontrahenten die auf der Hand liegende Wahrheit klarzumachen.

Ich weiß nicht, welcher Aspekt der Tierwelt ihn zu solchen Gefühlsaufwallungen hinriß, vielleicht bloß die Unschuld, die von Kindern und alten Männern empfundene Faszination für ein unbeflecktes Leben und den reinsten aller Tode. Pike war ein lebendes Schizogramm wie auch Sullivan und Bobby Brand, den es noch vorzustellen gilt, und mein Vater und meine dahingeschiedene Mutter und vielleicht auch ich selbst. Er war jetzt fast hinüber. Seine Stimme war träge und schien sich selbst zu überlappen, die Worte blieben ihm an der Zunge kleben. Während seine Zigarette noch im Aschenbecher glühte, zündete er sich schon die nächste an. Bald würde ich soviel wie möglich über seine Teenie-Queen erfahren, den abstrakten Cartoon, den er vor Fußtritten und Regen gerettet hatte.

«Wieso behältst du deine Hände ständig unterm Tisch?» fragte ich sie. «Du nimmst sie nur hoch, um Pike zärtlich eine runterzuhauen. Und dann verschwinden sie wieder. Was gibt's denn da so Interessantes unterm Tisch?»

«Dorothy Lamour und die Tentakeltiere.»

Pike grunzte und sackte sachte zusammen. Ich ging zur Theke und bestellte mir noch einen Drink. Zack legte die Zeitung weg und nahm seine Brille mit den dicken Gläsern ab. Er goß mir was ein, hob den feuchten Fünfer hoch, wischte die Theke ab, gab mir mein Rausgeld und setzte sich in einen Klappstuhl unter einem überbelichteten Foto von einem Bräutigam und seinem Trauzeugen vor dem St. George Hotel in Brooklyn.

«Was ist das?» fragte sie.

«Scotch.»

«Sieht echt super aus. Das Eis leuchtet, und da gibt's überall diese kleinen Explosionen.»

«Warum willst du in einem Gewächshaus leben?»

«Ich will in einem großen, feuchten Gewächshaus leben, wo Haare drin wachsen. In den Töpfen wachsen überall Puppenhaare und Wauwauhaare. Das wär super. Und es könnte jeder kommen, der will. John und Paul und Mick und die Doors und die Airplane und Bobby und Buffy. Wir würden alle rauchen, und es gäbe jede Menge audiovisuelle Hardware. Und dann würden wir alle Eis mit heißer Schokosoße essen. Das wäre überhaupt das Superding.»

«Wie hast du Pike kennengelernt?»

«Ich war mit einem Knaben von der NYU im Elephantiasis. Die Vibrations waren mies. Ich war völlig stoned von Hasch und hab sicher eine Trillion Pfund gewogen. Das war ein Gefühl, wie wenn man hinten im blauen Bus sitzt. Dann ist Papa hier aufgetaucht und hat dem Knaben an die dutzend Drinks spendiert, worauf der aufs Klo ist und nicht wieder rauskam. Dann hat Papa mich auf sein Zimmer mitgenommen, und dort haben wir einen ganzen Sara-Lee-Schokoladenkuchen weggeputzt und so ein riesen Milchdings getrunken. Das ist vielleicht was.»

«Ich heiße übrigens nicht Jack. Nicht daß ich was dagegen hätte, Jack genannt zu werden. Irgendwie gefällt's mir sogar. Das ist wie in irgend so einer wunderbaren fernöstlichen Religion, wo die kleineren Gottheiten genauso heißen wie der Chef. Wegen dir hab ich ein schlechtes Gewissen, wenn ich trinke. Wo wohnst du eigentlich?»

«Bei Lee, Jemmy und Kit.»

Ich langte hinüber und zog den Reißverschluß ihrer Windjacke auf. Meine Hand berührte ihre kühle Brust. Ich registrierte eine kleine Bewegung hinter der Theke und wußte, daß eins von Zacks Schnapsglasaugen von der Zeitung aufgeblickt hatte. Ich rückte näher, klemmte ihr Knie zwischen meinen Beinen ein. Meine Hand schob sich von ihrer Brust hoch zu Hals und Gesicht, und als ich sie küßte, kam von diesem feuchten mechanischen Mund eine Rückmeldung, die mich wissen ließ, daß alles, was wir taten, hier oder später, unendlich gleichgültig war. Ich machte mir nicht die Mühe, die Jacke zusammenzuziehen, und sie machte sich nicht die Mühe, es zu bemerken.

«Hauen wir ab hier», sagte ich. «Wir gehen zu mir.»

«Wir müssen ihn nach Hause schaffen.»

«Der kommt schon allein zurecht. Das macht er ständig. Ich hab eine Stereoanlage, die fast tausend Dollar wert ist.»

«Wenn ich richtig high bin, kann ich den Zwischenraum zwischen den Tönen spüren.»

«Gehen wir», sagte ich. «Wenn du willst, essen wir irgendwo noch was, und dann gehen wir zu mir.»

«Kann er mitkommen?»

«Der kommt allein zurecht.»

«Wir haben in der Mitte unseres Zimmers einen Kreis gemalt. Da sitzen wir alle drin, wenn wir rauchen. Das ist echt toll.»

«Was macht ihr sonst noch?»

«Was wir wollen», sagte sie.

«Aber was?»

«Man kann machen, was man will.»

«Geht's nicht ein bißchen genauer? Ich will genau wissen, was du damit meinst.»

«Das ist einfach. Das ist so einfach. Du kannst mit zu mir kommen, wenn du willst. Wir haben Stoff da. Aber zuerst müssen wir ihn nach Hause schaffen.»

Ich zog mich von ihr zurück und trank meinen Drink aus. Sauschweres Stück Pumafleisch. Würde ich helfen müssen, ihn auszuziehen? Mit spitzen Fingern seine müden Socken abzupfen und den schnarchenden Kloß in sein Feldbett stecken? Es gibt kaum etwas so Deprimierendes wie den Anblick eines betrunkenen Freundes, der doppelt so alt ist wie man selbst; da werden so viele Illusionen in Frage gestellt. Er gab einen Laut von sich, dann noch einen, kleine Hunde, die in seiner Kehle bellten. Sein Kopf lag auf seinem linken Unterarm. Die Haare in seinem Nacken waren hellbraun und grau. Ich legte meinen Arm um seine Schulter.

«Was für eine Farbe hat der Kreis?» fragte ich.

«Er ist rot. Es ist ein großer roter Kreis, und wir sitzen alle drin. Du kannst kommen, wenn du willst. Jeder, der will, kann kommen. Du und ich und er. Wir können alle drei hingehen.»

Ich lehnte mich vor und zog den Reißverschluß der Jacke zu. Ich mochte sie. Ich hatte keine Lust, sie zu zertrampeln. Sie war zerbrechlich und vertrauensvoll, schön auf ihre nichtssagende Art, und meine Worte konnten die Zwischenräume nicht erreichen, die sie zwischen den Tönen fühlte. Doch dies gab mir nicht das Recht, sie zu zertrampeln. Kommunikationstheoretiker und

Kaiser des Stereo. Ich gab ihr fünfzehn Dollar – damit sie sich was zu essen kaufen konnte, sagte ich.

«Nein, ich kann nicht mitkommen», sagte ich. «Wir bringen ihn nach Hause, und das war's dann für heute abend.»

Dann lächelte ich sie dämlich an, und sie antwortete mit dem schmucklosen Blick einer geschwächten Nonne, die sich erfolgreich Geld erbettelt und keine Hand gefunden hat, die ohne weiteres bereit war, ihre zu berühren.

Du kannst etwas über eine Frau erfahren, indem du ihren Schritten auf einer Treppe lauschst. Während sie zu dem Treppenabsatz hoch kommt, wo du wohnst, an deiner Wohnungstür vorbeiläuft und dann wieder anfängt, die Stufen hinauf zu gehen, kannst du mit einiger Gewißheit feststellen, ob sie wohlgeformt ist, impulsiv, ungehobelt, geziert, müde, geistreich, oder ungeliebt. Es ist interessant, über den Schwung ihrer Fesseln zu spekulieren, wie ihr Apartment eingerichtet ist, ob sie an ein höchstes Wesen glaubt oder nicht.

Die Schritte, die ich in dieser Nacht, an diesem frühen Morgen hörte, waren die meiner Ex-Frau Meredith, die einen Stock höher mir gegenüber wohnte. Als sie an meiner Tür vorbeiging, meinte ich ein winziges Zögern in ihrem Gang zu bemerken. Ich rührte mich nicht aus dem Sessel und ließ auch das Buch nicht sinken, das ich las. Die nächste Treppe ging sie langsam hoch, und in der vollkommenen Stille des Gebäudes zu dieser späten Stunde reichte das Geräusch ihres Schlüssels im Schloß aus, um eine Stimmung durch eine andere abzulösen, und das leise Schließen ihrer Tür war diesem sinnlichen Atemzug nicht unähnlich, der zwischen den stillen Zeiten schlafloser Nächte in fallendem Regen zu hören war, in den Stimmen draußen auf der Straße, in der Dunkelheit, die von der Resonanz des kleinsten Geräusches ins Schwingen geriet. Ich wartete eine Viertelstunde und ging dann nach oben. Meredith spähte durch den Türspion und öffnete mir darauf die Tür. Sie hatte ein papageienfarbenes Hauskleid an, das ihre Eltern ihr aus der Türkei geschickt hatten, wo ihr Vater jetzt stationiert war und sich um eine geheimgehaltene Anzahl erigierter Raketen kümmerte. Sie hatte eine wunderbare Sonnenbräune.

«Wie war Puerto Rico?»

«Großartig, David. Du solltest wirklich mal für ein, zwei Wochen hin. Setz dich. Ich hol dir was.»

«Ich hab dich an meiner Tür vorbeigehen hören. Ich konnte nicht einschlafen und hab mir gedacht, ich komm mal kurz vorbei.»

«Ich bin heute mit dem gräßlichsten Mann der Welt ausgegangen. Er konnte nur über sein Acht-Lautsprecher-Stereosystem und seinen Jaguar E reden.»

Sie brachte die Drinks zum Sofa und setzte sich neben mich. Obwohl ich sie in diesen Jahren oft sah, war ich doch immer wieder von einigen Veränderungen überrascht, die sich seit unserer Scheidung in ihrer Sichtweise und in ihrem Charakter vollzogen hatten. Sie war mittlerweile zu einer richtigen New Yorkerin geworden, gut informiert, zielstrebig, schwer zu beeindrucken. Verschwunden war die süße Begeisterung der Teenager-Braut, dieses Sich-plötzlich-in-den-Raum-Schleudern, das mir wie die Fortführung einer von Rastlosigkeit geprägten Kindheit erschien. Doch die neue Verfeinerung brachte eine namenlose Bedrohung mit sich. Meredith war in ihrer Reife nicht so gefestigt, daß sie nicht diese Zeiten der Niedergeschlagenheit und Selbstzweifel erlebt hätte, von denen das Leben selbständiger Frauen durchwirkt zu sein scheint. Sie arbeitete als Sekretärin des Kulturredakteurs eines Nachrichtenmagazins. Es war ein ziemlich simpler Job, der Schreibmaschinen- und Stenokenntnisse erforderte, nicht mehr als rudimentare Intelligenz, und doch ließ sie sich dadurch veranlassen, sämtliche Museen und Kunstgalerien der Stadt zu erkunden, und Urlaub und Geld dafür zu opfern, die Klöster und Schlösser Europas zu durchstöbern, all jene Touristenfallen, die von Wärtern bewacht werden, die so aussehen, als hätten sie gerade ihre eigene Tochter entjungfert. In einem Sommer hatte ich mich einmal mit Meredith in Florenz verabredet, auf irgendeiner glokkenläutenden Piazza, wir saßen da und nippten an unseren orangefarbenen Getränken, die so seltsam an ein Nedick's-Fast-food-Restaurant an der Eighth Avenue erinnerten, während winzige wirbellose Autos an unserem Tisch vorbeirasten, jeder Fahrer seinem eigenen Grand Prix hinterher. Merediths Augen blitzten. Ihr Arm machte eine ausholende Bewegung über diese Szenerie von steinernen Kriegern, Philosophen, Adligen und Statisten. «Was für eine Bedeutung!» rief sie. «Was für eine stupende Bedeutung!»

«Was gibt's Neues von deinen Alten? Schwer vorstellbar, daß sie volle vier Jahre in Deutschland verbracht haben sollen. Die Zeit ist ja wie nichts vergangen.»

«Es geht ihnen beiden gut», sagte sie. «Ich soll sie im Frühjahr besuchen, und wenn ich freibekommen kann, würde ich unheimlich gerne gehen. All diese Moscheen.»

«Die Türkei ist ja wohl eine Mischung verschiedener Kulturen.»

«Das behauptet Mutter. Übrigens, David, ich habe heute nacht von dir geträumt.»

«Ach ja? Wirklich?»

«Wir saßen im Wohnzimmer des Hauses in London, wo ich damals gewohnt habe, bei meiner Cousine Edwina.»

«Worüber haben wir uns unterhalten? Weißt du noch, was ich gesagt habe?»

«Ich glaube, wir haben uns gar nicht unterhalten.»

«Ich nehme an, wir waren angezogen. Sonst hättest du etwas gesagt.»

«Ja.»

«Was haben wir angehabt?» fragte ich.

«Ich kann mich nicht erinnern.»

«Und wir saßen. Wir sind nicht gestanden oder herumgelaufen.»

«Ich bin sicher, daß wir saßen. Ich war beim Fenster. Ich habe auf Lennox Gardens hinausgesehen. Und du warst in der andern Ecke des Zimmers.»

«Was habe ich gemacht?»

«Du bist nur dagesessen», sagte sie.

«Irgendwas müssen wir doch gemacht haben. Irgendwas müssen wir doch zueinander gesagt haben.»

«Ich kann mich nicht mehr erinnern, David.»

«Versuch dich zu erinnern. Es ist wichtig.»

«Wieso?»

«Weil das ein Hinweis sein könnte. Ich meine, es ist ja nicht so, als wäre ich einfach in ein Labyrinth geraten. Das gehört alles zu meinem Plan. Du hast mich in deinen Traum gesetzt, und es ist wichtig für mich zu wissen, was ich für einen Auftrag hatte. Das ist eine Art Begnadigung, wenn man in den Schlaf eines andern reinkommt. Der Traum kann dir sagen, daß du doch nicht schuldig bist. Das ist wie eine zweite Chance. Irgendwo da drin versteckt sich ein wertvoller Hinweis. Also, versuch dich jetzt mal zu erinnern, was wir getan haben, außer nur herumzusitzen. Versuch dich zu erinnern, was wir zueinander gesagt haben. Es ist wichtig.»

«Ich hab dir schon alles erzählt. Falls da noch mehr war, ist es mir leider entfallen.»

«Ich nehme die Sache wahrscheinlich zu wichtig», sagte ich. «Okay, laß hören, wie Puerto Rico war und was du da alles für faszinierende Männer kennengelernt hast.»

Sie setzte das Glas an ihre Lippen und sah mich über den Rand an. Dann beschloß sie, es mir zu erzählen.

«Da war einer. Er war geschäftlich dort. Äußerst nett. Würde dir gefallen, David. Trockener Humor. Sehr sportlich. Fotograf. War gerade für *Venture* unterwegs. Er wurde in Deutschland geboren, wodurch wir natürlich gleich Gesprächsstoff hatten, wo doch meine Eltern da gelebt haben und so. Er wohnt in einem umgebauten Bauernhaus in Darien. Sehr verheiratet. Drei Söhne. Typisch, daß so einer wie Kurt nur Jungs hat. Er ist genau der Typ. Sportlich. Ständig draußen. Tweed und Leder. Aber sehr verheiratet. Es hat Spaß gemacht, einfach zusammenzusein. Weiter nichts. Da kann unmöglich was draus werden.»

Diese Fahndungsbeschreibung, die verbergen sollte, was sie für ihn empfand, hatte genau den entgegengesetzten Effekt, und zwar so genau, daß ich mich fragte, ob sie das so beabsichtigt hatte. Die Listen der Ehe wirken manchmal erfrischend schlicht neben jenen der Ex-Ehe. Sie goß uns noch mal ein, und dann unterhielten wir uns weiter über Kurt. Meredith vertraute sich mir gerne an. Nach anfänglichem Zieren, der Form halber, erzählte sie mir immer von jedem ihrer Verhältnisse, und zwar völlig aufrichtig, wie es schien. Ich genoß diese Diskussionen. Sie schienen eine echte Wärme zwischen uns zu erzeugen, eine edle, alte und sanfte Hitze, Brandy vorm Kamin. Ich zeigte ehrliches Mitgefühl und gab ihr ein paar gute Ratschläge, und wenn dann wie immer ich drankam, vor diesem fröhlichen Feuer zu stehen und dieses großartige alte Ballonglas zu heben und von meinen eigenen Herzenslieben zu singen, erzählte ich nichts als Lügen. Es war sehr unterhaltsam. Bald lernte ich den Reiz pathologischen Lügens zu schätzen. Eine eigene Wirklichkeit zu konstruieren und sie dann zu einem unwahrscheinlichen Extrem hinzubiegen war ein Abenteuer, das noch spannender war als die linguistische Akrobatik des freien Falls, die im Sender gepflegt wurde. Für einen Anfänger habe ich wohl eine ganz gute Figur gemacht. Ich lernte, daß in einer Atmosphäre von Abgeschiedenheit, Intimität und Motelbeichte keine Lüge zu kraß, kein Cliché zu abgegriffen, kein Ausflug der Phantasie zu kitschig sein kann. Nebem dem reinen Unterhaltungswert hatte ich genau zehn Gründe, sie anzulügen. (1) Das Manische dieser Geschichten bot ein hübsches Gegengewicht zu Merediths konventionellen Episoden voller Herzschmalz und unterleiblicher Drüsentätigkeit. (2) Die Nacht wimmelte von ernsten jungen Menschen, die einander ihre Probleme erzählten, und ich zog es vor, mich aus all diesem Mitgefühl und Gefühlsgelaber herauszuhalten. (3) Das Erzählen unnötiger Lügen (so sie der Geliebten oder ehemals Geliebten erzählt werden) erzeugt beim Lügner ein komplexes Gefühl aus Bedauern, Schuld, Überlegenheit, Mitleid, Zärtlichkeit und Macht – eine Mischung, die ich dann mit nach unten nahm und wie ein Reagenzröhrchen herrlicher Chemikalien analysierte. (4) Der Fabulist in mir, der knapp unter der Wasserlinie lauerte, begrüßte die Herausforderung, jeder Lüge noch eine neue draufzusetzen, und sehnte sich nach einem fernen Nexus der Perfektion, der Supervereinigung aller Lügen zu einer strahlenden und transzendentalen Fiktion. (5) Mit (4) verwandt. Das amöbische, schleichende Streben des Menschen nach göttlicher Schöpferkraft. (6) Sich jenseits der Schwerkraft zu befinden, schwebend in einem eigenhändig zusammengesetzten Traum. (7) Die sexuelle Erregung, die dadurch in uns beiden aufkam. (8) Langeweile. (9) In einige dieser Geschichten brachte ich auch etwas von mir selbst ein, in der, wie sich herausstellte, törichten Hoffnung, zu einer Definition zu gelangen, natürlich zu einer durch die umgebende Absurdität getarnten – zu einer Definition meiner selbst, ohne die übliche Qual, die mit solchen Prüfungen einhergeht. (10) An Problemen hatte ich ihr wirklich nichts zu erzählen, weder in Sachen Liebe noch sonst etwas. Das einzige Problem, das ich hatte, war, daß mein ganzes Leben eine Lektion über die Wirkungsweise von Echos war: daß ich in der dritten Person lebte. Es wäre schwierig gewesen, ihr das zu erklären.

«Wegen dem Traum, David. Mir ist grade was eingefallen. Vielleicht ist das der Hinweis, daß wir einfach nur dagesessen sind.»

«So wie wir jetzt hier dasitzen.»

«Das ist es vielleicht. Vielleicht habe ich was verdrängt.»

«Das ist es vielleicht», sagte ich.

Dann, genau aufs Stichwort, ging sie zum Fenster wie Olivia de Havilland, so anmutig krank.

«Es schneit immer noch», sagte sie.

Die Kommunikation zwischen uns verlief äußerst präzise. Einen Moment lang dachte ich an all die burtschen und kirkschen Eigenheiten, die leidenschaftlich geballte Faust, majestätische Zähne, die zornige Hand, die übers Haar fährt, die Überraschung eines kolossalen Lächelns, ein Lächeln so üppig und voll wie ein sonnenbeschienenes Feld gemähten Kansas-Weizens, und dann einen Anflug von heftiger Trauer, ein schwaches Flackern in den Augen. Kirk als Van Gogh. Burt als der Gefangene von Alcatraz. Es war beruhigend, wieder in der schlichten Vergangenheit zu sein. Mir fiel auf, daß an der Wand zwei neue Drucke hingen. Ich wußte nicht, wer die Künstler waren, aber sie hatten beide das gleiche Thema, expressionistisches Deutschland, dicke schwarze Pest und Schuldgefühle, und ich war mir so gut wie sicher, daß sie sich jetzt wegen ihres Fotografenfreunds, dieses Männermanns der freien Natur, für deutsche Malerei interessierte. Ich rückte näher, und sowie meine Hand ihre Hüfte spürte, locker, weich und träge unter dem Hauskleid, dachte ich an das Mädchen, von dem ich mich erst vor einigen Stunden verabschiedet hatte, und an den Kreis, den sie zusammen mit ihren Schwestern und brüderlichen Geliebten bilden würde, den Kreis, den ich Angst gehabt hatte zu betreten. Meredith nackt am Fenster war eine mir bekannte Größe. Ich zog mein Hemd aus.

Minuten später waren wir im Bett, mit dem Gefühl, in einer seltsamen Verschwörung verbunden zu sein. Es herrschte Dankbarkeit zwischen uns, Kommunikation, beiderseitige Bereitschaft, zu unserer Verschwörung zu stehen. Am Schluß, als unsere Atemstöße sich fiebrig vermischten, hatte ich vor allem anderen das Gefühl, zu einem alten und liebevollen Haus zurückzukehren. Es war das einundzwanzigste Mal, daß wir in den fünf Jahren seit unserer Scheidung miteinander geschlafen hatten.

Ich holte den tragbaren Fernseher, und dann sahen wir uns noch für eine halbe Stunde oder so einen Film an. Es war einer von diesen alten englischen Filmen, wo die Leute einander immer versprechen, sich in der Victoria Station zu treffen, sowie der Krieg vorbei ist. Dann schlief sie ein, auf dem Bauch, ihr Bein über meinen Oberschenkel drapiert, ihr amerikanischer Arsch, so klassisch, strahlend und einer Studentin würdig wie eh und je. Mir fiel der Kopf zur Seite, und ich wollte, wie es beim Sender hieß, gerade ausblenden, als ich unten im Treppenhaus Schritte und das Rascheln von Papier hörte. Ich wußte, das war der Journalist, der auf meinem Stock wohnte und jetzt durch den Flur schlich, um wieder eine seiner Mülltüten vor meine Tür zu stellen. Wenn er nur eine Tüte für die morgendliche Abholrunde des Hausmeisters hatte, ließ er sie vor seiner eigenen Tür stehen. Bei mehr als einer Tüte bekam ich den Überschuß. Ich stellte mir seine dünne, ausgetrocknete Gestalt vor, wie sie, in Kasperle-Pyjama und braunen, abblätternden Pantoffeln, vornübergebeugt die Wand entlangschlich, mit zusammengebissenen Zähnen und verkniffenem Gesicht. Es gibt Dinge, die niemand versteht. Letztendlich ist es der unsichtbare Hausmeister, der uns alle in der Hand hat.

Ich schlüpfte unter ihrem Bein hervor und schaltete den Fernseher aus. Ich ging nackt die Treppe hinunter, meine Schuhe in der Hand, meine Sachen überm Arm. Ich wollte alleine aufwachen. Dies war eine Eigenheit von mir, die eine Menge Frauen in all den Jahren hassen gelernt hatten. Mein Apartment begrüßte mich, düster und still, der Rotweingeruch von Bildern und Läufern, der Kamin und die Eichenholztäfelung, die schwarzen Lederpolster, alt und gemütlich rissig, die matten Kupferbecher auf dem Kaminsims und der blanke Bier-Farbton der Schreibtischlampe – alles warm und vertraut und nach keinerlei Beachtung heischend, all das erinnerte mich daran, daß Einsamkeit von niemandem irgendwelche Versprechungen verlangt. Ich duschte und ging ins Bett.

KAPITEL 4

Weede Denneys Schädel, vorzeitig kahl geworden und sommersprossig, nahm die aalglatte kreisrunde Kahlheit seines Couchtisches auf. Als hätte der Büro-Innenarchitekt sie beide entworfen, Schädel und Tisch, als triumphale Demonstration der idealen Harmonie zwischen einer Führungskraft und ihrem Mobiliar. Er blieb einen Moment lang stehen, ging etwas in die Knie – was mein Vater immer tat, wenn seine Unterwäsche in irgendeiner unterwärtigen Spalte eingeklemmt war, womit er mich, einen Knaben noch, belehrte, daß dies die gepflegte Alternative zur manuellen Befreiung war, diesem rüpelhaften Zeitvertreib der Unterprivilegierten und Geisteskranken – und nahm dann wieder in dem schwarzen und elfenbeinfarbenen Friseurstuhl Platz, erfrischt und jackenlos. Seine Stahltrommelbrust eliminierte jegliche Andeutung von Falte oder Knitter aus dem dunkelblauen Hemd, das er anhatte. Es war Punkt neun, Zeit für die Freitagsbesprechung, und wir waren alle da, mit Block und Bleistift: Richter Janes, Mars Tyler, Walter Faye, Jones Perkins, Grove Palmer, Paul Joyner, Quincy Willet, Ted Warburton und Reeves Chubb, der das gleiche Hemd, die gleiche Krawatte und den gleichen Anzug anhatte wie am Tag zuvor. Weedes Sekretärin kam herein, um Kaffeebestellungen entgegenzunehmen, ein Vorgang, der mindestens fünf Minuten in Anspruch nahm, die meisten davon der kollektiven Klärung von Reeves Chubbs Bestellung gewidmet, die einen großen Kaffee, schwarz, ein Stück Zukker, einen Sahnewindbeutel, aber nicht die Sorte mit Schokoladeguß, einen Obstbecher, aber wenn möglich ohne die Kirschen, und eine Schachtel Mentholzigarren mit Plastikmundstück umfaßte. Im Verlauf dieser Szene wurde Weedes Miene etwas verkniffen, und als ich mit meiner Bestellung an der Reihe war, lehnte ich dankend ab, mit der Begründung, ich hätte schon gefrühstückt, und wurde für diese Lüge mit einem raren päpstlichen Nicken von Weede belohnt.

«Fangen wir an», sagte er. «Grove, ich glaube, wir fangen mal bei dir an. Die Einschaltquoten der Kriegsschau sind im Keller.»

«Ich war in Tripoli», sagte Grove Palmer.

«Natürlich, das wissen wir alle. Niemand will dir zu nahe treten. Aber das Problem ist da, und wir müssen darauf reagieren. Es wird Druck ausgeübt.»

«Ich bin für Liveübertragungen per Satellit. Schon vor meiner Zeit in Tripoli bin ich für Liveübertragungen per Satellit gewesen.»

«Dafür kriegen wir nie die Genehmigung», sagte Quincy.

«Verlaß dich nicht drauf.»

«Das ist Leichenfledderei», sagte Warburton.

«Wie Weede schon sagt, das Problem ist da, und wir müssen darauf reagieren. Sie machen Druck. Ich würde sagen, machen wir doch unsererseits Druck. Hepworth hat die halbe Stunde zur Steigerung der Wirkungsfrequenz gekauft. Ich würde sagen, dann zeigen wir's ihm doch. Ich glaube, für bestimmte Kampfgebiete können wir eine Genehmigung bekommen. Klar, daß wir keine Großaufnahmen bringen, wenn es sich vermeiden läßt. Und bei Live-Situationen dürfen wir keinen Hardrock unterlegen, wie wir das in letzter Zeit gemacht hatten. Aber in der kurzen Zeit, seit ich aus Tripoli zurück bin, habe ich Erkundungen eingezogen, und ich glaube, für die Gebiete, wo es für uns günstig läuft, können wir auf jeden Fall eine Drehgenehmigung kriegen.»

«Es ist die schiere Leichenfledderei», sagte Warburton.

Warburton war der Älteste im Raum und hatte als solcher die Rolle des Stammesgewissens übernommen. Dies geschah mit stillschweigender Billigung aller Anwesenden. Er war der Älteste von uns, der Informierteste, der Größte und Graueste, der am wenigsten Gefürchtete, was Machtpotential, Ideenschmuggel und pure Hinterlist als Selbstzweck betraf, und litt, wie jeder im Verlauf der rund zwanzig Stunden, seit Jones Perkins es Reeves Chubb gesteckt hatte, zweifellos erfahren hatte, an einer seltenen

Blutkrankheit. Niemand schenkte Warburtons Appellen für mehr Menschlichkeit und guten Geschmack je die geringste Beachtung, aber ich glaube, wir alle hielten ihn für unentbehrlich. Er hob unsere kleinlichen Probleme auf ein kosmologisches Niveau und erleichterte uns dadurch, sie zu ignorieren mit der Begründung, daß wir ja gar nicht qualifiziert seien, uns mit solch wichtigen moralischen Fragen zu befassen. Es war angenehm, Warburton da zu haben. Er war so groß und grau und würdevoll. Er rundete das Gruppenbild ab, das wir in unseren Kalbslederköpfen herumtrugen. Ohne Warburton hätten wir ebensogut eine Delegation von Versicherungsvertretern bei der Jahresversammlung in Atlantic City sein können – Topleute, sicher, jeder Mitglied im Millionen-Dollar-Klub, aber trotzdem Versicherungsvertreter. Mit Warburton (dritte Reihe, Mitte) waren wir die diplomatische Vertretung der Vereinigten Staaten im St. James' Palace. Weede Denney sprach privat wie öffentlich von ihm als seinem Außenminister. Diese Bemerkung wurde stets von Weedes typischem schnarrendem Kichern begleitet, was signalisieren sollte, daß eigentlich er selbst dabei der Dumme war. Während die Besprechung in meinem inneren Ohr dahinzuschmelzen begann – Schwafelrunden nannte ich diese Freitagsveranstaltungen –, notierte ich mir meine Fassung des Nachrufs, den Weede auf den armen Warburton verfassen würde.

Betr.: Theodore Francis Warburton

Einen alten und treuen Mitarbeiter zu verlieren ist stets ein trauriger Anlaß. Theodore Francis (Ted) Warburton war mehr als das. Er war ein wertvoller Freund, ein unersetzlicher Berater, ein unerschütterlicher Anwalt der grundlegenden Anständigkeit des Menschen. Solche Qualitäten sind heutzutage selten zu finden. Ich gehöre zu jenen, die sein Dahinscheiden als einen großen persönlichen Verlust empfinden. Es geschieht nicht oft, daß man einem Menschen begegnet, der die Probleme unserer Zeit mit jener humanistischen Grundhaltung betrachtet, wie Ted sie besessen hat. Durch seinen allzu frühen Tod wird uns allen etwas unwiederbringlich genommen. Ich weiß, daß sich mir jeder anschließen wird, wenn ich seiner Witwe mein zutiefst empfundenes Beileid ausspreche. Niemand ist eine Insel. Wir schulden Gott einen Tod. Die Fackel wurde weitergereicht. Ave atque vale.

«Eine Frage», sagte Mars Tyler. «Was ist mit Grace Tully nicht in Ordnung?»

«Veraltetes Image», sagte Walter Faye.

«Genau was ich meine. Genau was wir brauchen.»

«Sie kommt an beim Gemüse. Das Gemüsereich verehrt sie. Sie ist die Gemüsekönigin. Hör zu, die sitzen da zwischen zweiundzwanzig Pfund *Sunday Times*, die überall auf dem Boden verstreut liegen. Der Mann ist etwa siebenundvierzig, trägt Brille und kauft nie ein Taschenbuch, das billiger als zwei Dollar fünfundzwanzig ist. Er blättert die Sonderbeilage für Herrenbekleidung durch und träumt von einer goldenen Smokingjacke aus Mohair. Die Frau hockt da mit dem Magazinteil rum und fragt sich, wieso denn kein Arsch mal anruft und sie zu ein paar Whisky-Sours einlädt, wo es doch so scheißlangweilig ist, zu Hause rumzuhängen und über Ghettos und Verstädterung zu lesen. Das ist das Gemüsereich.»

«Apropos von gar nichts», sagte Paul Joyner, «angeblich treibt Grace Tully es mit allen und jedem – Männern, Frauen und Getier.»

«Eine Frage», sagte Mars. «Erstens, inwiefern unterscheidet sich das Gemüsereich von irgendeinem andern Publikumssegment? Zweitens, ich verstehe immer noch nicht, warum Grace Tully und ihr veraltetes Image nicht genau das richtige sein sollen, was wir für dieses bestimmte Segment brauchen, wie du selbst es definiert hast. Drittens – auf drittens kommen wir noch zurück.»

«Das Gemüsereich sitzt da und glotzt», sagte Walter. «Das Tierreich kratzt sich bloß. So einfach ist das.»

«Diese Diskussion hat etwas Kontraproduktives an sich», meinte Quincy.

«Treffend bemerkt», sagte Weede.

«Was war drei?» fragte Walter. «Du hast von drei Punkten gesprochen.»

«Kommen wir später drauf zurück», sagte Weede. «Ich möchte die Morgenthau-Sache etwas vorantreiben.»

«Die Morgenthau-Sache läuft bestens», sagte Jones Perkins.

«Und Morgenthau selbst?»

«Und Morgenthau selbst», sagte Jones. «Also er ist so gut wie entschlossen, es anzugehen und es zu machen, und zum Teufel mit den Haarkrem-Leuten.»

«Aber hat er endgültig zugesagt?»

«Ich würde sagen, er hat so ziemlich endgültig zugesagt.»

«Mit andern Worten, wir haben die Boje umschifft.»

«Weede, ich würde sogar noch weitergehen. Ich würde sagen, er hat so ziemlich endgültig zugesagt.»

«Würdest du deiner Einschätzung nach sagen, daß die Haarkrem-Leute dabei eine Rolle spielen oder nicht?»

«Die Haarkrem-Leute spielen, soweit ich das sehe, zu diesem Zeitpunkt eindeutig keine Rolle, bis das letzte Wort von Morgenthau selbst gesprochen ist, wenn er von den Inseln zurückkommt.»

«Von welchen Inseln?»

«Von welchen Inseln», sagte Jones. «Ich kümmere mich sofort drum.»

«Kommen wir jetzt zum Dritten Weltkrieg», sagte Weede.

«Apropos Grace Tully», sagte Joyner. «Ich weiß aus zuverlässiger Quelle, daß sie es früher in den alten Zeiten mit einigen der größten Nummern an der Küste getrieben hat. An beiden Küsten, genauer gesagt.»

«Kommen wir zur Sache», sagte Weede. «Was ich jetzt wissen will, ist, ob sich angesichts der jüngsten Entwicklungen auf dem internationalen Schauplatz die Dritter-Weltkrieg-Idee heute vielleicht ein bißchen besser verkaufen läßt als vor einer Woche.»

«Heute», sagte Richter Janes, «läßt sich die Dritter-Weltkrieg-Idee etwa um vierzig Prozent weniger gut verkaufen als vor einer Woche.»

«Das wollte ich wissen.»

«Was ich wissen will», sagte Walter Faye, «ist, warum wir in dieser Knast-Geschichte ‹Folgen der Einsamkeit› die Kloschüssel nicht zeigen dürfen. In der Hauptsendezeit können wir doch Kloschüsseln zeigen. Warum denn nicht auch nachmittags, das würde ich gerne wissen.»

«Könnten vielleicht Kinder vorm Bildschirm sitzen», sagte Weede. «Und ich glaube nicht, daß das Thema im Moment von Belang ist. Ich kann mir nicht vorstellen, daß sich dieses Team was ausdenkt, das erfordert, daß man eine Kloschüssel im Bild zeigt, und außerdem, wenn wir das Ding nicht in Gebrauch zeigen, dann gibt's keinen Grund, es überhaupt zu zeigen. Ich glaube, es war einer der Sitwells, der gesagt hat, wenn im ersten Akt ein Gewehr über dem Kaminsims hängt, dann sollte es spätestens bis zum Schlußvorhang abgefeuert worden sein. Oder so ähnlich.»

«Wieso können wir das Ding denn nicht in Gebrauch zeigen?» fragte Walter Faye. «Wenigstens einmal möchte ich im Fernsehen jemand pissen sehen, so richtig mit Gespritze und Gedampfe. Es könnte sogar eine dramaturgische Berechtigung haben. Wir könnten uns einen Grund ausdenken, warum eine Pinkelszene nötig ist. Vielleicht muß unser Protagonist irgendwelches Gift aus seinem Körper spülen. Oder wenn es ein Dokumentarfilm über irgendeine Leber- oder Blasenkrankheit ist, dann könnten wir sogar etwas Mitleid für unsern Freund erzeugen, indem wir zeigen, wie schmerzhaft ganz normales Pinkeln für ihn ist. Mir wäre egal, wo die Kamera draufhält. Wir könnten auf seinem Gesicht bleiben. Wichtig ist das *Geräusch*. Wenn wir einfach nur dieses Geräusch in den Äther kriegen könnten, nur einmal, dann könnten wir uns echt zugute halten, das Bewußtsein unserer Nation erweitert zu haben, wenn auch in bescheidenem Maß.»

«Ja», sagte Weede Denney. «Das wäre fast so gut wie Ruby, der Oswald erschießt.»

Der Raum entspannte sich, in Anerkennung dieser scharfzüngigen Bemerkung, und wir malten alle einen weiteren Abschuß auf Weedes bereits eindrucksvollen Flugzeugrumpf. Er senkte seinen Friseurstuhl um zwei hydraulische Rasten und griff nach dem Päckchen Zigaretten auf dem Couch-Tisch. In dem Moment kam Mrs. Kling, seine Sekretärin, mit einem großen Frühstückstablett herein und fing an, den Kaffee zu verteilen. Ich beobachtete die

Bauarbeiter in dem Gebäude gegenüber. Richter Janes saß neben mir und wartete darauf, daß der Kaffee bis zu ihm käme.

«Die Hochstahlmänner in dieser Stadt sind größtenteils Mohawks», sagte er. «Die wohnen alle irgendwo draußen in Brooklyn. Da gibt's 'ne ganze Kolonie von denen. Die sind auf die hohen gefährlichen Sachen spezialisiert. Bei Gebäuden mit mehr als dreißig Stockwerken kannst du sicher sein, daß das da oben alles Mohawks sind.»

«Das hat bestimmt etwas mit ihrer angeborenen katzenhaften Wendigkeit und ihrem vorzüglichen Gleichgewichtssinn zu tun», sagte ich.

Aus irgendeinem Grund flüsterten wir.

«In unserm Schul-Klub hatten wir einen Indianer. Der netteste, stillste Junge, den du dir vorstellen kannst.»

«Wieviel ist er die hundert gelaufen?»

«Laß uns mal zusammen essen gehen», sagte Richter. «Ich hab da ein Projekt, zu dem ich gern mal deine Meinung hören würde. Hab in letzter Zeit Gutes über dich gehört.»

«Von wem?» fragte ich.

«Spricht sich rum», flüsterte er geheimnisvoll.

Mrs. Kling ging wieder, und die Besprechung wurde fortgesetzt. Im Sender erzählten die Leute einander immer wieder, daß sie in letzter Zeit Gutes über den anderen gehört hätten. Das gehörte zum inoffiziellen Unternehmensprogramm unerbittlicher Höflichkeit. Und da unser Geschäft seinem Wesen nach der sehr flexiblen Logik von Trends verpflichtet war, kam immer irgendwann der Zeitpunkt, wo der Überbringer einer frohen Botschaft zum Empfänger wurde. Jeder von uns wurde, früher oder später, sein eigener Trend, jeder hatte einmal seine eine Woche dauernde Ruhmesphase. Aus Richter Janes' Bemerkungen ließ sich schließen, daß dies der Beginn des David-Bell-Trends sein könnte. Richter war erst wenige Monate zuvor selbst ein Trend gewesen. Während seines Trends, der eine Woche oder so dauerte, kamen des öfteren Leute in meinem Büro vorbei oder schlichen sich im Flur an mich heran, um mir zu erzählen, was Richter Janes doch für gute Arbeit leiste und wieviel Gutes sie über ihn gehört hätten und daß sie ihm gerade an diesem Morgen erzählt hätten, was sie alles Gutes über ihn gehört hatten. Ich kam nie dahinter, wie diese Trends begannen, wer sie in Gang brachte oder wie es sich herumsprach. Sie wirkten durchaus spontan, und es fiel mir schwer zu glauben, daß das Top-Management sich die ganze Sache ausdachte, einen Trend-Mann des Monates bestimmte, jemanden, dessen Selbstvertrauen gestärkt werden mußte, und dann bezahlte Trendsetter anwies, plazierte Bemerkungen und zufällige Feststellungen zu streuen bezüglich des Guten, das sie über ihn gehört hätten. Ich war bis jetzt noch kein Trend gewesen und hatte auch keine besondere Notwendigkeit verspürt, einer zu sein. Beinahe jeder, der in diesem Moment in Weedes Büro saß, war irgendwann einmal ein Trend gewesen, aber, soweit ich wußte, nie öfter als einmal. Es gab in der Regel neun oder zehn Trendleute pro Jahr. Die Trends endeten, wie sie begonnen hatten, mit rätselhafter Plötzlichkeit, und derjenige, der gerade ausgetrendet worden war, wirkte etwas einsam und verlassen, wenn alles vorbei war, mit dem Hochglanz und Neon, wenn die Zahlen alle archiviert waren und es auf allen Bildschirmen nur noch schneite und die Frequenzbänder sich unter dem atmosphärischen Rauschen bogen.

«Quincy und Dave», sagte Weede. «Ihr seid am Zug.»

In seiner Stimme lag ein väterliches Schmunzeln. Anscheinend hatte ihn die Vernichtung Walter Fayes in gute Laune versetzt. Ich hatte keine Ahnung, was ich sagen sollte, da ich die ganze Woche absolut nichts zustande gebracht hatte. Ich dachte daran, meine Bemerkungen von der letzten Besprechung zu paraphrasieren und spontan herumzudrucksen und zu improvisieren, aber die Aussichten, damit durchzukommen, standen schlecht. Das war schon hundertmal versucht worden, und jeder kannte die Krallenspuren und die Fährte.

«Quincy, mach du doch mal den Anfang», sagte ich.

«Das Navajo-Projekt.»

«Das Navajo-Projekt», sagte ich.

«Da gibt es lang- und kurzfristige Probleme», sagte Quincy. «Wer da überhaupt hinfährt, für wie lange, und ob die Indianer kooperationswillig sind. Ich habe mich mit dem Bureau of Indian Affairs in Verbindung gesetzt.»

«Das haben wir beide getan.»

«Die möchten gerne mehr erfahren, bevor sie eine Zusage machen.»

«Die Indianer wollen kein Mitleid», sagte ich. «Die wollen Würde.»

«Den Eindruck hatte ich auch. Wir haben offenbar zum Teil mit denselben Leuten geredet.»

«Die wollen kein Mitleid, keinerlei Art von Mitleid. Die wollen Würde. Ich glaube, Richter kann uns darüber mehr erzählen. Richter hat sogar einen Indianer in seinem Bekanntenkreis. Ein alter Klubbruder.»

«Wir stehen nicht mehr in dem Maße in Verbindung. Die College-Zeit ist jetzt schon über fünfzehn Jahre her, und so gut habe ich den Herrn eigentlich gar nicht gekannt. Er war ein netter, stiller Junge. Das weiß ich noch ganz genau. Er war eins fünfundsiebzig oder eins achtzig groß, hat ungefähr sechzig gewogen, gertenschlank, keine Unze Fett dran. Wenn ich mich richtig erinnere, war er eigentlich nicht bronzefarben. Wenn ich mich richtig erinnere, war er eigentlich auch nur zu drei Achteln Indianer. Drei Achtel oder vier Achtel. Ich glaube, er war ein Crow. Crow oder Blackfoot. Aber er war eindeutig einer der nettesten, stillsten Jungs, die man sich vorstellen kann. Soviel weiß ich. Ich habe ihn da noch ganz lebhaft vor Augen.»

«Würdest du sagen, daß dieser Mann Mitleid oder Würde erwartet hat?»

«Würde, Dave. Da gibt's für mich nicht den geringsten Zweifel.»

«Weiter, Quincy», sagte ich.

«Die Sache ist die: Wer fährt da hin, wann, und für wie lange? Wenn wir Schneestürme drinhaben wollen, müssen wir uns sputen. Wir müssen diese Geschichte unter Dach und Fach kriegen und nicht länger auf die lange Bank schieben.»

«Ich stehe fast ständig in Verbindung mit dem Wetteramt», sagte ich. «Ich versuche sie auf eine langfristige Voraussage für diese Region festzunageln.»

«Welche Region?» fragte Jones Perkins.

«Wo die Navajos sind.»

«Wo sind sie denn?»

«Quincy, du bist doch der Geographie-Experte.»

«Wir werden keinerlei Schwierigkeiten haben, sie zu finden. Das Reservat ist größer als mancher Bundesstaat. Es ist sogar größer als manche Länder, als so manches Briefmarkenkönigreich in Europa. Ich habe nicht den geringsten Zweifel, daß es zum Beispiel größer als Monaco ist.»

«Der Central Park ist größer als Monaco», sagte Reeves Chubb.

«Wichser», murmelte Quincy.

«Das ist da in der Gegend von Arizona, New Mexico, Utah und/oder Colorado», sagte Paul Joyner. «Das weiß ich zufällig genau.»

«Richtig», sagte ich. «Und meines Wissens gibt es in der Gegend einige prächtige Felsenbehausungen und Pueblo-Ruinen, die wir als natürliche Hintergrundkulisse verwenden können. Monument Valley liegt sogar zur Gänze innerhalb des Reservats, zumindest ist mir dieser Eindruck vermittelt worden. Das ist eine herbe, schöne, mondlandschaftartige Gegend.»

«Wozu brauchen wir Schneestürme?» fragte Warburton.

«Wir wollen zeigen, daß sie trotz aller Probleme Fortschritte machen. Schneestürme sind eines der Probleme.»

«Ich hätte nicht gedacht, daß man dafür einen Schneesturm braucht. Armut und Krankheit sind doch wohl beredt genug.»

«Es kann trotzdem nicht schaden», meinte Quincy.

«Ted hat da vielleicht recht», sagte ich. «Die andere Sache, die mich direkt betrifft, ist ‹Selbstgespräch›. Da läuft alles bestens. Die Sendung war von Anfang an eine todsichere Geschichte. Die Kritik ist im großen und ganzen begeistert, und Leserbriefe sind vier zu eins positiv.»

«Der Titel hat mir noch nie gefallen», sagte Reeves Chubb. «Der ist so pseudo-dingsda. Ich habe es neulich beim Abendessen zur Sprache gebracht. Wir hatten grade ein paar Hausgäste, und ich wollte mal ihre Meinung dazu hören. Ich habe die ganze Diskussion auf Kassette aufgenommen, falls du dir das mal anhören möchtest, Dave, oder du, Quincy. Ein äußerst gut informiertes

Paar übrigens. Kate und Phil Thomforde. Er hat ein paar Sachen mit McAndrew in Amherst gemacht.»

«Den Titel hat Weede sich ausgedacht.»

«Tatsächlich?» sagte Weede. «Offenbar einer meiner weniger durchschlagenden Erfolge, zumindest in Mr. Chubbs Einschätzung. Bedauerlicherweise, Dave, fürchte ich, daß die Sendung nicht überleben wird. Manchmal ist es schwierig, neue Gebiete zu erschließen, ohne daß man jemand dabei auf die Füße tritt. Der Sponsor hat beschlossen, den Vertrag nicht zu erneuern, und anderweitig besteht kein Interesse. Dave, du weißt, daß ich mich immer für meine Leute einsetze, und ich kann dir versichern, diesmal war es nicht anders. Ich habe wirklich mein möglichstes getan, damit Larry Livingstone droben Stennis überredet, die Kosten vom Sender übernehmen zu lassen. Livingstone hat ganz offen gesagt – und man muß ihn für seine Ehrlichkeit bewundern –, daß er die Sendung gräßlich langweilig findet. Er hat gesagt, es hätte keinen Sinn, Stennis darauf anzusprechen, weil Stennis – und das sollte unter uns bleiben – weil Stennis ganz andere Probleme hat. Die Sendung war gut. Das sage ich ohne jegliche Einschränkung. Aber Chip Moerdler drüben bei Brite-Write hat gesagt, daß sie damit keinen einzigen Kuli verkaufen. In diesem Geschäft muß man lernen, auf Enttäuschungen gefaßt zu sein. Aber sei jetzt bloß nicht sauer, David. Wir haben vor, uns deiner nicht unbeträchtlichen Begabungen auch weiterhin und noch besser zu bedienen. Ich erzähl dir mehr davon, sowie die Navajos im Kasten sind.»

«Chip Moerdler ist ein bodenloser Ignorant», sagte Warburton. «Ich hatte mit dem Mann schon zu tun. Der wüßte noch nicht einmal, was Qualität ist, wenn diese persönlich ihm einen Schlag ins Sonnengeflecht versetzte.»

«Schön und gut», sagte Weede. «Aber gegen Verkaufszahlen läßt sich nicht argumentieren. Jetzt sollten wir aber mal weitermachen. Da ist noch eine Sache, die dich betrifft, Dave. Und zwar das Laserstrahl-Projekt.»

«In der Sache habe ich Carter Hemmings freie Hand gelassen. Er scheint so was wie ein Experte auf dem Gebiet zu sein, und ich dachte, es ist an der Zeit, daß er mal loslegt. Er ist einige Jahre älter als ich, weißt du, und in einem solchen Fall ist es manchmal besser für das Selbstbewußtsein eines Mannes, wenn man ihn etwas ganz selbständig entwickeln läßt. Es ist mir immer etwas peinlich, Carter erklären zu müssen, warum man ihn an unsern Freitagsbesprechungen nicht teilnehmen läßt. Seine Ungeduld ist verständlich, und ich bin sicher, daß er bald bei unsern feierlichen Klausuren dabei sein wird. Jedenfalls, Weede, sagt Carter, daß sich die Laserstrahl-Sache schon bestens anläßt. Als ich gestern abend mit ihm drüber gesprochen habe, hat er gesagt, er möchte gleich heute früh mit dir drüber sprechen. Er hat gesagt, die Sache steht absolut phantastisch. So gut wie startbereit.»

«Mit mir hat er nicht gesprochen.»

«Dann muß ich ihm wohl Druck machen.»

Und dann schob ich, ohne jeglichen Grund, meinen Fuß mehrere Zentimeter über den Läufer und stieß den leeren Kaffeebecher unter Richter Janes' Stuhl um. Ich stellte meinen Absatz drauf und zerdrückte ihn. Niemand schien es zu bemerken. Mir war schlecht, und ich war erledigt. Ich wollte wieder in Merediths warmem, nach Moschus riechendem Bett sein, verloren in der Mulde zwischen ihren Brüsten, durch fischsilbrige Räume schwimmen, bodenlos, tief im Schlaf versinken. Ich wollte mit Sullivan in einer wilden Mondlandschaft im Westen sein und im Autoradio Mingus hören und Ornette Coleman, wie er mit seinem Horn pinselte, und Sullivan hätte die Hände über der Brust gekreuzt wie auf einem Sarkophag, ihre Gesichtszüge unsichtbar von Bändern umwickelt; ich wollte quer durch die Ebenen des Nordens fahren, klettern, Bartok in den Rockies, Cowboy-Songs und das näselnde, grasige Ziepen der Banjos, und dann Oregon, das ferne Meer, seidig glänzend wie ein Seehund. *Das* wollte ich. Aber ich saß in Weede Denneys riesigem Büro, in dem blauen Sessel am Fenster, mir war schlecht, und ich war erledigt.

«Und jetzt wollen wir mal hören, was uns unser China-Experte im Hause zu erzählen hat. Dann mal ran, Mr. Chubb. Wie läuft denn die China-Sache?»

«Weede, die Sache entwickelt sich zum besten Politmagazin, mit dem ich je zu tun hatte. Ich habe schon mit sieben oder acht

Topleuten im State Department darüber gesprochen. Ich stehe mit sechs Universitäten und zwei Stiftungen in Verbindung. Ich habe Nächte und Wochenenden eingelegt. Meine Sekretärin hat irgendso eine Frauensache, so daß ich mir hin und wieder Chandler Bates' Sekretärin ausleihen mußte. Wir kriegen jede Menge Material. Habt ihr gewußt, daß China schon die meisten Künste und Wissenschaften gemeistert hatte, als die Europäer sich noch gegenseitig die Flöhe aus den Haaren kämmten? Meine Frau findet, daß ich zuviel arbeite. Das ist eine große Chance für uns. China ist ein Rätsel. Es ist ein Mysterium. Es wird alles getippt. Mao Tse-Tung und seine Anhänger sind sechstausend Meilen zu einer Bergfestung marschiert, als sie von wie heißt er doch gleich verfolgt wurden. Das Schlitzauge, dessen Frau Wellesley besucht hat. Sowie das ganze Zeug getippt, redigiert und kopiert ist, möchte ich von euch allen hören, was ihr davon haltet. Chandler Bates' Sekretärin ist langsam, ich weiß also nicht, wann es fertig sein wird. Ich finde diese Serie ungeheuer aufregend. Der Yangtse-Fluß ist fünftausendvierhundertachtundachtzig Kilometer lang.»

«Worum wird es in der Serie gehen?» fragte Warburton.

«Um das ganze Riesending. China von vorne bis hinten.»

«Wird darin irgendwas gesagt, was wir nicht schon unzählige Male gehört haben?»

«Es bestehen sehr gute Aussichten, daß wir einige aufregende Filmausschnitte bekommen werden.»

«Die bestimmt von einem hohen Hügel in Hong Kong aus aufgenommen wurden.»

«In der Serie wird eindeutig Position bezogen. Das Material, das ich gerade tippen lasse, macht das sehr deutlich.»

«Macht was deutlich?»

«Daß eine Position nötig ist.»

«Was für eine Position?»

«Ja, was für eine Position?» sagte Quincy.

«Daran arbeite ich gerade mit den Leuten vom State Department. Sie waren bis jetzt ungeheuer kooperativ.»

Warburton sagte: «An dieser Stelle möchte ich gerne Kafka zitieren. ‹Jeder Landmann war ein Bruder, für den man eine Schutzmauer baute, und der mit allem, was er hatte und war, sein Leben lang dafür dankte. Einheit! Einheit! Brust an Brust, ein Reigen des Volkes, Blut, nicht mehr eingesperrt im kärglichen Kreislauf des Körpers, sondern süß rollend und doch wiederkehrend durch das unendliche China.› Das, nehme ich an, ist deine Position.»

«Ted, das ist ja wunderbar», sagte Weede. «Ich glaube, da hast du Chubb wirklich etwas zum Knabbern gegeben. Der Teil mit Einheit–Einheit ist großartig. Es faßt das ganze brodelnde Drama einer Landmasse zusammen, über deren Volk wir nur mutmaßen können. Wo hast du die Krawatte her?»

«Das klingt wirklich gut, Ted. Vielleicht kann deine Sekretärin mir das mal tippen. Diese Stelle mit dem unendlichen China ist fast so gut wie Einheit–Einheit. Da könnte was drin sein, was einen Titel abgibt.»

«In der Tat», sagte Weede Denney.

Das Geschwafel ging weiter. Ich beobachtete Warburtons Gesicht. Nein, ich konnte mich nicht geirrt haben, da war dieses leichte Schmunzeln in seinen Mundwinkeln. Ich ließ mich ins Zwielicht sinken, in die Lagune, in den Stollen. Eine Taube ging schwachsinnig nickend den Fenstersims entlang, eine fette, prüde alte Jungfer auf einem Spaziergang in Providence, Rhode Island, und dann flog sie mit knatterndem Flügelschlag davon, als in der Ferne das Dröhnen von Abrißarbeiten ertönte. Ich verspürte einen pulsierenden Schmerz in den Schläfen. Ich versuchte an die Weihnachtseinkäufe zu denken, die ich noch zu erledigen hatte. Ich würde den ganzen Samstag mit Geschenke-Einkaufen und Päckchen-Packen zubringen. Ich würde etwas für Meredith und für ihre Eltern kaufen; für meinen Vater; für Sullivan; für Binky; für meine Schwester Jane und ihre Kinder in Jacksonville; für drei Frauen, mit denen ich sporadisch was hatte; nichts für B. G. Haines; nichts für meine Schwester Mary, von der ich seit Jahren nichts mehr gehört oder gesehen hatte. Ich würde besonders viel Zeit und Mühe darauf verwenden, die Päckchen zu packen, die für Merrys Eltern und für Jane und ihre Kinder bestimmt waren. (Die Vorstellung von Entfernungen hat mich immer überwältigt – Meridiane, Breitengrade, internationale Datumsgrenzen, die sich mit der Erde im Kreise drehten, während ich auf ewig stationär war, alle fernen Orte schienen mir kaum greifbar, schienen sich zu entziehen und davonzugleiten, mit der Post kaum zu erreichen. Aus diesem Grund habe ich immer dazu geneigt, allzu ehrfürchtig zu sein gegenüber Päckchen, die eine Reise von Hunderten oder Tausenden von Kilometern vor sich hatten, als wären sie Brieftauben, die den mutigen Guerilleros in den Bergen Geheimbotschaften überbringen sollten.) Dann sah ich vor meinem geistigen Auge meine Schwester Mary. Sie sitzt in einem Waschsalon in Topeka, Kansas. Sie raucht eine Kingsize-Filterzigarette und wartet darauf, daß die Wäsche trocknet. Sie trägt ein graues Baumwollkleid. Es gab für mich keinen Grund, sie mir gerade in dieser Stadt, in diesem Staat oder in diesem Geschäft vorzustellen, in dieser grauen und geweißten Hölle, wo sich Wäsche wie mechanische Embryos in experimentellen Bäuchen drehte, und doch hatte ich das Gefühl, es sei eine echte Vision, die mir auf außersinnliche Weise übertragen wurde. Sie machte mich unerklärlich traurig. Die gesamte linke Hälfte meines Kopfes strahlte vor Schmerz. Ein paar Straßen entfernt ertönte eine weitere Explosion. Die Stimmen summten in düstere Bienenstöcke hinein und wieder hinaus. Ich betrachtete noch einmal sein Gesicht. Dann ging es mir plötzlich auf, mit der ganzen geistesblitzenden Schönheit einer brillanten astronomischen Berechnung. Warburton war Trotzki.

«Ich glaube, damit haben wir alles soweit besprochen», sagte Weede Denney. «Ich nehme heute nachmittag einen großen Silbervogel zur Coast rüber. Dürfte am Mittwoch zurück sein. Wenn's irgendwelche Probleme gibt, Mrs. Kling weiß, wo man mich erreichen kann. Ich wünsche euch ein schönes Wochenende und fröhliche Weihnachten.»

«Offiziell abgesegnet», sagte irgend jemand als Ergänzung zu irgendwas.

Weede ging auf die Privattoilette neben seinem Büro. Wir sammelten die Pappbecher ein, stellten die Stühle und Sessel dorthin zurück, wo sie gestanden hatten, und räumten allgemein auf, da wir diese kleinen Arbeiten ungern Mrs. Kling überließen, die es im Laufe der Jahre geschafft hatte, eine der gefürchtetsten Personen im ganzen Unternehmen zu werden. Auf dem Weg zu meinem Büro ging ich bei Hallie Lewin vorbei und massierte ihr den Nacken. Sie tippte gerade eine mit dem Vermerk ‹Vertraulich› gekennzeichnete Mitteilung. Ich sah, daß mein Name nicht auf der Abzeichnungsliste stand.

«Wie war die Besprechung, David?»

«Ist wieder mal zum üblichen Faustkampf ausgeartet. Was wünschst du dir zu Weihnachten, Hallie?»

«Eine Abtreibung», sagte sie.

«Was tippst du denn da gerade?»

«Weg da. Das sollst du nicht sehen.»

«Geht's da um mich?» fragte ich und fuhr ihr mit den Händen den Rücken entlang.

«Du bist hier wirklich der letzte, der sich irgendwelche Sorgen zu machen braucht. Ich habe in letzter Zeit Gutes über dich gehört, David.»

Ich folgte Quincy Willet und Jones Perkins den Flur entlang, mit leicht schnipsenden Fingern und federndem Gang. Quincy sollte mal wieder zum Friseur.

«Hast du schon gehört?» sagte Jones. «Merrill hat einen Neger eingestellt. Blaisdell hat ihn gestern kennengelernt. Hat gesagt, er macht einen netten, sauberen Eindruck.»

«Sehen wir ihn uns doch mal an», sagte Quincy.

Ich ging zu meinem Büro. Binky kam hinter mir herein. Sie trug keinen BH, fiel mir auf. Sie sprang zum Sofa hinüber und hüpfte darauf ein paarmal auf und ab, bevor sie es sich bequem machte. Freitags ließ sie sich immer ein bißchen gehen. Ich setzte mich an meinen Schreibtisch.

«Was gibt's Neues?» fragte ich.

«Eine Wendy Judd hat angerufen. Du sollst zurückrufen.»

«Was noch?»

«Warren Beasley hat angerufen. Nichts auszurichten.»

«Was noch?»

«Du sollst deinen Vater um halb eins im Grand Prix treffen.»

«Was noch?»

«Das war's», sagte sie. «Wie war die Besprechung?»

«Ist zum üblichen Faustkampf ausgeartet. Phelps Lawrence war nicht da. Wahrscheinlich haben sie's ihm schon gesagt.»

«Weißt du schon das Neueste? Es geht jetzt wirklich rund.»

«Was?» sagte ich.

«Mars Tyler und Reeves Chubb.»

«Was ist mit ihnen?»

«Gefeuert.»

«Wo hast du denn das gehört?»

«Soll ich nicht sagen.»

«Binky Baby.»

«Hallie Lewin hat mir das über Reeves erzählt. Und Penny Holton das über Mars.»

«Wer ist Penny Holton?»

«Carter Hemmings' Sekretärin.»

«Die mit den stereophonen Titten?»

«David, was soll der Scheiß?»

«Ihre Brüste zeigen in die entgegengesetzten Ecken des Zimmers.»

«Aber das ist doch ein Ding, oder?» sagte Binky.

«Das ist noch nicht alles», sagte ich. «Carter Hemmings könnte als nächster drankommen. Ist aber im Moment bloß ein Gerücht, erzähl's also nicht weiter.»

«Auf keinen Fall.»

«Mir ist auch aufgefallen, daß Chandler Bates' Tür zu war, als ich eben an seinem Büro vorbeikam. Ich habe es beiläufig Jody erzählt, und sie sagt, daß die Tür schon den ganzen Morgen zu war.»

«Und was, glaubst du, bedeutet das?»

«Entweder feuert er jemanden, oder er wird selber gefeuert.»

«Das kann nicht sein, daß Chandler gefeuert wird», sagte sie. «Er ist mit Livingstone dick befreundet. Er ist Livingstones Favorit. Es war Livingstone, der ihn bei CBC abgeworben hat.»

«Ich habe gehört, Livingstone wird grade aus dem Verkehr gezogen.»

«Das ist doch das letzte.»

«Wie ein veralteter Mittelstreckenbomber», sagte ich. «Aber behalt's für dich.»

«Man würde doch meinen, daß sie etwas Weihnachtsstimmung mitbekommen. Was für ein mieser Zeitpunkt für eine Säuberung.»

«Genug geplaudert. Hol Carter Hemmings her, und sag ihm, er soll ein bißchen Tempo machen.»

Sie ging hinaus, und ich rief bei Sullivan an. Das Telefon klingelte achtmal, aber sie nahm nicht ab. Ich ließ es noch etwas länger klingeln.

(«Lieber Gott, ich muß hier raus», sagte ich in den Hörer.)

Schließlich legte ich wieder auf. In dem Moment kam Carter Hemmings herein. Er steuerte auf das Sofa zu, mit einem seitlichen, sehr zögernden Gang, leicht gebückt, feudalistisch unterwürfig.

«Carter, ich dachte, wir hätten vereinbart, daß du heute früh mit irgendeinem Fortschrittsbericht über die Laserstrahl-Sache zu Weede gehst.»

«Ich hatte das so verstanden, Dave, daß ich heute früh gleich zu dir kommen sollte. Aber als ich hier reingeschaut habe, hat Binky gesagt, daß du noch nicht da wärst. Als ich dann zehn Minuten später noch mal vorbeikam, hat sie gesagt, du seist gerade weg, zur Besprechung in Weedes Büro.»

«In der Schwafelrunde fiel dein Name, Carter. Weede hat gesagt, er macht dir die Hölle heiß, wenn du nicht aufpaßt. Was gibt's Neues von B. G. Haines? Sie hat mir erzählt, sie habe danach einen miesen Abend mit dir verbracht. In letzter Zeit höre ich nichts Gutes über dich, Carter. Hier muß jeder seinen vollen Einsatz leisten. Du wirst feststellen, daß Weede gnadenlos sein kann, wenn die Umstände es erfordern. Deine Sekretärin ist ein verdammtes Klatschmaul. Ich hab jetzt zu tun.»

Er ging. Ich zerriß die Notizen, die ich mir während der Besprechung gemacht hatte. Ich nahm eine Schachtel Büroklammern aus der mittleren Schublade und fing an, sie zu einer Kette zusammenzustecken. In zehn Minuten hatte ich an die hundert Büroklammern miteinander verbunden. Dann steckte ich die Enden zusammen, was einen Kreis ergab, den ich vor mir auf dem Schreibtisch auslegte. Ich legte neun Bleistifte in den Kreis, zu drei Dreiecken von jeweils drei Bleistiften angeordnet. In jedes Dreieck legte ich einen Radiergummi. Dann nahm ich Zettelschnipsel und ließ sie in einen Aschenbecher fallen. Ich zündete das Papier mit einem Streichholz an. Ich plazierte den Aschenbecher mit dem brennenden Papier etwa gleich weit von der nächstliegenden Ecke jedes Dreiecks und in die ungefähre Mitte des Kreises. Als das Feuer auszugehen drohte, zerriß ich mehr Papier und warf es in den Aschenbecher. Ich wiederholte das so lange, bis Binky hereinkam, um ihren Mantel zu holen, den sie immer hinter meiner Tür aufhängte.

«Schon Mittagspause?»

«Was ist das denn?» fragte sie.

«Dämonologie.»

Sie kam auf meine Seite des Tisches, um sich die Sache genauer anzusehen. Ich ließ mich in den Stuhl zurücksinken, beugte mich vor und legte meine Hand auf ihre Wade, auf der ich dann mit den Fingerspitzen langsame Achten beschrieb.

«Das ist unheimlich, David.»

«Funktioniert ganz gut, glaube ich. Beachte den runden Aschenbecher. Kreise innerhalb von Kreisen. Wie der Schmerz in meinem Kopf. Die Radiergummis wirken sich aber nicht so stark aus. Wenn du nächstes Mal im Materialraum bist, sieh doch mal nach, ob es dreieckige Radiergummis gibt. Das ist eine ernste Sache.»

«Was soll es denn bedeuten?»

«Das ist eine Beschwörung der Mächte der Finsternis. Ist Hallie Lewin schwanger, oder war das bloß ein Scherz?»

Meine Hand befand sich jetzt in der weichen Mulde hinter dem Knie, die, wenn das Bein gebeugt ist, mir immer als eine der allerbesten Körperstellen einer Frau erschienen ist. Dann, als wollte sie meiner Vorliebe nachgehen, verlagerte sie das Gewicht auf dieses Bein, das linke, so daß ihr Knie, indem es auf die Gewichtsverlagerung reagierte und sie auffing, leicht einknickte und so diese ausgesprochen zarte Vertiefung entstand, in der meine Hand sich mietfrei vergnügte. Da stand Weede Denney in der Tür.

«Komm doch rein, Weede», sagte ich. «Sag mal, wie geht's denn eigentlich deiner Frau so?»

Binky rückte von mir ab. Ich sah die Türen im dunklen Raum meines Geistes aufgehen, drei, vier, fünf Türen, und frisches Licht auf den Boden fallen. Früher schien ich die Türen immer kontrollieren zu können, aber jetzt schienen sie, vom Wind gestoßen, von selber aufzugehen und gegen die Wände zu schlagen. Kontrolle war noch möglich, aber ich versuchte nicht, sie zu erlangen. Mehr und mehr Licht erfüllte den Raum, und ich dachte, ich könnte vielleicht acht Türen schaffen, ein neuer Rekord.

«Wollte nicht stören», sagte Weede, leicht errötend. «Wollte dich nur kurz sprechen. Hat aber Zeit.»

«Binky, ich weiß gar nicht, ob du Mrs. Denney je kennengelernt hast. Eine absolut furchtlose Frau. Weede, erzähl Binky doch mal, wie Mrs. Denney während eurer Fotosafari in Kenya ganz nah an diese Nilpferdfamilie herangegangen ist. Das Bild mußte sie unbedingt machen, und sie hat sich einen Dreck um ihre persönliche Sicherheit geschert. Weede hat uns gestern beim Mittagessen davon erzählt. Ich kann's kaum abwarten, diese Dias zu sehen, Weede. Binky, ich finde, du solltest sie auch zu sehen bekommen. Weede hat versprochen, uns demnächst mal zu einem Dia-Abend einzuladen. Binky ist nämlich eine begeisterte Fotografin, Weede. Weede hat eine beachtliche Fotosammlung, Binky.»

«Ich würde sie sehr gern mal sehen», sagte Binky. «Also dann, ich bin mit Jody Moore zum Mittagessen verabredet, und sie kann es nicht leiden, wenn man sie warten läßt.»

Sie zog sich beim Hinausgehen den Mantel an, und Weede trat von der Tür weg, als sie ihren Abgang machte. Die geringste Berührung, so schien er zu befürchten, könnte sie beide an den Rand eines Nervenkollapses bringen. Ich versuchte, die Türen zu schließen. Sie ließen sich nicht schließen. Er trat an meinen Schreibtisch heran, legte beide Hände flach auf die Kante und lehnte sich zu mir herüber.

«Ich möchte dich was fragen», sagte er. «Es geht um eine etwas delikate Angelegenheit. Du weißt doch immer gut Bescheid, was hier so unterschwellig abgeht. Was wir jetzt hier besprechen, ist absolut vertraulich. Ist Reeves Chubb homosexuell? Du brauchst das nicht zu beantworten, wenn du nicht willst.»

«Es hat so Gerüchte gegeben. Jemand hat in der Herrentoilette im siebenunddreißigsten Stock etwas in dem Sinne an die Wand geschrieben.»

«Das würde ich mir gern mal ansehen.»

«Es ist nicht mehr da», sagte ich. «Das war letzte Woche. Es war mit rotem Buntstift über die Pinkelbecken geschrieben. Es sah aus wie Quincy Willets Schrift. Die beiden können nicht so gut miteinander, weißt du.»

«Was stand da genau? Das könnte wichtig sein.»

«Das möchte ich lieber nicht wiederholen, Weede.»

«War es hart?»

«Verdammt hart.»

«Wir sind doch zwei erwachsene Menschen, Dave. Ich sag dir, warum ich das hier überhaupt erwähne. Ich weiß, bei dir kann ich mich darauf verlassen, daß Vertrauliches nicht aus diesen vier Wänden nach draußen dringt.»

«Soll ich die Tür zumachen?» fragte ich.

«Unbedingt. Ich hätte selbst dran denken können.»

Gerade als ich die Tür zumachte, kam Quincy an meinem Büro vorbei und warf mir einen fragenden Blick zu. Weede ging hinüber zum Sofa, und ich kehrte zu meinem Sessel hinterm Schreibtisch zurück.

«Wie du weißt, Dave, stellen wir hier Leute einzig und allein aufgrund ihrer Fähigkeiten ein. Das haben wir hier beim Sender immer schon so gehandhabt. Mich persönlich interessiert es nicht, was jemand für ein Privatleben hat. Was jemand in seiner Freizeit macht, kümmert mich nicht – bis zu einer bestimmten Grenze.»

«Das kann ich bestätigen, Weede.»

«Aber hier geht es auch noch um etwas anderes. Das State Department will nicht, daß die China-Sache von irgendwelchen Schwulen bearbeitet wird. Es liegt mir fern, die Denkweise von Menschen zu kritisieren, deren vordringlichste Sorge unserer nationalen Sicherheit gilt. Letzte Woche hat in einem Hotel am

Rande des Zentrums eine Besprechung stattgefunden. Sie verlief größtenteils ergebnislos. Im übrigen ist Reeves verheiratet.»

«Das kommt manchmal vor», sagte ich.

«Eben, Dave. Diese Leute vom State sind auf Zack. Die haben mir ein paar erstaunliche Geschichten erzählt. Wir haben den ganzen Nachmittag lang diskutiert.»

«Es ist eine Schattenwelt. Es ist eine Krankheit. Es kann jedem passieren.»

«Wußtest du, daß Reeves zwei- oder dreimal in der Woche in seinem Büro übernachtet? So was macht einen doch stutzig. Was sagt wohl seine Frau dazu?»

«Es geht das Gerücht, daß Jones Perkins vielleicht bi ist. Damit will ich nicht sagen, daß er in beiden Richtungen aktiv ist. Es ist nur so, daß einige seiner sekundären Geschlechtsmerkmale etwas zu denken geben. Er könnte tatsächlich zweispurig *sein*, wenn du weißt, was ich meine. Aber im Moment ist es nur ein Gerücht.»

«Solchen Geschichten schenke ich keinen Glauben.»

«Das wäre auch dumm.»

«Also ich wollte nur mal hören, wie du darüber denkst, Dave. Ich hoffe, die Sache erweist sich als Fehlalarm.»

«Weede, eine der besten Methoden, in so einer Situation, wo die ganze Zukunft eines Mannes auf dem Spiel steht, zu irgendeiner schlüssigen Klärung zu gelangen, ist einfach, sich zurückzuerinnern. Erinnere dich an Reeves zurück. An kleine Zwischenfälle, Anekdoten, die er erzählt hat, seine Reaktionen auf bestimmte Wörter oder Sätze, wie er diese kleinen Zigarren hält, seine Lieblingsausdrücke, seine Empfindlichkeiten, was er gerne liest, wieviel Zeit er auf dem Klo verbringt, was er für Schuhe trägt. Das spielt alles eine Rolle. Also dann. Kann ich an der Navajo-Sache alleine weiterarbeiten?»

«Macht Quincy dir Ärger?»

«Er hat Eheprobleme. Er ist mit den Gedanken woanders.»

«Ich werde es prüfen, Dave.»

«Besten Dank.»

«Kann dir Genaueres sagen, wenn ich von der Coast zurück bin», sagte er.

«Vielleicht können wir mal zusammen essen gehen.»

Alle Türen standen offen. Ich hatte das Gefühl, wahnsinnig zu werden. Das gesamte Gespräch schien in einem Traum stattzufinden, und ich konnte gar nicht glauben, was wir da zueinander sagten. Die Kopfschmerzen waren inzwischen einer dröhnenden Empfindungslosigkeit gewichen, wie sie nach einer Novocain-Injektion entsteht. Ich hatte jegliche Kontrolle über meine Bemerkungen verloren, und es war mir auch egal. Es war weder ein gutes noch ein schlechtes Gefühl. Es war kaum noch ein Gefühl. Mein Kopf kam mir wie ein Telefon vor, das ein endloses Besetztzeichen von sich gab.

«Kannst du mir wirklich nicht sagen, was mit rotem Buntstift auf die Toilettenwand geschrieben wurde?»

«Reeves Chubb klettert auf Palmen, um schlafenden Affen einen abzulutschen.»

Ich fuhr mit dem Fahrstuhl runter und ging zu Fuß die zwei Blocks bis zum Grand Prix. Ich trug keinen Mantel. Ich trug nie einen Mantel, wenn ich zum Mittagessen ging, egal wie kalt es war. JFK.

Das Restaurantdekor war automobilistisch. Mein Vater saß an einem Ecktisch. Seine stämmige Erscheinung, in feinen britischen Tweed gekleidet, schien diesen Teil des Raumes zu beherrschen. Er überhäufte gerade jemanden, der an einem Tisch in der Nähe saß, mit freundlichen Beschimpfungen. Ich sah einen Moment lang zu. Er fuhr sich mit der Hand über den Schädel, über seine schütteren Haar, und spielte dann mit dem Besteck herum. Er hatte eine neue Brille, fiel mir auf, mit einem schwarzen Gestell, das einschüchternd wirkte. Sein Gesicht besaß nicht die Kraft scharfer Konturierung und wirkte ziemlich anonym, aber in seinen Augen lag eine unverblümte Autorität, die nicht zu übersehen war. Wir sahen uns überhaupt nicht ähnlich.

Mein Vater war vor kurzem fünfundfünfzig geworden, eine Tatsache, die ihn, fast über Nacht, in die Rolle eines Elder Statesman versetzt zu haben schien. Vor unserem Treffen im Restaurant hatte ich ihn seit seinem Geburtstag nur einmal gesehen. Bei dieser Gelegenheit, einem Drink nach der Arbeit, schien er sich seiner Ellbogen sehr bewußt gewesen zu sein. Wenn er redete, schwenkte er auf dem Barhocker herum und beugte sich zu mir herüber, beide Ellbogen wie Deltaflügel nach außen und nach oben gerichtet. Zu anderen Zeiten ließ er den Kopf locker über seinen Drink hängen, hob den rechten Zeigefinger und tippte damit seinen linken Ellbogen an, der angewinkelt auf der Theke lag. Er tat das nur, wenn er etwas Wichtiges sagte, und ich fragte mich, ob die Bedeutung seiner Bemerkung sich nur dadurch völlig enthüllen ließe, daß man den Ellbogen öffnete und mit einem zierlichen chirurgischen Instrument zwischen dem Bindegewebe herumstocherte. An jenem Abend hatte er mich an John Foster Dulles und Casey Stengel erinnert, zwei Elder Statesmen, die ihre Ellbogen zu gebrauchen wußten.

«Tut mir leid, daß ich mich verspätet habe, Paps. Fröhliche Weihnachten.»

«Wie ich höre, hat Stennis Probleme», sagte er. «Ich hab den Mistkerl noch nie gemocht. Wieviel verdient er? Setzez-vous, Kleiner. Es reicht heute nur für einen Drink vor dem Essen. Ich treffe um zwei einen Klienten.»

«Ich habe gar nicht gewußt, daß du Stennis kennst.»

«Wir machen die Werbung für diese Serie über Geisteskrankheiten, die in aller Munde ist. Stennis hat uns gesagt, die Zehn-Sekunden-Spots, die wir bringen, seien geschmacklos, bei dem Thema. Anscheinend sind beim Sender einige Beschwerden eingegangen. Du weißt, was ich meine, diese Zeichentrick-Jingles. Bringen Sie uns zwei trockene Martinis on the rocks, Kellner. Und nach zehn Minuten bringen Sie uns dann das Boeuf Bourguignon. Für Nachtisch oder Kaffee wird die Zeit nicht mehr reichen.»

«Was hast du am ersten Weihnachtstag vor?» fragte ich. «Ich dachte, ich komme mal zu Hause vorbei.»

«Gut, Alter, tu das. Bring ein Mädchen mit. Wir trinken was und gehen dann im Admiral Benbow Truthahn essen. Deine Mutter hat immer einen großartigen Truthahnbraten gemacht. Eigentlich sollte ich dieses Haus verkaufen, aber ich bring's nicht über mich. Wie geht's Merry so? Das Mädchen fehlt mir. Verdammt süßes Ding.»

«Es geht ihr gut, Paps.»

«Hör zu, ich will nicht abstreiten, daß ich früher ganz schön herumgevögelt habe. Ein Mann taugt nicht viel, wenn er nicht hin und wieder den Drang verspürt. Aber wie könnte ich nach all diesen gemeinsamen Jahren mit deiner Mutter jetzt irgendein breithüftiges, platinblondes Weibsbild heiraten? Ich war zweiundzwanzig, als ich deine Mutter geheiratet habe. Wir haben in einer Wohnung ohne heißes Wasser gewohnt, am oberen Broadway. Als Mary geboren wurde, bin ich losgezogen und hab mich betrunken. Von wegen Nostalgie. Das war eine beschissene Zeit, Freundchen. Jetzt bin ich in dem Alter, wo man als Mann das Gefühl hat, daß es Zeit ist, ein Resümee zu ziehen. Aber ich scheiß auf Golf. Das ist der sichere Tod für jemand wie mich. Alle wollen, daß ich mit ihnen Golf spielen gehe. Diese letzten sieben, acht Jahre seit dem Tod deiner Mutter höre ich nur noch ‹Golf›. Ich arbeite das ganze Wochenende durch, entweder zu Hause oder im Büro. Arbeit ist besser als Tod. Hör zu, ich hab mit meiner Sekretärin eine kleine Geschichte laufen. Was bringt's? Kann ich langfristig auf so was wie sie bauen? On the rocks habe ich gesagt, Kellner.»

«Wie alt ist sie?» fragte ich.

«Ich weiß nicht, etwa vierundzwanzig. Wenn man erst mal in mein Alter kommt, sehen die alle gleich aus, wenn du mit ihr ausgehen willst, arrangier ich was.»

«Wie ist sie so?»

«Sie macht's auch mit dem Mund», flüsterte er.

«Das habe ich nicht gemeint.»

«Du versuchst herauszufinden, ob sie für mich geeignet ist. Ist schon in Ordnung. Stört mich nicht. Ich respektiere deine Ansichten, Kleiner. Aber ich bin in diesem Geschäft der letzte von der alten Schule. Für mich arbeiten sechs Buchhalter und neun Assistenz-Buchhalter. Harvard Business School. Denen würd ich nicht mal den Schweiß von meinen Eiern überlassen, auch wenn sie ihn bräuchten, um ihre Unterhosen zu bügeln. Und ich sag dir noch was. Die haben Respekt vor mir. Und ich sag dir auch, warum. Die haben Respekt vor mir, weil sie wissen, daß ich ihre Arbeit besser machen kann als sie. Man braucht ein bißchen Farbe in diesem Geschäft. Und die Buchhaltertypen in unserm Laden sehen alle aus wie in Formaldehyd eingelegte Laborproben. Wenn du was von deinem Job verstehst, kannst du es dir leisten, du selbst zu sein, bis zu einem bestimmten Punkt. Das habe ich vor vielen Jahren gelernt. Die haben mir damals vier von diesen häßlichen gepolsterten grauen Stühlen in mein Büro gestellt. Ich hab sie aus dem Fenster in einen Durchgang geschmissen. Du weißt doch, wie schnell sich was auf der Avenue herumspricht. Binnen einer Woche hatte ich sechs neue Job-Angebote. Der Kunde hält mich für das Größte, was er je gesehen hat. Wir treffen uns jeden Dienstag zum Mittagessen im Yale Club. Verdammt netter Bursche. Ein Fürst unter den Sterblichen. Hat im College Football und Lacrosse gespielt. Ich hab ihn zu meinem Schneider geschickt.»

«So», sagte ich. «Trink aus. Fröhliche Weihnachten.»

«Fröhliche Weihnachten, Dave. Gott segne dich.»

Mein Vater sammelte Rollen von Fernsehwerbung. Das Souterrain des Hauses in Old Holly war vollgestopft mit diesen Rollen, sorgfältig nach Länge, Produkttyp, Zuschauerreaktion, Produktidentifikation und verschiedenen andern Kategorien archiviert und mit Querverweisen versehen. Die Karteikarten füllten zwei Aktenschränke, und die Rollen selbst standen hochkant in hunderten von numerierten Fächern einer ganzen Reihe bis an die Decke reichender Filmregale, die er selbst entworfen und gebaut hatte. Der Weinkeller, sagte meine Mutter immer dazu. Er besaß eine Leinwand und einen Projektor und verbrachte mehrere Abende pro Woche damit, sich die Werbespots anzusehen und Notizen zu machen. Das machte er schon seit vielen Jahren. Für ihn gehörte das zu seiner Arbeit. Sein Ziel sei es, so erläuterte er seiner Familie, die verbindenden Elemente und Nuancen jener Werbespots zu ermitteln, die hohe Testergebnisse erzielt hatten; die Beziehung zwischen bestimmten Arten von Werbespots und ihrer Auswirkung auf den Markt kennenzulernen, wie er es nannte. Als Teenager verbrachten wir, Mary, Jane und ich, viele unserer Abende damit, in diesem dunklen Souterrain zu hocken und uns Fernsehwerbung anzusehen. Wir freuten uns auf jede neue Rolle, die er mit nach Hause brachte. Während Mutter durch das große alte Haus streifte, lümmelte der Rest der Familie im von Flackerlicht erhellten Souterrain herum und stritt darüber, welcher neue Werbespot der beste sei. Mein Vater fungierte bei unsern erbitterten Diskussionen als Schlichter. Egal, wie komisch oder nett ein Werbespot ist, sagte er immer, wenn er die Ware nicht von den Regalen herunterholt, dann hat er versagt. Er muß die Ware bewegen. Und jetzt, während der Kellner uns unsere Teller vorsetzte, stellte ich mir ihn vor, wie er am Projektor stand, während die erste neue Rolle des Abends ihr Bild durch das staubrieselnde Kirchenlicht auf die Leinwand warf, vielleicht ein ABC-Schütze, der Sommersprossen-Suppe löffelte, ein Mann, der sein Thanksgiving-Gebiß tranchierte, die Zungen von sieben nackten Hausfrauen, die aus einer Schüssel Hundefutter schleckten. Ich wünschte mir, er wäre tot. Das war der erste ehrliche Gedanke, der mir an diesem Tag in den Sinn gekommen war. Meine Freiheit hing vom Tod meines Vaters ab.

«Wieso wollen alle Werbeleute, die ich kenne, immer weg?» sagte ich. «Sie wollen alle ihren eigenen Schoner bauen, Planke für Planke, und in die Tasman-See segeln. Ich kenne einen Werbetexter, der bei Creighton Insko Dale arbeitet. Eines Tages hat er beim Mittagessen plötzlich angefangen zu weinen.»

«Ich liebe dieses Geschäft», sagte mein Vater. «Es ist ein Kampf aller gegen alle. Das ist ein Hinterhofgewürfel um sechs Millionen Kröten. Wo sonst kann einer wie ich soviel verdienen, wie ich hier verdiene? Ich habe das richtige Markenimage. Das weißt du so gut wie ich. Wall Street würde mich hochkantig rausschmeißen. Aber in meinem Alter mache ich mir um Geld keine Sorgen mehr. Ich lese zur Zeit Tolstoi. Jeder Mann hat das Gefühl, daß ein Roman in ihm steckt. Ein Roman und eine eurasische Mätresse. Wenn ich Tolstoi lese, bekomme ich Lust, einen Roman zu schreiben. Deine Mutter war sehr oft krank, aber sie hatte etwas, wovon die Weibsbilder heutzutage Lichtjahre entfernt sind. Meine Sekretärin Maxine, zum Beispiel. Sie hat Seife unter den Fingernägeln. Wenn ich sie mir achtmal angucke, hat sie siebenmal kleine Seifenplakken unter den Fingernägeln. Vergleich das mal mit deiner Mutter.

Wenn du erst mal so alt bist wie ich, begreifst du, daß du alles falsch gemacht hast. Egal wer du bist, alles, was du gemacht hast, war falsch. Vielleicht werde ich noch katholisch.»

«Wußte gar nicht, daß du dich mit so was beschäftigst.»

«Da ist was dran», sagte er zu seinem Ellbogen. «Ich hab in letzter Zeit eine Menge gelesen. Religion hat mir nie viel gesagt, aber da ist was dran. Du kennst doch die katholische Kirche in Old Holly, Heilige Knochen oder wie sie heißt? Ich hab einmal abends den Oberpriester angerufen, den Pastor, und wir hatten ein interessantes Gespräch. Verdammt netter Bursche. Er kannte mich. Er hat mir ausführlich von der menschlichen Seele erzählt. Die Seele besitzt eine transzendentale Verbindung zum Körper. Sie informiert den Körper. Wenn die Seele sich vom Körper trennt, wird sie sich ihres eigenen Wesens bewußt. Wenn du erst mal tot bist, kann deine Seele direkt von Gott erleuchtet werden. Ich hab ihm eine Kiste Johnny Walker Red geschickt.»

«Wie spät ist es?» fragte ich.

«Ja, ich muß los. Hör zu, Kumpel, schau mal, was du über Stennis rauskriegen kannst. Find raus, wieviel er verdient.»

Es schneite wieder, und die Menschen bewegten sich mit gesenkten Köpfen, hielten ihre Hüte fest, die Schultern gegen den Wind gedrückt. Ich durchquerte die breite, graue Eingangshalle. In einer Ecke war eine Ausstellung preisgekrönter Kriegsfotos. Eins davon war eine riesige Farbvergrößerung, etwa drei Meter hoch und sechs Meter breit. In der Mitte des Bildes war eine Frau, die ein totes Kind in den Armen hielt, und hinter ihr, zu beiden Seiten, waren acht weitere Kinder. Einige sahen die Frau an, während andere lächelten und winkten, offenbar in die Kamera. In der Mitte der Eingangshalle kniete ein junger Mann und fotografierte das Foto. Ich stellte mich einen Moment lang hinter ihn. Die Wirkung war unvergeßlich. Zeit und Entfernung waren aufgehoben, und es schien, als würden die Kinder ihm zulächeln und zuwinken. So groß ist das Prestige der Kamera, ihre beinahe religiöse Autorität, ihre hypnotische Macht, ihrem Gegenstand wie dem Zuschauer Ehrfurcht abzunötigen, daß ich völlig unbeweglich stehenblieb, bis der junge Mann das Bild geknipst hatte. Als befürchtete ich, die kleinste Bewegung meinerseits könnte eines dieser bandagierten Kinder ablenken und möglicherweise das Bild verderben.

Ich setzte meinen Weg durch die Eingangshalle fort. Drei Leute vom Sender, die ein paar Meter vor mir gingen, stampften beim Gehen auf, um ihre Schuhe vom Schnee zu befreien. In diesem Augenblick trat Weede Denney aus einem Fahrstuhl und ging auf uns zu, Hut in der einen, Koffer in der andern Hand, und auf dem Gesicht sein japanisches Lächeln. Ich schob mich näher an die anderen drei heran und stampfte ebenfalls mit den Füßen auf.

«Meine Herren.»

«Weede.»

«Weede.»

«Weede.»

«Weede.»

Wie waren neun oder zehn Personen im Fahrstuhl. Niemand sagte etwas. Aus der Musikberieselungsanlage ertönte ein Weihnachtslied. Als wir den zwanzigsten Stock erreichten, nahm ich das Nottelefon aus seiner kleinen Blechhalterung. Aber mir fiel nichts Komisches ein, und so tat ich es wieder zurück. Binky war nicht an ihrem Schreibtisch. Ich ging ins Büro und wählte Tana Elkbridges Apparat. Sie war Sekretärin in der Nachrichtenabteilung, seit sieben Jahren verheiratet. Unser Verhältnis war einen Monat alt. Es hatte bei einer Party begonnen, als sie mich fragte, ob ich Lust hätte, ein paar von ihren kurzen Stücken zu lesen. Ich hatte keine Ahnung, was sie damit meinte. Wie sich herausstellte, handelte es sich bei ihren kurzen Stücken um Prosagedichte, wie sie Schwesternschülerinnen schreiben, bevor sie ihre erste Amputation erleben. Tana war dunkelhaarig und prachtvoll gebaut und trug Zöpfe. Ihr Chef meldete sich, und ich legte sofort wieder auf. Seit ich beim Sender arbeitete, hatte ich das mindestens ein dutzendmal gemacht. Es ist entwürdigend, aber wenn man ein Verhältnis mit einer verheirateten Frau hat, oder wenn man selbst verheiratet ist, ist es besser, kein Risiko einzugehen. Ihr Chef war ein hagerer, nervöser Mann, und ich konnte mir seine Verärgerung vorstellen, die unbeherrschbare Meuterei seiner ausgehungerten Gesichtszüge, als ihm dieses feindselige Klicken im Ohr klang. Es bereitete mir keine Freude. Quincy kam herein, machte hinter sich die Tür zu, durchquerte langsam das Zimmer und plazierte eine füllige Hinterbacke auf der Ecke meines Schreibtisches, wobei sich die obere Partie seines Oberschenkels platt ausbreitete, und ich mußte an irgendeinen Science-Fiction-Organismus denken, der in einem vergessenen Winkel eines Labors bedrohlich vor sich hinwabert.

«War das Weede gewesen, hier drin, kurz vor der Mittagspause?»

«Nein.»

«Es war Weede», sagte er. «Sag mal, wieso fährt er an die Coast? Es ist nicht grade üblich, daß man kurz vor Weihnachten auf Geschäftsreise geht. Es muß was Wichtiges sein. Hat er irgendwas erzählt?»

«Quincy, ich würde es dir sagen, wenn ich könnte. Aber es ist vertraulich.»

«Ach komm, Dave. Wie lange kennen wir uns denn jetzt schon? Wir sind hier gemeinsam durch. Wie oft hast du meine Frau schon nackt gesehen?»

«Ich darf kein Wort sagen.»

«Hm, nimmt er Kitty wenigstens mit? Ich kann mir nicht vorstellen, daß er an Weihnachten seine Frau allein läßt. So wichtig kann die Sache doch nicht sein.»

«Sie haben gerade eine Ehekrise», sagte ich.

«Hier ist eine Menge los. Kurz vor der Mittagspause wollte ich telefonieren und habe Stimmen im Hörer gehört. Da war jemand in meiner Leitung. Walter Faye hat sich mit jemand unterhalten, den ich nicht erkannt habe. Walter gab ihm die Gehälter von allen durch, die in Weedes Team arbeiten. Reeves Chubb kriegt mehr als wir.»

Die Tür von Quincys Büro war orangefarben, und sein Sofa war dunkelgrau. Einige von uns in Weedes Gruppe hatten Türen von der gleichen Farbe, aber andersfarbige Sofas. Andere hatten genau gleiche Sofas, aber dafür andere Türen. Weede selbst hatte als einziger ein rotes Sofa. Weede und Ted Warburton waren die einzigen mit schwarzen Türen. Warburtons Sofa war dunkelgrün, ebenso Mars Tylers Tür. Doch Mars Tylers Sofa war ekrü, eine Schattierung heller als Grove Palmers Tür. Ich hatte das alles schriftlich. An zähen Nachmittagen studierte ich es, versuchte, ein Muster zu finden. Ich dachte, es könnte ein subtiles, vom Management entworfenes Farbschema geben, das auf Gehalt, Fähigkeiten und Aussichten auf Beförderung oder Abstieg basierte. Wieso hatten keine zwei Personen genau gleiche Sofas und Türen? Wieso durfte Ted Warburton eine schwarze Tür haben, wo die einzige andere schwarze Tür Weede Denney gehörte? Wieso war Reeves Chubb der einzige mit einem blaßgelben Sofa? Wieso wurde Paul Joyners völlig taugliches braunes Sofa durch ein marineblaues ersetzt? Wieso hatte mein Sofa die gleiche Farbe wie Weedes Tür? Andere dachten genauso wie ich. Als Paul Joyner in seinem Büro plötzlich ein neues Sofa entdeckte, verbreitete er sofort das Gerücht, man wolle ihn feuern. Doch dieser Sofa-Zwischenfall hatte sich zwei Jahre vor dem aktuellen Gerücht ereignet, dessen Hintergründe nie ans Licht kamen. Er war nicht gefeuert worden. Es war nicht so einfach, den Zusammenhang aufzuspüren. Der Zusammenhang war schwach, aber ich war mir sicher, es gab ihn. Mindestens ein dutzendmal hatte ich dieses Blatt aus meinen Akten geholt und versucht, Position und Ansehen eines Mannes mit der Farbe seiner Tür und seines Sofas zu korrelieren. Es mußte einen Schlüssel geben. Wenn ich ihn doch nur finden könnte. Was ich tun würde, wenn und falls ich ihn fände, war eine Frage, die mich nicht beunruhigte. Ich würde etwas tun. Ich würde etwas verändern. Ich wäre geschützt. Ich würde des Rätsels Lösung kennen.

«Ich hab zu Mittag mexikanisch gegessen», sagte Quincy. «In fünf Minuten muß ich zu einer Besprechung im Büro von Livingstone, diesem Arsch. Riech mal bitte meinen Atem.»

Er beugte sich vor und atmete aus.

«Alles bestens», sagte ich. «Rosenblüten.»

«Der Geruch von Tacos ist schwer wegzukriegen. Ich hab mir zweimal die Zähne geputzt.»

«Okay», sagte ich. «Jetzt riech du mal meinen Atem.»

Er beugte sich wieder vor.

«Kein Problem», sagte er. «Nicht die geringste Spur.»

Wir logen beide. Eine halbe Stunde später kam Binky herein, hängte ihren Mantel hinter die Tür und ging gleich wieder hinaus. Ich wählte ihren Apparat.

«Miss Lister.»

«Willkommen zurück auf der Farm der Tiere», sagte ich. «Bist du sauer auf mich? Wart nur ab, bis du siehst, was ich dir zu Weihnachten schenke. Du bist die beste Sekretärin, die ich je hatte. Hand aufs Herz und in den Graben gepißt.»

«Was sollte denn das bloß alles?» sagte sie. «Ich habe nicht kapiert, worauf du aus warst. Ich bin dann gegangen und hab mich mit Bloody Marys bedröhnt.»

«Es tut mir leid, Bink. Ich war angespannt und hatte eine Neuralgie. Wirklich. Ich bin schon seit sieben Jahren hier. Das macht einen fertig. Komm mal kurz.»

«Nein.»

«Du bist meine einzige Freundin in diesem Laden.»

«Ich hab Jody erzählt, was passiert ist. Sie meint, du drehst allmählich durch.»

«Mein Mantel und deiner, Binky. Wie die da zusammen hinter der Tür hängen. Jessas, wirklich ein prächtiges Gefühl, zu wissen, daß sich unser beider Bärenfelle da in der dunklen Ecke aneinanderkuscheln. Süße, kommst du mal eben rein auf ein schnelles Schlückchen? Ich lese gerade die irischen Dramatiker. Na los, Bink.»

«Nein.»

«Jessas, Binky. Deine wahrhaft wundersame Wade. Diese winzige verborgene Grotte hinter deinem Knie.»

«Scher dich zum Teufel, Dave.»

Ich wollte nach Hause gehen und schlafen, aber es war zu gefährlich, so früh zu gehen. Weede war zwar schon gegangen, aber Mrs. Kling noch nicht, und sie hatte die Angewohnheit, jedesmal, wenn er nicht im Büro war, Stichproben zu machen. Ich machte die Tür zu. Ich holte die Flasche Cutty Sark hervor, die ich heimlich im Aktenschrank aufbewahrte, goß mir ein halbes Glas voll und trank es pur in vier Schlucken aus. Dann zerknüllte ich ein Stück Papier zu einer festen kleinen Kugel und warf sie in Richtung Papierkorb. Zwei Punkte. Ich holte mir die Kugel wieder und fing an, meinen Hakenwurf zu üben. Ich tänzelte wie ein Negerdarsteller langsam über den Läufer, und während meine rechte Hand Dribbelbewegungen machte, stieß ich durch die Nase Luft aus, synchronisierte Atmung mit Dribbeln, und dann, mit dem Rücken zum Papierkorb, hob ich das rechte Bein, und zum Ausgleich etwas den linken Arm, schwang den rechten Arm über meinen Kopf und ließ einen Fünf-Meter los.

«Swisch», sagte ich.

Dann wechselte ich eine Weile zu Freiwürfen über, dann zu linkshändigen Hakenwürfen und schließlich zu dem atemberaubend komplexen Ablauf meines Sprungwurfs mit Drehung und doppelter Finte. In diesem weltabgeschiedenen Büro spielte ich mein stummes Spiel. Ich empfand keinerlei jungenhaften Spaß. Nein, ich spielte völlig ernsthaft, meine Krawatte bauschte sich bei jedem Sprungwurf, unter den Achselhöhlen breitete sich der Schweiß aus. Niemand, nicht einmal Binky, wußte von diesen Basketball-Spielen. In der Prep School war ich der führende Punktemacher meiner Mannschaft gewesen, erster im Punktemachen, letzter beim Vorlagen geben. Seitdem verfolgte mich das Spiel, der bernsteinfarbene Glanz des Sporthallenbodens, das Quietschen der Turnschuhe, die Menge, die Menge, und wenn ich mich, Jahre später, auf einer Party befand, drehte ich eine Cocktail-Erdnuß zwischen den Fingern und peilte ein fernes Goldfischglas an. Basketball erschien mir immer als die amerikanischste aller Sportarten, eine Kleinstadtsache, zwei Knirpse in einer Einfahrt und ein von Daddy zusammengezimmertes Korbbrett. Und jetzt sprang ich, ließ los, und traf daneben. Ich hob die Papierkugel auf, trat drei Meter zurück für einen leichten Einhänder, und traf wieder daneben. Sechsmal traf ich aus dieser Entfernung daneben. Das Telefon klingelte, und ich traf wieder daneben. Ich wußte, ich würde nicht ans Telefon gehen, ehe ich nicht diesen einfachen Wurf geschafft hätte. Ich transpirierte schon heftig, als ich noch zweimal warf und beide Male daneben traf. Fluchend hob ich die

Kugel wieder auf. Das Klingeln hörte auf, und ich nahm an, daß Binky den Anruf auf ihrem Apparat entgegengenommen hatte. Ich ging genau zur gleichen Stelle zurück. Diesmal traf ich. Ich blieb einen Moment lang zitternd stehen, ging dann zum Sofa und ließ mich fallen. Die Tür ging auf, und Binky kam herein.

«Das war wieder Warren Beasley», sagte sie. «Warum hast du nicht abgenommen? Du siehst beschissen aus.»

«Riech mal meinen Atem.»

«Er stinkt.»

«Wußt' ich's doch», sagte ich. «Ein Dreckskerl, dieser Quincy.»

«Ich soll dir von Mr. Beasley ausrichten, daß er nicht angerufen hat.»

«Was soll das denn heißen?»

«Das soll ich ausrichten. Er hat nicht angerufen. Aber er ruft zurück.»

«Ich glaube, ich trink noch mal was», sagte ich. «Und du?»

«Was hast du anzubieten?»

«Scotch.»

«Nach Bloody Marys?» sagte sie.

«Sei nicht so pingelig. Wir leben in einer drängenden Zeit des schnellen Vergnügens. Oder hast du vergessen, daß Krieg ist?»

Ich holte ein zweites Glas aus dem Schrank und blies den Staub heraus, als sei ich Sterling Hayden mit Schulterhalfter und hätte mich in eine billige Absteige verkrochen. Ich füllte die beiden Gläser.

«Ich glaube, pur krieg ich das nicht runter, David.»

«Ich glaube, da ist noch ein bißchen abgestandenes Wasser in der Karaffe.»

«Ich mach lieber die Tür zu», sagte sie.

Wir tranken schweigend. Es war sehr warm im Büro, und hin und wieder schlug Schneeregen gegen das Fenster. Ich erwartete jeden Moment, daß Mrs. Kling hereinspaziert käme. Ich stellte mir vor, wie sie jetzt in Weedes Büro saß und fernsah, mitten im Mund eine Zigarette, mit ausgestellten Knien, die Hände überm Bauch gefaltet. Während einer Büro-Party einige Jahre zuvor war ich in Walter Fayes Büro hineingegangen, einem Gerücht von

Striptease und Tollerei auf der Spur, und da hatte Mrs. Kling gestanden, allein und ohne mich zu bemerken, starr, unbeschuht und blusenlos, wie ein Banktresor korsettiert, beinahe vom Hals bis zum Nabel, den linken Fuß vorgestellt, die erhobenen Hände zu Fäusten geballt, die Linke zur Deckung vorm Gesicht, die Rechte tiefer, die klassische Queensberry-Haltung der Hafenschläger. Es war einer dieser Augenblicke gewesen, für den sich eine Erklärung auf ewig dem Verstand entzog, ein Unterwasseraugenblick, gekippt und verzerrt durch die Faszination der Tiefe. Viel später kehrte sie, wieder beschuht und angetan mit ihrer Bluse, zur Party zurück. Und dann, als wollte sie die vorzügliche Fertigung ihres Verdauungstraktes unter Beweis stellen, sein Zermahlungs- und Versaftungspotential, kotzte sie einen papierüberladenen Schreibtisch voll, womit sie gleichzeitig eine Legende und ein Denkmal auf diese Legende schuf, den Thelma-Kling-Gedenkschreibtisch.

Binky rollte sich auf dem Sofa zusammen und schlief ein. Ein blubberndes Kinderschnarchen rollte ihr von den Lippen. Ich trank mein Glas aus und stellte fest, daß die Flasche leer war. Kurz, doch ernsthaft spielte ich mit dem Gedanken, mich zu entkleiden und dann auch sie auszuziehen. Statt dessen nahm ich ihren Mantel vom Bügel und deckte sie damit zu, obwohl mir wohl bewußt war, daß der Raum gut geheizt war, aber ich verspürte das unwiderstehliche Bedürfnis, Zärtlichkeit zu demonstrieren, zumindest auf diese banale Art. Das Telefon klingelte.

«Hallo, Tab. Ich war neulich in Hollywood. Als ich mit meinem Wagen gegen eine Palme gefahren bin, sind zwölf Typen heruntergefallen. Die haben alle genauso ausgesehen wie du. Norman Rockwell-Milchbubis.»

«Hallo, Warren.»

«Als ich vorhin anrief, hat deine Sekretärin gesagt, du würdest gerade in deinem Büro Selbstmord begehen. Ich rufe noch mal an in der Hoffnung, derjenige zu sein, der als Letzter mit dir gesprochen hat. Warren Beasley, der umstrittene Rundfunkstar, war vermutlich der letzte Mensch, der mit dem beliebten jungen Fernsehmanager sprach. Mr. Beasley sagte, Bell, achtundzwanzig, sei bedrückt gewesen wegen des Verlusts seines alten Fängerhandschuhs. Der Verstorbene besaß eine große physiognomische Ähnlichkeit mit einer Reihe von Hollywood-Stars, die für ihre Austauschbarkeit bekannt sind. Sein Leichnam wird per Luft-Eilpost an die Westküste geschickt, um dort möglicherweise eine Rolle in einem neuen Filmspektakel über die Belagerung von Leningrad zu spielen.»

«Du hörst dich so morbid-fröhlich an wie immer», sagte ich.

«Ich rufe an, um dich zu meiner Hochzeit einzuladen. Nach allen Präzedenzfällen zu schließen, verspricht die Hochzeitsreise eine Festzeit der ejaculatio praecox zu werden.»

Warren Beasley hatte seine eigene Radiosendung bei einem Lokalsender. Er nannte sie «Der Tod ist gleich um die Ecke», und sie wurde von zwei bis fünf Uhr morgens ausgestrahlt. Ich hatte mir die Sendung, zumindest zum Teil, sicher an die hundertmal angehört, und nicht ein einziges Mal hatte ich erlebt, daß Warren sich in irgendeinem wesentlichen Maß wiederholt hätte. Er lud keine Gäste ein, spielte keine Musik und las keine Nachrichten, außer selbstfabrizierte. Die Sendung hatte zehn oder zwölf feste Sponsoren und viele unregelmäßige – Haarrestaurateure, Hersteller künstlicher Gliedmaßen, Ohrdurchstechläden, einen Metaphysiker in Long Island City, einen Illuminateur von Manuskripten und Schriftrollen, mehrere Tierheime. Die meisten Sponsoren schrieben ihre Werbetexte selbst, die dann von Warren in, man konnte es nicht anders bezeichnen, zunehmend orgiastischer Raserei vorgelesen wurden. Warren machte auch Werbung für nichtexistente Produkte. Er redete jeden Morgen außer Montag drei geschlagene Stunden lang, manchmal stilvoll, humorvoll und gescheit, manchmal mit fäkalsprachlichem Vergnügen, manchmal in dem bitteren, selbstbemitleidenden Ton eines wirklich verzweifelten Mannes. Warren hatte, so fand ich, einen brillanten Verstand, aber er war völlig verantwortungslos, und sein Publikum ließ sich nicht leicht charakterisieren. «Der Tod» hatte reichlich Freak-Appeal und zog wahrscheinlich die Mehrheit der Neo-Nazis, Transsexuellen, interplanetarischen Reisenden, Koprophilen, Peitschen- und Kettensammler, Astralseher, Blutsauger und Leichenbestatter dieser Gegend an – den gesamten Koffeinsatz eines Jahrhunderts landesweiter Schlaflosigkeit. Sein häufiger Gebrauch von Obszönitäten – primitiven wie surrealen – hatte die Rundfunkbehörde zu keinerlei Reaktion provoziert, entweder weil sie nicht zuhörten oder weil die Zeit endlich reif war für die elektrische Übertragung von Wortsex in die schweigenden Schlafzimmer Amerikas. Natürlich sahen einige in Warren einen Propheten, andere eine Bedrohung. Er förderte weder die eine noch die andere Ansicht. Er förderte auch nicht dieses Gefühl von Einheit und gemeinsamen Zielen, von Underground-Kameradschaft, das seine Zuhörer zweifellos verband. Zu freimaurerisch, sagte er. Warren hatte vor vielen Jahren beim Radio angefangen, als Wetterberichtleser bei einem Fernsehsender in Los Angeles. Es war ihm gelungen, von dem, was seine letzte Sendung werden sollte, eine Aufzeichnung zu bekommen, und er zeigte sie mir eines Abends in einem Vorführraum im Sender. Was mir am lebhaftesten in Erinnerung bleibt, sind seine Augen, die unentwegt bohrten und versuchten, diese verbotene Dunkelzone zu durchdringen, die jedem vertraut ist, der schon einmal in einem kleinen Studio vor der Kamera gestanden hat. Er konnte beinahe eine ganze Minute lang sprechen, bis jemand aufwachte und ihn ausschaltete. Zu Beginn sagte er, es gebe in Los Angeles kein Wetter, und es habe auch nie eins gegeben. Das wirkliche Wetter befinde sich in unserm Innern, die wirklichen Wetterberichte seien der Öffentlichkeit all die Jahre vorenthalten worden. Sturmwarnungen an der gesamten Küste des Unterbewußtseins. Drei-Meter-hohe Verwehungen in den Randgebieten der Seele. Orkanartige Winde dürften bis Mitternacht die Seelenvororte erreichen. Flüge von und nach den wichtigsten Es-Häfen würden eingestellt. Dann hatte er einen Steptanz hingelegt und einen Text gesungen, der «hey jig-a-jig go fuck a rubber pig» lautete. Die Zeiten waren inzwischen längst vorbei. Sein Jahreseinkommen betrug um die hunderttausend. Mehrere überregionale Zeitschriften hatten Artikel über ihn gebracht. Er wurde zu vielen Fernseh-Shows eingeladen. Er hatte ein Unbuch geschrieben. Warren, der acht Jahre lang von Jesuiten ausgebildet worden war, konnte sein Geld, seine traurige Berühmtheit und seine vier Ex-Frauen mit einer Kombination von leidenschaftslosem Witz, tiefem Kummer und einem großartigen thomistischen Sinn für die allem zugrunde liegende göttliche Logik betrachten.

«Nicht schon wieder», sagte ich.

«Diesmal ist es ernst, Tab. Sie hat große rosa Renoir-Titten, und sie kann kochen. Aber ich fürchte, in ihrem Unterleib geistert Johanna von Orleans herum, diese zickige kleine Suffragette. Zu unserer Hochzeitsreise fahren wir nach Dublin, was sich vielleicht unsinnig anhört, aber so was wollte ich schon immer mal machen.»

«Wann ist denn die Hochzeit? Ich möchte sie auf keinen Fall verpassen.»

«Während ihrer Mittagspause», sagte er. «Dienstag, zwölf Uhr. Im Gebäude des Obersten Gerichts. Sie ist Zahnhygienikerin. Sie putzt dir die Zähne, bevor Dr. Dachau mit seinen herumbaumelnden Schmerzutensilien übernimmt. Sie muß um halb zwei wieder in der Praxis sein, aber er gibt ihr eine Woche frei, ab dem nächsten Tag, damit ich sie nach Dub fliegen und so tun kann, als wäre sie Molly Bloom, die einzige Frau, mit der ich je wirklich einen Stich auffädeln wollte. Mein Leben wird allmählich Spielball meiner Phantasien.»

«Warren, ist das denn nicht schon die dritte Zahnhygienikerin, die du heiratest?»

«Die zweite», sagte er. «Die, die du meinst, war Radiologin. Hat ein paarmal versucht, mir eins in die Keimdrüsen zu pfeffern. Also Dienstag.»

Ich las zwei Seiten eines Drehbuchs über das Schmelzen der Polkappen und rief dann meinen Vater an. Seine Sekretärin sagte, er würde gleich drangehen. Ich versuchte mir die Seife unter ihren Fingernägeln vorzustellen.

«Tach, Kumpel. Was gibt's Neues?»

«Stennis verdient fünfundvierzig», sagte ich.

«Mehr nicht? Bist du sicher?»

«Absolut zuverlässige Quelle.»

«Gott segne dich, Alter.»

Ein paar Minuten später klingelte das Telefon. Als ich abnahm, wechselte Binky ihre Stellung, wodurch der Mantel auf den Boden rutschte und ihr Rock sich mit einem feinen pscht ihr Bein hochschob und ansprechend um ihre Oberschenkel spannte. Das Telefon quakte, und ich steckte es in meinen Kopf ein.

«David Bell werd ich genannt, im Fernsehen bin ich schon bekannt.»

«David, wieso hast du denn nicht zurückgerufen? Du kommst doch heute abend, oder?»

«Was wünschst du dir zu Weihnachten, Wendy?»

«Das sage ich dir lieber nicht am Telefon, sondern wenn du hier bist, Liebling.»

«Du bist bloß einsam», sagte ich.

«Weißt du noch, im College, David? War das nicht 'ne wilde Zeit? Du bist einer meiner ältesten und liebsten Freunde. Bitte, komm heute abend zu meiner Dinnerparty. Du kannst auch früher gehen, wenn du willst. Hast du noch deinen T-Bird und diese tollen Gedichte, die du früher geschrieben hast? Du hast ja keine Ahnung, wie unglücklich ich war, als du in dem letzten Jahr damals mit einer Ehefrau aufgetaucht bist. Hör zu, eins muß ich dir jetzt noch erzählen. Hörst du zu? Ich hab heute eine Karte von meinem Ex bekommen. Du kommst nie drauf, wo der grade Urlaub macht.»

Es gab sechsunddreißig kleine Löcher in der Sprechmuschel meines Telefonhörers. Sie waren in Kreisen von je sechs, zwölf und achtzehn Löchern angeordnet. Die Hörmuschel hatte nur sechs Löcher. Dieses Ungleichgewicht schien mir von Bedeutung zu sein, aber ich wußte nicht genau, in welchem Sinn. Mein Blick ruhte auf der schlafenden Frau auf dem Sofa, während mein Mund und mein Ohr mit Mund und Ohr von Wendy Judd zugange waren. Ich hatte das Gefühl, ins Telefon hineingesaugt zu werden. Nur meine Augen schienen dem pfeifenden Tunnelsog dieser zweiundvierzig Löcher zu widerstehen. Wendys Mund, riesig und rasend, brannte an meinem Ohr. Während ich zuhörte, legte ich die Hand auf den Teil meines Oberschenkels, der der Gegend unterhalb des Saums von Binkys Rock entsprach, die meine Augen einen Augenblick zuvor ausgewählt hatten. Meine Sinne, so schien es, strebten auseinander, Augen und Hand waren miteinander verbündet, Mund und Ohren wichen ins Telefon zurück, angezogen von der eindringlichen Stimme, von dem Bild, das ich mir nicht vorstellen konnte; und dann, heftig und sonderbar erregt, schob ich meine Hand über meinen Schoß und vollführte eine Art verrückten Lendentanz, ohne mich aus dem Stuhl zu bewegen, ohne den Blick von diesem Land-und-Meer-Arrangement von Rock und Bein zu nehmen, ohne mich der sausenden Lockung des Telefons zu widersetzen, dem Ort, wo Wendy hauste, unvorstellbar begehrenswert, ein Sieg von Mund und Ohr. Es war meine Sekretärin, die den zusammenhanglosen Worten fleischliche Substanz gab, die mein Modell war für das Bild am andern Ende der Leitung, das Bild, das ich nicht ohne ihre Hilfe sehen konnte. Ich schloß die Augen, da mir alles zuviel, zu nah wurde, und schnitt Wendy mitten im Satz das Wort ab, eine Unhöflichkeit, die ihr, wie ich wußte, nichts ausmachen würde.

«Ich werde dort sein», sagte ich.

Ich legte auf und rief sofort Sullivan an. Sie nahm nach dem siebten Klingeln ab. Ich verspürte eine plötzliche Kälte, die unendliche weiße Stille um das Sterbebett meiner Mutter, Kerzenwachs und Laken, ihre riesigen Augen, die flache, schlechte Atmung. Ihr Körper unter der Decke war beinah schon Asche, Knochenkrumen, ihre Hände trockenes Brennholz. Der Tod stand ihr gut, grauenhaft gut, und als ich die Glocken eines Eiscremewagens hörte, hatte ich beinahe gelacht. Der amerikanische Himmelswagen, gekommen, Mutter zur Villa mit dem bekannten orangefarbenen Dach und den achtundzwanzig Geschmacksrichtungen zu bringen. Ich hatte beinahe gelacht, aber nicht ganz, und dann war die Kälte über sie gekommen, und Mutter war gestorben.

«Ich muß hier raus, Sully.»

«David?»

«Ich habe die Türen nicht mehr unter Kontrolle. Worte wehen herein und hinaus. Ich höre sie klar und deutlich, mit wirklich verblüffender Klarheit, aber ich kann nicht glauben, daß sie aus meinem Mund kommen. Ich glaube, es ist Zeit, daß ich gehe.»

«Da draußen brauchst du nicht nach Lösungen zu suchen. Da

gibt's nur Telefonmasten, und ab und zu mal eine Stadt. Diese Entfernungen da draußen werden dich nur verwirren.»

«Ich war vor kurzem mal mit einem Freund zum Mittagessen verabredet. Er hat geweint. Er wollte ein Schiff bauen und nach Tasmanien segeln. Ich habe ihn ausgelacht. Eine Woche später hatte er eine Gehirnblutung. Wir lernen nichts von den Stereotypen um uns herum, nicht einmal, daß wir alle gleich sind.»

«Ich weiß, was bei dir das Problem ist. Du hast keine jüdischen Freunde. Komm heute abend doch mal vorbei. Ich arbeite gerade an was Neuem. Ich möchte, daß du dir es mal ansiehst.»

«Ich komme», sagte ich.

Ich legte auf. Die Tür ging einen Spalt auf und enthüllte die kondensierte Gestalt von Mrs. Kling, fünfzehn Zentimeter breit, armlos und hüftlos. Ich wußte nicht, ob sie durch die kaum einen Spalt weit geöffnete Tür Binky auf dem Sofa sehen konnte.

«Mir hat jemand meinen Hefter entwendet», sagte sie. «Als ich in Mr. Denneys Büro ging, war er noch auf meinem Schreibtisch. Jetzt ist er weg. Den hatte ich schon seit neun Jahren. Mein Name ist auf der Unterseite mit Tesafilm draufgeklebt. Ich sage gerade allen, daß es Ärger gibt, wenn er nicht am Montagmorgen um Punkt neun wieder auf meinem Schreibtisch steht. Ihr habt das ganze Wochenende Zeit, euch das zu überlegen.»

«Reeves Chubb hat ihn genommen. Ich hab's gesehen.»

«Sie lügen. Glauben Sie bloß nicht, ich wüßte nicht, wieviel hier herumgelogen wird. Was macht denn die da auf Ihrem Sofa und in dieser Stellung?»

«Sie bekommt manchmal leichte Anfälle», sagte ich. «Irgendso eine leichte Form von Diabetes. Kein Grund zur Sorge, Mrs. K.»

«Ich sehe da nacktes Fleisch über ihren Strümpfen. Wieso haben Sie die Hände unter Ihrem Schreibtisch?»

«Ich war gerade dabei, mir etwas lose Haut von den Fingern zu zupfen. Sie wissen doch, die Haut, die sich um die Fingernägel herum löst? Das war gerade eben nur ein Scherz, daß Reeves Ihren Hefter weggenommen habe. Walter Faye hat ihn genommen. Übrigens, ich mag Ihre Schuhe, Mrs. K. Wußte gar nicht, daß Dr. Scholl mit Walt Disney Productions fusioniert hat.»

Nachdem sie gegangen war, wählte ich Ted Warburtons Apparat an.

«Hier Warburton.»

«Hallo, Ted. Dave Bell. Ich wollte dir nur sagen, wie sehr mir deine Bemerkung über Chip Moerdler gefallen hat. Es tut gut, von einem Mann von deiner Statur unterstützt zu werden. Wie hast du ihn gleich genannt – einen ignoranten Pavian?»

«Einen bodenlosen Ignoranten.»

«Prachtvoll», sagte ich.

«Es tat mir leid zu hören, daß deine Sendung abgesetzt wird. Sie hatte zwar ihre Schwächen, aber es war eine der wenigen Sendungen, die ich mir immer nach Möglichkeit angeschaut habe. Sei nicht enttäuscht, Dave. Du bist jung und tüchtig. Ein Jungtürke. Ich habe Gutes über dich gehört.»

«Aus deinem Munde sind das wahrlich ermutigende Worte, Ted.»

«Ich hätte nicht gedacht, daß du irgendwelche Ermutigung brauchst, vor allem nicht von so einem alten Knacker wie mir.»

«Wie lange wohnst du hier eigentlich schon, Ted? Wollte dich schon immer mal fragen.»

«Seit 1951», sagte er. «Ich hatte immer gehofft, mich einmal in England zur Ruhe setzen zu können. Aber wahrscheinlich bin ich in ein paar Monaten tot. Du weißt, meine Frau ist Amerikanerin.»

«Nein, das wußte ich nicht.»

«Mußt demnächst mal zum Abendessen kommen. Wir konnten keine Kinder kriegen.»

«Ted, da ist etwas, was ich dich fragen wollte. Hast du den letzten Streich des verrückten Memo-Schreibers gelesen? Das Zitat des heiligen Augustinus? Ich bezeichne ihn übrigens normalerweise nicht als den verrückten Memo-Schreiber. Ich nenne ihn Trotzki. Das finde ich irgendwie passend.»

«Trotzki», sagte er. «Nicht schlecht. Gefällt mir.»

«Ich wollte dich fragen, ob du mir helfen könntest, den Sinn dieses Zitats zu verstehen. Du bist hier wirklich der einzige, der überhaupt etwas Licht in die Sache bringen könnte.»

«Ich glaube, ich weiß nicht genau, wovon du redest.»

«Von diesem Augustinus-Ding. *Und nie kann ein Mensch schrecklicher im Tod sein, als wenn der Tod selbst todlos ist.* Ich hab's mir gleich eingeprägt. Es ist überwältigend. Ich bin mir nicht sicher warum, aber es geht mir unter die Haut. Es haut mich um.»

«Ja, das ist eine recht mörderische Bemerkung, nicht? Aber ich weiß nicht, wie du darauf kommst, daß ich sie für dich aufdröseln könnte. Ich gehöre zu den Leuten, die ihren Geist gerne über Anagrammen entspannen. Theologie ist nicht so ganz mein Fach.»

«Das unendliche China», sagte ich.

«Ich verstehe nicht.»

«Du hast diese Passage von Kafka zitiert, um sie zu verwirren. Ich habe dein Gesicht beobachtet. Du hast mit ihnen gespielt.»

«Weede ist ein arroganter Jammerwock, und Reeves Chubb ist ein hoffnungsloser Fall. Wie dem auch sei, der eine ist mein Vorgesetzter und der andere ein Mitmensch, der ein Anrecht darauf hat, sich die Illusion seiner Würde nicht nehmen zu lassen, wenn er schon sonst nichts hat. Ich verabscheue Falschheit und Täuschungen bei andern, und ich bemühe mich, trotz nachlassender Fähigkeiten, so gut ich kann, diese besonders miesen Laster aus meinem eigenen Repertoire auszuschließen. Nein, junger Mann, ich habe nicht gespielt. Ich fürchte, Sie haben das, was Sie in meinem Gesicht gesehen haben, mißgedeutet.»

«In dem Fall bitte ich um Verzeihung, Ted. Ich habe wohl die beiden Sachen miteinander verknüpft. Das Memo und deine Bemerkungen über China. Ich dachte, da besteht ein Zusammenhang.»

«Du hast dich getäuscht. Ich bin nicht der, für den du mich hältst. Ich bin ein Mann, der versucht, seine Arbeit zu erledigen, und dem das verdammt schwer fällt, wenn du's genau wissen willst. Und solche lästigen Telefonanrufe machen es mir auch nicht leichter. Die Leute rufen automatisch mich an, wenn sie eine Antwort auf irgendeine infantile Frage brauchen oder eine Frage zu irgendeiner unmöglichen Antwort. Ich bin nicht die Dokumentationsabteilung. Ich bin nicht die Telefonseelsorge. Und ich bin erst recht nicht der Bischof von Hippo.»

«Es tut mir leid, Ted, wirklich. Bitte, verzeih mir.»

«Wir sind ewig dabei zu sterben», sagte Warburton. «Wir fangen an zu sterben, wenn wir geboren werden. Kurze Zeit später sterben wir. Es herrscht mehr oder weniger allgemeine Übereinstimmung darüber, daß dies der Tod sei. Alsbald findet die sogenannte Wiederauferstehung des Körpers statt. Seele und Körper vereinen sich in dem, was wir bereits als Zustand des Todes definiert haben. Aber obwohl wir uns im Zustand des Todes befinden, sind wir nicht tot, weil Körper und Seele jetzt wieder intakt sind, und es gibt keinen andern Weg, als den Vorgang des Sterbens wiederaufzunehmen. Oder, wenn du so willst, den Vorgang des Lebens – die Worte sind im Grunde austauschbar. Und da sich dieser Vorgang des Sterbens bis in alle Ewigkeit vollzieht, kann man nicht sagen, daß wir auf den Tod warten. Wir blicken auch nicht auf den Tod zurück, aus dem einfachen Grund, weil wir nicht auf etwas zurückblicken können, was nicht dort, sondern hier ist. Worauf Augustinus in dieser paradoxen, redundanten und etwas komischen Passage jenseits allen Unfugs hinauswill, ist, daß der Tod nie stirbt und daß der Mensch auf ewig im Zustand des Todes verharren wird. Wobei's natürlich durchaus möglich ist, daß ich das Wort für Wort mißverstanden habe. Es ist mir gelungen, mir einen Schlüssel zum Kopierraum zu beschaffen. Ich mache die Kopien nach Mitternacht und verteile sie anschließend. Wenn ich bis zum Tagesanbruch nicht alles schaffe, verteile ich die restlichen Kopien in der Mittagspause, wie gestern geschehen. Ich arbeite schnell und verstohlen. Natürlich bin ich über jeden Verdacht erhaben.»

Er legte auf. Ich behielt den Hörer noch eine ganze Weile an meinem Ohr, als erwartete ich, daß seine Stimme mit Trommeln und Dudelsackpfeifen zurückkehren und das animistische Summen des Telefons überwältigen würde. Dann legte ich den Hörer auf die Gabel und machte einen Spaziergang. Alle Bürotüren waren geschlossen, und ich öffnete eine nach der anderen auf meinem Gang durch die Flure. Jones Perkins kniete auf einem Knie, einen Golfschläger in der Hand, und legte sich einen Sieben-Fuß-Putt zurecht, ein umgekippter Papierbehälter diente als Loch. Walter Faye las seiner Sekretärin gerade das *Kama Sutra* vor. Mars Tyler saß an seinem Schreibtisch und zog sich ein Stück Zahnseide zwischen den Zähnen durch. Reeves Chubb war gerade dabei, sein Hemd zu wechseln. Richter Janes und Grove Palmer warfen 25-Cent-Stücke gegen die Wand. Quincy ließ sich von dem freiberuflichen Schuhputzer die Schuhe putzen. Paul Joyner saß barfuß im Lotussitz auf seinem marineblauen Sofa. Ich war wie eine Filmkamera, die dokumentarische Momentaufnahmen des Alltags in einem Gefängnis, auf einem Flugzeugträger, in einem Heim für kriminelle Geisteskranke machte. Phelps Lawrence war nicht mehr da, aber seine Sekretärin, Ellen Quint, war in seinem Büro, seinem Ex-Büro, und tigerte mit geröteten Augen und gelöster Haarschleife auf und ab. Carter Hemmings klimperte auf seiner Gitarre. In Chandler Bates' Büro war niemand, und Ted Warburtons Tür machte ich nicht auf.

Als ich Jennifer Fine um eine Ecke kommen sah, ging ich in die Herrentoilette. Später kehrte ich in mein Büro zurück, weckte Binky auf und sagte ihr, sie solle nach Hause gehen. Als sie sich den Mantel anzog, kippte sie, sturz-zombie-besoffen, beinahe um, und ich mußte sie bis zum Aufzug begleiten. Auf dem Rückweg machte ich bei Jody Moores Schreibtisch halt, und wir unterhielten uns über ihre bevorstehende Reise nach Indonesien. Dann holte ich meinen Mantel und ging hinunter zum Gut Bucket. Der Barkeeper Leon, der eine Schauspielausbildung machte, ignorierte mich fünf Minuten lang, derweilen er sich mit einem Mädchen unterhielt, das eine Augenbinde und einen Zoot-suit wie Cab Calloway trug. Schließlich kam er herübergeschlendert, legte beide Hände platt auf die Theke und bedachte mich mit seinem ironischen, marlonesken Cowboy-Grinsen.

«Das Übliche», sagte ich.

«Was könnte das wohl sein?»

«Ich dachte, du wärst Monty. Normalerweise arbeitet Monty an diesem Ende der Theke. Cutty Sark on the rocks. Es ist so gottverdammt dunkel hier drin.»

«Ein Cutty, alles klar.»

Ich war gerade bei meinem zweiten Drink, als lachend und stampfend fünf oder sechs Leute vom Sender hereinkamen, mit

Handschuhen, Schals und rosigen Gesichtern. Sie gesellten sich zu mir an die Theke. Die Männer schüttelten mir die Hand, und die Frauen küßten mich. Etwa zwei Stunden lang standen wir da, in unseren Mänteln und Gummistiefeln, Schneepfützen um unsere Füße. Ich bezahlte die letzten drei Runden, und dann gingen sie unter Klagen über Züge und Taxis und Fluchen über Ehemänner, die darauf warteten, daß ihnen das Abendessen gekocht wurde, Ehefrauen und Volkswagen, die am Bahnhof warteten, Kinder, die ihre Geschenke haben wollten, eifersüchtige Freunde, Haustiere, die ihre Krallen an den Möbeln wetzten, Verwandte, die erwartet wurden, die Zeit, die Jahreszeit, die Epoche, das Zeitalter. Ich wünschte ihnen ein schönes Wochenende. Dann bestellte ich mir noch einen Drink, luchste dem Mädchen mit der Augenbinde ein Lächeln ab und ging, ohne ein Trinkgeld zu hinterlassen.

Wendy Judd wohnte in den East Eighties, einer Gegend, bei der ich immer an einen sich ins Unendliche erstreckenden Drugstore denken mußte. Ihr Wohnhaus hieß Modigliani Terrace Apts. Die Eingangshalle war von Neonbeleuchtung gebleicht und war mit goldgerahmten Spiegeln und kahlwerdenden Wandteppichen ausgestattet. Es gab ein Becken, voller Zigarettenkippen, in dessen Mitte eine anmutige Najade stand. Aus ihrem Bauchnabel tröpfelte rostiges Wasser. Auf Wandbildern waren Montmartre, Fort Lauderdale und der Fujiyama zu sehen. Der Portier fragte nach meinem Namen und kündigte mich dann Wendy über die Sprechanlage an. Im Aufzug befand sich eine gedruckte Hinweistafel, auf der darauf aufmerksam gemacht wurde, daß sich zur Sicherheit und im Interesse der Mieter in allen Aufzügen versteckte Fernsehkameras befänden, desgleichen in der Waschküche und in den beiden Gärten mit den Giacometti- und den Lipchitz-Skulpturen. Ich ging einen langen Flur entlang. An Wendys Tür hing ein Weihnachtskranz, an dem ein Zettel mit den Worten *Dis is de place* festgepinnt war. Sie ließ mich herein und verfehlte meinen Mund mit einem Taubenkuß. Dann mußte ich im Eingang zum Wohnzimmer stehenbleiben, während sie die Namen der anderen Gäste aufzählte und dazu neckische biografische Anmerkungen machte. Sie nickten, wenn sie vorgestellt wurden, eine der Damen hob mit Kindergarteneifer die Hand, die Männer lüpften ihre Hintern vom Sofa und den Stühlen wie Klaviere, die nicht gehoben werden wollen. Wendy nahm mir meinen Mantel ab.

«Und das ist David Bell, einer meiner Ex-Lovers, Zack!» sagte sie. «Ist er nicht 'ne Wucht, Mädels?»

Ihr Apartment war mit revolutionären Plakaten in chinesischer Schrift geschmückt. Auf den Bücherregalen saßen glatte braune Buddhas neben mehreren Hochglanzbänden über orientalische Kunst und einer Reihe von Miniatur-Samuraischwertern, die zu einem Aschenbecher-Arrangement zu gehören schienen. Außer Wendy und mir befanden sich vier Männer und vier Frauen im Raum. Keiner von ihnen schien schön, gutaussehend oder begabt zu sein. Ich spürte eine ungeheure Feindseligkeit.

Ich setzte mich auf das Sofa neben ein Mädchen, dessen linkes Bein sich in einem Gipsverband befand.

«Was machst du?» fragte sie.

«Ich mache Sachen mit McAndrew in Amherst.»

«Kenne ich den?»

«Nein», sagte ich.

«Falls du dich fragst, was mit meinem Bein ist. Ich hab's mir beim Skifahren gebrochen.»

«Ich wollte grade fragen.»

«Bist du ein guter Liebhaber?» sagte sie.

«Selbst ein Habicht ist ein Adler unter Krähen.»

«Du bist echt fix. Ich werde nicht mehr versuchen, dich reinzulegen. Du bist mir zu fix. Ich versuch, dich zu verunsichern, und du kommst mir mit einem Wahnsinnsspruch, der wahrscheinlich aus irgendeinem großartigen alten Randolph-Scott-Film stammt, in diesem grünen Technicolor. Was ist deine Stammkneipe? Wir gehen immer alle ins Bow-Wow in der Second Avenue. Der Barkeeper heißt Roone. Der ist auch echt fix. Sachen sagt der, spitze. Aber optisch gefällt er mir nicht. Wir mieten uns in diesem Sommer alle zusammen ein Haus auf Fire Island. Ein halber Platz ist noch frei. Falls du interessiert bist, sag Barry oder Spike Bescheid. Ein halber Platz kostet einhundertsechzig. Und für Essen, Getränke und Diverses legt man zusammen. Bring eine Decke mit, abends wird es kalt. Das Haus, das wir diesmal kriegen, ist fast am Strand. Du bist nicht etwa Skorpion?»

Dann kam Wendy herein, zog einen Stuhl in die Mitte des Zimmers und setzte sich rittlings drauf, im Stil einer Berliner Nachtklubsängerin in den desillusionierten zwanziger Jahren.

«Ich bin ja so froh, daß David heute abend kommen konnte. David Bell ist der einzige, der mich retten kann. Im College waren wir ein Paar. David hatte diesen weißen Thunderbird, und damit sind wir immer in die Wüste gefahren und haben uns nackt ausgezogen. Zack. Wo kann man in New York schon so was machen? Letzten August bin ich in meinem blauen Bikini auf eins der Sonnendächer gegangen, und da durfte ich noch nicht einmal das Oberteil ausziehen. In Panama City hatte ich einen Lover, der ganz genau Davids Augen hatte. Das war unglaublich unheimlich. Aber ansonsten war er der totale Freak. Nicht zu fassen, der Mann. Er war irgendso ein Bananenhändler und hatte diesen Tick von wegen Vogelspinnen. Als wir mal in einem Restaurant waren, hat er gesagt, was machst du, wenn plötzlich eine riesige haarige Vogelspinne aus deinem Essen herausgekrabbelt kommt, auf so was muß man in diesem Teil der Welt gefaßt sein. Was ich schon für freakige Lover hatte. Antony Ambrose wollte, daß ich in so einer Striptease-Klitsche in Soho arbeite, wegen meinen Brüsten. Nicht zu fassen, dieser Mann, von wegen Busenfreundschaft.»

Ich ging ins Bad. Hier gab es Bücher, Holzschnitte, einen Zeitschriftenständer, zwei Flickenteppiche, einen kleinen Bronzegong. Ich setzte mich auf den Wannenrand und blätterte einen Zeitschriftenartikel über den Krieg durch. Jede Seite des Artikels war mit Farbfotos garniert. Gegenüber einem Bild von mehreren enthaupteten Dorfbewohnern war eine ganzseitige Anzeige für irgendeine neuartige Miederhose. Das Mannequin war atemberaubend schön, ein großgewachsenes taubenfarbiges Mädchen mit einer Kamelpeitsche. Laut Werbetext schmiegte sich diese hochmodische Miederhose direkt an die Haut an und war in drei kuscheligen Farben erhältlich. Ich blätterte weiter zu einer Anzeige für Brandy. Eine Frau in einem weißen Abendkleid führte an einer Leine einen Panther über den Rasen eines Anwesens in Newport.

Der Artikel über den Krieg war etwa fünfzehn Seiten lang und sehr klein gedruckt. Ich bemerkte plötzlich, daß die Wanne voller Ruderwanzen war. Ich ging in die Küche, Wendy drehte sich um, und dann fielen wir übereinander her, schwerfällig und ausgehungert, in eine Ecke gezwängt, und vor meinem geistigen Auge sah ich Binky, schlafend auf meinem Sofa.

Zum Abendessen gab es Hühnchen mit Reis. Wir saßen verteilt im Wohnzimmer mit Tellern auf den Knien und suchten in unsern Regenwolkengesichtern nach irgendeinem Hinweis auf unser Dilemma. Ich zählte die Glückwunschkarten, die Wendy im ganzen Zimmer aufgestellt hatte. Es waren vierundsechzig.

«Du hast Ruderwanzen in deiner Badewanne», sagte ich.

«Unmöglich», sagte Wendy mit dem Mund voll Reis, und ich war mir sicher, daß wir zehn alle das gleiche wuselige Bild von flinken schwarzen Tierchen vor uns hatten, die in jedem Löffel voll Reis in jeder Schale nisteten.

«Ich hab versucht, sie zu zählen, aber es waren zu viele.»

«Das hier ist ein neues Gebäude. Du glaubst gar nicht, was es hier alles für Hygienevorschriften gibt. Keine Sorge, Leute, David ist bloß makaber. Das ist seine ganz spezielle Art von Humor. Eßt einfach weiter und macht euch keine Sorgen. Einmal in der Woche wird jeder Zentimeter dieses Gebäudes von unten bis oben mit den modernsten Geräten geputzt und geschrubbt.»

«Es sind mindestens zwanzig», sagte ich. «Auf so was muß man in diesem Teil der Welt gefaßt sein. Ich bin sicher, sie sind inzwischen schon vom Radar erfaßt worden. Eins hat gerade Junge gekriegt.»

Der Nachtisch war eine nervöse Angelegenheit. Die Frauen blieben nicht sitzen und vermieden es sogar, länger als ein paar Minuten am Stück an einer Stelle stehenzubleiben. Ich sagte, ich müsse früh am nächsten Morgen einen großen Silbervogel zur Coast erwischen, und Wendy begleitete mich zur Tür. Sie tadelte mich, weil ich unartig gewesen war, und versprach mir dann, Zunge in meinem Ohr, eine Nacht voller Kanalzonen-Lüste, wenn ich nur bliebe. Der Aufzug funktionierte nicht, und so mußte ich sechzehn Stockwerke hinunterlaufen. Es schneite heftig. Auf der Second Avenue fuhren Dutzende von freien Taxis vorbei. Schließlich hielt eins an. Ich stieg ein, der Fahrer stellte die Uhr ein und brauste im undurchdringlichen Schneetreiben mit Höchstgeschwindigkeit Richtung Lower Manhattan davon.

Sullivan wohnte im obersten Stock in einem Loft in der Greene Street. Sie machte sich in der Gegend zusehends einen Namen, und ich hatte das Gefühl, es würde nicht mehr lange dauern, bis die Kritiker, Kunstmarkthändler und alle diese schicken kleinen Galeristen mit ihren gemeinen Schuhen und Dolchkoteletten erkannten, daß sie zur ersten Garnitur der amerikanischen Bildhauer gehörte. Sie arbeitete mit Mahagoni, Epoxydharz und Autolack. In ihren sämtlichen Arbeiten, so sagte sie selbst, ging es um Krümmungen. Die Glätte ihrer Formen und die trüben, matten Farben, die sie verwendete, suggerierten eine scheußliche Weichheit wie von Schnecken oder Würmern, knochenlosen Wesen, die sich am Rande unseres Schlafes winden. Mehrere Leute hatten ihr gesagt, sie hätten Angst, ihre Holzstücke anzufassen, und das freute sie bis zu einem gewissen Grad. Ihr höchstes Ziel sei es, sagte sie, den Leuten das Gefühl zu geben, sie würden kleine, lebendige, feuchte Amphibien essen. Das Whitney besaß zwei von Sullivans Werken, und etwa zehn weitere waren im Besitz von Privatsammlern. Mindestens dreißig waren von verschiedenen Firmen gekauft worden. Ein Chemieunternehmen in Muncie hatte kürzlich drei ihrer kleineren Arbeiten erworben und sie in der Eingangshalle aufgestellt. Das hatte mich überrascht und erfreut. Wie alle, die im Umkreis von Talenten herumlungern, neigte ich dazu, Sullivan übermäßig zu loben und ihre Arbeit als eine der fundamentalen Maßnahmen zur Rettung der Republik zu betrachten, und ich hielt es nicht für ausgeschlossen, daß Indiana zu neuen geistigen Höhen aufsteigen könnte dank Sullivans drei kunstvoll gefertigten Nachgeburten. Sie sagte, ich solle das nicht so wichtig nehmen. Das Chemieunternehmen versuche bloß, sein Image zu verbessern. Sie hätten sogar einige ihrer Manager in eine Berghütte hinaufgeschickt, wo sie in Sandalen und Togen herumliefen, und es sei sowieso alles nur ein Steuertrick. Ich hatte Sullivan kennengelernt, als unser Team beim Sender eine halbstündige Filmdokumentation über etwas machte, was wir Power-Art nannten, womit Kunst gemeint war, die mit elektrischem Werkzeug hergestellt wurde. Zwei Minuten waren Sullivan und ihrem phantastischen Atelier gewidmet. Wir brauchten fast einen ganzen Tag, um diese Sequenz zu drehen, und einen Gutteil der Zeit verbrachte ich damit, mich mit ihr zu unterhalten. Sie sagte, sie möge mich, weil ich so schön und traurig sei, so fest verankert in der amerikanischen Tradition. Sullivan, so glaubte ich, war die einzige, die mich retten konnte.

Die Eingangstür war ausgehängt. Sie stand in der gekachelten Eingangshalle, auf der Glasscheibe, die den oberen Teil bildete, stand in weißer Farbe das Wort TÜR geschrieben. Ich ging die erste Treppe hoch. Auf den beiden Türen stand GUT und BÖSE. Ich stieg weiter hoch. Die gekachelten Stufen waren abgerundet und schwarz an den Kanten. Ich ging an vier weiteren Türen vorbei. Die eine war mit dem Wort BRUST beschriftet und die anderen mit den Worten GERECHTIGKEIT, MÄRTYRERTUM und FLUSS. Als ich die letzte Treppe zu Sullivans Loft hinaufging, roch ich etwas Schreckliches, das durch das Gebäude wehte, eine Präsenz, die plötzlich die lebhafte Vorstellung von offenen Wunden, Sumpf, Panik und Krankheit, dem Gestank einer Armee auf dem Rückzug heraufbeschwörte, und es war so stark und durchdringend, daß ich wußte, ich würde darüber einen Witz machen müssen, wie ich es letztendlich bei allem tat, was ich nicht verstand, und so stellte ich eine Eröffnungsbemerkung zusammen, die ich Sullivan zuwerfen konnte. Die Bemerkung würde sowohl geistreich als auch plastisch sein, und ich arbeitete noch an der genauen Formulierung, als ich die unbeschriftete Tür öffnete und den Raum betrat.

Sullivan war nicht da. Sieben gewundene Formen, massig und fegefeurig, standen im Loft verteilt herum. Sie waren viel größer als irgend etwas, was sie jemals zuvor gemacht hatte, und viel komplexer, Räder in Rädern, Sensen, die aus dem abgerundeten Rand eines grotesken Schildes herausragten, Männer oder Graburnen, die industrielle Bedrohung von Zahnrädern und inneren Uhren, ein riesiges Butterfaß, absolut furchterregend, letztendlich undefinierbar, dräuend und nie in Ruhe, Sullivans hochgewachsene Seele in Holz. Formen, verbinden und beschichten. Sie sagte, es sei ein Segen Gottes gewesen, die letzte Gnade, daß er uns opponierbare Daumen gegeben hatte. Ich konnte Sullivans Atelier nie ohne das Gefühl betreten, unfreiwillig in ein fremdes Land geraten zu sein, das man in der Vergangenheit öfters besucht hatte, aber von dessen Landschaft bloß eine dürftige Erinnerung übriggeblieben war. Da waren zunächst die Formen, die innerhalb und außerhalb ihrer eigenen glatten Konturen kreisten. Da waren die beiden Spots, die auf Podesten an den gegenüberliegenden Enden des Raumes plaziert waren. Da war der Holzstaub, der alles bedeckte, und dann die hungrigen Werkzeuge mit Zähnen und Krallen, die Radialbügelsäge und die Säbelsäge, der Schwingschleifer, die riesige Bandsäge und der stationäre Schleifer, deren Kabel im Staub ineinander verschlungen waren. Da war schließlich das Allerfremdartigste, das membranenartige chemische Material, welches Decke und Wände bedeckte. Dieses Material ähnelte einer Frischhaltefolie, war aber etwas trüber und weniger durchsichtig und nicht wie eine Tapete in Bahnen an die Wände geklebt. Es war vielmehr eine einzige zeltartige Einheit, die am Untergrund haftete, sich manchmal wölbte und zwischen sich und den Wänden Luftblasen warf. Ein rechteckiges Stück, das der Länge und Breite der Tür entsprach, war herausgeschnitten worden, damit man ein- und ausgehen konnte. Das Ding war von dem Vormieter in dem Loft installiert worden, einem Schweizer Erfinder und Collagisten, der so absolut abartig verrückt war, wie es nur Schweizer sein können. Er sprach von diesem Werk, dem er sein Leben widmete, als dem Kokon und von sich selbst als Kokonisten. Er hatte die Hoffnung gehabt, ein Environment zu schaffen, das, im Gegensatz zu einem Kunstwerk, ein Lebenswerk sein würde, ein von der feindseligen äußeren Topografie isolierter Organismus, ein Klumpen wabernder Raupen, eine Mikrowelt, ein Mann jenseits des Mannes, der sie schuf. Schließlich bestand das Material aus chemischen Stoffen, und so konnte man sagen, daß es ein Minimum an Lebensenergie besaß, die sich quantitativ, aber nicht wesentlich von jener unterschied, die allem, was kreuchte und fleuchte, gemeinsam war. So hatte er es Sullivan erzählt, und so hatte Sullivan es mir erzählt. Der Kokon sollte erst der Anfang sein, aber bald, nachdem er sich in dem Loft ausgebreitet hatte, ging seinem Schöpfer das Geld aus, er bekam Ärger mit dem Vermieter, weil er als Teil eines formellen satanischen Rituals eine streunende Katze angezündet hatte, und borgte sich schließlich das nötige Geld, um eine Passage auf einem nach Nordafrika fahrenden Frachter buchen zu können. Er verschwand, angetan mit einer von Sullivans hosenstallosen Latzhosen und dem Lady-Hathaway-Hemd, das ich ihr zum Geburtstag geschenkt hatte.

Die Membrane hatte mikroskopische Poren, die Luft hereinließen. Natürliches Licht drang kaum durch, aber die Spots waren ein hinreichender Ersatz. Sullivan zog sie sogar vor und behauptete, das Sonnenlicht werde überschätzt. Ich legte meine Finger auf eine der Skulpturen. Die Farbe war trocken, ein dunkles Grau. Die anderen waren ein Braun, in unterschiedlichen stumpfen Abtönungen, ein Schwarz, ein Knochenweiß, ein eisiges Silber. Die drei Fenster des Lofts, blaß und wabernd hinter der Haut der Sandwichfolie, waren fest verschlossen, und doch wogte die Hülle, als würde sie von einer Meeresbrise gestreift. Einige der kleineren Elektro-Werkzeuge lagen auf einer Werkbank. Ich ging von Figur zu Figur, berührte jede einzelne mit dem Daumen, fuhr mit dem Handrücken über die gekrümmten Flächen. Es war still im Gebäude. Ich fragte mich, warum diese eine Tür nicht beschriftet worden war. Einer Tür den namen «Fluß» zu geben, war ein Akt sonderbarer Freude, der Poesie oder Kindlichkeit. Ich dachte in diesem Moment an den Fluß in Old Holly, und dann an Blätter, deren Unterseiten nach oben gekehrt waren und die sich in einem sanften Luftstrom über dem langen, bewegungslos schwebenden Fisch mit den Silberdollaraugen bewegten, und dann an die Frau in dem Holzschindelhaus, die im Slip Wäsche bügelte, hinter den nicht ganz geschlossenen Jalousien, und an die Septembermusik dieser warmen Nacht, die Ulmen und Vergnügen einer dunklen Straße, als die Rasenstücke süß nach feuchtem Gras dufteten und ich ein Junge war, an die Hoffnungslosigkeit der Lust, die nackten Arme der Frau und den Glanz sich bewegender Seide, wenn ihr träger Körper sich rührte, mindestens doppelt so alt wie ich, und bügelte, mit den weichen Bewegungen einer Löwin, die ihre Jungen liebkoste, und ich hielt mich an einem Baum fest und sah über eine Stunde lang zu, doppelt so alt wie ich, ihr hellbraunes Haar, ihre trägen Augen, ihr weiches Gesicht, nie zuvor und nie wieder gesehen. Ich wollte jetzt nur noch schlafen.

Unter der Werkbank lag ein fleckiger Klumpen Schaumstoff, die Überreste einer Matratze. Ich zog ihn hervor, rollte meinen Körper zu einer Kugel zusammen und schlief in dem Plastikumschlag dieses Raumes auf der Stelle ein. Sünden und Flüsse zogen durch meine Träume, Unterwassergesichter glotzten wie Fische in meinem Geist. Ich wachte in Stille, Kälte und unter den Anschuldigungen der Scheinwerfer auf. Die Stadt war voller Menschen, die nach dem Mann oder der Frau suchten, der oder die sie retten könnte. Mein Körper stank nach kaltem Schweiß, Alkohol und Angst. Der Loft schien endlos zu sein, eine Szene, wie vom sandigen Grund eines Traumes gehoben. In der Tür nahm etwas die Gestalt meiner Mutter an.

KAPITEL 5

Ich trug eine grüne Militärberater-Sonnenbrille, ein Paar Wolfsleder-Mokassins, eine schwarze Chino, ein enges T-Shirt und eine Khaki-Arbeitsmütze, die ich mir tief in die Stirn gezogen hatte. Pike räkelte sich auf dem Rücksitz, während Sullivan neben mir saß und zusah, wie sich New England aus dem letzten Winterschnee ausgrub, der jetzt im Erdboden versickerte. Im Radio wurde für Hack-Steak im Sonderangebot geworben, und danach wurden irgendwelche Rock-Oldies gespielt, satt und mystisch, Cockney-Stimmen, die durch eine Gebetsmühle elektrischer Sitars hindurchheulten, und wir düsten in einer tiefen Wolke von Krematoriumsrauch an Boston vorbei. Die Fenster waren geschlossen, und die Heizung war an, und ich stöhnte und sang in der mich umhüllenden Eileiter-Gemütlichkeit meines roten Mustangs, eines unendlich religiöseren Gefährts als der T-Bird, den ich während meiner College-Zeit besessen hatte. Ganz Amerika befand sich auf der Schwelle zum Frühling, und die Landschaft, soweit sie zwischen Rauch und Reklametafeln zu sehen war, kam zu neuer Pracht. Es gibt nichts Aufregenderes als die ersten Tage einer langen Reise auf Rädern hinein ins geifernde Maul eines unglaublichen und rastlosen Landes. Ich brüllte beim Fahren, überschritt Geschwindigkeitsbegrenzungen, zitierte Gedichte und Volkslieder. Das propere alte Boston lag hinter uns, mitsamt seinen Kirchen und Bandenmorden, und vor uns lag Maine, wo die Gischt über die Felsen sprühte, wo wettergegerbte Hummerfänger in gelben Hüten und Schaftstiefeln schier platzten vor Geschichten über die Tiefen des Meeres. In Salem machten wir eine Mittagspause und besuchten dann das Haus mit den sieben Giebeln, wo die hübsche kleine Führerin uns nicht die Geheimtreppe hinaufbegleiten wollte, aus Furcht vor plötzlichen Pumatatzenschlägen aus dem Dunkeln, und am späten Nachmittag erreichten wir die Küste von Maine und sahen ein schwarzes apokalyptisches Gewitter sich über dem Ozean zusammenballen, die Luft war kühl und spannungsgeladen, es stand kurz vor dem Ausbruch, und als es soweit war, dachte ich, der Wagen könnte bersten, und Pike wachte mit dem Gefühl auf, wir würden im nächsten Moment sterben, und erzählte uns dann von den großen elliptischen Wanderungen der europäischen Kraniche. Ich trieb den munteren Mustang an Hunderten von Bungalows, Pensionen und Motels vorbei, viertausend Kilometer von Marlboro Country entfernt, und Neon-Hummertraumgebilde schwammen über die nasse Straße. Es war Abend, als wir Millsgate erreichten, ein kleines weißes Städtchen an der Penobscot Bay. Es hatte aufgehört zu regnen, und wir aßen in einem Fischnetzrestaurant zu Abend und machten uns anschließend zu Fuß auf die Suche nach Bobby Brands asketischer Garage, Brand im Exil, Brand clean, Brand, der an dem Roman schrieb, der wie eine feurige bakterielle Bombe in Amerikas Eingeweiden detonieren würde. Wir gingen mitten auf der Straße eine kleine Anhöhe hoch. Es gab keine Autos, keinerlei Geräusche, und die Luft war so scharf, daß sie einem in der Lunge zu kratzen schien. Vier Hunde kamen uns entgegen. Pike bellte sie an, aber sie trotteten einfach vorbei. Alle paar Sekunden wurde der Vollmond von langen, eilenden Wolken verdunkelt, und es war, als würde der ganze Himmel atmen. Oben angekommen, fand ich die Straße, die wir suchten. Wir bogen links ein und gingen an der Dorfwiese vorbei. Eine Reihe weißer Häuser säumte den einen Rand der Wiese, und den Häusern gegenüber stand eine weiße Holzkirche mit einem Glockenturm. Die High School lag zurückversetzt am hinteren Ende der Wiese, der Straße zugewandt. Es brannten mehrere Verandalichter, und wir konnten die Kanone und die schwarzen genarbten Kugeln sehen, die daneben auf dem Rasen aufgestapelt waren. Vor uns war eine Lücke in den Bäumen, und ich blickte hinunter auf das Wasser, auf dem Silberstreifen lagen, vom Mond und von den weißen Lichtern der Häuser im Wald über den kleinen Buchten zu beiden Seiten der Bay.

«New England ist die geschlechtsloseste Gegend der ganzen Hemisphäre», sagte Sullivan. «Es hat den Sex-Appeal von Londons Hyde Park an einem warmen Nachmittag, wenn alles die Hemden auszieht und auf den Rasen sinkt. Dann begreift man, warum sie nach Afrika gehen mußten, um ihren Spaß zu haben.»

Wir erreichten die Garage.

«Menschsein heißt, verschiedene Phasen durchlaufen», sagte Brand. «Ich habe sie alle durchlaufen. Aber das ist jetzt vorbei. Ich esse, schlafe und schreibe. Endgültig vorbei mit dem Drücken. Endgültig vorbei mit dem Acidschlucken. Ich bin gerade dabei, Körper und Seele von all dieser New Yorker Verrücktheit und Gewalttätigkeit zu entgiften. Ich gehe regelmäßig zur High School rüber und spiele mit den Jungs Basketball. Es ist wunderschön hier, und hier bin ich jetzt. Ich reinige mich. Du kannst mir helfen, Davy. Mein Gehirn muß ausgeputzt werden. Ich denke so, wie ich rede. So, wie ich versuche, nicht mehr zu reden. Du kannst mir helfen, den Slang loszuwerden. Du hast meine Erlaubnis, mich immer zu korrigieren, wenn ich in den alten Drogenslang oder Militärjargon verfalle. Das ist eins der Dinge, die ich hier oben im Exil für mich herausgefunden habe: daß ich zuviel Slang im Schädel habe. Er ist heimtückisch. Er führt zu Gewalttätigkeit. Du kannst mir helfen, Davy. Ich will farblos sein.»

Wir saßen in der Garage in seinem Camper um einen kleinen Tisch herum und tranken Maxwell-House-Pulverkaffee. Der Camper war größtenteils aus Plastik und so konstruiert, das er über das Führerhaus und den hinteren Teil eines Ford F-250-Pickups paßte. Der Pickup selbst war schwarz, der Rest der Einheit dunkelgrau, mit einem schwarzen Rand um Fenster und Tür. Drinnen befanden sich drei Pritschen, ein Tisch, eine Kochplatte und eine Schreibmaschine. Hier wohnte Brand. Ich hatte ihn Jahre zuvor kennengelernt, als ich einmal mit Merry fürs Wochenende nach East Hampton gefahren war. Er kam uns vor wie eine Ein-Mann-Ausgabestelle von Meth, Acid, Haschisch und verschiedenen Amphetaminen. Ich fühlte mich zu Brand hingezogen. Es verkörperte die Gefahr, die in meinem Leben fehlte, wirkliche Gefahr, nicht das Plastikzeug, das in großen Mengen im Sender erhältlich war, oder die Zelluloidgefahr jener Filmrollen, mit denen ich die

Grundlage meiner Ehe in Frage stellte. All die aufgeweckten jungen Männer von der Madison Avenue waren auf der Suche nach irgendeinem Faksimile von Gefahr, nach irgendeiner schwarzen Wurzel, die das Fundament ihres tiefsitzenden Episkopalismus aufbrechen könnte, wobei wir uns auf sanftere Psychodelika verlegten, Karate, den Fallschirmspring-Club am Wochenende und Sportwagenrallyes. An jenem Wochenende hatte mir Brand eine Pille gegeben, die ich mir unter die Zunge steckte, eine Fahrkarte zu unerreichbaren Regionen, und ich erinnere mich noch daran, daß ich mich selbst als Sechzigjährigen sah, an zerquetschte Würmer, die sich an blassem Fleisch festklammerten, an den Höllenschlund, die teuflische Komik meines Gesichts. Dies war das vorletzte Mal, daß ich versuchte, den Sumpf ganz allein zu überqueren. Brand war von Yale direkt in die Air Force gewechselt, wo er einen F4-Kampfbomber über das Elefantengras einer verschwindenden Provinz flog. Nach seiner Entlassung (die aus medizinischen Gründen erfolgt sein könnte) wohnte er in einer Pension in den West Nineties, wo er sich mit Heroin und Kokain vollspritzte, mischte dann bei diversen Friedensbewegungen von der Mitsing-Sorte mit und entdeckte schließlich Acid, politischen Aktivismus und die Schriftstellerei. Brand war ungefähr in meinem Alter. Er war großgewachsen, hatte sandfarbenes Haar, trug eine Brille, war liebenswert und furchterregend, ließ sich meistens von seiner Familie aushalten, schien alle paar Wochen, und manchmal alle paar Minuten, die Persönlichkeit zu wechseln, und man konnte sich leicht vorstellen, wie er in einem College-Studentenwohnheim auf seinem Bett lag, in Sweatshirt, Jeans, Turnschuhen und weißen Socken, in einem Betriebswirtschaftslehrbuch las und von Löffeln und einer blauen Flamme träumte. Auf seinen rechten Unterarm war ein Paar kopulierender Hunde tätowiert.

«Diese Garage gehört meiner Tante Mildred. Sie wohnt gleich hier, in derselben Straße, aber jetzt ist sie gerade in Bangor, wo sie irgendeine rechtliche Sache abwickeln muß. Schade, daß ihr sie nicht kennenlernen könnt. Sie spielt Klarinette.»

«Wann fahren wir los?» fragte ich.

«Von mir aus gleich morgen. Mein Manuskript lasse ich hier. Es braucht mal eine Pause. Hast du deine Kamera dabei?»

«Sie ist im Wagen. Ich habe auch ein batteriebetriebenes Tonbandgerät dabei. Und Sullivan hat ihr phantastisches Fünfzehn-Band-NordMende-Kofferradio mitgenommen. Damit kriegt man die ganze Welt rein.»

«Toll.»

«Schlafen wir heute nacht hier?» fragte Sullivan.

«So könnten wir uns gleich dran gewöhnen», sagte ich.

«Nicht nötig. Mildred hat mir ihren Hausschlüssel gegeben. Es ist weniger beengt bei ihr. Sie bietet mir immer an, bei ihr einzuziehen, aber ich sage ihr, daß die Garage einfach was Magisches hat. Sie ist voller Emanationen. Ich kann nirgendwo anders schreiben. Wann mußt du in Arizona sein?»

«Gestern in drei Wochen. Wenn nichts schiefläuft, wird das Team schon alles drehbereit haben, wenn ich ankomme. Ich hoffe, ihr bleibt zu den Dreharbeiten. Ich weiß allerdings nicht, ob ich wieder mit euch zurückfahren kann. Höchstwahrscheinlich werde ich fliegen müssen. Pike, du kannst dann mit Sully hier mein Auto abholen und es für mich nach New York zurückbringen.»

«Mein Führerschein ist schon vor achtzehn Jahren abgelaufen», sagte Pike.

Wir holten unser Gepäck aus dem Wagen und gingen zum Haus von Brands Tante. Es war ein prächtiges altes Haus, so eins, wo die typisch amerikanische Großmutter aus der Fernsehwerbung lebt, voller Erinnerungen anderer Leute, und doch von einer Atmosphäre von Liebe und Schlichtheit erwärmt, die universell ist. Hagere Männer mit gestärkten Hemden und kleine Mädchen mit glattem blondem Haar blickten dunkel von Fotografien herab, die in der Diele hingen. Das Wohnzimmer war nichts als Chintz, Stickarbeiten und Bibelfreundlichkeit, mit verblichenen gelben Rosen tapeziert und durchtränkt vom Geruch alter Körper, die sich in den Schlaf schaukelten. Brand ging mit Sullivan und Pike nach oben, und ich streifte durch Küche und Speisekammer, mit dem Gefühl, im Herzen von etwas angelangt zu sein, dem Geheimnis des Schreckens sonntäglicher Kleinstädte, der eucharistischen

Stille von Kaffee und Kuchen nach dem langen Heimweg von der Kirche. Wie lange war es her, daß ich das letzte Mal mitternachts in einer Speisekammer gestanden hatte, deren dunkle Regale vollgestellt waren mit Keksdosen, Marmeladen- und Gewürzgläsern? Geschmack und Geruch können die Erinnerung im Nu knacken, und während ich in dieser Speisekammer mit der zwanghaften Inbrunst eines Büßers, der die Botschaft seiner Vergangenheit sucht, trockene Kekse knabberte, kehrte ich in einen engen, heißen Raum in einer anderen Stadt zurück, zum trägen Duft eines Sommers.

Ich knipste überall das Licht aus und ging nach oben. Brand und Pike teilten sich eines der Zimmer. Sie saßen auf ihren Betten, der Karrieresoldat und der Rekrut, gähnten, banden sich gähnend die Schnürsenkel auf, zogen sich die T-Shirts über die Köpfe. Brand erklärte mir, das andere Schlafzimmer sei am anderen Ende des Flurs, und als ich hinausging, hörte ich noch, wie Pike vom mutwilligen Abschlachten der Büffel in den sechziger und siebziger Jahren des letzten Jahrhunderts zu erzählen begann, davon wie drei Meilen lange und zwei Meilen breite Herden von Sonntagsjägern dezimiert wurden, die von Zügen aus schossen. Sullivan lag schon im Bett und las ihren Yeats. Das Zimmer war offenkundig seit einiger Zeit nicht mehr benutzt worden; es war kahl bis auf die Lampe, den kleinen Tisch, auf dem sie stand, einen Stuhl, Sullivans Bett und das Klappbett, auf dem ich schlafen würde. Dieser Teil des Hauses befand sich unter der Dachschräge, und mein Feldbett stand auf der niedrigen Seite des Zimmers. Sullivan knipste das Licht aus, und ich zog mich aus. Ein paar Sekunden lang blieb ich nackt neben dem Feldbett stehen und fragte mich, ob sie mich sehen konnte. Es war ein herrliches Gefühl, mit Sullivan im selben Zimmer zu schlafen. Ich schlüpfte zwischen die kalten Laken. Die Deckenschräge war direkt über meinem Kopf, und ich streckte den Arm aus und berührte sie mit den Fingerspitzen. Alle Kinder, fand ich, sollten in so einem Zimmer schlafen dürfen. Kinder lieben Ecken und schiefe Winkel und haben eine alptraumhafte Angst vor gleichmäßigen Entfernungen, vor parallelen Flächen, die nichts verbergen.

«Pike erzählt gerade die Geschichte von den Büffeln.»

«Seine allertraurigste», sagte sie.

«Bald sind wir da draußen.»

«David unterwegs nach Oz.»

«Würde gerne wissen, ob noch irgendwelche Arapajos übrig sind. Oder Chiricahuas. Mein Lieblingsstamm. Die Chiricahua-Apachen. Burt Lancaster mit diesem Paisley-Stirnband.»

«Wirst du deinen Schneesturm kriegen?»

«Vermutlich nicht. Es ist bald April.»

«Die Wüstenblumen werden blühen.»

«Ist dir das schon mal aufgefallen? Die Dunkelheit scheint zu bewirken, daß man in kurzen Sätzen spricht.»

«Ja», sagte sie. «Und wenn das Licht angeht, öffnen wir uns und schwafeln und sagen überhaupt nichts. Aber im Bett, im Dunkeln, werden wir von dem Affen angetrieben, der in unserem Schlaf wartet.»

«Was für ein Affe?»

«Wir werden dokumentarisch. Wir werden Nachrichten, die erzählen, was wir für die Wahrheit halten. Unser Zuhörer ist eigentlich nichts weiter als ein Bruchstück der Dunkelheit. Das wirkliche Publikum ist die Dunkelheit selbst. Wir entblößen ihr unser Leben und versuchen damit, den Affen zu besänftigen.»

«Was für einen Affen?» sagte ich.

«Den Wiener Affen. Aber was wir sagen, beläuft sich tatsächlich auf wenig mehr als leeres Tagesgeschwätz. Es ist nichts, verglichen mit der Offenbarung, die noch kommt.»

«Die da wäre?»

«Der eine, nie endende Satz.»

«Schlaf und Traum.»

«Ja.»

«Erzähl mir eine Geschichte», sagte ich.

«Was für eine?»

«Vom großen goldenen Westen und den Indianern und der großen Freiluftseele Amerikas.»

«Muß ich in kurzen Sätzen sprechen?»

«Nein.»

«Ich hab genau das Richtige», sagte sie. «Sie handelt von einem weisen alten Heiligen der Oglala-Sioux und davon, was er mir einmal in einer Mondnacht gesagt hat.»

«Ist das jetzt wahr, oder erfindest du es beim Erzählen?»

«Es ist wahr», sagte Sullivan.

«Dann erzähl.»

«Er war hundert Jahre alt und sah aus wie der Stumpf einer Eiche. Als Junge hatte er neben Crazy Horse bei der Schlacht am Little Bighorn gekämpft. Schon damals hatte er nur ungern Blut vergossen, und die meisten Jahre seines erwachsenen Lebens verbrachte er mit Fasten und Beten. Durch die Vermittlung eines Anthropologen, der ein Freund meines Vaters gewesen war, erhielt ich vor einiger Zeit die Erlaubnis, Black Knife in seiner Hütte in den Bergen von South Dakota zu besuchen. Ich stellte ihm ein paar höfliche Fragen, die er vorzog zu ignorieren. Von Anfang an legte er eine prächtige Verachtung für Konventionen an den Tag. Er paffte eine häßliche alte Maiskolbenpfeife. Sie muß wohl mit Schlamm und feuchten Blättern gefüllt gewesen sein. Dann fragte ich ihn, ob sich die Dinge seit seiner Kindheit sehr verändert hätten. Er sagte, das sei die intelligenteste Frage, die ihm je gestellt worden sei. Die Dinge hätten sich kaum verändert. Nur die Materialien hätten sich verändert, Techniken. Wir seien immer noch dieselbe Nation von Asketen, Effizienz-Experten und Hassern von Verschwendung. All diese Jahre hindurch haben wir unsere Landschaft umgemodelt, um unnötige Gegenstände wie Bäume und Berge auszumerzen und alle jene Gebäude, in denen nicht jeder Zentimeter Fläche praktisch genutzt wurde. Der Asket haßt Verschwendung. Wir wollen alles vernichten, was nicht dem Ziel der Effizienz dient. Schwer zu glauben, sagte er, daß wir Asketen sind. Aber wir sind es, mehr als all die falschen Heiligen auf der anderen Seite des Meeres.»

«Das hat er dir gesagt, dieser alte Sioux-Mystiker?»

«Er hat sich mit Zeitungen und Zeitschriften sehr gut auf dem laufenden gehalten.»

«Erzähl weiter.»

«Im Grunde», sagte er, «tief im geheimsten Winkel unseres Herzens, wollen wir doch alle nur das eine zerstören: die Wälder, die weißen Saltbox-Häuser, vorne zweistöckig, hinten einstöckig, die gedeckten Brücken, die Sandsteinhäuser, die Azaleengärten, die großen roten Scheunen, die Gasthäuser im Kolonialstil, die Flußdampfer, die Walfangdörfer, die Apfelmostmühlen, die Wasserräder, die Vorkriegs-Herrenhäuser, die Blockhütten, die wunderschönen alten Kirchen und die gemütlichen kleinen Bahnhöfe. Wir alle befürworten insgeheim diese Zerstörung, sogar die Denkmalschützer, selbst diese kampfbereiten Individuen, die es sich zum Beruf machen, reizende und historische Gebäude zu besetzen, um gegen ihren Abbruch zu demonstrieren. So sind wir: gerade Linien und rechte Winkel. Wir empfinden klammheimliche Erregung beim Anblick von Schönheit, die in Flammen aufgeht, geben wir's zu. Wir möchten all die guten alten Dinge endgültig abservieren und sie durch geschmacklose, einander völlig gleiche Strukturen ersetzen. Kästen voller Krebszellen. Ordentliche graue Kammern zum Meditieren und zum Lesen von Werbung. Man stelle sich die phantastischen Präriemotels vor, die wir bauen könnten, wenn wir den Dämonen unseres wahren Wesens nur vollständig nachgeben würden. Man stelle sich die Automobile vor, die uns von einem Motel zum anderen bringen könnten. Man stelle sich die monolithischen fünfzigstöckigen Maschinen vor, zur Entsorgung der Opfer von Autounfällen, ohne lästige Beerdigungen und verschwendete Grabsteine und Grabstätten. Soll die Polizei doch amoklaufen. Sollen die verrückten Führer unseres Landes doch vernichten, wen sie wollen. Das ist es, was wir wirklich wollen, sagte mir Black Knife. Wir möchten uns gänzlich verschlingen lassen von den sogenannten schlimmsten Elementen des amerikanischen Nationalcharakters und Lebens. Wir wollen uns wälzen in Mutter Amerikas schrecklicher, glitzernder Dreckmöse. (Das waren seine Worte.) Wir müssen uns den falschen Zorn über die zunehmenden Anzeichen von Sterilität und Gewalt in unserer Kultur, den wir so oft an den Tag legen, ein für allemal abschminken. Tötet die alten Sandsteinhäuser und die prunkvollen Bahnhöfe. Sprengt die Brooklyn Bridge in die Luft. Sprengt Nantucket in die Luft. Sprengt den Blue Ridge Parkway in die Luft. Wir müssen endlich begreifen, daß wir in Megamerika leben. Neon, Glasfaser, Plexiglas, Polyurethan, Mylar, Akrylat.»

«Stand seine Hütte auf einer windigen Bergspitze? Und bist du dort hingegangen, um die wahre Bedeutung des Lebens zu erfahren?»

«San Francisco würde völlig dem Erdboden gleichgemacht», sagte Sullivan. «Georgetown würde plattgewalzt. An ihrer Stelle würden wir Motels und Häuser bauen, die bis ins kleinste Detail genau gleich wären. Im neuen San Francisco gäbe es keine Hügel. Die Küste von Maine wäre nicht zu unterscheiden von Des Moines, Iowa. Im neuen grauen Washington würden alle Senatoren acht Stunden am Tag in ihren genau gleichen Büros verbringen, an Heizungskörpern festgekettet und von französischen Flittchen ausgepeitscht. Das ist dann die Philosophiestunde, die Weisheit der alten Welt, die Kultur, an der es uns so schmerzlich fehlt. Nie würde jemand schwitzen. Schwitzen ist Verschwendung. Wer beim Schwitzen erwischt wird, wird auf der Stelle erschossen. Die Klimaanlagen in jedem Raum im ganzen Land wären ständig auf zehn Grad Celsius gestellt. Es gäbe keine Möglichkeit, sie abzustellen.»

«Was hat er sonst noch gesagt?»

«Er hat gesagt, alle neuen Universitäten würden nur noch aus einem kleinen Raum bestehen. Das würde folgendermaßen funktionieren. Zu Beginn eines jeden Semesters würde die gesamte Studentenschaft – die mindestens fünfhunderttausend betragen müßte, damit die Computer genug zu tun hätten – sich auf einem großen freien Platz vor einer Fernsehkamera versammeln. Sie würden auf Videoband aufgenommen. In einer getrennten Aktion würde man dann auch, einzeln, das Lehrpersonal auf Video aufnehmen. Anschließend würden die beiden Monitore in den einen Raum gestellt werden, der die Universität darstellt. Der Raum befände sich in einem kleinen Blockhaus am Rand eines sechsunddreißigspurigen Freeway, dies würde die Übermittlung elektronischen Materials erleichtern. Oh, es könnten ruhig ein paar Spruchbänder an der Wand hängen, und vielleicht ein oder zwei Plaketten, doch davon abgesehen gäbe es in dem Raum nur die beiden Monitore. Am ersten Unterrichtstag um neun Uhr morgens würde ein Computer die beiden Geräte einschalten, die sich gegenüberständen. Das Videoband der Studenten würde sich dann das Videoband des Lehrpersonals ansehen. Das System könnte schließlich so verfeinert werden, daß es im ganzen Land nur noch eine einzige Universität gäbe.»

«Ehrlich gesagt, ich glaube, Black Knife ist nicht ganz auf der Höhe der Zeit.»

«Die größte Überraschung kam erst noch. Während über uns der Vollmond schwebte, sagte Black Knife weiter, daß diese umfassende Kapitulation vor unsern verborgensten Träumen und Trieben das Beste wäre, was uns passieren könne. Schließlich sei sie der wahre Ausdruck unserer selbst in der tiefsten Finsternis unseres Wesens. Dies wäre die absolute Selbstverwirklichung. Der Aufbruch zu der Welt längstem Marsch der Vulgarität, des Bösen und der Dekadenz. Wir würden den größten Superstaat von allen errichten. Die Welt ginge vor unserer verrückten Macht in die Knie – falls sie dies nicht bereits getan habe. Und dann, wenn wir einen Fuß in den Schlamm gesetzt hätten, einen Fuß und drei Zehen, würden wir einen Augenblick innehalten, uns umschauen und entscheiden, ob wir weiter einsinken und schließlich sterben wollen oder ob wir auf festen Boden zurückkehren und wieder von vorne anfangen wollen, um von Wurzeln und Beeren, aber nicht von Symbolen zu leben, um uns vom Fluch der Askese zu befreien, um den Büffel frei umherstreifen zu lassen, um alles zu erfahren, was eine Nation über sich erfahren kann, und um fortzuschreiten, bereichert von diesem Wissen und dem Bewußtsein, daß wir uns entschieden haben, nicht zu sterben. Das Risiko lohne sich, sagte er, denn wenn wir den zweiten Weg wählten, würden wir endlich zu jenem Amerika werden, das alle seine Möglichkeiten verwirklichte. Dem Amerika, das der Welt gehört. Dem Amerika, in dem wir zu leben meinten, als wir Kinder waren. Kleine Kinder. Äußerst kleine Kinder.»

«Und das hat er dir alles erzählt. Dieses heruntergekommene Stück Büffelhaut.»

«Die Nacht war kalt», sagte sie. «Und es war Vollmond.»

Am nächsten Morgen regnete es. Ich erschien als letzter unten. Es war ein gutes Gefühl, in der Küche zu sitzen, zu gähnen, Kaffee und Schinken zu riechen und den Regen durch die Bäume streichen zu hören. Ich sah zu, wie die anderen zwischen Herd und Kühlschrank hin und her schlichen und dabei, noch kaum wach, miteinander zusammenstießen, als würden sie sich einen Weg durch Spinnweben bahnen.

«Was machst du beruflich?» fragte Brand.

«Darüber rede ich nicht», sagte Pike.

«Warum sagst du's ihm nicht?» fragte ich.

«Ich bin Tierhumanist.»

«Sag's ihm», forderte Sullivan ihn auf.

«Ich bin Besitzer eines Reparaturladens für Elektrogeräte in der Fourteenth Street.»

«Erzähl ihm, worauf du spezialisiert bist.»

«Auf Toaster mit Klappen und Vorkriegsradios. Ich habe Schwierigkeiten mit Sachen, die automatisch hochspringen, und Sachen, die eine Kombination von Sachen sind, so wie Uhren-Radios oder Radio-Plattenspieler. Man muß lesen, um auf dem laufenden zu bleiben. Ich hab seit zwanzig Jahren kein Buch mehr gelesen. Ich kann mir keine Zahlen merken. Ich hab's nicht mit Stromspannungen. Mein Laden ist klein, und ich tue mein Möglichstes, um die Leute aus meinem Laden rauszuhalten.»

«Ich kann mir Zahlen gut merken», sagte ich. «Zahlen faszinieren mich. Zahlen haben Macht. Das ganze Land funktioniert mit Zahlen. Ich zähle gerne Sachen. Ich addiere und subtrahiere gerne. Jeder hat Zahlen. Jeder ist eine Zahl. Ist das so schlimm? Vielleicht. Ich weiß es ehrlich gesagt nicht.»

«Hört euch das an», sagte Pike.

«Fangt alle mal an zu essen», sagte Sullivan. «Ich habe vor, mir ein absolut makelloses Ei zu braten. Ein atemberaubendes Ei. Makelloses Weiß und Gelb. Farbton, Konsistenz, Einheit.»

«Hört jetzt alle mal her, jetzt kommt was Wichtiges. Wer würde aus einem fairen Kampf siegreich hervorgehen, ein Tiger oder ein Eisbär? Der Tiger ist ein schnelles, kraftvolles, muskulöses Tier, das zum Jagen und Töten bestens ausgerüstet ist. Der Tiger ist ein

Klassiker. Aber ihr würdet einen großen Fehler machen, wenn ihr den Eisbär unterschätzt. Mit einem trägen Tatzenschlag kann der Eisbär euch den Arm abnehmen. Der Eisbär ist erstaunlich schnell für seine Größe, und er kann sich im Schnee tarnen. Natürliche Selektion nennen wir dieses Phänomen. Tiger oder Eisbär?»

«Wo kämpfen sie?» fragte Brand.

«Was meinst du damit?»

«Wenn sie im Polarkreis kämpfen, ist der Eisbär eindeutig im Vorteil. Im Dschungel ist der Tiger der große Zampano. Niemand legt sich mit dem Tiger an in seinem ureigenen Revier. Er ist der Chef, der Obermotz.»

«Hör zu, Jack, die kämpfen bloß. Das kann überall sein. Wer kann wen schlagen, darum geht's uns.»

«Ich möchte hier mal etwas festhalten», sagte Brand. «Wenn ein Mittelschwergewichtler aus Akron nach Panama City geht, um dort seinen Titel gegen einen Jungen aus der Gegend zu verteidigen, berücksichtigen die Buchmacher diese Tatsache. Entsprechend wird der Kurs angegeben. Also vielleicht hinkt mein Vergleich. Vielleicht hinkt er. Trotzdem, plazier einen Tiger auf eine Eisscholle und laß ihn gegen irgend so einen großen weißen Wahnsinnskerl antreten, und er wird garantiert auf seinem Hinterteil herumrutschen, während der Eisbär ihn zerfetzt. Umgekehrt im Dschungel. Der Bär würde an einem Hitzschlag eingehen. Man kann sie nicht in einem Vakuum kämpfen lassen. Und man kann auch keinen neutralen Ort auswählen, zum Beispiel die Wüste oder Berge, weil sie dann beide außerhalb ihrer natürlichen Umwelt wären und der Kampf keine unverfälschte Prüfung ihrer Fähigkeiten. Der Kampf ist viel zu hypothetisch, um ernsthafte Betrachtung zu verdienen.»

Pike verspeiste sein Frühstück, ohne ein weiteres Wort von sich zu geben. Sein Blick flackerte unruhig. Seine gesamte Philosophie war in Frage gestellt, ihre Prämissen waren ernstlich in Zweifel gezogen worden, und es mußte erst einmal gründlich nachgedacht und einiges Material neu geordnet werden, bevor er seinem Antagonisten in offener Debatte entgegentreten konnte. Sullivan brach das launische Schweigen, indem sie verkündete, daß mein Exkurs über Zahlen in Umfang und Reinheit nicht gerade euklidisch gewesen sei; daß es eine meiner größten Schwächen sei, mich vom Neonglanz einer Idee blenden zu lassen und so nie wirklich in sie einzudringen; daß es nicht notwendigerweise bedeute, daß man bei Gott ankomme, wenn man einer Zahl bis in die Unendlichkeit folgte. Sie halbierte mit der Gabel eine krosse Scheibe Schinken, die so spröde war, daß die Gabel sie kaum zu berühren brauchte. Dann halbierte sie die beiden Teile, dann die kleineren vier, dann die entstehenden acht und so weiter; dabei ging sie mit der stillen, fanatischen Präzision jener Leute vor, deren Arbeit darin besteht, kleine Dinge in noch kleinere zu zerteilen, bis an den Rand des Wahnsinns. Am Ende war von der Scheibe nichts mehr übrig außer einhundert Dezimalstellen. Stellte der Schinken die Bedeutungslosigkeit von Zahlen dar; das sinnlose Streben nach Unendlichkeit; das unteilbare Wesen Gottes im Gegensatz zur fraktionierten Promiskuität der Zahlen? War das alles eine Lektion in Primärmaterie und substantieller Form: Sollten die Schinkenstücke Zahlen darstellen und das Spiegelei Gott? Brand sah ihr fasziniert zu. Ich aß zu Ende und ging nach oben. Ich fand ein Telefon und rief Binky per R-Gespräch im Büro an.

«Was gibt's Neues?»

«Zuviel», sagte sie.

«Was?»

«Reeves Chubb, Carter Hemmings, Mars Tyler, Quincy Willet, Paul Joyner, Chandler Bates und Walter Faye.»

«Abserviert?» fragte ich.

«Geschaßt, abgewürgt und abserviert. Gerädert und gevierteilt. Es ist jetzt amtlich.»

«Ach du grünes Ei. Eine Massenhinrichtung. Die Glorreichen Sieben niedergemäht am OK Corral. Schwitziges Machtgerangel unter den Überlebenden, nehm ich an?»

«Ich glaube, du wirst befördert», sagte Binky. «Im Moment ist es bloß ein Gerücht, aber Jody glaubt, es ist was dran.»

«Schütze meine Interessen, Binky, und ich nehm dich mit bis ganz nach oben. Wir werden wie Cary Grant und Roz Russell sein.

Dann schlürfen wir unsere Martinis in meinem Penthouse-Büro. Hat Weede schon damit angefangen, neue Leute einzustellen?»

«Bis jetzt erst einen.»

«Wie heißt er?»

«Harris Hodge.»

«Wie alt ist er?» fragte ich.

«Weiß ich nicht, David. Er fängt erst nächste Woche an. Ich habe ihn noch gar nicht gesehen.»

«Find heraus, wie alt er ist. Ich rufe dich in ein paar Tagen nochmal an. Vermißt du mich?»

«Ich muß jetzt auflegen», sagte sie.

Ich ging ins Bad, zog mein Hemd aus und machte mich daran, mir die Brust mit einem Elektrorasierer zu rasieren. Das war eine rituelle Reinigung des Körpers, eine Vorbereitung auf die heilige Reise. Es hatte aufgehört zu regnen. Ich war glücklich. Beim Rasieren konnte ich durchs Badezimmerfenster den größten Teil der Stadt Millsgate sehen, weiße Häuser, zusammengewürfelt durch einen unschuldigen Scherz, frisches Sonnenlicht auf dem Kirchturm. Ein Mädchen ging seilhüpfend die Straße entlang, den Kopf zurückgeworfen, die Augen auf der Suche nach dem Aufriß in der Bewölkung. Zwei weiße Slups kreuzten, heftig krängend, an der Mündung der Bucht. Ich versuchte mir vorzustellen, genauer gesagt mich zu erinnern, was das für ein Gefühl war, ohne die tödlichen Gefahren der Großstadt zu leben, denn ich hatte einmal eine Stadt geliebt, ohne es zu wissen, und die Liebe wollte mich nicht freilassen. Es gab da eine Ader des Mordes, die sich unter Highways, Schornsteinen, Ölbohrtürmen und Gaswerken über den Kontinent schlängelte, eine nonchalante Barbarei, die sich aus den stummen Großstädten speiste, und ich fragte mich, welch unmögliche Entfernung zurückgelegt werden mußte, um von dort hierhin zu gelangen, welche Sprache überquert, wie viele Ebenen des Seins. Meine Haare verschwanden bereitwillig im Fischmaul des Rasierapparats.

Eine Frau kam die Stufen eines alten Hauses herunter. Sie trug ein blaues Kleid und hatte eine Gartenschere in der Hand. Ich unterbrach meine Rasur, um sie zu beobachten. Sie mochte knapp vierzig sein, sie war hellhäutig, trug flache Absätze und war auf diese beinahe abstrakte Weise anziehend, wie eine Kellnerin anziehend ist mit ihrem schlichten weißen Kleid und dem leichten Schwung ihres Körpers, wenn sie sich von dem Tisch entfernt, an dem man sitzt. Die große Gartenschere mit erstaunlicher Leichtigkeit handhabend, begann die Frau die Hecke zu stutzen, und dann, vielleicht spürte sie die Intensität meines Blickes, sah sie auf und entdeckte mich. Ich rührte mich nicht, und alsbald setzte sie wieder leise summend ihre Arbeit fort, arbeitete sich die Hecke entlang, wobei ihre Arme sich ein wenig wie die Flügel eines Vogels, der gerade fliegen lernt, bewegte. Ich sah ihr mindestens eine halbe Stunde lang zu. Sie würde es natürlich nie erfahren, aber sie hatte mich auf den seltsamsten, dunkelsten, entsetzlichsten Gedanken meines Lebens gebracht. Es war die Idee zu einem Film, den ich irgendwo da draußen zwischen den verlorenen Städten Amerikas machen würde.

Sie warteten schon auf mich. Brand schloß das Haus ab, und wir schleppten unser Gepäck zur Garage und verstauten es im Camper. Dann trabte ich hinunter zu meinem Auto und fuhr es zur Garage. Ich holte meine Filmkamera und das Tonbandgerät heraus und tat sie ebenfalls in den Camper. Brand setzte mit dem F-250 rückwärts aus der Garage, während wir auf dem Bürgersteig standen und die Beulen und Schrammen zählten. Dann stieg er aus, um ihn noch einmal in Augenschein zu nehmen, und umkreiste ihn mit nachdenklicher Miene. Heftig in die Sonne blinzelnd, schob er sich die Brille zurecht.

«Sie ist startbereit, Davy», sagte er. «Die alte Plastikziege ist bereit loszurollen. Du bist der Käpt'n. Wo geht's lang?»

«Richtung Westen», sagte ich. «Nimm so ungefähr Kurs auf Westen.»

Ich stellte meinen Wagen in die Garage, und Brand schloß ab. Wir knobelten mit einer Münze, und es wurde entschieden, daß ich die ersten fünfzig Meilen vorne neben ihm sitzen würde. Wir bezogen unsere Posten. Die Schulglocke begann zu läuten. Brand startete den Camper.

TEIL 2

KAPITEL 6

Männer auf kleinen Inseln täten gut daran, sich vor der Beschäftigung mit Philosophie zu hüten. Die Inselillusion, daß Einsamkeit und Weisheit sich gegenseitig erfunden hätten, ist sehr überzeugend. Ich scheine von Tag zu Tag tiefschürfender zu werden. Oft habe ich das Gefühl, unmittelbar vor irgendeiner großartigen philosophischen Entdeckung zu stehen. Mensch. Krieg. Wahrheit. Zeit. Zum Glück komme ich immer zu mir selbst zurück. Ich blicke über die weiße Spitzenklöppelei der Brandung hinaus auf meine unzusammenhängende Vergangenheit und beschließe, es anderen zu überlassen, Systeme zusammenzuflicken. Ich genieße die Banalität der Situation, Mensch und Insel, Exil im endgültigen Suburbia. Die Brandung ballt sich und wogt, ist jetzt unregelmäßig, Seite um Seite schrecklicher wilder Worte. Alle Farben sind entliehen, das Meer vom Strand vom Himmel, und nach einer Weile folge ich meinen eigenen Fußspuren zum Haus zurück.

(Der Film wird projiziert.)

Es gab viele Visionen im Land, alles Fragmente des explodierten Traumes, und einige der dunkelsten dieser Visionen waren jene, die in dreifacher Ausfertigung von unseren Generälen und Industriellen verarbeitet wurden – die Manganimperien, die superhochentwickelte Waffentechnik, die Konsortien und Privilegien. Dem Rest von uns wurde etwas anderes übriggelassen, oder einigen von uns, und für mich war es der Traum vom bequemen Leben, auf den ersten Blick durchaus unschuldig und schlicht, der für mich begann, sowie ich lesen konnte, und sich durch die Ära der frühen Astronauten hindurch fortsetzte, der Empfang auf dem Flugzeugträger, mit rotem Teppich und Ehrentusch. Er umfaßte all jene Dinge, die alle Menschen angeblich haben wollen, Materialien und Gegenstände, und die Schatten, die sie werfen, aber der Traum hatte auch seine komplexen Seiten, seine Abgründe der Illusion und Selbsttäuschung, eine Andeutung von tragikomischem Tod. Zu einer fast vollständig symbolischen Existenz zu gelangen ist weniger einfach, als die Bodenschätze fremder Länder zu schürfen oder die Piloten deines Geschwaders loszuschicken, damit sie ihre Bomben über irgendein Dorf von Analphabeten hängen. Und so waren Reinheit der Absicht, Einfachheit und alle ihre Konsequenzen allein im Besitz der Stärksten unter den Visionären, derjenigen, die stark genug waren, sich dem größeren Wahnsinn zu stellen. Für die anderen von uns, die wahren Söhne des Traums, gab es nur Komplexität. In dem Traum gab es keinen Platz für die Wahrheit hinter den Symbolen, für die Nuancen zwischen den Zeilen, für die Existenz von etwas Schwarzem (und irgendwie sehr Komischem) am Spiegelrand unseres Bewußtseins. Das war manchmal schwierig. Doch als Junge, und auch später noch, noch um einiges später, glaubte ich alles, die Botschaften der Institutionen, die Psalmen und Plakate, die Bilder, die Worte. Besser leben durch Chemie. Der Katalog von Sears, Roebuck. Aunt Jemima. Sämtliche Impulse sämtlicher Medien wurden in die Schaltkreise meiner Träume eingespeist. Man denkt dabei an Echos. Man denkt dabei an ein nach einem Bild geschaffenes Bild und an die Ähnlichkeit von Bildern. So komplex war das.

Old Holly war nur im streng geografischen Sinn ein Vorort von New York. Anders als die umliegenden Gemeinden war es keine Verlängerung des großstädtischen Monoxydgeistes, kein bloßer Ankunfts- und Abfahrtspunkt. Der Stadt fehlte dieser kunstvoll manükierte Glanz. Die Häuser waren in der Mehrzahl sehr alt und angenehm schäbig, ein oder zwei Stockwerke, mit kleinen Fenstern mit Läden, hohen Räumen, Giebeldächern, Veranden, die in manchen Fällen um das ganze Haus herum liefen und die exzentrischen Winkel wiederholten, die von den Dachkanten vorgezeichnet waren. Durch alle Häuser schwebte ein dünnes Plasma von Identität, das die Sinne des zufälligen Besuchers belebte. Tritt man hier ein, schmeckt man Nelken oder milden Tabak in der

Luft. Im nächsten Haus riecht es schwach nach Minze, irgendwo nach Politur, nach dem weichen dicken Muff eines alten Teppichs. Woanders hört man Musik, nicht mehr als Andeutungen von den Tasten eines zugeklappten Klaviers, nicht mehr als Besteck und Stimmen, den trägen Sermon einer Säge auf Holz, nicht mehr als Stille oder den abgestandenen inneren Ton, der in der Stille aller alten, sonnendurchfluteten Räume enthalten ist. In bestimmten Zimmern einiger Häuser waren die Fußböden leicht gewellt, der Deckenstuck locker, die Deckenbalken schief, und wenn man nachts aufstand, um sich ein Glas Wasser zu holen, und es stürmte und regnete, fühlte man sich wie in einem Sturm auf hoher See. Für einen Jungen war es leicht, sich vorzustellen, sein Haus sei ein Schiff, denn die Treppe knarrte, und es gab kleine dunkle Winkel, wo man die Hand an die Wand legen und spüren konnte, wie das Haus in den heftigen Strömungen des Windes seufzte. Der trübe Glaube an Gleichheit, die niedrigen klaren Linien, die weder Sieg noch Niederlage bedeuten, sondern nur Stillstand, Ausgleich, die trockene Wissenschaft unseres Jahrhunderts, waren in diesen Häusern nirgendwo zu finden. Nur zwei Grundstücke verfügten über Swimming-pools. Der Country Club stand vor dem Bankrott.

Äußerlich betrachtet hätte Old Holly also mitten in Connecticut oder in irgendeinem Tal in Pennsylvania liegen können, das seine wirtschaftliche Existenz keiner großen Stadt verdankte. Ihrem Geist nach hatte die Stadt sogar noch weniger von einem Vorort. Sie war nicht im Hinblick auf das Automobil erbaut worden. Die Straßen waren nicht gerade breit, und zu jeder Tages- und Abendzeit konnte man Menschen zu Fuß unterwegs zu den Geschäften in der Ridge Street sehen. Im Stadtzentrum gab es keine Parkplätze, es bestand dafür auch gar kein Bedarf, und auch kein Einkaufszentrum oder einen Alu-Custard-Stand, flankiert von einem Minigolf-Platz und einem Verkehrsübungsgelände. Statt säuberlicher Kreuzungen gab es niedrige Hügel und irritierende kleine Kurven, und der Anblick von Scheinwerfern, die durch den tiefliegenden Nebel die Bäume anstrahlten, war für einen Jungen etwas Schönes und Seltenes, denn das Auto war ein Fremdkörper in dieser Umwelt, seine Durchfahrt beschwerlich und bizarr. Die Menschen, die in Old Holly lebten, arbeiteten größtenteils auch dort, Händler, Fabrikarbeiter, Angestellte, und der Bahnhof war zu den üblichen Pendlerzeiten nie überfüllt. Wir waren also eine Stadt, amerikanisch in unserer Sichtweise, schlicht und fleischfressend, relativ geruhsam, bereit, für unser Land zu sterben oder für Fotos von unserem Land.

Harkavy Clinton Bell, der Vater meines Vaters, verbrachte die letzten sieben Jahre seines Lebens in Old Holly. Bevor er sich zur Ruhe setzte, war er eine der frühen Legenden der Werbebranche gewesen, der zweite Mann, der überhaupt in einer Zeitungsanzeige einen Coupon verwendet hatte. Er war es, der meinem Vater das Haus vererbte. Ich war sechs Jahre alt, als wir aus der West End Avenue wegzogen. Jane war neun und Mary zehn. Ich verbrachte eine glückliche Kindheit dort. Es war ein Haus von zweifelhafter architektonischer Herkunft, ein Bastardhaus, das man wie eine Promenadenmischung lieben mußte. Über dem Kamin hing Harkavys Porträt, dunstige Hügel hinter seinem Kopf, und er sah aus wie Mona Lisas korrupter Onkel. Ich füllte mein Zimmer mit Angelruten, College-Wimpeln, Baseballs und Modellflugzeugen.

Im Winter meines zwölften Lebensjahres.

Die Jungs verschwanden im tiefen Schnee. Ich lief ins Haus und zog Stiefel, Mantel und Mütze aus. Damals lief ich immer und ließ meine Mütze bis zuletzt an. Ich stellte mich ans Fenster und sah zu, wie sich der Schnee auftürmte. Es war der erste Schneefall des Jahres, er erfüllte den Abend mit Stille und fiel am stärksten im Licht der Straßenlampen. Ein abgestelltes Auto war schon mit einem weißen Buckel bedeckt, und nichts bewegte sich außer dem sanften Licht über die Schneeärmel um die Äste jedes Baumes. Im Haus war es warm, und ich hörte meine Mutter und meine ältere Schwester das Abendessen vorbereiten. Kurz darauf kam mein Vater nach Hause, und ich rannte los, um ihn zu begrüßen. Er stand groß und rosig in der Diele, schüttelte den Schnee ab, schlug die behandschuhten Hände zusammen, atmete Wölkchen aus. Nach dem Abendessen ging ich wieder ans Fenster zurück und knabberte von Mutter gebackene Kekse. Mary spülte Geschirr, Jane malte mit Kreide ein Bild von meiner Mutter auf eine Schiefertafel, mein Vater blätterte in einer Zeitschrift, im Heizkörper pfiff es. All diese Laute in dem warmen Haus, von fließendem Wasser und Dampf, von quietschender Kreide und von raschelndem Papier, von vertrauten Stimmen und von der in der Standuhr verstreichenden Zeit, all diese verschiedenen Tonfälle des Hauses selbst, die so ganz und gar beruhigend waren und elementar, sagten mir, daß ich geborgen war.

Und dann waren die ersten Geräusche schneeschippender Männer zu hören.

Ich konnte sie zwar nicht sehen, aber ich wußte, daß sie da draußen waren, massige Männer, die sich hinter ihren Schaufeln krümmten. Die Schaufeln hackten an Eis, schrappten über Beton, und mein Vater begann Interesse zu zeigen. Er rührte sich und legte die Zeitschrift beiseite. Meine Mutter zitierte etwas, das sie am Tag zuvor gelesen hatte, düstere Statistiken über Schneeschaufeln und Herzinfarkte, über Lungenentzündungen, verschobene Rückenwirbel und gebrochene Hüften. Mein Vater sagte, so weit sei er noch lange nicht, daß er sich über so etwas Sorgen machen müßte, und kurze Zeit später stand er auf und zog seinen Mantel an. Einen Mann, der Schnee schaufeln will, kann man nicht aufhalten.

Draußen fuhr ein Auto vorbei, langsam, mit eingeschalteten Scheibenwischern, und dann tauchte mein Vater mit der Schaufel aus dem Keller auf. Ich konnte vom Fenster aus die Straßenlampen sehen, und jeder Lichtkegel war von dichtem Schnee erfüllt. Bald war Weihnachten, und es würde Gäste, Geschenke und zuviel zu essen geben. Und wenn wir das Glück hatten, auch dann noch Schnee zu haben, dann war das noch viel besser, weil vor uns nichts lag außer Schule und die trüben dunklen Monate vor dem ersten richtigen Frühlingstag. Aber es war noch zu früh, um sich auf den Frühling zu freuen, denn zuerst kam noch Weihnachten. Die schlimmste Zeit war die nach Weihnachten. Es dauerte noch lange bis zum Frühling, und es gab nichts außer Schule. Meine Mutter fing an zu weinen.

Ich ging hinaus und stellte mich ans Tor. Mein Vater schaufelte Schnee und sah mich nicht, und in der ganzen Straße waren Männer, die schaufelten und nicht redeten und Wölkchen ausatmeten, und umfangen vom ruhigen und unerschütterlichen Fallen des Schnees wirkten sie wie Männer von früher, beschäftigt mit zeitlosen Tätigkeiten, wie Hirten auf einer Wiese oder geduldige Angler, deren Leinen träge ins Wasser eines winterlichen Sees hingen. Die Nachtluft war scharf und dünn. Es kamen keine Autos vorbei, und es war jetzt zu kalt, um einen Hund spazieren zu führen, oder für die Jungs, den Schnee auf seine Schneeballeigenschaften hin zu überprüfen. Ich wollte auch ein bißchen schaufeln, aber es gab nur eine Schaufel, und da ich wußte, wieviel Spaß es meinem Vater machte, schlug ich mir den Gedanken wieder aus dem Kopf. Ich dachte an all die Leute in der Stadt, die ich mochte, und an all jene, die ich nicht mochte. Ich stellte mir vor, wie ich als Sonderkommando mit einem Messer zwischen den Zähnen durch den Wald robbte. Es war heiß, und die Urwaldvögel kreischten. Ich pirschte mich auf dem Bauch zwischen den Bäumen an das Haus heran. Es war das Haus des Arztes Weber, und ich kletterte durchs Fenster. Er kam herunter, und ich versteckte mich hinter der Küchentür. Er trat ein und streckte die Hand nach dem Schalter aus, und dann, ganz schnell, Hand über den Mund, das Messer an die Kehle, ihm leise, leise meine Rache ins warme Ohr flüsternd, tötete ich ihn.

Die Männer schaufelten froh im Schnee. Ich ging die Stufen hoch und verspürte einen Schlag in den Rücken. Ich drehte mich um und sah meinen Vater, der sich Schnee von den Händen schüttelte und lächelte. Ich wartete, bis er die Schaufel zurück in den Keller gebracht hatte. Dann gingen wir zusammen ins Haus.

Mein bester Freund hieß Tommy Valerio. Jedesmal wenn ich ihn zu Hause besuchte, kniff mir seine Mutter in die Wangen und rieb mir mit ihren Fingerknöcheln über den Kopf. Das war mir immer peinlich, und bald erfand ich Ausreden, um nicht mehr hinzugehen. Als Tommy sechzehn war, starb sein Vater an einem Herzinfarkt, worauf Tommy den Familienwagen, einen sechsundvierziger Chevy, in Besitz nahm. Unterm Vordersitz hatten wir ein Bajonett versteckt. Wir hatten beide keinen Führerschein, und Tommy saß beim Fahren auf einem Kissen, damit er größer und somit älter wirkte. Eines Tages erzählte er mir, daß Kathy, die jüngste Tochter des Polizeichefs, für alle möglichen Experimente zur Verfügung stehe. Wir fuhren mit ihr hinüber zum Jachtclub und wechselten uns auf dem Rücksitz ab. Sie kaute die ganze Zeit hindurch Kaugummi. Der Polizeichef hieß Brandon Lovell. Er und mein Vater hatten früher zusammen Tontauben geschossen. Ich ging damals auf eine Prep School in New Hampshire, aber in jenem Winter war ich an etwa sechs Wochenenden zu Hause, und ein Nachmittag auf dem Parkplatz des Jachtclubs war immer dabei. Eines Samstags lieh ich mir den Wagen aus und fuhr hinüber zum Drugstore in der Ridge Street. Kathy war da, und so fuhr ich mit ihr zum Parkplatz. Sie erzählte mir, daß ihr Vater früher zu Hause gerne nackt herumgelaufen war. Deswegen waren ihre beiden älteren Schwestern ausgezogen. Einmal trug er nur seinen Revolvergurt und Halfter und sonst nichts und feuerte sechs Kugeln ins Sofa. Ich fragte sie, wer ihr besser gefalle, und sie sagte, Tommy. Ich holte das Bajonett unterm Sitz hervor und fragte sie noch einmal. Ich wußte nicht, ob es Spaß war oder nicht. Sie sagte, Tommy. Ich schlug ihr mit dem stumpfen Ende des Bajonetts gegen das Kinn und warf sie aus dem Wagen.

In jenem Sommer machte ich mit Erlaubnis meines Vaters den Jugendführerschein. Er hatte damals einen MG, und wir fuhren fast jedes Wochenende zusammen in der Gegend herum. Eines Abends erklärte er sich bereit, mir den Wagen zu leihen, obwohl ich eigentlich nicht im Dunkeln fahren durfte. Ich erzählte ihm, daß ein Freund von mir aus Larchmont, ein Klassenkamerad, gerade an Amnesie gestorben und dies die letzte Nacht der Totenwache sei. Ich hatte viel Zeit darauf verwendet, die kleineren Details der Lüge auszuarbeiten, aber er gab mir die Schlüssel, ohne irgendwelche Fragen zu stellen. Es gab da einen Film, den ich mir unbedingt ansehen mußte.

Ich sah ihn mir zweimal hintereinander an. In der Pause ging ein Platzanweiser mit einer Spendendose vom Hilfswerk für Herzkranke herum. Beim zweiten Mal war es noch besser. Burt hatte so etwas Unermeßliches an sich, das über Story, Action und Charakterisierung weit hinaus ging. In meiner Vorstellung würde er auf ewig in dieser ganz bestimmten grauen Silbrigkeit der Kinoleinwand verharren, sein Körper von einem leichten Flimmern umgeben. Ich sah ihn einmal in natura, im Yankee Stadion, und selbst da, bevor er während des vierten Inning ging, weil die Autogrammjäger ihn nicht in Ruhe ließen, selbst da war Burt, in Zivil und mit Sonnenbrille, der Oberfeldwebel, untrennbar verbunden mit den lärmigen Schicksalszeiten von 1941. Ich war froh, daß ich niemanden gebeten hatte, mit mir zusammen ins Kino zu gehen. Das hier war etwas Religiöses, das man nur allein zelebrieren konnte. Auf der Rückfahrt fuhr ich langsam. Mein Vater folgte mir in mein Zimmer. Als er hereinkam, saß ich auf dem Bett, den ersten gerade ausgezogenen Schuh noch in der Hand.

«Wie soll jemand an Amnesie sterben?» fragte er.

«Amnesie? Ich dachte, ich hätte Anämie gesagt.»

«Du hast Amnesie gesagt, Kumpel. Ist mir erst aufgegangen, als du schon weg warst. Aber selbst angenommen, du hast Anämie gemeint, ändert sich nichts an der Frage. Wer stirbt denn heutzutage noch an Anämie? Hat dieser Freund von dir nicht genug zu essen gekriegt?»

«Das ist eine Blutgeschichte, Dad. Das hat nichts mit Unterernährung zu tun. Die roten Blutkörperchen kriegen nicht genug Hämoglobin. Irgend so was in der Art.»

«Du warst mit dieser Mieze unterwegs, stimmt's? Lovells Tochter. Wenn du dir bei der nicht den Tripper holst, dann holst du ihn dir nie. Du spielst da mit Dynamit herum, Freundchen. Lovell ist ein Freund von mir, aber es steckt auch ein Wahnsinniger in ihm drin. So ein großer gemeiner Redneck, der mit seiner Schrotflinte herumfuchtelt. Wenn der rauskriegt, daß du mit seiner Tochter rummachst, dann pustet er dir den Kopf weg. Was ich dir hier gebe, ist ein guter Rat, der auf einer pragmatischen Interpretation der Tatsachen beruht, so wie ich sie sehe. Ich moralisiere nicht, Dave. Dafür ist deine Mutter zuständig. Hör auf deinen Alten. Hab ich dir jemals einen schlechten Tip gegeben?»

«Ich bin ins Kino gegangen», sagte ich.

«Ja ja.»

«Ehrlich wahr.»

«Komm, vergessen wir's.»

«Darf ich ab jetzt beim Abendessen Bier trinken?»

«Ob du Bier trinken darfst?» sagte er. «Von mir aus darfst du auch einen doppelten Bourbon trinken, das ist mir schnurzegal. Würde dir guttun. Aber auch dafür ist deine Mutter zuständig. Vielleicht gibt sie grünes Licht, wenn du's aus einem Sherry-Glas schlürfst.»

Ich lachte und zog den anderen Schuh aus.

«Ist sie immer noch an den Vorbereitungen für die große Party?»

«Sie schaltet gerade in den zweiten Gang. Einen ganzen Monat im voraus. Schon ein Goldstück, deine Mutter. So was gibt's nicht noch mal.»

«Darf Arondella zur Party kommen?»

«Den Namen will ich in meinem Haus nicht hören», sagte mein Vater.

Bei Tisch redete meine Mutter gewöhnlich übers Essen. Wenn sie in einem Auto saß, drehte sich die Unterhaltung um Autos und Fahren. Beim Stricken redete sie über Kleidung, beim Fegen über die Vorteile der Reinlichkeit, beim Fernsehen übers Fernsehen.

Wenn es ihr gut ging, gingen wir ganz in ihr auf, dankbar für jeden unbeschwerten Augenblick. Aber es ging ihr sehr selten gut. Es gab keinen erkennbaren Ablauf bei ihrer Krankheit, jedenfalls keinen, den wir erkennen konnten. Bei jeder Unterbrechung des schlechten Wetters schöpften wir neue Hoffnung, und mein Vater verschob die notwendige Aufgabe, ärztliche Hilfe anzufordern, auf ein anderes Mal. Er verstand nichts und tat deshalb auch nichts. Sie war keine Fotografie, die man retouchieren konnte. Das verkrüppelte Kind ließ sich nicht aus dem Bild entfernen. Sie war keine Werbekampagne, und deswegen wußte er nicht, was er mit ihr machen sollte. Wenn es ihr gut ging, lebte er innerhalb der Zonen, die von ihrer Intelligenz und Anmut bestimmt waren, so wie wir es alle, liebevoll, taten. Die übrige Zeit taten wir, so gut wir konnten, als wäre sie nicht da.

Sie war blond, mit einer weichen, wunderschönen Haut und fast musikalischen Händen gesegnet. Sie war ziemlich klein. Selbst ihre einfachsten Tätigkeiten waren von einer so theatralischen und ihrer selbst bewußten Zartheit, daß man oft meinte, Zeuge der Darbietung irgendeines einsamen Kindes zu sein. In Virginia geboren, lernte sie als einzige Tochter eines Pfarrers und einer Pfarrerstochter meinen Vater kennen, als er zu Besuch bei Verwandten in Alexandria war. Zwei Monate später waren sie verheiratet. Es war mir peinlich, Geschichten über sein Werben zu hören, soweit dies stattgefunden hatte, und über die frühen Jahre ihrer Ehe. Mutter war siebzehn, als sie heirateten, und fünf Jahre später wurde ich geboren. Dutzendemal erzählte sie mir die Geschichte dieser Jahre. Sie schien meine Geburt als den Höhepunkt einer Reihe vorbereitender Ereignisse zu betrachten, die in ihrer Bedeutung und Wirkung beinahe etwas Feierliches hatten.

Die Episkopalkirche in Old Holly hieß Calvary. Meine Mutter verbrachte viel Zeit dort. Die Kirche hatte eine permanente Spendenaktion für die Waisen Asiens organisiert. Meine Mutter war für Burma und Süd-Korea zuständig. Obwohl sie wirklich fromm war, war ihr, glaube ich, die Vorstellung der Passion Christi irgendwie als Ganzes nicht geheuer. Vielleicht schwitzte er zuviel für ihren Geschmack. Das sage ich ohne jeden spöttischen Unterton. Früher erzählte sie mir immer reizende kleine Fabeln über Jesus. Erst viel später wurde mir klar, daß sie sie erfunden hatte. In ihren Fabeln war Jesus ein energiegeladener blonder Bursche, der seiner Mutter im Haushalt zur Hand ging und gelegentlich ein flottes Wunder vollbrachte. «Und nachdem Jesus den Blinden geheilt hatte», sagte sie etwa, «ging er nach Hause zur Farm und half seinem Daddy, die Kühe melken.»

Als Kind war ich ihr treu ergeben. Aber wir hatten auch unsere Differenzen. Unsere Streitereien waren größtenteils pedantische Aufgeregtheiten, und der Verlierer versuchte gewöhnlich mit sinnlosen Boshaftigkeiten gleichzuziehen. Als ich einmal gerade Baseball spielte oder Hardball, wie wir es nannten, und draußen im Center Field stand, sah ich sie über den Rasen auf mich zukommen.

«Brave kleine Jungs bohren nicht in der Nase», sagte sie.

«Bohren nicht in den Nasen. Jungs ist Mehrzahl, und deswegen muß Nasen auch in der Mehrzahl stehen.»

«Jungs *sind* Mehrzahl», sagte sie. «In der Schule war ich absolut glänzend in Grammatik. Und Spinett habe ich auch gespielt.»

Sie wandte sich um und ging, bevor ich irgendwas entgegnen konnte. Das Spiel wurde fortgesetzt, und als das Inning vorbei war, trabte ich nach hinten und setzte mich ins Gras hinter der First-Base-Linie. Tommy kam herüber und setzte sich neben mich. Er fragte mich, was sie gewollt hatte. Ich erzählte es ihm.

«Wenn das meine Mutter gewesen wäre», sagte er, «hätte ich ihr gesagt, sie soll sich auf den Mond schießen und sich dort ins Knie ficken.»

Ihr Schlafzimmer war voller Dinge aus ihrer Kindheit. Auf dem Frisiertisch saßen mehrere Stoffpuppen, zusammengesackt in ihren trüben Farben, die Glieder traurig verdreht. Im Schrank gab es einen Satz Spielgeschirr sowie ein kleines Puppenhaus, einen Teddybär und ein Häschen und sechs oder sieben Malbücher. Jane und Mary durften mit keinem von diesen Dingen spielen. Überall standen Spieldosen herum.

Zu manchen Zeiten wirkte ihre Anwesenheit im Haus geradezu zufällig. Sie gehörte zu jenen Leuten, die hin und wieder auftauchen, nur um gleich wieder in irgendeine Parenthese des Mittelgrundes zu verschwinden; so bekommt man Leute in Parks und Museen kurz zu Gesicht. Wenn ich durch die Diele ging, sah ich sie oft von Zimmer zu Zimmer streifen, nahm verschwommen Stoff, Haare und nackte Arme wahr; bog ich auf der Treppe um die Ecke, sah ich zuerst ihre Füße, dann Knie, Hände, Gesicht, ein müdes Licht in den Augen. Sie saß gerne auf der obersten Stufe. Meine Mutter hatte etwas von einer Erscheinung. Sie schien beinahe durchsichtig zu sein, und keine optische oder gedankliche Erwartung konnte mich je auf das unvermittelte Aufglimmen ihres Kommens und Gehens vorbereiten.

Wenn wir allein im Haus waren, setzte ich mich manchmal zu ihr auf die Treppe. Dort erzählte sie mir zum ersten Mal die Sache mit Dr. Weber. Es war ein Sommernachmittag. Das Haus war sonnendurchflutet. Über allem lag der große warme Schlummer eines Bären. Die Mädchen spielten Tennis.

«Der Pfarrer und der Arzt sind das Herz jeder Gemeinde», sagte sie. «Dein Urgroßvater mütterlicherseits, Philip Thatcher, war ein großartiger Landarzt. Praktisch seit sich die Engländer in Jamestown niederließen, hat es in unserer Familie Ärzte und Pfarrer gegeben. Ich hatte immer den allergrößten Respekt vor Ärzten. In meiner Familie kam der Arzt gleich nach dem Pfarrer. Das war bei uns Tradition. Und darum hat mich Dr. Weber auch so überrascht. Dr. Weber entspricht keiner mir bekannten Tradition, und wenn er überhaupt nach irgend jemandem kommt, dann wahrscheinlich nach einem Feldarbeiter. Wenn ich dir diese Geschichte jetzt erzähle – und das tue ich, weil du irgendwann begreifen wirst, daß wahre Erziehung aus Schocks und bösen Überraschungen besteht, deswegen tu ich das – aber zuerst muß ich dir erklären, was eine innere Untersuchung ist. Das ist eine Untersuchung des intimsten Körperteils einer Frau. Frag mich nicht, aber diese Dinge sind von Zeit zu Zeit notwendig. Dr. Weber hat mir gesagt, ich soll mich ausziehen und einen weißen Kittel anziehen. Das war so was ähnliches wie das, was du bei deiner Mandeloperation angehabt hast. Dann forderte er mich auf, mich auf einen großen komischen Tisch zu legen, und er legte meine Beine in zwei Bügel. Dann legte er ein Kissen auf meinen Bauch, damit ich nicht sehen konnte, was er da unten tat. Ich kann dir sagen, das ganze war ziemlich unwürdig. Dann fing er an herumzumachen. Er fragte mich, ob es mir gefalle. Natürlich sagte ich nein. Er sagte, natürlich gefällt's Ihnen, das gefällt jeder, das ist doch ganz natürlich, und was sind Sie doch für eine hübsche junge Frau, und schon dreimal Mutter, so jung und hübsch, hat er ständig gesagt, und gefällt's Ihnen, natürlich gefällt's Ihnen, und Sie sind die hübscheste Frau, die ich je gesehen habe, Ann, und niemand wird es je erfahren. Er hat mich beim Vornamen genannt.»

Immer wenn ich meine Mutter mit einer Dose Air-Freshener durchs Haus gehen sah, wußte ich, daß Pfarrer Potter erwartet wurde. Sie trafen sich alle paar Wochen zu einer zwanglosen Diskussion. Sie kannte ihn seit ihrer Kindheit in Alexandria. Sie redete oft von ihm. Sie zählte die Litanei seiner beruflichen Stationen auf, als wäre er eine Automobilmarke, die in den verschiedenen Benzinverbrauchs- und Belastbarkeitstests erfolgreich abgeschnitten hatte. Die Boston Latin School. Harvard. Das Theologische Seminar der Protestantischen Episkopalkirche in Alexandria. Die Dreifaltigkeitskirche in Philadelphia. St. Bartholomew's in New York. Pfarrer der Calvary Church in Old Holly. Die Resonanz des Mannes wurde durch seinen vollständigen Namen noch erhöht, William Stockbridge Potter. Dieses Stockbridge war perfekt, es suggerierte großen Umfang und Vornehmheit, und der Name enttäuschte nicht, denn sein Besitzer war groß und schwer, herzlich und gesellig. Wenn ich sie also in allen Räumen Lavendelduft versprühen sah, suchte ich mir einen unauffälligen Sessel im Wohnzimmer und steckte meinen Kopf in ein Exemplar von *Die Schatzinsel* oder in meine Lieblingssportgeschichten von Bill Stern.

«Ann, dieser Tee ist köstlich. Sie wissen, wie sorgfältig ich meine Worte wähle, und ich sage, dieser Tee ist köstlich.»

«Was ist mit der christlich-jüdischen Ethik?» fragte sie.

«Was soll damit sein, Ann?»

«Ich bin in einer Zeitschrift drauf gestoßen. Ich habe zu Clinton gesagt, darüber muß ich unbedingt mit William Potter reden.»

«Richtig.»

«Und was ist damit?»

«Ich nehme an, das bezieht sich auf bestimmte gemeinsame Elemente in unserem und in ihrem geistigen Erbe. Ich nehme an, damit unterscheidet man diese Elemente von jenen der islamischen Ethik, falls es so etwas gibt.»

Pfarrer Potter saß in titanischer Pracht da, elegant in seinem Sessel gelümmelt, die Beine übereinandergeschlagen, die Hände knapp unterhalb der Unterlippe zusammengelegt, wobei sich die Finger kaum berührten. Ich war fasziniert von der Länge seiner Finger und von den kleinen Haarfeldern über und unter den Gelenken jedes Fingers. Noch nie hatte ich so lange Finger gesehen noch Finger, auf denen so viele Haare wuchsen. Seine schwarzen Schuhe glänzten. Sein Haar war lang und grau. Er hatte harte blaue Augen, und seine Stimme klang wie in einer tiefen Höhle gegen Fels geschlagener Stahl. Sein Anblick und der Klang seiner Stimme erfüllten mich mit Angst und Freude. Wäre er ein abessinischer Häuptling gewesen, hätte er mir auch nicht eindrucksvoller erscheinen können. Doch trotz der Schönheit seiner Stimme hatte seine Art zu sprechen etwas Seltsames. Er machte oft lange Pausen zwischen Sätzen, ja selbst Wörtern. Manchmal reagierte er auf die einfachsten Fragen meiner Mutter erst nach einer ganzen Minute. Ihm zuzuhören hatte eine ganz eigene Spannung. Ich stellte mir immer vor, daß die Worte in seiner Kehle verknäuelt waren, und ermutigte sie stumm dazu, herauszuspringen. Es gab Zeiten, die längsten Pausen, das langsame Auf- und Zuklappen seines Kiefers, der zögernde Laut, der aus seinem Kehlkopf hervorquoll, da schien er kurz vor einem sintflutartigen Rülpser zu stehen. Das machte mit seine Faszination aus. Und wenn er endlich sprach, schien zwischen den Lauten, die er hervorbrachte, und der Bewegung seiner Lippen eine merkwürdige Ungleichheit zu bestehen. Irgendwie paßten sie nicht zusammen. Vielleicht erzeugten die langen Pausen, die Erwartung, nur die Illusion von Unausgeglichenheit, aber damals erschien sie mir durchaus real. Erst viele Jahre später, als ich schon beim Sender arbeitete, fand ich eine Bezeichnung, die die Art und Weise, wie die Worte aus einem sich dazu beziehungslos bewegenden Mund kamen, treffend beschrieb. William Stockbridge Potter war asynchron.

«Und was ist mit dem Tod?» fragte sie.

«Ah.»

«Ich glaube, ich könnte ihn nicht ertragen. Was können Menschen denn tun, die Angst vor dem Sterben haben? Ich habe erlebt, wie mein Vater starb. Es war langsam und qualvoll.»

«Das ist eine der fundamentalen Fragen unserer Zeit», sagte er. «Wenn wir wüßten, wie man den Tod gut über die Bühne bringt, würde er uns nicht soviel Angst machen, oder? Der berühmte Preisboxer Joe Louis soll einmal gesagt haben, daß jeder in den Himmel, aber niemand sterben will. Das habe ich schon in vielen Predigten verwendet. Ach, Lachen ist ein großartiger Katalysator. Es baut Spannung ab und hilft, die Atmosphäre zu reinigen. Ich glaube zutiefst an die heilende Kraft des Lachens. Die Leute denken immer, die Hochkirche sei trist und humorlos. Das ist Unsinn.»

«Aber was sollen wir denn tun?» fragte sie.

«Wir müssen einen Plan fürs Sterben schaffen.»

«Ich finde das alles so albern, dieses ganze Oben-Unten.»

«Sehe ich Sie beim Abendgottesdienst? Und den Jungen?»

«Auf alle Fälle.»

«Ich muß jetzt gehen.»

«Das nächste Mal möchte ich etwas über die Traktate von Oxford hören.»

«Zu dem Thema habe ich reichlich Munition. Ich habe gerade wieder beim großen Alonzo Potter nachgelesen. Nicht verwandt, übrigens, obwohl ich Ihnen im Vertrauen gestehen muß, daß mir der glückliche Zufall unserer Namensgleichheit sehr viel bedeutet, ungeachtet der Schlange der Eitelkeit.»

«Sie haben Ihre Kekse ja noch gar nicht angerührt.»

«Ich muß jetzt wirklich gehen.»

«Und ich möchte auch noch mehr über den Tod erfahren.»

«Ich werde vorbereitet sein», sagte er. «So, wollen wir durch den Garten hinausspazieren?»

«Es gibt keinen Garten.»

«Ach.»

«Sag auf Wiedersehen, David.»

«Deine Mutter ist ein kluges kleines Mädchen, junger Mann. Sie war mal eine der großen jungen Schönheiten von Virginia. Und ihre Großzügigkeit der Kirche gegenüber kennt keine Grenzen. Du hast großes Glück, so groß und gerade gewachsen zu sein. Er hat Ihre Augen, Ann. Was willst du denn mal werden, wenn du groß bist?»

«Soldat», sagte ich.

«Er spricht gradheraus. Das gefällt mir. Keine Andeutung von Unbestimmtheit in seiner Stimme. Der Junge sieht prächtig aus.»

«Wir haben keine Geheimnisse voreinander», sagte sie.

«Gut so.»

«Auf Wiedersehen», sagte ich.

«Soldat», sagte er. «Das gefällt mir. Der Junge geht zur Sache. Wenn ich nicht ein Diener Gottes geworden wäre, wäre ich auch Soldat geworden. Die sind sich nämlich gar nicht so unähnlich.»

Am Leighton Gage College wollte ich Kinch genannt werden. Das ist Stephen Dedalus' Spitzname in *Ulysses*, den ich damals gerade las. Aber wie ich bald erfuhr, hatte niemand in Leighton Gage Spitznamen, außer solche der abschätzigsten Sorte. Es gab dort auch keine Leichtathletik-Mannschaften. Es gab weder Klassen noch offizielle Prüfungen. Es gab keine Traditionen. Der Lehrkörper war gut, aber etwas faul, und das Umgekehrte ließ sich wahrscheinlich von den Studenten sagen.

Am Anfang freundete ich mich mit einem Jungen namens Leonard Zajac an, der unter den geistreichen Köpfen des Dichtervereins als der junge Herr Karbunkel bekannt war. Wir hatten einige gemeinsame Unterrichtsfächer, und ich war von seinem nervösen Hochgeschwindigkeitshumor beeindruckt, seiner Bilderstürmerei, von der Art und Weise, wie er bekannte Vorstellungen umdrehte und ihnen eine neue Bedeutung verlieh, ohne seiner eigenen Version unbedingt mehr zu glauben als dem Original. Leonard war ein dicker, einsamer Junge, mit leuchtend violetten Geschwüren überall in der Nackenpartie. Die Leute redeten mit ihm nur, wenn es nicht anders ging, und selbst die Lehrer versuchten ihn zu ignorieren. Seine Fettleibigkeit, seine schlechte Haut, seine schwere Getto-Kleidung wirkten auf tragische Weise fehl am Platz im schnittigen Südkalifornien. Leonard verbrachte sehr viel Zeit in der Bibliothek. Wir verstanden uns gut. Mit seiner Hilfe konnte ich meinen Verstand zu einem prächtigen Schneidewerkzeug entwickeln. Kinch. Die Messerklinge. Leonard war sehr großzügig mit seiner Zeit und seinen Ideen. Schon nach kurzer Zeit stellte ich ihn mir als einen brillanten Satiriker und Sozialkritiker vor, eine Persönlichkeit von swiftschem Kaliber, als ein Phänomen der Nach-Renaissance, als ein Lagerfeuer, um das wir alle uns scharen könnten, um zu lernen und uns zu wärmen. Für mich, mit achtzehn, besaß ein Leben wie Leonards eine gewisse Anziehungskraft. Chronische Furunkel und Fettleibigkeit eliminieren jede mögliche Illusion. Kuschel dich an die Einsamkeit und mach die Bibliothek zu deinem Gebärmutterheim und zu deiner Kapelle. Dann brach alles zusammen. Leonard erzählte mir, daß er in Page Talbot verliebt sei. Sie war ein Mädchen aus Kansas, mit langen blonden Haaren, eine von jenen Frauen, die aus drei Meter Entfernung absolut atemberaubend aussehen. Doch aus der Nähe wirkten Pages grüne Augen verwaschen, ihre Haut fahl, und die Ausdruckslosigkeit ihrer Miene sah nach lebenslanger Trauer über das Ableben ihres Kuschelhäschens aus. Wenn sie einem jedoch entgegenkam oder mit einem kaum kontrollierbaren Hüftschwung vor einem herging, in salzgebleichten Bluejeans und einem ausgewaschenen blauen Farmmädchenhemd, konnte man bei Page durchaus auf die Idee kommen, es würde sich lohnen, ihr zu Fuß bis nach Kansas City zu folgen. Eines Tages erzählte mir Leonard in der Bibliothek von seinen Phantasien. Er stellte sich vor, daß er sie unter Wasser liebte, zu Pferde, auf den Schreibtischen seiner Professoren, in Telefonzellen. Dann sagte er, er wollte sein wie ich. Er würde alles darum geben, sagte er, wenn er wie ich sein könnte, fit, gutaussehend, beliebt. Sein Geständnis bewirkte eine seltsame Verlagerung der Gewichte in meinem Geist. In jener Nacht besuchte ich Page Talbot in ihrem Zimmer. Ich trug braune Jeans, die den frisch gebügelten Suntans der United States Army noch am nächsten kamen. Ich stand in der Tür und dachte an Burt Lancaster, wie er im Regen steht und darauf wartet, daß Deborah Kerr die Tür aufmacht. Meine Karriere als Intellektueller war beendet.

Im vorletzten Jahr lernte ich Ken Wild kennen. Eines Morgens, ich war zu spät zum Unterricht, kam ich aus dem Zimmer und ging gerade die Treppe hinunter, am ersten Stock vorbei, als ich Musik hörte, das tiefe Federn eines Tenor-Saxophons. Ich blieb einen Augenblick stehen und hörte zu, und ging dann weiter den Flur entlang. Die Musik kam von einem Plattenspieler, der, wie es schien, auf volle Lautstärke aufgedreht war. Ein stämmiger junger Mann saß auf dem Rand seines Bettes, die Unterarme auf die Knie aufgestützt, und nickte leicht mit dem Kopf. Er trug rot-schwarze Boxer-Shorts mit dem Everlast-Logo auf dem Gummiband. Er sah kurz auf, ließ ein breites Grinsen aufblitzen und winkte mich zu einem Stuhl. Etwa zehn Minuten später war die Platte zu Ende, und der Tonarm schwenkte zurück.

«Coltrane», sagte er.

Wild war aus Chicago, ein Ex-Marine. Wir verbrachten den restlichen Vormittag damit, uns seine Platten anzuhören. Ich hatte das Gefühl, daß diese Musik schon die ganze Zeit in mir drin gewesen war, ihr rauchiger blauer Geruch, Pariser Morgenstimmungen und Katzeneingeweide auf der Lenox Avenue. Ich gefiel mir in der Vorstellung, wie es manche Weiße gerne tun, daß in einem frühen Teil meiner Existenz irgendein Afro-Instinkt brannte.

Wild und ich waren auf Anhieb Freunde. Wir stritten uns, alberten herum, boxten mit offenen Händen und begingen die college-üblichen Blasphemien in Wort und Tat, wobei Buck Mulligans fröhliche Gottesverarschungen auf den ersten paar Seiten von *Ulysses* unsere Vorlage waren. Das war unsere Heilige Schrift, und wir bedauerten, daß keine grauen Jesuiten unsere Kindheit verdunkelt hatten und auch jetzt keine da waren, um mit Totenmaske und Summa über uns herzufallen.

Wir dichteten beide. Es machte mir Spaß, die Wörter an der Gurgel zu packen und zu versuchen, sie noch lebend zu Papier zu bringen, aber als ich das, was ich mir vorgenommen hatte, nicht zu Ende zu bringen oder überhaupt in Angriff zu nehmen vermochte, war ich darüber nicht ernsthaft beunruhigt. Schließlich hatte ich ja noch meine Kamera.

Wild jedoch widmete sich der Aufgabe mit bedingungsloser Hingabe, alles oder nichts, er schickte keine Abgesandten aus, um mit dem Scheitern zu verhandeln. Wir traten in den Dichterclub der Schule ein, mit dem Ziel, seinen Versammlungen fernzubleiben, uns die Mitgliedschaft aberkennen zu lassen und dann einen Konkurrenzclub zu gründen. Doch diese Mühe machten wir uns nie.

Wir arbeiteten zusammen Anthologien durch, liebten und haßten jegliches heftige, gigantische Talent. Wir rissen einzelne Bilder aus dem Zusammenhang und hätschelten sie, kleine Jungs in einem Löwenzwinger. Wild verfiel bei diesen Sessions gern in Raserei, blätterte die Seiten um, sprang von einem Buch zum anderen, brüllte die himmlischen Sätze heraus, und wir wurden zu Lachstürmen hingerissen angesichts der Freude, des Wunders und des Elends dieser Zeilen. Wir versuchten, mit Jazz und Wein zu schreiben. Aber ich hätte wohl mehr davon gehabt, wenn ich mit Wendy Judd ins Bett gegangen wäre.

Die Menschen träumen von Geld und Liebe. Wendys Ehrgeiz war es, in einem aufwendigen Technicolor-Film als Statistin mitzuwirken. Sie hatte nicht die Illusion, ein Star zu werden. Fragmentierung, die Reduktion eines Mythos auf den Realismus, seiner Bestandteile, hatte im Westen recht frühzeitig Einzug gehalten, und Wendy war gebürtige Kalifornierin. Sie hätte sich schon damit zufriedengegeben, ihren Hinterkopf in einem Film zu plazieren, in einer Massenszene vor der Bastille ihre revolutionäre Faust emporzustrecken. Sie verbrachte viel Zeit mit Simmons St. Jean, der in Leighton Gage Filmtheorie und Kritik unterrichtete. Simmons war erst dreißig oder so, aber er versuchte, einen auf Montgomery Clift zu machen, nach dessen Unfall, ein hohlhallender Mann. Er arbeitete an seiner Blässe, wie wir übrigen unsere Sonnenbräune pflegten. Gleichzeitig versuchte er seine Studenten wissen zu lassen, daß er für einen alten Mann bei den Mädels ganz gut im Geschäft war. Da Film mein Hauptfach war und Simmons mich als den Mann betrachtete, mit dem es um die Position des Alpha-Männchens zu konkurrieren galt, zeigten wir ein gewisses argwöhnisches Interesse füreinander. Unsere Diskussionen waren meist Handfeuerwaffen-Scharmützel. Wendy Judd und ich trafen uns einmal mit ihm zum Kaffee.

«Kinder, ich find euch einfach faszinierend», sagte Simmons. «Neulich habe ich die Nacht, oder besser gesagt, den Abend, mit einer Studentin von mir verbracht, Pamela Soundso, und ich hatte geradezu Ehrfurcht vor ihrer Unbefangenheit und dem völligen Fehlen von Provinziellem. Vor ihrer souveränen Kontrolle über die Gefühle. Ihr Kinder seid so wunderbar frei und offen. Ihr habt keine von den Komplexen, die ich zu meiner College-Zeit gehabt habe. Das ist wunderbar mitzuerleben.»

«Wie kommt es, daß du immer so müde und erschlagen aussiehst?» sagte Wendy. «Nicht, daß es dir nicht gut steht.»

«Ich möchte lieber nicht über mich reden. Ich habe jegliche Hoffnung aufgegeben, daß es mir gelingen könnte zu definieren, wer oder was ich bin. Vielleicht erzähl ich dir irgendwann mal meine Lebensgeschichte, Wendy, wenn Dave nichts dagegen hat. Aber bis dahin höre ich mir viel lieber an, wie ihr beide von euch erzählt. Zu den vielen schönen Seiten davon, an einem Ort wie diesem zu unterrichten, gehört auch der ungehemmte Austausch zwischen Studenten und Lehrkörper. Das ist wirklich einzigartig hier in Kalifornien. Dave, was hast du dieses Jahr für ein Thema in Arbeit?»

«Ich werde in der Wüste drehen, Simmons. Es wird praktisch etwas rein Bildhaftes sein, mit einem Hauch von Bedeutung, für jene, die unbedingt so was wollen.»

«Ich brauche Bildhaftes. Scheint eine laxative Wirkung zu haben.»

«David hat mir gezeigt, was er letztes Jahr gemacht hat», sagte Wendy. «War das nicht verrückt, Simmons – diese ganzen Spiegelungen und Schatten?»

«Ihm hat es nicht gefallen», sagte ich.

«Das würde ich nicht so sagen, Dave. Es hat durchaus seine schönen Stellen gehabt.»

«Es sei ein demütiger Abklatsch, hat er gesagt. Ich glaube, er erwähnte den frühen Kurosawa.»

«Der pränatale Kurosawa wäre passender gewesen», sagte Simmons. «Ich würde schrecklich gerne weiterdiskutieren, aber ich habe in zehn Minuten Unterricht. Meine Erstsemestler werden leicht unruhig, wenn ich nicht pünktlich bin. Vaterfigur und so weiter.»

«Ich muß auch da lang», sagte Wendy.

«Ich hatte gedacht, wir fahren zum See», sagte ich. «Warum kommst du nicht auch mit, Simmons? Dich sieht man nie am See. Wir gucken immer, Wendy und ich, aber wir sehen dich nie.»

«Ich muß jetzt zum Unterricht. Wo mußt du lang, Wendy?»

«Wir fahren an den See», sagte ich. «Wenn du keine Badehose hast, Simmons, kannst du eine von meinen borgen.»

«Ich bin sicher, du hast genug Hosen für eine ganze Brigade von Bademeistern, Dave, aber ich fürchte, ich muß dich jetzt im Regen stehen lassen.»

«Es regnet gar nicht.»

«Du könntest gut etwas Sonne vertragen», sagte Wendy.

«Du mußt mal da raus und dir ein paar Sonnenstrahlen reinziehen, Simmons. Du verbringst zuviel Zeit im Dunkeln.»

«Ich tröste mich mit dem Gedanken, daß an gut ausgeleuchteten Plätzen selten was besonders Interessantes passiert.»

«Zack», sagte Wendy.

Nachdem ich die wesentlicheren Siege für mich verbucht hatte, mochte ich dem Verlierer nicht sein Recht streitig machen, das letzte Wort zu haben. Jeder weiß doch, wieviel Trost die ältere Generation daraus bezieht, das Gesicht wahren zu können.

Obwohl es in Leighton Gage keine Leichtathletik-Teams gab, betrieben wir wahrscheinlich mit größerer Ernsthaftigkeit Sport als die meisten Studenten. Aber wir spielten eine andere Art von Spielen – es waren keine Mannschaftsspiele, und sie waren schnell und gefährlich. Eins der wichtigen Dinge, die man mit Geld kaufen kann, ist Geschwindigkeit. Geschwindigkeit und einen flüchtigen Blick auf den Tod. Wir veranstalteten formlose Wettrennen mit Autos und Motorrädern, fuhren mit Strand-Buggies durch die Wüste, jagten mit Motorbooten über den künstlich angelegten See in der Nähe des Campus. Einige Studenten besaßen Flugzeuge, und wenn man sich mit einem von ihnen gutstand, konnte man zu Party-Weekends nach L. A. hoch und auf dem Rückflug seinen Wunsch nach einem frühen poetischen Tod testen. Die Kraft hinter diesen Aktivitäten war im wesentlichen eine geistige. Es gab viele Verletzungen, mehrere Todesfälle, und wir reagierten darauf mit professioneller Leidenschaftslosigkeit. Das ist etwas, was sich nicht mit Geld kaufen läßt. Aber entweder lernte man es, oder man kehrte zu Baseball zurück.

Page Talbot hatte von ihrem Vater ein kleines Fiberglas-Motorboot zum Geburtstag bekommen, das er zu dem künstlichen See etwa eine Meile nördlich vom Campus schicken ließ. Sie strich es lila und gelb an und wollte einen Schlafzimmer-Baldachin installieren, was ihr dann aber jemand noch ausreden konnte. Beim ersten Mal, als sie mich fragte, ob ich mit ihr segeln gehen wolle, wie sie es nannte, fiel der Außenbordmotor ab, und während wir darauf warteten, daß uns jemand abschleppte, saßen wir da und tranken Bier. Wir trieben, relativ zufrieden, in kleinen Kreisen umher und taten, als wären wir auf einem arabischen Dau, das sich träge zwischen den Papyrusstauden des sudanesischen Nils hindurchschob.

«Ich hab's gestern mit Ken Wild gemacht», sagte sie.

«Hab gar nicht gewußt, daß ihr euch kennt.»

«Wir kannten uns auch nicht.»

«Ich will jedenfalls nichts darüber hören.»

«Er ist eigentlich ganz nett.»

«Hab ich dir erzählt, daß ich mit dem Gedanken spiele zu heiraten? Ich hab letzten Sommer zu Hause dieses Mädchen kennengelernt, und seitdem schreiben wir uns. Sie ist gerade in London und besichtigt die Grabinschriften. Ich hab mir überlegt, ob ich ihr mal einen Antrag mache.»

«Mir ist, ehrlich gesagt, schleierhaft, wie jemand in unserm Alter auf die Idee kommen kann, zu heiraten», sagte Page. «Mir kommt das ehrlich gesagt wie die Endstation vor.»

«Verspürst du nicht den Drang, Vater-Mutter-Kind zu spielen?»

«Allenfalls in einem Triplex in Montego Bay.»

«Erzähl mir von Wild», sagte ich. «Ist er gut im Bett? Ist er besser als ich? Ich will keine Einzelheiten wissen. Sag einfach nur ja oder nein. Das ist wichtig.»

Drei Monate vor dem Abschluß verschwand der junge Herr Karbunkel vom Campus. Niemand wußte, wohin er gegangen war. Ich dachte, sein Verschwinden könnte bei jenen, die ihn ignoriert und sich über ihn lustig gemacht hatten, vielleicht gewisse Schuldgefühle auslösen. Was es auslöste, waren Witze. Man erzählte sich, er sei nach Tibet gegangen und suche einen Heiligen, der seine Furunkel heilen könnte. Oder er streife phantasierend durch die Wüste und singe Hits aus den späten Vierzigern. Oder er habe sich in der Herrentoilette der Bibliothek verbarrikadiert mit einer Maschinenpistole, mehreren hundert Runden Munition und einer Deo-Sprühdose. Eines Abends ging ich in Leonards Zimmer, in der Hoffnung, irgendeinen Hinweis auf seinen Aufenthaltsort zu finden, eine in einem Buch unterstrichene Passage, eine Straßenkarte, einen Brief von seinen Eltern. Aber ich fand nur ein Stück Papier, auf dem geschrieben stand:

Etwas sagt mir
daß ich heute nacht von in Fisch
eingewickelten Zeitungen träumen werde

Leonard Zajac war vier Jahre lang bei uns gewesen, bei all seiner watschelnden Jämmerlichkeit ein Mann, und auf das Rätsel seiner Flucht reagierte man, vielleicht vor überwältigendem Grauen, mit wenig mehr als lauer Erleichterung. Einen Tag nach der Abschlußfeier kam er wieder. Einige von uns waren noch auf dem Campus, damit beschäftigt, unsere Autos zu beladen und die letzten Pläne für unseren Urlaub zu schmieden, den wir in den Anden, auf den Balearen oder auf Schonern mit Kurs auf die Karibik verbringen wollten. In drei Monaten würden wir alle anfangen müssen, Geld zu verdienen, und die Dialoge an diesem Tag hatten einen hysterischen Unterton. Zusammen mit Merry, mit der ich in einer Stunde oder so in Richtung Osten aufbrechen würde, unterhielt ich mich gerade im Innenhof mit einigen Freunden, als Leonard meine Schulter berührte, um guten Tag und auf Wiedersehen zu flüstern. Er sagte, er sei nur gekommen, um seine Bücher abzuholen. Er habe bei den Havasupai-Indianern in Arizona gelebt, sagte er, und er habe vor, umgehend zurückzukehren und für immer dort zu bleiben. Als er mich fragte, was ich für Pläne habe, konnte ich nur mit den Achseln zucken. Seine Geschwüre waren verschwunden. Er schien an die vierzig Pfund abgenommen zu haben. Ich stellte ihn den anderen nicht vor, weil ich vorübergehend seinen Namen vergessen hatte.

Alles beginnt in Kalifornien. Das ist wie mit der Hip-Geheimsprache des Gettos. Sowie man in der Madison Avenue den Code entschlüsselt, wird in Harlem eine neue erfunden. Genauso verhält es sich mit Kalifornien und New York. Als Surfing und Nudismus nach Osten wanderten, gewandete sich ganz Kalifornien in wallenden Madras und verzog sich in seine Häuser, um die Kommune zu entdecken. Mir gefiel es da draußen, und ich wäre vielleicht geblieben. Aber mein Vater wohnte im Osten, ganz allein in dem Spieldosenhaus, und beharrte darauf, dort zu bleiben. Jeder von uns hat etwas, das er zu vergessen versucht. Wenn wir clever sind, ziehen wir los ins Ungewisse. Aber mein Vater konnte das Haus nicht verlassen, und ich hatte nicht genug Verstand, im seichten Bereich des Kontinents zu bleiben. Und so fing ich an zu schwimmen.

Big Bob Davidson tauchte erstmals in Old Holly auf, als ich achtzehn war. Jane wäre dann einundzwanzig gewesen. Bob arbeitete damals in New York und kam einmal an einem Wochenende herausgefahren, um die Familie kennenzulernen. Ich verbrachte den Sommer zu Hause, arbeitete ein bißchen an meinem Golf und Tennis und segelte hin und wieder. Jane schlug vor, ich könnte doch ein paar Stunden mit Bob verbringen. Ein bißchen Tennis spielen und ein paar Biere mit ihm trinken. Ihm das Gefühl geben, daß er willkommen war. Also fuhr ich mit ihm zum Club. Wir versuchten, nicht zu höflich zueinander zu sein, kabbelten uns ein wenig, bohrten nach empfindlichen Stellen. Bob wirkte auf den ersten Blick ganz nett. Er war groß und wuchtig. Sein Gesicht hatte eine seltsame feucht-rosa Färbung, als wäre es gerade von einem Hund abgeleckt worden, und sein blondes Haar war sehr glatt. Er trug sein Sporthemd über der Hose, ein verblichenes kariertes Hemd, in dessen Brusttasche ein Kuli steckte. Wie sich herausstellte, hatte Bob immer einen Kuli in der Brusttasche seines Hemdes oder seiner Anzugjacke stecken, und immer wenn ich ihn sah, hatte ich das Gefühl, daß er im nächsten Moment einen Rechnungsblock zücken und eine Bestellung für drei Dutzend Rasenmäher aufnehmen würde.

Wir zogen uns um und begannen das Spiel. Ich spielte besser als je zuvor und dachte, daß ich es am Anfang ruhig angehen lassen würde, um abzuwarten, was Bob für ein Tempo vorschwebte. Es stellte sich schnell heraus, daß er darauf aus war, mich zu vernichten. Er hetzte mit grimmiger Miene auf dem ganzen Platz herum, immer in einer niedrigen Staubwolke spielend, und sagte vor jedem Aufschlag mit brüskem Ton den Spielstand an. Je mehr er sich anstrengte, desto schlechter wurde er. Sein Aufschlag war unregelmäßig, und er hatte keine nennenswerte Rückhand. Ich begann mich gerade zu langweilen, als ich meinen Vater auf einer der Bänke am Rand des Platzes sitzen sah. Nach dem ersten Satz rief er mich zu sich herüber.

«Ich bin gerade erst gekommen», sagte er. «Wer gewinnt?»

«Ich hab den ersten Satz gewonnen.»

«Wieviel zu wieviel?»

«Ich glaube sechs zu eins. Bob zählt. Ehrlich gesagt, bin ich bei diesem Match nicht besonders bei der Sache.»

«Dann tu das jetzt aber gefälligst», sagte er. «Ich will, daß du ihm den Arsch verdrischst. Ich will, daß du ihn in glatten Sätzen schlägst. Ich will später in mein Haus hineinspazieren und ihnen sagen, daß es eine klare Sache war. Glatte Sätze. Das will ich ihnen sagen. Der Junge hat ihn in glatten Sätzen geschlagen.»

«Magst du ihn nicht, Dad?»

«Es geht nicht darum, ob ich ihn mag oder nicht. Ich kenne den Typ noch nicht mal. Das ist eine Familiensache. Es geht darum, daß er in unser Haus kommt, und weiß der Himmel, was zwischen ihm und Jane abläuft. Jesses, sieh ihn dir bloß an. Er ist so verdammt groß. Er könnte ihr weh tun oder so was. Wer weiß, vielleicht ist er der sanfteste Typ der Welt. Aber darum geht's nicht. Das ist eine Familiensache. Und jetzt schnapp ihn dir. Der soll sich den Arsch fusselig laufen.»

«Okay», sagte ich.

Ich schlug ihn in glatten Sätzen, mühelos, beschämte ihn, verspottete ihn mit sanften Regentropfenbällen, mit denen ich ihn von einem Ende des Netzes zum anderen jagte, und ballerte ihm dann einen Sauser um die Ohren. Als es vorbei war, klopfte mir mein Vater auf den Rücken, rieb mir den Nacken und gratulierte mir zu meinem wahrhaft historischen Blitzsieg, wie er es nannte, zu der vernichtenden Schlappe, die ich dem Gegner beigebracht hatte. Auf Kosten des Eindringlings fand hier einer dieser seltsamen Anfälle von Blutsliebe statt, die im Ausmaß ihrer Freude ebenso rätselhaft wie überwältigend sind. Ich erzählte meinem Vater, daß ich kaum ins Schwitzen geraten sei, und er lachte darüber, als sei es das Komischste, was er je gehört hätte. Dann gingen wir Arm in Arm zu den Umkleidekabinen. Big Bob ging uns wie ein Schneepflug voraus.

Mein Vater trank irisches Stout. Seine Anzüge kaufte er meistens in England. Er rauchte gerne holländische Zigarren und fuhr italienische und englische Autos. Die meisten Bücher in seiner Bibliothek handelten von London vor dem Großen Brand und dem amerikanischen Westen vor Little Bighorn. Seine Schuhe waren von einer Londoner Firma handgefertigt worden, wo er sich einen Tag, nachdem seine Füße britischen Boden betreten hatten, Abgüsse von ihnen hatte machen lassen. Obwohl er nicht viel ritt, hatte er mehrere Westernsättel in seinem Arbeitszimmer wie auch eine kleine Sammlung von Winchester 73ern und eine Sharps Kaliber .50, die er gerne als seine Büffelflinte bezeichnete. Er bevorzugte deutsche Kameras und rauchte dänische Pfeifen, die zweihundert Dollar das Stück kosteten.

Früher hatte er etwa zweimal die Woche mittags im Playboy Club gegessen. Später ging er dazu über, mittags mit Freunden und Kunden in deren Clubs zu gehen – in den Harvard oder Princeton Club, den New York A. C., den Yale, den New York Yacht Club. Mein Vater war Absolvent der Long Island University. Er benutzte ein Herrenparfüm, das in Eichenfässern gelagert und mit über dreihundert Ingredienzen vermischt wurde. Zu den Autos, die er im Lauf der Jahre besessen hatte, zählten ein MG, ein Jaguar, ein Ferrari, ein Aston-Martin und ein Maserati. Ich weiß nicht, ob er sich mit diesen ganzen Pferdestärken vom Fluch der LIU befreien wollte.

«Ein Mann muß hart arbeiten, um zweihunderttausend Dollar zu verdienen», sagte er mir einmal, als wir in dem Mark IX Jaguar durch die Vororte fuhren. «Du sparst, du deichselst, du investierst. Du arbeitest dich zu x-tausend Dollar hoch, und wenn du gut planst und Glück auf dem Markt hast, kannst du allmählich anfangen, was für deine Familie aufzubauen. Da zahlt sich der ganze Schweiß und die ganze Korruption einer Demokratie erst aus. Sicherheit für deine Frau und Kinder, wenn du nicht mehr bist. Was ist, wenn mir etwas passiert? Deine Mutter kann es nicht leiden, wenn ich so rede, aber du mußt dich auf solche Eventualitäten vorbereiten. Das ist deine Aufgabe als Familienoberhaupt in einer freien Republik. Ich habe ungefähr neun verschiedene Versicherungen, mit denen du, deine Mutter und deine Schwestern versorgt sein werdet, falls mir was passiert. Das kann nämlich jederzeit passieren. In diesem Moment kann ein Hund über die Straße spazieren, ich weiche aus, gerate ins Schleudern, und krach. Verstehst du, was ich meine? Der Wendepunkt war das Geld, das mein Vater mir hinterlassen hat. Das hat uns über den Berg gebracht. Aber wenn du nicht aufpaßt, kriegst du bloß Magengeschwüre. Ich erzähl dir jetzt mal eine wahre Geschichte, direkt aus einer der angesehensten wissenschaftlichen Zeitschriften des Landes. Die haben mit diesen zwei Affen einen Versuch gemacht. Haben ihnen alle sechzig Sekunden Elektroschocks verpaßt. Der erste Affe hatte einen Knopf, den er nur zu drücken brauchte, um keinen Schock mehr zu kriegen. Der zweite Affe hatte auch einen Knopf, aber der war völlig nutzlos. Schließlich kam Affe A hinter den Trick und fing an, wie verrückt den Knopf zu drücken, um ja keinen Strom mehr abzukriegen. Während Affe B begriff, daß sein Knopf soviel wert war wie ein Stück Scheiße, und einfach in der Ecke rumhockte, sich kratzte und jede Minute einen gewischt bekam. Und was passiert? Der erste Affe kriegt Magengeschwüre und nippelt nach zwei Wochen ab. Der zweite Affe hat sich mit den Schocks abgefunden, und wenn er nicht gestorben ist, dann lebt er noch heute. Dieser kleine Versuch soll uns eine Lehre sein für unsere Zeit. Er zeigt uns, welchen Preis wir bezahlen müssen, wenn wir uns zu einer leitenden Position hocharbeiten wollen. Irgendwann zeige ich dir mal mein Büro. Da wirst du fünfundsechzig leitende Affen zu sehen kriegen, die in ihre Telefone hineinheulen und Blut pissen. In so einer Branche ist dein Alter. Aber mach dir meinetwegen keine Sorgen, Kleiner. Meine Eingeweide sind aus Gußeisen, und ich hab die besten Aussichten durchzukommen. Eigentlich bin ich zutiefst konservativ. Ich stamme aus einem alten Geschlecht heimlicher presbyterianischer Trinker. Mein Großvater war Schmied in Sag Harbor. Worauf wollte ich eigentlich hinaus?»

Eines Sommerabends kam mein Vater von der Arbeit nach Hause und erzählte der Familie, was sich im 18 : 17 ab Grand Central ereignet hatte. Anzug und Hemd waren blutverschmiert.

«Wir waren alle am Zeitunglesen. Der ganze Wagen, voller Zeitungen. Der Schaffner kam und begann die Fahrscheine zu kontrollieren. Zu diesem Zeitpunkt waren wir noch unter der Erde, und ich weiß noch, daß ich gerade mit der Börsenseite fertig war, als der Zug aus dem Tunnel dröhnte und nach Harlem hineinfuhr. Und da schlug der erste Stein ein. Er traf ein Fenster auf der anderen Seite des Ganges, und überall flogen Glassplitter herum. Das Komische war, daß niemand was sagte. Der nächste Stein schlug auf meiner Seite ein und zertrümmerte das Fenster zwei Plätze vor mir, und da war mir klar, daß wir von mehr als ein paar Witzbolden beschossen wurden, und dann hab ich aus meinem Fenster und aus dem gegenüber geguckt und sie gesehen, Dutzende von puertorikanischen Jugendlichen, die da oben hinter den Gittern standen und wie blöd Steine auf uns runterwarfen, zwei lange Reihen auf beiden Seiten des Zuges haben uns da fröhlich lachend mit Riesensteinen beschmissen. Jetzt hat niemand mehr Zeitung gelesen. Wir gingen alle unter den Sitzen in Deckung, und komischerweise sagte immer noch niemand was. Als hätten wir gewußt, daß es früher oder später passieren mußte. Und heute war es eben soweit. Steine prallten von den Wänden ab, Steine krachten durch die Scheiben. Kleine Jungs. Zwölf- oder Dreizehnjährige. Dann hat's auf einmal aufgehört. Gerade mal für zehn Sekunden. Wir wollten gerade wieder hochkommen, als das nächste Trommelfeuer einsetzte. Diesmal waren es Negerkinder, und die haben diesen Zug wirklich verwüstet. Negerkinder auf den Dächern. Es gingen noch mehr Scheiben zu Bruch, und hinten im Wagen stöhnte jemand herum, einer, der entweder von einem Stein getroffen worden war oder sich an den Splittern geschnitten hatte, die überall auf dem Boden herumlagen. Als wir aus Harlem raus waren, dachten wir, der Spuk ist vorbei, und wir fingen an, die Scherben von den Sitzen zu fegen, und ein paar Typen schafften es sogar, komische Bemerkungen zu machen und uns alle zum Lachen zu bringen, obwohl sie eigentlich gar nicht komisch waren.

Das war Schockgelächter, wenn ihr wißt, was ich meine. Aber in der South-Bronx ging's wieder los mit den Steinen. Die ganze Bronx hindurch wurden wir immer wieder streckenweise beschossen. Aus irgendeinem Grund war es dort nicht so konzentriert. Aber genau da hat irgendso ein kleiner brauner Scharfschütze mein Fenster getroffen, und eine Scherbe hat mich an der Hand erwischt. Auf der Höhe von Woodlawn hat's dann endlich aufgehört. In dem Zug sah es aus, als wär da ein Tornado durchgefegt. Über und über mit Scherben, Steinen und Zeitungen übersät. Aber niemand schien entrüstet oder verbittert zu sein, nur etwas durcheinander. Ich stieg zusammen mit drei oder vier anderen Männern aus, und als wir zu unseren Autos gingen, verlor niemand auch nur ein Wort darüber, daß wir eben gerade noch mit dem Leben davongekommen waren. Diese kleinen Dreckskerle. Was haben wir ihnen denn getan?»

«Ihr seid in die Vororte gezogen», sagte meine Schwester Mary. «Hab morgen einen schönen Tag im Büro, Daddy. Und wenn du dich entschließen solltest, länger zu arbeiten und in der Stadt zu übernachten, dann haben wir Verständnis dafür.»

St. Dymphna's lag im Südwesten von New Hampshire und war ein Ort, wo man seine Schulbildung richtig genießen konnte. Er war ruhig und malerisch. Im Herbst verfärbte sich das Laub, und im Winter gab es reichlich Schnee. Jeder war adrett gekleidet. Hier und dort wies ein Gebäude Anzeichen von Zerfall auf, was aber niemanden störte. Das gehörte zur Tradition des vornehmen Nordostens. Dem einstmals zur Gänze aus episkopalischem Klerus bestehenden Lehrkörper gehörten inzwischen viele Laien an, ein paar unitarische Pfarrer, ein Duck-River-Baptist und ein liebenswerter irischer Hausmeister namens Petey, der immer die Erstsemestrigen herausforderte, die Vier Reiter von Notre Dame zu benennen. Die Schülerschaft bestand fast ausnahmslos aus zynischen, kleinen, antireligiösen Knaben. Mein Mentor war Laie, und am Besuchstag stellte er sich meinen Eltern vor.

«Ich heiße Thomas Fearing. Meine Clubs sind der Millbrook Golf and Tennis, der Rhinebeck Tennis and Saddle, der Players in

New York, der Nassau in Princeton, der Princeton in New York und der Church Street Social in Millbrook.»

«Sehr beeindruckend», sagte mein Vater.

Während meines dritten Jahres entwickelte sich eine Kontroverse. Im Basketball-Team gab es einen Jungen namens Brad Dennis, der sich vor jedem Freiwurf bekreuzigte. Brads Mutter war eine sehr militante Katholikin, und anscheinend hatte sie ihm nicht nur befohlen, sich vor einem Freiwurf zu bekreuzigen, sondern ihm auch gesagt, daß die heilige Dymphna eine ausschließlich katholische Heilige sei und die Episkopalier, so nett und adrett sie auch sein mochten, kein Recht hätten, sie als ihre Schutzpatronin zu beanspruchen, und erst recht nicht, ihren Namen in Verbindung mit einer ihrer Prep-Schools zu benutzen, so gut und anständig diese Schule auch sein mochte. Brad verbreitete die Botschaft und bekam dafür vom Dekan für Disziplin eine Tracht Prügel mit dem Gürtel. Das stachelte ihn nur zu noch größerer Leidenschaft an und zu einem frühchristlichen Hang zum Märtyrertum. Die Sache fing an mich zu interessieren. Brad war wie ein im Pentagon losgelassener Anarchist. Er verteilte Broschüren, die von den Knights of Columbus publiziert waren, und forderte jeden seines Alters heraus, mit ihm über Vorzüge und Nachteile der großen Weltreligionen zu debattieren. Einige von uns trafen sich nach Lichtaus illegal in seinem Zimmer, um ihn über die Transsubstantiation und Unfehlbarkeit des Papstes referieren zu hören. Es war offensichtlich, daß sich etwas von seinem religiösen Eifer auf den kleinen Kreis von Jüngern übertrug, der sich um ihn versammelt hatte. In der Schülerschaft begann man Partei zu ergreifen, und bald standen Redefreiheit und das Recht zu bekehren im Zentrum der Diskussion. Da man im Lehrkörper nichts oder wenig von den Umtrieben wußte, die Brad nach seiner Züchtigung entfaltet hatte, hatten jene Zeiten ein aufregendes Gefühl von Underground an sich. Viele ergriffen einfach nur deswegen für Brad Partei, weil er mit dem Dekan für Disziplin aneinandergeraten war, der unter dem Namen Draculas Sohn bekannt und allgemein gefürchtet und verachtet war. Andere schienen an den Doktrinen, die er verbreitete, tatsächlich interessiert. Seine Gegner bezeichneten ihn als Papisten, Kreuzkopf, Anti-Intellektuellen und Pißnelke. Ich hielt es für an der Zeit, zum Kern der Kontroverse vorzustoßen, und der war die Heilige Dymphna. Ich bat Brad, mir eine seiner Broschüren zu geben. Sie war von der Franziskanischen Mission herausgegeben und trug folgenden Text auf der Titelseite:

DIE HEILIGE DYMPHNA
(‹Dimf-na› ausgesprochen)

SCHUTZPATRONIN DER BESESSENEN
UND GEISTESKRANKEN

«Die Heilige für Nervenzusammenbrüche»

Die heilige Dymphna war, wie ich erfuhr, in Irland geboren, als einziges Kind des heidnischen Königs Oriel. Als ihre Mutter starb, beschloß Dymphnas Vater, sich eine zweite Frau zu suchen. Er kam zu guter Letzt zum Schluß, daß nur ein weibliches Wesen seiner würdig sei – seine leibliche Tochter. Dymphna, die von einem Priester der Kirche getauft worden war, war vierzehn Jahre alt. Mit all der ihm zu Gebote stehenden Überzeugungskraft erläuterte der König seiner zitternden Tochter sein Vorhaben. Dymphna suchte ihr Heil in der Flucht und ließ sich schließlich, zusammen mit ihrem Beichtvater, in Belgien nieder. Spione kamen den Flüchtlingen jedoch auf die Spur, und die ganze Geschichte endete damit, daß der König sein Schwert zog und seinem einzigen Kind den Kopf abschlug. Im Laufe der Zeit wurden viele Geisteskranke dank der Fürsprache der heiligen Dymphna geheilt, deren Ruhm als Heilige für Nervenzusammenbrüche sich allmählich von Belgien nach Irland ausbreitete und danach in fast jeden Winkel der Welt.

Die Geschichte faszinierte mich. Ich fühlte mich ganz ähnlich wie etliche Monate später, als Jane ihre YWCA-Aufzeichnungen über die primitiven Religionen der Welt vortrug. Neben all diesen herrlich verrückten Leuten kam ich mir klein und gutgekleidet vor. Ich mochte sogar den Vater der heiligen Dymphna. Ich stellte ihn mir mit einem roten Vollbart vor, wie er Met aus einem Widderhorn trank und sich heimlich Sorgen um seine Männlichkeit machte. Ich ging zu Brad Dennis' Zimmer, um ihm die Broschüre zurückzugeben, und in der Hoffnung, ein hitziges Gespräch über Wissenschaft, Religion und die Ewigkeit zu entfachen. Miles Warren war gerade bei Brad. Miles, der gerade zwei Wochen Atheismus hinter sich hatte, war der brillanteste Schüler von St. Dymphna. Als ich Brad die Broschüre zurückgab und ihm sagte, wie sehr mir die Geschichte der heiligen Dymphna gefallen habe, erwiderte er, daß er mir das falsche Material gegeben habe. Das ist kindischer Schwachsinn, sagte er. Und damit drückte er mir ein kleines Buch in die Hand, das den Titel trug: *Grundbegriffe der Metaphysik und Psychologie*.

«Die Armenschwestern sind die einzigen Leute, die an diesen Kinderkram über heilige Jungfrauen glauben», sagte er. «Der moderne Katholik ist ein hartnäckiger Bursche, der durchdringende Fragen stellt. Die ganze Sache läßt sich auf eine Frage von Metaphysik und Grundprinzipien reduzieren. Alles, was ist, ist.»

«Und was ist mit der Inquisition?» fragte Miles.

«Der moderne Katholik scheut diese Frage nicht mehr.»

«Und was ist mit all den Päpsten, die verheiratet waren oder Mätressen gehabt haben?» fragte Miles.

«Rückwirkend gesprochen können wir jetzt sagen, daß sie nicht wirklich, im doktrinären Sinne, Teil des Leibes Christi waren. Das verhält sich genauso wie mit dem Lügen und Betrügen, das sich General Motors leistet. Autos braucht man trotzdem.»

«Wenn im Wald ein Baum umstürzt», sagte Miles, «und niemand in der Nähe ist, der den Sturz hört, verursacht dieser Baum dann ein Geräusch, wenn er auf dem Boden aufschlägt, oder hängt das Phänomen des Geräuschs von der Gegenwart von jemandem oder etwas ab, der oder das die Fähigkeit des Hörens besitzt? Hängt das Absolute von einem Medium ab, das es interpretiert? Oder ist das Absolute das, was das Wort im eigentlichen Sinne besagt? Die Frage ist so alt wie Platon.»

«Alles, was ist, ist», sagte Brad.

Das beste an der Prep School war das Ankluften für ein Baseball- oder Basketballspiel. Ich liebte diesen Ausdruck – *Ankluften*. Wir saßen dann im Umkleideraum herum und bereiteten uns seelisch auf das Spiel vor. Wir hatten alle gelesen, daß es Profi-Football-Spieler gab, die vor dem Anpfiff derart angespannt waren, daß ihnen schlecht wurde. In unserer Basketball-Mannschaft gab es einen Jungen namens Rich Higgins, der jedesmal auf die kleine Toilette neben dem Umkleideraum ging und versuchte, sich zu übergeben. Er kam nie über ein trockenes Würgen hinaus, aber es gab uns ein gutes Gefühl zu wissen, daß einer unserer Mannschaftskameraden den bevorstehenden Wettkampf so ernst nahm, daß er sich auf dem Klo den Finger in den Hals steckte. Sowie Rich Higgins, wenigstens gefühlsentleert, wieder erschien, sagte Trainer Emery: «Es geht los, Jungs! Ankluften!» Und dann klufteten wir uns an. Es machte mehr Spaß, sich für Baseball-Spiele anzukluften, weil es mehr anzuziehen gab. Brad Dennis war der Shortstop der Baseball-Mannschaft. Anders als beim Basketball bekreuzigte er sich nicht, aber bevor er auf den Standplatz trat, machte er mit seinem Schläger das Zeichen des Kreuzes in den Sand. Er schlug immer als achter, was seine Mutter zu einer gemäßigten Beschwerde veranlaßte.

Damals wie heute war Amerika eine Art Sanatorium für Statistiken aller Art. Wir kümmerten uns um sie. Wir versuchten sie zu verstehen. Wir taten unser Bestes, um sie aufzupäppeln. Zahlen waren wichtig, denn was immer für Ängste wir haben mochten, daß unser Geist total zerstört sei, wurden diese größtenteils durch die Genugtuung vertrieben, daß wir genau wußten, wie wir verrückt gemacht wurden, bei welcher Dezibelhöhe, mit wieviel Mach, mit welchem Luftwiderstand. Es gab also einen übertragenen Wahnsinn, eine Verdoppelung, zwischen den Zahlen und jenen, die sie machten und sich um sie kümmerten. Wir brauchten sie dringend, das war unbestritten. Mit Zahlen konnten wir Zweifel verdecken. Zahlen machten das Heute erträglich, kündigten die eindrucksvollen Exzesse der Zukunft an, statteten unsere Erinnerungen an die Vergangenheit, so wie sie waren, mit raffinierten, trügerischen Konfigurationen aus. Wir waren alle Naturwissenschaftler. Ob Krieg oder Frieden, wir brauchten die genaue Zahl der Todesopfer.

Jetzt wo die Addiermaschinen, die Superrechner, die numerischen Systeme und Untersysteme wegerfunden worden sind, spielen Zahlen nicht mehr eine so große Rolle. Aber rückblickend kann ich mich erinnern, wie wichtig es für mich persönlich war, eine Situation oder einen Zeitraum mit soviel Zahlen zu definieren, wie ich nur zusammenraffen konnte. Sie schienen geradezu die Kammerdiener der Klarheit zu sein. Wenn ich heute auf meinem Sterbebett läge, ohne das Datum zu wissen, würden sich meine Zellen wahrscheinlich weigern aufzugeben. Ohne einen Kalender, eine Stoppuhr und einen Meßbecher auf dem Nachttisch wüßte ich nicht, wie ich sterben sollte.

Im Winter meines fünfzehnten Jahres lernte Mary Arondella kennen. Das heißt, daß Mary damals neunzehn war. Das heißt auch, daß Jane achtzehn, daß mein bester Freund Tommy sechzehn, daß Kathy Lovell vierzehn, daß mein Vater zweiundvierzig und meine Mutter siebenunddreißig war. Es war der Winter des Jahres, in dem Tommy und ich mit Kathy zum ersten Mal zum Jacht-Club gingen, und es war der Winter vor dem Sommer, als ich, sechzehnjährig, hintereinander zwei Vorstellungen von *Verdammt in alle Ewigkeit,* mit Burt Lancaster in der Hauptrolle, sah. Und dieser Sommer war auch der Sommer, als die Party stattfand.

Bis auf Mary sprach niemand in der Familie von Arondella anders als mit seinem Familiennamen, und auch das geschah nur selten. Sie sahen sich zum zweiten Mal am Heiligabend. Nachdem Mary fortgegangen war, um sich irgendwo mit ihm zu treffen, saßen wir anderen im Wohnzimmer und betrachteten den Baum.

«Ich wüßte ja gern, wie alt er ist», sagte Jane. «Sie weigert sich, mir irgendwas zu erzählen. Würde mich also nicht überraschen, wenn er sehr viel älter ist als sie.»

«Sein Alter macht mir weniger Sorgen als die Frage, womit er sein Geld verdient», sagte mein Vater.

«Mary sagt, er ist ein Verbrecher», sagte ich.

«Jaja, man weiß nie, wann Mary die Wahrheit sagt und wann sie einem was vorflunkert. Wenn er wirklich ein Verbrecher ist, dann ist hier aber der Teufel los. Ich lasse nicht zu, daß sich eine meiner Töchter mit einem miesen kleinen Gauner blicken läßt. Ich brech dem Kerl beide Arme, das kann ich euch versprechen.»

«Clinton, bellen tust du viel, aber beißen selten. Gib's zu, Liebster, das stimmt doch, nicht? Ständig drohst du damit, jemand zu zerstückeln. Aber wenn es soweit ist, sehe ich mich um, und wo ist Clinton? Oh, er ist in seinem Arbeitszimmer, Mutter, und poliert gerade seine Sättel. Jane, glaub mir, sollte in diesem Haus jemals Feuer ausbrechen, dann brauchst du nur schnell ins Arbeitszimmer zu laufen, und dort wird dein Daddy sein und seine Sättel polieren. Mag Feuer, Pest oder Hungersnot ausbrechen, dort wird man dich finden, Clinton, abseits der wogenden Menge.»

«Packen wir lieber die Geschenke aus und bringen es hinter uns», sagte Jane.

«Ich finde, wir sollten damit warten, bis Mary wiederkommt. Das ist so Tradition in unserem Haus, und ich sehe nicht ein, warum wir sie ändern sollten, nur weil Mary vorübergehend den Verstand verloren hat. Wir warten auf sie.»

«Und wenn sie ihn mitbringt?» fragte ich.

«Dein Vater wird vorschlagen, daß er geht. Solche Dinge kann man diplomatisch lösen. Warum sollte man den Mann unnötig kränken?»

«Und wenn er sich weigert zu gehen? Wenn er ein Verbrecher ist, ist er es wahrscheinlich nicht gewohnt, sich herumkommandieren zu lassen. Hast du *Schrei der Großstadt* gesehen, Jane? Victor Mature und Richard Conte. Richard Conte spielt einen Gangster, und Victor Mature ist sein alter Kumpel aus dem gleichen Kiez, der statt dessen Polizist geworden ist.»

«Vertreibt ihr euch damit die Zeit, da oben in New Hampshire?» sagte mein Vater. «Jeden Abend ins Kino gehen? Das kostet mich ein kleines Vermögen, dich auf diese Schule zu schicken.»

Mary war kein hübsches Mädchen. Aber ihr Gesicht hatte etwas Lebendiges, etwas Intelligentes an sich, das ihre Schlichtheit mehr als wettmachte. Sie las ihre Lieblingsschriftsteller auf sonderbar passende Weise –Proust liegend, Faulkner mit Bourbon und O'Casey angetan im Rollkragenpullover meines Vaters. Sie war eine gute Schwimmerin und Tennisspielerin, obwohl in ihrer Haltung gegenüber Sport etwas Herablassendes lag. Es war alles so einfach, so berechenbar. Ihre Familie behandelte sie beinahe so wie ihren Tennisschläger: mit rauher Zuneigung und charmanter unbekümmerter Verachtung. Von letzterer war ich allerdings ausgenommen. Ihr kleiner Bruder. Ich glaube, sie hat mich sehr geliebt. Beinahe alles, was mein Vater sagte, wurde von Mary mit exaltierter Begeisterung aufgenommen. «Daddy», sagte sie oft, «du bist fast so komisch wie Eisenhower.» Er war jedoch von ihr eher verwirrt als begeistert. Ich glaube, sie brachte meinen Vater dazu, sein eigenes Wesen in Frage zu stellen, denn ihm muß gewiß klar gewesen sein, daß nur der widerspenstige Schalk seines Samens diese verirrte Komikerin hervorgebracht haben konnte.

Mary und ich spielten Dame auf dem Dachboden. Es fiel ein kalter Regen. Sie trank Rum, pur, aus einem Bierglas und rauchte eine Zigarette wie Lauren Bacall mit dem coolen Appeal dieser trägen Rhythmen. Obwohl es schon später Nachmittag war, war sie immer noch im Schlafanzug.

«Wie hast du ihn kennengelernt?» fragte ich sie.

«Da hängt eine Geschichte dran, Bruder. Aber ich kann sie dir ruhig verraten, wenn auch nur, um einer weiteren vernichtenden Niederlage durch den Damekönig von Westchester zuvorzukommen. Nach meinem umstrittenen Entschluß, die Schule zu schmeißen, war da eine kleine Nebensächlichkeit, die mir keine Ruhe ließ. Wie sollte es weitergehen? Hierher zurückkommen wollte ich nicht, wie wir inzwischen alle wissen, aber ich war auch nicht besonders erpicht darauf, mir eine Wohnung in der Stadt zu nehmen und als Stenotypistin Karriere zu machen. Allein schon bei dem Gedanken bekam ich weiche Knie. Ich wußte nur, daß ich unbedingt aus dem College raus mußte. Massachusetts ist kein Mekka der Bildung, trotz des ganzen Theaters von wegen intellektueller Gärung. Meine lebhafteste Erinnerung ist die an ernsthafte junge Männer, die ihre Pfeifen in Aschenbechern ausklopfen, ein

Anblick, der mich unsagbar deprimiert. Ich fand das alles so zum Kotzen. Ich hatte es satt, immerzu die gleichen Ausdrücke zu hören. Ständig das gleiche. Immer die gleichen Ausdrücke, Sätze, Absätze. Ich weiß, ich bin überempfindlich, aber ich hatte den Eindruck, daß mein kleines Talent, an allem etwas auszusetzen zu finden, dort oben vielleicht verkümmern könnte. Der Eindruck war falsch. Der ganze Laden war mir einfach zu inzüchtlerisch. Dieser Bildungskomplex und diese spezielle Flachpfeifenfabrik, die zu besuchen ich die Ehre hatte. Die Leidenschaft für Rituale war extrem. Und natürlich hat niemand was gelernt. Eine schöne gemeine Erinnerung werde ich behalten. In unserer demokratischen kleinen Studentinnenvereinigung gab es so eine Art inoffiziellen Initiationsritus. Etwa ein Fünftel von uns machten da mit. Die anderen fanden das viel zu undamenhaft. Es lief ganz einfach. Immer wenn sich ein neues Mädchen zur ersten Mahlzeit im Haus niederließ, sagte eine von uns zur anderen: Reich mir mal bitte die verfickten Karotten. Oder etwas anderes in diesem Sinne. Die Antwort erfolgte im gleichen Stil, und gewöhnlich hielten wir es während des ganzen Essens durch, ließen die schlimmsten Obszönitäten vom Stapel, die du dir vorstellen kannst, aber mit einer gewissen *politesse,* als würden wir uns über Sisalanbau auf den Bahamas unterhalten. Wenn wir beim Nachtisch angelangt waren, befand sich die Neue schon in einem fortgeschrittenen Stadium des Schocks. Ich bin ziemlich abgeschweift, stimmt's?»

«Arondella», sagte ich.

«Willst du einen Schluck Rum?»

«Okay.»

«Ich hab's dann schließlich geschmissen», sagte Mary. «Ich nahm mir ein Taxi in die Stadt und stieg in den ersten Bus nach Boston. Dann nahm ich noch ein Taxi zum Bahnhof. Ich bezahlte den Fahrer, trat auf den Bürgersteig, und da war er. Saß da in seinem blauen Riesenschiff und kämmte sich die Haare. Es waren nur fünf Grad, aber er hatte das Verdeck unten. Er trug ein leichtes Blouson mit ganz hochgekrempelten Ärmeln. Er saß auf dem Beifahrersitz. Er steckte den Kamm weg und legte seinen rechten Arm auf den Türrand. Der Arm war angewinkelt, und sein Bizeps war so gegen die Tür gepreßt, daß er riesig aussah. Ich versuchte, zwei schwere Koffer, eine Reisetasche und eine Handtasche zu tragen. Und ich wußte, daß er mich beobachtete. Er sagte: Hey. Ich blieb stehen und sah ihn an – er hielt sich offenbar für Gottes Geschenk an Bostons Jungfrauen –, und dann sagte er: Ich fahr dich hin, wohin du willst. Zu jedem beliebigen Punkt auf den Festland-USA. Ich sagte: New York. Er sagte: Hey, genau das hab ich gemeint. Und wir haben beide gelächelt. Leslie Howard und Ingrid Bergman. Später erfuhr ich, daß er nach Boston geschickt worden war, um jemand umzubringen.»

«Hat er's gemacht?»

«Der Mann war am Abend zuvor verhaftet worden. Wegen irgendeines Drogendelikts. Er wurde dann schließlich im Gefängnis umgebracht.»

«Letzte Woche hat Daddy gesagt, daß du dich nicht mehr mit Arondella treffen darfst, wenn er wirklich ein Verbrecher ist.»

«David, ich werd hier nicht mehr allzu lange wohnen.»

«Gehst du mit ihm weg?»

«Ja.»

«Wann?»

«Weiß ich noch nicht», sagte sie. «Er hat eine Frau und drei Kinder. Es ist, um es gelinde auszudrücken, eine heikle Situation. Alle möglichen Verwandten üben allen möglichen Druck aus.»

«Was genau macht er eigentlich?»

«Er fährt rum. Jetzt ist er in Syracuse. Er unternimmt Geschäftsreisen. So nennt er das. Sein Revier scheint der Norden und New England zu sein.»

«Bringt er Leute um?»

«Ich denke schon. Das hat er mir so gut wie gesagt. Ich glaube, der Trip nach Boston war kein Einzelfall. Aber es gibt verschiedene Arten von Tod, David. Und ich ziehe diese Art, seine Art, dem Tod vor, den ich schon mein ganzes Leben lang bekämpfe.»

«Gib mir noch etwas Rum», sagte ich.

«Ist es nicht herrlich, wenn es so regnet? So grau und finster. Ich liebe finstere, kühle Tage. Wir machen genau das richtige für so einen Tag. Sitzen auf dem Dachboden und trinken Rum. Es ist schön hier oben, nicht? Diese dürren grauen Bäume da draußen und das Geräusch des Regens. Wir sollten etwas Musik hier haben. Orgelmusik wäre ideal.»

«Ich hol das Radio.»

«Verlaß dieses Haus», sagte sie. «Hau hier ab, sobald du kannst. Lauf wie der Teufel, David. Dieses Haus ist verhext, und jeder darin ist auch verhext. Mutter ist sehr krank. Und wenn sie geht, wenn sie hinausgleitet, wird sie versuchen, dich mitzunehmen. Ich kenne sie, David. Ich bin die einzige, die sie kennt.»

Meredith und ich heirateten zwischen meinem vorletzten und dem Abschlußjahr in Leighton Gage. Eine Woche vor dem Ereignis erhielt ich einen Brief von Ken Wild.

> Ich schreibe Dir, weil mir jemand sagen soll, ob ich lebe oder tot bin. Als mir kürzlich diese Frage gestellt wurde, fiel mir keine Antwort ein. Also antworte mir so schnell wie möglich, falls Du diesen Brief erhältst. Auf die Weise weiß ich, daß ich lebe. Willst Du wirklich Miss Milchprodukte USA heiraten?
>
> Ich befinde mich gerade in den Wäldern von Michigan und photosynthesiere. Mein Problem in diesem Sommer ist, abgesehen von Leben und Tod, daß ich keinen Unterricht habe, von dem ich fernbleiben kann. Ein Mann sollte nie ohne Unterricht sein, den er schwänzen kann. Ich bin im Firmenflugzeug meines Vaters hier hochgeflogen, es war voller Gebietsmanager unterwegs zur Jagdhütte für geschäftliche Besprechungen und zotiges Glucksen. Zweitausend Pfund ungenießbares Schweinefleisch. Kurz vor der Landung hat ein Triebwerk Feuer gefangen. Als erste Reaktion hab ich die Zigarette ausgemacht. Ich glaube, das nennt man, unter Beschuß cool bleiben. Aber eine Sekunde später war ich am Rand der Panik. Niemand sonst schien auch nur im geringsten beunruhigt. War das wirklich eine Flugzeugladung voller Zen-Meister? Dann landeten wir, ohne Probleme, und ich wurde von Enttäuschung ergriffen. Weil es nicht genug gewesen war. Ich wollte in Flammen lan-

den, Feuerwehrwagen sollten die Landebahn mit kreischenden Reifen herunterjagen. Vielleicht verstehst Du diese Art von Pathos.

Dostojewski saß neben mir
und schnitt sich seine humorvollen Fingernägel
Ich angele, ich jage. Ich schreibe meine verwundeten Zeilen. Mein Vater möchte, daß ich nach meinem Abschluß in die Firma einsteige. Im Moment brauche ich ihm nur zu versichern, daß ich es mir ernsthaft überlegen werde. Jeder giert nach Versicherungen. Das ist die Münze, die sie in die Wirklichkeit einwerfen. Es ist egal, ob irgendwas aus der Maschine rauskommt, Hauptsache, sie kriegen ihr Geld zurück. Wie schade, daß Du das hier mit einem so großen Mangel an Mitgefühl liest. Daß Du Dir sagst, der arme blöde Wild, der ist wie alle andern, pinkelt sich auf die eigenen Zehen. Ich schreibe ein pseudo-episches Gedicht – Du wirst es nicht glauben – ich schreibe ein pseudoepisches Gedicht über einen Jungen, der irgendwo in Sibirien unter Wölfen aufwächst. Mehrere angesehene Verlage haben bereits vorsichtiges Interesse signalisiert.

Schreib mir, was sich beim Erzherzog tut. Jesses, ich hasse solche Briefe. Wenn ich doch nur wahnsinniger wäre. Dann könnte ich Gedichte schreiben, so groß wie Kathedralen!

Ich war mit Wilds Brief, Papier, Stift und drei Dosen Bier zu meinem Lieblingsplatz in Old Holly gegangen. Es war der Hang hinter der Feuerwache, ein grüner und baumloser Ort, wo man immer für sich war und der nach Westen lag, so daß das Gras langsam goldgrün wurde, während die Sonne ihren Bogen hin zu den fernen Bergen zog. Der Hang fiel etwa dreißig Meter zu einer Art kleinem Tal ab, einer öden Gegend aus Felsblöcken, verkümmerten Bäumen und der aufgerissenen Erde eines ausgetrockneten Bachbettes. Auf der andern Seite des Tals befand sich ein kleiner Hügel, und oben drauf, am östlichen Rand eines großen Gutes, war eine Weide. Vom Hang aus konnte man die Pferde sehen, wie sie sich langsam mit gesenkten Köpfen bewegten, die herrliche, sanfte Krümmung ihrer Hälse, wie sie grasend sich vor den fernen Hügeln bewegten; oder wie sie standen, dort wo die Hügel abfielen, als wollten sie selbst auf irgendeiner tiefergelegenen Wiese grasen, wie sie da standen vor dem Himmel und dem satten zitrusgelben Sonnenuntergang.

Wild mußte Meredith natürlich erst noch kennenlernen. Miss Milchprodukte USA war eine Bezeichnung, die von mir selbst stammte, und Wild wiederholte lediglich meinen eigenen schlechten Witz. Gegen Ende des vorletzten College-Jahres hatte ich gewußt, daß ich sie bitten würde, mich zu heiraten. Ich wußte auch, daß wir, vorbehaltlich ihrer Einwilligung, für mein letztes Jahr gemeinsam nach Leighton Gage zurückkehren würden. In ihrer aufblühenden Weltlichkeit würden meine Klassenkameraden Merry für zu rein, zu naiv, zu unerfahren befinden, um außerhalb von Disneyland losgelassen zu werden. Und so versuchte ich, sie vorzubereiten – ein Witz hier, eine Anekdote dort, gelegentlich eine nervöse geistreiche Bemerkung. Und während ich diese Dinge sagte, dachte ich oft an Merry, wie sie in einem Londoner Park oder Square auf einer Bank unter irgendeinem Granitadmiral saß, so hübsch anzusehen, wenn sie den nickenden Tauben zunickte, die schmollenden Babys in ihren Kinderwagen anschmollte, so hübsch und weiß, diese blühenden Brüste, die Rettung des westlichen Mannes, wie sie einen gelben Regenschirm zusammenrollte. Einige gutschlechte Nächte verbrachte ich da, in der Liebe meines Selbsthasses. Ich versuchte, meine Kameraden auf sie vorzubereiten, weiter nichts, ihren gierigen Skalpellen den Glanz zu nehmen. Ich bestrafte mich, indem ich in dem künstlichen See lange Strecken unter Wasser schwamm, wonach ich dann japsend auftauchte und der Himmel mich neugierig durch eine beschlagene Brille betrachtete. Und ich versuchte immer noch, sie vorzubereiten. Solche Dinge tun Männer, die ihr Leben dem Munkeln der öffentlichen Meinung entsprechend orchestriert haben. Im folgenden Herbst erschien Merry zusammen mit mir auf dem Campus. Sie sagten alle, sie sei ein nettes Mädchen, und dann nahmen wir zu siebt eine Massendusche, ohne einander zu berühren.

Ich erwähnte Merry nicht in meinem Brief, den ich dort auf dem Hang an Wild schrieb. Ich ging weder auf das brennende Triebwerk ein noch auf das Bedürfnis seiner Seele nach einer Krise. Ich sagte nichts zu seinem pseudo-epischen Gedicht, das offensichtlich bloß wieder ein malerischer Traum war. Tatsächlich schrieb ich nur eine Zeile: *Ich habe deinen Brief nicht bekommen.* Dann schlürfte ich eine Stunde lang Bier. Ich überlegte mir, ob ich noch irgendwas zu seinem Wunsch nach mehr Wahnsinn dazu schreiben sollte. Wild glaubte wirklich, daß er nie ein großer Dichter würde, weil er nicht wahnsinnig genug sei. Ich neigte dazu, ihm recht zu geben, aber ich hatte keine Lust, mich damit näher zu beschäftigen. Ich war inzwischen bei meiner dritten Dose Bier, das warm und schal schmeckte. Die Sonne war untergegangen, und es war Zeit, nach Hause zu gehen.

Selbst aus dieser Entfernung, im Magnetgriff eines bevorstehenden Jahrhunderts, tut es weh, über sie zu schreiben. Ich habe so lange gebraucht, nur um meine Gedanken zu ordnen. Und obwohl ich glaube, daß ich mich mit allem abgefunden habe, wird es interessant sein, ob ich es klar und offen zu Papier bringen kann. Oder ob ich etwas Rauch in diese oder jene Passage blasen muß – Rauch, um das Feuer zu verbergen.

Eines Sommers kaufte sie zwei Puppen, eine für Jane und eine für Mary. Jane tat beide Puppen auf ihren Frisiertisch. Aber damit war meine Mutter nicht einverstanden, und so wurde Marys Puppe in Marys verlassenes Zimmer getan. Jane wollte mit mir immer über diese Dinge reden. In ihrer Verwirrung ließ sie sich durch den Klang von Stimmen trösten. Es war einer ihrer Glaubensartikel, daß sich eine Tragödie abwenden oder zumindest in der Stoßkraft ihrer flutwellengleichen und unbegreiflichen Finsternis verzögern lasse durch zwei vernünftige Menschen, die in einem vertrauten Zimmer sitzen und die Angelegenheit bereden. Ich wollte nicht darüber reden. Schweigen fürchtete ich weniger als das Sich-Einlassen mit Worten. Ferne, Schweigen, Finsternis. In der Weite dieser Dinge hoffte ich jeglicher Notwendigkeit zu verstehen aus dem Weg zu gehen und jegliche Möglichkeit, erklären zu müssen, auszuschließen. Jane kam mit einer Kanne Tee in mein Zimmer und machte die Tür hinter sich zu.

«Was sollen wir denn unternehmen?» fragte sie.

«Weswegen?»

«Du weißt schon.»

«Es gibt nichts zu unternehmen», sagte ich. «Wir sollten uns nach einem Arzt erkundigen. Irgendein Psycho in der Park Avenue. Aber das muß Daddy entscheiden, oder? Ich würde jetzt gerne dieses Buch hier fertiglesen und es zur Bücherei zurückbringen, bevor sie zumacht.»

«Was unternehmen wir wegen den Puppen?»

«Laß sie, wo sie sind, und vergiß die ganze Sache.»

«Was glaubst du, was das bedeutet, David?»

«Woher zum Teufel soll denn ich das wissen? Jetzt laß mich endlich in Ruhe mein Buch fertiglesen.»

«Du kannst das Buch morgen fertiglesen.»

«Morgen muß ich schon Säumnisgebühr zahlen.»

«Es muß irgendwas mit unsrer Kindheit zu tun haben», sagte Jane. «Sie versucht bestimmt, damit irgendwas wiedergutzumachen.»

«Klar. Kindheit. Ganz bestimmt.»

«Ich versuch mich dran zu erinnern, ob ich solche Puppen gehabt habe, als ich klein war. Vielleicht wollten wir damals diese ganz bestimmte Sorte Puppen, und sie hat sie uns nicht gekauft, weil sie zu teuer waren. Sie sehen jedenfalls teuer aus. Wenn doch Mary hier wäre.»

«Hör mal, sie hat zwei Puppen gekauft. Ich kapier nicht, was die ganze Aufregung soll. Ich kann nur sagen, daß ich gekränkt bin, daß sie mir nichts geschenkt hat. Ich wollte ein Feuerwehrauto. Kein Foiawea-Auto für Dabid. Dabid gloßes lotes Foiawea-Auto haben wolln. Dabid mit Jane und Mary spieln wolln. Aba Mami kein schönes Pielzeug kaufn. Jane jetz weggehn, Dabid sein Buchi lesn wolln. Weggehn, Jane. Bye-bye. Jane weggehn. Guck, Jane geht weg. Jane ist böse. Guck, wie böse Jane ist. Jane knallt Dabids Tür zu. So ein böses kleines Mädchen. Jane ganz weg. Bye-bye, Jane.»

Im folgenden April wurde ich in der Schule ans Telefon gerufen. Es war mein Vater. Ich weiß noch, was ich anhatte. Ich trug weiße Segelschuhe, weiße Tennissocken, eine olivgrüne Baumwollhose und einen alten Basketball-Pullover, weiß mit blauen Rändern, mit blauer Beschriftung und der Ziffer neun. Während wir miteinander redeten, betrachtete ich eingehend diese Kleidungsstücke, als hielte ich eine Meskalin-Nachtwache, und meine Augen suchten diese riesigen Explosionen von Schönheit, die sich im Wirbel eines Stoffkorns ereignen sollen.

«Schlechte Nachrichten», sagte er.

«Was?»

«Deine Mutter liegt mit etwas Ernstem darnieder.»

«Sie ist krank? Was hat sie?»

«Ich glaube, sie stirbt, mein Junge. Sie haben es zu spät entdeckt.»

«Was?» fragte ich.

«Was?»

«Was haben sie entdeckt?»

«Scheint Krebs zu sein. Sie will nicht ins Krankenhaus.»

«Was für ein Krebs? Wo?»

«Nimm das nächste Flugzeug. Telegrafier mir, und ich hole dich vom Flughafen ab. Du brauchst Geld. Ich schick's gleich los. Aber hör zu, beeil dich. Ich hätte dich schon vor Wochen anrufen sollen, aber ich wollte es einfach nicht glauben. Alles bricht zusammen. Wie zum Teufel soll ich Mary erreichen?»

«Wo ist der Krebs?» fragte ich.

«Innen. In der weiblichen Region. Hör mal, können wir später darüber reden? Der Arzt kann dir diese Dinge besser erklären als ich.»

«Welcher Arzt?»

«Ich hab Weber geholt.»

«Schmeiß den Kerl raus, verdammt noch mal», sagte ich. «Ich will nicht, daß Weber bei ihr ist. Hol einen andern Arzt. Irgend jemand. Aber schmeiß diesen Weber raus.»

«Das ist alles meine Schuld», sagte er. «Ich hab alles falsch gemacht. Ich hätte sie schon vor Jahren untersuchen lassen müssen.

Ich hätte sie wegen dieser andern Sache untersuchen lassen müssen. Und jetzt ist da diese Sache, und jetzt ist es zu spät. Komisch, mein Junge, sie hat genau das gleiche gesagt wie du. Sie hat gesagt, ich soll Weber rausschmeißen.»

Die Maschine, in der es leicht nach Kinderkotze roch, durchquerte schwankend eine Gewitterfront über den Bergen und stieß dann in einen ruhigen blauen Nachmittag vor. Als ich aus der Toilette kam, hielt mich ein Mann an, um sich vorzustellen. Er sagte, seine Frau hätte gern ein Autogramm von mir. Er sagte, sie hätte mich erkannt, und fragte mich, ob ich sie auf dem Weg zu meinem Platz kurz begrüßen würde. Ich sagte ihm, sie habe mich bestimmt mit jemand anderem verwechselt. Er sagte, das mache nichts, ich solle irgendeinen Namen hinschreiben. Das tat ich auch, ich unterschrieb mit Buster Keaton, und als ich bei ihrem Platz stehenblieb, ergriff sie meine Hand und sagte mir, wie schön es sei, mich kennenzulernen, wie nett es von mir sei, mein volles Reiseprogramm zu unterbrechen, um eine Bewunderin zu begrüßen. Eine Stunde vor der Landung kam der Mann zu meinem Platz und hielt mir einen Zwanzig-Dollar-Schein hin. Während des ganzen Fluges kamen gegen meinen Willen Bilder von einem Tumor in der Gebärmutter meiner Mutter in mir hoch.

In der Vase standen sieben verschrumpelte Zinnien. Mein Vater flüsterte mit mir, während sie schlief. Es war der Gebärmutterhals. Es war erst im fortgeschrittenen Stadium entdeckt worden. Der Arzt wollte alles herausnehmen. Sie hatte sich geweigert. Sie erzählte meinem Vater, sie habe schon seit langem Bescheid gewußt. Es habe unerklärliche Blutungen gegeben, und sie erzählte ihm, sie habe gespürt, wie es sich ausgebreitet habe, eine strahlenförmige Pest, die sich ausbreitete wie der mittelalterliche Tod. Erst durch ihren Zusammenbruch hatte er überhaupt gemerkt, daß etwas nicht stimmte. Und sie hatte sich geweigert, irgend etwas herausnehmen zu lassen. Gott ist besiegt, sagte sie. Und nichts, was irgend jemand mit Skalpell und Klemme ausrichten könnte, vermöchte etwas an der Tatsache dieser Niederlage zu ändern. Er war in meinem Körper, und ich habe Ihn herausgelassen. Er war das Licht meines Körpers, und ich habe Ihn ausgeblasen. Ich glaube an das Mittelalter. Feuer für die Hexen und die Pest für die Sünden der Welt. Ich glaube an das alte Ägypten. Diese Dinge wurden mir in einem sonnenüberfluteten Garten von einer schönen und leuchtenden Frau vorgelesen.

Ich machte das Fenster auf. Der ganze süße Gestank des Aprils erfüllte den Raum, und als ich seufzte, schien es fast, als erwiderte etwas da draußen den Seufzer, etwas, das im Winde wütete, während er diese tastenden Bäume schüttelte, etwas Grauenhaftes auf dem Gras, ein Augenblick, in dem die Natur sich vergewaltigen ließ, vogelförmig und blutbesudelt.

Jane berührte meine Schulter. Pfarrer Potter stand in der Tür wie ein Schiff in einer aufrechten Flasche. Mein Vater beugte sich vor, um seinen Schnürsenkel zuzubinden. Ich hörte die Glocken des Eiskrem-Wagens.

Am nächsten Morgen schnitt ich mich beim Rasieren. Sieben Minuten später hörte es auf zu bluten, und ich wußte, daß ich hinausgehen konnte.

«Sie war eine Klasse für sich», sagte mein Vater. «Sie wußte Dinge, die niemand sonst wußte. Diese Frau hatte etwas Magisches. Ich glaube nicht an Teufel, Heilige oder böse Geister. Was man nicht sehen kann, ist nicht da. Das ist meine Theorie. Aber wenn deine Mutter von diesen Dingen sprach, war es gar nicht mehr so leicht, ein Skeptiker zu sein. Ihre Mutter ist ertrunken, als sie noch ein kleines Mädchen war. Vielleicht hat das irgendwas bei ihr bewirkt. Sie konnte sich an Dinge erinnern, die ihr passiert waren, als sie erst zwei Jahre alt war. Vielleicht hat sie sie nur geträumt, aber wenn es nur Träume waren, dann klangen sie bei ihr wie knallharte Wirklichkeit. Als sie mit Mary schwanger war, sagte sie im selben Augenblick, als sie es merkte, daß es ein Mädchen sei. Es sei die Drachenseele ihrer Mutter, hat sie gesagt. Die Seele wie ein Drachen, den man steigen läßt. Klingt irgendwie fernöstlich, nicht? Etwas, woran Buddhisten oder Hindus glauben könnten. Etwas, was mit Reinkarnation zu tun hat. Dieser Ausdruck ist mir seitdem nie wieder untergekommen. Aber um auf Mary zurückzukommen. Als Mary geboren wurde, sah sie mir am ähnlichsten. Und als Jane geboren wurde, schien es so gut wie sicher, daß die blonde Seite der Familie irgendwo verlorengegangen war, die Seite deiner Mutter, und ihrer Mutter. Ann war verzweifelt. Ich glaube, sie hatte das Gefühl, eine ganze Rasse sei in einer genetischen Katastrophe untergegangen. Dann wurdest du geboren. Sie sah dich an und sagte, da ist er, aufgetaucht aus der Irischen See wie Lycidas. Ich habe sie geliebt, wie ich in dieser Welt nie wieder etwas lieben werde. Als du geboren warst, war sie glücklich, und es war mir egal, was sie sagte und wie wenig ich verstanden habe. Sie war glücklich, und das war die Hauptsache. Das zumindest habe ich dir zu verdanken.»

Als sie dem Tode näherrückte, sagte er, begann er heftig zu trinken. Eines Tages gab er das Trinken auf. Von einem Tag auf den anderen. Er gab das Trinken auf, stieg in seinen Maserati und unternahm die erste einer ganzen Reihe sonderbarer Fahrten durch die dunklen engen Straßen der Stadt. Kurz nach Mitternacht ging er hinaus und fuhr los. Er beschleunigte auf 180, ging mit 120 in die Kurve, drückte ihn bis über den Rand, der sanfte Druck des Fußes auf dem Gaspedal wurde Teil eines zarten Gleichgewichtsspiels, und er ließ sich von seinen Händen am Lenkrad immer mehr dazu verlocken, den leuchtenden Augen auf der Gegenfahrbahn entgegenzusteuern. Eines Nachts geriet er im Regen ins Schleudern und landete im Graben. Er stieg mit einer blutenden Kopfwunde aus dem Wagen und ging zu Fuß in die Stadt zurück. Er machte einen Umweg von etwa einer Meile, um durch das Negerviertel von Old Holly zu gehen, vorbei an den Bars und den alten Holzhäusern. Er wartete darauf, daß aus einem Türeingang ein Mann mit einem Messer auf ihn losgehen würde. Die ganze Zeit, so erzählte er mir, hatte er versucht, den Tod aus ihrem Körper fortzulocken. Indem er selbst dem Tod entgegentrat, würde er ihn von ihr fernhalten. Und in dieser letzten Nacht lehnte sich ein Mann aus einer Bar hinaus und begann, ihm zu folgen. Mein Vater ging um eine Ecke, ballte die Fäuste und wartete. Es regnete immer noch, und er schmeckte das Gemisch aus Regen und Blut in seinem Mund. Der Mann kam um die Ecke, ging zu ihm hin und fing an zu steppen. Mein Vater stand da, während der Mann langsam schlurfend um ihn herumtanzte und eine alte Scat-Nummer murmelte. Als er sich zu entfernen begann, folgte der Mann ihm in einer Entfernung von einigen Metern, glitt und steppte mit der lockeren Eleganz unbezwingbar Betrunkener. Mein Vater ging fast einen halben Block lang rückwärts und beobachtete, wie der Mann immer näher kam. Dann drehte er sich schnell herum und rannte los. Hinter sich hörte er die Füße weiter steppen, leiser jetzt, und auch die Stimme wurde schwächer, ein erschöpftes Stöhnen aus den Sümpfen oder aus den Baumwollfeldern, Worte einer unbekannten Sprache.

Einige Jahre lang hatte ich in meinem Vater den Zeugen gesehen. Jetzt, bei ihrem Tod, wurde er mehr als das. Unsere Bande wurden enger, und er rückte mir auf den Leib. Wir standen auf dem Rasen, zusammen mit Dutzenden von Leuten. Die Pracht ihres Sarges war ein Trost für alle. Ich beobachtete sie und wußte, daß sie stolz auf meine Mutter waren. In solchem Luxus beerdigt zu werden. Ihr Leben mußte eine großartige Episode gewesen sein. Ich dachte kurz an jene sagenumwobenen Khans und ihre Nymphomaninnen, die irgendwo zwischen Paris und Nizza ständig gegen irgendwelche Bäume fuhren. An den meisten Klischees ist etwas dran, und wir bewundern diese Männer und Frauen dafür, daß sie klug genug sind, so zu sterben, wie sie gelebt haben. Der Gedanke ging schnell vorüber, und dann sank Mutter hinab in ihrem silbernen Ferrari, eine einzige Rose klammerte sich an den Deckel.

«Sie beobachtet uns», sagte mein Vater. «Du denkst vielleicht, sie ist da unten, ist sie aber nicht. Sie nicht. Sie beobachtet uns. Sie beobachtet uns, um zu sehen, was wir einander tun werden.»

Nach ihrer Rückkehr aus England fand Meredith in Manhattan einen Job als Sekretärin. Eines Tages ging ich in die Stadt, um mir ein Paar Schuhe zu kaufen, anschließend trafen wir uns zum Mittagessen.

«Wie läuft's mit dem Job?»

«Ich find's toll», sagte sie.

«Bist du schon wieder so richtig reingekommen? Ich schätze, das dauert eine Weile. Das war ein ganz schön langer Urlaub.»

«New York ist die aufregendste Stadt der Welt zum Arbeiten. London macht Spaß zum drin Herumlaufen, und New York macht Spaß zum drin Arbeiten.»

«Ich habe dich vermißt», sagte ich. «Das wirst du wahrscheinlich gemerkt haben an meinen Briefen.»

«Es waren schöne Briefe. Sie waren sehr kreativ. Ich kann dir gar nicht sagen, wie leid mir das mit deiner Mutter getan hat.»

«Ich möchte dich gern heiraten.»

«Ich bin nicht die, die du brauchst», sagte sie.

«Zwei Daiquiris on the rocks.»

«Du brauchst jemand viel reiferen als mich.»

«Willst du mich heiraten?»

«Nein.»

«Willst du es dir wenigstens mal überlegen? Mir wäre schon viel wohler, wenn du's dir wenigstens mal überlegen würdest. Soviel kannst du mir doch versprechen. Daß du's dir eine Woche lang überlegst. Dann können wir noch einmal drüber reden. Ich komm zu dir rübergefahren, und dann suchen wir uns irgendwo ein ruhiges Plätzchen, wo wir in Ruhe was essen und uns drüber unterhalten können. Ich kenne ein ideales Lokal dafür. Gleich außerhalb von Westport. In dieser Jahreszeit ist es eine schöne Fahrt dort raus. Es wird dir gefallen. Die Oberfläche des Tresens ist mit Ha'pennys beschichtet. Mit echten englischen Ha'pennys. Wir essen in Ruhe was und sprechen drüber, und dann fahr ich dich gleich wieder nach Hause.»

Mary war entzückt, daß Arondella Steppeisen an seinen Sohlen trug.

Nachmittags florierte das Studium toter Engländer. Wir freuten uns auf sie, auf die Söhne der Bread Street und der Aldwinkle Rectory. Es war im Mai meines Abschlußjahrs in Leighton Gage, und Dienstag und Donnerstag nachmittags saßen wir in einer klimatisierten Sanduhr und genossen unser umfassendes Unverständnis, während ein Assistenzprofessor die Gedichte von Dryden, Lovelace, Fanshawe und Suckling auswertete. Sie waren alle so unvergleichlich tot, diese Penguin-Dichter, und wir liebten sie, weil ihre Verse uns weniger sagten als die Rückseite des Mondes. Das war der ideale Unterricht für den Nachmittag, eine Übung in reiner Sprache, die nicht mehr als minimales Bewußtsein verlangte, da nicht die geringste Hoffnung bestand, zu verstehen, worum es in den Gedichten ging, und so dösten wir lächelnd vor uns hin, glücklich in unserer kleinen Engelkindheit, behaglich auf der Themse dahintreibend in unserem Stechkahn, und wenn der Schallrülpser der Test-Jets über die Wüste krachte, waren wir nahe daran, die Symbolik davon zu beklatschen. Doch es wäre ein zitternder Applaus gewesen, denn wir wußten, daß er den Tod unseres verschlafenen Englands einläutete und den Beginn einer neuen Sterblichkeit, die nur noch wenige Monate entfernt war, den Beginn von Job, Partner, Kind, Schreibtisch, Trinken, Sitzen, Hocken, Beben, Sterben. Die Nachmittage waren entweder der Politologie oder den toten Engländern vorbehalten. Deswegen war der Montagnachmittag auch so schrecklich. Montag hieß Zen.

Hiroshi Oh war ein erschreckend zerbrechlicher Mensch. Im Seminarraum ließ er sich in vorsichtig kontrollierten Phasen auf seinem Sessel nieder, immer kurz davor, weggeweht zu werden, und dann lächelte er seine Kinder betrübt an. Große blonde Milwaukee-Jugend – macht euch bereit für Zen! Ich freute mich immer über dieses Eröffnungslächeln. Es war das Lächeln des gelangweilten fernen Ostens, der Wahrheit müde, in kontinentaler Stille erstarrt, gleichgültig gegenüber der Verwestlichung. Sessel und Tisch des Dozenten befanden sich auf einem Podium vorne in einer riesigen keimfreien Halle, die einer Cafeteria im zweitbesten Pavillon einer internationalen Ausstellung glich. Es gab Platz für zweihundert Studenten, aber nur dreißig von uns hatten sich bei Dr. Oh eingeschrieben. Wir waren gut verteilt, etwa ein halbes Dutzend ganz hinten im Saal, der Rest hier und dort verstreut, wodurch wir eine schwierige Zielscheibe darstellten, einige von uns suchten auch noch Tarnung in der Tiefe unserer Sonnenbräune, die zum Sienabraun der Schreibtische paßte. Die Wände waren verglast wie auch die niedrige Decke. Der Boden bestand aus etwas, das mich an zerdrückte Käfer erinnerte, eine ganze Zivilisation schwarzer Käfer, in den Küchen von Sara Lee zerquetscht, gebrannt und zu Fliesen verarbeitet. Ein idealer Ort für Zen.

Sonne und zähflüssiger Insektensaft waren die Farben dieser Montagnachmittage. Zen hatte mit toten Engländern wenig gemein, und niemand wagte zu dösen. Hier galt entweder totaler Schlaf oder totales Bewußtsein. Alle entschieden sich für den Schlaf, aber irgendwie entzog er sich uns immer. Er schien nur Sekunden entfernt zu sein, ein magischer Schlaf, erfüllt von den weichen Temperafarben des Frühlings, jungen grünen Bäumen, die sich gegen den Wind stemmten, den Gerüchen pulsierender Erde und dem Rätsel einer blütenbesetzten Frau, die eine kleine Brücke überquerte. Es war der vollkommene Schlaf, aber er senkte sich nie ganz auf uns herab. Er erfüllte die Halle über unseren Köpfen und wartete an der Grenze unseres Bewußtseins. Wir wünschten uns diesen Schlaf, weil wir zwanzig Jahre alt waren und schon anfingen zu begreifen, daß es so etwas wie Unbesiegbarkeit nicht gab. Wir wollten das, was uns von unserem Mut und unserer Hoffnung noch geblieben war, bergen und uns damit in einen Traum zurückziehen. Schönheit war zu schwierig, und die Wahrheit im Westen war mit Häuptling Crazy Horse gestorben. Ein Leben voller kleiner Niederlagen stand uns bevor. Das wußten wir, und wir wußten, daß Schlaf die einzige Tätigkeit im Leben war, bei der die Möglichkeiten, die man besaß, nicht verringert wurden. Doch der vollkommene Schlaf kam nie. Die Sonne verharrte auf dem Fenster, und so hörten wir an diesen langen Nachmittagen Hiroshi Oh zu, wenn er von der Notwendigkeit sprach, unsere Münder vom Worte Buddha zu reinigen, wenn er von Wasserholen und Brennholzsammeln sprach, wie großartig, wie wunderbar; wenn er von der Ruhe in der Bewegung sprach, von der Notwendigkeit, zum Bambus zu werden; wenn er unermüdlich von diesen zarten Dingen summte, seine Stimme ein winziger Motor, der einen Schmetterling antrieb, während wir uns alle der Sonne im Fenster zuwandten und von dem Schlaf träumten, der wie das Erwachen leuchten würde. Oh belagerte uns mit Tonnen von Spatzenfedern. Es war in der Tat großartig und wunderbar und roch derart nach Unerreichbarem und Altem, daß wir uns in einem dunklen Winkel unserer Seele instinktiv dagegen auflehnten. In Ohs Unterricht geschah es, daß ein Student namens Humbro sein Exemplar von D. T. Suzukis Einführung in den Zen-Buddhismus aufaß. Humbro saß drei Plätze von mir entfernt, aber zwischen uns saß niemand. Eines Tages sah ich, wie er aus seinem Buch eine Seite herausriß und aufaß. Es schien ihm Spaß zu machen. Zu jeder Zen-Stunde verspeiste er ein paar Seiten. Anfang Mai hatte er das ganze Buch aufgegessen. Humbro wurde als existentieller Held verehrt. Während er das Buch aß, machte er keinen Versuch, dies vor Dr. Oh zu verbergen. Doch dem Professor schien es egal zu sein. Jedenfalls verlor er nie ein Wort darüber, und wir dachten alle, daß er es insgeheim guthieß. Man muß erst zum Buch werden, bevor man wissen kann, was es enthält.

Wir kamen zum letzten Montag im Mai, zur letzten Woche des letzten Jahres, voller Karriereversprechungen, die durch den Campus hallten, voller Geflatter und Gekrächze der Sterblichkeit, General Dynamics und IBM, wilde Gerüchte, das Flügelschlagen von Praxisschildern über den Wohnheimen, wahre Liebe und Baseball, Frühlings-Äquinox, der Mond und der Gezeitenhub, ein hornbebrillter Diplomat von Boeing, der zum Himmel deutete. Nur vier von uns kamen zum Zen, vier von dreißig. Dr. Oh schenkte uns ein noch bekümmerteres Lächeln als sonst und führte uns hinaus zu einem abgelegenen Hain, wo er, im mittelalterlichen Stil, seinen Unterricht abhalten wollte, im zweifelhaften Schatten einer Palme. Er saß am Fuß der Palme, und wir lagerten uns um ihn, im Schneidersitz, ein letztes Mal bemüht, seine Zustimmung zu finden. Oh sprach von Leere. Der Geist ist ein leerer Kasten in einem leeren Kasten. Mit dem Zeigefinger schrieb er ein Zeichen in die Luft, eine Bewegung, namenförmig, die einzige, vollendende Linie des Kreises. Ich legte mich flach auf den Rücken und beobachtete, wie sich der Himmel durch die blauen Öffnungen des Baums bewegte. Dann schloß ich die Augen und dachte an Schlaf. Leere ist Fülle. Werde zum Buch. Werde zum Bambus. Die Dunkelheit wurde flach-grün. Dann war sie schwarz, so einladend wie der tiefe Weltraum, und ich seufzte hörbar und rückte in eine neue Galaxie vor. Wieviel verstand ich von all dem? Ein Episkopalier mit aufgesprungenen Lippen. Oh summte und psalmodierte. Beachtet den Widerspruch. Leerer Kasten in einem leeren Kasten. Er stieg dann weiter ins Paradoxe ein, in den sanften Konflikt, in Fragen der Interpretation, bei denen alte Meister nickend Widerspruch anmeldeten. Oh ging gerne so vor, daß er uns irgendein grundlegendes Prinzip des Zen enthüllte und es sorgfältig mit Beweisen für seine unwiderlegbare Richtigkeit untermauerte, nur um uns anschließend mit einer völlig anderen Theorie zu konfrontieren, die ebenso unwiderlegbar richtig schien. Es schien ihm Spaß zu machen zu versuchen, unseren Geist zu brechen, uns mit Jahrhunderten der Konfusion zu erdrücken, als wollte er damit sagen: Wenn die großen Lehrmeister und Erleuchteten der Geschichte schon zu keiner gemeinsamen Deutung finden können, wie wollt ihr dann je wissen, was ihr glauben sollt, ihr armen, weißen, leichtgläubigen Möpse? In der gefleckten Dunkelheit, flach auf dem Rücken, lauschte ich dem Wasser seiner Stimme und versuchte, die Schweigepausen zu hören, die er so gekonnt zwischen den Wörtern einfügte. Entfernt eure Augenlider. Entleert euren Geist. Seht den Stein, wie ihn andere Steine sehen. Hier im Freien auf dem warmen weiblichen Gras war die Verheißung auf einen unsterblichen Schlaf stärker denn je. Ich fühlte, wie ich das Universum verließ. Aber die Worte von Dr. Oh, die Jahrhunderte entfernt klangen, holten mich jedesmal zurück. Ich versuchte es immer wieder und kehrte jedesmal zurück. Dann öffnete ich die Augen, setzte mich auf, und alle lagen sie auf dem Rücken, meine Kommilitonen, mit geschlossenen Augen und sanft pulsierenden Bäuchen, und versuchten, diese Ebene der Existenz zu verlassen. Oh sah mich an und bedeutete mir, ich solle mich wieder hinlegen, sein Blick flüsterte mir zu, leg dich hin, mein Kind, das ist deine letzte Chance, morgen klopfen die großen Unternehmen an die Tür, nie wieder wirst du diesem Moment so nahe kommen, der Chance, den Schlaf des Erwachens zu erhaschen. Ich legte mich wieder hin und schloß die Augen. Ob irgend jemand von den andern ihn gefunden hatte? Humbro war da, der Esser des Zen, zwei Meter entfernt. Wild war nicht da. Wild war in der Sun-Lounge und gab, zweifellos grinsend, einem kleinen Mädchen aus einem kalten Klima einen Überblick über die Geschichte des Thirdstream-Jazz. Die Dunkelheit dehnte sich weit auseinander, und ich wußte, daß tief drinnen Platz für mich war, aber ich konnte nicht entkommen. Erinnere dich an Arizona. Ich schlug die Augen auf und sah, wie Dr. Oh sich erhob, und dann hörte ich ihn sagen: «Aufstehn, ihr Kleinen.»

Und wir standen auf. Wir versammelten uns in der Sun-Lounge und stimmten ab. Niemand hatte geschlafen, keiner von uns. Wild sagte, wir sollten uns fertigmachen. Die großen Unternehmen waren in der Tat im Anmarsch, mit Tabellen und ohne Schulterpolster. Er stand auf und, da ihm der formelle Ablauf der letzten Riten unbekannt war, gab uns seinen schlichten, konfessionslosen Segen.

«Wir entstammen einer humanistischen Tradition», sagte meine Mutter. «Einer meiner Vorfahren hat sich bei Präsident Lincoln persönlich für die armen fehlgeleiteten Indianer von Minnesota eingesetzt.»

«Ann, was hat das denn mit dem College zu tun, auf das wir ihn schicken wollen?»

«Die Universität von Virginia war gut genug für meine Vorfahren.»

«Er will auf diese Uni dort im Westen. Laß ihn doch hingehen, wo er will.»

«Für mich steht das fest», sagte ich. «Ich will auf jeden Fall da hingehen.»

«Dein Vater und ich streiten uns jetzt schon seit drei Jahren, ob es Princeton oder Virginia sein soll. Und plötzlich kommst du hier hereingeschneit und verkündest, du beabsichtigst, irgendso eine völlig unbekannte Lehranstalt in Kalifornien zu besuchen. Da steckt doch Mary dahinter, stimmt's? Sie hat dir eingeredet, dich schnellstens aus diesem Haus davonzumachen. Verdammt noch mal, ich lasse nicht zu, daß du dich dreitausend Meilen von zu Hause weg herumtreibst.»

«Ann, beruhig dich. Wir reden morgen noch mal drüber.»

«Ach halt den Mund. Und du auch. Hinter all dem steckt diese kleine Schlampe. Dieses häßliche kleine Miststück. Von wem ist sie denn? Von mir nicht. Sie sieht mir nicht ähnlich. Sie denkt nicht wie ich. Der da ist von mir. Dieser Junge hier. Er ist von mir. Zu wem gehört Mary, Clinton? Wenn nicht zu mir, zu wem dann? Durch einfache negative Auslese kommen wir dann doch wohl zu dir, ist es nicht so? Als Kind war ich glänzend in Grammatik. Das kann ich dir sagen. Gott. Mein Gott. Mach doch, was du willst, David. Wen kümmert's denn schlußendlich? Wen kümmert's denn, was mit irgend jemand passiert?»

Sommer in einer Kleinstadt können tödlich sein, in gewisser Weise noch schlimmer als die Slum-Sommer oder die tieffeuchten Sommer der Hafenstädte am Golf von Mexiko. Es ist nicht die Tödlichkeit von Dreck oder Verzweiflung, und nicht jeder wird davon betroffen. Aber es gibt Tage, da scheint am Rand eines gestreiften Nachmittags durch die Gezeiten der Zeit eine schreckliche Botschaft aus dem Sonnenlicht in den Schatten hinüberzugleiten. Der Sommer entfaltet sich langsam, eine gedämpfte Stille, die sich einem Teppich gleich über heißen Stahl legt, und die Tage fangen an sich zu reimen, in der Entfernung schwellen Brücken, Hitze verbiegt die Luft, kleine Risse im Bürgersteig, Tage, an denen auf der Erde nichts zu leben scheint außer Schmetterlingen, der benommenen Gottesanbeterin, der Spinne, die in der dunklen Garage den kaputten, schlammverkrusteten Rechen hochkrabbelt. An jedem Fenster scheint ein Schrei unmittelbar bevorzustehen. Das Bedrohliche an der Geschichte eines ruhigen Lebens ist, daß in dem Moment, da der Mund sich langsam öffnet, der hervorbrechende Laut meilenweit alles, was sich bewegt, zertrümmert. Am schlimmsten ist die Bedrohung im Sommer, in den breiten Bahnen Sonnenlichts, wenn alte Menschen summend wie Insekten die Rasenflächen überqueren, wenn sie in der gemalten grauen Stille von Gästezimmern sitzen und sich mit Zeitschriften über Siam und das barbusige Sansibar Luft zufächeln, wenn sie auf Veranden stehen und versuchen, den Schatten einzusaugen, wenn sie im Drugstore Eis essen, zwei alte Jungfern, die sich unter den angehaltenen Ventilatoren auf ihren Hockern drehen, und alles wird zerbersten, wenn der Moment gekommen ist. Es ist nicht jeden Tag zu spüren, und nur manche spüren es. Es ist vielleicht nicht so heftig wie in den Slums, wenn auf den Dächern der Teer schmilzt und Jungs ihren Haß gegen weiße Helme herausheulen, aber gerade in der Stille und Hinterhältigkeit seiner sich reimenden Tage kann der Sommer in der Kleinstadt die Gefühle mit der Schnelligkeit des Wahnsinns umkippen lassen.

An Sonntagen spürt man es am stärksten. Die säuberlichen weißen Kirchen stehen in Sonnenhainen. Opa-Cops, lächerliche Pistolengurte um die Wampe geschnallt, regeln den Verkehr, der nach dem Gottesdienst aus den Kirchenparkplätzen herausströmt. Die Gläubigen kommen blinzelnd und feucht die Stufen herunter, mit den langsamen und äußerst vorsichtigen Bewegungen, die eine neue und größere Umgebung immer erfordert, gehen über Rasenflächen oder zu den Parkplätzen, wo ihre Autos in der stahlblauen Glut des Schotters zu schwimmen scheinen. Heißes Metall und drinnen ein Höllengestank. An Sonntagen, in den breiten Lichtbahnen, ist es so, als liege die ganze Trägheit des Christentums über das Land ausgebreitet. In der Glut dieser Momente, Männer in engen Krägen und die adretten weißen Schühchen kleiner Mädchen auf den Kirchenstufen, spürt man die ganze Stille von Luther, von baptistischen Picknicks, von Softball spielenden Theologiestudenten, von Päpsten auf ihren Nachttöpfen, von ängstlichen Methodisten, die ihre alten Mühlen in den Abgrund steuern; von minderjährigen Zeuginnen Jehovas, die Broschüren verteilen, von griechischen Erzbischöfen, von Erweckungsbewegten, die in den Great Smokies Schlangen streicheln, von Dudelsack blasenden Kalvinisten, von Gideonbibeln, die überall im Staat Missouri vor sich hin gilben. Sie alle, vereint in einem Fluß der Stille, denken daran, am siebten Tage zu ruhen.

Meine Mutter, Jane und ich gingen nach dem Gottesdienst zu Fuß nach Hause. Die Leute nickten einander zu, die Gesichter verkniffen im grellen Licht, und steuerten auf ihre jeweiligen Straßen zu. Ein paar Autos kamen vorbei, Richtung See, vollgestopft mit Luftmatratzen und Kindern in Badeanzügen. Sowie wir in unsere Straße einbogen, fing ich an zu laufen. Ich lief die Treppe hoch und zog mir alte Klamotten an. Dann kam mein Vater mit einer weißen Tüte voller süßer Brötchen herein. Das geschah jeden Sonntag. Ich öffnete die Tüte und nahm die Brötchen heraus, wobei kleine Stücke Zuckerguß an meinen Fingern kleben blieben. Schon bald war der Kaffee fertig. Jane wollte keinen Speck mit Eiern, weil es schon zu heiß war, um richtig zu frühstücken. Meine Mutter duldete keine Klimaanlagen im Haus. Wir setzten uns alle hin und aßen die süßen Brötchen. Wir aßen schweigend. Dann sagte meine Mutter etwas von wegen, daß das Frühstück die wichtigste Mahlzeit des Tages sei. In Virginia habe es immer warme Flocken, Erdbeeren, Eier, Speck und echtes Bauernbrot gegeben. Sie hätten sich das Brot mit Butter und Marmelade bestrichen. Alle hätten frische Milch getrunken statt Kaffee. Danach schwiegen wir alle wieder. Es war zehn Uhr morgens.

Ich ging hinaus auf die Veranda. Es war erst zehn Uhr, aber es war schon so heiß wie um drei Uhr nachmittags. Jane kam auch raus und erinnerte sich, daß wir früher, als wir jünger waren, zusammen auf der Veranda gesessen und versucht hatten zu erraten, was für ein Auto als nächstes am Haus vorbeifahren würde. Sie erinnerte sich, daß sie einmal auf drei Buicks hintereinander getippt und jedesmal richtig geraten hatte. Es war aber Mary gewesen, die die drei Buicks hintereinander geraten hatte. Ich habe Jane nichts davon gesagt.

Ich ging zum See hinunter. Unter den Bäumen gab es Schaukeln und Rutschbecken. Ich setzte mich auf den Rand eines der Rutschbecken und sah zu, wie kleine Mädchen im flachen Wasser plantschten und ältere Jungs und Mädchen sich gegenseitig vom weißen Floß schubsten. Die Jungs hatten weiße Creme auf der Nase, und zwei Mädchen saßen auf dem Floß mit dem Rücken zur Sonne. Die Träger ihrer Badeanzüge waren aufgebunden und hingen ihnen über die Brüste. Ich drehte mich um und sah ein kleines Mädchen auf der obersten Stufe der Rutschbahn. Ich machte Platz, und sie hoppelte langsam und linkisch die Metallrutsche herunter. Ich hatte keine Lust zu schwimmen und auch nicht, anderen beim Schwimmen zuzusehen, und so ging ich hinüber in die Ridge Street und kaufte mir im Drugstore eine Zeitschrift. Der Store hatte einen Holzboden und eine Erfrischungstheke. Ich befand mich in einer dieser einsamen Gemütsverfassungen, wie sie Sechzehnjährige befallen, wenn ihnen einfällt, daß woanders in der Welt junge Männer zwischen hohen weißen Gipfeln den Kondor jagen und mit flüsternden Frauen schlafen, die in Singapur geboren wurden. Auf ihre einsame Art ist dies die romantischste aller Stimmungen. Du machst lange Spaziergänge, die Episoden in französischen Romanen gleichen. Du hast das Gefühl, daß irgendeine große Begegnung bevorsteht, etwas, das den Lauf deines Lebens ändern wird. Irgendein alter Gärtner wird dich in eine Dachkammer führen, Geige spielen, wie sie noch nie zuvor gespielt wurde, und dir das Geheimnis des Daseins enthüllen. Eine dunkelhäutige Frau in einem neuen Kabrio wird neben dir anhalten, sich herüberlehnen und wortlos die Tür öffnen. Sie wird dich nach Mexiko fahren und dich sehr langsam ausziehen. Es war eine Baseball-Zeitschrift. Ich ging nach Hause, um sie auf der Veranda zu lesen. Ein paar Leute winkten mir aus einem Auto zu. Es war sehr heiß, und nichts bewegte sich. Mein Vater kam heraus.

«Um wieviel Uhr ist die Party?» fragte ich.

«Fängt um acht an.»

«Meinst du, ich muß mich in Schale werfen?»

«Unbedingt.»

«Hoffentlich kühlt es heute abend ab.»

Er ging wieder hinein. Kurz danach kam meine Mutter heraus.

«Du mußt dich noch umziehen», sagte sie. «Daß das klar ist.»

Sie ging hinein, und ich las noch einen weiteren Artikel in der Zeitschrift. Dann ging ich rein. Meine Mutter war in der Küche und betrachtete ein Tablett mit Blätterteigteilchen. Ich setzte mich ins Wohnzimmer. Die Luft hatte etwas Dichtes an sich. Im Staub pulsierendes Licht kam durch die Fenster hereingeflutet. Ich saß im Stuhl meiner Mutter, einem großen grünen Schaukelstuhl. Zu meinen Füßen stand ein Nähkorb. Stirbt man so, fragte ich mich. Mein rechter Arm lag ausgestreckt auf der Armlehne, auf dem festen geblümten Stoff, die Hand um das verzierte Holzwerk gekrümmt, ein abgerundetes Stück Mahagoni in der Form einer Löwenkralle. Mein linker Arm hing schlaff an der Seite des Stuhls herab. Meine Füße waren an den Knöcheln übereinandergeschlagen. Ich trug braune Halbschuhe, weiße Socken, eine Latzhose und ein altes marineblaues Sweatshirt, dessen Ärmel auf etwa vier Fünftel der Armeslänge abgeschnitten waren. Ich schaukelte nicht. Meine Stimmung hatte sich von einsamer Wanderlust zu einer seltsam europäischen Art von Nichts gewandelt. Ich hatte das Gefühl, ich könnte dort ewig sitzenbleiben und leiden. Es kam mir vor wie eine wertvolle Tätigkeit. Bleib jahrelang still sitzen, und schließlich werden die Dinge anfangen, sich um dich zu drehen, Gedanken, Menschen und Kriege, die für ihre Verrücktheit und Brillanz auf diese Lichtquelle angewiesen sind, die die menschliche Trägheit darstellt. Wenn du nur lange genug am selben Ort bleibst, werden Generäle und Staatsmänner zu dir kommen und dich um deine Meinung fragen. Vielleicht war es weniger europäisch als asiatisch oder nordafrikanisch. Aber ich fand es auch europäisch, jedenfalls russisch, lange, wolfsmagere Winter im Exil durchzusitzen, während Regierungen stürzten und Menschen sich lächerlich machten. Dann schließlich ein Klopfen an der Tür. Es ist uns zu Ohren gekommen, daß Sie hier sitzen und nichts tun. Sie müssen ein sehr weiser Mensch sein. Kommen Sie in die Hauptstadt und helfen Sie uns, unsere Probleme zu lösen.

Ich saß im Stuhl meiner Mutter, dachte mehr oder weniger über diese Dinge nach und stellte mich auf die Probe, indem ich versuchte, nicht zu blinzeln. Dann hörte ich ein Geräusch, und als es lauter wurde, konnte ich mir denken, was es war, Motorräder, aus größerer Entfernung ein leises, ersticktes Knurren, aber jetzt, wo es näher kam, ein Rumpeln und Krachen, und ich wußte, es würden mehr als zwei oder drei sein. Ich ging ans Fenster, und dann kamen sie die Straße entlanggefahren mit einem Geräusch, das unter den Reifen zu zerreißen und zerbrechen schien, in kleinere Geräusche zersplitterte, die von dem nächsten Radpaar zermalmt wurden, und wieder vom nächsten, zehn, zwölf Maschinen zählte ich, die Fahrer brüllten einander etwas zu, jetzt achtzehn, runde zwanzig, in Silber und Schwarz gekleidet, die Farben ihrer Motorräder, sie brüllten im Vorbeifahren in das Geräusch ihrer Maschinen, riefen einen Fluch oder eine Warnung über die leeren Rasen.

Nach wenigen Sekunden waren sie verschwunden, und es war, als hätte ein Taifun oder eine Plage die Stadt verwüstet. Wir waren alle unversehrt. Aber jetzt, als Stille die Löcher zu füllen begann, die diese marodierenden Motorräder gerissen hatten, konnte ich beinahe spüren, wie jeder Mann und jede Frau in dieser Straße aus den Fenstern sah und eine merkwürdige Mischung aus Sehnsucht und Entsetzen empfand. Wir waren alle unversehrt. Aber wir waren nicht mehr ganz dieselben Menschen, die wir vor zehn Sekunden noch gewesen waren.

Zum Mittagessen gab es kalte Häppchen. Im Radio kommentierte Mel Allen ein Footballspiel, in dem es hart auf hart ging, das erste von zwei, und er sagte, hier draußen ist noch viel Platz, Leute; ihr könnt euch den Rest dieses Spiels ansehen und das nächste komplett; also kommt doch hier raus und bringt die Familie mit. Dann begann Jane von einem Kurs über die primitiven Religionen der Welt zu erzählen, den sie gerade besuchte. Er fand an zwei Abenden die Woche im YWCA in einem nahegelegenen Ort statt. Die Algonquin-Indianer konnten ihre Toten wie Grillen zirpen hören. Fidschianische Priester starrten ewig lang auf einen Walzahn und hatten danach Krämpfe. Bei Bestattungsfeiern auf den Fidschiinseln bestand der Hauptteil der Zeremonie darin, die Ehefrauen, Freunde und Sklaven des Toten zu erdrosseln. Dann ging Jane hinauf, um ihr Notizheft zu holen. Wir aßen schweigend. Eine Minute später war sie wieder da.

Im Radio kam jetzt gerade eine kurze aufgezeichnete Ansprache von Eisenhower, in der er die Bürger aufforderte, den Wohltätigkeitsfonds im Ort zu unterstützen. Die Chinesen machten im Dach ein Loch, damit nach dem Tod die Seele hinauskonnte. Wenn ein Watchandi-Krieger zum ersten Mal einen Gegner tötete, fuhr der Geist des Toten in den Körper des Kriegers und wurde sein Woorie oder warnender Geist; er hauste in der Nähe der Leber und warnte ihn durch Kratzen oder Kitzeln vor Gefahr. Unter den Azteken war es Brauch, das Blut geschlachteter Opfer in die Münder ihrer Götzen zu gießen. Bei den Mandingos hielt der Priester das Neugeborene im Arm, flüsterte ihm ins Ohr und spuckte ihm dreimal ins Gesicht. Die Ojibwas glaubten, daß Kriegsbeile und

Kessel eine Seele hatten. Ein Sprichwort der Zulus lautet, daß ein vollgestopfter Körper keine Geheimnisse sehen kann. Der Zulu-Arzt bereitete sich deshalb durch Fasten, Leiden und lange ruhige Spaziergänge auf sein Zwiegespräch mit den Geistern vor. Die Jakuten in Sibirien beteten den Bär an, ihren geliebten Onkel. Bei den Dajaks fuhr die menschliche Seele in die Stämme der Bäume. Auf Samoa wurden Frauen nachts von bösen Geistern besucht, die mit ihnen geschlechtlich verkehrten, was zu übernatürlicher Empfängnis führte. Die Nikaraguaner boten Popogatepec Menschenopfer dar, indem sie Leichen in die Vulkankrater warfen. Die Ahts auf Vancouver Island betrachteten den Mond als Mann und die Sonne als seine Frau. Das Mintira-Volk fürchtete sich vor einem Wasserdämon, der den Kopf eines Hundes und das Maul eines Krokodils hatte. Er saugte den Menschen das Blut aus Daumen und großen Zehen, bis sie starben. Für die Assyrer bedeutete Wahnsinn, daß man von Dämonen besessen war. Wenn auf Borneo ein Kajan starb, wurden seine Sklaven getötet, damit sie ihm in die nächste Welt folgen und jeden Wunsch erfüllen konnten. Zuerst wurden die Sklaven von den weiblichen Verwandten des verstorbenen Gebieters leicht mit Speeren verletzt. Dann ergriffen die männlichen Verwandten diese Speere und töteten die Opfer. Die menschliche Seele wiegt zwischen drei und vier Unzen.

«Diese ganze Grausamkeit und dieser Aberglaube», sagte meine Mutter.

«Damals war das Leben nicht viel wert, Ann.»

«Was waren das denn alles für Menschen?» sagte sie. «Das muß man sich mal vorstellen. Wie sie da in ihren Höhlen und Hütten gehaust haben. Damals in den Anfängen der Zeit. Bären und Affen anzubeten. Millionen von Seelen. Wie unbedeutend sie einem vorkommen.»

«Ich versteh, was du meinst», sagte mein Vater. «Es ist kaum vorstellbar, wie sich all diese Menschen gegenseitig umgebracht und die Sonne angebetet haben. Da bekommst du das Gefühl, daß das, was du in deinem Leben machst, auch nicht so wichtig ist. Wieso sollten wir bedeutender sein als diese primitiven Völker?»

«Aber wir sind es, Clinton.»

«Das sind gute Notizen, Jane», sagte ich.

«Ich stenografiere alles mit und schreibe es später in Ruhe auf», sagte sie. «Das ist die beste Methode.»

«Unglaublich», meinte mein Vater. «Wie wenig Achtung die vor dem menschlichen Leben gehabt haben. Und doch waren es Männer und Frauen. Wir sitzen hier an einem Sonntagnachmittag, essen zu Mittag und hören uns das Footballspiel an. Diese Menschen könnten einem nicht ferner sein. Und doch waren es Männer und Frauen. Sie haben an etwas geglaubt.»

«Je mehr Magie in einer Rasse herrscht», sagte meine Mutter, «desto unbedeutender ist das Individuum. Magie überragt alles andere. Wir hier im Westen haben eine geradezu verzweifelte Hochachtung vor dem menschlichen Leben, eben weil wir keine Magie haben.»

«Gott ist Magie», sagte Jane.

«Nein. Gott ist das Gegenteil von Magie. Ich habe mit William Potter darüber gesprochen. Das Thema ist ihm fremd. In allen von uns steckt Magie, in manchen mehr, in andern weniger, aber durch das, was uns beigebracht wird, wird diese Magie in der Regel verschüttet. Überleg doch mal, was wir essen, Clinton. Den Körper eines Tieres. Was gibt es Primitiveres?»

«Aber wir beten das Tier nicht an», sagte ich.

«Nur weil Gott menschliche Gestalt angenommen hat. Was wäre, wenn Er beschlossen hätte, sich auf Erden in der Gestalt eines Löwen zu offenbaren? Die primitiven Völker kommen uns unbedeutend vor, weil sie uns in Zeit und Glauben so entrückt sind, wie dein Vater sagt, aber auch, weil sie einander so wenig bedeuteten. Das war die Magie. Die Magie machte sie weniger wichtig als die Tiere und Pflanzen, die sie anbeteten. Eigentlich lagen sie gar nicht so falsch. Ich bin für Magie. Ich weiß nicht, ob sie gut oder böse ist. Aber ich weiß, daß es sie gibt.»

«Das ist gut, Ann», sagte mein Vater. «Das ist hochinteressant.»

Es gab nichts zu tun. Den ganzen Nachmittag lang saß ich bewegungslos auf der Veranda und dachte an nasse Frauenkörper. Es wurde immer heißer. Die Stille war fast vollkommen. In der Luft hing ein Geschmack von Wasser, warmes Salz, das auf den Lippen biß. Ich fühlte mich schwer. Ich wünschte mir, es würde regnen. Sterben Menschen so, während sie die Straße nach einem Zeichen absuchen, das ihnen sagt, daß der Moment gekommen ist, endlich, erhebt euch und handelt, die Zeit ist da, schnell, hinaus auf die Straßen jetzt, Granaten und Motorräder, ein warnendes Wort, Salz auf nassen Frauenkörpern. Dr. Weber kam die Straße entlang. Er war ein kleiner stämmiger Mann mit einem Schnurrbart. Die Machete ist eine höchst wirkungsvolle Waffe, Doktor. Sie sind überrascht, daß ich Ihre Sprache spreche? Harvard. Jahrgang 34. Er trug seine Tasche. Er hatte einen dunklen Anzug an. Vorne auf seinem Hemd war ein Soßenfleck. Ich wartete darauf, daß er zur Veranda schaute und mich mit diesem feigen Lächeln bedachte, das Ärzte und Zahnärzte so oft benutzen, ein zusammengebissenes schiefes Lächeln, während das Geld den Besitzer wechselt, und als er es tat, wandte ich mich ab und gähnte. Doktor. Eidschwörer. Mit diesem Gähnen überstand ich den Nachmittag.

Später stand ich am Fenster meines Zimmers und beobachtete, wie die Leute zur Party eintrafen. Die aus Old Holly kamen in der Mehrheit zu Fuß. Die aus nahegelegenen Vororten oder aus der City, die Clique meines Vaters, kamen mit Autos oder Taxis vom Bahnhof. Es gab keinen besonderen Anlaß für die Party, aber sie war gewissermaßen mein Debüt. Es war befunden worden, daß ich jetzt alt genug sei, um an Erwachsenenspielen teilzunehmen, vermutlich am Rande des Geschehens, mit einem hohen kühlen Glas Rum Collins (oder etwas Vergleichbarem) in der Hand, während alle meine Prep-School-Manieren bewunderten und mir sagten, wie sehr ich gewachsen sei. Es würden zwischen vierzig und fünfzig Leute kommen. Es war vereinbart worden – das erfuhr ich von Jane –, daß ein Ehepaar namens Loomis ihre Tochter Amy mitbringen sollte, die in meinem Alter war. Jane wiederum hatte ihren aktuellen Freund eingeladen, John Retley Tucker, der Big Bob Davidsons unmittelbarer Vorgänger war, in praktisch jedem Sinn des Wortes. Ich nannte ihn Sweatley Retley. Mary war nicht informiert worden, daß die Party stattfand, weil niemand wußte, wo sie war.

Sie trafen bei Sonnenuntergang ein – die Smiths, Bradshaws, Morgans, Hills, Rayburns, Gossages, Peppers, Stevensons, Halidays, Torgesons, Bakers, Hunters, Taylors, Colliers, Barbers und Fishers. Andrew Alexander fuhr in seinem burgunderroten Pakkard vor, einem Oldtimer, der früher einmal Al Capone oder Scott Fitzgerald gehört hatte, je nachdem wer die Geschichte erzählte. William Judge und seine Frau blickten hoch und sahen mich. Ich winkte zurück und setzte ein Fähnrichlächeln auf, anständig, gesund und demütig. August Riddle schlenderte über den Rasen. Er war der alte bärbeißige Anwalt des Städtchens, der sich mit Übertragungsurkunden und Hypotheken angeblich besser auskannte als sonst irgend jemand im County. Er war Junggeselle. In seiner Kanzlei herrschte die typische drangvolle Unordnung, und immerzu trank er schwarzen Kaffee und rauchte lange dünne Zigarren. Mary und ich hatten vor einiger Zeit beschlossen, daß Lee J. Cobb oder Paul Muni die Hauptrolle in der Verfilmung seines Lebens spielen würden. Er stupste seine Zigarre in meine Richtung. Der Abend war warm und still. Ich sah einen Falken. Keinerlei Anzeichen von Regen.

Ich zog einen Anzug, ein weißes Hemd und eine Krawatte an. Ich ging hinunter und erst mal in die Küche. Die Haushaltshilfe, Justina Simpson, die viermal die Woche kam, hatte für die Party Verstärkung durch ihre Tochter Mae und ihren Schwiegersohn Buford Long bekommen, der sich um die Bar kümmern sollte. Ich sah zu, wie Buford alles aufbaute, und ich fand, daß Barkeeper sein möglicherweise gar keine so üble Art war, sein Leben zu verbringen. Große schäumende Maßkrüge Bier vollzuzapfen, dazu bestimmt, von den riesigen, Tontauben schießenden Händen potenter Romanciers umfaßt zu werden. Mit dem Cocktail-Shaker zu klappern und zur Erheiterung der Damen eine kleine Sambanummer hinzulegen. Irgend etwas richtig gut zu können. Ich fragte Buford, wie es ihm gefalle, den Barkeeper zu machen, und er sagte, daß von dem Eis seine Gelenke ganz kalt würden und ihm ein umheimlicher, stechender Schmerz in den Kopf schieße. In dem Moment schaute meine Mutter herein und drängte mich, mich endlich mal zu zeigen. Ich blieb noch einen Augenblick, um Mae beim Zerteilen des Truthahns zuzusehen. Sie trug eine weiße Uniform. Sie hatte keinen Slip an, und durch den hauchdünnen Baumwollstoff konnte ich den Schatten an der Innenseite ihrer Schenkel sehen. Ich ging ins Wohnzimmer.

«Na sag mal, du bist ja schon größer als Clyde», sagte Mrs. Hunter.

Die Gossages, Henry und Lucy, begrapschten mich, und mit Justin Hill unterhielt ich mich über das Thema Südost-Konferenz kontra die Großen Zehn. Mein Vater legte ein paar Minuten lang seinen Arm um meine Schulter. Wir unterhielten uns mit Claire Collier, einer großen attraktiven Frau. Wir redeten alle gleichzeitig. Ich ging zu den Rayburns und Taylors hinüber und sagte noch mal das gleiche, was ich zu Mrs. Collier gesagt hatte. Meine Mutter sagte gewöhnlich «die Collier», wenn sie von Mrs. Collier sprach. Das schien auf irgendeinen fernen Skandal anzuspielen. Ich war mir bewußt, daß Amy Loomis und ich, die wir uns in entgegengesetzten Ecken des Raumes aufgehalten hatten, langsam auf eine Konfrontation zusteuerten. Es war, als würden sämtliche Energien, die von den Leibern dieser vierzig Erwachsenen ausgestrahlt wurden, uns aufeinander zutreiben. Amy war winzig. Sie unterhielt sich gerade mit Andrew Alexander, der ständig seinen eigenen Kopf tätschelte. Meine Mutter packte meinen Ellbogen, und dann stellte sie mich auch schon Amy vor, wobei sie mich während der kurzen Schweigepausen in den Ellbogen kniff und, sowie ich etwas sagte, losließ. Amy und ich waren allein.

«Kennst du Jim Gibson?» fragte sie.

«Nein, ich glaube nicht.»

«Das ist der, der einen grünen Katamaran namens Belleweather besitzt.»

«Wie heißt der noch mal?»

«Jim Gibson.»

«Kenn ich nicht.»

«Dieser Kat flitzt nur so.»

«Hätte selber gern einen. Die haben wirklich Tempo drauf.»

«Kennst du Marty Hammer?» fragte sie.

«Kommt mir bekannt vor.»

«Das ist der, dessen Vater eine Jolle hat. Er hat Marty zum sechzehnten Geburtstag eine Blanko-Benutzungserlaubnis für seine Jolle geschenkt. Um die achtzehn Meter lang.»

«Nein, das ist nicht der, den ich meine. Hat er einen Bruder, der Frank heißt?»

«Nein.»

«Dann ist er's nicht», sagte ich.

«Kennst du Tim Lerner?»

«Ist er nicht letzten Sommer im Peconic Bay ertrunken?»

«Genau den meine ich.»

«Kennst du Billy Shaw?»

«Ich kenne zwei Billy Shaws», sagte sie.

Einige Leute häuften sich Schinkenscheiben und Truthahn auf ihre Teller und versuchten, im Stehen zu essen. Es war sehr warm in dem Raum. Die Gossages gesellten sich zu uns. Henry rieb meine Schulter. Lucy Gossage hielt meine Hand, während sie sich mit Amy unterhielt. Mrs. Loomis kam mit Tod Morgan herüber und erkundigte sich, wie es bei uns laufe. Lucy Gossage hielt meine Hand oben nah an ihrer Brust und streichelte sie andauernd mit der anderen. Ray Smith kam herüber und zog seine Boxernummer ab, wie er es immer tat, wenn wir uns begegneten. Den Kopf gegen die linke Schulter gelegt, ließ er ein paar simulierte Linke und Rechte gegen meinen Bauch los, jeder Schlag von einem Schnauben begleitet. Dann war eine kurze Flaute, während der wir Mrs. Loomis zu Amy sagen hörten, daß sie mal hin und wieder lächeln solle. Dann fingen wieder alle an zu reden. Jane kam vorbei und stellte allen ihren Freund vor. Tod Morgan reichte mir etwas, was er als einen echten Drink bezeichnete. Es war Scotch mit Wasser. Mir wurde sehr warm davon, und er schmeckte mir nicht besonders. Aber ich amüsierte mich ganz gut. Es waren nette Leute. Sie hatten keine Narben oder gebrochene Nasen. Sie kleideten sich mehr oder weniger alle gleich. Sie redeten in der gleichen Weise und sagten die gleichen Sachen, und ich wußte nicht, wie langweilig sie waren oder daß sie alle mehr oder weniger austauschbar waren. Schließlich war ich einer von ihnen. Ich fühlte mich nicht als Fremder unter ihnen, und es gefiel mir, ihre Hände auf meinem Körper zu spüren.

«Hat heute jemand diese Motorräder gesehen?» fragte Tod Morgan.

Die Collier und ich standen trinkend am Kamin. Ich nahm eine klubmäßig lässige Schieflage ein. Dann lag Lucy Gossages Arm um meine Hüfte, und ihr Mann, Henry, flüsterte mir einen unanständigen Witz ins Ohr. Ich hatte Schwierigkeiten, ihn zu verstehen. Alsbald fing er an zu lachen, und ich wußte, daß der Witz zu Ende war. Wir standen beide da und lachten. Henry sah mir direkt in die Augen, um zu sehen, ob meine Heiterkeit echt war, ob ich die Pointe auch wirklich verstanden hatte. Ich nickte und lachte immerzu. Als er zufrieden war, entfernte er sich.

August Riddle hatte an jeder Hängebacke eine Fleischträne hängen. Ich beobachtete ihn. Amy erzählte mir irgendwas über jemand, der Bobby Springers Austin Healy hieß. Mr. Riddle unterhielt sich mit den Stevensons. Er zündete sich seine Zigarre an und wedelte das Streichholz mit einer schwungvollen Kreisbewegung aus. Er ließ das Streichholz auf den Boden fallen. Mae trug eine Platte mit Ananasringen herein. Ich versuchte, ihren Blick zu erhaschen, damit ich ihr zulächeln konnte. Amy redete in meine Brust. Von ihr aus gesehen war alles klar. Entweder Wellesley oder Bryn Mawr. Sie hatte rote Haare und große grüne Augen. Ich stellte mir vor, ich wäre mit ihr und ihrer Mutter im Bett. Amy trank den Sektpunsch. Noch wirkte niemand betrunken. Ich fragte sie, ob sie Lust hätte, hinaus auf die Veranda zu gehen, wo es kühler wäre, und sie sagte nein. Einfach nur nein. Danach trat ein gräßliches Schweigen ein, das mich ganz nervös machte, und dann fragte ich sie komischerweise, ob sie zufällig wisse, wie die Yankees im zweiten Spiel abgeschnitten hätten. Mein Vater kam herüber und schüttelte mir aus irgendeinem Grund die Hand. Dann war er wieder weg. Andrew Alexander unterhielt sich mit Amy. Ihr jungen Leute, sagte er dauernd. Ihr jungen Leute. Er tätschelte sich den Kopf. Daß er versuchte, seine Haare zu ordnen, kann nicht der Grund gewesen sein, denn sie waren kurzgeschnitten, dicht und fest. Bei jedem Tätscheln verdrehte er die Augen. Er und

Amy unterhielten sich über die Farbe Beige. Ich beobachtete, wie seine Augäpfel hoch- und runterrutschten. Er fragte, ob Amy und ich verlobt seien. Da entschuldigte ich mich und ging in die Küche, um Buford Long beim Drinks-Mixen zuzusehen. Er hatte eine unangezündete Zigarette im Mund. Während er mit der Rechten Club Soda einschenkte, holte er mit der anderen Hand eine Streichholzschachtel aus seiner Brusttasche, schnippte die Klappe mit dem Daumen hoch, knickte ein Streichholz in der Mitte und zündete es an. Mir gefiel, wie er das machte. Das hatte ich noch niemanden so machen sehen. Mir gefiel auch, daß er Linkshänder war. Linkshänder scheinen alles mit mehr Stil zu machen. Ich habe sie immer beneidet. Warren Spahn, der stilvolle Rechtsausleger.

«Wo arbeitest du normalerweise, Buford? Bist du Barkeeper in einer Bar oder so was?»

«Ich bin Hauswart. Mae und ich, wir wohnen drunten in Manhattan, in den West Twenties. Ich betreue sechs Gebäude. Ich sammle den Müll vor den Türen ein und bring ihn runter. Ich reparier, was repariert werden muß. Ich mach Sachen sauber.»

«Wie ist das so? Bestimmt harte Arbeit.»

«Weniger hart als niedrig. Aber wenigstens hat's auch was Interessantes an sich. Da lernt man einiges über das menschliche Wesen. Müll sagt einem mehr über einen Menschen, als wenn man mit ihm lebt.»

«Es macht dir also nicht allzuviel aus?»

«Oh, ich find's toll», sagte er.

«Ist der Müll je nach Gebäude anders?»

«Na klar ist er anders. Da gibt's Anhaltspunkte für. Man braucht dafür nicht mal den Müll zu sehen. Wenn du im Flur einen gesprungenen Spiegel siehst, weißt du schon, daß der Müll nichts taugt.»

«Ist wohl ziemlich befriedigend, wenn man mithilft, die Stadt sauberzuhalten.»

«Es macht mich überglücklich», sagte Buford.

«Es heißt, daß Sugar Ray Robinson Pfund für Pfund der beste Boxer war, der je gelebt hat.»

Meine Mutter stand in der Tür und sagte mir, Amy sei ganz allein. Ich ging wieder raus und stellte mich neben sie. John Retley Tucker kam vorbei. Ich fragte ihn, ob er eigentlich jemals meine andere Schwester kennengelernt habe, und er sagte, Jane habe ihm nie etwas von einer Schwester erzählt. Während er da bei uns stand und mit uns sprach, hielt er den Zeigefinger der rechten Hand zwischen Hemdkragen und Nacken. Das hieß, daß sich sein Ellbogen etwa auf Ohrenhöhe befand. Ich sah, wie Amy auf den Schweißfleck unter seinem Arm starrte. John Retley war etwa eins neunzig und wog 100 Kilo, und er sah aus wie ein Cop, der am Sonntagnachmittag den Verkehr regelte und gar nichts dagegen hatte. Die Collier näherte sich wieder, und ich löste mich aus der Runde, um mich mit ihr zu unterhalten. Sie trug Beige.

«Ich möchte dir etwas sagen», sagte sie. «Du bist jetzt ein junger Mann, und es gibt keinen Grund, warum du es nicht wissen solltest. Du bist jetzt fast ausgewachsen. Du hast den Körper eines Mannes und die Bedürfnisse eines Mannes. Das wollte ich dir sagen. Frauen lieben es, geliebt zu werden.»

«Ja.»

«Wer ist dieser Mann da hinter dir?»

«John Retley Tucker. Der Freund meiner Schwester Jane.»

«Männer mit so großen Daumen haben etwas Unanständiges an sich.»

Ich brauchte etwas frische Luft. Ich sagte Amy, ich würde für ein Weilchen nach draußen gehen. Sie sagte, sie käme mit. Ich ließ sie für einen Augenblick auf der Veranda allein und ging nochmals hinein, um uns zwei Drinks zu holen, mit denen ich dann wieder herauskam. Ich ließ das Verandalicht aus.

«Trinkst du viel?» fragte sie.

«Eine ganze Menge. Ja, ich trinke eine ganze Menge.»

«Kennst du einen David Bell? Er trinkt unglaubliche Mengen Schnaps. Er trinkt mit andern um die Wette. Der verträgt wirklich eine Menge.»

«Ich bin David Bell», sagte ich.

«Ich hab's durcheinandergebracht. Ich meinte natürlich Dick Davis.»

«Freudsche Fehlleistung», sagte ich. «Es heißt, wenn man den Namen von jemand so aus Versehen benutzt, dann bedeutet das, daß man diesen Menschen sehr gern mag.»

«Komm nicht auf falsche Gedanken, Mister.»

«War nur Spaß.»

«Deine Eltern sind sehr nett.»

«Deine auch. Findest du, daß ich gut aussehe, Amy?»

«Was für eine Frage.»

«Ich weiß, das ist eine zweideutige Frage, aber ich habe gehört, wie du dich mit dem alten Andy Alexander über Farben unterhalten hast. Du scheinst einen guten Geschmack zu haben, und mich hat nur deine Meinung interessiert. Du fragst dich doch sicherlich auch, ob man dich für hübsch hält. Findest du, daß ich gut aussehe?»

«Ja», sagte sie.

«Möchtest du wissen, ob ich finde, daß du hübsch aussiehst?»

«Okay.»

«Ich finde, du liegst haarscharf daneben», sagte ich. «Was hältst du von Burt Lancaster? Ich finde, er ist der Größte aller Zeiten.»

Henry Gossage kam auf die Veranda. Er holte tief Luft und bollerte sich mit beiden Babyfäusten auf die Brust. Dann sah er uns am Geländer stehen und tat erschreckt, wich zurück und hob abwehrend die Arme. «Zwei violette Schatten im Schnee», sang er. Ich hoffte inständig, er würde nicht noch einen Witz erzählen.

«Unsere Kids sind im Ferienlager», sagte er. «Der Älteste macht Aufsicht. Der Mittlere macht Tischdienst, aber nächstes Jahr macht er auch Aufsicht. Der Jüngste ist erst zwölf, hat also noch ein gutes Stück vor sich, bis er aus der Kategorie Ferienlager raus ist.»

«Wie geht's Hank?» fragte ich.

«Das ist der Älteste. Henry Jr. Gut geht's ihm. Nett, daß du nachfragst.»

«Schönen Gruß.»

«Wird gemacht. Verdammt anständig von dir, mein Junge. Verdammt nett von dir, Dave-Boy. Verdammt freundlich, so was zu sagen. Wo kann ich hier kotzen?»

«In die Hecke», sagte ich.

«Geht schon. Ist glaub ich nicht mehr nötig.»

Amy meinte, es wäre wohl gut, wieder reinzugehen. Alles stand plaudernd und essend herum. In der anderen Ecke des Raumes unterhielt sich Tod Morgan mit Peter Fishers Frau. Ich beobachtete sein Gesicht, als er lachte. Seine Gesichtszüge dehnten sich und bebten. Er sah unglaublich häßlich aus. Ich stellte mir vor, in seinem Schädel würde eine kleine Explosion stattfinden. Er lachte übertrieben, trug zu dick auf, formte das Lachen wie Ton, und ich sah zu, wie sein Kopf in Zeitlupe auseinanderbrach, wie verschiedene Teile durch die Luft purzelten, das Nasenteil, die Ohrenteile, der Kiefer mit den unteren Zähnen. Ich ging durch die Küche und zur Hintertür hinaus.

Die kleine hintere Veranda war voller leerer Flaschen. Ich ging den Waldrand entlang an Harris, Torgeson und Weber vorbei. Im Hause Harris und bei Weber brannte Licht. Ich kürzte über einen Rasen ab und ging die fünf Blocks bis zur Ridge Street. Der Drugstore war zu. In der Eisdiele saßen vier oder fünf Leute. Ich trank ein Soda und wartete darauf, daß Kathy Lovell auftauchte, aber sie kam nicht. Beinahe wäre ich ins Kino gegangen, um sie dort zu suchen. Dann schlug ich den Weg zu ihrem Haus ein. Schließlich kehrte ich zur Eisdiele zurück und rief sie von dort aus an. Als sich ihr Vater meldete, legte ich auf. Zehn Minuten später war ich in der Green Street. Es war dunkel und still. Ich spürte eine aufkommende Brise. Ich stellte mich unter eine Ulme und beobachtete eine Frau in einem Schindelhaus beim Bügeln. Es kam niemand vorbei. Es war ein Sonntagabend Anfang September, und mein Körper pulsierte voller Kummer angesichts der Schönheit und des Hohns aller Körper.

Als ich wieder nach Hause kam, waren nur noch etwa fünfzehn Leute übrig. Sie schienen jetzt zuviel Freiraum zu haben. Überall standen halbleere Gläser herum, und die Sessel und Sofas waren inzwischen alle besetzt. Auf dem Boden lag eine weiße Scheibe Truthahnfleisch mit einem Schuhabdruck drauf. Die meisten Frauen hockten in einer Ecke des Raumes beisammen. Die Männer trieben sich in und vor der Küche herum. Sie tranken jetzt anscheinend alle Bier. Ich ging lächelnd durch den Raum. Ich ging nach oben und zog mir Jackett und Krawatte aus. Ich hörte Stimmen in Janes Zimmer. Ich blieb völlig still stehen. Anscheinend zeigte Jane ihrem Freund gerade ein Familien-Fotoalbum.

«Das ist Mutter als kleines Mädchen», sagte sie. «Das hier ist ihr Vater, und das ist Uncle Jess, der Gedichte geschrieben und sich umgebracht hat. Das bin ich als kleines Mädchen. Das hier wurde in der West End Avenue aufgenommen, wo wir früher gewohnt haben. Und dieses wurde in Central Park aufgenommen. Das ist Old Holly, und das ist Daddy. Das hier ist Aunt Grace in Alexandria. Und das ist wieder Mutter. Das auch. Das auch. Das ist David, als er zwei war. Das ist Daddy in seinem Büro.»

«Jane», sagte er. «Jane.»

Ich ging runter in die Küche und holte mir ein Bier aus dem Kühlschrank. In der Ecke stand Harold Torgeson. Er trank gerade ein Glas Milch. Wir waren allein.

«Ich wollte immer Schriftsteller werden», sagte er. «In dem Zimmer da draußen gab's heute abend sicher an die vierzig oder fünfzig gute Geschichten. Als junger Mann habe ich versucht zu schreiben, aber mir hat das Durchhaltevermögen gefehlt. Ich habe immer mit Riesenenergie und Optimismus angefangen, und kurz darauf ist dann alles einfach so verpufft. Ich war eben doch dazu bestimmt, Versicherungsagent zu sein. Aber die Sache nagt immer noch an mir, mein Junge. Manchmal, wenn ich nicht schlafen kann, stehe ich wieder auf, zünde mir eine Zigarette an und setze mich ans offene Fenster. Und dann kommen mir diese bittersüßen Gedanken, was ich in meinem Leben alles getan habe und was nicht. Du bist zu jung, um das zu verstehen. Aber das hat was Poetisches, um Mitternacht an einem offenen Fenster zu sitzen und eine Zigarette zu rauchen. Die Zigarette gehört dazu. Wenn man eine Zigarette raucht, das setzt Erinnerungen frei. Ich sitze einfach da und denke über mein Leben nach. Ich habe im Krieg drei Japaner getötet, soviel ist sicher. Ich erzähl dir das alles, weil's dir irgendwann mal zugute kommen wird.»

Während Torgesons Monolog war Ray Smith hereingekommen. Er kam jetzt herüber und schüttelte Torgeson die Hand. Dann holte er sich ein Bier aus dem Kühlschrank.

«Meine Geschichte beginnt in London während des Krieges», sagte er. «Da gab es eine Krankenschwester, die Celia Archer hieß.»

In der Küchentür standen drei weitere Männer und hörten zu. Ich schlüpfte an ihnen vorbei ins Wohnzimmer. Die Damen schienen sich nicht allzuviel zu sagen zu haben. Durchs Fenster sah ich meinen Vater draußen auf der Veranda. William Judge und ich waren die einzigen Männer im Raum. Alles schwieg. Meine Mutter sah merkwürdig aus. Dann kamen Jane und ihr Freund die Treppe herunter. Jemand fragte, was sie oben denn gemacht hätten, und alles lachte. Das Gelächter war ein Signal. Sie hatten alle drauf gewartet. Sie erhoben sich jetzt und begannen sich zu verabschieden. Mein Vater kam herein und stellte sich an die Tür, bemüht, nicht begeistert auszusehen. Meine Mutter stand in der Mitte des Zimmers. Ihre Hände fegten hin und her, als versuche sie, die ganze Gesellschaft vor die Tür zu kehren. Immer wieder gingen Leute, nur um im nächsten Moment wiederzukommen, weil sie etwas liegengelassen hatten. Schließlich waren alle endgültig gegangen. Mein Vater begann überall das Licht auszumachen und die Türen zu verriegeln. Jane war schon oben. Ich war bald allein im Wohnzimmer. Jemand hatte ein fast volles Glas mit irgendwas auf dem Buffet-Tisch stehenlassen. Ich nahm einen Schluck, schloß die Augen, konzentrierte mich, konnte nicht feststellen, was es war, und kippte es langsam hinunter. Jetzt fiel mir auf, daß mein Vater niemandem gute Nacht gesagt hatte. Ich knipste das Flurlicht aus, und das Haus war dunkel, bis auf die Küche. Ich war im Begriff hineinzugehen, blieb dann aber in der Tür stehen. Meine Mutter war da drin. Die Kühlschranktür stand offen. Sie hatte nur einen Schuh an. Der andere stand aufrecht auf dem Boden, an der Wand, ein schwarzer Schuh. Sie hielt einen Eisbehälter in den Händen und spuckte auf die Würfel. Sie verschwand hinter der Kühlschranktür, und ich konnte hören, wie sie das Eisfach öffnete und den Behälter wieder hineinschob. Als die Eisfachtür zugeknallt wurde, zog ich mich zurück. Ich ging nach oben in mein Zimmer. Ich machte so leise wie möglich die Tür hinter mir zu. Ich zog Hemd und Schuhe aus und legte mich aufs Bett, mir war klar, daß es zum Schlafen zu heiß war. Ich dachte an Harold Torgeson, wie er an seinem offenen Fenster saß und eine Zigarette rauchte. Wie viele Romane er sich auf diese Weise wohl schon diktiert hatte? Es verging viel Zeit, bis ich in einen dünnen traumlosen Schlaf fiel, weniger ein Geisteszustand als eine Verwirrung der Sinne. Wenn ich sekundenweise daraus emportauchte, wußte ich nicht, wo ich war, noch ob es schon Morgen oder noch mitten in der Nacht war. Es beunruhigte mich, nicht zu wissen, wo ich war, und doch ließ ich mich gerne wieder in den Fluß zurückgleiten, in den überhaupt nicht tiefen oder tückischen Fluß, der Sprache ohne Denken ist, und Sekunden später, was mir jedenfalls wie Sekunden vorkam, tauchte ich wieder auf und fragte mich, wo ich war, aber irgendwie nie, wer ich war. Das wußte ich immerhin noch. Dann war ich plötzlich hellwach. Meine Hand lag auf meiner Gürtelschnalle, und daran merkte ich, daß ich meine Hose noch anhatte. Ich lag da, ohne mich zu bewegen, mir bewußt, daß ich jetzt keinen Schlaf mehr finden würde. Ich horchte nach Zügen oder Autos, aber da war nichts. Züge zu hören ist was Wunderbares, wenn man auf den Schlaf wartet. Ich stellte mir vor, daß der Roman, den Torgeson sich in diesem Moment selbst diktierte, so einer war, wo junge Liebende in der Ferne einen Zug hörten oder irgendwo ein Hund bellte oder immer Lachen über den Rasen schwebte. Ich war angespannt und unruhig. Was wach war, war mein Körper, nicht mein Geist. Wenn mir etwas einfiel und ich dann versuchte, wieder darauf zurückzukommen, war es weg. Ich konnte keinen einzigen Gedanken festhalten. Alles war unzusammenhängend. Ich stand auf und sah aus dem Fenster. Dann ging ich nach unten. Das Küchenlicht brannte noch, aber sie war in der Speisekammer. Ich konnte sie kaum erkennen. Sie saß auf einem Hocker vor der kahlen Wand gegenüber der Tür. Die hohen Regale beiderseits waren mit Flaschen, Gläsern und Kartons gefüllt.

«Es war nur eine Frage der Zeit», sagte sie.

«Ich mach mal lieber das Licht an.»

Es war eine schwache Birne, und das Licht wirkte fast braun in diesem schmalen Raum voller dunkler Gläser. Sie stand jetzt.

«Es gibt nichts außer Zeit. Zeit ist das einzige, was von selber geschieht. Wir sollten lernen, uns von ihr mittragen zu lassen. Die Collier ist eine dumme Kuh.»

Ich bewegte mich nicht. Ich fühlte mich einem überwältigenden Augenblick nah. Zu dem gedämpften Licht zehrte ihr Schatten hinter ihr meinen Schatten auf. Ich wußte, was hier passierte, und ich legte keinen Wert darauf, mich mit den Wissenskundigen zu streiten. Ich ließ es bleiben. In ihr drin war etwas Zersplittertes und Leuchtendes, etwas, das vielleicht das gewundene Hindurchgleiten meines eigenen Körpers hinterlassen hatte. Jetzt stand sie vor mir, blickte auf, und ihre Hände lagen auf meinen Schultern. Das Gefühl der Enge, das ich in meinem Zimmer verspürt hatte, wich allmählich der Verheißung ungeheurer Befreiung. Es würde passieren. Was immer, es würde passieren. Der Käfig würde sich öffnen, der verrückte Vogel würde aufsteigen, und ich würde weinen vor epischem Glück und Schmerz über die Freilassung eines einzigen Augenblicks, des Anfangs der Zeit. Dann hörte ich die bloßen Füße meines Vaters auf der Treppe. Das war alles.

Wir saßen im Aston-Martin, in der Garage. Auf der Windschutzscheibe waren noch Spuren von Schnee.

«Mein Vater hieß Harkavy Clinton Bell. Und mich nannten sie Clinton Harkavy Bell. Er hat erst spät im Leben ein Vermögen gemacht. Nicht, daß es uns vorher schlecht gegangen wäre. Aber zuerst hat er sich einen Ruf machen müssen, bevor er anfing, Spitzensätze zu verdienen. Er hat mir die Geschichte ein dutzendmal erzählt. Er war mit einem Zug der Union Pacific unterwegs gewesen, irgendwo zwischen Omaha und Cheyenne. Er saß neben einem Mann, der McHenry hieß und Eigentümer einer Pyjama-Firma namens McHenry Woolens war. McHenry packte eine Flasche aus, und dann ließen sich die beiden vollaufen. Er erzählte meinem Vater, er stehe kurz vor dem Bankrott. Worauf der alte Harkavy ihm sagt, was er braucht, ist eine griffige Werbekampagne. Sie haben einen guten amerikanischen Namen, aber Sie nutzen ihn nicht aus. McHenry. Fort McHenry. Wo Francis Scott Key ‹The Star-Spangled Banner› geschrieben hat. Und damit zückt mein Vater einen Stift und fängt an, auf der Rückseite eines großen braunen Umschlags einen Entwurf zu skizzieren. Er zeichnet eine Schlachtenszene, kapierst du, Schiffe, Raketen, ein Fort, Hunderte von Soldaten und eine große Fahne, die auf den Zinnen flattert. Dann schreibt er eine einzige Zeile unter den Entwurf. *McHenry – the Star-Spangled Pyjamas*. Und dann – jetzt kommt der Hammer – sagt er McHenry, daß er, um die ganze Geschichte richtig festzuklopfen, nur noch achtundvierzig Sterne auf jeden Pyjama nähen muß, den er herstellt. Das hat's gebracht. Es war der größte Vermarktungstrick des Jahrzehnts. Er hat McHenry reich gemacht und meinen Vater berühmt. So haben die in den alten Zeiten ihre Werbesprüche geschrieben, Kleiner – sternhagelvoll im Union Pacific. Ein dutzendmal hat er mir diese Geschichte erzählt. Ich finde, sie hat was wunderbar Unschuldiges. Ich meine, allein die Vorstellung, sich zusammen mit einem Wildfremden zu besaufen. Und dann die Kampagne. Die ‹Star-Spangled Pyjamas›. Das hat was herrlich Unschuldiges. Früher konnte man sich noch leisten, unschuldig zu sein.»

Etwa eine Woche nach der Party ging ich mit Tommy Valerio zu einem stillgelegten Baseballfeld am Stadtrand. Das Feld war ringsum von Wald umgeben. Die Pfade zwischen den Malen und das Wurfmal waren nur noch in Umrissen übrig, und was eigentlich der gepflegte Rasen des Infield gewesen wäre, war jetzt mit Unkraut überwuchert. Tommy hatte einen langen dünnen Fungo-Trainingsschläger dabei, und wir schlugen uns abwechselnd Fly-Balls zu. Es war ein kühler Tag für September, mit einem üppig blauen Himmel, eigentlich eher Football-Wetter, und ich streifte auf dem Outfield hin und her, machte beiläufige Basket-Catches, zog die Schultern hoch und klopfte zweimal in den Handschuh, wie Willie Mays, und versuchte, mich an den plötzlichen Jahreszeitenwechsel zu gewöhnen; ich war nicht betrübt darüber, daß der Sommer vorbei war, denn der Herbst in den Feldern New Hampshires war ganz golden und weinfarben, und mein letztes Jahr auf St. Dymphna's brach an, wo ich in meinem Tweed-Sakko die grauen Sträßchen entlangschlendern würde. Und doch ging etwas zu Ende, nicht bloß der Sommer, sondern etwas wie die Vorstellung dessen, was ich war, die Zeit, die ich einnahm wie den Raum, diese ganz persönliche Zeit, in der man sich bewegt und denkt und die Fragen kennt. Die Zeit hatte sich verzogen, ich blickte auf die vergangene Woche zurück und konnte mich nicht mehr finden. Erst Jahre später, in der Zeit der Affären, begann ich, gegen dieses Verschwinden anzukämpfen, Jennifer Fine nichts zu geben, aus Angst, es könnte für mich nichts mehr übrigbleiben. Ich ließ mich bis zum Waldrand treiben und fing einen langen hohen Ball.

«Laß uns wechseln», rief Tommy.

«Schlag weiter», rief ich zurück. «Ich will noch ein paar schnappen.»

Ich blieb lange da draußen. Tommy hatte keine Lust mehr, den Schläger zu schwingen, aber ich sagte ihm immer wieder, er solle noch ein paar Bälle schlagen, nur noch ein paar. Ich wollte nicht aufhören. Der Ball stieg vom Schläger auf, dann hörte ich das leichte Krachen, wenn sie sich berührten, und der Ball flog hoch in den wolkenlosen Himmel, bis er fast verschwand, schwarz auf dem höchsten Punkt seiner Flugbahn, weiß und verfärbt, wenn er herunterkam, ein alter Ball, vom Gras grün verfärbt. Ich war jetzt mit ganzem Ernst bei der Sache. Wenn Tommy zum Schlag ausholte, ging ich in die Hocke, legte die Freihand aufs rechte Knie und ließ die Handschuhhand herabbaumeln. Sowie der Ball in der Luft war, schnellte ich los, nur die erste Sekunde seines Fluges beobachtend, und rannte dann mit gesenktem Kopf zu der Stelle, wo ich wußte, daß er landen würde, zu der Stelle, die durch die Erinnerung an diese erste Sekunde und die Erkenntnisse über den Wind, Tommys Kraft und das Geräusch von Ball gegen Schläger diktiert war. Sowie der Ball gefangen war, feuerte ich ihn so hart und gerade zurück, wie ich konnte, als hätte ein Runner einen Fanglauf vom Third gemacht. Tommy ließ meinen Wurf in das durchhängende Auffangnetz springen. In dem Stil ging es immer weiter. Ich war niemand. Ich war Instinkt, Geschwindigkeit und ein Gedächtnis, das nicht weiter als ein paar Sekunden zurückreichte. Weiter nichts. Ich hätte den ganzen Tag so weitermachen können. Aber

Tommy wurde müde und machte schließlich Schluß. Ich ging nach Hause, ölte meinen Handschuh und verstaute ihn für den Winter.

An diesem Abend ging ich aus meinem Zimmer Richtung Treppe. Als ich an Marys Zimmer vorbeikam, sah ich dort meine Mutter, klein und blau, ein auf dem Bett zusammengerolltes Fragezeichen. Ich ging nach unten. Ich saß eine Weile im Schaukelstuhl. Dann rief mich mein Vater, und ich ging die Stufen hinunter ins Souterrain.

Jane saß auf einem Klappstuhl und aß einen Apfel. Mein Vater stand am Projektor. Er nickte mir zu. Ich knipste das Licht aus und setzte mich neben Jane. Der erste Werbespot dauerte zwanzig Sekunden. Ein Haus in einer ruhigen Vorortstraße am Abend. Drinnen stritten sich ein Mann und eine Frau. Ein Mädchen im Teenageralter stand an den Fernseher gelehnt und hörte ihnen zu. Sie hatte ein sehr unscheinbares Gesicht. Dann verschwand sie und kam Sekunden später mit einem Fläschchen wieder, das irgendwas enthielt. Der Mann und die Frau betrachteten das Fläschchen, umarmten sich und begannen zu singen. Der nächste Werbespot war eine Minute lang. Ein Junge mit einer dicken Brille übte Klavier. An der Wand hinter ihm lehnte ein Hockey-Schläger. In der Ferne waren das Geschrei und Gelächter seiner Altersgenossen zu hören. Der Junge sprang auf, schnappte sich den Hockey-Schläger und rannte zur Tür. Eine Frau kam aus dem Nachbarzimmer. Sie hielt eine Zahnbürste in der Hand. Schreiend und die Zahnbürste schwingend lief sie hinter dem Jungen her. Der Junge öffnete die Tür und stolperte. Er fiel die Stufen herunter und lag bewegungslos auf den Steinplatten des Gartenwegs. Seine Brille war zerbrochen. Aus einer klaffenden Wunde direkt über dem Nasensattel floß Blut. Er schien ohnmächtig zu sein. Es war eine wunderschöne Nacht, eine kühle, klare und fast herbstliche Nacht. Der Wind rauschte über das Gras draußen vor dem hohen Souterrainfenster. Der Himmel brüllte vor Sternen. Ich dachte an alte, Geige spielende Männer und an Frauen in weißen Kabrios, die mit mir nach Mexiko fuhren.

TEIL 3

KAPITEL 7

Wenn man auf den Straßen an ihnen vorbeifuhr, während sie ihren inneren Grenzen entgegenreisten, war man geneigt, einen ersten berühmten Satz zu verdrehen. Es war die schlimmste aller Zeiten, es war die schlimmste aller Zeiten. Sie waren zu Fuß unterwegs, in alten und neuen Autos, in Motorradpulks, in Lkws, Bussen und Camp-Trailers, die jungen und die sehr jungen, die da ihre mittelalterlichen Städte verließen, hohe, Steinzitadellen der Korruption und Seuche, nicht hoffnungslos in ihrer Flucht, noch nicht manisch in ihrer Suche, die Verlorenen, die Gefundenen, die Brillanten, die Bedröhnten, die Benommenen und die einfach Erschöpften, die ihre ehrlich empfundene Heimatliebe über den unterbrochenen weißen Streifen hinausbrüllten, in Ungläubigkeit und Haaren verlorene Gesichter, der Drummer, der Mystiker, der Faschist, hin und wieder ein weibliches Auge, das durch eine Hinterscheibe spähte, das Geräusch in ihrem Hinterkopf ein kurzes Lied über den Frieden.

Wir näherten uns dem Ende der ersten Woche, fest entschlossen, uns nicht auch nur einen Moment lang über die Grenzen unserer Heimat hinaus zu verirren, indem wir alle diese großen Fußspuren und das Gespenst des unschuldigen Kanadas sorgfältig mieden. Sullivan schlief vorne, in dem Teil des Campers, der über dem Führerhaus lag. Das Kochen übernahm hauptsächlich Pike, das Fahren hauptsächlich Brand. Ich brüllte und las laut aus Straßenkarten vor.

Immer mit dabei war Sullivans mit drei Antennen bestücktes tragbares Hi-Fi-Radio mit Seefunkwelle, ein nie endender Schwall von Diskjockey-Babygeplapper, Werbung für den Tod, Bluegrass-Jesus aus dem Norden, und während wir durch das Kleeblattchaos der Autobahnkreuze und an den morbiden grauen Städten vorbeifuhren, erkannte ich, daß alles im Einklang war, das benommene Land, das das konvulsive Radio fütterte, jedes Stück nächtlichen Raums, der vor kinetischer Ballung schier platzte, die Logik hinter dem Delirium.

Wenn es regnete, zog Sullivan ihren alten knopflosen Trenchcoat an, obwohl wir uns im Camper befanden. Was für eine geheimnisvolle und sakramentale Reise, dachte ich, der ich die meiste Zeit gar nicht wußte, wo wir gerade waren, und mich darauf verließ, daß Pike uns von einem Ort zum nächsten brachte. Jedesmal wenn ich einen Fluß sah, dachte ich, es sei der Mississippi. Jeder Tankwart, mit dem wir redeten, hieß Earl.

Ich nahm viele unserer Gespräche auf Band auf.

«Dieses große, blaue, gähnende Land», sagte Brand eines frühen Abends beim gemeinsamen Sandwich-Essen. «Ich möchte auf alle Bäume pinkeln, Hügel hinunterpurzeln, hinter Eselhasen herjagen, auf Dächer klettern, mich an Fernsehantennen kreuzigen. Ich will zu jedem, dem wir begegnen, Hallo Nachbar sagen. Es ist wunderschön. Das gibt's gar nicht. Baby, es ist der Wahnsinn. Das ist das seltsamste, wildeste, freakigste Land, das es je gegeben hat. Davy, paß auf, daß ich schön farblos bleibe.»

«Erzähl uns von deinem Roman», sagte Sullivan.

«Schriftsteller reden nie über Werke, die noch im Entstehen sind», sagte ich. «Hab ich recht, Bobby? Das macht die nötige Spannung kaputt. Wenn sie drüber reden, dann brauchen sie's nicht mehr zu schreiben. Im Prinzip schreibt man, um die Spannung loszuwerden. Stimmt's, Brand? Wenn die kreative Spannung zu früh zusammenbricht, dann geht die ursprüngliche Motivation flöten. Es überrascht mich, daß du so eine Frage stellst, Sully. Ausgerechnet du.»

«Es dreht sich um einen Mann, der sich in eine Frau verwandelt», sagte Brand. «Er ist ein ehemaliger Präsident der Vereinigten Staaten. Er hat zwei Amtszeiten hinter sich, ist aber immer noch sehr beliebt und hält immer Reden bei wichtigen Banketten. Gleichzeitig verwandelt er sich allmählich in eine Frau. Ihm wachsen Brüste, und seine Genitalien schrumpfen. Seine Stimme wird hoch und tuntig. Er trägt Strapse wegen der heimlichen Erregung, die ihm das beschert. Er ist ein WASP, der Expräsident. Aba dä neuä Bräsident ist ein Schwarzer. Sonny Liston nachempfunden. Er ist total hip und charismatisch. Er törnt sich jede Nacht an und treibt's mit allen Frauen und Töchtern der Südstaaten-Senatoren, und sogar mit einigen der Senatoren. Wird über tausend Seiten lang. Es heißt *Coitus Interruptus*. Das Thema ist, was ihr wollt, weil es nur aufs Äußerliche ankommt, Mann. Das ganze Land wird Blut spucken, wenn sie's lesen.»

«Ich möchte euch von dieser Filmidee erzählen, die ich da habe», sagte ich.

«Wir sind ganz Ohr», sagte Pike.

«Ich hab vor, einen langen, unordentlichen, autobiographieartigen Film zu machen, von dem ich einen Teil gerne hier draußen im Mittleren Westen drehen würde, falls das hier der Mittlere Westen ist – einen langen, sperrigen Streifen voller Bruchstücke von allem, was zu meinem Leben gehört, der im Endeffekt vielleicht eine Spiellänge von zwei oder drei ganzen Tagen hat oder noch mehr und von dem ich nur einen winzigen kleinen Teil hier draußen machen möchte. Irgendeinen verschlafenen Ort suchen und was abdrehen.»

«Wie lange wirst du dafür brauchen?» fragte Sullivan. «In ein paar Wochen mußt du Indianer filmen.»

«Wir haben Zeit. Für den Teil, den ich jetzt machen will, brauche ich nur zwei oder drei Tage. Drei Tage oder dann siebzehn Jahre. Ich werde mit dem Licht arbeiten, das da ist. Es ist mir egal, wenn er technisch primitiv ist. Außerdem werde ich die Indianer nicht selber filmen. Ich werde keine Kamera in der Hand haben. Meine Sache wird es sein, das Ganze zu überwachen und mich überwachen zu lassen. Der Film, den ich machen will, ist was völlig anderes. Ich fang gerade erst an, ihn im Kopf klarzukriegen. Komisch ist, wie ich überhaupt drauf gekommen bin: als ich eine Frau beim Heckenschneiden gesehen habe. Es hat sich fast sofort in was anderes verwandelt. Und es verändert sich immer noch.»

«Ich war noch nicht fertig damit, von meinem Roman zu erzählen», sagte Brand.

Pike untersuchte sein Ohr mit einem Zahnstocher, den er mit einem Papiertaschentuch umwickelt hatte. Als er fertig war, ging er nach vorne, um zu fahren. Es dämmerte jetzt, gekrümmter Rost bestäubte den westlichen Himmel, neonblühende Motels, der matte, schwefelige Schein der Straßenlichter, eine ausgediente Klapperkiste auf einem Feld, die Motorhaube hochgeklappt wie der Schirm einer Baseballmütze, eine Szene aus den ländlichen dreißiger Jahren. Sullivan summte ein Potpourri von Vorkriegsmelodien, so wie es sich anhörte. Brand hatte sich mit seinem Dreher britischer Herstellung und seinem Zigarettenpapier Marke Zig-Zag eingeigelt. Wir schienen gerade durch ein Erholungsgebiet zu fahren. Da gab es die weißen Mini-Häuschen mit rosa Fensterläden aus Hänsel und Gretel und die Tankstellen der Kleinstadt-Nebenstraßen mit einer einsamen alten Zapfsäule und einem im Schmierfett dösenden Hund. Ich dachte daran, das Tonbandgerät abzustellen. Dann schaltete ich das Radio ein. Ali Akbar Khan spielte einen Abendraga, eine traurige, flüssige Freude ergoß sich aus den Saiten seiner Sarod, und ich dachte an einen blinden Bengali, der auf einem Hochseil über das Nichts ging. Ich begann im Dunkeln und würde zweifellos auch ebenso enden. Aber irgendwo zwischen Anfang und Ende würde es einen Versuch geben müssen, die Dunkelheit zu erklären, wenn auch nur mir selbst gegenüber, ganz gleich, welch seltsame Form die Erklärung annehmen mochte, und ungeachtet der Folgen. Vielleicht hatte es an ihrem Haar gelegen. Vielleicht daran, wie sie sich beim Heckenschneiden bewegte, mit der schönen, stilisierten Haltung eines Kindes, das sich beobachtet weiß. Sullivan summte immer weiter. Über den Bäumen tauchte ein Polizeihubschrauber auf und flog pochend an uns vorbei den Highway entlang. Brand saugte den Rauch tief in seinen Körper hinein.

«Sag mir, wo die verfickten Blumen sind», sang er, wobei er die Wörter beschleunigte, damit sie in den Rhythmus paßten.

Pike bog in eine Seitenstraße ein und fuhr schließlich auf den Parkplatz eines A&P, wo er den Camper zwischen zwei Station-Waggons zwängte, die darauf warteten, vollgestopft zu werden. Wir traten durch die große allwissende Glastür ein, die wußte, daß wir kamen, und von selbst aufging. Brand und ich scherten aus und folgten einer gutaussehenden dunkelhäutigen Frau den Gang entlang zu den Pfirsichen und Pflaumen. Ihre Finger sprangen zwischen den Pfirsichen herum, prüften und drückten, und wir stellten uns neben sie, so daß unser Wagen ihren anstupste.

«Pfirsiche», sagte Brand.

Sie gab uns kein Zeichen.

«Seht mal, wie das Wort aus meinem Mund kommt, ganz feucht und pelzig. Pfirsiche. Das ideale Wort für dieses ideale Etwas. Und wir stehen alle hier. Wenn wir alle meine Lippen beobachten, werden wir es herauskommen sehen. Pfirsiche. Was meinen Sie, Miss, falls Sie so heißen. Sollten wir ein, zwei Pfund mitnehmen? Wir sind bloß ein Paar gutaussehende Typen von der East Coast, besonders er. Hören Sie, ich hab 'ne Portion Gras draußen in meiner Plastikkiste.»

Sie ging weiter zu den Pflaumen, und wir folgten ihr. Sie war groß, und ihre Hüften hatten einen tollen Schwung.

«Na los, kommen Sie doch mit raus zu unserm Truck und legen 'ne kleine Entspannungsphase ein. Wir essen Pflaumen und rauchen Dope. Ich schreibe gerade einen Roman, in dem ich ganz direkt die Technik des inneren Monologs verwende.»

Sie sah sich nach einem Retter um, und ich betrachtete die Pflaume in ihrer feingliedrigen mediterranen Hand. An so eine Frau dachte man, wenn man sich vorstellte, man würde in Port Said eine Frau kennenlernen – älter und weiser als du selbst, von der Erde gefärbt und aus vielerlei Blut geschaffen, amüsiert über deine blonde, jungenhafte Yankee-Art, in knappen Sätzen niederschmetternde Wahrheiten austeilend –, und hier war sie, unglaublicherweise, zwischen den Pflaumen Mittelamerikas.

«Luft ist nicht unsichtbar», sagte Brand.

Sie verschwand bald. Wir legten bei unserem Wagen den Rückwärtsgang ein. Die Regale waren lang und strahlend, und ich dachte an meinen Vater. Dies war seine glitzernde Arche, Dessertcreme-Dosen mit schnörkeligen, schwanzähnlichen Kappen, Mythologie und Donnerschläge, die Lenden des grünen Riesen, Eimer voller Kraft und weißer als Weiß, Trauma in den Rechtecken der

Evangelistenschrift. (Die Ware muß von den Regalen runter.) Ein Kind saß weinend in einem Einkaufswagen. Seine Mutter gab ihm einen Strunk Bleichsellerie zum Spielen, und der Kleine war's zufrieden. «Wer liebt Mami?» sagte sie. «Sag, wer Mami liebt, Stinkhöschen. Kindi liebt Mami. Ja, Kindi liebt Mami. Na komm, sag's, Stinkhöschen. Kindi liebt Mami. Ja, ja, ja.» Frauen steckten die Köpfe in monströse Kühltruhen und kamen wieder lebendig hervor. Kassiererinnen rieben sich mit der Hüfte an den Kassen. Eine alte Dame fiel hin.

Irgendwann kamen wir zu einer Stadt, die Fort Curtis hieß. Ich saß vorne allein am Steuer und hatte ein langsames Tempo angeschlagen. Ich trug meine grüne Sonnenbrille und eine alte Khaki-Hose mit riesigen Gesäßtaschen, die so aussahen, als wären sie dazu vorgesehen, Seil, Taschenlampe und Stacheldrahtschneider zu verstecken. Es war später Nachmittag, ein ungewöhnlich warmer Tag, die Windschutzscheibe voll mit Fliegensaft, aus dem hohen Gras am Fluß kam träges Insektengesumme. Der Fluß hätte ebensogut der Wabash wie der Ohio oder der Mississippi sein können, ich hatte keine Ahnung. Ich fuhr langsam durch die schattigen, ausgestorbenen Straßen. Unter großen Ulmen standen Backstein- und Holzhäuser. Die Veranden hatten geschnitzte Pfosten. Fliederbüsche in den Gärten, Moos am Fuß der Telefonmasten und ein Musikpavillon im Park am Stadtrand. Ich fuhr noch ein bißchen herum und hielt dann vor einem Hotel, einem zweistöckigen weißen Holzgebäude. Wir hatten ein Bad nötig.

In der Halle saßen vier ältere Leute, die alle in der gleichen Zeitschrift blätterten. Ich besorgte uns ein Zimmer mit Bad und ging dann wieder hinaus zum Camper. Brand und Sullivan lagen auf ihren Pritschen und schliefen. Pike saß in seinen seitlich geknöpften Erste-Weltkriegs-Shorts Bourbon trinkend am Tisch und schnüffelte an seinen Achselhöhlen. Ich weckte Sullivan auf. Sie packte ein paar Sachen in eine Reisetasche und ging ins Hotel. Ich wartete zehn Minuten und folgte ihr dann aufs Zimmer. Als ich nach dem Türknauf griff, hörte ich das Rauschen von einlaufendem Badewasser. Die Tür war offen. Auf dem Bett lagen ein paar von ihren Sachen. Ich betrachtete das schlichte braune Gewand, ein Kleidungsstück, das sicherlich geeignet war für religiöse Selbstkasteiung. Das Zimmer hatte einen verdrießlichen städtisch-grünen Anstrich. Staub, Büroklammern und Pflasterabfälle waren in eine Ecke gefegt worden. Es gab keinen Fernseher. Der Bezug des Sessels war zerschlissen. Ich hörte, wie Sullivan sich in die Wanne legte.

«Was für niedliche alte Knacker in der Halle», sagte sie. «Wie heißt denn der Laden hier – das Menopause Hilton?»

«Woher hast du gewußt, daß ich da bin?»

«Mein Geheimnis wird mit mir sterben, Igor.»

«Sag mal, wenn du dir die Beine wäschst, hebst du dann ein Bein ganz aus dem Wasser raus und schrubbst es langsam und sinnlich, so wie die Mannequins in der Fernsehwerbung?»

«Nein.»

«Kann ich reinkommen und zugucken?»

«Nein, hat sie gesagt.»

«Wieso denn nicht? Wir sind doch erwachsen.»

«Eben deswegen.»

«Und wenn ich verspreche, mir mit einer Hand die Augen zuzuhalten, kann ich dann reinkommen und dir den Rücken schrubben?»

«Wo sitzt du?»

«Auf dem Bett.»

«Schau doch mal, ob du meine Zigaretten irgendwo siehst.»

«Hier sind sie nicht», sagte ich. «Soll ich runtergehen und sie holen?»

«Nicht nötig.»

Ich schmiß die Zigaretten und Streichhölzer unters Bett.

«Sully, hättest du was dagegen, wenn wir ein paar Tage hierbleiben würden?»

«Wegen deinem Film?»

«Ich seh mich heute abend mal um und entscheide dann.»

«Was gibt's an diesem Kaff so Besonderes?»

«Es wirkt alt, einfach und langweilig.»

«Von mir aus. Hast du die andern schon gefragt?»

«Ich glaube, sie werden nichts dagegen haben. Wir sind alle

ziemlich erschöpft. Wir können ein paar Tage Ruhe gut gebrauchen.»

«Wo sind wir überhaupt?» fragte sie.

«Könnte Indiana sein. Könnte aber auch Illinois oder Kentucky sein. Ich weiß nicht genau.»

«Ist wahrscheinlich egal. Ich weiß nicht, warum ich das jetzt frage, aber was ist eigentlich westlich von hier?»

«Ich glaube Iowa. Obwohl Iowa vielleicht weiter im Norden ist. Ich versuche mich daran zu erinnern, was unterhalb von Iowa liegt.»

«Laß ruhig. Ist egal. Ich weiß eh nicht, warum ich gefragt habe.»

Ich saß auf dem Bett und hörte mir den Raumton oder das allgemeine Hintergrundgeräusch an und filmte im Geiste eine Linie von Licht und Schatten, die über den Sessel verlief. In seinem Ton, seiner Erscheinung, in der Beschaffenheit seines Lichts und seiner Luft wirkte das Zimmer wie jenseits der Zeit, zumindest wie jenseits der Gegenwart. Für mich war es eines dieser Zimmer, die vor Jahren oder Jahrzehnten kaum einen anderen Zweck hatten, als den Haushaltswaren-Handelsvertreter mit seinen Whisky-Exzessen zu erwarten. Sehr wahrscheinlich, daß das Zimmer damals schon genauso schäbig ausgesehen hatte wie jetzt. Vielleicht war das damals der Traum, ein Touch von unaufgeräumter Begierde, doch inzwischen längst verschwunden, denn ein neues Bild hatte unsere Instinkte geweckt, Bräute, Puffmuttern und Revolverhelden des Wilden Westens, ein Bild, das zu unserem asketischen Programm paßte, der Aufstieg des niedrigen Motels, ordentlich und sauber auf dem Bodennullpunkt, mit einem elektronischen Kaninchen am Fußende des Betts. Ein Arm und eine Brust hingen von der offenen Badezimmertür. Ich hob ihr Gewand vom Bett auf und warf es in Richtung ihres Handgelenks. Die Atmosphäre des Zimmers war tot. Seit dreißig oder mehr Jahren schon war sie tot und dahin.

An diesem Abend holte ich meine Kamera raus und ging spazieren. Es war eine 16 mm Canon Scoopic, so umgerüstet, daß sie eine synchronisierte Einheit mit meinem Tonbandgerät bildete, dem neusten Modell von Nagra. Die Kamera besaß zwar kein Wechselobjektiv, aber sie war leicht, bedienungsfreundlich und schnell. Ursprünglich hatte ich auf diesem Trip in den Westen bloß einfach was filmen wollen, die weißen Schindelgesichter der mennonitischen Farmer, die hageren Bewohner von Kansas in ihrem Sonntagsstaat. Aber jetzt waren meine Pläne etwas ehrgeiziger, und sie machten mir ein bißchen angst, zumindest in ihrer unredigierten Form. Ich umklammerte den Handgriff, stützte die Kamera auf meine rechte Schulter und ging durch die ruhigen Straßen. Schon bald folgte mir eine kleine Menschenmenge.

KAPITEL 8

Erstaunlicherweise war die Bank nicht grün. Sie war hellblau und stand gegenüber dem gelben Musikpavillon. Der Spielplatz, etwas abseits gelegen, war noch farbenfroher, vielleicht als Gegengewicht zur tristen und düsteren Ausstrahlung der Mehrzahl der Geräte. Ich setzte mich auf die Bank und sah einem kleinen Mädchen zu, das am Springbrunnen vor einer Pfütze hockte und mit einem Streichholzheft Schiffchen spielte. Ich wartete, und allmählich kamen sie angerückt, ein sechsköpfiges Begrüßungskomitee, in zwei locker gruppierten Dreierteams. Als erste kamen ein alter Mann und zwei alte Damen, dann ein Teenager, der zwei Männer anführte, die so aussahen, als hätten sie auf irgendeinem Schrottkahn vor Guadal schon so einige Nachtwachen zusammen erlebt (in den Warner-Brothers-Vierzigern) und über den Autokarosserie-Laden geredet, den sie aufmachen würden, wenn sie wieder in den Staaten wären. Es war natürlich die Kamera, die sie interessierte, dieses postlineare Konversationsstück, und sie umringten mich abwechselnd, stellten sich vor, richteten Fragen an mich und waren überaus freundlich, insgeheim ihre Empörung für den Augenblick vorbereitend, da ich unhöflich würde. Aber ich bewies von Anfang bis Schluß gute Manieren, ein Gast an heiligen Orten.

Der alte Mann hieß Mr. Hutchins und sagte, er wolle entweder Mr. H oder Hutch genannt werden, wobei letzterer Name von seinen Kumpels in Florida bevorzugt wurde. Die Frauen waren seine Ehefrau und seine Schwester, Flora und Veejean, und sie schienen so Mitte Sechzig zu sein, schön, lächelnd und stumm, ein Paar in der Sonne fixierter Spitzengardinen. Hutch hatte einmal eine Argus besessen, die er sich hatte schicken lassen. Er sagte, die ganze Ausrüstung habe ihn nur hundertfünfzig Dollar gekostet – Kamera, Projektor, Stativleinwand, Kameratasche und eine Filmrolle. Sein Material über die Everglades hatte er einmal im Souterrain der Methodistenkirche vor einem vollen Haus gezeigt.

Die anderen Männer waren Glenn Yost und Owney Pine, und der Junge war Glenn Yost Jr., der aber lieber Bud genannt werden wollte. Wie sich herausstellte, kannten sich die beiden Gruppen nur vom Sehen her. Sie wohnten in unterschiedlichen Vierteln der Stadt und waren jetzt nur durch den Anblick der Kamera hier zusammengeführt worden, wobei die Neugier des Jungen ebenso groß war wie die des alten Mannes.

«Wieviel hat die Kamera gekostet?» fragte Bud.

«Zwölfhundert und ein paar Zerquetschte.»

Das entlockte Mr. H einen Pfiff.

«Ich krieg diesen Sommer vielleicht eine Super-8», sagte der Junge. «Ich hoffe eine Bolex 155. Wir haben eine Film-AG in der Schule. Bis jetzt hab ich noch nicht soviel gemacht, weil das ziemlich dürftig ist, was die da an Ausrüstung haben. Aber wenn ich eine Bolex kriegen kann, dann würde ich ausrasten. Was für Brennweitenbereich hat denn das Ding da?»

Sein Vater stand hinter ihm, nachdenklich und trübsinnig, das linke Auge zuckte, der Kopf war so schräggelegt, daß er beinahe die Schulter berührte, und er erinnerte mich an den alten Ersatzwerfer Hoyt Wilhelm, wie er da auf dem Wurfmal stand und auf das Zeichen wartete, die Finger fest an der Ballnaht, Männer auf First und Third und keiner draußen, und niemand auf der Welt, den's interessierte. Am Rand des Pavillons saß ein junger Mann mit einer Gitarre.

Mr. Hutchinson bezeichnete sich, ohne einen konkreten Zusammenhang zu nennen, als Genauigkeitsfanatiker. Dann sagten er und die Damen gute Nacht, wollen doch nicht die Bob-Hope-Show im Fernsehen verpassen, und wir sahen zu, wie sie an einem riesigen skelettartigen Schwungrad vorbei und hinaus auf die Straße gingen. Bud und ich versuchten, uns gegenseitig mit allen möglichen verrückten technischen Daten zu übertreffen und damit die beiden älteren Männer einzuschüchtern. Schließlich legte Owney Pine seinen dicken weißen Arm um den Kopf des Jungen und hielt ihm scherzhaft den Mund zu. Etwa eine Minute lang hielt er ihn so, und es war eine gegenseitige Zuneigung in dieser kleinen Szene zu spüren, als der Mann sich seelenruhig schieben und schubsen ließ, den strampelnden Jungen kaum wahrnehmend, der mit seinen aufgeschossenen fünfzehn oder sechzehn Jahren sicherlich nicht leicht festzuhalten war.

«Haben Sie vor, eine Weile hierzubleiben?» fragte Glen.

«Vielleicht ein paar Tage. Meine Kamera scheint sich für diesen Ort hier zu interessieren.»

«Sind Sie so einer von diesen Medienleuten?» fragte Owney, immer noch den sich windenden Bud in seinem Griff.

«Ich bin ein unabhängiger Filmemacher. Ich bin gerade auf Schauplatzsuche. Was halten Sie davon, in einem Film mitzuspielen?»

«Hoooo.»

«Überlegen Sie sich's doch mal», sagte ich.

Bud drängte sich jetzt mit einer weiteren Frage dazwischen, und Owney ließ ihn los. Wir unterhielten uns noch ein bißchen. Der junge Mann ließ sich vom Rand des Pavillons herunter und steuerte auf uns zu. Er trug die Gitarre über der Schulter und schleifte einen Proviantbeutel auf dem Boden hinter sich her. Ein dünner, gebrochener Junge in zerfallenden Klamotten, der sich über irgend etwas enorm zu freuen schien. Die anderen wichen leicht zurück, als er näherkam – ein xenophober Rückzug eigentlich, den ich eher spürte als tatsächlich sah.

«He, was ist das für eine? Eine 8 oder eine 16?»

«Eine Scoopic 16. Im Grunde eine Reportage-Kamera.»

«Ich bin zu Fuß nach Kalifornien unterwegs», sagte er.

Er stand da, lächelnd, in knöchelhohen Basketballschuhen. Glenn Yost meinte, er und Bud müßten jetzt allmählich nach Hause, um einen Blick auf die Mehlwürmer zu werfen. Er erzählte, Bud grabe Würmer aus und verkaufe sie als Köder. Sie wurden im Keller aufbewahrt, in großen Gläsern. Er und Bud schauten gern jeden Abend gegen Sonnenuntergang bei den Würmern vorbei, weil das die Zeit war, wo sie hauptsächlich ihr Gewusel veranstalteten, und Vater und Sohn machte es einen ganz besonderen Spaß, Würmern beim Wuseln zuzusehen, vor allem in Massen. Glenns linkes Auge stotterte wieder. Ich war mir nicht sicher, ob es sich hier nicht um irgendeine regionale Sorte von raffiniertem, doppelt-verdrehtem Humor handelte. Die Miene des Jungen war unverbindlich, und ich dachte, sie wollten mich vielleicht zum Narren halten, sich über die Überzeugung des Großstadtmenschen lustig machen, das Kleinstadtleben sei eine Kapitulation vor eben solchen winzigen Toden, Würmerbeobachten und Freimaurerhändedrücke. (Oder versuchten sie, die Macht der langhaarigen Schlange zu bannen, ihn mit Würmern abzulenken, während die Bürger seine Gitarre in Brand setzten?) Owney Pine sagte, er würde gleich mit ihnen mitgehen. Die Parklaternen gingen an.

«Ich bin vor etwa drei Monaten losgegangen», sagte der junge Mann. «Ich bin in Washington D.C losgegangen, es wird also fast ein Coast-zu-Coast-Marsch. Ich hab versucht, eine grade Linie zu laufen, von D.C. nach Frisco, aber ich bin ein bißchen nach Süden abgekommen. Ist wahrscheinlich noch genug Zeit, um wieder auf Kurs zu kommen.»

«Ungefähr zweitausend Meilen. Ich bin Dave Bell. Wie heißt du?»

«Richard Spector. Manchmal kann ich mich kaum dran erinnern. Ist schon so lange her, daß er irgendwas bedeutet hat.»

Er setzte sich neben mich, zog die Füße auf die Bank und schmiegte sich an seine Beine an. Er sah sehr zerbrechlich aus, und Haare bedeckten einen Großteil seines Gesichts. Beim Sprechen sah er mir direkt in die Augen, aber ohne irgendeine unterschwellige Herausforderung in seinem Blick, ohne das Gefühl zu vermitteln, daß im nächsten Moment die Ideologien aufeinanderprallen würden, und ich hatte das Gefühl, er habe sich von diesen Dingen freigemacht und eine Haltung angeeignet, die allein durch die Länge eines jeden fußwunden Tages bestimmt wurde.

«Man hat sich immer rührend um mich gekümmert», sagte er. «Die Leute verköstigen mich, und manchmal krieg ich auch einen Platz zum Schlafen. Am Anfang gibt's immer eine Menge befremdete Blicke, von wegen Was-ist-das-denn? Aber wenn ich ihnen erzähle, daß ich zu Fuß nach Kalifornien unterwegs bin, lassen sie sich von der Verrücktheit der Sache anstecken. Die Leute können wirklich ganz toll sein, wenn man es schafft, daß sie ihren Kleinkram vergessen und sich für was Verrücktes begeistern. Die haben sich wirklich großartig um mich gekümmert. Ich hab mein ganzes Erspartes mitgenommen, etwa siebenhundert Dollar in bar und Reiseschecks, und ich hab jetzt nach drei Monaten erst an die hundertfünfzig Dollar ausgegeben, für Essen und für Hotelübernachtung, wenn es nachts zu kalt war zum draußen Schlafen und ich keine andere Übernachtungsmöglichkeit finden konnte.»

«Ich möchte nicht entmutigend klingen, Richard, aber du siehst schrecklich kaputt und runtergekommen aus.»

«Du hättest mich mal sehen müssen, bevor ich losgegangen bin.»

Wir lachten beide, und dann fragte er, ob er mal die Kamera in die Hand nehmen könne. Ich schraubte ihm die Objektivschutzkappe ab, und er nahm die Kamera, stand auf, legte das Auge an die Okularmuschel und machte einen langsamen, virtuosen 360-Grad-Schwenk vom Park. Ich hörte, wie ein Auto abrupt anhielt, und schaute mich um. Zuerst sah ich hinter der Scheibe auf der Beifahrerseite das Gesicht einer jungen Frau und danach Kopf und Schultern eines Mannes etwa in meinem Alter, der auf der anderen Seite hinter dem Dach des Wagens auftauchte und in unsere Richtung sah. Offenbar überzeugt, daß er recht getan hatte zu halten, setzte er sich wieder hinters Steuer, legte den Rückwärtsgang ein und parkte schnell mit quietschenden Reifen. Wieder in unsere Richtung blickend stieg er aus, schlug die Tür mit einem gewissen verächtlichen Elan zu und kam dann durch den Parkeingang, und jetzt war klar, daß sein Blick weder auf Richard noch auf mich gerichtet war – zu meiner beträchtlichen Erleichterung –, sondern auf die Kamera in Richards Händen. Die junge Frau folgte ihm langsam, eine geschmeidige Blondine um die fünfundzwanzig, in ihrer ruhigen Blüte, hübsch und träge und noch nicht verletzt und überhaupt nicht verliebt. Richard gab mir die Kamera zurück. Der Blick des Mannes folgte ihr bis in meine Hände.

«Arbeitet das Ding mit Synchronimpuls?»

«Genau», sagte ich.

«Ton?» fragte er.

«Genau.»

«Ich bin Austin Wakely. Die Dame ist Carol Deming. Ich hab das Ding vom Auto aus gesehen und mir gesagt, das muß ich mir mal näher ansehen. An was sind Sie grade dran?»

«Unter-Underground», sagte ich.

«Aber mit Ton.»

«Ein bißchen Ton. Hin und wieder.»

«Ich bin Schauspieler», sagte er.

«Er ist Schauspielschüler», sagte Carol.

Ich stellte mich vor, erzählte, wo ich herkam, und lud sie ein, sich zu mir auf die Bank zu setzen. Da merkte ich, daß Richard Spector nicht mehr da war. Er saß wieder auf dem Rand des Pavillons.

«Ich studiere bei Drotty», sagte Austin.

«Wer ist das?»

«Er kommt ursprünglich aus Minneapolis. Er hat dort mit Guthrie gearbeitet. Aber er ist ein Individualist, der die freie Form braucht, und es wurde für ihn immer unhaltbarer zu versuchen, in einem strukturierten Milieu zu arbeiten. Deswegen ist er nach McCompex gegangen. Das ist das neue Institut fünf Meilen östlich von hier. Drüben im Osten hat man noch nichts davon gehört, aber das kommt noch. Ausgeschrieben heißt es das McDowd Communications Arts Complex. Der normale Kurs ist nächsten Monat zu Ende. Ich bleibe noch zum Sommerkurs. Bevor ich nach McCompex gekommen bin, habe ich überall alle möglichen Gelegenheitsjobs gemacht. Ich komme ursprünglich aus Washington, Staat.»

Carol saß zwischen uns.

«Es geht um die Frage, wer ich bin und was ich sein will», sagte Austin. «Ich muß mich auf irgend etwas beziehen können. Drotty ist ungesellschaftlich. Ich hab eine Menge von ihm gelernt. Er ist natürlich homosexuell. Das sind sie alle. Er leidet unter Spannungen und Ängsten und raucht viel. Das tun sie alle. Aber Drotty hat mir etwas beigebracht, und zwar folgendes. Der gesellschaftliche

Druck ist enorm, aber man hat immer die Möglichkeit, das Muster aufzubrechen. Schauspielerei ist Liebe. Was war das doch gleich, was die Nazimova gesagt hat?»

Ich verschob mein Bein ein klein wenig, um den winzigsten Bruchteil eines Zentimeters, und Carol und ich berührten uns. Sie saß völlig unbeweglich da, während Austin redete. Ich machte noch eine Bewegung, und jetzt berührten wir uns von Schenkel bis Knie. Es war eine unendlich subtile Situation. Möglich, daß sie den geringen Druck meines Beins nicht bemerkte. Möglich, daß sie ihn bemerkte, aber sich nichts weiter dabei dachte. Oder möglich, daß sie von Anfang an wußte, was ich da tat. Ich schob meinen Arm vorsichtig in ihre Richtung. Austin redete immer weiter. Jetzt berührten sich unsere Unterarme, der Hauch eines Küstenwinds zwischen den Partien nackter Haut, die kaum in Kontakt waren, Haut, die in fast unsichtbaren silbernen Haarspitzen auslief. Trotzdem blieb Carol weiter reglos, keinerlei Signal in die eine oder andere Richtung. Ich wartete einige Minuten. Dann schob ich meine rechte Hand über meinen Schoß und legte sie über mein rechtes Knie. Carol blickte geradeaus. Ich war extrem nervös. In den nächsten paar Sekunden würde sich zeigen, ob sie es wußte und wie sie auf dieses Wissen reagieren würde. Ich wollte nicht enttäuscht werden. Es war wichtig, daß sie mir das richtige Signal gab. Ich ließ meine Hand sehr langsam in den Spalt rutschen, den unsere beiden Beine bildeten. Ich ließ sie dort. Wir blickten beide geradeaus. Dann spürte ich einen leichten Druck von ihrem Schenkel, eine leichte und angenehme Wärme an meinen Fingerspitzen, die leichteste Andeutung einer Gewichtsverlagerung, einen sich spannenden Muskel, ohne sich zu bewegen drückte ihr Körper Bewegung aus, fand ein neues Gleichgewicht, verlagerte sich innerlich, verlagerte sich zu mir hin. Ich erwiderte den Druck und rückte dann einige Zentimeter ab. Austin redete immer weiter, und ich entspannte mich allmählich. Carol und ich blickten geradeaus. Es war mein erster Ego-Moment seit New York.

Austin sagte mir, wie ich ihn erreichen konnte und daß er gerne mehr über mein Vorhaben erfahren würde. Erst jetzt merkte ich, wie gut er aussah. Er hatte dunkle Haare und Augen, breite Schultern. Er strahlte eine herrliche Intensität aus. Wir standen alle auf, und Austin und ich schüttelten einander die Hände. Carol stand abseits, die Arme unter der Brust gekreuzt, normalerweise die Hausfrau-am-Gartentor-Haltung, fürs Tratschen und Austauschen von Putzmitteltips, aber die Hüfte war ein wenig vorgeschoben, ihr Blick interessiert und nachdenklich, und dadurch war der andere Eindruck mehr als wettgemacht. Ich sagte Austin, daß sein Wagen, ein grüner Barracuda, mir gefalle, und im Verlauf der nächsten paar Sätze gelang es mir, darauf hinzuweisen, daß mein roter Mustang, zur Zeit in Maine, genau die gleiche hohe Heckpartie hatte, plus doppelte Rennspiegel.

Als sie davonfuhren, nickte ich Richard zu. Er ließ sich vom Rand des Pavillons herunter und ging mit mir zurück zum Camper. Wir unterhielten uns eine Weile mit den anderen. Später, beim Abendessen, das aus Corned Beef und Sangria bestand, verkündete Sullivan, daß Richard Spector hinfort Kyrie Eleison heißen würde. Ich griff nach dem Tonbandgerät.

«Ich war vorher Bote im Justizministerium in Washington», erzählte er. «Ich hatte das Gefühl, allmählich durchsichtig zu werden. Es kam mir so vor, als könnten die Leute nach dem Essen sehen, was ich im Magen hatte. Das war nur eine von den Sachen, die da bei mir im Gange waren. Ich hatte plötzlich Angst, daß sich von Regierungsgebäuden Brocken lösen und mir auf den Kopf fallen könnten. Aber ich glaube, das Schlimmste war, wenn ich in einer belebten Straße unterwegs war. Ihr wißt doch, wie die Leute immer hin und her manövrieren, wenn die schnellen Läufer versuchen, die Langsamen zu überholen. Da gibt's immer eine Menge Gerempel, und die Schnellen treten den Langsamen immer auf die Hacken und ziehen ihnen die Schuhe aus. Ich war ein schneller Läufer. Ich hatte es immer eilig, auch wenn ich einen ziellosen Bummel machte, und es hat mich immer geärgert, wenn mir die langsamen Läufer im Weg waren. Einmal wollte ich einen alten Mann überholen, der ständig zum Bordstein abschweifte und mir den Weg versperrte, und da hab ich plötzlich gemerkt, wie ich ihn drinnen in meinem Kopf angebrüllt habe, wie ich innerlich und stumm gebrüllt habe: ACHTUNG! ACHTUNG! Ich hab die

Worte nicht ausgesprochen. Ich hab sie nur im Geist gebrüllt. Und dann hab ich das ständig gemacht. ACHTUNG, hab ich zu den Leuten gesagt. WEG DA! WEG DA! Und ich konnte die Worte in Großbuchstaben in meinem Kopf sehen, wie in einem Cartoon. Eines Tages ist eine Frau dann ganz plötzlich langsamer geworden, und ich wär fast in sie reingerannt. Jetzt hab ich in meinem Kopf ein neues Wort gebrüllt: STIRB! Wahrscheinlich wäre sie auch gestorben, wenn ich es laut gesagt hätte. Es war wirklich ein ekelhafter innerer Schrei, und ich konnte das Wort in roten Buchstaben und mit einem großen Ausrufezeichen in meinem Schädel sehen. Mir wurde allmählich klar, daß ich nicht normal war. Ich war jemand, der die Straße entlangging und unschuldigen Menschen innerlich STIRB! entgegenbrüllte. Nachdem das einige Monate so in dem Stil weitergegangen war, unternahm ich den bewußten Versuch, das Wort nicht mehr zu brüllen. Aber es war zu spät. Es sprang mir einfach automatisch in den Kopf. STIRB! STIRB! Ich sag euch, was ich für einer war. Ich war so einer, der sich immer in die Ehefrauen seiner besten Freunde verliebt.»

«Hast du inzwischen aufgehört, STIRB zu brüllen?» fragte Sullivan.

«Ich hab an dem Tag damit aufgehört, an dem ich meinen Job gekündigt habe, und hab's seitdem nicht mehr gebrüllt. Ich hab seitdem überhaupt nichts mehr gebrüllt. Ich sag euch, wer ich auch noch war. Ich war so einer, der immer diese Listen mit den Namen der Toten und Vermißten liest, die die Zeitungen abdrukken, wenn ein Flugzeug abgestürzt ist. Ich hab diese Listen richtig zwanghaft gelesen. Ich weiß nicht, was ich erwartet habe, da zu finden. Den Namen eines Freundes? Meinen eigenen Namen? Eine lange Liste mit den Namen von Toten ist das Deprimierendste, was man überhaupt lesen kann. Einige Namen sind unvollständig, und bei einigen steht kein Geburtsort dabei. Dann werden die Vermißten aufgeführt. Wie kann denn jemand nach einem Flugzeugabsturz vermißt sein? Wo würden sie hingehen? Ich sag euch, was ich auch noch gemacht habe. Es war mir irgendwie peinlich, die Namen von Leuten auszusprechen, vor allem die Namen von guten Freunden oder Verwandten. Aus irgendeinem Grund konnte ich sie nie mit ihren richtigen Namen ansprechen. Dämlich, daß einem so was peinlich sein kann. Ich hab die Leute dann immer Max, Charlie, Guido oder Steve genannt. Das waren die vier Namen, die ich am meisten benutzt habe. Ich hatte keinen bestimmten Namen für eine bestimmte Person. Namen und Personen waren austauschbar. An einem Tag konnte ich zu jemand Max sagen, und am nächsten Guido. Der Name konnte sogar von einem Satz zum nächsten wechseln. Es schien niemand zu stören. Das ist wahrscheinlich so, wie wenn einer Kumpel oder Freund zu einem sagt. Ich weiß nicht, warum ich mir gerade Max, Charlie, Guido und Steve ausgesucht habe. Bei Frauen hatte ich keine Probleme. Frauen hab ich immer mit ihrem richtigen Namen angesprochen. Wieso konnte ich nicht Männer mit ihrem richtigen Namen ansprechen?»

«Hat sich das auch geändert?» fragte ich.

«Alles hat sich geändert», sagte er. «Es macht mir auch nichts mehr aus, daß ich kein Französisch sprechen kann. Das hat mich früher gestört. Mein Vater spricht sehr gut französisch. Er hat ständig Leute zum Abendessen eingeladen und französisch mit ihnen gesprochen. Das war seine Art, Macht über mich zu behalten. Aber jetzt ist mir der ganze Krempel egal. Ich hab keine Angst mehr. Es gibt einen Haufen Leute wie ich, die ausgebrochen sind. Uns interessiert die Macht nicht, nach der die Älteren greifen. Die versuchen, uns klein zu halten, indem sie französisch sprechen und wissen, wie man Whisky Sour mixt, und indem sie Anzüge tragen, bei denen sich die Knöpfe an den Jackenärmeln wirklich aufknöpfen lassen. Aber viele von uns sind ausgebrochen. Uns ist es wurscht, daß wir nicht wissen, wie man die Namen von französischen Weinen ausspricht. Was gibt's denn an kalifornischen Weinen auszusetzen? Was soll's, wir sind hier in Amerika. Es mag zwar schlecht sein, aber wir müssen lernen, damit zu leben.»

Kyrie schlief in dieser Nacht im Hotelzimmer. Wir anderen machten es uns auf unseren Pritschen im Camper bequem. Kurz vor dem Einschlafen stellte ich mir vor, ich würde mit Brand kämpfen. Wir schlugen Dutzende von Malen aufeinander ein. Dann kreuzten andere Dinge meine Gedanken, Sachen, Dinge in meiner Wohnung, die Formen von Gegenständen, die ich in letzter Zeit nicht mehr berührt hatte, die Olivetti Lettera 32, die Nikon F, und dann Mädchen in lila Strümpfen, die über eine Ebene aus Papier rollten, und James Joyce, Antonioni und Samuel Bekkett, die in meinem Wohnzimmer saßen, sechs an den Fußknöcheln gekreuzte Beine, Tana Elkbridge nackt im Riverside Drive, während ihr Mann in dreißigtausend Fuß Höhe *Business Week* las, und Jennifer, nackt in den West Eighties, ihre Hüftknochen hatten etwas Rührendes, und Meredith nackt in Gramercy Park, und Sullivan nackt in der Badewanne. Dann kämpften wir wieder. Ich wich vor einer langen Rechten zurück und reagierte mit einer Linken gegen den Wangenknochen und einer kurzen geraden Rechten voll auf die Kinnspitze. Brand ging in die Knie und hing dort, Blut atmend. Ich trat ihm in den Bauch und schlief ein.

Am nächsten Morgen frühstückten wir in einer Cafeteria. Männer in kurzärmeligen Hemden kamen und gingen. Ich krümmte meine Hand zu einer Kralle. Brand saß lachend am Tisch. Dann fing Sullivan an zu lachen. Die Leute am Tresen blickten sich nach ihnen um. Brand saß überm Tisch zusammengesunken mit gefalteten Armen da und nickte vor Lachen mit dem Kopf. Sullivan saß steif da, Brand gegenüber, und lachte über seinen Kopf hinweg. Ich krümmte beide Hände zu Krallen und wippte auf meinem Stuhl auf und ab. Die Lippen leicht geöffnet und in den Mundwinkeln nach unten gezogen, entblößte ich meine untere Zahnreihe und vergrub sie in meine Oberlippe. Ich wußte, daß sie nicht über mich lachten, und doch fuhr ich fort, schaurige Fratzen zu schneiden und in der Luft herumzukrallen. Ich wollte unbedingt mitspielen. Ich wußte nicht, warum sie lachten, und drum tat ich, als lachten sie über mich. Pike fing an zu lachen. Ich drehte mich zu den Leuten am Tresen und krallte hinter ihren Rücken herum. Jetzt lachte Kyrie. Als die Kellnerin mit unserm Essen kam, sah Brand zu ihr auf und fiel vor lauter Geheule beinahe vom Stuhl. Meine Klauen wurden wieder zu Händen. Kyrie zeigte auf sein Rührei, was bei ihnen eine neue Woge von Gelächter in Gang setzte. Die Kellnerin lächelte, als sie beim Tisch stand und die Rechnung schrieb. Brand deutete auf ihren Stift. Sie sah ihn an und fing an zu lachen. Alles war komisch. Es war ein klarer Frühlingstag, und plötzlich war alles komisch. Ich ging zur Toilette und betrachtete mich im Spiegel.

Sie lachten das ganze Frühstück hindurch. Es brauchte nur jemand auf etwas zu zeigen, und schon lachte alles. Die Ketchup-Flasche war zum Schreien komisch. Brand nahm ständig die Brille ab und putzte sie mit einer Serviette. Er hatte ein Gesicht, wie man es in jedem Rundbrief ehemaliger Studenten finden konnte. Stellvertretender Betriebsleiter der Schaumstoff-Abteilung, Tenneco Chemicals, East Rutherford, N.J. Ausbildungsoffizier, Schule für Waffensysteme der Air University, Maxwell AFB, Ala. Brand, der Juniorpartner. Der junge Republikaner. Er war etwa zwei Zentimeter größer als ich. Er wog an die 95 kg. Seine Augen waren schmutzige Glasscheiben, grau und mit einem sehr fernen Blick. Jetzt erhob er sich und segnete mit völlig unbewegter Miene das Restaurant, indem er mit der Rechten über den Köpfen der versammelten Männer und Frauen das Kreuz machte. Ich beendete mein Frühstück und ließ einen Zwanzig-Dollar-Schein auf dem Tisch. Pike folgte mir nach draußen. Wir standen auf dem Bürgersteig vor dem Hotel. Es hieß Ames House, wie ich feststellte.

«Mal sehen, ob du mir das hier beantworten kannst», sagte Pike. «Du kannst dir mit der Antwort soviel Zeit lassen, wie du willst. Jetzt kommt's. Schlitz einem Killer-Wal den Bauch auf, und wie viele Robben und Delphine wirst du höchstwahrscheinlich vorfinden?»

«Ich laß mir mit der Antwort lieber etwas Zeit.»

«Zwei Dutzend», sagte er.

Um zwölf mußte das Zimmer geräumt sein. Ich ging noch mal hoch, rief unten an und bat die Stimme, mich mit meinem Büro in New York zu verbinden. Als sich das Mädchen in der Senderzentrale meldete, sagte ich ihr, ich wolle mit David Bell sprechen. Das war ein komisches Gefühl. Binky nahm ab.

«Vermißt du mich?» fragte ich.

«Wer ist da?»

«Der Mensch, den du von allen in der Welt am meisten bewunderst.»

«Lassen Sie den Quatsch.»

«Dave Bell werd ich genannt, im Fernsehen bin ich schon bekannt.»

«David, wie geht's?»

«Vermißt du mich?»

«Ja, es ist hier so langweilig.»

«Hier ist es auch langweilig.»

«Wo bist du?» fragte sie.

«Fifty-third und Lex.»

«Weißt du das Neueste? Es geht das Gerücht um, daß Grove Palmer schwul ist. Jody hat mir erzählt, daß Sid Slote ihm auf Bermuda zufällig über den Weg gelaufen ist und er sich da mit ziemlich miezigen Typen rumgetrieben hat.»

«Wundert mich nicht.»

«Und rat mal, was sonst noch los ist.»

«Schieß los.»

«Das solltest du eigentlich raten. Harris Hodge. Der erste Ersatzmann, den Weede nach der Massenvergewaltigung und Hinrichtung angeheuert hat. Er war gestern das erste Mal da.»

«Wie sieht er aus?»

«Ein wirklich fescher Typ, David. Hat einen tollen Sinn für Humor. Und er sieht wirklich süß aus. Hallie findet, er sieht aus wie Paul Newman, nur jünger.»

«Wieviel jünger? Ich will sein genaues Alter wissen.»

«Das hab ich noch nicht rauskriegen können.»

«Könntest du vielleicht mal deinen Arsch bewegen?»

«Werd jetzt bloß nicht sauer.»

«Was gibt's sonst noch?» fragte ich.

«Trotzki hat wieder zugeschlagen.»

«Wann?»

«Vor zwei Tagen.»

«Toll. Toll. Mit welchem Namen war das Memo unterschrieben? Warte, laß mich raten.»

«Kommst du nie drauf», sagte sie.

«Ich schätze, es war so langsam Zeit für einen Giambattista Vico.»

«Du kommst nie drauf, Süßer.»

«Gestern ist mir Beckett durch den Kopf gegangen. War es Bekkett?»

«Du errätst es nie, also sag ich's dir lieber. Es ist jemand mit drei Namen. Otto Durer Obenwahr.»

«Diesmal hat sich Trotzki ja wirklich was Besonderes einfallen lassen.»

«Das kann man wohl sagen. Alles fragt sich, wer dieser Otto Durer Obenwahr ist. Ed Watchold hat heute morgen seine Sekretärin in die Bibliothek geschickt. Das ganze Haus ist in Aufruhr.»

«Was steht drin? Wie lautet das Zitat?»

«Ich hab's für dich aufgehoben. Bist du bereit? *Narren! Narren! Die Quadratur des Kreises ist ein Kinderspiel. Das Umgekehrte ist es, das zur himmlischen Vision führt.*»

«Interessant», sagte ich.

«Was meinst du, was das bedeutet?»

«Sehr interessant.»

«Vielen Dank.»

«Hör zu, versuch, alles über diesen Mistkerl Harris Hodge rauszukriegen. Vor allem wie alt er ist.»

«Okay.»

«Mag Weede ihn?»

«Sie gehen morgen zusammen mittagessen.»

«Krieg raus, ob Weede ihn mag. Ich ruf dich noch mal zwischen hier und den Navajos an.»

«Okay. Viel Spaß noch.»

«Bis dann, Binky.»

«David, fast hätt ich's vergessen.»

«Ja?»

«Ted Warburton mußte ins Krankenhaus gebracht werden.»

«Wann war das?»

«Gestern nachmittag. Er ist an seinem Schreibtisch zusammengebrochen.»

«Wiedersehen», sagte ich.

Wir verbrachten den ganzen Nachmittag zu fünft im Camper. Pike trank Old Crow aus einem Pappbecher und stieß ein gelegentliches Knurren aus. Vor uns lagen die Rockies, schweißtriefend, mit kratzenden Pranken, zum Sprung bereit, sein Wächter der Löwe. Brand hatte sich hinter seiner Brille verloren, auf der Rückreise, so vermutete ich, zu irgendeinem zeitlosen Raum im Mittelpunkt seines Seins, verpfuschte Erinnerungen an vier Wände und den grauen Medizinmann. Kyrie biß sich in den Knöchel seines rechten Daumens. Jemand stieß beim Einparken leicht gegen unsere hintere Stoßstange, und wir nickten. Ich trug meine Komantschen-Mokassins, eine grüne Breitkord-Hose mit einem Militärgürtel und ein schwarzes Sporthemd.

«Sully, wer ist Otto Durer Obenwahr?»

«Experte für flüssigen Sauerstoff und Höhenbremsfallschirme.»

«Mal ernsthaft, schon mal von ihm gehört?»

Sie versuchte, aus der Zeitung, die sie las, Kreise herauszureißen. Sie riß Kreise heraus und gab sie Kyrie. Er saß auf dem Boden. Er reichte die Kreise Brand hoch.

«Ich geh ein bißchen spazieren», sagte ich.

«Bring ein paar Mars-Riegel mit», sagte Brand.

«Ich krieg von dir noch was von den zwanzig raus», sagte ich. «Ich hab einen Zwanziger auf dem Tisch gelassen.»

«Mich brauchst du nicht so anzusehen, Davy. Ich hab die Rechnung nicht bezahlt.»

«Ich hab sie auch nicht bezahlt», sagte Kyrie. «Mich brauchst du auch nicht so anzusehen.»

«Von irgend jemand krieg ich noch was von dem Zwanziger raus.»

«Ich bin zur gleichen Zeit gegangen wie du», sagte Pike.

«Von irgendwem krieg ich was wieder. Ständig zahl ich hier für alles.»

«Bring ein paar Brustbeeren-Bonbons mit», sagte Kyrie.

Ich ging eine Straße hinunter, die die Traurigkeit aller Straßen hatte, die aus einer Stadt herausführen, eine Blues-Straße, Ölflecke von riesigen Lastern, eine Ampel, die hoch über einer leeren Kreuzung schwebte. Ich ging über die Straße auf ein Gebäude zu, an dem ein Neonschild mit Bierwerbung hing. Ich fand das Telefon, rief beim McDowd Communications Art Complex an und verlangte Carol Deming. Es war ein Wandtelefon im hinteren Teil des Raumes. An der Bar standen drei Automechaniker. Ich registrierte einen Flipper, einen Kegelkasten, eine Musikbox und ein Shuffleboard mit drei Stahlscheiben, die in Kolophonium lagen. Dann hörte ich Carols Stimme.

«North Atlantic Treaty Organization.»

«Hallo, ich war mir nicht sicher, ob ich dich da finden würde. Hier ist David Bell – der vom Park.»

«Tut mir leid, Sie sind mit dem Anrufbeantworter von NATO, Brüssel, verbunden. Es ist niemand da. Möchten Sie eine Nachricht hinterlassen?»

«Ich bin in einer Bar in der Howley Road.»

«Buster's», sagte sie. «Eine ehemalige Feuerwehrwache.»

«Hast du einen Wagen?»

«Ich kann Austins nehmen.»

«Wird er nichts dagegen haben?»

«Natürlich wird er was dagegen haben.»

Ich setzte mich an die Bar und bestellte mir einen Scotch. Der Aschenbecher vor mir war voller abgeschnittener Fingernägel. Als sie kam, war ich gerade beim dritten Glas. Ihr Gang bewirkte, daß ihr Rock sanft über ihre Beine wallte, und ich fühlte mich als Glückspilz, voller Improvisationslust, eine schön entspannte Musik im Kopf, und ich wußte, daß die Automechaniker sie musterten, aber nicht mit der zwischen Schmiere und Kurbelgehäuse beheimateten Lüsternheit, sondern eher mit einer kleinen Freude, fand ich, mit einem winzigen Freudensprung des Fleisches, dem leichten glücklichen Gefühl, wenn man ein hübsches Mädchen mit nackten Beinen durch einen Raum gehen sieht, mit einem Lächeln, das verrät, daß sie gerne eine Frau ist, die betrachtet wird. Ich versuchte, meine Freude nicht allzu sehr zu zeigen. Sie warf einen Blick auf meinen Drink und verlangte das gleiche.

«Ich war mir nicht sicher, ob du auch im McCompex wohnst. Ich dachte, es sei unter Umständen nur er. Du hast gestern nichts davon gesagt. War das erst gestern, wo wir uns kennengelernt haben?»

«Dazu gibt's nicht viel zu sagen, David. Ich beschäftige mich nur, während ich darauf warte, daß sich mein Mann von mir scheiden läßt. Ich hatte etwas Geld gespart, und ich wollte immer schon gern Schauspielerei studieren. Und so bin ich hier runtergekommen.»

«Von wo?»

«Detroit», sagte sie.

«Ist das deine Geburtsstadt?»

«Ich war ein Army-Sproß. Ich hab in neun Staaten gelebt.»

«Und was hast du in Detroit gemacht?»

«Wir haben jeden Freitagabend was in der Zebra Lounge getrunken. Das haben wir gemacht.»

«Du meinst, mit Leuten aus dem Büro.»

«Du weißt doch, wie das freitags ist. Jeder will sich bei ein paar Drinks entspannen. Früher gab's für die Stammgäste Cocktailhappen. Wir waren die Stammgäste.»

Wir plauderten und tranken eine Weile. Ich fühlte mich wohl und locker, an der Schwelle zu einem inspirierten Dialog, Drink Nummer vier, eine aufsteigende blasse Flamme. Carol holte ein Päckchen Gauloises aus ihrer Handtasche. Ich zündete ihr eine an, und der süße, böse Geruch lag flach auf dem hängenden Rauch.

«Gehörte zu den Stammgästen im Zebra auch ein extravertierter Mensch, der immer mit dem Kellner scherzte und gerne exotische Drinks bestellte?»

«Fred Blasingame», sagte sie.

«Kannst du mir ein paar von den Drinks nennen, die er bestellt hat? Das ist wichtig.»

«Ich erinnere mich, daß er einmal einen Americano bestellt hat. Ein anderes Mal hat er einen Black Russian bestellt.»

«Ich glaube, wir kommen ein gutes Stück weiter. Wenn du ein Bad nimmst, Carol, streckst du dann ein Bein aus dem Wasser und schrubbst es irgendwie so langsam und sinnlich?»

«Du gehst zu weit.»

«Carol, wie stehst du zum Krieg?»

«Ich kann mich irgendwie nicht engagieren, vielleicht weil die ganze Sache so halbherzig ist.»

«Menschen sterben.»

«Ich weiß. Ist das nicht schrecklich?»

«Weißt du, wer Otto Durer Obenwahr ist?» fragte ich.

«Hat er nicht bei Grand Funk Railroad Leadgitarre gespielt?»

«Darf ich dich fragen, was Amerika heutzutage am nötigsten braucht?»

«Patriotismus», sagte sie. «Unsere Söhne müssen zu ihrer Mutter zurückkehren. Sie erwartet sie mit offenen Beinen. Die Schweinsäugigen und die Hohlköpfigen zu töten muß wieder zu einer Frage nationaler Priorität werden.»

«Gab es im Zebra Hintergrundmusik? Bitte umgehend beantworten.»

«Ja», sagte sie.

«Hatten die Stammgäste jemals freundliche Auseinandersetzungen bezüglich des Titels eines bestimmten Musikstücks?»

«Das passierte ständig. Carl Stoner, der hoch im Kurs stand, stritt sich immer mit Martha Leggett. Martha Leggett war das komischste kleine Ding, das du dir vorstellen kannst. Sie war keine eins fünfzig groß, und Freddy B. ließ sie immer an seiner Zigarre paffen. Wir umhüllten uns mit Rauch und Lärm. Das war die Lebensweise, die wir gewählt hatten. Ich bin bereit, sie zu verteidigen.»

«Gab es irgendeine Grundlage für die Gerüchte über Carl Stoner und Fred Blasingames Frau?»

«Na komm. Solche Gerüchte gab's gar nicht. Und außerdem hast du mich noch nicht nach dem Sommerhaus gefragt.»

Ich bestellte noch zwei Scotch. Ich hatte keine Ahnung, wo wir hinsteuerten, und es eilte mir auch nicht, es herauszufinden. Es war offensichtlich, daß sie von den Finten und Verdrehungen kein bißchen aus dem Konzept gebracht war. Die Antworten kamen ihr fast schon zu leicht über die Lippen. Ihre Stimme veränderte sich, selbst die Struktur ihrer Sätze, und im weiteren Verlauf unseres Gesprächs wurde mir klar, daß sie keine bloße Schülerin der Schauspielkunst war. Sie wirkte vollkommen entspannt, fast gelangweilt, überließ es mir, Tempo und Thema zu finden, wechselte den Tonfall von einem Satz zum nächsten, ohne jedoch je die zugrundeliegende Ironie aufzugeben, die geschlossene Faust des Mittleren Westens. Ihre Augen strahlten schnelles blaues Licht aus. Sie war alles andere als das Schlimmste, dem man in einer alten Feuerwehrwache in Iowa oder Missouri oder Illinois so begegnen kann.

«Bist du schon mal in New York gewesen?» fragte ich sie.

«Wir sind immer zur Anlegestelle an der Gansevoort Street gegangen und haben uns den Sonnenuntergang angesehen. Wir haben in der Tenth Avenue immer Soul Food gegessen.»

«Gab es irgendwelche Männer unter den Stammgästen im Zebra, die nach einigen oder mehr Drinks unter den Tisch griffen und versucht haben, einen deiner Oberschenkel zu streicheln?»

«So was ist wohl unvermeidlich, wenn man in gemischter Gesellschaft ein paar Drinks zu sich nehmen will. Aber es gab nie Ärger deswegen. Ich meine, ich brauchte bloß so ein bißchen auf meinem Stuhl zu rücken, und dann haben sie's kapiert, und damit war Schluß.»

«Ist Martha Leggett auf ihrem Stuhl herumgerückt?»

«Das kann ich nicht beurteilen.»

«Ich begrüße deine Loyalität.»

«Sie war ein tapferes, kleines, blödeliges Ding. Sie und Fred Blasingame waren das reinste Komikerduo. George und Gracie. So haben wir die beiden immer genannt. Mein Vater hieß George.»

«Womit wir zum Sommerhaus kommen», sagte ich.

«Hohes Gras und Limonade. Diese trägen Nachmittage bei Tante Nell. Ich war so eine dumme Gans mit fünfzehn. Das wird jetzt schwierig.»

«Bitte versuch's.»

«Er kam vom Stützpunkt, um mich zu besuchen, größer als das Gras, so hell und leuchtend in der Sonne. Er war in Uniform. Nell machte Limonade. Wir saßen vorne unter der großen Ulme, nur wir drei und John Morning. Daddy hatte mir einen Gedichtband mitgebracht, Sonette von einer Dame aus den Südstaaten, deren Geliebter bei Vicksburg gefallen war. Nell ging hinein, um das Abendessen vorzubereiten. John Morning sang einen Spiritual und ging dann zum Stall. Daddy las mir die Sonette vor, und ich weinte und nannte mich selber eine dumme Gans, und er lachte leise auf seine sanfte Art. Wir tranken die Limonade und sahen zu, wie die Sonne hinter der großen Ulme unterging.»

«Wo war der junge Jamison?» fragte ich sie.

«Der junge Jamison war erst drei Wochen vorher im Loon Lake ertrunken. Daddy wußte natürlich Bescheid, war aber so rücksichtsvoll und weise, die Tragödie nicht zu erwähnen. Nach dem Abendessen gingen wir im Mondschein durchs hohe Gras. Wir lauschten den Grillen, und Daddy hielt meine Hand. Dann gingen wir zum Haus zurück. Nell machte etwas Limonade, und John Morning erzählte uns, der Jährling entwickle sich prächtig. Daddy ging in den Stall, um sich den Jährling anzusehen. Ich ging in mein Zimmer, und er kam dann später, erzählte im Dunkeln leise von Krieg und Tod, berührte mich sanft an sanften Stellen. Die Tragödie mit dem jungen Jamison erwähnte er nicht, und er sagte auch nichts über das Sommerhaus.»

«Um wieviel Uhr bist du von dem seltsamen Geräusch aufgewacht?»

«Es war fast Morgen, als ich von einem seltsamen Geräusch aufwachte. Ich stand auf, zog meine Reithose und den grünen Pullover an, an dem ein Knopf fehlt. Ich habe diesen Pullover immer noch. Es war der Pullover, den ich trug, als ich den jungen Jamison zum letzten Mal sah, zwei Abende, bevor er ertrank. Wir saßen auf der hinteren Veranda und tranken Limonade. John Morning sang einen Spiritual. Der junge Jamison fragte mich, ob ich diesmal den ganzen Sommer bleiben würde oder nur ein paar Wochen, wie in der Vergangenheit. Ich sagte, das hänge von meiner Mutter ab. Er sagte, er habe diese ganze Geheimnistuerei um Mutter satt. Er wolle die Wahrheit wissen.»

«Und dann hast du ihm das vom Sommerhaus erzählt.»

«Ja, ich hab's ihm erzählt. Er war der einzige, der das grauenhafte Geheimnis erfuhr. Und zwei Abende später ertrank er. Ich habe immer noch diesen Pullover irgendwo, gut verschlossen in einem Koffer. Hast du überhaupt eine Ahnung davon, wie schwierig das ist?»

«Carol, wann war dir klar, daß sein Tod kein Unfall war?»

«Als ich von dem seltsamen Geräusch geweckt wurde. Ich wußte, was das für ein Geräusch war, und mir war klar, daß der junge Jamison erschossen worden war, bevor er ertränkt wurde. Ich zog mein Satinkleid mit dem tiefen Ausschnitt an, das Kleid, das ich bei der zweiten Beerdigung meiner Mutter getragen hatte. Ich muß nicht weiter erwähnen, daß das Geräusch aus dem Sommerhaus kam. Ich ging durchs hohe Gras, das feucht von Tau war. Die Sonne ging über der großen Ulme auf. Ich öffnete die Tür des Sommerhauses.»

«Was hast du gesehen?»

«Es war Daddy. Er war nackt bis auf die Uniform.»

«Was tat er gerade?»

«Wirklich, ich kann nicht weiterreden.»

«Was tat er gerade, Carol?»

«Er feuerte Kugeln in John Mornings ertränkten Körper.»

«Was hast du in John Mornings Hand gesehen?»

«Das Medaillon. Mutters silbernes Medaillon.»

«Gab es unter den Stammgästen irgendwelche Männer, die gewohnheitsmäßig ihren Sektquirl mit einem lauten Plastikkracks zerbrachen?»

«Bob Kirkpatrick.»

«Sehr gut», sagte ich. «Was kannst du uns über ihn erzählen?»

«Er sah wie ein Mammutbaum aus.»

«Kannst du den Gouverneur von Kalifornien benennen?»

«Es gibt keinen Ort dieses Namens.»

«Hervorragend. Wenn ein Mammutbaum in einem verlassenen Wald umstürzt, macht er dann ein Geräusch? Oder beruht Schall, Klang, Ton, Geräusch auf der Anwesenheit eines mit Sinnen ausgestatteten Wesens?»

«Er macht ein Geräusch.»

«Was für eins?»

«Wie ein Ein-Hand-Klatschen.»

«Du gehst zu weit, Carol. Aber ich will versuchen, mit dir mitzuziehen. Du hast an früherer Stelle heute abend deinen Mann erwähnt. Gehörte dein Mann auch zu den Stammgästen?»

«Mein Mann gehört zu gar keinen Gästen, weder zu Stammgästen noch zu sonst irgendwie gearteten Gästen. Er ist schwarz. Vom schwärzesten Schwarz.»

«Soll das heißen, er ist ein Neger?»

«Das, was man früher einen amerikanischen Neger nannte.»

Ich wurde allmählich betrunken. Der Barkeeper stellte noch zwei Drinks vor uns hin. Ich zündete ihr noch eine Zigarette an. Sie wandte sich ab, während sie den Rauch ausstieß, drehte den Kopf dann wieder langsam zurück und sah mich mit einem kummervollen Lächeln an. Die drei Mechaniker standen am Flipper. Am anderen Ende des Tresens standen vier Männer und tranken Bier.

«Und was machst du hier?» fragte sie.

«Ich wollte den Stammgästen entfliehen. Es war schon soweit, daß ich Gespenster gesehen habe. Ich bin einmal in einem Loft eingeschlafen. Ich war müde und besoffen und bin eingeschlafen. Ich habe von der Stadt geträumt, wo ich aufgewachsen bin. Als ich die Augen öffnete, meinte ich den Geist meiner Mutter da im Loft zu sehen. Aber es war bloß eine Erscheinung, die ich aus dem Traum mit hochgeschleppt hatte. Was ich da gesehen habe, war die Frau, der der Loft gehörte. Die Besitzerin des Ateliers. Sie war hereingekommen und stand in der Tür, als ich die Augen aufmachte. Was, wenn überhaupt etwas, kannst du dir daraus zusammenreimen?»

«David, ich muß jetzt gehen. Ich bin wirklich sehr müde. Es ist ein langer Tag gewesen. Wenn du nichts dagegen hast, möchte ich jetzt allmählich los.»

«Ich möchte dich in meinem Film haben», sagte ich.

Als ich zum Camper zurückkam, waren die andern gerade beim Abendessen. Danach spannte und entspannte Brand Kyrie zuliebe seinen Unterarm in rhythmischen Bewegungen, so daß sich die tätowierten Hunde zu bewegen schienen. Ich wartete immer darauf, daß sich mal jemand über unseren Aufenthalt hier beschweren würde. Kyrie schlief unterm Tisch ein. Ich nahm Sullivans Radio mit ins Bett. Ich schaltete es ein, ganz leise, und lauschte im Dunkeln. Jedesmal wenn Pike schnarchte, schlug ich gegen die Wand des Campers, worauf er für eine Weile aufhörte. Da ich nicht schlafen konnte, hörte ich die halbe Nacht Radio, wechselte Sender, Länder, Hemisphären, schaltete auf Kurzwelle und Schiffe auf See, die ganze Nachtwelt kratzte da draußen herum, verknäuelte Sprachen, Stimmen in Stürmen der Leidenschaft und atmosphärischen Rauschens, Werbung, Gebete, Nachrichten, Gedichte, Fußballausschreitungen, Tod, Krieg und Revolution verheißende Drohungen, Gelächter aus den Bergen und Appelle an die Vernunft aus den weiten Plains, Demonstration in La Paz, Erdrutsch in Zürich, Attentat in Dakar, Feuer in Melbourne, Verwirrung in Tokio, Tragödie in Athen. Dann hörte ich eine vertraute Stimme.

«Beim Gongschlag wird es genau drei Uhr morgens. Tödliche drei Uhr. Hier ist Beastly am Mikrophon, und wir haben noch zwei Stunden vor uns. Aber diese nächsten entscheidenden Minuten werden alles klären. Zeit, euch die Fusseln aus dem Omphalos zu zupfen. Zeit, an Stuhlbeinen zu nagen. Ich weiß, daß ihr da draußen in Mamaland seid, zu Zehntausenden, auf dem Boden kauernd, winselnd, den kalten Stahl des Laufs eurer Schrotflinte leckend. Der Agon beginnt. Zeit, ins Kissen zu schreien. Zeit, die Wände mit Gehirn zu tapezieren. Aber wenn wir die nächsten zehn Minuten überstehen, dann überstehen wir die Nacht. Drei Uhr morgens, und Werwölfe schleichen durch die gute Stube. Amerikas mittlere Sonnenzeit. Ihr kommt von der Arbeit nach Hause und ertappt eure Frau im Bett mit eurer Schwester. Seltsam erfrischend. Ihr bleibt und guckt zu. Klar, ich weiß, wie's da draußen ist. Ein großer saftiger Augapfel, der da auf eurer Zunge rumhüpft. Ziegenauge. Das glänzend schwarze Auge des Masterfukkers aller Baby-Schäfchen, die ihr in euren nassen Betten gezählt habt. Ich weiß Bescheid. Ich, Beastly, habe beinahe alles vorgelitten. Von meinen priesterlichen Kapillaren dazu gezwungen, bis nach Dublin zu fahren, um angemessene Erektionen und Durchhaltevermögen zu erreichen. Um meine mollige Braut ganz unverblümt zu hätscheln. Mutter zweier Ängste. In der Tat, ich kenne eure Geheimnisse. Seit drei Tagen werdet ihr kreuz und quer durch die Stadt von einem riesigen malaischen Kahlkopf in einem Regenmantel verfolgt. Ihr habt eine Anzeige in die *L.A. Free Press* gesetzt. Hinterlader, Sexprotze und stubenreine Haustiere an Selbststimulierung interessiert. Mit dem kleingedruckten Zusatz, keine Freaks bitte. Unter Verwendung einer Chiffre, die dem Tag, Monat und Jahr eurer ersten Kommunion entspricht. Ihr ersauft in Pornografie und Geilheit. Ihr seid demaskiert und kastriert. Wir unterbrechen dieses Programm für die Nachrichten. Der Präsident ist mittags um zwölf aufgestanden, hat zusammen mit Mitgliedern des Kabinetts sein Frühstück eingenommen, hat gegen seine Kritiker gewettert, hat einem Neger die Hand geschüttelt, hat ein Dampfbad genommen und sich mit Nguyen Ku Dung zum Lunch getroffen, dem früheren Staatschef eines bislang geheimgehaltenen Landes, das angeblich vom CIA als gemeinnütziges Unternehmen geführt wird. Warren Beasley aus dem Weißen Haus in Washington mit dem Bericht von Warren Beasley aus dem Weißen Haus in Washington. Wir geben jetzt zurück an die Studios. Ich spüre heute nacht Schweigen da draußen. Nichts rührt sich bis auf die undeutliche graue Gestalt, die durch die Busterminals und Bahnhöfe humpelt. Einsamer Onanist bei seinen frostigen Berechnungen. Wo ist das gütige Ohr für mein maßloses Geplapper? Ich behalte meine Karikaturen, damit sie mir Gesellschaft leisten. Lord Greystoke, der britische Abenteurer, beabsichtigt, im Alleingang mit einer chinesischen Dschunke von Malta nach Kreta zu segeln, um zu beweisen, daß das Mittelmeer ursprünglich ein See in der Provinz Sinkiang war. Ich weiß, daß ihr irgendwo da draußen seid, ihr schelmischen Schützen, die ihr da in euren skorbutischen Zimmern herumtigert, mit euren Scriptomatic-Kulis Listen geeigneter Ziele anfertigt und voller unglaublicher Schwermut an die Erhabenheit von Staatsbegräbnissen denkt. An den Wänden Fotos von gruppierten Adolfs. Dieser heiße Donner in euren Köpfen, jede Trommel seit Goliath. Hier spricht Simon, genannt Peter, im Namen der Brummelhummel-Thunfischverpacker Amerikas und wünscht euch allen eine sichere Himmelfahrt. Bei Gott dem Vater seid ihr in guten Händen. Bei dem Kleinen wär ich mir nicht so sicher. Kein Kostverächter. Aber schwergängig. Drei nach drei, les misérables. Der Feind wird dreist. Gerade noch Zeit für ein paar vermischte Meldungen. Europa ist offenbar verschwunden. Sein Aufenthaltsort ist unbekannt. Doch wie berichtet wird, haben Seeleute an Bord eines liberianischen Tankers vor der Küste Grönlands Ölteppiche und alle möglichen Louis-Quatorze-Trümmer gesichtet. Zeit, den Problemen hinter den Meldungen auf die Spur zu kommen. Zeit, sich an den gurgelnden Wurlitzer unter den Straßen zu setzen und, wie dieses ungeliebte Phantom der unteren Tiefen, eine einzige Träne an eurem entstellten, aber sensiblen Gesicht herunterlaufen zu lassen. Aber zunächst ein Wort von unserm zweiten Hoden. Frauen, hier ist eine erstaunliche neue Methode, dem Kleinen und seinem Schwesterchen die Ernährung zukommen zu lassen, die sie in diesen Jahren des Wachstums brauchen. Bringt euren Mann um und verfüttert ihn an die Kinder. Das würdet ihr doch liebend gerne machen, oder? Dieses ganze schmelzende Butterfleisch. Alle Animositäten in eurer Seele fortgespült von seinen geschmacksstarken Enzymen. Was für raffinierte Soßen ihr aus diesen leitenden Lendenstücken zaubern könntet. Mehr als genug für alle Kochtöpfe von Bloomingdale's. Süße Wellen säuerlichen Rückstroms. Alfresco wäre schön. Hebt die Ekelteile für den Junior auf. Damit er tapfer wird. Mit Petersilie garnieren. Aber ich gehe zu weit, selbst für dieses Publikum aus Einzellern. Es ist mein eigenes Imitationsfleisch, das zu kochen ich beabsichtige. Delirium. Es gibt nur ein wirklich ernstes philosophisches Problem, und das ist die Sendepause. Es kräht der Harn. Alles ist Zahl. Das vierte und das fünfte Buch Mose. Ich verliere den Faden, aber bleibt bei mir. Es ist eure einzige Hoffnung. Vier Minuten vor dem Tod. Die Zeit drängt, also hört lieber schnell zu. Das Vögelchen in der Kuckucksuhr fängt schon an zu grimassieren. Schnell – betet. Verneigt euch vor dem Gott eurer Wahl und betet für euer Ende. Betet für neue Augen und Ohren. Betet dafür, daß sich die Formen ändern. Betet für frischen Saft, den ihr in euer bevorstehendes Klimakterium mitnehmen könnt. Betet für kurze und hunnenlose Winter. Betet für die Upper East Side, für alle jene weißgekachelten Gebäude voller einsamer Mädchen, die in Suspensorien verliebten Jungen falsche Perser zitieren. Betet für ein adriaziertes Venedig. Betet für Wunschlosigkeit und das Würfelspiel der Hinterhältigkeit. Betet für das Innere von Dingen, Menschen und Batterien, daß sie auf kühlste Präzision rasiert sein mögen. Betet für die Wände von Dingen, daß sie die Dinge sichern mögen, die sie gegen die Anti-Wand sichern. Betet für die Hodensäcke der Industriebosse. Betet für die Dichter, die auf Nantucket übersommern. Betet für zweifarbige Oldsmobile Baujahr 1958. Betet für Umbriago, den Bürgermeister von New York und Chicago. Betet ernsthaft für die Australier, denn wenn die jemals die Bombe kriegen, dann wird das für uns alle eine schlammige Rugbypartie. Betet für den Weißkopf-Seeadler und seinen neugierigen Schnabel. Betet dafür, daß wir aufhören mögen, unser Leben in den saugenden Bandwurm einzuspielen. Betet, daß wir nicht o Herr in deinen enorm unpraktischen Nachtgeist verschwinden mögen (woher wir kamen), ohne uns vorher auf den abrupten Tempowechsel vorzubereiten. Betet für Ausdrucksstärke, daß wir endlich diese Schweißermasken fortwerfen mögen, die wir tragen, um unsern Kummer und unsere Freude zu verbergen. Vulva! Vulva! Vulva! Sickert nach innen und überprüft, was gegen die Nacht noch übriggeblieben ist. Seid beharrlich, wie es der Java-Mensch nicht gewesen ist. Begießt euren Moustérien-Schädel. Kehrt zum urzeitlichen fruchtbaren Halbmond zurück. Daressalam! Abu Simbel! Tschu-Ku-Tien! Aber die Wahrheit ist, so befürchte ich, daß ich mich vor den dunklen Tagen von Tausendundeiner Nacht fürchte. Ich hab den Stephen-Dedalus-Blues, und es ist ein langer Weg nach Leopoldville. Schwarze Panik im Filter meiner Kingsize Kent. Wir sind aus dem Alptraum der Geschichte erwacht. Setzt eure logische Gabel am Pilzomelett an. Eine unangenehme Unterbrechung der beruhigenden Kontinuität. Keine Präzedenzfälle, an denen der juristische Apparat herumpulen kann. Keine Schriftrollen, auf denen Menschen ihre Geschichte, ihre Kunst, ihr Antreiben fahnendrapierter Armeen notieren können. Keine Fortsetzungen für die Kinobesucher in den Denkfabriken. Durchlöcherte Gene Japans, wir beobachten, wie eure Fragen in die Erde tropfen. Alle ab und nicht vergessen. King Kong ist für eure Sünden gestorben. Noch Zeit für ein letztes Gebet, während die Kuckuckstür aufschwingt. Die Queen-James-Fassung. Strategic Air Command, das Du bist im Himmel, gesteinigt werde Dein Samen. Dein Reich komme, Dein Wille geschehe, wie im Himmel also auch in Omaha, Nebraska. Gib uns heute unsre täglich Not und vergib uns unser Strontium, wie wir vergeben unsern Strontiern. Und führe uns nicht in Vernichtung, sondern erlöse uns von den Trümmern, denn Dein ist die Macht und die Macht und die Macht, von heute bis in alle Nichtigkeit, o Mann.»

Ich hatte in dieser Nacht ein paar furchterregende Träume, und am Morgen ließ mich besonders ein Bild nicht los, ein blauer Bus, der auf einem Highway durch die Wüste fährt, und das Bild stand so deutlich vor meinem geistigen Auge, als schliefe ich noch und träumte, dieses Aufblitzen leuchtendblauen Metalls in der Löwenhautwüste. Zum ersten Mal in meinem Leben konnte ich mir sicher sein, daß ich in Farbe träumte. Ich weiß nicht, warum, aber das munterte mich ungeheuer auf.

Nach dem Frühstück sagte Kyrie, er müsse jetzt allmählich weiter. Wir fuhren ihn die drei oder vier Blocks bis zur Howley Road und parkten vor Buster's. Wir tranken hinten im Camper eine letzte Tasse Kaffee zusammen.

«Ich widme diesen Marsch meinem Kumpel Art Levy», sagte Kyrie. «Wir haben im Justizministerium beide als Boten gearbeitet. Es gab da ein paar Rechtsanwälte, die einen Motorradklub gegründet hatten. Schließlich durften auch Schreib- und Bürokräfte und sogar Boten mitmachen. Art kaufte sich eine gebrauchte Harley ohne Accessoires und trat in den Klub ein. Die hatten alle abgefahrene Klamotten an – Kopftücher, Army-Jacken, Safari-Jacken, Kampfstiefel, Leggings, Footballhemden, Kuhlederwesten. Anwälte und andere. Justizministerium. Als ich dann eines Morgens ins Büro kam, kam einer von ihnen zu mir herüber und sagte, Art sei geknackt worden. Ich verstand nicht, was er damit meinte. Er sagte, er sei von einem Feuerwehrauto geknackt worden. Er ist mit einem Feuerwehrauto zusammengestoßen, mit Schädelbruch und allen möglichen schweren inneren Verletzungen. Er ist noch in der gleichen Nacht gestorben. Und deswegen erzähl ich jedem, der mir hilft, daß ich diesen Marsch dem Andenken von Art Levy widme, der in einer ungleichen Begegnung mit ungeheuren zeitgenössischen Kräften sein Leben ließ.»

«Was machst du, wenn du in Kalifornien ankommst?» fragte Sullivan.

«Dann will ich lernen, auf dieser Gitarre zu spielen.»

Wir stiegen aus dem Camper aus und standen zusammen in der Howley Road herum. Es war ein schwarzer Morgen, kühl, windig, und es roch nach Gewitter. Von den verwahrlosten Parzellen der drei, vier Häuser an der Straße stieg Staub auf, und die Ampel schaukelte an ihrem Draht. Kyrie lächelte und küßte jeden von uns zum Abschied. Dann ging er die Straße hinunter, mit Gitarre und Brotbeutel, ein eindeutig neo-chaplineskes Finale, und der Wind blähte sein Hemd und blies ihn beinahe um. Wir versuchten einen guten Grund dafür zu finden, den Camper nicht genau da zu lassen, wo er jetzt war. Da niemandem was einfiel, gingen wir wieder rein. Pike hob eine Flasche aus seinem Seemannssack. In dem Moment begann es zu regnen, ein stetes Plastikgemurmel über unseren Köpfen. Pike erzählte uns von dem Kuguar, von seiner Schnelligkeit, seiner Schläue und Findigkeit, daß er in der Lage sei, einen Weitsprung von elf bis dreizehn Metern hinzulegen, weiter als die Impala-Antilope, obwohl immer nur von ihr die Rede sei, und er erzählte uns von der ungeheuren Energie des Tieres und führte den belegten Fall eines Berglöwen an, der in einer einzigen Nacht 192 Schafe gerissen hatte. Später am Tag trottete ich im Regen durch die halbe Stadt zur Bibliothek, wo ich etwas recherchieren wollte. Am Abend saß ich allein vorne im Camper und hörte den Insekten zu. Ich verspürte den Drang, diesen Ort zu verlassen, auf einem langen geraden Expressway hinein in den Westen zu rasen; den Film und das, was er mir allmählich bedeutete, zu vergessen; mich Bergen und Wüsten zu stellen, mein Bildnis zu zertrümmern, das Prisma aller meiner Bilder, und endlich ein Mann zu werden, der durch seine eigene Kraft und seinen eigenen Geruch lebt. In Venedig war ich im Büro des American Express einem älteren Herrn begegnet. Wir standen an, um unsere Reiseschecks einzulösen. Ich bemerkte, was es doch für ein schöner, sonniger Tag sei.

«Wissen Sie, wie wir zu Hause in Pima County, Arizona, so ein Wetter nennen?» sagte er.

«Wie denn?»

«Regen», sagte er. «Wir nennen es Regen.»

Er blinzelte mir zu und ging an den Schalter. Die schwarzen Katzen Venedigs schlummerten in den Gassen. Italien, seine feuchte Sonne und weißen Tischtücher, die Kokosnußscheiben, die auf den Märkten mit Wasser besprengt werden, und überall unheimliche Messerklingen-Priester. Dann ging ich nach Florenz, wo Meredith auf die Steine zeigte und «phantastisch» rief. Dann, allein, runter ins rostige tote Roma, wo deutsche Touristen einander salutieren und alles darauf wartet, daß Fellini mit Clownsmaske und Operncape die Via Veneto entlanggehüpft kommt, hinter sich einen Schwanz von Jungfrauen, Kamelen, Nubiern und Werbeleuten. Und die ganze Zeit hindurch hatte mich eine Vorstellung verfolgt, eine Vision von Mesas und Tafelbergen, schneidend trockenen Winden, langen kühlen Schatten und an Zäunen hängenden Pferdegesichtern, Navajos beim Schafehüten, die zusammengestückelte Erde von Arizona. Wir nennen es Regen. Aber ich machte den Fehler, in der Howley Road zu bleiben.

Ich wachte mitten in der Nacht auf und roch Schokoladenpudding, ein dichter, satter, packender Geruch. Dann dachte ich an die blaue Schürze meiner Mutter, den alten angeschlagenen Ofen, so schrecklich wirklich, die blaue Schürze mit den Blumen, wie sie da stand und den Pudding rührte, ihre Hand ein kleiner müder Triumph der Kontinuität und Anmut, eine Bekräftigung, daß im Universum Ordnung herrscht. Am Morgen lud ich die Kamera.

KAPITEL 9

Die Illusion von Bewegung herzustellen war kaum von Belang. Vielleicht war es weniger ein Film, was ich da schaffen wollte, als eine Schriftrolle, ein zerbrechliches Stück Papyrus, das Angst hatte, entdeckt zu werden. Die Veteranen der Filmindustrie würden schwören, daß das Ganze aus der Zeit vor Edisons Kinetoskop stammt. Meine Antwort darauf ist einfach. Es dauert Jahrhunderte, um das Primitive zu erfinden.

Glenn Yost öffnete die Tür. Sein langer müder Kopf war nach links geneigt, und das verrückte Auge flackerte. Ich stellte mir vor, daß auf irgendeiner grünen diamantförmigen Weide seines Geistes auf allen Malen Läufer standen und ein großer, eifriger Grünschnabel zum Malkissen schritt, ein Mannsberg, schwerbepackt mit Holz, ein goldener Esser von Getreide. Glenn wohnte in einem zweigeschossigen weißen Holzhaus in einer Straße mit sehr alten Häusern, fast alle weiß, einige reif fur einen Neuanstrich. Er führte mich hinunter ins Souterrain, wo sein Sohn in einer Ecke auf dem Boden lümmelte und sich im Fernsehen einen Western mit Kirk Douglas ansah.

«Meine Frau benutzt den großen Apparat», sagte Glenn. «Ich dachte, wir hätten's hier unten ruhiger, aber wie ich sehe, ist uns die Kreatur zuvorgekommen.»

«Das Allsehende Auge», sagte Bud.

«Mir ist das recht. Ich wollte sowieso mit Bud sprechen.»

«Setzen wir uns.»

«Was machen Sie beruflich, Glenn?»

«Ich bin Teilhaber in einem Holzwerk.»

«Wie läuft das Geschäft?»

«Man kann nicht sagen, daß demnächst der Ruhestand droht.»

«Das ist eigentlich auch egal. Ich meine, meine Frage. Ich wollte nur höflich sein, zum eigentlichen Thema meines Besuchs hinführen. Und das lautet folgendermaßen: Wären Sie in irgendeiner Form interessiert, an der Sache mitzuwirken, die ich im Laufe der nächsten Woche oder so in dieser Gegend drehen will? Es würde bloß ein paar Stunden Ihrer Zeit beanspruchen. Sie bräuchten nur ein paar Textzeilen vor der Kamera zu lesen. Genauer gesagt, würden Sie aus einem Skript vorlesen, von einem Blatt Papier. Kein Auswendiglernen, keine Vorbereitung. Sie bräuchten nur hinzugehen und zu lesen. Ich weiß, das klingt nicht übermäßig verheißungsvoll, vor allem weil ich Ihnen keinen Cent dafür bezahlen kann, aber Sie müßten bloß ein paar Stunden Ihrer Zeit opfern und hätten vielleicht sogar ein bißchen Spaß dran. Eins ist sicher. Sie würden mir damit einen riesigen, einen wirklich großen Gefallen tun. Bud, wie alt bist du?»

«Sechzehn in drei Monaten.»

«Du auch», sagte ich. «Nur ein paar Stunden.»

«Ich hab keine Ahnung vom Textzeilenlesen», sagte Glenn.

«Alles, was aus deinem Mund kommt, ist eine Textzeile», sagte Bud. «Du meinst nie was. Er meint nie was. Er erzählt allen, daß er im Krieg bei den U-Boot-Fallschirmjägern war. Sie sind immer von U-Booten abgesprungen. Und dann sind sie hochgefallen statt runter.»

«Ist ja gut, du Klugscheißer.»

«Wie alt sind Sie, Glenn, wenn ich fragen darf?»

«Ich werd an die siebenundvierzig sein.»

«Abgesehen davon, daß Sie aus U-Booten abgesprungen sind, haben Sie im zweiten Weltkrieg tatsächlich gedient?»

«Er war bei dem Bataan-Todesmarsch dabei», sagte Bud.

Glenn ging nach oben Bier holen, und dann sahen wir uns den Film an, bis zum Schluß, etwa eine Stunde später. Ich liebte diese Landschaften, das Gefühl beinahe vollkommenen Gleichgewichts, das Mensch und Raum hervorrufen, der Cowboy, der den stillen Bergen gegenübersteht; da war es, das eigentliche Thema jeglichen Films, der Raum selbst, wie man ihn anordnet und bevölkert, in einem Wüstenfenster hängende Zeit, wie man sich gegen Sand und Knochen durchsetzt. (Es ist doch bloß ein Cowboy-Film, erinnerte ich mich.) In dem Moment kam Owney Pine die Treppe herunter, klein und leicht o-beinig, beleibt, Rundgesicht und Bürstenhaarschnitt, setzte jetzt über den Boden und dockte mit einem Wummern an, der Bauch öffnete sich, und Autos strömten heraus.

Am nächsten Morgen ging ich mit meiner Kamera ins Hotel und sagte dem Empfangschef, daß ich noch einmal dasselbe Zimmer haben wolle, diesmal auf unbestimmte Zeit. In seinem Schnurrbart hingen noch die Spuren eines Niesers. Er warf einen Blick auf meine Kamera, überlegte, ob er eine Bemerkung machen sollte, und schob mir dann einfach den Schlüssel über die Theke.

Oben legte ich die Kamera auf das Bett, setzte mich dann in einen Sessel und betrachtete sie. Ich blies mir auf die Fingerspitzen. Ich knöpfte beide Manschetten auf und krempelte die Ärmel straff bis zwei Zentimeter unterhalb des Ellbogens hoch. Durch Hin- und Herbewegen meiner Schultern versuchte ich, meine Muskeln zu lockern. Ich zog meinen Schlüsselbund aus der Hosentasche und reinigte mir mit dem Briefkastenschlüssel die Fingernägel. Ich blies auf den Knöchel meines rechten Zeigefingers. Mit der anderen Hand schlenkerte ich meine Hoden, bis sie bequem lagen. Dann stieß ich dreimal hintereinander Luft durch die Nase aus.

Austin Wakely erschien auf die Minute pünktlich. Wie angewiesen trug er ein Paar braune Schuhe, aus Army-Beständen und mit Spucke poliert, und eine neue saubere Sommer-Khakihose. Hose und Hemd stammten aus der Kleiderkammer des McCompex, die Schuhe waren ausgeliehen. Austin stellte zehn oder zwölf Fragen, von denen ich nur zwei beantwortete – daß es bei dieser Sache keine Handlung gebe und daß ich durchgehend in Schwarzweiß drehen werde. Die Antworten beunruhigten ihn kaum weniger als die Nicht-Antworten.

«Zugegeben, ich versteh nicht viel davon», sagte er, «aber ich habe das Gefühl, hier ist nicht genug Licht.»

«Es soll alles ganz natürlich sein. Ich hab ein paar starke Glühbirnen mitgebracht. Wir werden die nehmen und beten, daß die Sicherung uns nicht durchknallt. Diese Stehlampe da wird unsere Hauptbeleuchtungsquelle abgeben. Was ich hier mache, ist das, was in gewissen Kreisen als inspirierter Dilettantismus bezeichnet wird. Die kleine Aufgabe, die wir heute zu bewältigen haben, ist recht einfach, eine Art Signatur, mit der man den Film sowohl beginnen als auch beenden könnte. Wenn wir anfangen, mit Ton zu arbeiten, kriegst du den Text so frühzeitig wie möglich. Das heißt, allerhöchstens vierundzwanzig Stunden im voraus. Hoffentlich kannst du meine Handschrift lesen.»

«Ich werd sie schon lesen können.»

«So, jetzt paß mal auf», sagte ich.

Ich gab ihm noch ein paar letzte Anweisungen, wechselte die Birnen aus und stellte bei der Kamera die Filmempfindlichkeit und die Geschwindigkeit ein, ebenso das Okular. Austin räusperte sich, obwohl er keinen Text zu sprechen hatte. Er stand mit dem Rücken vor einem Wandspiegel und blickte genau in die Kamera. Ich schob ihn ein kleines Stück auf die Seite. Ich benutzte nur eine einzige Kameraposition und filmte vom Fußende des Bettes aus ungefähr zwanzig Sekunden lang geradeaus, eine beliebte Länge bei Werbespots.

Als wir fertig waren, hatte sich Austins Stimmung offenkundig verändert. Er redete begeistert über den Film und über die unbekannte Rolle, die er darin spielte. Sein Bild war in der Zeitbank gespeichert worden, und das allein war schon Grund genug, in Hochstimmung zu geraten. Zum ersten Mal, seit wir uns begegnet waren, hatte ich das Gefühl, ihm überlegen zu sein. Es würde also kein subtiles Blutvergießen nötig sein, kein langer Feldzug, um den anderen zu dominieren. Ich hatte die Kamera, und das reichte aus.

Nachdem er gegangen war, duschte ich und bat dann die Stimme bei der Vermittlung, mich mit dem Sender zu verbinden.

«Ich bin nackt», sagte ich.

«Wie aufregend. Wer ist denn bei dir?»

«Der mormonische Tabernakelchor.»

«Solche Glückspilze aber auch», sagte Binky. «Ich hatte nicht erwartet, daß du schon so bald wieder anrufen würdest.»

«Wie alt ist Harris Hodge?»

«David, er ist sechsundzwanzig. Werd jetzt nicht sauer. Er sieht älter aus.»

«Okay. Wie geht's Ted Warburton?»

«Er ist an seinem Schreibtisch zusammengebrochen und mußte ins Krankenhaus gebracht werden.»

«Das hast du mir schon erzählt, verdammt noch mal, und ich glaube, du hast sogar genau dieselben Worte benutzt. Seit wann bist du denn eine Tonbandaufzeichnung? Ich will wissen, ob man schon irgendwas weiß.»

«Ich weiß nicht. Ich werd mal rumfragen.»

«Hat Weede denn nicht versucht, Kontakt mit Mrs. Warburton aufzunehmen?»

«Weiß ich nicht.»

«Dann erkundige dich mal. Nächstes Mal, wenn du mit Weede im Bett liegst, frag ihn, ob er versucht hat, mit Mrs. Warburton Kontakt aufzunehmen. Benutz genau diese Formulierung. Meinst du, das kannst du für mich tun, Binky?»

«Ja.»

«Es tut mir leid», sagte ich.

«Mir auch, David. Das mit Ted Warburton geht mir schrecklich nah, wirklich. Wenn du willst, kann ich herausfinden, in welchem Krankenhaus er liegt, damit du ihn anrufen kannst.»

«Nein, tu das nicht. Wenn's Ted wirklich schlecht geht, rede ich lieber nicht mit ihm. Ich halte das nicht aus, mit Leuten zu reden, denen es richtig schlecht geht. Erkundige dich einfach, wie es ihm geht, und ich ruf dich dann nächste Woche noch mal an.»

«Okay.»

«Daß ich das mit Weede gesagt hab, tut mir leid.»

«Ist schon okay. Es wissen sowieso schon alle Bescheid. Als du gesagt hast, daß der mormonische Tabernakelchor bei dir ist, heißt das, daß du in Utah bist?»

«Ja.»

«Utah liegt direkt über Arizona.»

«Tatsächlich?»

«Dann bist du ja demnächst am Drehort.»

«Genau.»

«Hier sind alle schon ganz aufgeregt wegen dem Projekt.»

«Sag nicht so was.»

«Bist du wirklich nackt?»

«Splitterfaser.»

«Tut mir leid, das mit Harris Hodge.»

Ich überlegte mir, ob ich Binky bitten sollte, mich zu Tana Elkbridge durchzustellen. Aber dann würde sie vermuten, daß Tana und ich ein Verhältnis hätten, und da Tana verheiratet war, wäre das keine gute Idee. Ich hätte ihr natürlich auch Tanas Anschluß durchgeben können, ohne ihr zu sagen, wem die Nummer gehörte, aber das hätte sie mühelos herausfinden können, indem sie im Telefonverzeichnis des Senders nachsah. Es war besser, kein Risiko einzugehen. Nachdem wir uns verabschiedet hatten, legte ich auf und ließ mich dann von der Stimme nochmals mit dem Sender verbinden. Dort fragte ich nach Tana Elkbridge. Ihr Chef nahm ab. Ich legte sofort auf. Dann rief ich Meredith in ihrem Büro an.

«Wo bist du?» fragte sie.

«Hier draußen im Mittleren Westen. Wie läuft's so in Gramercy Park? Irgendwelche Bomben, Streiks, Unruhen, Seuchen?»

«Hier läuft alles bestens, aber ich hab eine beunruhigende Nachricht aus der Türkei bekommen. Mutter ist in einem Krankenhaus in Ankara. Sie hat wieder zu trinken angefangen. Es muß richtig schlimm geworden sein. Sie ist irgendwelche Stufen runtergefallen.»

«Ich wünschte, ich könnte jetzt bei dir sein.»

«Ich auch, David.»

«Ich vermisse dich.»

«Ja.»

«Ich glaube, wir sind beide reifer geworden», sagte ich.

«Läuft die Reise gut für dich?»

«Ganz neue Perspektiven.»

«Bevor ich's vergesse, David, vor ein paar Tagen habe ich meine

Cousine Edwina getroffen. Ich hab sie dir gegenüber schon öfters mal erwähnt. Das ist die Cousine, bei der ich damals in London gewohnt habe. Ihr Mann ist geschäftlich hier, und sie haben gerade drei Tage in New York verbracht. Jetzt sind sie in Boston, und als nächstes fahren sie nach Toronto und danach nach Chicago. Sie bleiben nur zwei Tage in Chicago, und ich dachte, wenn du gerade in der Nähe bist, könntest du doch hinfahren und sie treffen. Edwina kennt da keine Menschenseele, und Charles ist den ganzen Tag in irgendwelchen Besprechungen.»

Ich notierte mir die Angaben und bemitleidete sie noch ein bißchen wegen ihrer Mutter. Ich fragte sie, ob es irgendwelche aufregenden neuen Männer in ihrem Leben gebe. Sie gab eine unverbindliche Antwort.

«Hör mal», sagte ich. «Weißt du was? Ich träume in Farbe.»

«Bist du sicher?»

«Ich hab neulich von einem großen blauen Bus geträumt, der auf einem Highway durch die Wüste fährt. Als ich aufgewacht bin, war ich mir ganz sicher, daß der Bus blau war. Das war das erste Mal, wo ich mir sicher sein konnte, daß ich in Farbe träume.»

«David, das ist ja toll.»

«Ja.»

«Du, paß gut auf dich auf. Hab 'ne schöne Zeit. Viel Glück mit den Indianern. Und versuch bitte, nach Chicago zu fahren.»

«Es war schön, mit dir zu reden, Merry.»

«Es war lieb von dir anzurufen, David.»

Die Sekretärin meines Vaters sagte, er sei gerade in einer Besprechung. Ich sagte ihr, es handele sich um ein Ferngespräch und um eine ziemlich dringende Angelegenheit. Sie sagte, sie würde ihn holen gehen.

«Was gibt's, Kumpel?»

«Wie geht's, Dad? Hart am Arbeiten?»

«Haben gerade einen Procter-and-Gamble-Auftrag an Land gezogen. Die haben jetzt eine ganz neue Serie von Toilettenartikeln rausgebracht. Dieses Land ist toilettenfixiert. Das weißt du so gut wie ich. Wir hängen nur noch auf der Toilette herum. Wir machen da alles, nur nicht scheißen und pinkeln. Maxine, geh mal dieses Telefonprotokoll tippen. Die Toilette ist heiliger Boden. Klar, wovon ich rede?»

«Hört sich so an, als könnte das ein guter Kunde werden.»

«Was hast du auf dem Herzen, Dave? Wo steckst du überhaupt, sag mal?»

«Ich bin hier draußen im Mittleren Westen.»

«Brauchst du Geld? Ich laß dir von Maxine gleich was raustelegrafieren.»

«Nein, nein, ich hab nur angerufen, um dich was zu fragen.»

«Schieß los.»

«Du hast nie viel über deine Kriegserlebnisse erzählt. Ich weiß nur, daß du im Pazifik gedient hast, ein paarmal verwundet wurdest und mehrere Tapferkeitsauszeichnungen bekommen hast. Ich dachte, du könntest mir vielleicht ein bißchen mehr drüber erzählen.»

«Ich rede nicht darüber», sagte er.

«Das sagen alle. Aber am Schluß reden doch alle darüber.»

«Ich nicht, Freundchen.»

«Wieso nicht?»

«Es gibt nichts zu erzählen. Es ist vorbei. Wenn du wissen willst, wie's war, da gibt's genug Bücher über das Thema.»

«Ich möchte wissen, wie es für dich war, nicht für irgendwelche andern Leute. Ich brauch das für etwas, woran ich gerade schreibe.»

«Ich hab einen Mann lebendig begraben», sagte er.

«Wo war das, Dad?»

«Auf irgendso'ner miesen Insel. Und kling nicht so kummervoll.»

«Ich werd dich nicht mehr danach fragen. Tut mir leid. Ich hab das für was gebraucht, wo ich gerade dran schreibe. Mal was von Jane gehört?»

«Dem Kleinen geht's wieder besser. Und Jane ist wieder angebumst.»

«Ob Mary schon Kinder hat?»

«Erzähl mir nichts von Mary. Es gibt keine Mary.»

«Weißt du noch, was du mir damals über diese Drachenseele

erzählt hast? Was Mutter gesagt hat, als sie mit Mary schwanger war? Daß sie die Drachenseele ihrer Mutter sei? Der Ausdruck hätte irgendwas Fernöstliches an sich, hast du gesagt. Da hast du irgendwie recht gehabt. Er stammt aus einem der Kinderbücher, die Mutter im Schlafzimmer aufbewahrt hat. Das Buch war so alt, daß es schon auseinanderfiel. Ich hab einmal zufällig drin geblättert, und da stand's. Es war die Übersetzung eines japanischen Kinderbuchs. Wunderschön illustriert.»

«Du hortest gern kleine Informationsschnipsel, nicht wahr? Was weißt du sonst noch, was ich nicht weiß? Ich sag dir mal was, Kleiner – ich weiß mehr, als du denkst. Viel mehr.»

«Ja», sagte ich.

«Das kannst du mir glauben. Was ist das, woran du da schreibst?»

«Drehbuch.»

«Bist du also wieder auf der Schiene drauf?»

«Sieht so aus.»

«Ich laß mir gerade einen Bart wachsen», sagte er. «Er entwikkelt sich gut. Gestutzt wird noch nichts. Ich laß ihn zu einem großen, weißen, wallenden Ding auswachsen. Es ist 'ne Menge Weiß drin, aber es sieht gut aus. Wart nur, wenn du wieder da bist. Bis dahin werd ich das ganze Gesicht vollhaben.»

«Wozu läßt du dir denn einen Bart wachsen?»

«Jeder Mann will sich noch mal einen Bart wachsen lassen, bevor er stirbt. Das ist so eine Art, zu allen ‹leckt mich› zu sagen. Mensch, ich hab bald die Ziellinie erreicht. Ich will einen Bart haben. Ich brauch ihn mir nur im Spiegel anzusehen, um mich wieder aufzumuntern. Ich warte noch mindestens zwei Wochen, bis ich anfange, ihn zu stutzen. Falls ich ihn überhaupt stutze.»

«Du mit Bart, das kann ich mir nicht vorstellen.»

«Wieso klingst du so besorgt?»

«Ich weiß nicht, Dad. Ich find es einfach sonderbar. Das verändert irgendwas. Ich kann's nicht erklären.»

«Hör mal, ich muß jetzt zu meiner Besprechung zurück. Ruf mich mal an, wenn du wieder im Lande bist. Dann treffen wir uns mal zum Mittagessen.»

«Mach ich, Dad. Arbeite nicht zu hart.»

«Danke für den Tip», sagte er.

Ich holte mein Adreßbuch aus meiner Brieftasche und suchte eine Eintragung bei Ken Wild. Ich fand die Telefonnummer und Adresse seiner Eltern, die in einem Vorort von Chicago wohnten. Ich erreichte seinen Vater und sagte ihm, ich sei ein alter Freund aus College-Zeiten, der sich mal wieder melden wollte. Er sagte, Ken wohne in Chicago, und gab mir sowohl seine Privatnummer als auch die von seiner Arbeitsstelle. Er freue sich immer, wenn sich Kens Freunde meldeten, sagte er. Er sagte, wenn ich mal in River Forest sei, könne ich jederzeit vorbeikommen und den Swimmingpool benutzen. Ich rief Wild in seinem Büro an.

«Sie sind hiermit herzlich zu einer schwarzen Messe im nächsten Martello Tower eingeladen. Steifer Halskragen. R.S.V.P.»

«Jesses», sagte er. «Das gibt's doch nicht.»

«Doch, gibt's.»

«Wo bist du?»

«Ich glaube, in der Nähe. Jedenfalls relativ. Ich hab nach deinem Namen Ausschau gehalten, Wild. Das Pulitzer-Komitee ist merkwürdig stumm geblieben.»

«Meine Muse hat sich als Lesbe entpuppt.»

«Pech», sagte ich. «Was machst du?»

«Ich bin Projektleiter in der Firma von meinem Alten. Industriesysteme.»

«Ich habe gerade mit deinem Vater gesprochen. Er hat gesagt, ich könnte den Swimmingpool benutzen.»

«Schuldgefühle», sagte Wild. «Wie lang ist das her? Sechs oder sieben Jahre, oder?»

«Sieben», sagte ich. «Bist du verheiratet?»

«Geschieden.»

«Jetzt bist du also Projektleiter.»

«Heimliche Schadenfreude in deiner Stimme. Und was machst du?»

«Filme», sagte ich. «Hab ein paar Dokumentarproduktionen gemacht. Arbeite mich so irgendwie zu einem Spielfilm hoch. Ich mach das alles auf unabhängiger Basis. Den Vertrieb besorgt Tek

Howards. Ich bin hier gerade auf Location und muß vielleicht in ein paar Tagen hoch, um noch zusätzliches Equipment abzuholen. Dabei fiel mir ein, daß ich ja mal anrufen könnte. Vielleicht können wir uns mal treffen.»

«Wunderbar», sagte er. «Freu mich drauf. Wirklich.»

Ich fühlte mich so gut wie lange nicht mehr. Ich ließ mich nochmals mit dem Sender verbinden. Ich verlangte Weede Denney. Ich holte ein Taschentuch aus meiner Hosentasche und legte es über die Muschel. Dann hörte ich Mrs. Klings ewig vorwurfsvolle Stimme, die perfekt für jedes Impeachmentverfahren gewesen wäre.

«Mr. Denneys Büro. Er ist nirgendwo zu sehen.»

«Hier ist der SDS. In Ihrem Trinkwasserbehälter befindet sich ein unsichtbarer flüssiger Sprengsatz, der darauf programmiert ist, in dem Moment zu detonieren, wo Sie den Hörer auf die Gabel legen.»

Ich legte auf, sah wieder in meinem Adreßbuch nach und fand die Nummer des Leighton Gage College. Ich ließ mich mit Simmons St. Jean verbinden.

«Immer noch da, Simmons? Hier ist David Bell. Erinnerst du dich an mich?»

«Sicher. Was willst du?»

«Ich mache zur Zeit Filme. Mit 16. Arbeite mich so irgendwie zu 35 hoch.»

«Kannst du bitte schnell reden? In ein paar Minuten reise ich nach Marrakesch ab.»

«Wie geht's so, Simmons? Hebst du immer noch jede Nummer von *Cahiers du Cinéma* auf? Sag mal, hast du den neuen Bergman gesehen? Deprimierender denn je. Ich hab ihn mir kurz vor meiner Abreise aus New York angesehen. Ich bin jetzt hier draußen im Mittleren Westen und arbeite an meinem Film. Was sehr Persönliches.»

«Bergman ist ein Musterbeispiel für den Filmemacher als Bestattungsunternehmer. Seine Filme leiden an Totenstarre. Seit vom Spinnengott die Rede ist, hab ich nichts mehr von ihm gesehen. Die neue Westernkomödie von Paramount ist besser als jeder von Bergmans exegetischen Alpträumen.»

«Immer noch der alte Simmons. Schön, mit dir zu reden, Simmons. Erinnerst du dich an Wendy Judd? Sie wohnt zur Zeit in New York. Absolute Wildkatze im Bett. Warum ich anrufe: Erinnerst du dich an die Schneefall-Szene in *Ikiru – Einmal wirklich leben*? Der alte Mann hat Krebs. Er geht zu einem Spielplatz und setzt sich auf eine Schaukel. Es beginnt zu schneien. Ich finde, das ist die schönste Szene, die je gefilmt wurde. Ich will folgendes rauskriegen: Erstens: Hat Kurosawa den Alten von unten gefilmt? Zweitens: Hat der die ganze Szene ohne Schnitt gedreht? Drittens: Hat der Alte auf der Schaukel geschaukelt, oder ist er still sitzengeblieben? Ich hab *Ikiru* zwar dreimal gesehen, aber das letzte Mal ist schon fast fünf Jahre her. Und die Szene, die ich meine, ist so schön, daß ich immer vergesse, sie zu analysieren, zu sehen, wie er das macht. Ich dachte, wenn einer das weiß, dann du.»

«Ich habe *Ikiru* nie gesehen», sagte er.

«Das kann doch nicht sein.»

«Und was Wendy Judd betrifft, so habe ich sie eher als eine Art wilde Maus gesehen denn als eine Katze. Ich meine, sie hat doch immer so gerne geknabbert, nicht?»

«Simmons, du lügst. Du bist ein lügender Sack Scheiße, Simmons. Was machst du denn in Marrakesch – nimmst du an einem arabischen Cartoon-Festival teil?»

Ich legte auf und machte ein Nickerchen. Als ich wieder aufwachte, war es schon nach fünf. Ich rief die Rezeption an und gab Jennifer Fines Nummer durch.

«Jennifer, hier ist David. David Bell.»

«Natürlich», sagte sie schließlich.

«Ich war mir nicht sicher, ob du immer noch da wohnst, aber dann hab ich gedacht, was soll's, was kostet mich das schon. Ich bin hier draußen im Mittleren Westen. Nur falls ich nicht so gut durchkomme.»

«Ich kann dich hören.»

«Ich hoffe, ich stör dich nicht gerade bei irgendwas. Vielleicht hätte ich lieber nicht anrufen sollen. Ich wollte eigentlich nur hallo sagen. Nichts Besonderes. Ich bin nackt und hab schon im ganzen Land Leute angerufen. Ich wollte dir nur sagen, daß ich weiß, wie schlecht ich dich behandelt habe, als wir zusammen waren. Du hast mich einen Faschisten genannt. Weißt du noch? Irgendwie war das eine komische Nacht. Jedenfalls kommt sie mir jetzt komisch vor, obwohl es damals ja alles andere als das war. Ich glaube, ich bin seitdem sehr viel reifer geworden, Jennifer. Aber darüber wollte ich eigentlich gar nicht reden. Ich hab keinen besonderen Grund gehabt anzurufen. Wollte nur ein bißchen plaudern. Am Telefon kommen die Worte manchmal einfach so raus.»

«Meine Katze ist gestorben», sagte sie.

«Ich hab gar nicht gewußt, daß du eine Katze hast. Das tut mir leid. Ich weiß, wie die Leute manchmal an Tieren hängen. Tut mir wirklich leid, das zu hören. Ich mach hier draußen gerade einen Film.»

«Sie muß heute nachmittag gestorben sein. Heute morgen war die Putzfrau da, aber sie hat mich nicht im Büro angerufen, also muß sie am Nachmittag gestorben sein. Als ich nach Hause kam, lag sie tot da.»

«Das ist wirklich schade.»

«Sie liegt da noch auf dem Boden. Ich kann sie einfach nicht anfassen.»

«Jennifer, ich glaube, das Beste ist, wenn ich jetzt auflege, damit du jemand anrufen kannst, der bei dir vorbeikommt und dir zur Hand geht. Das tut mir alles wirklich sehr leid. Ich melde mich, wenn ich wieder in der Stadt bin. Dann gehen wir mal zusammen essen. Ich leg jetzt auf. Wiedersehen.»

Ich legte auf und suchte dann Weede Denneys Privatnummer heraus. Ich legte wieder das Taschentuch über die Muschel. Weede nahm ab.

«Hier ist Ted Warburton», sagte ich. «Ich wollte dir nur sagen, daß du ein anmaßender Jammerwock bist. Du bist ein gottverdammter glatzköpfiger Fickarsch.»

Ich legte auf und sagte der Stimme, sie solle mich mit der Auskunft in Westchester verbinden. Dort erkundigte ich mich nach Valerio, Old Holly. Man sagte mir, es gebe zwei Valerios, Annette und Joseph. Ich erinnerte mich, daß Tommys Mutter Annette hieß. Ich notierte mir die Nummer. Es meldete sich ein Mann.

«Ist das die Nummer, unter der früher Tommy Valerio zu erreichen war?» fragte ich. «Ich möchte wieder Verbindung zu ihm aufnehmen. Wir sind alte Freunde.»

«Verbindung mit Tommy aufnehmen?»

«Können Sie mir sagen, wo er ist?»

«Tommy ist seit drei Jahren tot.»

«Wie ist das passiert?»

«Er wurde im Krieg getötet.»

«Was ist passiert?» fragte ich. «Ich meine, wie ist das passiert?»

«Was kann ich Ihnen sagen? K.I.A. Killed in action. Er war Zweiter Leutnant. Er hat all diese Männer unter sich gehabt. Annette, wieviel Männer hat Tommy unter sich gehabt? Jedenfalls hat der Präsident einen Brief geschrieben. Der Präsident persönlich hat Tommys Mutter einen Brief geschrieben.»

«Wie geht's Mrs. Valerio?»

«Gut. Wir sind hier gerade beim Abendessen.»

«Dann sind Sie sicher Tommys Onkel. Ich glaube, wir sind uns ein- oder zweimal begegnet. Ich heiße David Bell. Tommy und ich waren Kumpels.»

«Ich hab nie von einem Dave Bell gehört. Hören Sie, wir sind hier gerade beim Abendessen, aber vielleicht wollen Sie mal mit seiner Mutter sprechen. Sie ist hier. Jemand namens Dave Bell.»

«Was?» sagte ich.

«Ich habe mit ihr geredet. Freund von Tommy, sagt er. Sie kommt gleich. Bleiben Sie dran.»

«Ist schon gut. Sagen Sie ihr, es ist schon gut. Ich störe Sie beim Abendessen.»

«Sie kommt gleich.»

«Ich muß jetzt gehen. Sagen Sie ihr, daß es mir leid tut.»

«Er sagt, es tut ihm leid.»

«Wiedersehen.»

«Was tut Ihnen leid, will sie wissen.»

Ich rief Wendy Judd zu Hause in ihrem Apartment an.

«Hier ist David. Ich werde dich jetzt was fragen. Ich möchte eine eindeutige, sachliche Antwort. Hast du jemals mit Simmons St. Jean geschlafen, damals in Leighton Gage?»

«Wer war das?»

«Filmtheorie und Kritik.»

«Blasser gutaussehender Typ mit unheimlichen Augen?»

«So könnte man ihn beschreiben.»

«Das geht dich eigentlich nichts an, David, oder?»

Ich legte auf und rief Carol Deming im McCompex an. Es dauerte einige Minuten, bis sie abnahm.

«Wie wär's mit einem Drink und dann Abendessen?» fragte ich sie. «Wir können uns bei Buster's treffen. Ich hab keine Ahnung, wo man in dieser Stadt was halbwegs Anständiges zu essen bekommt, aber vielleicht hast du ja einen Vorschlag. Wie sieht's hier draußen mit Meeresfrüchten aus? Ich lechze nach gebratenen Shrimps.»

«Ich hab gerade mit Austin gesprochen. Er scheint ganz begeistert von dem, was ihr beide da heute gemacht habt, was immer es war. Wann bin ich dran?»

«Darüber können wir heute abend reden.»

«David, das krieg ich hier von morgens bis abends zu hören. Theater *ist* Reden. Motivationen, Gefühle, Monologe, Interpretationen.»

«Das gebrochene Genick des Alphabets.»

«Genau», sagte sie.

«Ich bin immer noch dabei auszuarbeiten, wofür ich dich einsetzen will. Laß uns zusammen abendessen und drüber reden.»

«David, ich will nicht reden. Wirklich nicht. Mit niemandem. Gib mir nur irgendwas, was ich spielen kann. Eine Idee, eine Rolle, eine Maskerade. Irgendwas, was die Kamera versteht, wenn auch sonst keiner. Ich versuche, direkt zu sein.»

«Na komm, nur für ein paar Drinks, mehr nicht. Ein Drink. Ich bin im Ames House in der Stadtmitte. Ich kann in einer Viertelstunde bei Buster's sein.»

Nach vier Drinks war sie immer noch nicht gekommen. Schließlich ging ich über die Straße zum Camper. Brand war allein, auf einer der Pritschen ausgestreckt, die Hände hinterm Kopf verschränkt.

«Es geht wieder los», sagte er. «Ich spür's in meinem Schädel. Die alte Gewalttätigkeit. Ich hatte gedacht, sie ist weg, aber ich spüre, wie sie wiederkommt. Ob zu Recht oder nicht, aber mit Gewaltlosigkeit verbinde ich Farblosigkeit. Deswegen will ich farblos sein. Farblose Wörter benutzen. Farblose Dinge tun. Ich habe versucht, die alten Instinkte in Ruhe zu lassen. Man kann sie mit Wörtern wecken, hauptsächlich mit Slangwörtern. Die Theorie klingt vielleicht dämlich. Bestenfalls unbewiesen. Aber auf mich trifft sie zu. Und die Sache ist wieder da. Der alte Drang. Behalt mich lieber mal im Auge.»

«Du bist ständig dabei, aufzutauchen und zu verschwinden und wieder aufzutauchen», sagte ich. «So warst du immer schon. Ich habe nie genau gewußt, wer du bist. Ich hab dich immer schon gemocht, Bobby. Zumindest habe ich die meisten Gestalten gemocht, die du annimmst. Aber dann gehst du weg und kommst völlig verändert wieder, und dann muß ich mich wieder umstellen. Wen von all denen soll ich denn im Auge behalten?»

«Man würde meinen, es sei die leichteste Sache der Welt, farblos zu sein. Physisch bin ich schon soweit. Da hab ich's geschafft. Aussehen tue ich wie eine Million anderer Menschen. Wie zehn Millionen. Aber in meinem Kopf, da geht's ständig ab. Ich hab mir die harten Sachen reingezogen, um es zu bremsen. Ich hab Gras geraucht, um es zu bremsen. Aber ich kann's nicht mehr bremsen. Die gute alte Action. Den Feind abknallen. Davy, du hast ja keine Ahnung, wie das ist, ein Dorf mit 20 Em-Em zu behandeln. Zu sehen, wie's auseinanderfällt. Im Tiefflug ein paar Hütten zu beharken. Volle Kanne Napalm. Mit deinen 500-Pfündern. Mit deinen Raketen. Ich hab mal einen Typ auf einem Fahrrad allegemacht. Er ist in der Nähe von einem Dorf rumgefahren, das als feindselig galt. Ich bin hinter ihm runtergegangen, ein ganzes Stück hinter ihm, und hab ihn ein bißchen die Straße runtergejagt, immer ganz tief. Als ich dann so etwa hundert Meter hinter ihm war, hab ich ihn mit meinem Feuer belegt. Wie eine Teetasse ist der kaputtgegangen. Verstehst du, da steckt eine Urfreude drin, etwas, was sich bewegt, zu treffen. Das ist eines der ältesten Vergnügen, die's gibt. Irgendwas bewegt sich, und *bumm*, du knallst es ab. Ob Vieh, Vogel oder Mensch, umlegen heißt die Devise. Das ist ein Urtrieb, Davy. Das gehört einfach zu unsrer Art. Ich lerne gerade, damit zu leben.»

Bud Yost, dem das nervös-motorische Eigenleben des väterlichen Auges erspart geblieben war, wirkte in jeder Hinsicht typisch, Nutznießer einer moralisch soliden Erziehung, eines gemäßigten Klimas und einer ausgewogenen Ernährung. Er war etwas gewichtig für sein Alter, und seine Bewegungen hatten etwas Wackliges, als würde er auf einem Schaukelstuhl stehen. Er kam durch einen Flur und betrat die leere Turnhalle der High-School, angetan in seiner Basketballmontur, weiß mit goldenen Borten und Schriftzügen. Ich hatte ihn gebeten, wenn möglich die Nummer neun zu tragen, meine alte Nummer in der Prep-School, aber die Nummer neun gehörte einem Jungen, der einsneunzig groß war und 107 Kilo wog, und so trug Bud sein eigenes Hemd mit der Nummer elf, über der Brust *Ft. Curtis High* in goldenen Lettern. Ich machte ein paar Messungen und sagte ihm, er könne machen, was er wolle, und solle sich weder um mich noch um die Kamera scheren. Zuerst drehte ich von oben, von der hoch über der Spielfläche gelegenen Sitzreihe. Allein auf dem glatten honiggelben Boden der Turnhalle schlängelte er sich fintierend und das Tempo wechselnd langsam das Spielfeld entlang und warf den Ball mit einem Abpraller vom Korbbrett ein. Dann ging er zu Sprungwürfen über, zuerst nah am Korb, dann aus ein paar Metern Abstand und schließlich aus noch größerer Entfernung. Es hörte sich seltsam an, wenn der Ball auf dem Boden aufschlug, gegen den Korbring oder das Brett knallte oder durch das Netz klatschte, wenn die Echos zu Duplikaten der ursprünglichen Geräusche verschmolzen. Nach einer Weile ging ich runter zur Spielfläche, stützte mich unter dem Korbbrett auf ein Knie und filmte ihn ganz direkt. Von der Freiwurflinie legte er vier nacheinander rein, warf zweimal daneben und traf zweimal von der Ecke aus. Er war gut. Er hatte ein gutes Auge und bewegte sich beim Rennen und Werfen längst nicht so linkisch wie beim ganz normalen Gehen. Er dribbelte gebückt und mit ausgestellten Ellbogen um die Freiwurflinie herum und legte den Ball aus sechs Metern Entfernung ein. Ich hörte auf zu filmen und zog Schuhe und Hemd aus. Wir machten einen Mann-gegen-Mann-Drill, uns beim Angriff abwechselnd, und mochten auf diese Weise gut eine Stunde verbracht haben, ohne daß auch nur ein Wort zwischen uns fiel. Er war zu schnell für mich, und meine Würfe gingen weit daneben. Als ich unser Spiel schließlich abbrach und vornübergekrümmt nach Luft schnappte, war ich den Tränen nahe, mit achtundzwanzig schon ausgelaugt und gezwungen, mich mit einer Zukunft abzufinden, die nur noch aus zerknüllten Papierkugeln und braunen Papierkörben in einsamen Hotelzimmern bestand. Ich setzte mich auf den Boden und band mir die Schnürsenkel zu.

«Ich hoffe, Sie haben gekriegt, was Sie haben wollten», sagte er.

«Müßte O.K. sein. Diese Kamera wurde extra für Sport, Natur, Berichterstattung und so weiter entwickelt. Einmal brauche ich dich vielleicht noch.»

«Dürfte ich mal was fragen?»

«Das wär's für heute, meine Herren.»

Er lachte und streckte eine Hand aus, um mir hochzuhelfen.

Pike lag hinten im Camper und schlief. Brand und ich saßen vorne und warteten auf Sullivan. Wir standen auf dem Parkplatz eines Supermarkts. Ich sah eine Gruppe Frauen bei einem Station-Waggon. Sie waren zu siebt und schoben Kartons und Einkaufstüten über die geöffnete Hinterklappe in den Fond des Wagens. Aus den Tüten ragten Selleriestengel und Schachteln mit Gleem. Ich nahm die Kamera, die ich auf dem Schoß liegen hatte, in die Hand, setzte sie ans Auge, lehnte mich ein Stückweit aus dem Fenster und richtete sie auf die Damen, als würde ich sie filmen. Eine sah mich und stieß sofort ihre Nachbarin an, jedoch ohne die Kamera aus den Augen zu lassen. Sie winkten. Nach und nach reagierten auch die anderen. Alle lachten sie und winkten. Sie wirkten zutiefst glücklich. Vielleicht spürten sie, daß sie sich selbst zuwinkten, in der Hoffnung winkten, daß eines fernen Tages, falls Beweise dafür verlangt würden, daß sie die Zeit durchlaufen hatten, verlangt von ihren eigenen Zweifeln, sie dann sich eines Augenblicks erinnern könnten, da sie, auf einem sonnengleißenden Platz stehend, auf den durchsichtige Plastikstreifen aufgezeichnet worden waren. Und so bestand die Hoffnung, daß in dreißig Jahren, an jenem Tag, an dem der Beweis fällig wäre, ihr Film irgendwo auf eine Leinwand projiziert würde, und dort stünden sie, verifiziert als chemikalische Reinkarnationen, und winkten ihrem eigenen Alter zu, lächelten den Jahrzehnten ihre Zuversicht entgegen, eine Gattung ewiger Pilgerinnen auf einem Marktplatz im staubigen Sonnenlicht, sieben Arme ausgestreckt zu einem großartigen Salut auf die Vergeßlichkeit des Seins. Was könnte es für einen besseren Beweis geben (falls je einer erforderlich sein sollte), daß sie wirklich lebendig gewesen waren? Das, so glaube ich, war es, was ihr Glück ausmachte, die Freude über unwiderlegbare Beweise. Sie hatte nichts mit dem gegenwärtigen Moment zu tun, der zusammen mit allen andern in das eingehen würde, was das Gegenteil von Ewigkeit war. Ich tat, als würde ich weiterfilmen, sammelte ihr vergeudetes Licht ein, ließ ihr Lächeln durch das Objektiv eintreten und im Kameragehäuse herumirren, auf der Suche nach der Zauberspule, der Gelatine, die das Bild festhielt, nach dem Film, der sich durch das wartende Tor fädelte. Als Sullivan aus dem Supermarkt kam, senkte ich die Kamera. Ich wurde das Gefühl nicht los, daß das, was ich hier im Begriff war zu entdecken, eine Art Macht war.

Am Abend saßen wir im Camper in der Howley Road und hörten Radio. Es kam ein Bericht über den Krieg. Ich hörte nicht auf die Meldungen, sondern nur auf die Wörter, die vertrauten, bedrükkenden Phrasen. Es war wie das Graugeschwätz des Senders – nicht das, was jemand ernst meinte, und oft auch nicht das Gegenteil.

«Wer will in meinem Roman vorkommen?» sagte Brand. «Das kostet euch nur fünfzig Dollar, und ich bin in der Lage, Unsterblichkeit zu garantieren.»

«Ich möchte ein Gehirnchirurg sein», sagte Pike.

«Runde achtzig Dollar.»

«Ein Frauenheld», sagte ich. «Ich will ein großer Frauenheld sein.»

«Für hundertfünfzig Dollar darfst du mit der weiblichen Figur deiner Wahl ins Bett steigen.»

«Bist du auch in seinem Buch?» fragte ich Sullivan.

«Ihr seid alle drin», sagte Brand. «Jeder ist drin.»

«Dann merk mich mal für die einsfünfzig vor.»

«Du wirst mal Abwechslung wollen», meinte Sullivan.

«Glaub ich nicht.»

«Ich hab nämlich vor vielen Jahren mal in einem Roman von jemand anderem eine Affäre gehabt. Mein Partner fand es reichlich unbefriedigend. Er war ein Marineoffizier mit jeder Menge Erfahrung. Ich war damals natürlich nur ein junges Mädchen.»

«Mach aus mir einen Gehirnchirurgen mit zittrigen Händen», sagte Pike. «Um so ein Thema läßt sich eine Menge Spannung aufbauen.»

«Spannung ist nicht mehr relevant», widersprach ich.

«Kacke», schrie Pike. «Das ist Kacke.»

«Ruhig Blut», sagte Sullivan.

«Pikes Pikiertheit erreicht riesenhafte Proportionen», sagte ich, sehr mit mir selbst zufrieden.

«Kacke.»

Die Wörter kamen glatt aus einem (zweifellos) intelligenten Gesicht hervor, liefen weiter über gleichsam umgekehrte Toleranzgrenzen hinaus, und schon bald schienen sie eine eigenständige Existenz zu erzeugen, eine Unabhängigkeit zu fordern, schienen in einer Bedeutungssilhouette zu leben, die subtiler und schlauer war, als die Intelligenz, die sie hervorgebracht hatte, vielleicht je ahnen würde. Wir hörten eine Weile schweigend zu. Der Sprecher sagte, er habe aus Versehen die Meldung von gestern vorgelesen.

«Ich phantasiere davon, daß ich mich in eine Vietnamesin verliebe», sagte Brand. «Aber dann stirbt sie an einer komischen Krankheit, und ich verbringe den Rest meines Lebens in schmerzendem Angedenken.»

Die Wolken des nördlichen Monsuns zogen ab. Die Killerbrigaden durchkämmten die Dörfer. Nachts konnte man die Leuchtspurmunition den Himmel über den Kampfzonen durchblitzen sehen. Ein Magazin enthält zwanzig Runden.

«Amerika kann nur durch das gerettet werden, was es zu zerstören versucht», sagte Sullivan.

Die folgenden beiden Tage verbrachte ich hauptsächlich in der Bücherei, recherchierte, dachte nach, machte mir Sorgen, schrieb Monologe und Dialoge. Als ich am späten Nachmittag des zweiten Tages zum Camper zurückging, war nur Pike da. Ich erzählte ihm von meiner Absicht, nach Chicago zu fahren. Dann überredete ich ihn dazu, mich auf einer der ruhigen, alten Straßen des Städtchens hin und her zu fahren, während ich ein bißchen durchs Seitenfenster filmte. Ich wies ihn an, im Schrittempo oder noch langsamer zu fahren. Ich hatte keine Klammern, mit denen ich die Kamera am Türrahmen befestigen konnte, und ich wollte sowenig Bewegung wie möglich haben. Außerdem gefiel mir die Vorstellung, die Häuserreihen in die Länge zu ziehen, sie zeitlich zu dehnen, da ich ihre äußere Erscheinung für wesentlicher hielt als die Stimmen und Sorgen, die sie bargen. Es war ein Interview in der neuen Sprache. Und da keine Menschen auf der Straße waren, konnte ich mit höheren Geschwindigkeiten arbeiten als normal, wodurch die Erschütterungen verringert wurden und die Szene noch zusätzlich verlängert wurde. Zentimeterweise rollten wir die Straße entlang, jedes stumme und schöne Heim ein langsames Denkmal für irgendeinen schrillen, von der Zeit beunruhigten Augenblick.

Im Herzen eines jeden Mannes gibt es ein Motel. Wo die Highways anfangen, die Landschaft zu prägen, jenseits der Grenzen einer großen, sich ausbreitenden Stadt, in der Nähe eines größeren Ankunfts- und Abreisepunkts: das wird sein wahrscheinlichster Standort sein. An der Rezeption Postkarten von sich selbst. Einhundert hermetische Zimmer. In der Hausapotheke die vier Jahreszeiten in Sprühdosen. Auf dem Weg zu deinem Zimmer endlos wiederholt, kannst du hier leicht vergessen, wer du bist. Du kannst dich auf dein Bett setzen und *Mann, auf einem Bett sitzend* werden, eine Abstraktion, die es fast mit der Unendlichkeit aufnehmen kann. Aus solchen Orten und Momenten sich erhebend, erreicht das moderne Chaos die Ebene der reinen Mathematik. Trotz seiner großen Ausmaße wirkt das Motel eher provisorisch. Dieser Eindruck entspringt vielleicht einfach dem Wissen, daß hier niemand länger als ein oder zwei Tage am Stück wohnt. Es läßt sich aber auch durch die Lage des Motels erklären, diese windige Andeutung von Geheimnisvollem, das ein einsames Gebäude umweht, das in einem ehemaligen Sumpf steht. Ein kalter Sturm bläst vom See oder von der Bucht herauf, auf den Flügelspitzen ferner Flugzeuge blitzt die Sonne, Enten kreuzen im Aufwind, und nirgends ist ein Mensch zu Fuß zu sehen. Das Motel scheint ausschließlich aus Badezimmerkacheln erbaut zu sein. Die Laken sind klamm. Es hängen zu viele Bügel im Schrank, als versuche die Direktion für einen heimlichen Mangel zu entschädigen, der zu schwerwiegend ist, als daß man ihn sich vorstellen könnte. Aus kleinen Gittern in der Wand dringt ein anhaltendes, fast unerträgliches Lüftungsflüstern. Doch all seinen geistigen Verarmungen zum Trotz gibt es schlimmere Orte als diesen. Er verkörpert eine derart beharrliche und unwiderstehliche Wiederholung, daß hier, wenn nicht Freiheit, so doch Befreiung möglich ist, Erlösung. Von Chaos besessen, tritt man ein in dünnere Gefilde, erreicht Verfeinerungen, mathematische Integrität, und wird, wenn man es möchte, zum Mann auf dem Bett im Zimmer nebenan. Die Waldhütte, die Suite malvenfarbiger Zimmer, die Flohbude über dem Leihhaus, das geliehene Apartment – alles zu persönlich, der nicht wiederkehrende Augenblick. Männer behalten dieses Motel fest in ihrem Herzen, hier wogt der Traum des Zusammenflusses von Reisen und von Sex.

Edwina Meers wohnte in einem solchen Motel, in der Nähe vom Flughafen O'Hare, ungefähr zwanzig Kilometer vom Stadtzentrum von Chicago entfernt. Meredith hatte mir den Namen des Motels durchgegeben, und ich hatte Edwina und Charles angerufen und ihnen gesagt, daß ich käme. Dann lieh ich mir Glenn Yosts Wagen aus, einen spastischen grauen Pontiac, und fuhr durch die Nacht Richtung Norden. Es war ein gutes Gefühl, wieder unterwegs zu sein und die Logik des weißen Streifens in Frage zu stellen. Es kamen mir viele Trailer-Trucks entgegen, mit den Kennzeichen von einem Dutzend verschiedener Staaten, und der Wagen schwankte in ihrem Fahrtwind. Ich war jetzt Teil des Handels, der Romantik des Langstrecken-Gütertransports, des epischen, ausholenden Songs der Tripel-A-Reiseführer.

Es war neun Uhr morgens, und Edwina kam in einem geblümten Rock mit Vorderreißverschluß und einem engen Unterhemd-Top an die Tür.

«Du Glücklicher, ich bin ganz allein. Komm doch rein. Charles ist schon zu einer Besprechung abgerauscht. Es liegt überall Gepäck herum, du mußt dich halt eben aufs Bett setzen. Hast du was dagegen, wenn ich die Glotze anlasse? Die Sendungen in diesem Land sind wirklich unglaublich.»

«Wieso wohnt ihr nicht in der Stadt?»

«Charles ist vor der Vorstellung zurückgeschreckt. Der Gute ist gradezu ein Pünktlichkeitsfanatiker, und deswegen hat er gemeint, es sei das beste, unsre kleinen heißen Körperchen so nah am Flughafen wie möglich zu parken, da unser Zeitplan offenbar eine sekundenschnelle Bereitschaft vorsieht, wie sie einem Raketensystem wohl anstehen würde. Er hat eine Heidenangst, Abflüge zu verpassen. Ist wahrscheinlich sehr sexuell, das Ganze.»

«Wenn du möchtest, können wir zum Mittagessen reinfahren. Ich war schon öfter mal geschäftlich in Chicago, und ich glaube, ich finde mich noch ganz gut zurecht.»

«Das ist aber furchtbar nett von dir, David. Wirklich, ich bin so froh, daß du kommen konntest. Meredith hat mir soviel von dir erzählt. Sie ist ein super Mädchen, findest du nicht? Irgendwie so frisch und homogenisiert.»

Edwina hatte ein rundes, unscheinbares, leicht sommersprossiges Gesicht, wie ein Pfannkuchen. Sie war schätzungsweise Mitte Dreißig und schien von der ganzen Sache rundum begeistert zu sein. Vielleicht stellte sie fest, jetzt wo sie die Spannungen einer unhübschen Jugend sicher hinter sich gebracht hatte, daß über Dreißig ihre persönliche Blütezeit war, das goldene Zeitalter ihrer Leidenschaft und ihres Verstandes. Im Fernsehen lief ein Werbespot. Eine Frau lag in einer Badewanne und wusch sich die Beine mit einem Stück Schönheitsseife. Sie führte die Seife langsam am

Unterschenkel entlang, hinauf über das Knie, das aus dem Wasser ragte, und dann den Oberschenkel hoch, während das Bild langsam in einer Überblendung verschwand. Jetzt stand sie auf dem Kachelboden, in einer Totalen, mit Weichzeichner, den Kopf zurückgelegt, während ihre Hände langsam auf dem Handtuch über Bauch und Oberschenkel kreisten. Edwina lehnte sich an eine Kommode.

«Ich bin verwirrt», sagte ich. «Irgendwie hatte ich gedacht, du wärst Amerikanerin.»

«Bin ich auch, David.»

«Wie lange wohnst du denn schon in England?»

«Komischerweise fast auf den Tag genau seit zehn Jahren. Charles und ich haben in Philadelphia geheiratet, und dann ging's gleich los. Vor meiner Heirat mit Charles hatte ich einen südamerikanischen Lover, der immer nur Babys produzieren wollte. Er war irgendwie primitiv und gräßlich. Charles hatte ein homosexuelles Verhältnis, bevor er mich kennenlernte. Sein Lover war Trauzeuge bei unserer Hochzeit.»

«Warst du schon mal in Chicago?»

«Nein, und Charles auch nicht. Wir sind gestern nachmittag gelandet und haben ein Auto gemietet. Dann haben wir uns hier eingenistet und sind in die Stadt gefahren. Wir waren zu einer Party für fette Geschäftsleute eingeladen, die von einem Typen gegeben wurde, der entweder Lawrence Thomas oder Thomas Lawrence hieß. Das ist der, mit dem Charles geschäftlich zu tun hat. Eigentlich war's ja wirklich süß von ihm, sich die ganze Mühe zu machen, nur um Charles mit einigen der hiesigen Geldsäcke bekannt zu machen. Aber ich muß sagen, es war weit davon entfernt, die pfiffigste Dinnerparty zu sein, auf der ich jemals war. Die Männer haben über Stahllegierungen und Farbstoffe geredet, und die Frauen waren noch langweiliger, wenn das überhaupt noch möglich ist. Wußtest du, daß es eine Firma gibt, die American Metal Climax Inc. heißt? Mein Gott, der Mann, der sich das ausgedacht hat. Jedenfalls gab's zum Abendessen Coq au Vin, bestehend aus zehn Teilen Vin und einem Teil Coq. Dann haben sie mir ständig große fruchtige Rumgetränke in die Hand gedrückt, die Dormant Volcanoes hießen. Klar, daß ich bald ganz schön einen im Tee hatte. Dann hat dieser Thomas- oder Lawrence-Typ unsere blassen kleinen Körperchen zu einer andern Party geschleppt, in einer tollen Elf-Zimmer-Wohnung, deren Besitzer ein Typ ist, dem offenbar ganz Venezuela gehört. Du glaubst nicht, was da an den Wänden hing. Braque, Chagall, Mondrian, Renoir – ich kann's gar nicht alles aufzählen. Ich bin überzeugt, dem armen Mann hat man absolute Fälschungen angedreht, aber ich muß gestehen, das war ein herrlicher Anblick, diese ganzen Wände, die nur so stanken vor Geld. Dieser Mann, der anscheinend Arno Tumbler heißt, ist gerade auf seiner Privatinsel und lernt, wie werde ich französischer Impressionist. Die Party an sich war widerlich. Zuerst hat mich dieser Lawrence Thomas beim Tanzen praktisch vergewaltigt. Dann ist eine ganze Meute von so gesprenkelten Verrückten aufgetaucht, alle mit angemalten Gesichtern und wirklich grauenhaft ekligen Klamotten. Ein Haufen zerebral gelähmter Trottel, wenn du mich fragst. Einer hat sich vor mir entblößt. Ich hatte bloß zu Charles gesagt, ich glaube, daß nicht mal ein Ärzteteam Ihrer Majestät das Geschlecht von einigen dieser Wesen bestimmen könnte, und im nächsten Moment sehe ich diesen gräßlichen kleinen Mann, der mir grinsend in die Augen guckt und seinen Bornemann mittschiffs herausbaumeln läßt. Wirklich, David, muß ich so was komisch finden? Da waren Massen solcher Leute, die da in ihren Gewändern und Federn herumgehüpft sind. Man hatte das Gefühl, im Mittelpunkt zu stehen, allein durch die Tatsache, daß man so außergewöhnlich normal war.»

Ich mußte mir ständig sagen, daß sie Amerikanerin war. Wie eine Neukonvertierte war sie mit viel mehr Leib und Seele dabei als jene, die die Psalmen schon seit zweitausend Jahren sangen. Ich fragte mich, was ihr englischer Ehemann wohl von diesem Plapperregen hielt.

«Wann reist ihr ab?»

«Morgen nachmittag», sagte sie. «Wir fliegen nach Omaha, Denver, Little Rock und Atlanta. Mein Gott, wie dröge. Kurz vor unsrer Abreise aus London haben wir Massen von Postkarten gekriegt, von fast allen Leuten, die wir kennen, alle im Urlaub in den tollsten Gegenden. Dilys ist offenbar kurz davor, aus Portugal ausgewiesen zu werden vor lauter unverhohlenem, purem Hedonismus. Und Harry und Nigel sind wieder in Madagaskar, die lieben Alten, schreiben ihre gemeinsamen Memoiren und bumsen einander zu Tode. Nicht daß ich mich über so was wie Little Rock beschwere. Macht riesigen Spaß, wieder in der Heimat zu sein. Aber ehrlich, David, dieser Dreck ist spektakulär. Ich meine, wenn man über den Mittleren Westen liest, erwartet man doch, daß alle möglichen Shakers und Mennoniten mit Besen und Pinseln durch die Landschaft sausen. Aber das Wetter haut einen um, stimmt's? So müßte es in London sein. Und nach dem, was ich gehört hab, sind die Steaks hier draußen erste Garnitur.»

Einige Minuten später waren wir im Bett. Ein offener Koffer rutschte auf den Boden. Sie redete ständig von ihrem Mann. Ich schlug sie, und dann war sie still. Nackt war sie noch unscheinbarer, und der Hunger, den ich bei ihr erwartet hatte, zeigte sich nicht. Was ich da in ihr unbeteiligtes Schweigen hineinlenkte, war eine Art Verzweiflung. Es war der alte Faschismus. Krieg, Sadismus, Selbsterniedrigung, es war all das. Sie nahm es – aber nicht, um es zu behalten, und nicht für sich. Ich hatte gedacht, sie würde außer sich sein ob meines Körpers. Ich war in den Fernsehtraum vom Motel eingespeist worden, das Vergnügen, ein anderer und niemand zu sein. Ich war aufgehängt worden in diesem Traum, ein Wesen aus der modernen Literatur, schöner Junge von zerbröckelnder Herzogin ausgeplündert. Ich hatte erwartet, daß es mir große Lust bereiten würde, ihre Gier, ihre Zunge, der Bodensatz ihrer Phantasie. Aber sie war wie ein alter Schuster ins Bett gestiegen, und ich hatte plötzlich das Gefühl, von lauter Teilen erdrückt zu werden – von ihren, von meinen, von denen des Traumes – und sie schien keinen Unterschied zu machen zwischen dem, was authentisch, und dem, was häßlich und brutal war. Vielleicht lag das daran, daß die letzte Trennwand gefallen war.

«Du meine Güte, was Meredith wohl von uns denken würde. Meinst du, wir haben irgendso eine mittelalterliche Form von Inzest begangen? Dritten Grades oder so was? Es ist alles so herrlich verkommen, findest du nicht? Du glaubst jetzt sicher, ich bin leicht rumzukriegen, Liebling. Und meine Art zu reden findest du widerlich. Mach dir nichts draus, David. Du bist nicht der erste, dem das so geht. Ich habe eine lange Reihe von Lovern gehabt, die alle den Boden, auf dem ich gehe, verabscheut haben und die alle darum gebettelt haben, zurückkommen zu dürfen, wenn ich sie weggeschickt habe, weil sie mir schlicht zu langweilig wurden. Meine Männer denken nämlich, ich würde *sie* langweilen, doch tatsächlich ist das Gegenteil der Fall. Das dämmert den lieben Kleinen erst, wenn ihre Verbannung ein fait accompli ist. Sie brauchen mich nämlich. Sie brauchen ein leeres Zimmer, wo sie ihre heimlichen Leckerbissen auspacken können. Glaubst du an ein Leben nach dem Tod?»

«Für wen?» fragte ich zurück.

«Ja, für wen eigentlich. Nicht schlecht, die Antwort. Vielleicht werden die ganzen Heiligen und Langweiler einfach in einen Topf geschmissen und wahllos in den Himmel oder in die Hölle geschickt, während wir übrigen absolut nirgends hingehen. Da hätte ich eigentlich gar nichts gegen. Seliges Nichts. Ich beschäftige mich gerade mit den Hindus. Zyklen und Zyklen des Seins. Ich nehme mit Vicky Glin zusammen Unterricht bei einem Swami, der in bitterer Armut in einer winzigen Wohnung in Battersea wohnt. Dieser Mann ist sehr beeindruckend, bestimmt ganz authentisch und alles, aber er sondert einen grauenhaften Gestank ab. Im Moment will ich mir, glaube ich, am liebsten zwei Stunden kostbaren Schlaf gönnen. Ich würde vorschlagen, daß du jetzt wieder gehst, David. Auf die Weise komme ich zu meiner Ruhe und du zu der Gelegenheit, die ganze Episode zu analysieren. So ein Typ bist du doch, oder? Ich bin nämlich nicht total bescheuert. Ich habe auch meine lichten Momente. Hebst du bitte den Koffer auf? Und David, wenn du dann deine Tiefenanalyse machst, versuch doch bitte, nicht zu streng mit uns beiden zu sein.»

Im Auto konnte ich sie auf meinem Handrücken schmecken. Ich hielt an einer Tankstelle, um aufzutanken, und rief Ken Wild in seinem Büro an. Dann fuhr ich in die Stadt und suchte einen Fotoladen. Ich kaufte einen Kodak Triple X Umkehrfilm, einen Windfilter und ein Stativ aus Leichtmetall mit schwenkbarem Kopf.

Eine Stunde später kam Wild in ein Restaurant hereinspaziert, das sich drei Straßen vom Drake Hotel entfernt befand. Er hatte etwas zugenommen, und seine Stirn hatte sich um etwa einen Zentimeter erhöht. Wir stellten uns an die Bar und bestellten uns was zu trinken.

«Machst also Filme», sagte er. «Toll. Erzähl. Ich hasse mein Leben. Ich bin jetzt an dem Punkt angelangt, wo mich das Leben anderer Leute mehr interessiert. Das ist so, wie wenn man von Belletristik auf Biographien umsteigt. Der Anfang vom Ende.»

«Es ist irgendwie schwierig zu erklären, was ich da mache. Das ist so eine Ich-Erzähler-Sache, aber ohne daß ich physisch drin vorkomme, außer flüchtig, nicht gerade wie Hitchcock, aber trotzdem ein kurzer persönlicher Auftritt, zumindest per Spiegelbild. Und meine Stimme ist auch zu hören, wenn ich anfange, mit Ton zu arbeiten. Es ist eine Art Zurückgreifen auf gewisse Dinge. Aber nicht nur das. Es ist auch ein Versuch, etwas zu erklären, zu festigen. Ach, ich weiß nicht. Es wird teils Traum, teils Erzählung, teils Film sein. Ein Versuch, Teile meines Bewußtseins zu erforschen. Nicht richtig autobiographisch, wie es Jonas Mekas definiert. Teils Film, hab ich gesagt. Damit meine ich ein gewisses Nebeneinander von Film und Wirklichkeit, von bestimmten Bildern, die in mir haften geblieben sind, auch bestimmte Einflüsse. Ich meine, man kann von nichts als der eigenen kleinen Realität ausgehen und bei einer Annäherung ans Tatsächliche enden. Von der Technik her gesehen, jede Menge Geister und Schatten. Bresson. Miklós Jancsó. Ozu. Shirley Clarke. Die Interviewtechnik. Der Monolog. Der Antifilm. Die Beschränkung der Kameraeinstellungen. Der ausdruckslose Schauspieler. Das Ausreizen einer Einstellung bis an ihre äußerste zeitliche Grenze. Ich hab übrigens gerade eine Nummer geschoben.»

«Stark», sagte Wild. «Ich hab keinen blassen Schimmer, wovon du da redest, aber es hört sich toll an, hört sich richtig heavy an, hört sich engagiert an.»

«Ich spüre, daß ich's machen muß. Außerdem mache ich auch noch einen Dokumentarfilm über die Navajos fürs Fernsehen. Unten in Arizona und Umgebung. Wo das Reservat ist.»

«Aber du arbeitest für niemand.»

«Auf unabhängiger Basis, das Ganze», sagte ich. «Ich will nicht, daß mir irgend jemand Vorschriften macht. Reich werd ich zwar nicht davon, aber ich kann mich halten. Wenn ich das alles hinter mir habe, mach ich vielleicht was für Svensk Filmindustri. Da so in der Nähe von Schweden. Ich meine natürlich Stockholm. Bergmans Revier. Du bist also geschieden. Das tut mir leid.»

«Sie war ein Biest. Ich war ein Dreckskerl. Ein Glück, daß wir einander los sind. Ich hasse mein Leben. Wirklich, ich hasse es. Und was ist mit dir – verheiratet?»

«Ich lebe grade mit einer Vietnamesin zusammen», sagte ich. «Ehe ist eine vergessene Kunst. Vielleicht, wenn wir uns entschließen, Kinder zu haben. Wenn nicht, kann's so bleiben, wie's ist.»

«Die haben schöne Frauen», sagte Wild.

Wir tranken aus und setzten uns an einen Tisch. Wild war hier offenbar gut bekannt. Er scherzte mit dem Kellner und bestellte Angst auf Pumpernickel. Dann bat er ihn, noch zwei Drinks zu bringen.

«Aber du verdienst gut Geld, oder?»

«Ja, ich verdiene gut Geld», sagte er.

«Ich wette, du hast ein tolles Apartment mit einem ganzen Stall atemberaubender Wesen zur Auswahl.»

«Wir sind hier in Häschenland», sagte er. «Da gibt's für den schlampigsten Abschuß schon beide Ohren und Schwanz.»

Wir tranken eine Flasche Wein zum Essen und danach noch zwei Brandys. Dann gingen wir wieder an die Bar und bestellten Stingers. Wild hatte es nicht eilig, ins Büro zurückzukommen. Es war schon gegen drei. Ich war den größten Teil der vorangegangenen Nacht gefahren und fühlte mich benommen und erschöpft. Wir tranken eine halbe Stunde lang still vor uns hin.

«Wir arbeiten als Berater für den Staat und die Industrie», sagte Wild schließlich. «Willst du was über Produktionsflußsysteme wissen? Handling? Zentralisierte Verarbeitung und Vertrieb? Die Lösung heißt nämlich nicht unbedingt Automation. Zuallererst nimmt man mal den Betrieb unter die Lupe. Dann analysiert man das System hinsichtlich Kosten und Funktionselementen. Vielleicht heißt die Lösung gar nicht Automation. Vielleicht ist hier selektive Automation das Richtige. Ein paar kleine Veränderungen können Entscheidendes bewirken. Es kann reichen, ein Fließband zu verlegen oder eine neue Spezialkomponente zu entwerfen. Alle meinen, mit Automation sei alles zu lösen. Das ist ein Irrtum. Ich arbeite mit guten Leuten. Sie machen ihre Arbeit, und es macht ihnen Spaß, und sie meckern nie. Einmal hatte ich mehrere Monate lang mit der Tochter von einem was gehabt. Sie bestand nur aus Titten. Sie hat mir gut gefallen. Aber sie hat ständig ein Wort benutzt, das ich nicht ausstehen konnte. Immerzu. Ich bin zum Museum rübergestiefelt. Ich bin durch den Park gestiefelt. Ich bin die Rush Street runtergestiefelt. Automation ist kein Allheilmittel. Das haben wir bei uns da im Laden von meinem Vater kapiert. Systemplanung, das ist die wahre amerikanische Kunstform. Viel mehr als Jazz. Wir sind Meister der Wartung und Instandhaltung. Wir begreifen Beziehungsgeflechte. Wir sorgen dafür, daß das Ganze funktioniert, vom Päckcheneingang zur innerbetrieblichen Verteilung, von Lkw-Streckenplanung bis Disposition. Wir wissen genau, wo der Nagel hinkommt, um den Besen aufzuhängen. Viele Länder können das nicht. Sie wissen nicht, wie. In Europa weiß so gut wie niemand, wo der Nagel hingehört. Weißt du, was dieser Franzose gesagt hat, der dieses Buch geschrieben hat? Es gibt drei große Wirtschaftsmächte in der Welt. Amerika. Rußland. Und Amerika in Europa. Wir müssen ihnen zeigen, wo der Nagel hingehört. Aber die Russen hinken hinterher. Sie hinken bei der Industrieforschung hinterher, bei der Computerisierung, bei automatisierten Systemen. Sie hinken hinterher. Wir wissen, wie man plant, Gesamtunternehmenspolitik, Inventar-Management, Vertrieb, Standorteignung. Wir sind Experten in Containerisierung, Ladungseinheiten, EDV, Machbarkeitsstudien. Wir wissen, wie man ein Problem einkreist. Was ist denn daran so schrecklich?»

Etwa eine Viertelstunde später sagte er:

«Talent ist alles. Wenn du Talent hast, kann dir nichts passieren. Du kannst dir dein Leben scheußlich versauen. Und wenn schon. Wenn du Talent hast, hast du was auf Reserve. Wer Talent hat, der weiß es, und fertig. Das macht dich zu dem, was du bist. Das sagt dir, daß du du bist. Talent ist alles, Vernunft ist nichts. Davon bin ich überzeugt. Ich glaube, ich hatte mal welches. Ich habe doch zu den besten Hoffnungen Anlaß gegeben, oder, Dave? Ich meine, ich hatte doch was, oder? Aber ich war zu vernünftig, nicht verrückt genug, ich hab den Sprung nicht geschafft, aus meiner Seele in die Seele des Universums. Das ist der Sprung, den sie alle geschafft haben. Von Blake bis Rimbaud. Ich schreibe nur noch Schecks. Ich lese Science Fiction. Ich mache Geschäftsreisen nach South Bend und Rochester, Minnesota. Ich hab den Sprung nicht geschafft.»

Als ich die Augen öffnete, ging gerade die Sonne unter. Ich war auf einem Schiff. Ich konnte die Türme von Marina City sehen. Ich war auf einem Vergnügungsschiff auf dem Chicago River, diesem albernen kleinen Fluß, den die moderne Technik dazu gebracht hat, rückwärts zu fließen. Ich hatte üble Schmerzen im linken Brustkorb. Es war Sonnenuntergang, irgendwie hatte ich mehrere Stunden verloren. Dann legten wir an, und während ich auf das Drake Hotel zuging, versuchte ich mich zu erinnern, wo ich das Auto geparkt hatte. Ich ging in einen Drugstore und rief Ken zu Hause an.

«Was ist passiert? Ich bin gerade aufgewacht. Ich war auf einem Vergnügungsschiff.»

«Du Dreckskerl», sagte er.

«Wir waren an der Bar. Mehr weiß ich nicht mehr. Vor zehn Minuten bin ich aufgewacht. Was ist dazwischen passiert?»

«Mein verdammter Hals.»

«Meine Rippen», sagte ich.

«Eigentlich sollte ich gar nicht mit dir reden.»

«Wir waren an der Bar und haben Stinger getrunken.»

«Dann hast du angefangen, dich mit Chin Po zu streiten.»

«Wer ist das denn?»

«Chin Po ist der Typ, der neben dir gesessen ist. Ich bin auf der einen Seite von dir gesessen und er auf der andern.»

«Richtig», sagte ich, «und dann?»

«Dann haben wir auf jemand getrunken, du, ich und Chin Pol. Wir haben mehrere Gläser auf Tschiang Kai-schek getrunken.»

«Großartig. Wirklich toll.»

«Dann habt ihr angefangen, euch zu streiten. Du und Chin.»

«Und worüber haben wir uns gestritten?»

«Über das Leben nach dem Tod», sagte er. «Ob es ein Leben nach dem Tod gibt oder nicht.»

«Das ist ja unglaublich. Ich hab zu dem Thema gar keine Überzeugung. Welche Seite habe ich vertreten – pro oder kontra?»

«Weiß ich nicht mehr. Der Teil ist nebulös. Ich weiß nur noch, daß du und Chin euch heftig über das Leben nach dem Tod gestritten habt.»

«Und dann?»

«Dann hast du Chin eine gelangt.»

«Du meine Güte.»

«Zum Glück hast du ihn nur gestreift, und bevor er dazu kam zurückzuschlagen, bin ich dazwischengegangen und hab versucht, dich zu beruhigen.»

«Und was ist dann passiert?»

«Dann hast du mich in den Schwitzkasten genommen.»

«Um Himmels willen, Ken.»

«Du hast mich in den Schwitzkasten genommen, und ich kam nicht heraus. Du hast mir den Kopf unter deiner Achselhöhle derart hochgeschraubt, daß ich kaum noch Luft bekommen habe.»

«Das tut mir wirklich leid. Ich hatte keine Ahnung, was ich tat.»

«Dann bin ich ohnmächtig geworden», sagte er. «Ich konnte mich nicht losmachen, und dann bin ich einfach ohnmächtig geworden. Als ich wieder zu mir kam, war der Barkeeper gerade dabei, dir in die Rippen zu boxen, damit du mich losläßt, und der alte Chin saß wieder auf seinem Barhocker und zündete sich in aller Ruhe eine Zigarette an.»

«Unglaublich.»

«Frank, der Barkeeper, hat dir so lange in die Rippen geballert, bis du schließlich losgelassen hast. Ich bin gleich aufs Klo gerannt, bin dabei gegen ein paar Stühle geknallt, hab ein paarmal gekotzt, mir kaltes Wasser ins Gesicht gespritzt und mich dann einfach auf den Boden gesetzt. Als ich nach fünf Minuten wieder rauskam, warst du nicht mehr da. Ich bin mir nicht sicher, aber ich glaube, du bist auch kurz ins Klo gekommen und hast mir die Hand geschüttelt. Aber ich bin mir nicht sicher.»

«Ken, ich weiß nicht, was ich sagen soll. Das tut mir wirklich leid.»

«Es würde dir noch viel mehr leid tun, wenn Chin Po dich in die Mangel genommen hätte.»

«Wieso?»

«Frank hat mir erzählt, daß er einen schwarzen Gürtel in Karate hat.»

«Jesses.»

«Er hätte dir die Luftröhre eingedrückt, einfach so.»

«Mein Gott, ich weiß.»

«Der fette alte Chin. Er hätte dich zum lebenslangen Krüppel geschlagen.»

«Aber ich weiß immer noch nicht, was mit den letzten zwei drei Stunden passiert ist. Mann, das macht mir angst. Das tut mir wirklich leid, Ken. Ich werd das irgendwie wieder gutmachen.»

Aber es tat mir gar nicht leid. Ganz im Gegenteil, ich war in Hochstimmung. Wild war stämmig und kompakt, er strotzte vor Kraft. Und doch hatte er es nicht geschafft, aus dem Schwitzkasten auszubrechen, in den ich ihn genommen hatte.

«Vergessen wir's», sagte er. «Paß auf, ich hab in letzter Zeit hart gearbeitet und ziemlich viel getrunken, und ich glaube, ich brauch mal Urlaub. Vielleicht mach ich mal irgendwo 'ne Entziehungskur. Du hast doch gesagt, du fährst nach Arizona oder irgendwohin, um einen Dokumentarfilm zu drehen. Vielleicht können wir uns da unten treffen. Wann mußt du denn am Drehort sein?»

«Morgen», sagte ich, und das stimmte.

KAPITEL 10

Ich eilte zum Hotel zurück, die Taschen voller Zettel, Karteikarten, säuberlich gefalteter Blätter, mit Tesafilm zusammengeklebter Fragmente, unzerknüllter und handgepreßter Reklamezettel, welch Müll, welche Freude, ein körniger Tag, Kind von Godard und Coca-Cola.

Ich fragte den Mann am Empfang, diesmal ein alter Mann, dessen Gesicht violett war vor lauter geplatzter Äderchen, ob er mir irgendwo im Hotel einen tragbaren Fernseher auftreiben könne. Ich brauchte einen für eine Stunde und war bereit, ihm diskret einen Fünf-Dollar-Schein in die Brusttasche seines unverwüstlichen Versandhaushemds zu stecken. Etwas später schleppte er dann einen klobigen Motorola zu meinem Zimmer herauf, als wäre es ein Verwundeter, den er so schnell wie möglich irgendwo hinlegen wollte. Ich schloß das Gerät an, drehte die Lautstärke auf Null herunter und montierte dann die Canon Scoopic auf das Stativ.

Kurz danach kam Glenn Yost. Ich dankte ihm, daß er seine Mittagspause geopfert hatte, und erklärte ihm, daß wir am frühen Nachmittag drehen mußten, um die passenden Sendungen und Werbespots draufzukriegen, und dann bat ich ihn, sich den Text anzusehen, den ich für ihn vorbereitet hatte. Wir würden meine Fragen und seine Antworten lesen und auf Band aufnehmen. Bei diesem Teil würde er nicht im Bild zu sehen sein. Ich redete schnell, damit ihm keine Zeit blieb, irgendwelche Einwände zu finden.

Im Fernsehen lief eine Ratesendung, junge verheiratete Kandidaten und ein aalglatter Showmaster. Die Sendung wurde häufig durch Werbespots unterbrochen, die üblichen Tageskrämpfe mit Reinigungsmitteln und Mundhygiene. Etwa acht Minuten lang filmte ich dies, das Fernsehgerät, wobei ich zweimal zum Filmeinlegen unterbrechen mußte, während Glenn und ich im Off aus dem zerknitterten, verhackstückten Skript lasen. Glenn sprach durchgehend in einem monotonen Tonfall.

«Wir werden über Testmuster und Schatten reden. Über bestimmte Formen der Dunkelheit. Eine kleine Ecke des zwanzigsten Jahrhunderts.»

«Ich habe alle Antworten.»

«Und ich habe die Fragen», sagte ich. «Wir fangen, ganz einfach, mit einem Mann an, der fernsieht. Es ist durchaus möglich, daß er dadurch in den Wahnsinn getrieben wird, allmählich, stufenweise, von Programm zu Programm, von Unterbrechung zu Unterbrechung. Trotzdem guckt er weiter. Was ist da in diesem Kasten? Wieso sieht er sich das an?»

«Das Fernsehgerät ist eine Packung, die voller Produkte steckt. Es enthält Reinigungsmittel, Autos, Fotoapparate, Frühstücksflocken, andere Fernsehgeräte. Programme werden nicht von Werbung unterbrochen, genau das Gegenteil ist der Fall. Das Fernsehgerät ist eine Art elektronische Verpackung. Schlicht und einfach. Ohne die Produkte gibt es nichts. Bildungsfernsehen ist ein Witz. Wer in Amerika würde sich Fernsehen ohne Werbung ansehen?»

«Wie beeinflußt eine erfolgreiche Fernsehwerbung den Zuschauer?»

«Sie bringt ihn dazu, seinen Lebensstil ändern zu wollen.»

«Auf welche Weise?» fragte ich.

«Sie versetzt ihn aus dem Bewußtsein der ersten Person in das der dritten. In diesem Land gibt es eine universelle dritte Person, den Mann, der wir alle sein wollen. Die Werbung hat diesen Mann entdeckt. Sie benutzt ihn, um die Möglichkeiten auszudrücken, die dem Konsumenten offenstehen. In Amerika bedeutet konsumieren nicht kaufen, es bedeutet träumen. Werbung suggeriert, daß der Traum, zur dritten Person singular werden zu können, sich möglicherweise erfüllen läßt.»

«Wie unterscheidet sich dann eine Fernsehwerbung von einem Spielfilm? Spielfilme sind voller Menschen, die wir sein wollen.»

«Werbung ist nie überlebensgroß. Sie versucht, nicht zu weit über die Grenze zur Phantasie hinauszugeraten, oft macht sie sich sogar über bestimmte Phantasiemotive der Kinowelt lustig. Es gibt keinen Grund, warum es nicht möglich sein sollte, mit Eastern Airways nach Acapulco zu fliegen und zwei Wochen voller Sex und Abenteuer mit einer Tipse aus Iowa City zu verbringen, die dort ebenfalls Urlaub macht. Aber Werbung würde nie behaupten, daß man das auch mit Ava Gardner könnte. Das bringt nur Richard Burton fertig. Dein Image kannst du verändern, aber nicht das der Frau, mit der du ins Bett gehst. Die Werbung hat diesen Unterschied vermarktet. Wir haben die Begrenztheit des Träumens ausgenutzt. Das ist unsere größte Errungenschaft.»

«Was kennzeichnet einen guten Werbefachmann?»

«Er weiß, wie man die Ware von den Regalen runterkriegt. Schlicht und einfach. Wenn die Werbebranche morgen dichtmachen würde, würde ich zu Macy's rübergehen und einen Job als Verkäufer für Herrenunterwäsche bekommen.»

«Kommen wir auf die Bilder zurück, auf das Image. Berücksichtigen die Leute, die sich die Werbung ausdenken, dieses Bewußtsein der dritten Person, worüber Sie gerade mit soviel Überzeugungskraft und Verve gesprochen haben?»

«Die machen nur ihre Zwanzig-Sekunden-Kunstfilme. Die dritte Person wurde vom Konsumenten erfunden, dem großen Sesselträumer. Die Werbung hat den Wert der dritten Person entdeckt, aber erfunden hat sie der Konsument. Das Land selbst hat sie erfunden, diese dritte Person. Sie kam auf der *Mayflower* herüber. Ich warte darauf, daß Sie mich zum Anti-Image befragen.»

«Was ist das?»

«Das ist der Guerilla-Krieg, der hinter den Linien des Images ausgefochten wird. Es ist ein Bild von verheerenden seelischen Greueltaten. Das perfekte Beispiel für das Anti-Image in der Werbung ist der aus dem Leben gegriffene Spot. Eine vertraute Szene in einem Vororthaus in den USA. Irgendein Dialog zwischen Dad und Junior, oder zwischen Madge und den Mitgliedern des Bridge-Klubs. Problem: Madge leidet an Verstopfung. Lösung: Trink das Zeug hier, davon scheißt selbst die feinste Muse. Dieser Art von

Werbung liegt die Überlegung zugrunde, daß der Konsument sich mit Madge identifizieren wird. Das ist ein Fehler. Der Konsument identifiziert sich nie mit dem Anti-Image. Er identifiziert sich nur mit dem Image. Mit dem Marlboro-Mann. Mit Frank Gifford und Bobby Hull in ihren Jantzen-Badehosen. Werbespots nach dem Modell ‹Aus dem Leben gegriffen› beschäftigen sich gewöhnlich mit den deprimierenden Seiten des Lebens – Gerüche, wunde Stellen, Altersschwäche, Häßlichkeit, Schmerz. Zum Glück ist das Image groß genug, um das Anti-Image zu absorbieren. Nicht daß ich prinzipiell etwas gegen das Anti-Image hätte. Da ist durchaus was drin. Der Zeitpunkt ist vielleicht nicht mehr fern, wo wir des Träumens müde werden. Aber das Anti-Image wird viel zu wörtlich dargestellt. Die alten Themen. Der stereotype Dialog. Es bräuchte einen Touch Horror, ein bißchen verrücktes Gelächter aus dem Friedhof. Früher oder später wird irgendein cleverer Texter das wahre innere Mysterium Amerikas erkennen und einen Ableger des aus dem Leben Gegriffenen entwickeln. Das aus dem Tod Gegriffene.»

«Haben Sie den größten Teil Ihres Erwachsenenlebens in der Werbebranche verbracht?»

«Das ganze bis auf vier Jahre.»

«Wo wurden die verbracht?» fragte ich.

«Ich habe während des Krieges in der Army gedient.»

«Wo?»

«Im Pazifik.»

«Wo im Pazifik?»

«Auf den Philippinen»

«Wo auf den Philippinen?»

«Bataan. Es gibt zwei Filme darüber.»

«Ist Ihnen je unwohl beim Gedanken an Ihren Platz innerhalb des sich ständig offenbarenden körperlosen Plans der Dinge?»

«Nur wenn ich versuche, der Wahrheit vorzubeugen.»

«Was heißt das?»

«Einer meiner Kunden ist die Nix Olympica Corporation. Sie stellen ein ganzes Sortiment von Körperpflegeprodukten her. Enthaarungsmittel, Salben, Blutstillstifte, Fußpuder, Mundwasser,

Wattestäbchen für die Ohren, Deodorants für die Achselhöhlen, Deodorants für den männlichen und weiblichen Intimbereich, Aknecreme, Neurobalsam, Gebißreiniger, Abführmittel, Hühneraugenpflaster. Wir sollten eine Werbekampagne für ihre Dentex-Abteilung machen, das ist in erster Linie Mundwasser. Okay, also konzentrieren wir uns auf einen der wesentlichen Bestandteile, Quasi-Cinnamaldehyd-plus. QCP. Wir wählen die harte Verkaufsschiene. Dentex mit QCP tötet Mundgifte und Mundgeruch erzeugende Verunreinigungen um zweiunddreißig Prozent schneller ab. Konkret. Tatsachenbezogen. Und es wird was versprochen. Okay, und dann fragt mich irgendso ein kleiner Widerling bei einer Besprechung: Um zweiunddreißig Prozent schneller als was? Ist doch klar, sag ich ihm: um zweiunddreißig Prozent schneller, als wenn Dentex kein QCP enthalten würde. Daß alle Mundwassermarken dieses Cinnamaldehyd-Zeug enthalten, ist nebensächlich. Wir waren die einzigen, die drüber geredet haben. Das versteht man unter der Wahrheit vorbeugen. Die Kreativen machen ein Storyboard. Erste Einstellung auf Formel-Eins-Rennwagen, Nummer sechs, Watkins Glen. Action, Lärm, Menschenmengen, aufheulende Motoren, Zusammenbrüche, Explosionen. Nummer sechs kommt als erster ins Ziel. Schönheitskönigin eilt zum Wagen, beugt sich vor, um den Fahrer zu küssen, wendet sich dann mit einer Grimasse ab. Mundgeruch. Sie will ihn nicht küssen. Schnitt zu Medizinischem Labor, Typ mit weißem Kittel. Das ist eine Dramatisierung – Tabellen, Diagramme, Übersichten, QCP zweiunddreißig Prozent schneller. Zurück zum ersten Typen, Nummer sechs, anderes Rennen. Karierte Fahne geht runter, er gewinnt, Siegeskranz um den Hals, Schönheitskönigin küßt ihn, überblenden zur Siegesparty, wie sie tanzen, sich küssen, flüstern, tanzen, sich küssen. Wir sind mit der Idee zu Dentex gegangen. Sie waren begeistert. Wir sind damit nach oben gegangen, zu Nix Olympica. Sie waren begeistert. Sie waren entzückt. Sie gaben uns das Okay zum Drehen. Wir besorgen Autos, Fahrer, Statisten. Wir fahren nach Watkins Glen hoch. Wir arbeiten mit Hubschraubern, mit Fahrtaufnahmen, mit Zeitlupe, mit Stop-Action, mit Weitwinkel, wir zoomen, wir inszenieren zwei kleine Karambolagen und eine Monsterexplosion, bei der sich ein Wagen überschlägt und beinahe das halbe Team umbringt. Ich beraumte eine Sondersitzung der Planungsabteilung der Agentur an und zeigte ihnen die endgültige Fassung. Sie waren begeistert. Als ich ihnen sagte, daß die Produktion im Verhältnis genauso teuer war wie der Film *Cleopatra*, waren sie entzückt. Da hatten sie was, was sie abends ihren Frauen erzählen konnten. Am nächsten Tag führten wir den Werbefilm Dentex vor. Sie waren begeistert. Sie waren entzückt. Wir gingen damit nach oben zu Nix Olympica. Sie haben ihn rundweg abgelehnt. Daß es soviel Geld gekostet hat, hat sie nicht gestört, das hat sie beeindruckt. Da hatten sie was, was sie abends ihren Frauen erzählen konnten. Aber sie haben ihn rundweg abgelehnt. Sie haben uns angewiesen, beide Sequenzen im Siegerkreis nachzudrehen.»

«Wieso?»

«Wegen dem Asiaten. Wegen dem alten Mann, der am Rand der Statistengruppe stand, die sich beide Male um den Siegerkreis gedrängt hat, das erste Mal, als die Schönheitskönigin sich geweigert hat, die Nummer sechs zu küssen, und das zweite Mal, wo sie ihn dann geküßt hat. Beide Male war er dabei, dieser kleine verschrumpelte alte Mann, dieser Asiate. Wer war das? Wer hatte ihn angeheuert? Wie war der in die Gruppe geraten? Keiner wußte es. Aber er war drin, und Nix Olympica hatte ihn entdeckt. Alle andern Statisten waren junge, gesunde, strahlende Männer und Frauen. Das ist ein Werbefilm für Mundwasser, da braucht man Leute, die gesund, fröhlich und frisch aussehen und Mund-Appeal haben. Und da lungert dieser Alte herum, der richtig krank aussieht, dieser wirklich deprimierende runterziehende Asiate. Wirklich, ich liebe das Geschäft, ich lebe davon. Aber ich frage mich, ob ich nicht mein Leben vergeudet habe, nur wegen diesem alten Mann, der die Mundwasser-Werbung ruiniert hat. An einem Frühlingsabend vor einigen Jahren, als meine Frau sehr krank war und es mit ihr schon zu Ende ging, ging ich eine Straße in den Upper Thirties entlang und bog rechts in die Park Avenue ein, und da war das PanAm-Gebäude, eine Meile hoch und eine halbe breit, alle Lichter brannten, ein unmöglicher Quader begradigten Felsens, der da vor mir emporragte und alles andere verdrängte, sogar den Himmel. Es sah aus wie Gott. Ich hatte das PanAm-Gebäude noch nie von dieser Stelle aus gesehen, und ich war völlig unvorbereitet auf diese kolossale Überraschung, wie es den Himmel verdrängte, Lichterschicht um Lichterschicht, dieses überwältigende Ding. Ich schwör's dir, es sah aus wie Gott der Vater. Worauf wollte ich hinaus?»

«Weiß ich nicht.»

«Ich auch nicht. Das kommt wahrscheinlich davon, wenn man der Wahrheit vorbeugen will.»

«Welche Rolle spielt das kommerzielle Fernsehen im zwanzigsten Jahrhundert und darüber hinaus?»

«In meinen düstersten Stimmungen habe ich das Gefühl, daß es für uns alle das Chaos bedeutet.»

«Wie überwinden Sie diese Stimmungen?» fragte ich.

«Ich nehme ein mildes und sanftes Palmoliv-Bad, putze mir die Zähne mit Crest, schlucke zwei Sominex-Tabletten und versuche verzweifelt, auf meiner Simmons-Beautyrest-Matratze einzuschlafen.»

«Vielen Dank.»

Ich duschte, rief danach beim Sender an und verlangte mich zu sprechen. Ich war neugierig, was passieren würde, wenn ich mich meldete.

«Hier Mr. Bells Büro», sagte Binky.

«Hier ist Charles of the Ritz. Unser Lippenstift des Monats ist Lachspüree.»

«David, wo zum Teufel bist du?»

«Gib mir zehn Sekunden, ich komm gleich drauf.»

«Komm, hör auf mit dem Geblödel, Mr. Denney ist stinksauer. Im Reservat wartet ein ganzes Fernsehteam und kann nichts machen, bis du da bist. Wo bist du denn jetzt?»

«Etwa zweitausendfünfhundert Kilometer von dort, wo ich sein soll.»

«Das ist nicht zu fassen. Du bist verrückt. Die schmeißen dich raus.»

«Sag Weede, er soll Harris Hodge hinschicken. Er ist jung und willig. Er wird damit fertig. Ich hab in letzter Zeit viel Gutes über ihn gehört.»

«Das ist doch dein Projekt, David. *Du* mußt da hin.»

«Ich gehe nicht nach Arizona, Binky. Jedenfalls nicht im Moment. Ich wäre lieber dort als hier. Aber zuerst muß ich diese Sache erledigen, die ich gerade mache.»

«Was für eine Sache?»

«Ich hab nur angerufen, damit du weißt, daß mir nichts passiert ist. Ich dachte, du könntest dir Sorgen machen, wenn du nichts von mir hörst.»

«Ich mach mir auch Sorgen, David. Was für eine Sache?»

«Ich bin grade dabei, den Sumpf zu überqueren. Sag mal, wie geht's Warburton?»

«Er ist gestorben», sagte sie.

«Das hab ich die letzten paar Tage wohl schon geahnt. Hoffentlich wird er in England begraben. Hat Freddy Ficknuß ein Memo geschrieben?»

«Wer ist das denn?»

«Weede», sagte ich. «Hat er ein Memo in Sachen Ted Warburton geschrieben?»

«Du solltest ihn nicht mit so gemeinen Namen bezeichnen. Bis jetzt war er sehr verständnisvoll, was dein Nichterscheinen in Arizona angeht. Er hat bis jetzt voll hinter dir gestanden. Er hat Livingstone gesagt, daß es irgendeine unvorhergesehene Verzögerung gegeben haben muß. Einen Unfall oder so was. David, ich werde ihm sagen müssen, daß du angerufen hast und nicht vorhast, hinzufahren.»

«Was stand im Memo? Stand da drin, daß Ted ein treuer Freund und langjähriger Kollege war und daß niemand eine Insel ist?»

«So was in der Art, glaube ich.»

«Warburton war Trotzki», sagte ich.

«Unmöglich, David.»

«Erzähl's aber niemand. Sollen sie alleine draufkommen, die Dreckskerle. Keine Memos mehr. Das war sowieso das einzige, wofür sich der Job in diesem Laden gelohnt hat.»

«Brauchst du Geld?»

«Ich hab noch Reiseschecks für etwa zehn Tage. Länger werde ich nicht hierbleiben.»

«Kommst du nach New York zurück?»

«Weiß ich noch nicht, Binky.»

«Wovon willst du leben?»

«Weiß ich nicht. Hab ich noch nicht drüber nachgedacht.»

«Und was ist mit deiner Wohnung?»

«Hab ich noch nicht drüber nachgedacht.»

«Willst du mir denn nicht sagen, wo du bist und was du machst? Ich versprech, ich sag's auch niemand.»

«Ist schon okay, Binky. Es ist alles bestens. Du wirst mir fehlen. Du und Trotzkis Memos. Die einzigen beiden Dinge, für die sich der Job in diesem Laden gelohnt hat.»

«Vielen herzlichen verdammten Dank», sagte sie.

Der Alte holte den Fernseher wieder ab. Dann traf Carol Deming ein, in schwarzer Hose, schwarzem Pullover und ohne Make-up. Ich gab ihr einen geschäftsmäßigen Kuß auf die Wange, eine Geste, die sie zur Kenntnis nahm, indem sie mit leerem Blick in die Kamera lächelte. Sie setzte sich in den Sessel, die Beine hochgezogen, und warf nochmals einen Blick in das Skript. Während ich das Stativ richtete, redete ich mit ihr, aus der Hocke, wie ein Regisseur. Sie biß sich auf den gekrümmten Daumen, Starlet im verzauberten Licht. Die Kamera und das Tonbandgerät waren bereit.

«Also der erste Teil muß ganz einfach, direkt und völlig offen sein. Im zweiten Teil fängst du an, dich zurückzuziehen. Ich möchte das Gefühl haben, daß ich da einer Fremden im Nebel zuhöre. Die beiden Frauen sind sehr verschieden. Vielleicht hast du mal *Persona* gesehen. Da gibt's zwei Frauen, eine Krankenschwester und eine Patientin, völlig verschiedene Frauen, die allmählich ineinander übergehen, deren Persönlichkeiten sich gewissermaßen gegenseitig durchdringen und dann wieder auftauchen, um etwas reicher oder ärmer, ich weiß nicht genau, was von beidem, aber ein toller, einzigartiger Film über abnehmende Existenz. Ich komme vom Thema ab.»

«Wie soll ich sitzen, David?»

«Genau so wie du jetzt sitzt. Ich will den ganzen Sessel drauf haben. Schau direkt in die Kamera. Sehr wenig Stimme. Die Schauspielerei soll unsichtbar bleiben. Dann machen wir einen Schnitt und machen Teil zwei.»

«Ich hab Schiß.»

«Das haben wir alle.»

«Aber ich glaube, ich weiß, was du willst.»

«Fang an», sagte ich.

«Am Anfang mußte er noch bei seinem Vater borgen, aber nach einiger Zeit standen wir wirklich auf eigenen Füßen. Es war eine lustige Ehe. Wir hatten eine Menge Freunde, und wir riefen sie immer ganz spontan an und luden sie ein. Immer wenn uns nichts mehr einfiel, was wir einander sagen könnten, haben wir einfach den Telefonhörer abgenommen und Freunde angerufen. Wenn sie nicht kommen konnten, sind wir ins Kino gegangen. Wir sind drei- oder viermal pro Woche ins Kino gegangen. Wir haben uns *Außer Atem* angesehen, jedesmal wenn er lief, mindestens ein halbes dutzendmal. Er war begeistert davon. Ich weiß nicht mehr, was wir sonst noch gesehen haben. Manchmal sind wir zusammen Klamotten einkaufen gegangen, manchmal hab ich was für ihn gekauft und manchmal er was für mich. Es machte uns Spaß, zusammen gesehen zu werden. Wir wurden überallhin eingeladen, und wir sind immer hingegangen. An den Wochenenden erforschten wir zusammen die Stadt. Es war toll. Dann kam die Zeit, wo er anfing, sonderbare Dinge zu machen. Einmal hat er mich geschlagen. Er bat mich zuzusehen, während er das tat, was Jungs tun. In den Hamptons draußen verschwand er einmal für zwölf Stunden. Als er wieder zurückkam, sagte er, er habe eine Reise durch die Zeitalter des Menschen gemacht und sei auf halbem Wege sich selbst begegnet. In dieser Zeit riefen wir oft unsere Freunde an. Wir riefen immer mehr Freunde an und luden sie zu uns ein. Ich kaufte mir eine Menge Hüte. Ich wollte ein Kind haben. Ich sah ihn im Rockefeller Center mit einem Mädchen in einem grünen Regenmantel. Sie sahen den Schlittschuhläufern zu. Ihr muß schrecklich kalt gewesen sein.»

Carol ging ans Fenster und sah sich das Skript durch. Ohne ein Wort warf sie die Blätter auf den Boden, zündete sich eine Zigarette an und kehrte zum Sessel zurück. Diesmal setzte sie sich so hin, daß ihre nackten Füße auf der Sitzfläche ruhten, die Knie hoch oben und weit auseinander, der Rücken gekrümmt, das Gesicht von den Knien eingerahmt, so saß sie da und blies aus dieser Körperhütte Rauch hinaus ins wartende Auge der Kamera. Ich begann zu drehen. Carol hielt, sehr klug, volle zehn Sekunden lang rauchumhüllt inne, bevor sie begann.

«Er reagierte unglaublich empfindlich auf mögliche Beleidigungen. Wenn jemand in meiner Gegenwart ein obszönes Wort benutzte, verlangte er sofort eine Entschuldigung. Natürlich bekam er auch immer eine, bei dem Ruf, den er hatte. Um die Entehrung eines geliebten Menschen zu rächen, war er buchstäblich bereit zu töten. Ständig schwor er beim Grab seiner Mutter. In seinen Männerkreisen gab es kein größeres Versprechen, keinen erhabeneren Prüfstein persönlicher Ehre, als beim Grab seiner Mutter zu schwören. Man konnte jeden beliebigen Geldbetrag bekommen, jeden Gefallen verlangen, wenn man beim Grab seiner Mutter schwor, die Schuld zurückzubezahlen. Er erzählte mir von einem Freund, der Mother Cabrini hieß. Cabrini hatte das Grab seiner Mutter schon reichlich bemüht, als irgendwann bekannt wurde, daß seine Mutter gar nicht tot war. Als er das erzählte, schaffte er es, gleichzeitig entrüstet und amüsiert zu sein. Sie waren natürlich alle wie die Kinder, aber auf eine andere Weise als wir. Wir haben gelernt, keine Angst vorm Dunkel zu haben, aber wir haben vergessen, daß Dunkelheit Tod bedeutet. Sie haben das nicht vergessen. Sie befinden sich immer noch in den Bergen Siziliens oder Korsikas, oder wo sie herkommen. Sie gehorchen ihren Müttern. Sie gehen nicht in einen finsteren Keller ohne zu erwarten, von einem Zombie erwürgt zu werden. Sie bekreuzigen sich ständig. Und wir, was machen wir? Wir sehen fern und spielen Scrabble. Da haben wir es also, Kinder des Lichts und der Finsternis. Es gibt nur einige Arten zu sterben, und ich habe gerade zwei genannt. Ich ertrug es nicht länger zu sehen, wie ich vor mich hin starb, und so beschloß ich, es mit ihm zu riskieren. Zum erstenmal miteinander geschlafen haben wir auf dem Rücksitz seines Cadillacs, nachts um zehn Uhr in irgendeiner Garageneinfahrt irgendwo zwischen Boston und New York. Ich war damals nicht mehr ganz Jungfrau, was ihn irritierte. Er verstand nicht, wie ein neunzehnjähriges Mädchen aus gutem Haus und so weiter. Wir lebten sporadisch zusammen. Wenn er zu seinen Geschäftsreisen aufbrach, fragte ich mich, was für eine Rolle seine Arbeit für unser Verhältnis spielte. Ich wurde den Verdacht nicht los, daß ich das Ganze fabriziert hatte, meine Abhängigkeit von ihm, einfach um dem aus dem Weg zu gehen, was ich als die Alternativen betrachtete. Das ist einer meiner wirklich ärgerlichen Züge. Ich kann mich nicht einfach zurücklehnen und etwas sich aus eigenem Antrieb entwickeln lassen, bis es schließlich seine Wahrheit oder seinen Schrecken von selbst enthüllt. Ich muß von Anfang an forschen und bohren. Aber bitte, was sollte ich machen, und so lag ich dann allein im Bett und fragte mich, ob ich ihn überhaupt brauchte, ob es nicht auch sonst jemand getan hätte, der in seinen Nächten dem gewaltsamen Tod so nahe war. Das Bedürfnis, die Langeweile zu besiegen, mußte doch seine Grenzen haben. Vielleicht habe ich, indem ich die Langeweile besiegte, diese Grenzen überschritten. Um glauben zu können, daß ich lebte, brauchte ich den Tod, eine Atmosphäre des Todes, die viel wirklicher und persönlicher war als alles, was die Zeitungen zu bieten haben. Ich wollte nicht, daß er aus dem Geschäft ausstieg. Ich glaube, ich hätte ihn verlassen, wenn er es getan hätte. Da waren wir also, das Kind der Finsternis und das vor dem Licht fliehende Kind, er mit seinem sizilianischen Messer, leuchtend in einer Höhle, und ich, um vier Uhr morgens die Hände zwischen den Beinen, in Erwartung seiner blutigen Heimkehr. Wie viele Nächte verbrachte ich sinnierend über die Schönheit seines Todes? In Utica niedergeschossen, der gedungene Killer. Wie er im blutbespritzten Friseurstuhl herumwirbelt. Die Aussicht machte mich gradezu heiß. Ich stellte mir immer meine stille, großartige Trauer vor. Seiner wäre der schönste aller Tode gewesen, er hätte mich mit Leben erfüllt. Er war großgewachsen und sah sehr gut aus, ganz wie ein Hauptdarsteller aus den dreißiger Jahren. Er bewegte sich so, wie sich ein stolzes, fast überheblich stolzes Tier bewegen mochte, ein Tier, das durch und durch Sex und Tod ist. Er hatte Angst vorm Dunkeln. Er hob Gewichte, um in Form zu bleiben, wie er behauptete, aber eigentlich tat er es aus körperlicher Eitelkeit. Oft kam er in der Unterwäsche an den Eßtisch. Er bekreuzigte sich, wenn er an einer Kirche vorbeikam. Er glaubte an Geister und Teufel. Er bemühte sich, in meiner Gegenwart nie zu fluchen, und war schockiert und begeistert, wenn ich es tat. Er ging oft zum Pferderennen und verlor viel. Er kaufte mir einen Nerzmantel und nahm mich mit an die Copacabana. Er hat mir alles bedeutet, als Mann, als Philosophie, und es ist doch sonderbar, nicht wahr, daß jemand wie ich, mit meiner Erziehung und Bildung und vermutlich gut ausgebildetem Intellekt, etwas so Bedeutsames mit diesem Mann gemein hat. Es war sein Instinkt, daß der Tod bedeutungslos ist, es sei denn, er ereilt dich gewaltsam.»

Sullivan schnippte etwas Asche von ihrer Zigarette in den Salat, den sie gerade wendete.

«Nach einem Angriff sind wir immer in unsern Unterkünften herumgesessen», sagte Brand. «Thaw war dabei, Hoppy, Bookchester und dieser Junge Eldred Peck, der irgendein obskures College im Süden besucht hat und seine Magisterarbeit über das Hakenkreuz in der Geschichte geschrieben hat. Von wegen, daß es schon bei den frühen Buddhisten vorkommt, schon fast in grauer Vorzeit, in der Morgendämmerung der Menschheit. Das war sein Lieblingsausdruck. Morgendämmerung der Menschheit. Und Eldred hatte auch dieses Spiel erfunden, das wir dann immer nach einem Angriff gespielt haben, wenn wir wieder in unsern Unterkünften rumsaßen. Obwohl es eigentlich gar kein richtiges Spiel war. Eigentlich war es eher eine sonderbare Form des Gesprächs, fast ein religiöses Psalmodieren. Es hatte sogar einen Namen. Es hieß Gottschütze. Eldred fing immer an. Er war der jüngste von uns, und seine Haare waren eher weiß als blond, so weiß, daß sie fast rosa waren, ein dünner, dürrer Junge, der in seinem Kampfanzug fast verschwand. Gottschütze die 94 Frauen und Kinder, die ich heute morgen verdampft hab, sagte er zum Beispiel. Und dann folgten wir ihm alle nacheinander nach. Gottschütze den blinden

Mönch, den ich mit Napalm abgefackelt habe, sagte Hoppy. Gottschütze den Kindergarten, den ich in Schutt und Asche gelegt habe. Gottschütze das Altersheim, das ich mit einer 750er ausradiert habe. Gottschütze die 328 Bibliothekare, die ich zu Schweizer Käse zerschossen habe. Gottschütze die Gruppe neutraler Beobachter, die ich kroß gebrannt habe. Gottschütze die interkonfessionelle Missionarengruppe auf ihrer 17tägigen Rundreise, die gar nicht wußten, wie ihnen geschah. Etwa nach einem Monat verfeinerte Eldred den Cantus. Er machte ihn orthodoxer, rigider. Er reinigte ihn. Er ließ uns jedesmal dieselben Worte intonieren. Jeder hatte seinen eigenen Cantus, und es war der einzige, den er benutzen durfte, und wir gingen immer derselben Reihenfolge nach, zuerst Eldred, dann Bookchester, Thaw, Hoppy und ich. Manchmal wiederholten wir unser Gottschütze über zwei Stunden lang, immer dieselben fünf Sprüche, für jeden einen. Gottschütze die Testamente der zunehmend realeren Welt. Gottschütze die armen Schweine von unsrer eigenen Seite, die durch unsre gutmeinenden Bomben zu flüchtigem geistigem Treibgut atomisiert werden. Gottschütze unsre Liebsten daheim, und mögen ihre Vaginen sich weiten und gedeihen. Gottschütze die Morgendämmerung der Menschheit, die uns jetzt wieder nach dem zyklischen Umkippen der Zeitläufte bevorsteht. Gottschütze Gott. Das war mein Cantus. Gottschütze Gott. Es war wie eine religiöse Zeremonie, aber voller Ironie, wie man sie in den meisten Religionen nicht antrifft. Und manchmal haben wir die ganze Zeit über gelacht. Eldred war ein komischer Knabe. Er war ein bißchen so, wie ich jetzt bin. Aber er war seiner Zeit weit voraus. Er hat das Comeback der realen Welt vorausgesehen. Je unwirklicher das einzelne Leben wird, desto wirklicher wird alles drum herum. Die Welt war noch nie so wirklich wie jetzt. Das hab ich nicht in Yale gelernt. Das hab ich von Eldred gelernt. Der Himmel hat ihn verschlungen. Ihn hat's als ersten erwischt. Aber damit war nicht automatisch Schluß mit den Gottschützen. Wir haben einfach seinen Cantus weggelassen und den von Thaw geändert. Gottschütze Eldred Peck und seinen kleinen rosa Piepmatz. Dann hat's Bookchester und Thaw erwischt. Am selben Tag. Gegnerische

Maschine. Die Bösen. Gottschütze Gott, intonierte ich an diesem Abend. Aber Hoppy hat einfach nur sein Bier runtergekippt.»

«Soll ich dir einen rollen?» fragte Sullivan.

«Vielen Dank, Lady. Vielleicht später.»

Wir aßen zu Mittag, und dann beschlossen Sullivan und Brand, zu Fuß in die Stadt zu gehen und einen Laden zu suchen, wo es Schachspiele zu kaufen gab. Ich war darüber leicht verärgert, weil ich das Spiel überhaupt nicht konnte. Nachdem sie gegangen waren, beobachtete ich, wie Pike den Kopf in den Nacken legte und schluckte. Sein Gesicht verzog sich, als sich der Whisky die Gurgel hinunterbrannte.

«In einer Woche oder so können wir nach Colorado weiterfahren, wenn du willst.»

«Wozu?» fragte er.

«Du wolltest doch noch mal dem Berglöwen entgegentreten, bevor du stirbst, oder? Ohne Eisenstäbe dazwischen. Wir fahren in die Rockies hoch.»

«Gib mir mal den Aschenbecher rüber.»

«Da willst du doch hin, oder? Deswegen bist du doch überhaupt mitgekommen, oder?»

«In Baltimore hab ich mal alles mögliche Getier und Federvieh gesehen, ohne mein Zimmer zu verlassen. Ich war zwei, drei Wochen lang sturzbetrunken. Wer braucht denn die Rocky Mountains? Dieses Leben ist nicht so groß, daß es nicht in eine Flasche reinpaßt.»

«Sully hat mir mal erzählt, daß du ihr das Leben gerettet hast. Hat sie das wörtlich gemeint?»

«Sie meint alles wörtlich. Mach dir keine Illusionen bei dieser Lady. Die meint alles wörtlich.»

«Wie hast du ihr das Leben gerettet?» fragte ich.

«Sie hatte eine Fliege, die ihr das Gehirn auffraß. Ihr war diese winzige Fliege ins Ohr geraten, die ihr dann irgendwie in den Kopf gekrabbelt ist. Das Gebrumme hat sie ganz wahnsinnig gemacht. Dann fing die Fliege an, ihr Gehirn anzufressen. Sie konnte sie da drinnen richtig kauen hören. Also sind wir in ihr Atelier hoch, und dann hab ich eine heikle Gehirnoperation vorgenommen, trotz meiner zittrigen Hände. Als sie ihr in den Kopf gekrabbelt war, war diese Fliege nur eine Babyfliege, aber als ich ihr den Schädel aufgemacht habe und das Vieh herausgeholt habe, hatte es sich schon so vollgefressen, daß es die Größe einer ausgewachsenen Schnecke hatte.»

«Wer bezahlt eigentlich den ganzen Sprit, den du wegkümmelst? Ich kann mir nicht vorstellen, daß du in deinem Leben jemals soviel Geld verdient hast.»

«Zisch ab, Jack.»

«Ich heiße Dave.»

«Jack. Jackoff. Jackass. Jackdaw. Jackal. Schackal frißt toten Berglöwen. Jackal B. DeMille. Was weißt du übers Filmemachen?»

«Ich habe achtundzwanzig Jahre im Kino verbracht», sagte ich.

Austin Wakely war ein angehender Schauspieler, und es gab keine Aufgabe, die er nicht übernommen hätte, um dem Ego der Kamera zu Gefallen zu sein. Ihm waren nur vier Stunden Zeit gegeben worden, seinen Text zu lernen, aber er beteuerte, absolut vorbereitet zu sein. Ich spielte mit den riesigen Einstellskalen des Tonbandgeräts.

«Diese Interview-Technik ist ja nun wirklich nichts Neues, weißt du.»

«Ich erfinde das Primitive», sagte ich. «Die andern sind in ihrer Hektik lediglich über ein paar pseudo-archaische Formen gestolpert. Ich habe selber etwas dieser Art für eine selbstkonzipierte Fernsehsendung gemacht. Aber das war Fernsehen.»

«Kann man mit diesem Stativ da schwenken?»

«Heute abend nicht.»

«Hast du kein Lavalier-Mikro für mich?»

«Nee.»

«Weißt du, daß es sogenannte Streufilter gibt, um bei Großaufnahmen das Gesicht des Schauspielers weicher zu machen?»

«Austin, vergiß den ganzen Fachjargon, versuchen wir lieber, diesen Aprilabend zu verzaubern. Es wird keine Großaufnahmen geben. Ich möchte dich da vor diesem kahlen Stück Wand stehen haben. Übrigens, ist Carol eigentlich verheiratet?»

«Das wäre mir neu.»

«Interessantes Mädchen», sagte ich.

«Drotty meint, sie ist zu angespannt. Er will, daß sie sich externalisiert.»

«Okay, wir sind soweit. Versuche, theatralische Pausen zu vermeiden. Und der Tonfall so gleichförmig wie möglich.»

Ich richtete die Kamera auf Austin vor der Wand und begann zu drehen, meine Stimme eine fröhliche Maschine mit der Funktion, Verwirrte und Verirrte zu verhören.

«Familienstand.»

«Geschieden.»

«Kinder.»

«Keine.»

«Blinddarm.»

«Herausgenommen.»

«Ihre Meinung über den Krieg.»

«Ich habe ihn im Fernsehen gesehen. Er wird, unter anderem, von Instantkaffee gesponsert. Die Werbung paßt sich sehr geschmackvoll der ernsten Thematik des Programminhalts an. Einige Werbefilme sind ethnisch integriert. Da ich sieben Jahre lang als Mitarbeiter des für die Kriegsnachrichten verantwortlichen Senders tätig war, bin ich in der Lage, darauf hinzuweisen, daß der Sender und die Agentur mit vereinten Kräften den Sponsor zu überzeugen versuchten, daß integrierte Werbung wünschenswert sei. Programmausgewogenheit war stets ein Hauptanliegen des Senders.»

«Wehrtauglichkeit.»

«Ich habe mich unmittelbar nach dem College der Musterung unterzogen. Wackelknie. Schuppen im Endstadium. Damals waren sie noch sehr wählerisch.»

«Wie lange waren Sie verheiratet?»

«Ungefähr drei Jahre.»

«Erzählen Sie der Kamera, warum Sie keine Kinder hatten.»

«Wir wollten erst mal Spaß haben. Wir waren der Meinung, die Kinder könnten warten, bis der Spaß vorbei wäre, bis Europa, bis wir uns etabliert hätten.»

«Sie waren in Europa?»

«Erst als wir geschieden waren. Wir trafen uns in Florenz und tranken Orangeade. Ich wohnte in einem Palazzo aus dem vierzehnten Jahrhundert. Eines Abends kam ich im Speisesaal mit einer sehr unansehnlichen jungen Frau ins Gespräch, die, wie sich herausstellte, eine Deutsche war und hinkte. Wir verbrachten einen Teil der Nacht in ihrem – nicht in meinem – Zimmer, und am nächsten Morgen traf ich meine Exfrau auf dem Ponte Vecchio, und dann gingen wir stundenlang durch die Stadt. Am frühen Abend zeigte sich bei ihr ein leichtes Lahmen, und ich stellte fest, daß ich nicht mehr mit ihr zusammensein wollte.»

«Wie kam es zur Scheidung?»

«Mein Bild wurde undeutlich. Das wurde für uns beide zu einem Problem. Aber wir mögen uns immer noch sehr gern. Scheidung ist eine wunderbare Erfindung, viel besser als eine langwierige Trennung oder Mord. Die Spannung wird dadurch zerstört. Durch sie werden viele gesunde Gefühle freigesetzt, die vorher von verschiedenen seelischen Grausamkeiten tyrannisiert wurden. Scheidung ist der lehrreichste Weg zu einem tiefen Verständnis zwischen zwei Menschen. Es ist der zweite und wichtigste Schritt, zu einer wahrlich strahlenden Form selbststiftender Liebe zu gelangen. Der erste Schritt ist natürlich die Ehe.»

«Eltern.»

«Mutter verstorben.»

«Vater.»

«Er ist lebendig begraben, aber atmet noch. Ich freue mich eigentlich nicht auf seinen Tod. Aber ich muß zugeben, daß er mich erleichtern würde.»

«Wieso?» fragte ich.

«Ich erinnere mich an das Geräusch seiner nackten Füße auf der Treppe. Mein Vater trug nie Hausschuhe. Immerzu bekam er Hausschuhe zu Weihnachten geschenkt. Aber es gibt eine bestimmte Art von amerikanischer Männlichkeit, die das Tragen von Kleidungsstücken ausschließt, die zu einer Abschwächung der brutalen Wahrheit der eigenen unmittelbaren Umwelt führen könnte.»

«Die Kamera mag keine Ausflüchte. Wie Mr. Hitchcock sagt, dürfen wir die Rückblende nicht zur Täuschung benutzen. Worauf sind Sie stolz, falls überhaupt auf etwas?»

«Ich habe viele Kurzfilme verschiedenster Art gemacht. Weekend-Filme. Orgien. Handlungsfreie Sachen mit Freunden. Mehr als ein Hobby, aber nicht viel mehr. Bis zu diesem Moment natürlich. Und ich war mal stolz auf eine der Sachen, die ich gemacht habe. Sie wurde im Central Park gedreht, während einer Zeremonie nach einem der Attentate. Am Rand der Menschenmenge stand ein altes Negerpaar. Der Mann war groß und hager, mit einem Gesicht, das wie ein dem Meer zugewandter Felsen aussah. Er trug einen schwarzen Anzug und ein weißes Hemd mit einem hohen gestärkten Kragen, dessen Ecken abgerundet waren, und einer schwarzen Krawatte, die etwa zwei Zentimeter unter dem obersten Hemdknopf zugeknotet war. In der Hand hielt er einen schwarzen Hut. Die Frau war fast so groß wie er, und ihr Gesicht war, auf seine Art, genauso stark, aber irgendwie weicher, kein Felsen, sondern Erde. Das Wort Würde ist hier unvermeidlich. Und aus irgendeinem Grund hatte ich das Gefühl, daß sie nicht Mann und Frau waren, sondern Bruder und Schwester. Was immer sie auch waren, sie sahen aus wie Säulen der schwarzen Baptistenkirche. Sie standen völlig aufrecht und bewegungslos da, während sie den Reden und der Musik lauschten, und ich hob meine Kamera und fing an zu drehen. Ab und zu schwenkte ich auf die Menge oder richtete die Kamera auf einen der Redner auf der Tribüne, aber ich kam wieder zu den beiden Alten zurück. Ich muß mir diesen Fetzen Film wohl an die fünfzigmal angeguckt haben. Er hat mir sehr viel bedeutet. Ich war stolz drauf. Das war nicht einfach ein Tag im Park oder irgendwas, was man in den Sieben-Uhr-Nachrichten sieht. Diese beiden Gesichter wirkten dauerhafter als die Republik. Der Film begann mit ihnen und endete mit ihnen. Sie bildeten den Rahmen für eine Atmosphäre der Verwirrung. Das habe ich mir zumindest eingebildet. Ich brauchte lange, um zu begreifen, wie unrecht ich hatte. Die Kamera impliziert Bedeutung, wo es keine Bedeutung gibt. Ich hatte diese Geschwister nicht gefeiert. Ich hatte sie verspottet. Ich hatte ihre Trauer ausgenutzt. Ich hatte versucht, sie zum Teil einer hoffnungsvollen Botschaft über die Lage der Nation zu machen. Schwarz sein heißt, der Schauspieler sein. Weiß sein heißt, der Kritiker sein.»

«Gibt es sonst noch was, was Sie der Kamera sagen möchten?»

«Einfach nur hallo. Hallo zu mir selbst in der fernen Zukunft, wenn ich mir das hier in Angst und Dunkelheit ansehe. Hallo zu diesem Amerika, egal was es dann gerade macht oder zunichte macht. Ich hoffe, du bist endlich Teil deiner Zeit geworden, David. Du warst immer ein bißchen hinterher, behindert von überflüssigen Empfindlichkeiten.»

«Haben Sie irgendwelche besonderen Ziele im Leben?»

«Lebend aus ihm herauszukommen.»

«Vielen Dank», sagte ich.

Ich stellte alles ab, Tonband und Kamera, und dann unterhielten wir uns eine Zeitlang über Themen, die keinen von uns beiden interessierten. Als Austin gegangen war, nahm ich ein leeres Blatt Papier, zerknüllte es zu einer festen Kugel und fing an, Sprungwürfe nach dem Papierkorb zu machen. Ich spielte Oscar Robertson gegen Jerry West. Eine Stunde später gelang mir ein langer Linkshakenwurf, und ich ging ins Bett. Es war der achte Todestag meiner Mutter.

Ich kaufte mir eine Kopfbedeckung, die erste, die ich seit meiner Kindheit besessen hatte, eine graue karierte Bebopper-Mütze, die ich mit dem magischen Glauben eines Kindes an die Unendlichkeit der Alltagsdinge trug. Auf der Fahrt von New York nach Maine hatte ich hin und wieder eine Khaki-Army-Kappe getragen, die ich mir von Pike ausgeliehen hatte, aber er hatte sie wieder an sich genommen und in seinem Seesack vergraben. Mit seiner privaten Kampfausrüstung waren keine Kriegsspiele erlaubt. Die Mütze über die Augen gezogen ruhte ich mich auf dem Hotelbett aus. Ein ganzer Vormittag streifte durch die zitternde Jalousie. Fellini, dieser Meister der Hüte und Nasen, versteht das Philosophische am Kostüm. Meine achtundzwanzig Jahre im Kino. Das Machen eines Lebens, das so leicht gemacht wurde, daß eine Kopfbedeckung auf dem Kopf zum Menschen werden konnte. Die Kopfbedeckung trug mich. È arrivato Zampanó: Der Wohnwagen und die Straße, ihr unvollkommener Jungenkörper, der den Muskelmann ankündigt, und er in Ketten, brüllend. Meine Zähne klappern in der Dunkelheit des Bleeker Street Cinema, wie sie über den Himmel tanzen, eine Kette von Schachfiguren, Hand in Hand in der nordischen Dämmerung. Die Augen immer noch geschlossen, inhalierte ich etwas industrielle Trübheit, die in dem weichen Futter steckte, L. S. Stratford Ltd., ein bißchen Finney, wie er die Treppe herunterfällt. Ich sah zwischen die Risse im Dunkeln. Burt Lancaster, wie er sich mit einem Handtuch die Brust abreibt: (Und wir leben dort und buddeln in den Poren.) Bell, wie er das Poster mit Belmondo betrachtet, wie der das Poster des entschlossenen Bogart betrachtet. Alter Mann auf der Schaukel, Watanabe, der seiner ungesehenen Kindheit vorsingt. Ich machte einen Spaziergang ums Bett herum, ich vermißte diese abgestandenen Kammern in der West Side, auf ihre Art so schön geschlechtslos, den Hauch schäbigen Glamours, der vom Needle Park hereinwehte, die blassen, spitz zulaufenden Männer, die für die Filme der dreißiger Jahre lebten. Shane reitet den makellosen Bergen entgegen.

Ich ging in die Howley Road, eine kühle, mit Sternen vereiste Nacht. Im Camper brannte Licht, und während ich mich näherte, stieg in mir dieses herrliche Gefühl des kleinen Jungen auf, ein Kundschafter im Feindesland zu sein, der sich durch die Dunkelheit an einen Außenposten heranschleicht, wo der Feind ahnungslos seine Zigarette raucht, nur noch Sekunden vom lautlosen, professionell verabreichten Tod entfernt. «Ich hab heute Geburtstag», sagte Brand. «Wir überlegen uns gerade, wie wir ihn feiern können.»

«Wie alt bist du?»

«Dreißig.»

«Zwei Jahre älter als ich. Was ist das so für ein Gefühl, dreißig zu sein? Ein Freund von mir hat mir mal erzählt, daß drei Dinge passiert sind, als er dreißig wurde. Er hat um die Hüfte herum zugenommen. Er hat aufgehört, Romane zu lesen. Und er hatte ein Jahr lang immer wieder geträumt, daß er einen Bandwurm im

Bauch hätte, der so groß wurde, daß er am Schluß buchstäblich aus ihm herausgewachsen ist. Der Wurm nährt sich von seinen lebenswichtigen Organen, wird immer größer, während der Mann immer kleiner und schwächer wird, bis das Vieh, wie es sich schließlich durch seinen Mund hinauszwängt, wobei es auch noch sein Zahnfleisch samt Zähnen verspeist, an die hundertachtzig Pfund wiegt, das meiste stammt von ihm, dem Mann, der nur noch dreißig Pfund durchsichtige Haut und Knochen ist, und er sackt zu Boden, und grade wie er sieht, wie sich die riesigen schleimigen Kiefer des Bandwurms um seinen Kopf schließen, wacht er auf. Die Geschichte hat mir Warren Beasley erzählt, der Radiostar.»

«Was soll das heißen, er hat aufgehört, Romane zu lesen?» fragte Brand.

«So hat er sich ausgedrückt. Ich weiß nicht, was er damit gemeint hat.»

«Ich nehm den ganzen Slang aus meinem Buch raus. Ich erfinde einen neuen Slang.»

«Sully, hast du zufällig mal *Ikiru* gesehen?»

«Moment mal, Davy, wir reden hier gerade über Romane. Ich hab vor, den Slang rauszunehmen und ihn durch neue Formen, neue Modi zu ersetzen. Vielleicht eliminiere ich überhaupt die Sprache an sich. Es könnte möglich sein, einen völlig neuen Modus zu finden. Das geht mir schon seit einiger Zeit durch den Kopf. Ich hätte gern eure Meinung dazu gehört.»

«In meinem kleinen Amateurfilm, in der Sache, die ich gerade mache, habe ich den Stellenwert der Sprache überhaupt nicht zurückgenommen. Ich habe ihn sogar noch verstarkt. Was ich zurückgenommen habe, ist die Bewegung. Die Art von Bewegung, die eine Geschichte erzählt oder Mehrstimmigkeit schafft. Sprache soll sich aus statischen Formen entwickeln. Der Film ist eine Art Unterspezies des Underground. Was ich jetzt drehe, ist nur ein kleiner Teil von dem Ganzen, das auch noch aus allgemeinerem Material bestehen wird – Beerdigungen, Verkehrsstaus, Möbel, tatsächliche Ereignisse, Frauen, Türen, Fenster. Auto-Fiktion. Schauspieler, Leute, die sich selbst spielen, Gedichtzeilen.

Wenn ich fertig bin, will ich das Ganze in ein Eisfach tun und es in dreißig Jahren ungeschnitten abspielen.»

«Dann bin ich sechzig», sagte Brand.

«Und ich Dreck», sagte Pike.

«Sully, was meinst du – wärst du bereit, in meinem Film mitzuspielen? Es würde nicht lange dauern. Wir könnten es gleich morgen machen. Eine kurze Szene. Ich weiß, ich hab hier in letzter Zeit hauptsächlich durch Abwesenheit geglänzt, aber nur, weil ich soviel zu tun hatte. Ich bin euch sehr dankbar, daß sich noch niemand beklagt hat, daß wir hier schon so lange rumstehen. Also machst du's? Eine ganz kurze Szene. Sprich zu mir, traurig blikkende Lady der Lowlands.»

«Natürlich, David. Für dich tu ich alles.»

Brand wollte mit mir Armdrücken machen. Wir verklammerten unsere Hände und starrten einander eisern in die Augen. Ich wußte nicht, wie ernst es ihm war. Er begann, Druck auszuüben, und ich senkte den Kopf und konzentrierte mich, darauf achtend, die Ellbogen fest gegen die Tischplatte zu drücken. Wir preßten mehrere Minuten lang, ohne daß sich viel bewegte. Mein Unterarm war gespannt, die Muskeln summten, und dann legte ich alles, was ich hatte, in eine mächtige Schwenkoffensive hinein, meine ganze Kraft, eine Ader hüpfte in meinem Handgelenk, sein Arm gab nach, der Ellbogen verlor an Haftung. Dann versteifte er sich plötzlich, wir waren wieder im Patt, und Sullivan stand neben uns, mit einer sonderbaren bemalten Holz- und Drahtpuppe in der Hand.

«Dein Geburtstagsgeschenk», sagte sie. «Ich hab es heute nachmittag für dich gemacht. Das ist ein indischer Puppengott. Eine bedrohliche, gemeine, hermaphroditische Gottheit.»

«Ich glaube, ich habe Angst vor ihr», sagte Brand.

Das Gras war feucht und der Stahlrahmen der Schaukel hinter dem Pavillon im Park im klaren Morgenlicht matt silbern. Dies aus dem zwölften Jahr, Jungs auf Schlitten, durch Gaze und in Zeitlupe gesehen, ihre runden dampfenden Gesichter verblassen im Schnee, die große Liebe, die ich zu meinen schweren Stiefeln mit ihren rostigen Schnallen habe; hinein in den Winter, rein und leer, ein Meereswesen (Gehirn) pulsiert in der Keksdose, Kunst und Wissenschaft der Schneeschaufler, das regelmäßige Klopfen des Schaukelstuhls donnert durchs Haus, während sich ihre Hände um die Kanten der Armlehnen klammern, die Knöchel weiß, und ich frage mich, wie das funktioniert, ob das Blut in den Adern der Hand gestaut wird oder ob es den Arm hochfließt und wartet, bis die Hand wieder weich wird, wie sie da in ihrer Dunkelheit schaukelt, während sanft Schnee fällt. Jetzt gab es allerdings keinen Schnee, und ich mußte bei Tag filmen. Sullivan stand hinter einer der Schaukeln, ohne daß irgendwelche Fragen gestellt oder Erklärungen angeboten wurden, eine Frau, eine Gestalt in einer Landschaft, obwohl Schnee nicht möglich war und keine Krankheit ihre Zellen sprengte, ein Schauspieler, trotzdem eine Frau, deren Erzeugungskraft der Kamera etwas von ihrer Macht wegnahm, glücklicherweise abschwächte, was ein allzuviel überspannender Augenblick für mich war. Auf den Kaminen einiger Häuser saßen Vögel, Stare oder Zaunkönige, vielleicht auch Neo-Pterodactylen, wer weiß, vielleicht Iowa, wer weiß, Alexandria, Kamakura, und durch das Okular sah ich hinter ihr einen blauen Lieferwagen vorbeifahren, auf dessen Seite nur das eine Wort *Smith* in weißen Lettern stand. Wohl eher in der Nähe von Iowa, was mehr als nur ein kleiner Trost war. Acht Uhr morgens. Die umgekippte Schale des Pavillons. Bäume und nasses Gras. Im Sandkasten verdichteter Sand, vom späten Regen gestern abend. Ein Graben, von einem ausgestreckten Bein gezogen. Vierfinger-Handabdruck. Der vollkommene Kreis eines Eimers. Ich stellte den Windfilter ein, und jetzt setzte sie sich auf die Schaukel, ein nautisches Rasseln wanderte die Kettenglieder entlang, die sie leicht mit den Fingerspitzen berührte. Sie hob sich mir mit leerem Blick entgegen.

«Ich sehe mich in einem großen Steinhaus an der Küste von Oregon», sagte Brand. «Ich bin genau sechzig Jahre alt. Ich habe das Haus selber gebaut, Stein um Stein. Ich sehe mich als einen dieser einmaligen alten Schriftsteller, die wegen ihrer kühnen Ideen und ihrem Stil immer noch Respekt genießen. Jugendliche Jünger unternehmen Wallfahrten, um mich zu besuchen. Sie kommen zu meinem Haus hochgewandert, mit Exemplaren meiner Bücher in ihren Rucksäcken. Es gibt keine Straßen in der Gegend. Es ist wie Big Sur, nur einsamer und entlegener. Das Haus liegt direkt über dem Meer, und ich kann sehen, wie die Robben sich auf den Felsen sonnen und wie große schlanke Seevögel über die Wellen gleiten und hin und wieder sogar einen Hai, die Flosse eines großen schönen Hais, die in der Sonne glitzert. Der Hai ist mein persönliches Symbol. Alle meine Bücher haben einen Hai hintendrauf, wie der Wolfshund auf den Büchern aus dem Alfred-A.-Knopf-Verlag. Die Brandung donnert gegen den felsigen Strand. Der Wind kommt vom Wasser herauf, bläst am Haus vorbei und pfeift durch den Wald auf der Rückseite. Ich sehe mich als hager und kantig. Die jugendlichen Jünger kommen aus allen Ecken der Welt. Manchmal kommen sie in Gruppen, ein Haufen junger Franzosen mit ihren Freundinnen, die mir von berühmten alten französischen Philosophen und Schriftstellern Grüße überbringen, Typen, mit denen ich Symposien veranstaltet und Petitionen unterschrieben habe, berühmte alte französische Intellektuelle, die ihren revolutionären Ideen nicht abgeschworen haben und immer noch einen tiefgreifenden Einfluß auf die französische Außenpolitik ausüben. Die jugendlichen Jünger bleiben gewöhnlich etwa eine Woche. Wir führen ruhige Gespräche und gehen am Strand spazieren. Sie fragen mich über mein Leben und Denken aus. Manchmal bekomme ich ein herrenloses Wesen, eine junge Jüngerin, die ganz allein unter großen finanziellen und körperlichen Entbehrungen aus Schweden angereist kommt. Sie ist jung, blond und schön. Das schwedische Experiment hat nicht funktioniert, sagt sie. Wir gehen miteinander ins Bett. Wir hören den Wind und die Möwen. In dem Zimmer befindet sich nichts außer den vier Steinwänden und dem Bett. Danach sagt sie mir, daß ich halb so alt wirke, wie ich bin. Wir reden nur selten. Sie kocht mir einfache schwedische Gerichte. Wir gehen am Strand spazieren. Ich lese ihr das erste Kapitel aus meinem entstehenden Werk vor, und sie sagt mir, es sei das Beste und Wahrhaftigste, was ich je gemacht habe. Sie fragt mich nach meiner Frau. Ich war Jahre zuvor mit einer wunderschönen Vietnamesin verheiratet, die an einer seltenen Lungenkrankheit starb. Ich erzähle der Schwedin nichts darüber. Ich nehme sie einfach nur bei der Hand und führe sie zum Bett. Zwei Wochen später sage ich ihr, daß sie gehen muß. Meine Arbeit braucht die Spannung der Einsamkeit. Sie versteht. Ich gehe an meine Arbeit zurück. Es ist alles hart und sauber. Die Brandung kracht gegen die Felsen. Ein Monat später kommt eine schöne, großgewachsene Australierin mit Titianhaaren den steilen felsigen Pfad herauf. Sie hat einen Rucksack und meinen einzigen Gedichtband dabei.»

Am Nachmittag ging ich in die Bücherei. Dann ging ich wieder zur Howley Road zurück, beinahe ohne mir der Helligkeit und Ruhe des Tages bewußt zu werden oder der Bäume, die in ihrer leichten wiegenden Begierigkeit nach höherem Gelände rochen. Plötzlich bedauerte ich die Ruhe des Tieflands auf Meereshöhe und dachte, wenn hier Bergland wäre, könnte es passieren, daß alle meine ernsten Pläne leicht in den Wind geschaufelt würden. Im erbarmungslosen Wahnsinn der Natur über der Baumgrenze bedarf es keiner anderen Entschlossenheit als der, mit der ein Fluß seine Farbe verändert, während er den Kontinent hinab seiner eigenen Verheißung und Vergangenheit entgegenfließt. Pike war allein im Camper und bellte leise im Schlaf, und niemand war in der Bar gegenüber.

Ich verbrachte sechzehn Stunden damit, weiße Farbe auf die trübgrünen Wände meines Hotelzimmers zu klatschen und dann, mit einem viel kleineren Pinsel, mit schwarzer Farbe die zweitausend Wörter des nächsten Teils des Skripts auf den weißen Hintergrund zu schreiben.

Am frühen Morgen war ich fertig. Ich ging hinaus zum Camper, wo ich den größten Teil des Tages damit verbrachte, zu schlafen oder Sullivan und Brand beim Schachspielen zuzusehen. Am Abend ging ich wieder ins Hotel zurück. Glenn Yost kam in mein Zimmer hoch und sah sich die Wände an. Ich erzählte ihm, es habe mich zwei beträchtliche Bestechungssummen gekostet sowie das

Versprechen, die nach meinem Auszug fällige Renovierung zu bezahlen. Sein verrücktes Auge war sehr aktiv. Ich sagte ihm, während des Drehens würde er beim Sessel stehen und die Worte und Sätze lesen, so wie sie um das Zimmer herumliefen. Er würde nicht ununterbrochen im Bild sein, hin und wieder würde ich über eine der Wände schwenken, vielleicht übereinstimmend mit der Zeile, die er las, vielleicht auch gegenläufig, so daß Kamera und Mann in entgegengesetzte Richtungen lasen. Ich würde manchmal dem Skript vorgreifen. Ich würde auch Passagen drehen, die er bereits vorgetragen hatte. Zwischendurch würden wir irgendwann einen Schnitt machen, neu laden, die Position verändern und weitermachen. Ich ließ ihm Zeit, sich das Ganze einmal durchzulesen, und zeigte ihm genau, wo bestimmte Passagen weitergingen, nachdem sie von Fenstern oder Türrahmen unterbrochen worden waren. Das linke Auge sprang. Ich sagte ihm, er solle ruhig bleiben, nichts davon sei im geringsten wichtig.

«Ich stehe hier ziemlich erstaunt da.»

«Das Auge ist ja ganz schön am Hüpfen», sagte ich.

«Ich weiß nicht so recht, aber ich wäre jetzt lieber zu Hause, um meine Gittertür zu reparieren.»

«Fellini sagt, das rechte Auge ist für die Wirklichkeit, und das linke ist das Phantasieauge. Wir können jederzeit anfangen, Glenn.»

«Was soll's, legen wir los.»

Ich beugte mich über das Stativ und gab ihm ein Handzeichen.

«Wir hatten wenig Glück in jenem Jahr. Wir waren etwa zehntausend. Der Rest waren Einheimische. Wir waren über den ganzen südlichen Teil der Halbinsel verteilt und ergaben uns jedem, der zufällig vorbeikam, insgesamt etwa siebzigtausend Mann, Amerikaner und Filipinos, und die Japaner mußten uns da rausholen, damit ihre eigenen Leute einrücken konnten, um sich für den großen Angriff auf Corregidor vorzubereiten. Wir waren einfach im Weg, was ein ganz neues Gefühl war für jemand, der sich für einen ziemlich guten Schützen und sein Land für die einzige unbesiegbare Macht auf Erden hielt. Als erstes wollten sie uns alle an einem Ort namens Balanga zusammentreiben. Wir sollten da mit eigener Kraft hinmarschieren, alle, die wir von der Kompanie, dem Zug oder dem Kommandoposten übriggeblieben waren, die um uns herum weggeschossen oder durch Hunger, Langeweile oder Krankheit in die Unterwerfung getrieben worden waren. Wir sind zu neunt zu Fuß losgegangen, durch eine vorgesicherte Kampfzone, Richtung Balanga. Es war nur an die zwölf oder fünfzehn Meilen entfernt. Sie haben uns nichts zu essen gegeben, aber das war nichts Neues. Wir hatten schon seit einiger Zeit die maximale Streßstufe aktiviert und dem Beispiel der einheimischen Militärangehörigen folgend Hunde, Affen und Eidechsen gegessen. Einmal habe ich einen gesehen, einen Filipino, wie er gerade das Fleisch einer Python gegessen hat. Python habe ich nie gegessen, und Affe nach dem ersten Mal nie wieder. Eidechse kann man noch verkraften, aber Affenfleisch, das ist, als würde man etwas essen, das geradewegs aus der Hölle herausgehüpft und -gesprungen ist, und weiter wollte ich mit der Max-Streß-Nummer wirklich nicht gehen. Und die andere Sache war die Malaria, die jeder hatte. Aber es war nicht gar so schlimm. Wir holten uns Zuckerrohr aus den Feldern und aßen das, und dann gab's auch noch Bäche, aus denen man trinken konnte. Wir hatten einen Colonel mit einem Passierschein dabei, den ihm irgendein Offizier der Japsen gegeben hatte, als wir uns ergaben. Er zeigte diesen Passierschein jedem, dem wir auf der Straße über den Weg liefen, und sie haben uns das Leben nicht allzu schwer gemacht. Sie durchsuchten uns, nahmen uns Ringe, Uhren und was sie sonst noch finden konnten, ab, wie zum Beispiel mein Zippo-Feuerzeug, was ich zwanzig Jahre später bedauerte, weil das gut in die Kampagne gepaßt hätte, die sie damals machten, ganzseitige Schwarzweiß-Anzeigen mit authentischen Aussagen von Besitzern. DIESES ZIPPO HAT DEN TODESMARSCH VON BATAAN ÜBERLEBT. Wir kamen abends in Balanga an. Wir hatten die Strecke an einem Tag zurückgelegt, ohne jegliche Anstrengung. Wir erfuhren, daß der Feind an die vierhundert einheimische Militärangehörige hingerichtet hatte, Offiziere und Nichtkombattanten. Die Filipinos waren, wie wir alle, gerade unterwegs nach Balanga gewesen, als sie von ein paar Japsen gestoppt wurden, die zu einem Vergeltungskommando gehörten. Sie ließen alle weitergehen bis auf die Offiziere und Nichtkombattanten, die zu mehreren Reihen aufgestellt und an den Händen mit Telefonkabel zusammengebunden wurden. Dann zogen sie ihre Schwerter und Bajonette und töteten sie. Wir hörten, daß sie die meisten köpften. Sie benutzten keine Gewehre und brauchten ungefähr zwei Stunden, um alle vierhundert zu töten. Muß ein beeindruckender Anblick gewesen sein. Man sagte uns, es sei die Vergeltung für irgend etwas gewesen, was die einheimischen Militärangehörigen getan hatten, aber was, das wußte niemand. Ehrlich gesagt, ich glaube, es interessierte niemand. In unserer Lage totaler, vollkommener, äußerster Hitze und Langeweile, in der man sich nur noch fragte, welche Spezies von krabbelnden, schuppigen Insekten man wohl als nächstes verspeisen würde, waren vierhundert kopflose Filipinos ein Thema für angenehmes Klubgeplauder, etwas, worüber man kurz und ohne zuviel Ehrfurcht redete, ja beinahe auch mit Bewunderung für die Japsen, die damit zumindest einen Sinn für Effekte bewiesen hatten, und etwas, worum man geradezu dankbar sein mußte, weil es uns half, mal unsere eigenen Probleme zu vergessen. Balanga war unvergeßlich. Zu Tausenden strömten Männer in die Stadt. Einige von uns trieben sie auf die Weide. Andere taten sie in kleine Höfe hinter Stacheldraht. Wir waren alle eng zusammengepfercht, man konnte sich nicht mehr hinsetzen, und die ganze Stadt roch nach Fäkalien. Die ganze Stadt. Man sagte uns, wir sollten einen Graben benutzen, aber der war voller Leichen, und der Geruch der Toten und Sterbenden vertrieb die meisten von uns. Männer mit Durchfall konnten ihren Stuhlgang nicht mehr kontrollieren und mußten da, wo sie standen, ihren Darm entleeren. Andere kippten einfach um und starben. Während dieser ganzen Zeit in Balanga, während ich in der Weide stand und später einige Tote begrub, versuchte ich an meine Frau und an meine beiden kleinen Töchter zu denken, an Normalität, an ein Zuhause und ein Bett, an ihre Brüste, ihren Mund und ihre schönen Hände, aber sie entzog sich mir immer wieder, und ich war schon zu abgestumpft oder gefühllos, als daß es mir noch irgendwie groß was bedeutete, ob ich sie mir zurückbringen konnte, dieses Bild, wie sie nackt in einem schummrigen Zimmer stand, und neben mir auf dem Boden war ein Mann, den ich für tot gehalten hatte, gerade dabei, sich einen runterzuholen, platt auf dem Rücken lag er da und rubbelte in stummer Raserei. Die Japsen legten uns Exemplare des Kriegsgreuel-Paragraphen des Cape-Town-Abkommens vor. Dann gaben sie uns Reis zu essen und schickten uns nach Norden. Diesmal waren Wachen dabei. Wir marschierten zu einem Ort namens Orani. Wir sahen viele Leichen auf der Straße. Einige einheimische Nichtkombattenten gaben uns zu essen, und wir tranken verseuchtes Wasser aus Bächen oder Pfützen. Eigentlich war es verboten, aus dem Glied zu treten, aber wir taten es trotzdem. Wir brauchten unbedingt Wasser. Es war das Risiko wert, kein Zweifel. Viele Männer wurden beim Wasserholen erschossen oder mit dem Bajonett erstochen. Einer der Bewacher ging in der weißen Sonne fröhlich lächelnd und singend neben uns her. Da trat ein Sergeant namens Ritchie aus dem Glied, ein Sprengstoff-Experte bei einer der Antitransit-Sicherheitsabteilungen, griff den Soldaten von hinten an und schlug ihm die Waffe aus der Hand. Sie landete in einem Graben. Dann warf er sich rittlings auf sein Opfer und fing an, an seiner Kehle zu zerren. Ich glaube nicht, daß er unbedingt vorhatte, ihn zu töten. Er wollte nur in ihn rein, ihn zur Inspektion öffnen. Dann kamen zwei andere Japsen die Kolonne entlanggelaufen und schossen Ritchie in den Rücken. Schließlich erreichten wir Orani, wo es noch schlimmer stank als in Balanga. Aber etwa eine Meile vor der Stadt sah ich etwas derart Seltsames, daß ich es fast für eine Vision hielt, die durch Hunger und Malaria ausgelöst worden war. Am Rand eines leeren Feldes unter ein paar Bäumen hing eine Schaukel, eine offenkundig selbstgebastelte Schaukel, bloß ein Brett und zwei an einem Ast befestigte Seile. Auf der Schaukel saß ein Japsen-Offizier, und vielleicht lag es an der grellen Sonne oder vielleicht nur an der Entfernung, aber er schien ein sehr alter Mann zu sein, fast uralt, aber dabei war ich mir sicher, daß er die Uniform eines Japsen-Offiziers trug. Er sah zu uns hinüber, während er ganz langsam ein paar Zentimeter vorwärts und ein paar Zentimeter rückwärts schaukelte, die kurzen Beine ein gutes Stück über dem Boden, er sah zu uns hinüber und sang ein Lied. Am Anfang hatte ich nicht gemerkt, daß er sang, aber dann hörte ich es übers Feld herüberziehen, ein langsames und, wie mir schien, sehr trauriges Lied. Vielleicht bildete ich es mir nur ein, und vielleicht lag es an meiner Unkenntnis der Sprache, aber es schien genau dasselbe Lied zu sein, das der Soldat gesungen hatte, bevor er von Ritchie angesprungen wurde. Und er saß einfach so da, bewegte sich ein paar Zentimeter hin und her und sang dieses wunderschöne langsame Lied, und dann machte er eine Handbewegung, als wollte er uns segnen, aber es war ein Kreis, ein sonderbarer Segen. Falls es eine Vision war, dann war es eine Massenvision, weil wir alle in die gleiche Richtung starrten, während wir die Straße entlanggingen. Aber niemand sagte etwas. Wir sahen ihn bloß an und lauschten dem Lied. Etwas später kamen wir an einem der Dorf-Depazifizierungszentren vorbei, die von Tech II und Psy Ops errichtet worden waren, bevor der Feind das ganze Projekt beendete. Wir blieben etwa einen Tag in Orani. Dann marschierten wir weiter zu einer anderen Stadt, wo wir in ein Lagerhaus gestopft wurden. Es müssen Tausende gewesen sein, ein Gedränge und Geschiebe, daß wir schier den Verstand verloren haben. Niemand konnte schlafen. Ich sehnte mich nach etwas Mundwasser. Ganze Fässer, für alle, grün und schaumig. Wir waren alle ineinander verkeilt, und der Gestank war schlimmer denn je, weil wir nicht im Freien waren. Von dort marschierten wir zu einem Bahnhof, wo sie Züge für uns bereitgestellt hatten. Einige von uns bekamen was zu essen, andere nicht. Wir freuten uns alle auf die Züge. Irgendwo in unserm Gehirn gab es einen noch funktionierenden trüben Teil, der jetzt weiß Gott welche Kindheitserinnerungen an jene Zeiten freisetzte, die wir in Zügen verbracht hatten, im Twin Cities Zephyr, wenn man aus dem Mittleren Westen stammte, oder im San Francisco Chief oder im Afternoon Hiawatha, eine verschwommene Vision davon, wie man in einem Zug der Union Pacific durch die Great Plains fuhr, und alles war unendlich weit und wild und geheimnisvoll, weil man zehn Jahre alt war und Amerika so groß wie die ganze Welt und doppelt so unbesiegbar. Wir freuten uns auf die Züge, aber wir hätten es inzwischen eigentlich besser wissen müssen. Sie steckten uns in Güterwaggons. War man einmal in den Waggon hineingeschoben worden, so blieb man in derselben Position bis zum Schluß der Reise. Es gab keine Fenster, die Türen wurden zugeschoben. Es war wieder das Lagerhaus, diesmal auf Rädern. Ein paar Minuten nach der Abfahrt fing irgend jemand an zu muhen. Dann waren wir nicht mehr zu halten. Bald waren wir alle am Muhen und Grunzen, am Blöken und Wiehern. Von dieser Art umweltbedingter Reaktion hatten uns die Leute von der Psy Ops nie was erzählt. Niemand lachte. Das war kein Herumgealbere. Hier wurde nicht auf komische Weise die Unbezwingbarkeit des menschlichen Geistes zelebriert. Das war kein Protest gegen Unmenschlichkeit. Wir waren jetzt Vieh, und wir wußten es. Wir machten uns nur gegenseitig klar, daß wir Vieh waren, und wir brüllten Muh und Bää mit absolutem Ernst und totalem, überwältigendem Selbsthaß. Wir waren Vieh. Wer wollte das leugnen? Was konnten wir anderes sein als Vieh, so wie wir da in den Waggons eingesperrt waren und in Pfützen unserer eigenen kranken flüssigen Scheiße standen? Wir hatten keinen Haß auf die Japaner. *Sie* hatten uns das hier nicht eingebrockt. Das hatten wir selbst getan, oder unsere Generäle, oder unser Land, dem die Opferung seiner Söhne so am Herzen lag, das aus ihrem Tod Parolen fabrizierte, Kriegsanleihen damit verkaufte oder womöglich sogar Seife. Die Fahrt schien Jahre zu dauern. Sie kam uns wie ein Treck quer durch Asien vor. Als alle aus dem Zug ausgestiegen waren, marschierten wir zum Kriegsgefangenenlager, wo sie uns mit einem unserer eigenen «incremental mode» Simulatoren behandelten. Der Marsch war vorbei, und ich versuchte wieder zur kleinen weißen Schönheit ihrer Brüste zurückzukehren und zu den beiden Mädchen, die so herrlich wabbelig waren, daß meine Finger schmelzen wollten, wenn sie sie berührten. Und das dritte Kind, das demnächst geboren würde. Aber ich konnte nicht zurückkehren. West End Avenue. Es schien, als würde jeder, der dort wohnte, Musikunterricht nehmen. Harkavy, der Gutsherr, in seinem Sternenbanner-Pyjama, Jack Daniel's on the rocks trinkend. Und meine Mutter (wie hieß sie doch gleich), staubwischend im alten Haus, wie eine Pharaonenwitwe, die jeden Donnerstagmorgen zum Grabmalputzen kam. Alexandria. Unsere Hochzeit auf dem Rasen. Es lag alles in einem dunklen Teil meines Kopfes verborgen, und ich mußte unbedingt dorthin zurück, weil es in Balanga war, wo sie uns zwangen, die Toten zu begraben. Es war in Balanga, wo sie uns zwangen, die Toten zu begraben. Es war in Balanga, wo sie uns zwangen, die Toten zu begraben, und ich schippte gerade Erde auf die Leiche eines Filipinos, als sie sich plötzlich bewegte. Armer, kleiner, einheimischer Filipino-Soldatenjunge mit blutigem Gesicht. Als er sich langsam aus der Grube erhob. Um ihn herum Dutzende von Toten, schon mit Maden bedeckt, so vollständig bedeckt, daß sich der Boden, die Erde zu bewegen schien, überall verwesende Leichen, und der gesamte Sattelgraben kurz davor zu explodieren. Als er sich auf seinen Ellbogen aufstützte. Ich warf meine Schaufel hin und beugte mich weit über den Grubenrand, diese Milliarden widerlicher Dinger, die in die Münder meiner toten Kameraden krochen und in die Münder ihrer toten Kameraden und der Kameraden ihrer Kameraden und der zähen-kleinen-braunen-kleinen-einheimischen-Militärangehörigen. Als er versuchte, seine Hand nach mir auszustrecken. Ich beugte mich tief nach unten und spürte dann einen Stoß in die Rippen. Es war ein Wachmann, der mich mit seinem Bajonett anstieß, ganz leicht, beiläufig, herablassend und fast vornehm, wie ein verdammter britischer Offizier der 11. Leichten Dragoner, der einen indischen Stallburschen mit seiner Reitgerte anstubst. Als er versuchte, sich zu erheben. Ich deutete auf ihn, wie er versuchte, sich zu erheben, und dann deutete der Wachmann selber ein bißchen. Er deutete mit seinem Bajonett auf die Schaufel auf dem Boden und dann auf den Jungen in der Grube. Ich fand, das war, als Understatement, eine ziemlich reife Leistung. Er wollte, daß ich das kleine Schlitzauge trotzdem begrub.»

«Wieso hören Sie auf?» fragte ich.

«Mehr steht da nicht», antwortete Glenn.

Nachdem er gegangen war, suchte ich im Telefonbuch Owney Pines Nummer heraus. Er sagte, er sei bereit, alles einmal zu probieren, und wir verabredeten uns für den nächsten Tag.

Wenn ich, zwischen den Ablenkungen eines weiteren introspektiven Abends sitzend (Modellschiffe, Bücher, der letzte Schluck Brandy), all diese schwebenden Erinnerungen, die sich mir so hartnäckig ankündigen, in einem Index ordnen könnte, würde ich meinen Index nicht nach guten oder schlechten Erinnerungen zusammenstellen, nicht nach Kindheit oder Erwachsenenalter, nicht nach unschuldig oder schuldig, sondern eher nach zwei sehr allgemeinen und einfachen Kategorien. Kooperative und unkooperative. Einige Erinnerungen scheinen sich damit zu begnügen, isolierte Einheiten zu sein. Sie gleiten säuberlich in die richtige Spalte, ohne irgendwelche Anzeichen eines Kontinuums. Andere, die unkooperativen, bestehen darauf, sich ständig zu entziehen, sich zu tarnen oder sich in unerwünschte Bilder aufzulösen. Wenn ich ein weiteres Mal Schnee auf die Straßen von Old Holly fallen lasse, während die Hände meines Vaters sich um eine Schaufel krümmen, kann ich nicht sicher sein, auch genau den Augenblick zu bekommen, den ich haben will. Eine Sekunde zu früh, und da sitzt Mutter im Schaukelstuhl. Zu spät, und die Erinnerung teilt sich, wobei eine sich in die Phantasie verirrt: ein stumpfes Messer zwischen die Zähne geklemmt krieche ich mit schleifendem Bauch durch den Dschungel auf Dr. Webers Haus zu. Wir sind das, woran wir uns erinnern. Die Vergangenheit ist hier, im Innern dieser schwarzen Uhr, verschlungener als Nacht oder Nebel, und bestimmt, wie wir sehen und was wir berühren, in diesem unersetzlichen Augenblick in der Zeit.

«Wie lange praktizieren Sie schon, Herr Doktor?»

«Mal sehen, ich komme auf vierundzwanzig Jahre. Deckt sich das mit Ihren Angaben?»

«Das ist unwesentlich», sagte ich. «Wo haben Sie Ihr Medizinalpraktikum absolviert?»

«Zuerst in der Augen und HNO Brooklyn. Dann in der Geriatrie in Pelham, im Leichenschauhaus von New York City, im Jüdischen Discount und in der Blessed Veronica Frauenklinik. Gefolgt von einem kurzen Gastspiel im Pasadena Neuroland und in der Roy Rogers Lying-In. Was dagegen, wenn ich rauche?»

«Absolut nicht, Herr Doktor. Und nach Ihrem Praktikum?»

«Privatpraxis in Westchester. Ich war allseits beliebt. Das wird Ihnen jeder bestätigen, den Sie dort fragen. Meine Gemeinde hat mich geliebt. Ich meine meine Patienten.»

«Sprechen wir über die Krankheit, die uns heute alle beschäftigt.»

« Das große K. Liebend gerne.»

«Würden Sie der Kamera die Symptome beschreiben, mit denen er sich manifestiert?»

«Achtung bei Knoten jeglicher Art. Achtung bei irregulären Blutungen aus Körperöffnungen. Achtung bei Farbveränderungen von Muttermalen oder Warzen. Achtung bei anhaltendem Husten, schmerzenden Knochen, Darmträgheit, Gewichtsverlust. Achtung bei Durchfall. Achtung bei Verstopfung. Achtung bei diesem müden, erschöpften Gefühl. Achtung bei schmerzhaftem Wasserlassen und wenn Sie Blut oder Schleim aushusten. Achtung bei Entzündungen am Mund. Achtung bei Schmerzen im Kreuz. Achtung bei Schwellungen. Wenn Sie eine plötzliche Abneigung gegen Fleisch entwickeln, dann sieht's ernst aus. Achtung bei blutigem Stuhl, Harnverhaltung, Knoten im Hals, blutig geflecktem Speichel, Absonderungen aus der Brustwarze, Knoten in den Achselhöhlen. Achtung bei Geschwulsten, Lippengeschwüren, Polypen, sich ausdehnenden Muttermalen. Wir haben ihn alle bis zu einem gewissen Grad. O ja, Zellen, die sich ausdehnen, die außer Kontrolle geraten. Banditenzellen. O ja. Man muß die Prostata massieren. Den Urin des armen Schweins mit hoher Geschwindigkeit zentrifugieren. Das Opfer mit Schallwellen bombardieren – achthunderttausend Schwingungen pro Sekunde. Schall tötet Banditenzellen ab, treibt die Opfer in den Wahnsinn. O ja, o ja. Aber durch die Gnade des Äskulap, des Gottes der Medizin, werden wir das große K besiegen und Amerika für Babys und andere Lebewesen sicher machen. Bestrahlung und/oder Chirurgie. Schneiden und Brennen. Schneiden und Brennen. Werfen Sie mir mal das Päckchen Zigaretten rüber.»

«Hat irgendeiner Ihrer Patienten den Boden verabscheut, auf dem Sie gegangen sind?»

«Soll das ein Witz sein? Ich wurde von meinen Patienten geliebt. Wenn ich an einem Frühlingsmorgen meine Arztbesuche machte, nickte ich ihnen auf der Straße zu, und sie nickten zurück. Und oft geschah es, daß sie zuerst genickt haben.»

«Zervix, Herr Doktor.»

«Gebärmutterhals. Die Oberfläche der Vagina nach Spuren von Flüssigkeit abschaben. Oder sie mit einer Kanüle rausholen. Abstriche mache ich besonders gern. Flüssigkeit auf einem Glasplättchen trocknen. Einfärben. Es einem Pathologen übergeben. Das Arztgebet sprechen. Gib mir Kraft und Muße und Eifer, um mein Wissen zu erweitern. Unser Werk ist groß, und des Menschen Geist schreitet unaufhaltbar voran. Du hast mich in Deiner Güte dazu auserwählt, über Leben und Tod Deiner Geschöpfe zu wachen. Ich bin im Begriff, meine Pflicht zu erfüllen. Stehe mir bei in diesem ungeheuren Werk, auf daß es der Menschheit nütze, denn ohne Deine Hilfe kann es auch nicht den kleinsten Erfolg geben. Die Stelle mit der Muße gefällt mir besonders.»

«Interne Untersuchung, Herr Doktor.»

«Tasten und untersuchen. Suchen und finden. Loten. Ein großer Erd- und Meeresgeruch kommt herausgeweht. Gezeitenwechsel – Sandelholz und Gewürze. Erntezeit in Flandern. Ich trödele gern ein kleines bißchen herum. Das entspannt sie.»

«Der Tod, Herr Doktor.»

«Nie ‹Tod› sagen, sag ich immer. Man muß Glyzerol ins Kreislaufsystem pumpen. Den Körper in einem Plastikbeutel auf Eis legen. In einer mit flüssigem Stickstoff gefüllten Vakuumkapsel lagern. Auf minus zweihundertzwanzig Grad abkühlen. Wenn wir erst mal ausgeknobelt haben, wie wir die Dreckskerle wieder auftauen können, wird's eine landesweite Massen-Wiederauferstehung geben.»

«Die Zeit ist abgelaufen», sagte ich.

«Das macht hundertfünfzig Dollar.»

Jegliche Beschreibung der Hauptstraße von Fort Curtis kann innerhalb dieses einen Satzes beginnen und enden. Gehe ich darüber hinaus, stoße ich nur auf Wiederholung. Dieselben fünf Wörter bestimmen das zu Beschreibende und dienen dazu, es zu beschreiben. Die Hauptstraße von Fort Curtis.

Dort wanderte ich mit meinen schlendernden Schauspielern Austin Wakely und Carol Deming umher, jeder von uns von den Gegenströmungen der Liebe erfüllt, die zwischen den an geheimen Handlungen Beteiligten hin- und herfließen, zwischen Schöpfer, Interpreten, Kunsthandwerkern, Kartenzeichnern, Webern von Lichtgeschwindigkeit. An diesem warmen Abend gingen beträchtliche Mengen von Leuten an uns vorüber, distanziert und nichts von unserem Engagement ahnend, auf dem Weg ins Kino, oder um jahreszeitlich bedingte Artikel einzukaufen – Farbe, Fenstergitter, leichtes Schuhwerk. Die Brise roch nach Handel, nach Lederwaren und Abgasen, auf eine bestimmte Weise angenehm, die griechischen Feigen unserer Kindheit. Diese Straße war ein durch und durch amerikanischer Ort, ein Monument kollektiver Nostalgie, und wir lasen die Ladenschilder laut und betrachteten die Hochglanzbilder in den Vitrinen vor dem Kino. Niemand kannte uns, und wir kannten einander auch nicht.

Sie waren von den Wänden meines Zimmers fasziniert. Dort, wo sie sich hinsetzen sollten, deckte ich die Wörter mit einem Bettuch ab. Wir waren bald soweit. Austin saß in seiner Jockey-Unterhose vor dem Bettuch auf einem Stuhl. Carol hatte schwarze Unterwäsche im Bikini-Stil an. Sie saß neben Austin auf einem haargenau gleichen Stuhl mit gerader Rückenlehne. Ich wurde hier sehr komplex, manipulierte die Vergangenheit nicht nur, indem ich ein wenig ihre Farbe veränderte, sondern ich vermischte verschiedene Vergangenheiten, wodurch ich zumindest teilweise den Film eines Films bekam. Schrecklich komplex. Aber die Schauspieler stellten keine Fragen. Unterwäsche ist komisch, und nur der undemokratische Geist stellt Komik in Frage.

Junge. Sprechen wir über die nahe Zukunft.

Mädchen. Fang du an.

Junge. Ich finde, wir sollten heiraten. Wir können mein Abschlußjahr drüben an der West Coast verbringen. Das wird Spaß machen. Da gibt's jede Menge Wassersport.

Mädchen. Ich würde schon gerne Wasser-Ski lernen. Aber Heiraten ist so ein großer Schritt.

Junge. Liebst du mich?

Mädchen. Ich weiß nicht. Ich glaube schon. Wahrscheinlich.

Junge. Ich werd dort mein Auto dabei haben. Wir können in die Wüste fahren. Vielleicht kannst du in meinem Film mitspielen. Ich werde nämlich einen Film machen. Wir können da draußen so ziemlich machen, was wir wollen. Wir können uns nackt ausziehen und versuchen, frei zu sein. Das ist Wahnsinn, wenn du dir vorstellst, wie viele Menschen es auf der Welt gibt, die sich locker kleiden und nicht stundenlang drüber diskutieren müssen, wenn sie sich nackt ausziehen wollen.

Mädchen. Das hier ist meine Lieblingsunterwäsche.

Junge. Und das hier ist meine.

Mädchen. Wie freizügig ist es denn da draußen? Mit wie vielen Mädchen hast du schon Sachen gemacht?

Junge. Man führt über so was doch nicht Buch.

Mädchen. Das ist sehr britisch und komisch.

Junge. Erfahrung ist wichtig.

Mädchen. Erfahrung ist etwas, was ich gerne haben möchte, ohne mir die ganze Mühe machen zu müssen, sie mir zu erwerben.

Junge. Also von mir aus sehe ich keinen Grund, warum wir nicht heiraten sollten. Wir mögen uns sehr gerne. Wir respektieren den Kleidergeschmack des andern. Wir machen gerne die gleichen Sachen. Und jeder sagt, wir sind ein attraktives Paar.

Mädchen. Muß man nicht auch noch andere Dinge beachten?

Junge. Man führt über so was doch nicht Buch.

Mädchen. Das ist wirklich eine komische Bemerkung.

Junge. Eins verspreche ich dir. Wenn wir heiraten, laß ich dich auf jeden Fall in meinem Film mitspielen. Eigentlich sollen wir als Schauspieler Studenten nehmen, aber ich bin sicher, daß man in diesem Fall eine Ausnahme machen wird. Er wird sogar eine Tonspur haben.

Mädchen. Kann ich dann tragen, was ich jetzt anhabe?

Junge. Du kannst tragen und sagen, was du willst.

Mädchen. Das wird super. Das wird spitze. Das wird wahnsinnig.

Als Austin sich wieder angezogen hatte, bat ich ihn zu gehen, und er sagte, er würde draußen in seinem Wagen warten. Carol zog eins meiner Hemden über und las sich in Ruhe die nächste Szene durch. Ich versuchte, während ich mit dem Tonbandgerät herumspielte, nicht nach ihr zu schielen. Ich hielt es für wichtig, die Sache zwischen uns strikt beruflich zu belassen, und ich wollte eine beiläufige Bemerkung machen, irgendwas Technisches über Ton oder Beleuchtung, aber mir fiel nichts besonders Wissenschaftliches ein. Dann erschien Brand, erstaunlicherweise pünktlich. Carol ging ins Bad, während Brand sich bis auf seine Unterhose auszog, ein langes weißes Ding mit grünen Weckern drauf. Sie kam in einem Nachthemd wieder, das ihr bis zu den Oberschenkeln reichte, und ging Richtung Bett, ohne einen von uns beiden anzusehen. Angesichts des imposanten weichen Wogens ihrer Brüste tauschten wir vorsichtige Blicke, die ja nicht mehr als mäßiges Interesse anzeigen sollten. Carol stellte sich aufs Bett, die Hände auf die Hüfte gelegt, und blickte sich um, als wollte sie sich vergewissern, daß der Set auch von allen Unbefugten geräumt worden war. Dann ließ sie sich auf ein Kissen nieder und setzte sich, von ihren eigenen Gliedern umschlungen, ein Auftritt und ein Einnehmen des Platzes, die mit vollkommenem Ernst vollzogen wurden, wobei sich die eine Persönlichkeitsebene bereits in der Rolle befand und der anderen, die die Kamera vielleicht schon zu hassen begann, Gehorsam abzuverlangen versuchte. Brand setzte sich auf das andere Kissen. Ich bat ihn, die Brille abzunehmen. Dann besprachen wir, wie es weitergehen solle. Obwohl Brand mir versicherte, daß er seinen Text auswendig gelernt habe, bestand ich auf einer improvisierten Szene, erstens weil ich ihm nicht traute, zweitens weil mir nicht gefiel, was ich geschrieben hatte. Ich sagte ihnen, sie sollten sich nur an das Wesentliche halten und die Einzelheiten vergessen. Carol starrte auf die tintenblauen Hunde auf Brands Arm, die kopulierenden Hunde. Er blinzelte ein paarmal und griff nach seiner Brille, doch ich schob sie außer Reichweite. Ich stellte Kamera und Stativ am Fuß des Bettes auf.

Mann. Der Mond war rot.

Frau. Schenectady ist berühmt für seine Monde.

Mann. Und schon legst du los. Es ist besser, wenn du's nicht weißt. Ich sollte dir eigentlich gar nichts erzählen, aber du kriegst mich immer rum.

Frau. Du sagst mir wo, aber mehr nicht.

Mann. Das reicht. Das ist schon zuviel. Manchmal gibst du mir zu denken. Ständig am Fragen. Ist es denn nicht besser, wenn du nichts weißt? Du bist zu neugierig. Du solltest nicht so neugierig sein.

Frau. Du bist mein Liebster. Ich will doch wissen, was du auf deinen Geschäftsreisen machst.

Mann. Es ist nicht richtig, daß du das wissen willst. Irgendwas stimmt damit nicht. Manchmal gibst du mir zu denken.

Frau. Das Faszinierende an Leuten wie dir ist dein heftiges Moralempfinden. Die Vorstellung, daß es für alles einen richtigen Platz gibt und alles am richtigen Platz sein muß. Das ist doch im Grunde das, was für einen Moralisten Moral bedeutet. Das bedeutet, schießen, um zu töten, aber nicht in einer Krankenhauszone. Man könnte die Patienten aufwecken.

Mann. Wovon redest du eigentlich? Wovon redet sie eigentlich?

Frau. Ich rede von deiner Unterwäsche. Hast du diese Unterhose in Schenectady gekauft? Bevor du den Auftrag ausgeführt hast oder danach? Ich habe sie noch nie an dir gesehen. Wirklich toll Sie geht über das Extravagante hinaus und lappt schon in eine Art individuelle Metaphysik hinein. Auf allen Uhren ist es Viertel vor zehn. Meinst du, das ist morgens oder abends? Irgendwie scheint das fürchterlich wichtig zu sein. Du mußt mir unbedingt sagen, wie das Geschäft heißt, damit ich dort anrufen und nachfragen kann. Und jetzt möchte ich, daß du mir ganz genau sagst, ob du diese Unterhose getragen hast, als du den Auftrag ausgeführt hast.

Mann. Kommen wir auf das zurück, worüber wir gerade gesprochen haben.

Frau. Du weißt ja gar nicht mehr, worüber wir gerade gesprochen haben. Und jetzt beantworte meine Frage. Hast du diese Unterhose angehabt, als du ausgeführt hast, was im Kleingedruckten stand?

Mann. Also gut, ich habe diese Unterhose getragen.

Frau. Und jetzt sag mir ganz genau, wie spät es war, als du ihn getötet hast.

Mann. Du weißt, daß ich nicht darüber rede. Es ist schlimm genug, daß ich dir sage wo. Details bringen Ärger. Das lernt man in dieser Branche.

Frau. Sag mir, wie spät es war. Was kann das denn schon schaden?

Mann. Es war zehn nach eins.

Frau. Wiederhole das.

Mann. Es war etwa zehn nach eins. Nachts.

Frau. Hab ich mir doch gedacht. Ich hab's doch gewußt.

Mann. Wie hast du das gewußt?

Frau. Es steht auf dir geschrieben. Es steht buchstäblich auf dir geschrieben. Diese Uhren auf deiner Unterhose, die verraten alles.

Mann. Auf den Uhren steht aber Viertel vor zehn.

Frau. Eben. Das ist es ja gerade. Du mußt sie so schnell wie möglich verbrennen. Wir können zu Nell rüberfahren und sie dort verbrennen.

Mann. Also, wenn du unbedingt genau wissen willst, wie ich's gemacht habe, dann erzähl ich's dir.

Frau. Interessiert mich aber nicht.

Mann. Die letzte Vorstellung war gerade zu Ende. Das Kassenfenster war zu. Die Leuchtschrift war ausgeschaltet. Es kamen nur ungefähr zehn Leute raus. Ich stieg aus dem Wagen und ging ihm entgegen. Ich streckte meine Hand aus, als wollte ich ihm die Hand schütteln. Das ist eine ganz natürliche Reaktion, daß man die Hand nimmt, wenn einer einem seine Hand entgegenstreckt, so wie ich's gemacht habe. Ich wußte, wer er war, aber er hatte keinen blassen Schimmer, wer ich war. Er hatte mich noch nie zuvor gesehen. Aber er hat mir trotzdem die Hand entgegengestreckt. Das ist die natürliche Reaktion. Das hätte jeder so gemacht. Wir standen da, schüttelten uns die Hände, und ich hatte ein breites Grinsen auf dem Gesicht und nannte ihn bei seinem Namen. Er wollte wieder loslassen, aber ich behielt seine Hand in einem festen Griff. Dann steckte ich meine Linke in die Jackentasche, wobei ich ihn mit der Rechten immer noch festhielt, holte meine 38er raus und schoß dreimal in die Brusttasche seines Hemdes. Es lief übrigens ein Kriegsfilm.

Frau. Wie hat sich das angehört?

Mann. Wieso ist das wichtig, wie sich das angehört hat?

Frau. Hat es einen Knall getan? Oder war es eher eine Art Wimmern? Hat's gekracht, gebollert, hat's bumm oder ping gemacht?

Mann. Es war wie das Geschützfeuer einer 20-mm-Kanone. Das war, wie wenn man eine Landezone mit einer zwanziger Emm-Emm abspritzt. Da ist wieder dieser Slang. Da ist er wieder.

Frau. Wie hast du dich danach gefühlt?

Mann. Wie soll man sich schon fühlen? Es war eine Krankenhauszone.

Frau. Du hast die Kardinalregel gebrochen.

Mann. Ich hab dem Kardinal den Rücken gebrochen. Er war grade auf seinem Fahrrad, dieser buddhistische Kardinal, als ich ihm eine doppelte Entschädigung verpaßte.

Frau. Wo stand er politisch, Liebling?

Mann. Leicht links von Gott.

Frau. Damit wäre er ein Taft-Republikaner.

Mann. Was für ein Taft?

Frau. Was für ein Gott?

Mann. Der, der kleine grüne Uhren gemacht hat.

Frau. Und kleine weiße Jungs, die sie tragen.

Mann. Mehr Respekt vor deinem Mann.

Frau. Du bist nicht mein Mann. Mein Mann ist schwarz. Schwärzer. Das schwärzeste Schwarz.

Austins Wagen schoß mit einem hysterischen Gummigekreische von der Bordsteinkante weg. Da ich wußte, daß ich erst mal nicht würde schlafen können, begleitete ich Brand noch bis zur Howley Road. Einen Teil der Strecke legten wir joggend zurück, Fighter beim Straßenkampf, teilten links und rechts kurze knappe Schläge aus, während wir tänzelnd joggten, uns um die eigene Achse drehten, ohne unseren Schrittrhythmus zu unterbrechen, und uns grunzend auf der dunklen Straße vorarbeiteten. Schließlich schlugen wir wieder eine langsamere Gangart an.

«Ich wundere mich, daß ihr beschlossen habt, zu bleiben», sagte ich. «Ich dachte, ihr würdet dieses Kaff überkriegen. Ich hatte nicht gedacht, daß die Sache, die ich hier mache, so lange dauern würde.»

«Niemand hat beschlossen zu bleiben», sagte er. «Wir haben das nie diskutiert. Wir haben nie irgendwas diskutiert, und niemand hat irgendwas beschlossen, jedenfalls nicht daß ich wüßte. Wir sind einfach geblieben.»

«Aber hast du dieses Kaff denn nicht über?»

«Ich hab noch nie drüber nachgedacht. Und wo sollten wir auch hin ohne dich? Du leitest doch diese Expedition.»

«Ich glaube, das gilt nicht mehr. Es ist nur so, daß ich nicht gedacht hatte, daß die Sache, die ich hier mache, so lange dauern würde.»

«Keiner hat irgendwas von weiterfahren gesagt», meinte er.

«Und was ist mit deinem Buch?»

«Es gibt kein Buch, Davy. Es gibt elf Seiten, und auf sieben davon steht nichts drauf. Und für die restlichen vier kann ich auch nichts Großes garantieren.»

«Ich dachte, du hättest die ganze Zeit geschrieben, wo du oben in Maine warst. Wie lange warst du denn da oben?»

«Fast ein Jahr», sagte er.

«Und was hast du die ganze Zeit gemacht?»

«Ich weiß nicht. Ich kann mich wirklich kaum noch dran erinnern. Ich schätze, ich war die meiste Zeit bedröhnt. Ich glaube, da ist bei mir irgendwo eine Sicherung durchgebrannt. Totalausfall im Hirn. Anders kann ich's nicht bezeichnen. Irgendwas da drinnen ist ausgebrannt und weggesprengt worden. Totalausfall.»

«Und du warst ein ganzes Jahr lang in dieser Garage und hast nichts gemacht.»

«Ich hab schon was gemacht. Ich hab mein Hirn umgebracht.»

«Also gut», sagte ich. «Pike bellt im Schlaf. Ihm ist es wurscht, wo er ist, solange er eine Flasche in Reichweite hat. Du hast keinen Roman in Arbeit und hast es nicht eilig, wieder nach Maine oder sonst irgendwohin zurückzukommen. Aber was ist mit Sully?»

«Das mußt du sie selber fragen. Ich hab dir ja gesagt, in unserer Familie wird nie was besprochen. Wir sind ein sehr wortkarger Haufen.»

«Wie lange reicht dein Geld noch?»

«Die Lady zahlt schon seit zehn Tagen die Rechnung.»

«Das habe ich nicht gewußt», sagte ich. «Ich würde dir gerne etwas Geld leihen, aber ich bin selber nicht so gut ausgestattet. Ich schätze, ich bin inzwischen meinen Job los.»

«Das hab ich mich auch schon gefragt. An deiner Stelle würde ich mal mit der Lady reden.»

Wir joggten wieder ein Stück, saugten die kühle Luft ein, saugten sie ein und prusteten sie wieder raus, boxten dem Wind in die Seiten. Dann saßen wir zu viert im Camper um den Tisch herum und machten kleine Geräusche mit unseren Füßen und Ellbogen.

«Das hatte ich mich auch schon gefragt», sagte Sullivan. «Mir war so, als solltest du irgendwann letzte Woche schon im Südwesten sein, aber ich war mir nicht sicher. Du hast nichts gesagt.»

«Ich hatte zu tun.»

«Das war ein guter Job, David.»

«Ich hab vierundzwanzig fünf verdient. Du, ich brauch dich noch einmal für meine Sache.»

«Ich werde da sein», sagte sie.

«Er hat mir die Brille weggenommen und mich ins Bett gesteckt», sagte Brand. «Es war nicht so lustig, wie ich mir das vorgestellt hatte. Diese Carol wie-heißt-sie-doch-gleich Deming. Die ist am Schluß ein bißchen merkwürdig geworden. Was soll die ganze Sache überhaupt?»

«Geh mit deiner Puppe spielen», sagte ich.

Austin zog sich so an wie für die erste Sequenz. Ich trug einen zitronenfarbenen Nylon-Rollkragenpullover und eine Chino mit Röhrenstreifen.

«Dann gab's die Lahme in Florenz also wirklich», sagte er.

«Ja. Das hat die Begegnung mit meiner Exfrau weniger heikel gemacht. Wir hatten uns gegenseitig Andeutungen wegen einer möglichen Versöhnung gemacht. Aber dann hat die Sache mit der Lahmen meine Einstellung auf eine merkwürdige Weise verändert. Schwer zu erklären. Die Eltern meiner Exfrau lebten damals gerade in Deutschland. Die Lahme war Deutsche. Und später am Tag hat dann meine Exfrau ein lahmes Bein gekriegt. Nichts davon hatte irgendeine tiefere Bedeutung. Aber es hat mich irgendwie verwirrt. Ich versuchte, das alles zu verknüpfen. Aber es ließ sich nicht so richtig verknüpfen. Es hat gerade ausgereicht, um die Sache abzublasen. Die Lahme war ziemlich unscheinbar, was auch nicht grade hilfreich war.»

«Du erzählst mir einige Dinge, aber andere nicht. Zum Beispiel warum ich wieder in dieser Uniform stecke.»

«Hat Fred Zinnemann Burt Lancaster alles gesagt?»

«In McCompex bin ich gewohnt zu tun, was man von mir verlangt», sagte er. «Aber ich sehe keinen Grund, warum du nicht ein bißchen weniger widerwillig sein könntest.»

«An die Wand mit dir, Arschloch.»

Es war seine letzte Szene. Ich visierte ihn an, wie er vor der schwarzen Druckschrift stand. Dann erzählte ich, frei improvisierend.

«Wir schreiben das Jahr 1999. Sie sehen hier die Wochenschau einer früheren Zeit. Ein Mann steht in einem Raum in Amerika. Das bist du, David, mehr oder weniger. Was könnt ihr euch sagen? Wie könnt ihr die dazwischenliegenden Jahrzehnte abbauen? Es ist möglich, die Hand auf eine Leinwand zu legen und den Bruchteil einer Sekunde Licht einzufangen, sagen wir ein Taxi, das um eine Ecke biegt, und du hast es da auf deinem Daumen, Forty-ninth Street und Madison Avenue. Du kannst mit der Leinwand sprechen, und sie antwortet dir vielleicht. Du erinnerst dich kaum an den Mann, den du da betrachtest. Frag ihn irgendwas. Er weiß alle Antworten. Deswegen schweigt er. Er ist durch die Zeit hindurchgekommen, um deine Fragen zu beantworten. Er steht still, aber nicht bewegungslos. Er ist stumm vor Antworten. Du hast zwanzig Sekunden Zeit, die Fragen zu stellen.» (Ich hielt auf Austin Wakely, der reglos und ausdruckslos vor der Wand stand, und zählte still die Sekunden ab – von eins bis zwanzig.) «Wir kommen jetzt zum Ende des aufgezeichneten Schweigens.»

Wir teilten uns eine Flasche lauwarme Cola.

«Sag mal, könntest du mir einen Gefallen tun?» fragte ich.

«Der wäre?»

«Hol mir Drotty. Ich will Drotty hier für eine Stunde haben.»

«Wie kam er ums Leben?»

«Ihm ist ein Versehen unterlaufen. Er hat irgendein geringfügiges Detail vermurkst. Details bringen Ärger. Hat er immer gesagt.»

«Wie kam er ums Leben?»

«Wie kommen Geschäftsleute in der Regel ums Leben? Ihr Herz versagt, und sie fallen auf den Teppich. Er starb an Herzversagen mit kleinen Variationen. Niemand kann behaupten, sein Tod wäre bedeutungslos gewesen.»

«Was wirst du jetzt tun?»

«Ich werde nach Topeka, Kansas, gehen.»

«Wieso dorthin?»

«Ich wollte immer schon in einem Waschsalon in Topeka, Kansas, sitzen. Ich glaube, das hat irgendwas mit pränatalen Erinnerungen zu tun.»

«Hast du vor, wieder Kontakt mit deiner Familie aufzunehmen?»

«Ich möchte die Verbitterung lieber nachklingen lassen. Jegliche Kontaktaufnahme zu diesem Zeitpunkt würde rundum nur Verwirrung auslösen.»

«Bist du sicher, daß sie noch verbittert sind?»

«Alle bis auf meinen Bruder. Er hat mir gegenüber nie diese Gefühle gehabt.»

«Wirst du dann mit ihm Kontakt aufnehmen?»

«Nein.»

«Wieso nicht?»

«Ich habe Angst davor, was inzwischen aus ihm geworden sein könnte.»

«Die Kamera bedankt sich, daß du bereit warst, unter diesen schwierigen Umständen vor ihr zu erscheinen.»

Ich habe bis jetzt versucht, irgendwelche großen Enthüllungen bezüglich der mitspielenden Profis zu vermeiden. Carol und Austin waren für mich gemischte Wesen. Ich weiß nicht mehr genau, wann mir klar wurde, daß ich sie brauchen könnte, ich weiß nur, daß die Idee auf irgendeine Weise aus dem ersten Eindruck entstanden war. In Austins Fall waren Erscheinung und Alter das Wesentliche. Die Tatsache, daß er Schauspieler war, spielte keine Rolle. Carol, gleichzeitig überfließend und irritierend zurückgezogen, schien, ob Schauspielerin oder nicht, ein Talent dafür zu besitzen, jeden Augenblick zu schattieren, wie ein changierendes Muster von Sonne und Wolken über die geistige Landschaft anderer zu ziehen. Es war ein schwieriges Talent, das sich jeglicher Analyse entzog und frustrierend zu erleben war, bis es sich vor der Kamera zeigte, ein kleinliches und sogar neurotisches Talent dafür, Dinge zu verbergen, die zu verbergen sich nicht lohnte, oder so zu tun, als würde sie etwas verbergen oder verraten, oder Andeutungen zu machen oder verstohlene Blicke zu werfen, mit andern Worten eine Nervensäge und perfekt.

Wenn diese beiden Menschen bis jetzt unscharf gewirkt haben, ja unentzifferbar, vor allem die Frau, dann sollte bedacht werden, daß ich sie gar nicht allzu gut verstehen wollte. Sie waren für mich gemischte Wesen, lebendige Menschen, modifiziert (und vielleicht vergrößert) durch meine eigene Vergangenheit, durch meine Phantasien, meine Selbstbespiegelung, meine Ehren und Schanden, und durch jene, die ich geliebt habe oder die zu lieben mir nicht gelungen war. Sie zu gut zu kennen hätte die Intentionen durcheinandergebracht, die Gegen-Intention, die Braut der Intention und die Schwester der Intention. Und so habe ich versucht, sie so festzuhalten, wie ich sie zu dem Zeitpunkt kannte oder eben nicht kannte.

Zum Rückblick kann ich jetzt, so glaube ich, sagen, daß Carol einfach ein verirrtes Mädchen war, das versuchte, aus der Unsichtbarkeit das Beste zu machen. Selbst das Blond ihrer Haare schien fragwürdig zu sein. Ich möchte darauf hinweisen, daß ich ab dem Moment, wo sie vor meine Kamera trat, aufhörte, mich für ihre anderen Rollen zu interessieren, all diese fließenden Zweideutigkeiten, die mir zuerst so reizvoll und dann so beunruhigend vorgekommen waren, an diesem Abend in Buster's Bar & Grill, als sie mich unter den Tisch redete. Die Kamera zerkaute diese Teile und spuckte sie aus. Carol war die beste von meinen Darstellern, weil sie am beständigsten unsichtbar war.

Bei Austin Wakely fiel es mir leicht, mein Interesse auf ein Minimum zu beschränken. Ich empfand keinerlei Neugier für Austin, weder bevor noch nachdem er einer meiner Schauspieler geworden war. Er hatte ein gutes kräftiges Kinn und glänzende Zähne. Wäre er mit einem rot-weiß-blauen Muttermal auf dem Rücken geboren worden, einem Muttermal in Form einer Fahne, wäre es trotzdem sein Gesicht gewesen, das ich vor die Kamera gestellt hätte.

Carol saß mit geschlossenen Augen im Sessel und arbeitete sich aus einer dünnen Atmosphäre in die nächste hinein. Die Szene war ihre bei weitem leichteste gewesen, und doch schien sie völlig erschöpft zu sein. Ich ging ans Fenster. Ein Mann steckte eine Münze in eine Parkuhr und ging um die Ecke. Es war gerade Mittag geworden, und die Straße war ziemlich voll. Beim Schuhgeschäft gab es Sonderangebote. An der Ampel würgte ein Autofahrer den Motor seines Wagens ab.

«Mir ist grade aufgefallen, wie wenige schwarze Gesichter ich gesehen habe, seit ich hier bin.»

«In dieser Stadt sind sogar die Bibeln weiß», sagte sie.

«So wie die Stadt hier aussieht, wissen die bestimmt nicht mal, was sonst noch so passiert in unserm gottverdammten Land.»

«Sie sehen's in der Kiste. Wie wenn man sich den Mond durch ein Fernrohr anguckt.»

«Alles mögliche passiert, aber es ist trotzdem langweilig», sagte ich.

Sie hielt die Augen geschlossen. Ich wäre fast zu ihr hinübergegangen. Ich erinnerte mich an die Bank im Stadtpark, an den Ego-Moment, als unsere Körper sich nur ganz flüchtig berührt hatten. Wir blieben lange so sitzen, Sessel und Fensterbank. Zwischen uns konnte unmöglich etwas Gutes passieren, nichts auch nur zeitweilig Gutes, nicht einmal für eine einzige langsame Sekunde. Ich wußte nicht, warum ich mir dessen so sicher war. Vielleicht war sie einfach zu weit in sich selber drin. So wie ich mich manchmal selber gerne gesehen hätte, und vielleicht hatte ich das Gefühl, daß ihr nichts gestohlen werden könnte, verglichen mit dem, was man aufgeben müßte, um an diese ganz persönliche Wahrnehmung heranzukommen. Außerdem wußte ich nicht, was sie von mir hielt. Ohne das zu wissen, konnte ich auch nicht wissen, welche Gestalt wir zusammen annehmen würden. Und dann war da noch die Tatsache, daß ihre Augen geschlossen waren.

«Du wirkst müde», sagte ich.

«Das liegt an diesem Wetter, das so voller Leben und süßer Gerüche ist. Das ist ein richtiger Kampf, so ein Wetter durchzustehen. Ich plane meine Existenz gerne auf einer Fiebertabelle in meinem Kopf. In New York, bei dem warmen Wetter, stieg sie immer, und einmal in Montana, bei zwanzig Grad minus, ist sie fast von der Tabelle gehüpft, und ich dachte schon, ich würde vor soviel Leben sterben. Aber ich glaube, so was ist meistens Autosuggestion. Ich kann mich in fast alles hineinreden. Wenn ich sterbe, rede ich mich in eine andere Gebärmutter hinein und fang wieder von vorne an. So machen die das in Tibet – Leute, die nicht mal in Princeton reinkommen würden, drängen sich wie verrückt in frische Gebärmütter rein.»

«Durch eine Gebärmuttertür.»

«Genau», sagte sie. «Und es gibt gute und schlechte Gebärmütter.»

«Das ist mir neu.»

«Stimmt aber.»

«Hast du Hunger?» fragte ich. «Ich hab Hunger. Gehen wir was essen.»

«Ich muß zu einer Probe.»

«Mußt du sofort los?»

«Leider ja, David.»

«Wir hatten nicht mehr viel Gelegenheit, uns zu unterhalten, seit dem Abend mit dem Sommerhaus.»

«Wenn Leute mit mir reden, finden sie immer weniger zu sagen. Ich hoffe, abnehmende Existenz ist nicht ansteckend.»

«Im Gegenteil, sie ist allgemein verbreitet. Ich wünschte, du würdest die Augen aufmachen.»

«Gibt's irgendwas zu sehen?»

«Vielleicht nicht.»

«Sogar die Bibeln sind weiß», sagte sie. «Wir sind bei Sonnenuntergang immer zum Kai an der Gansevoort Street gegangen. Diese feuchten Abende in dieser öden Gegend von New York, als ich fast über das Lebensmögliche hinaus gelebt habe. Und Roy hat einmal zu mir gesagt: Jetzt weiß ich, warum New Jersey da ist, wo es ist, und nicht neben Alabama, wo es wahrscheinlich hingehört. Damit die Sonne darüber untergehen kann.»

Drotty trug schwarze Seide und hellgrünen Kord. Er war ein Dolch von einem Mann, bei dem in der einen Ecke eine kleine, gezackte Übellaunigkeit glitzerte. Und doch rauchte er seine Zigarette fast zärtlich, jede seiner Handbewegungen ein weiches und höchst bewußt orchestriertes Werk. Ich hatte nicht erwartet, daß er so jung wäre. Eigentlich hatte ich nicht erwartet, daß er überhaupt kommen würde. Aber er schien völlig bereit und willig zu sein, bei etwas mitzumachen, was ihm wie eine unvergleichlich unbekümmerte, wenn nicht gar barbarische Form von Theater vorkommen mußte. Dieses Skript war nicht gebunden. Dieses Hotelzimmer war nicht schalldicht. Dieser Regisseur hatte wenig zu sagen. Dieses Tonbandgerät war ein gesellschaftlicher Fluch. Dieser Film war zum Scheitern verurteilt. Drotty sagte nichts dergleichen, er rauchte nur und strich jetzt in seinen schwarzen spanischen Stiefeln sachte durchs Zimmer, wobei jedem Schritt eine gewisse giftige Gewalttätigkeit anhaftete. Sein Gesicht, sein kleines Gesicht, war sehr um Ausdruckslosigkeit bemüht.

«Austin und Carol haben Ihnen wahrscheinlich erzählt, daß sie von Anfang an bei dieser Sache dabei waren.»

«Ich habe nichts dagegen, wenn meine Leute Nebenjobs machen, solange das nicht ihre Arbeit am Theater stört.»

«Ich hoffe, das war nicht der Fall.»

«Es war nicht der Fall», sagte er. «Es scheint sie zu faszinieren, was Sie da machen. Vielleicht sollte ich neidisch sein.»

«Das, was Sie machen, scheint sie sehr viel mehr zu faszinieren. Sie reden immerzu von Ihnen.»

«Sie fangen an sich zu langweilen. Das Provinztheater langweilt jeden früher oder später. Die Leute kommen nur aus Pflichtbewußtsein her. Wir versuchen, sie zu schockieren, aber sie befinden sich schon seit Jahren in einem Schockzustand. Soll ich Ihnen was sagen? In fünf Jahren wird das gesamte amerikanische Theater, einschließlich dessen, was vom Broadway übriggeblieben ist, eine staatlich subventionierte halbreligiöse Institution sein. Nicht unähnlich dem Yellowstone-Nationalpark.»

«Heiße Stiefel», sagte ich.

«Ein Geschenk von einer Romanistik-Professorin, deren einziges Exemplar ihres siebten unaufgeführten Theaterstücks von einem Afroamerikaner, der behauptet hat, er heiße Abdul Murad Bey, in meinem Kamin verbrannt wurde. Mir graute davor, es ihr erzählen zu müssen, aber als es dann soweit war, wirkte sie geradezu erleichtert, und wenige Wochen später schenkte sie mir diese Stiefel. Vor kurzem erfuhr ich, daß Abdul Murad teilweise für die Verbrennung von Philadelphia verantwortlich war, auf seine Art auch ein unaufgeführtes Theaterstück.»

Er beendete diese Anekdote, indem er seine Gesichtszüge straffte und eine noch ausdruckslosere Miene als zuvor aufsetzte. Ich wußte nicht, ob ich lachen sollte oder nicht, und so stieß ich bloß etwas Luft durch meine Nasenlöcher, bemüht, ein möglichst fröhlich klingendes Geräusch zu erzeugen. Mir wurde plötzlich bewußt, daß bis jetzt keiner von uns den anderen bei seinem Namen genannt hatte, weder beim Vornamen noch beim Nachnamen. Dieses Versehen spukte am Anfang und am Ende einer jeden Bemerkung herum. Natürlich war es nicht bloß ein Versehen.

Wir besprachen seinen Text. Er legte seine Zigarette in einem Aschenbecher ab, ging langsam zum Sessel und setzte sich. Ich mußte die Zigarette für ihn ausmachen. Dann waren wir bereit.

«Film muß einen emotionalen Rückstand hinterlassen. Was und wieviel zurückbehalten wird, ist das einzig wahre Kriterium. Was nehm ich mit aus einem Film, und was behalte ich davon? Etwas mehr als bloß Unterwäsche, hoffe ich doch. Ich glaube, du bist jetzt an einem Punkt angelangt, wo du deine Ästhetik erweitern solltest. Es ist meine Aufgabe, den ernsthafteren unter meinen Studenten zu helfen, eine Form von kinematografischem Lebensstil zu entwickeln. Ich muß zugeben, daß ich ein marginales Interesse für deinen Film verspüre. Er spricht das Kind in mir an. Ich mag Albernheit. Ich mag alberne Ideen. Viele große Filme sind im Grunde albern, und der Filmheld ist fast immer ein Trottel. Brando zum Beispiel hat einen Trottel nach dem andern verkörpert. Genauso Belmondo, genauso O'Toole, genauso Toshiro Mifune. Das ist alles eine Frage des Niveaus. Premingers Vulgarität entspricht dem Niveau von Collegeabgängern, deine noch dem von Abiturienten. Da dies unsere letzte Begegnung sein wird, ist meiner Ansicht nach vollkommene Aufrichtigkeit angebracht. Ich mag dich überhaupt nicht. Ich habe dich schon von Anfang an nicht gemocht. Du hast wenig oder gar keinen Respekt vor mir bekundet. Immer wieder hast du, in der Gegenwart von Studentinnen, versucht, meine Position als Lehrer und Mensch zu untergraben. Du willst etwas über meine Beziehung zu einer gewissen, uns beiden bekannten jungen Dame erfahren. Du lechzst nach schlechten Nachrichten, Niederlage und Bestrafung. Niederlage ist im Film immer glorreich. Der Verlierer wird durch Leiden und Tod geadelt. Keine Kamera kann dem Mann widerstehen, der sich in seine Niederlage ergibt. Er beherrscht jeden Mechanismus und die Aufmerksamkeit aller. Vielleicht siehst du dich als Breitleinwandheld. Ich hab völlig vergessen, was ich als nächstes sagen soll.»

Glenn Yosts Frau war eine korpulente freundliche Frau, die wahrscheinlich schon im Alter von drei Jahren anfing, im Morgenmantel herumzulaufen. Sie war eine, die gerne anfaßte und Scherze machte, offensichtlich heiß geliebt von den beiden Glenns, die Art Frau, die bei Picknicks zu Hochform auflief – die lachte und Witze erzählte, Männern auf den Rücken klopfte, die Kinder kniff und mit den Damen Busenvergleiche anstellte, eine riesige Warmwetterfront, die über die Plains vorrückte. Ihre Anwesenheit störte mich.

Ich stellte Sullivan der Familie vor, und dann verkündete Mrs. Yost, Laura, daß sie mit dem Nachtisch auf uns gewartet hätten, Pfirsichtorte mit Vanilleeis, und wir setzten uns alle hin, um zu essen und zu plaudern. Die Yosts erzählten ständig komische Geschichten voneinander. Ihre Liebe hatte etwas Außergewöhnliches an sich, etwas Lächerliches, im besten Sinne des Wortes. Jeder erschien den anderen als Legende, ein komisches Meisterwerk aus dummen Fehlern, Einbildungen und katastrophalen Hobbys. Laura führte zumeist das Wort, während sie in ihrem gelben Morgenmantel zwischen Eßzimmer und Küche hin und her pendelte und unsere Tassen bis über den Rand mit Kaffee vollgoß. Ich war da, um einen unwirklichen Job zu beenden, um den schlimmsten Teil der Überfahrt hinter mich zu bringen, und die Wirklichkeit all dieser ungekünstelten Wärme tat mir nicht gut. Außerdem war meine Kamera nicht an oraler Überlieferung interessiert. Ich sah zu Sullivan hinüber. Sie zerteilte Tortenbrösel mit ihrem Daumennagel.

«Können wir gleich loslegen, Glenn?»

«Die Speisekammer ist da drüben», sagte er.

«Vielleicht könnten Bud, Sully und ich jetzt gleich mal reingehen und die Sache erledigen. Dauert nur ein paar Minuten.»

«Wird es denn nicht zu dunkel sein?» fragte Laura.

Die Speisekammer befand sich gleich neben der Küche. Glenn machte mir das Licht an und trat zur Seite. Ich beeilte mich, stellte schnell einen der Küchenstühle gegen die hintere Wand der Speisekammer. Ich wies Sullivan an, sich draufzusetzen. Ich betrachtete sie einen Augenblick lang. Dann merkte ich, daß Bud neben mir stand und die Kamera hielt. Ich nahm sie ihm schnell ab, stellte das Objektiv auf Sullivan auf dem Stuhl ein und begann zu filmen. Als das erledigt war, fünf oder sechs Sekunden später, bat ich sie, sich an die Wand zu stellen, und schob Bud in die Speisekammer, mit dem Gesicht zu Sullivan und dem Rücken zur Kamera. Dann stand ich wieder in der Tür. Glenn und Laura waren direkt hinter mir. Sie mußten unbedingt verschwinden. Sie waren wie klebriger Honig an meinen Fingern, wo es doch Essig war, was ich schmecken mußte, Essig und das Hecheln von heißem Stahl auf meiner Zunge, wenn ich das hier jemals fertigkriegen wollte. Ich bat sie, wegzugehen. Ich sagte Ihnen, sie sollten ganz aus der Küche hinausgehen. Dann filmte ich nochmals zwanzig Sekunden lang, wie Sullivan und der Junge sich gegenüberstanden, mein ganz persönlicher Werbespot, ein Leben im Leben. Dann unterbrach ich wieder und bat sie, näher an ihn heranzugehen und ihm die Hände auf die Schultern zu legen. Er drehte sich um und starrte mich an, entweder weil er nicht verstand, warum ich seine Eltern weggeschickt hatte, oder weil dies etwas ganz anderes war als Basketball in einer High-School-Turnhalle und er von mir einen Blick brauchte, ein Wort, irgendwas. Dann sah ich, daß es Mom und Dad waren, was sich im bitteren Licht seiner Augen spiegelte; das lag in seinem Gesicht, dieser Ausdruck des sich hintergangen Fühlens durch einen kleinen Verrat des Bruders; ich wußte nicht, was ich tun mußte, bewegte mich aber auch nicht, festgehalten durch die Kamera in meinen Händen oder durch sie, ja durch sie, diesen schmalen feuchten Vogel; natürlich; es wäre unmöglich, die Schulter unter dem kühlen Schellack dieser Hände wegzuziehen, einer solchen Ausstrahlung den Rücken zuzukehren. Das Licht in der Speisekammer war schlecht. Ich machte alles zu hastig, und ich wußte, es wäre reines Glück, wenn auch nur irgendwas von alledem lebendig würde, auf dem Silberhalogenidkristall aufträfe und zu wachsen anfinge. Ich sah es schon in der Vorausblende vor mir, unterbelichtet, ihre Körper abgeschnitten, ihr Gesicht ein Nest verstreuter Dämmerung, verfilztes graues Licht an den Rändern der Leinwand, und dann fragte ich mich, ob ich ihn mir je ansehen würde, diesen Teil oder überhaupt irgendwas davon, und ich fragte mich, wieso dieser stumme Monolog von Frau und Knabe selbst für mich mehr bedeuten sollte als das, was es so eindeutig war, nämlich Gesicht der einen und Kopf des anderen, und ich fragte mich bei diesem Werbespot, ob sich damit die Ware an den Mann bringen ließe. Ich stellte das Objektiv neu ein, ihre Hände auf seinen Schultern, ein sonderbarer, ein sehr sonderbarer Ausdruck, so etwa wie die Neugier, die einem Mann folgt, der einen Raum verläßt, ein völlig untypischer Ausdruck in ihrem Blick. So, wie ich das hier machte, verspürte ich keinerlei Kraft. Das Licht war schlechter als schlecht, und ich hatte die nötigen Messungen nicht gemacht. Ich ging zu hastig vor. Ich wählte keine Bildausschnitte. Ich beendete die Sequenzen zu schnell. Aber ich mußte es tun und es hinter mich bringen, und vielleicht war es am besten, es so zu tun, die Erinnerung auszulöschen, indem ich sie verspottete, keinerlei Kraft, indem ich den Samen in das uneingefangene Licht fallen ließ. Dann fing ich an, die letzte Sequenz zu drehen, und ich stellte fest, daß ich nicht aufhören konnte. Ich sah sie im Sucher, reglos, zutiefst geduldig, unerschütterlich, ihre langen Finger von Knöchel bis Spitze sichtbar auf seiner Schulter, ihr linkes Auge blickte an seinem Ohr vorbei direkt in das Auge der Kamera, und ich drehte weiter, zwei oder drei Minuten lang, irgendwo verloren, zurückgelehnt in fünfundzwanzig Watt braunen Lichts, auf ein Geräusch hinter mir lauschend, und das, was ich mich an diesem Abend am wenigsten fragte, war, wieviel sie eigentlich wußte.

Laura war nicht im Eßzimmer. Glenn saß am Tisch ohne aufzublicken. Ich dankte ihm für alles. Ich sagte ihm, es sei bedauerlich, aber notwendig, daß gewisse Dinge manchmal auf eine scheinbar übereilte Art und Weise erledigt werden müßten. Sullivan wartete bei der Tür auf mich. Ich sagte ihm, Leute, die unter Druck stehen, sagten oder täten manchmal Dinge, die zu dem Zeitpunkt notwendig erschienen, später aber als töricht und unverzeihlich erkannt würden. Bud stand in der Küchentür. Ich dankte ihm und entschuldigte mich bei ihm. Dann ging ich zum Tisch und streckte meine Hand aus. Glenn blickte auf, ergriff sie, lächelte, drückte und verfluchte mich leise. Es war lieb gemeint, eine richtig hübsche Hollywood-Einlage, aus den guten alten Vierzigern, und sie erntete ein Lächeln meinerseits. Wir ließen einander wieder los, und ich machte einige Schritte rückwärts. Dann flammten die Kapillargefäße in seinem wilden Auge auf, die dünnen flüsternden Streifen, Andeutungen von kalter Diakonenwut, der Kälte, die brennt, der Kälte, die an den Händen kleben bleibt, dieses wütende kalte Licht, das meine Seele verdammte, diese arktischen Streifen, diese Adern in dem Eiswürfel in seinem Auge.

Sie stand auf dem Bürgersteig und sah zu, wie ich von der Veranda herunterkam. Es war untypisch für sie zu warten. Ich hatte erwartet, daß sie schon ein ganzes Stück die Straße entlanggegangen wäre, und dann dachte ich daran, wie sie mich während der ganzen letzten Sequenz angestarrt hatte, während dieser zwei oder drei Minuten, als ich nicht mehr genau wußte, wo ich war. Etwas Weiches ging jetzt von ihr aus. Die Straßenlampen brannten. Ich hatte die Kamera auf der rechten Schulter.

«Ich möchte gern ein Bad nehmen», sagte sie. «Im Camper haben wir uns immer nur mit dem Schwamm gewaschen. Wenn es warm genug war, sind wir zum Fluß hinuntergegangen. Anfangs war es nur lästig. Jetzt ist es was Lästiges, was zu einer Lebensweise zu werden droht.»

«Haben die andern dich unbekleidet gesehen?»

«Wir gehen sehr taktvoll vor, David, glaub mir. Es sind höchst komplizierte Zeitpläne ausgearbeitet worden. Pike ist ein Meister in solchen Dingen. Ein echter Quartiermeister. Inzwischen stellt er alle möglichen Laufzettel, Dienstpläne und Inventare zusammen. Ich kann dir versichern, es wird alles sehr diskret gehandhabt.»

«Gehen wir in ein Motel», sagte ich. «Wir können uns ein Taxi nehmen.»

«Ist das notwendig?»

«Ich glaube, die vom Hotel schätzen es nicht, wenn Männer Frauen mit aufs Zimmer nehmen. Die sind ziemlich, na ja, beschränkt.»

«Dann werden wir sie eben entschränken.»

Sullivan verbrachte nahezu eine Stunde in der Badewanne. Ich saß auf dem Bett und betrachtete die halbgeöffnete Badezimmertür und versuchte, an nichts zu denken. Dann stellte ich mich in die Tür. Sie hob ein Bein aus dem Wasser, so wie ich es vorausgesehen hatte, fuhr mit den Händen an der Wade entlang und blickte mich über die Schulter an. In diesem Moment erreichte mich eine Botschaft des Auges von Diakon Yost. Abscheulichkeit. Ich ging zum Bett zurück und setzte mich. Sie hatte sich nach mir umgesehen, um zu sehen, ob ich mich freute. Ich saß und wartete. Dann knipste ich die Lampe neben dem Sessel an und machte die Deckenlampe aus. Sullivan stieg aus der Wanne. Ich ging schnell hinein und sah zu, wie sie sich mit einem großen weißen Handtuch mit Monogramm abtrocknete. Dann kam ich näher und fuhr langsam mit den Händen über ihren handtuchbedeckten Körper. Wir sagten nichts. Ich folgte ihr zum Bett, folgte einem Gefühl unvorstellbarer Lust, wohl wissend, daß dies das alte Yankee-Schuldbewußtsein war, Salz und Peter. Die Wände waren schwarz und weiß, und sie war beim Bett. Abscheulichkeit.

Sie war jetzt zugedeckt, sogar ihre Brüste, und lag starr da, eine Botschaft, daß hier eine Strophe zu Ende war, daß sie jetzt wartete, daß ich jetzt an der Reihe war. Wieviel sie über diesen Augenblick wußte und mir durch ihr absurdes Versteckspiel beibrachte: daß die wahre und beste Lüsternheit, das heißt die häßlichste, nichts anderes ist als eine Züchtigkeit, die so fanatisch ist, daß sie sich nicht zu bewegen wagt, aus Angst, sich selber zu berühren. Ich zog mich neben dem Bett stehend aus, wie ich es in jener Nacht in Maine getan hatte, damals im Dunkeln, als ich mich fragte, ob sie mich sehen konnte, die lüsterne Jungfrau Maine, ein anderes Zimmer. Sie betrachtete mich, wie ich da über ihr stand, und ich versuchte, an nichts zu denken. Sie war vollkommen unbewegt, sah mir zu, kein Grashalm Bewegung, öffnete neue Räume durch das systematische Abschließen von Türen. Da sie das wußte, streckte sie nicht die Hand nach mir aus, bewegte sich weder zu mir hin noch von mir weg, als ich mich aufs Bett legte. Ich streckte mich auf dem Laken aus. Ich war immer schon stolz auf meinen Körper.

«Hab keine Angst», sagte sie. «Sag mir, was ich tun soll.»

«Das weiß ich noch nicht. Bleiben wir erst mal eine Weile so. Erinnerst du dich an die Nacht, die wir in diesem alten Haus in Maine verbracht haben? Du hast mir eine Gutenacht-Geschichte erzählt.»

«Hab keine Angst, David.»

«Ich habe keine Angst.»

«Damals warst du starr vor Grauen.»

«Ja», sagte ich.

«Du brauchst keine Angst zu haben. Ich helfe dir. Ich tue alles, was du von mir verlangst.»

«Zunächst einmal, vor allem andern, möchte ich, daß du mir eine Geschichte erzählst. So wie in Maine. So eine Geschichte wie die, die du mir in dieser Nacht vorm Einschlafen erzählt hast.»

(So bereit, so lüstern und willig war Sullivan, so geschickt die in ihrer Kunst aufgehende Künstlerin, daß sie bei diesem Wunsch nicht einmal stutzte, geschweige denn in Wellen rettenden Gelächters ausbrach.)

«Und was das für ein tiefer Schlaf gewesen war», sagte sie.

«Eine Geschichte. Eine Gutenacht-Geschichte.»

«Ich hab genau das richtige für dich. Sie handelt von einem bösen alten Onkel von mir und dem unglaublichen Erlebnis, das wir beide auf einem kleinen Schiff an einem nebelverhangenen Tag im Somes Sound hatten.»

«Wirst du sie erfinden?»

«Sie ist wahr», sagte sie. «Du hast mich drauf gebracht, als du Maine erwähnt hast.»

«Dann erzähl.»

«Ich hatte einen verhaßten, gefürchteten, verdammten Ulsterman als Onkel», sagte Sullivan. «Mit achtzehn sagte er sich von Kirche, Staat, Familie und dem ehebrecherischen Schatten Parnells los, verließ Dublin und ging nach Belfast. Meines Vaters Bruder war er, der schwärzeste aller Exkatholiken, ein Gotteslästerer der militanten und mürrischen Sorte, überhaupt nicht so fröhlich, jovial und derb, wie mein toter Dad es gewesen war. Jahre später kam er in dieses Land und ließ sich schließlich in Maine nieder, in einer kleinen Stadt nicht weit von Bar Harbor. Und ich besuchte ihn einmal, mit der Absicht, einen alten Familienzwist zu bereinigen. Es war eine ruhige, schlichte Stadt, ein passender Ort für Onkel Malcolm. Er öffnete mir die Tür, und ich hatte fast vergessen, wie wild und bedrohlich er aussah – kahl, stark, kompakt, echt wie ein Faß Stout. Seine Augen waren dunkel, zwei brennende Zündflammen, und er sah mich an, als wäre ich die Lieblingskonkubine des Papstes. Er haßte Katholiken. Er haßte meinen Vater wie die Pest, wie Weihrauch. Brüder waren sie, Bug und Heck, Shem und Shaun, beengendes Dublin und noch beengenderes Belfast. In meinem Brief hatte ich keinen Hinweis auf den Zweck meines Besuches gegeben. Wir saßen auf der Veranda. Es war eine Mondscheinnacht. Auf dem Rasen standen Statuen von Patrioten. Es kamen keine jungen Barden oder Sänger aus den Pubs herausgetrudelt, kein dunkler Guinnesshopfen weit und breit. Es gab keine Pubs, es gab Statuen. Wie du weißt, bin ich Bildhauerin, und bei diesen Statuen, David, lief es mir kalt den Rücken herunter. Soviel Christentum. Soviel Unchristlichkeit. Sie sahen aus wie Schullehrer, die sich in den Arsch ficken ließen und so taten, als wäre es nur die Ecke ihres Schreibpults. Krieg hat einen gewissen Reiz, unsere Revolution hatte auf jeden Fall Reiz. Aber man müßte schon ein Blinder mit Wurstfingern sein, um auch nur ein bißchen Reiz in diese Steine hineindenken zu können. Nichts Dämonisches, kein Faltenwurf, keine Jagd, keine schlechten Träume, kein Mut. Aufrecht, rechtschaffen und aufgespießt. (Herr vergib mir.) Christentum eben. Die Epochen von Omdurman und Chillianwalla. Die Perversion Christi. Das Kindlein von Prag auf dem Plastik-Armaturenbrett segnet die Schachtel Kleenex auf der Hutablage. Priester mit faulem Mundgeruch schreien in der nachtschwarzen Wildnis eines Beichtstuhls nach meiner Seele, zeichnen mit schläfrigen Fingern die Kurve vergebender Gnade nach. Onkel Malcolm und ich saßen beide in Schaukelstühlen. Wir schaukelten sogar im Gleichtakt. Er fragte nicht, weshalb ich gekommen war. Er blickte bloß hinaus auf die Statuen im trüben Licht, als dächte er, patriotischer Stein trage nur dann etwas zu unserem Verständnis von Geschichte bei, wenn diese hinter der Sprache liegt – in der Gegenwart des Steins schweigen bedeutet den Anfang einer Vereinigung mit der Vergangenheit. Aber vielleicht dachte er nur an sein Boot. Weil er das als nächstes erwähnte. Er besitze eine Slup, sagte er, eine Hinckley Sou-Wester, und sie sei in einer Bucht um die Ecke von Bar Harbour festgemacht, was nur zwanzig Minuten mit dem Auto von eben dieser Veranda aus bedeute.»

«Das wird allmählich langweilig», sagte ich.

«Du mußt mir zumindest einen Bruchteil jener Selbstverliebtheit zugestehen, die du für deine eigenen müden Zwecke in Anspruch nimmst. Womit ich nicht grob werden möchte. Aber ich bin dir bis jetzt bei allem entgegengekommen, und ich bin bereit, alles mitzumachen, was du vorschlägst. Außerdem hast du mich um eine Gutenacht-Geschichte gebeten.»

«Es tut mir leid. Erzähl bitte weiter.»

«Große Themen werden sich aus dieser tristen Ansammlung von Frömmigkeiten heraus manifestieren, die ich hier zusammengestellt habe. Das ist keine leichte Arbeit für mich.»

«Hast du eigentlich irgendwas davon eingeübt?» fragte ich.

«Nachts im Bett unterhalte ich mich oft mit den großen englischsprechenden Persönlichkeiten der Geschichte. Ich glaube, das kann ich dir gegenüber zugeben. Ich entwickle Philosophien, Legenden, autobiografische Notizen, kleine Stückchen feministischer Weisheit, Anekdoten und Lügen. Diese präsentiere ich jemandem wie Swift oder Blake. Dann, als Swift oder Blake, kritisiere und kommentiere ich sie. Vielleicht täusche ich mich ja, aber mein Geist scheint mir kurz vorm Einschlafen am wachsten zu sein. Ich glaube, ich habe schon einige brillante Dialoge mit mir selber geführt, oder besser gesagt, mit den großen Persönlichkeiten der Vergangenheit. Dein Instinkt war also ganz richtig. In gewisser Weise habe ich diese Geschichte eingeübt. Ich habe sie sogar auch schon viele Male erzählt, habe sie verfeinert, redigiert, geschliffen, bin der grauenhaften Wahrheit immer näher gekommen. Aber enthüllt habe ich diese Wahrheit noch nie. Ich habe noch nie die ganze Geschichte erzählt, weder Coleridge noch Melville, noch Conrad. Noch nie habe ich das Geheimnis der letzten Stunden jenes nebelverhangenen Tages auf einer Zwölf-Meter-

Slup auf dem Somes Sound enthüllt – keiner lebenden oder toten Seele.»

«Einen Moment bitte», sagte ich. «Ich möchte das Licht ausmachen.»

«Die Schaukelstühle schaukelten in perfekter militärischer Formation hin und her. Mein Onkel blickte hinaus auf dieses tote historische Panorama, auf dieses Yorktown, Shiloh, diesen kopflosen Blick auf Khartum. Dann sagte er, er habe vor, am nächsten Tag segeln zu gehen, und ob ich Lust hätte, mitzukommen. Ein Schock genau zwischen die Augen. Aber natürlich nahm ich an. Da war die ganze Bedeutsamkeit einer biblischen Konfrontation zu spüren. Ein solches Angebot abzulehnen hätte bedeutet, alle jene gesellschaftlichen Fragen zu ignorieren, die meinen Onkel dazu veranlaßt hatten, nach Belfast zu verduften, und Leute wie meinen lieben Dad, zum Pub an der Ecke zu pilgern und ein Glas vom Bittersten zu schlürfen. Den größten Teil des verbleibenden Abends verbrachten wir schweigend. Er kochte uns einen Eintopf, den er in zwei nicht zusammenpassenden Schalen servierte, womit er selbst einem so neutralen Beobachter wie einer Blutsverwandten verkündete, was für ein überzeugter und hartnäckiger Junggeselle er war. Wir schliefen in entgegengesetzten Enden des Hauses. Mein Zimmer hatte einen Hauch von Captain Ahabs Wahnsinn – kahl, kalt, schräg wie ein Achterdeck, keinerlei Anzeichen von Liebe für das selbstgewählte Element, kein einziges Stück geschnitztes Elfenbein, kein Humpen, kein am Strand gefundener Stein, kein Stich von einem Schoner, nicht einmal Frottagen von Grabsteinen – kahl, kühl, nordländisch, feucht wie ein nebliger Stern. Ein kalter Tag brach an, als mein Onkel gegen meine Tür hämmerte. Ich ging hinunter und nahm ein Frühstück zu mir, das ganz aus Melasse und agglutinierendem Eiweiß bestand, irgendeine alte Seemannsvorstellung, daß man seine Knochen zementieren muß, damit der Wind sie nicht mitnimmt. Eine halbe Stunde später gingen wir den Kai entlang zu seinem Ruderboot, und dann ruderten wir durch den Nebel hinaus, der von hauchschwachen Lichtstreifen durchzogen war, und dann tauchte sein Boot auf, hoch auf dem Wasser, grün und weiß, schaukelte im gemütlich klatschenden Wellengang, und selbst in dem trüben Licht konnte ich schon erkennen, daß es nichts von meinem Onkel an sich hatte. Wir kletterten an Bord, und er erklärte mir kurz, wo was war, was man damit machte, wie man an diesem kurbelte und bei jenem nachgab. Das Boot hieß *Marston Moor*, wie die Schlacht, bei der die englischen Anhänger des Parlaments die Royalisten besiegten, und war das gepflegteste, was ich je gesehen hatte. Es war leicht und sah schnell aus. Jeder Zentimeter Metall glänzte. Es war ein bildhübsches Ding, David, mit einem brutalen Namen, was nicht weiter verwunderte. Mein Onkel hißte die Fock. Ich machte uns von der Vertäuung los und hißte das Großsegel, und dann fuhren wir hinein in einen Morgen voller unbeantworteter und ungestellter Fragen. Eine Spierentonne im Schein der Positionslichter. Glockenscheppern. Möwen auf den Bojen. Hummerboote, ziellos im Nebel herumstreifend, blökende Hörner und die eine oder andere vermummte Gestalt, die vom Deck aus zu uns herüberspähte, so still, so strategisch still, das verfluchte Auge des Seemanns, der von seinen Knochen in fünfzig Faden Tiefe träumt und sich über den Eindringling ärgert, weil der Eindringling sich dieses bestimmte Stück Meer nicht verdient hat. Für was für Riesendummköpfe müssen uns diese Hummerfänger gehalten haben, daß wir da so durch diese Mehlsuppe strichen. Mein Onkel blickte über das kleine Steuerrad in den Kompaßraum, der sich direkt vor ihm befand. Kompaß, Steuer und Großsegel waren seine Sache. Ich bediente die Fock. Wir wechselten kaum ein Wort. Nach zwei Stunden begann sich der Nebel zu lichten, und wir konnten die Kiefernwälder von Mount Desert Island sehen, und dann, nach einiger Zeit, die Ausläufer und schließlich die breiten braunen Gipfel der Cadillac und Pemetic Mountains. Das war ein Schauspiel. Quirlende Nebel über kahlen Hängen. Die verkrüppelten grünen Kiefern und die Waldstraßen. Die Brandung fraß sich zwischen Felsschenkel hinein. Frenchman's Bay. Die Überbringung des Erlasses seitens des königlichen Europa. Bis zum Mittag hatte sich der Tag völlig verändert, er war wärmer, windiger, ganz in Blau, frisch und blinzelnd, und die Sonne begann uns in Göttlichkeit einzubuttern. Denn es war Gottes Welt, David, und es konnte einem kein Gedanke in den Sinn kommen, der das nicht bestätigt hätte. Das war ein Schauspiel. Das Blau dieses Wassers war ein Engelsblau. Auf Landzungen standen weiße Leuchttürme. Wir sahen Silbermöwen und Kormorane. Delphine sprangen in hohen Bogen aus dem Meer, und die schwarzen Glocken läuteten. Das Firmament war spürbar als einschränkungsloses Wort über unsern Köpfen, gestreift von den Fetzen einer einzigen Wolke. Die Sonne war ein Schwert auf diesem Wasser. Da draußen gab es nichts, was verändert worden war, außer durch sich selbst. Gott. Das Gottgeschaffene und von Händen Unberührte. Selbst unser Boot, so schön und schlank es war, wie es da im Wind über diesem riesigen Joch aus Licht krängte, selbst die *Marston Moor* war ein schwacher Virus, der unsern Lumpen Meer zu einer hübschen Postkarte reduzierte. Mein Onkel machte mich auf die Isle au Haut aufmerksam, diese herrliche Insel, die da, wo andere Inseln auf dem Wasser hocken oder dösen, wie aufrecht stand, wie das letzte Hochstehende, das letzte an Bäumen und Boden vor der endlosen Weite des Atlantiks. Ich glaube, wir behielten immer Land in Sicht. Einige Inseln waren groß, mit einem Küstensaum aus Fichten und Kiefern, und über dem Felsenkranz lagen kleine Dörfer. Andere waren klein und unbewohnt, manche kaum mehr als Massen nackten Granits. Wir krängten jetzt sehr stark, und ich blickte zu meinem Onkel hinüber. Er hatte immer noch seine Schlechtwettersachen an, die Rechte am Steuer, die Linke am Großschot. Er segelte nicht mit dem Boot, er ritt es, er ritt einen Delphin oder eine Frau, ein junges bockendes Ding, das sich vielleicht nie bezwingen lassen würde. Ich hatte einen Riesenhunger, und sowie der Wind nachließ, ging ich in die Kajüte hinunter und kochte uns auf dem Kerosinherd ein Mittagessen. Er dankte mir. Während des frühen Nachmittags befanden wir uns zwar nie in einer völligen Flaute, aber mein Onkel mußte nach Kräuseln auf dem Wasser Ausschau halten, um irgendeinen Windstoß zu finden. Doch er schien keinen Augenblick lang daran zu denken, den Motor zu benutzen. Ich betrachtete die Inseln durch sein Fernglas. Ich sah eine Frau mit einem Wäschekorb, einen rennenden Jungen und einen Mann, der an der geweißten Krümmung eines Leuchtturms lehnte. Sie kamen mir wie unglaubliche Entdeckungen vor, Exemplare seltener Mineralmischungen, Landseeleute, die gelernt hatten, daß gerade Linien töten. Und die kleineren Inseln. Alles blau und reinster Granit. Keine Menschenseele. Aber nicht stumm. Nein, sie besaßen die Herrlichkeit einer Stimme. Das Geschrei der Seevögel und das unablässige Brausen der Brandung. Später übernahm ich das Steuer, und mein Onkel ging nach unten, um seine Karten zu konsultieren. Die Brise frischte auf, und nach langem Kreuzen in den Sonnenuntergang hinein holten wir die Segel ein und steuerten mit Motorkraft in eine Bucht, die von zwei winzigen Inseln gebildet wurde, bloße Landkrümel, die eine fast nur aus massivem Fels bestehend, die andere etwas größer und bewaldet. Mein Onkel gab mir das Senkblei, und ich warf es hinein und zählte die Faden ab, bemüht, etwas nautischen Singsang in meine hoffnungslose Stimme zu legen. Dann ankerten wir und setzten uns aufs Deck, um uns den Sonnenuntergang anzusehen. Dann sahen wir sie, die Windjammer, insgesamt drei, wie sie auf uns zu jagten aus dieser entsetzlich schönen Wunde im Himmel, vollgetakelt, vor dem Wind, den Jodglanz des Himmels abstrahlend, gänzlich unwirklich, wie sie jetzt hinter der kleineren unserer beiden Inseln vorbeizogen, wie erst einer fort war, dann zwei, und, als der letzte verschwand, der erste wieder auftauchte, mit hoch über dem Granit vorüberschwebenden Spieren, die Würde dieser Schiffe, ihre verbrannte Passage vom roten Horizont ins Blaue und jetzt in die Dunkelheit, die Ankunft der Heiligen Drei Könige. Mein Onkel sagte, sie seien bis zu den Schotten mit Touristen aus Camden vollgestopft. Ach ja. Als sie verschwunden waren, aßen wir Haschee und Eier im schaukelnden bronzenen Licht. Und dann erzählte ich ihm endlich, weshalb ich gekommen war. Der Zwist war alt, ging noch tiefer als die schlimmen Schießpulververbrennungen zwischen Orange und Grün. Vor seinem Tod – im St. Vincent's Krankenhaus in New York – hatte mir mein Vater erzählt, daß es Onkel Malcolm nach seinem Weggang aus Dublin durch unlautere Methoden gelungen war, einen Rechtsanspruch auf ein Familiengrundstück an der Westküste Schottlands oberhalb von Lochcarron zu erwerben. Land, das der Familie von irgendeinem fernen Vorfahren vermacht worden war, der, so hieß es, Blutsverwandter der uralten Clans war. Land, das über Generationen im Besitz von Häuptlingen, Gutsherrn, Baronen und anderer Eliten gewesen war. Und dann schließlich – so dreht sich die Geschichte wie die Kammer eines Revolvers – von Kaufleuten, Dummköpfen und ausgewanderten Söhnen. All das war mir neu. Ein Inch Schottland in meinem Blut. Die Ursprünge waren natürlich verloren, und die Mischung möglicherweise nur jenem Mann bekannt, der als erster die Highlands herunterkam und über den Northern Channel segelte, zweifellos nach Belfast, vielleicht um sich dort eine Braut zu nehmen, die ihm Söhne gebar, von denen vielleicht einige zum Land der Vorfahren zurückkehrten und einige sich, sich vom Vater entfernend, in Eire niederließen, um den neuen Zweig zu gründen, der meines Vaters Vater hervorbrachte, und ihn, und seinen Bruder, meinen Onkel Malcolm mit der Seele eines Viehdiebes. Und während er mir das erzählte, schien mein Vater, nach seinem Blick zu schließen, gewisse Details zu unterschlagen. Hol das Land zurück. Sei stark, wo ich zahm war. Begleiche alle Rechnungen, räche alle Kränkungen, tu es auch zum Gedenken deiner toten Mutter, die ebenfalls die Niederungen gekannt hat, die dieser Mann erreicht hat. Deine arme tote Mutter. Armes Lämmchen eines Engels. Christus habe Erbarmen. Ich sollte also nichts anderes verlangen als mein Geburtsrecht. Einen Flecken der Highlands. Das war der Kern der Sache. Das war aus all meinen reichen Haßgefühlen und bequemen Bigotterien geworden. Schottisch-Irisch! Amerikanisch! (Unabwendbar, Mr. Faulkner, zeitgenössisch, Mr. Joyce.) Ein plötzliches Schlingern im Fluß meines Blutes. Kurzschwert und Pfeifer. Die schlaffen Zitzen der Ozarks. Jahrhunderte schottischer Kirche. Und diesen ersten Teil erzählte ich Malcolm – von dem Land oberhalb von Lochcarron. Er sagte, es gehöre ihm, es sei ehrenhaft erworben, und er wollte nichts mehr davon hören. Was er denn damit vorhabe? Er wolle seine letzten Lebensjahre dort verbringen, sagte er, und in der Erde dort begraben werden. Es sei ein Testament aufgesetzt worden. Alles sei ordentlich geregelt. Ehrenwort. Er ging wieder auf Deck, und ich folgte ihm. Es war windstill. Wir befolgten eine Stunde des Schweigens, während der wir dem Gekreisch eines verwirrten Vogels im Wald lauschten. Belfast und Maine. Verließe der Stille. Tonnen und Äonen von Stille. Lernen, daß Geschichte sich nur dann auf unser Blut auswirkt, wenn wir auch auf sie hören. Die Geheimnisse der Steinmetze von Neu England. All diese beengenden Städte, die stolz ihre Bulfinch-Türme und Paul-Revere-Glocken vorzeigen. Deren Marinen auf Belfasts Stille bauten. Und gibt es nicht achtzehn Belfasts in Amerika? Und hat Ulster nicht den Nachschub für die Kolonien gestellt? Menschen, Kartoffeln und Spinnräder. Orange, nicht Grün, die da in unserer Revolution starben. Aber mein Haß könnte mit dem Wahnsinn des Lachs Wasserfälle hochspringen, um das Quellbekken seiner Entstehung und Wahrheit zu finden. Dann sang er mir ein Lied vor, da draußen im Dunkeln auf dem Deck, die Worte kaum stimmhaft aussprechend, ein Schimmer von Irland und Schottland und sogar Shakespeare in seinem Akzent, und ich glaube, er wußte nicht einmal, daß er laut sang.

He came from the North, so his words were few
But his voice was kind and his heart was true
And I knew by his eyes that no guile had he
So I lay with my man from the North Country

Er wiederholte die Strophe mehrmals mit einer Wiegenliedstimme, und dann gingen wir nach unten. Ich schlief in der Kajüte. Mein Onkel ließ sich im Vorderpiek nieder, zusammengerollt wie ein schweres Tau. Er redete Gälisch im Schlaf.»

«War's das ?» fragte ich.

«Und am nächsten Morgen segelten wir in grauem Nieselregen zurück, und ich beobachtete, wie weit draußen auf der Horizontlinie des Ozeans die Nebelbank wuchs und wogte, ein niedriges, bräunliches bedrohliches Etwas, und ich wartete vergeblich auf eine beruhigende Bemerkung aus dem Munde meines Onkels. Aber er redete über alles, nur nicht über Nebel. Ja, er redete, als könne nur irgendeine Prüfung, ein hungriger Schlag der Gefahr die Nebel in seiner Seele fortblasen. Es waren nur wenige Boote unterwegs, aber diejenigen, die er sah, inspirierten ihn zu knappen Kommentaren über Kategorie und Eigenart. Gaffelgetakelt. Oder liegt zu schief zum Wind. Oder breit gebaut. Oder kreuzt Backbord. Paß auf, wie sie gleicht luvt. Oder blaue Jolle aus Darkharbour. Verdammter schulmeisternder Rundkopf. Wir segelten den ganzen Tag durch trägen Nieselregen, Kälte fraß sich mir allmählich tief in die Knochen und sogar in die Takelage und die Deckplanken der Slup. Und diese Nebelschulter, die da gegen uns vorrückte. Und mit ihr die noch immer unbeantworteten Fragen, und die nicht gestellten. Dies ist, wie du noch sehen wirst, David, im Grunde eine Geistergeschichte. Wieso hatte er mich zu dieser sinnlosen Kreuzfahrt eingeladen? Wußte er, daß ich von dem Land wissend nach Maine gekommen war? Und mein Vater. Mein rosa, weiches, pfeiferauchendes Bierglas von einem Dad. Welche winzigen Leckerbissen hatte er vergessen, mir von seinem letzten Lager aus zu servieren? Stille im Tower von London. Stille auf den Dorfwiesen. Das nördliche Auge des Windes. Der Fluß nördlichen Blutes, der den verhungernden dunklen Süden verwüstet. Im Namen des Christus der Hunde des Krieges. Diebe schwärmen aus, um Ländereien und Gottheiten zu plündern. Wahrlich, England und der Kirche Gottes wurde bei diesem Sieg, der uns geschenkt wurde, vom Herrn eine große Gunst erwiesen. Dies ist nichts anderes als die Hand Gottes, und Ihm allein gebührt der Ruhm. Luntenschlösser und Lederwämse. Pikeniere in der Mitte, Musketiere an den Flanken. Und wie endet es, dieses Gebet von Marston Moore? Cromwells abgeschlagener Kopf, der auf einem Spieß am Hinrichtungsplatz Tyburn blinzelt. Und versuchte mein Onkel da mit seinem gespenstischen Clan-Muster aus Schottischem, Puritanischem und Ulster bloß, in irgendeinen heiligen Norden zurückzukehren? Zum Land oberhalb von Lochcarron. Um sich im fürchterlichen glänzenden Schlammloch von Gott und Land zu suhlen. Black Knife, wie er da breit wie ein Baumstumpf in einer Mondscheinnacht hoch oben in den Dakotas sitzt, war das antwortende Echo meiner tiefsten Haßgefühle gewesen. Und über die allerletzte Frage war noch nachzusinnen, als Mount Desert Island in Sicht kam und mein Onkel sein Gerede einstellte und auf die

Öffnung des Somes Sound zusteuerte, einen richtigen Fjord, eine sieben Meilen lange Schnittwunde in den hohen Kliffs der Insel. Hatte er gemeint, hier Zuflucht zu finden, oder suchte er größere Gefahr für größeren Ruhm? Die Berge ragten auf beiden Seiten empor, und wir waren etwa zwei Meilen weit in den Sund hineingefahren, als ich mich umdrehte und ihn kommen sah, jetzt nur noch wenige Meter entfernt, und dann waren wir drin, und Stille war ihrer Dunkelheit begegnet. Es war ein nordischer Nebel, kalt, feucht und finster, der nördlichste Punkt, und mein Onkel war am Rand des Geheimnisses angelangt und segelte nun mit seinem Boot tiefer in den Fjord hinein. Nebel und Feuer troffen aus seinen Augen, er ritt dieses Boot, wie ein Mann in der Rage religiöser Brunft die Lenden einer Frau reitet, und ich hatte schreckliche Angst, David, verlor fast meinen irischen Verstand aus Angst vor dem Nebel, vor ihm, vor der allerletzten Frage, die sich jetzt, und erst jetzt, selbst zu beantworten begann. Denn sie waren sich wieder begegnet, wie ich mich jetzt erinnerte, Vater und Onkel, lange nachdem letzterer allem abgeschworen hatte, was dem apostolischen Herz heilig war, waren sich wieder begegnet, kurz nachdem mein Dad meine wunderschöne zarte Lilie von einer Mutter geheiratet hatte, waren in Derry, New Hampshire zusammengetroffen – wo mein Onkel damals lebte, eine solide Ulster-Bastion – in einem vergeblichen Versuch, Harmonie wiederherzustellen. Und einiges davon hatte mir meine Mutter Jahre vor ihrem Tod erzählt, daß sie mit ihrer kochenden Wut beinahe das Haus in Brand gesetzt hatten, und irgend etwas Blasses in ihren Erinnerungen, etwas in der Luft Hängendes konnte mich jetzt zum Sterbebett meines Vaters führen – kannst du mir folgen? – und zu seinen taktischen Unterlassungen, konnte mich auch zu Onkel Malcolms Erwähnung seines Testaments führen und zu seinem Ehrenwort, daß das Land, sein eigenes Sterbebett, ordentlich verwaltet würde. Und dann durchschlug eine silberne Klinge die Dunkelheit, Vikingerschwert auf Amboß, und ganz allmählich sahen wir die schwachen Umrisse einer Küste. Onkel Malcolms Leidenschaft war wahrhaftig vom Himmel, oder von der Hölle, gelenkt worden, denn wir schienen in keinerlei Gefahr zu sein, auf Grund zu laufen. Wieder wartete ich auf ein Wort von ihm. Plötzlich kamen die Winde, und der Baum hob sich und schwankte – Winde aus allen Richtungen, wie es schien, pfiffen um uns herum wie zur Schlacht blasende Dudelsäcke, wahrhaftig furchterregend, drückten den Nebel ein wenig hoch, aber mißhandelten unser kleines Schiff derart, daß ich mir sicher war, wir würden jeden Moment kentern. Wind, der von den Kliffs herabstürmte. Wind, der geradewegs übers Wasser aus der Mündung des Sunds und dem offenen Meer dahinter auf uns zukam. Wind aus allen Richtungen, der uns bedenklich nach Steuerbord schleuderte, und dann nach Backbord, der Mast ächzte, der Baum schlug hin und her, eine Segellatte flog aus dem Großsegel an meinem Kopf vorbei, als ich versuchte, den Baum zu richten. Und selbst mein Onkel, selbst mein Onkel begann seine christliche Seelenruhe zu verlieren. Denn dies waren biblische Winde, Donnerschläge eines zornentbrannten Gottes, dem er noch in keiner Kirche und in keinem Gemeindehaus begegnet war. Ein Segelboot verträgt keine Unentschlossenheit, und mein Onkel wußte nicht, was er tun sollte.»

«Sully, diese Geschichte gefällt mir nicht.»

«Und der erste Engel posaunte. Und die Winde wehten, und der dritte Teil der lebendigen Kreaturen im Meer starben, und der dritte Teil der Schiffe wurde verderbt. Und durch den silbernen und grauen Rauch hindurch erschien ein Licht am Ufer am äußersten Ende der Bucht. Und eine Gestalt hielt das Licht. Und es war ein Fremder. Und mein Onkel sah ihn und sprach. Jesus braucht mich. *Jesus braucht mich,* sagte er. Und das Licht war eine Laterne, und das Gesicht war selber wie Licht. Und in jenen Tagen werden die Menschen den Tod suchen und ihn nicht finden; und sie werden begehren zu sterben, und der Tod wird vor ihnen fliehen. Und mein Onkel war am Ende des Geheimnisses angelangt, welches ist: daß der Mensch sein Dasein empfängt, wie Christus es empfangen hat, im Schoß einer sanften Frau, jenseits der versammelten und stummen Heere, jenseits des verwitterten Gesteins, das sich über die lampenlose Vergangenheit zieht; welches ist: daß alle Energie sich verringert, daß alles Leben erlischt, alles außer der Kraft von allem in allem oder dem Licht, so dem Lichte leuchtet; welches ist: die Gestalt, die die Laterne hielt, war ein Kind. Und aus diesem Wissen wandte er sich gegen sein Schiff, schmähte und verfluchte es. Denn wo war Christus der Tiger in diesem pentekostalen Licht? Und dann sollten alle Geheimnisse ihre Unbeendbarkeit finden, und alle Echos sollten nur von ihren eigenen Stimmen beantwortet werden. Wir befanden uns immer noch in der Gewalt der Winde, und ich flehte ihn an, die Segel einzuholen, und er sah mich an und brüllte. *Verflucht seien deine Augen, Tochter.* Und das war die Antwort auf die allerletzte Frage. Meine strahlende Mutter, die sich dem schwärzesten aller Orangemen hingab. ‹So I lay with my man from the North Country.› Eugene verfluchter O'Neill. Und dann auch noch das in mir. Trommeln von Ulster. Und wieder schrie er. *Verflucht seien deine Augen, Tochter.* Ich glaube, in meiner Seele brachen ein paar Zweige entzwei. Und dann hörten die Winde auf zu wehen, und wir drehten bildschön bei und begannen die Heimfahrt. Ich wandte mich einmal um, konnte aber keine Laterne sehen, kein Kind, keinen Vogel des Waldes. Und da wußte ich, daß nicht zwischen Nord und Süd Krieg herrscht, nicht zwischen Schwarz und Weiß, jung und alt, reich und arm, Kreuzritter und Heide, Kriegsgurgel und Pazifist, Gott und Teufel. Es herrscht Krieg zwischen Onkel Malcolm und Onkel Malcolm.»

Ich erwachte mitten in der Nacht. Sullivan war verschwunden. Der Wind wehte ein Stück Papier über das Bett, und ich stand auf und zog das Fenster herunter. Dann roch ich den Duft von Keksen im Ofen.

KAPITEL 11

Männer lassen sich gerne von der Niederlage, dem Scheitern, dem Zusammenbruch und der ewigen Verdammnis anderer Männer erzählen, es macht sie stark. Frauen brauchen solche Meldungen über besiegte Seelen, weil es ihnen Hoffnung auf etwas Großes und Klägliches macht, das bemuttert werden möchte. Mitleid liegt in den Drüsen, die Brust ist magisch. Natürlich vermag das auch nicht annähernd zu erklären, was geschah, nachdem Sullivan die Gutenachtgeschichte zu Ende erzählt hatte.

Ich machte das Licht an und entfernte langsam das Laken von ihrem Körper. Wieder stand ich einen Moment lang neben ihr, und sie sah mir zu. Ich kniete mich auf das Bett und sah auf sie hinunter. Ich nahm ihre Hand, legte sie an mein Gesicht und biß ihr in die Finger und leckte sie. Sie schmeckten nach duftloser Seife. Ich legte unsere beiden rechten Hände auf ihre rechte Brust. Meine Hand führte ihre zu ihren eigenen Lippen, ihren Körper entlang zur Innenseite meiner Oberschenkel und hinauf zu meiner Brust und meinem Mund. Sie war eine Künstlerin, und ich fragte mich, ob sie meinen Körper, den sie vor dieser Nacht noch nie wirklich gesehen hatte, schön fand. Ich legte ihre Hand zwischen ihre Beine, die, ein anzügliches Kunstwerk, geschlossen waren. Ich legte mich bäuchlings aufs Bett, biß ihr in die Finger und leckte sie. Sie schmeckten jetzt nach Bad und leichtem Schweiß. Ich blickte in die Öffnung. Ich spielte mit dem weichen Fleisch und den gekräuselten Haaren. Ich küßte ihre Finger, Zeigefinger und Mittelfinger waren jetzt um das lange Loch herumgebogen, und dann war ihr Mittelfinger in meinem Mund, und ich saugte am Knöchel und suchte mit meiner linken Hand ihr Gesicht, mein Zeigefinger fand ihre Lippen, und sie saugte an ihm und leckte ihn.

Mit meinem Kopf und meinen Ohren drückte ich ihre Schenkel auf, und langsam, widerwillig, sehr kunstvoll und lüstern gaben sie nach, und dann, mit der Zunge bis zur Wurzel schwamm ich in meinem Dasein einer so befriedigenden Niederlage entgegen, daß sich kein bloßes Sinnesvergnügen feststellen oder verbuchen ließ. Ich war wieder auf den Knien, hoch über ihr, und tauchte hinunter zu ihren Brüsten und leckte und schnüffelte, spielte mit ihnen, schlug mit meinem Finger leicht gegen die Brustwarzen. Ich bat sie, sich an die Wand zu stellen, mit dem Gesicht zum Bett. Sie tat es. Ich lag in der Mitte des Bettes, Arme und Beine weit ausgebreitet. Sie sah mich an. Ich brauchte nur leicht meinen Kopf zu heben und einen Blick auf meinen Unterleib zu werfen. Sie näherte sich langsam, so wie alle lüsternen Annäherungen verlaufen müssen, kniete sich am Fußende des Bettes nieder, legte die Hände um meine Knöchel, und während ihre Hände meine Beine hinaufwanderten, senkte sie sich mit sichtbarer Bedächtigkeit herab, die Pantomime eines Wesens, das seit Jahrhunderten vor sich hingräbt. Ihre Hände waren jetzt da, und sie sammelten sich zu einem kleinen kurzen Reigen der Phallusanbetung, und dann war er in ihrem Mund, und ich begann mich zu winden und zu krümmen. Schon bald zwang ich mich, sie zu bitten, aufzuhören, und dann war ich wieder auf den Knien, und sie lag auf dem Rücken und blickte zu mir hoch. Ihr Kopf war diesmal am Fußende des Bettes, und die schlichte Tatsache dieser Umkehrung, dieser Drehung auf einer Achse, erschien mir ungeheuer geil. Ich spielte wieder etwas mit ihren Brüsten. Ich küßte sie auf den Mund. Abscheulichkeit. Ich züngelte ihr wieder zwischen den Beinen und küßte sie ein weiteres Mal auf den Mund in einem Traum von Rädern in weißen Räumen, und dann drang ich in sie ein, entwickelte die wesentliche Topographie, und indem ich in sie eindrang, wurde ich von ihr besetzt, eine weitere Drehung auf einer Achse, falsch herum auf dem Bett, das Heer von der Stadt besetzt. Abscheulichkeit. Ich fing an, ihre Gedanken zu denken oder das, was ich für ihre Gedanken hielt. Ich wurde für mich selber zur dritten Person. (Oder für sie.) Und in ihr drin, so tief ich eindringen konnte, so hart und wild, wie ich es vermochte, lauschte ich auf das, was sie dachte. Kleines Muttersöhnchen. Er will alleine aufwachen. Michelangelos David. Wespe des Wilden Westens. Endlich ist er zu Hause.

Ich roch den Duft von Keksen im Ofen. Es hielt nur einige Sekunden lang an. Dann sank ich wieder ins Bett, und es war wie ein Feld, auf dem sich eine Anzahl Truppen zum Schein als Tote niedergelegt und ihre Gerüche gegen den Duft der Erde eingetauscht haben, mit einem herrlichen Gefühl, wie sie es seit den Spielen der Kindheit nicht mehr erlebt hatten. An dieser Stelle schlief ich wieder ein. Als ich wieder erwachte, war ich nicht einmal erstaunt, mit welcher Leichtigkeit ich die vergangene Nacht wegstecken konnte. Es ist soviel leichter, Wirklichkeit zu begraben als Träume loszuwerden. Ich duschte und rasierte mich. Mit meiner Nagelschere stutzte ich mir ein paar Haare, die mir aus den Nasenlöchern herauswuchsen. Ich sah nicht schlecht aus, angesichts der Umstände, daß der Filmabschnitt fertiggestellt und aus mir herausgerissen war (lauter Blut und Augen), der schwarze Wunsch erfüllt (mit aller Panik, die einen solchen Augenblick begleitet), und daß ich kaum Geld in der Tasche und kein besonderes Ziel mehr hatte.

1) New York erwartete mich nicht mit Mikrophonen und Flotten geschmückter Limousinen, diese süße alte babylonische Filmhure einer Stadt mit einem Gähnen wie Mae West.
2) Der Sender hatte inzwischen meine unternehmerischen Überreste in irgendeinem Aktenschrank entsorgt, der die Aufschrift trug *Bis zur Rückkehr der Seele aus der Vorhölle*.
3) In Fort Curtis zu bleiben kam nicht in Frage. Die Stadt war jetzt bloß noch die Summe ihrer ungefilmten Monotonien.
4) Der Camper erschien mir jetzt tabu für mich. Was konnten Sullivan und ich uns sagen? (Was hatten wir uns je gesagt?)

Aber im Spiegel, angesichts der Umstände, sah ich nicht schlecht aus. Ich war nach wie vor David Bell. Ich putzte mir die Zähne, zog mich an und ging zum Sessel, um mir die Fingernägel zu schneiden. Vielleicht könnte ich nach Montana fahren und mich in eine Kellnerin in einer weißen Imbißstube verlieben. Kanada könnte nett sein, der westliche Teil, denn es war eine der allerletzten nicht-schuldigen Regionen der Welt. Ich könnte ein

Jahr lang Haschisch rauchend vor der Blauen Moschee in Istanbul hocken. In diesem Moment kam eine Frau herein, die über einer Latzhose und einem Pullover ein offenes Gewand trug. Ich hatte sie noch nie zuvor gesehen. Sie wechselte die Laken, boxte mehrmals in das Bett und schlug im Karatestil mit der Handkante gegen das Kissen. Sie warf mir diesen kurzen, analytischen Blick zu, mit dem alle Hotelangestellten die Biographien der Gäste errechnen. Ich fuhr fort, mir die Nägel zu schneiden, und sah zu, wie silberne Schnipsel durch die Luft sprangen. Sie war mit dem Bett fertig und schmiß die gebrauchten Laken hinaus auf den Gang. Dann griff sie hinter den Türrahmen und zog einen Staubsauger herein. Sofort zog ich die Beine an. Sie machte das Gerät an und begann zu saugen, wobei sie mit der einen Hand die Stange führte und mit der anderen versuchte, sich die Haare aus dem Gesicht zu wischen. An den Füßen trug sie dicke weiße Socken und Halbschuhe. Das Gewand war gürtellos und riesig, möglicherweise gehörte es ihrem Mann. Das Gerät kroch an mir vorbei, fraß meine Fingernägel, und ich hob meine Füße hoch und legte sie auf den Sessel. Sie ging auf die Knie und wollte grade unter dem Bett saugen, als sie sich umdrehte und mich ansah. Ich könnte nach Texas gehen.

«Hier unten liegen Zigaretten und eine Schachtel Streichhölzer. Wollen Sie die haben oder nicht?»

«Nein», sagte ich.

Sie saugte sie auf. Ich hatte keine Ahnung, wie spät es war. Meine Fingernägel in dem Gerät. Die Haare von meinem Bauch und meinen Eiern zwischen den Laken im Gang. Sie befestigte eine kleine Bürste an dem Rohr und säuberte die Jalousie.

«Das ist ein Vaculux, stimmt's? Mein Vater hat früher mal für die geworben. Das ist schon Jahre her. Er läßt sich jetzt einen Bart wachsen. Allein schon bei dem Gedanken daran wird mir unbehaglich.»

«Ich mach hier nur meinen Job», sagte sie.

Dann verließ sie leise das Zimmer, eine weitere bedeutungslose Szene, die in meiner Erinnerung haften bleiben würde. Meine Füße waren immer noch auf dem Sessel. Untätigkeit ist der Anfang jenes Wissens, an dessen Ende die Erkenntnis steht, daß keinerlei Tätigkeit nötig ist. Es arbeitet sich zu sich selbst vor und dann wieder zurück, und es gibt nichts Entspannenderes und Genußvolleres. Das Zimmermädchen hatte die Tür offengelassen, und jetzt stand Sullivan in ihrem Zigeuner-Trenchcoat da. Wir lächelten uns an. Wenn ich nur lange genug in diesem Sessel bliebe, würden sie alle zu mir kommen, Kanzler, Präfekten, Kommissare, Würdenträger, um zu erfahren, was ich wußte, das ihnen von Nutzen sein konnte.

«Noch mal da, um den Tatort zu besichtigen?» fragte ich.

«Darf ich mich setzen?»

«Bitte.»

Sie setzte sich am Kopfende des Bettes aufs Kissen und imitierte meine Haltung, die Knie hoch und zusammengepreßt, die Hände darübergefaltet. Über ihr an der Wand – eine Lücke zwischen den Wörtern – hing eine Lithografie, die einen Indianer zeigte, der in einem Kanu über einen Bergsee paddelte. Ich habe an viel früherer Stelle gesagt, daß ich bei der Beschreibung von Sullivan versuchen wollte, jede Analogie zu vermeiden, aber in diesem Augenblick wirkte sie selbst wie eine Indianerin, eine rächende Squaw, die nach der Schlacht den Hügel herabkommen würde, um den toten Kavalleristen die Zungen herauszureißen, damit sie das Büffelfleisch der Geisterwelt nicht genießen könnten. Wie Black Knifes Tochter wirkte sie, ein fachmännisch gearbeitetes Stück Mord.

«Ich hoffe, du hast mich heute morgen nicht vermißt, David. Ich konnte nicht schlafen, und so bin ich zum Camper zurückgelaufen. Ich dachte, dir würde das nichts ausmachen.»

«Was hat sich ereignet? Was ist geschehen oder passiert? Es scheint mir entgangen zu sein.»

«Es hatte aufgehört zu regnen, und dann sind die Phantasien zum Spielen herausgekommen. Dein Amateurfilm hatte dich in einen qualvollen Zustand versetzt. Ich habe versucht, dich zu trösten. Du wolltest in Sünde getränkt werden, und so machte ich es mir zur Aufgabe, dir dabei zu helfen. Alte Freunde haben gewisse Verpflichtungen einander gegenüber. David, ich liebe und hasse dich von ganzem Herzen. Ich liebe dich, weil du ein wunderschönes Wesen und ein braver Junge bist. Du bist unschuldiger als eine

Feldmaus, und ich glaube nicht, daß irgend etwas Böses in dir steckt, wenn das möglich ist. Und ich hasse dich, weil du krank bist. Bis zu einem gewissen Punkt ruft Krankheit Mitleid hervor. Aber jenseits davon Haß. Sie kommt dann einer persönlichen Beleidigung sehr nahe. Man möchte die Krankheit vernichten, indem man den Patienten vernichtet. Du bist ein so liebenswertes Cliché, mein Liebster, und ich hoffe aufrichtig, daß du zum Kern deiner Sünde gefunden hast, obwohl ich sagen muß, daß ich nichts von dem, was wir heute nacht gemacht haben, besonders ausgefallen fand.»

«Küß meinen Arsch», sagte ich.

«Brauchst du Geld?»

«Hat Brand dir gesagt, daß du mich das fragen sollst?»

«Er hat gesagt, daß du knapp bei Kasse wärst. Ich habe welches. Wir werden uns bestimmt wieder über den Weg laufen. Dann kannst du's mir zurückzahlen.»

«Ich komme schon zurecht, Sully.»

«Wo gehst du hin?»

«Nach Westen, denk ich.»

«Schreckliche Vorstellung, du da draußen ganz allein, David. Ehrlich, ich liebe dich wirklich, auf meine eigene spinnige Art. Du wirst niemand haben, mit dem du reden kannst. Und niemand, mit dem du Spielchen spielen kannst. Und die Entfernungen sind riesig. Wir stehen gleich hier gegenüber. Komm doch mit.»

«Wohin?»

«Zurück nach Maine. Und dann nach Hause.»

«Was ist mit Brand? Wird er in Maine bleiben?»

«Das weiß er noch nicht», sagte sie. «Das hängt alles von seiner Tante Mildred ab. Wenn sie etwas Geld rüberschiebt, will er's vielleicht mal mit Mexiko probieren. Wenn nicht, geht er wieder in die Garage. Seine einzige wirkliche Hoffnung wäre wieder ein Kriegseinsatz. Ich habe ihm vorgeschlagen, er solle sich wieder melden. Ich bin überzeugt, das ist seine einzige Möglichkeit zu überleben. Man muß sich seinen Dämonen hier und jetzt stellen. Stimmt's, Leftenant?»

«Mich plagen keine Dämonen», sagte ich. «Mein Problem ist

riesig, wie wir beide wissen, aber es ist ein rein ethnisches. Ich habe keine jüdischen Freunde. Wieso weißt du soviel über Brand?»

«Er erzählt mir so dies und das.»

«Hat er dir auch von seinem Roman erzählt? Der Große Amerikanische Stapel Leeren Papiers?»

«Er hat mir die traurigen Einzelheiten zugeflüstert.»

«Wann war das?» fragte ich.

«An diesem allerersten Abend in Maine.»

«Ich kann mich nicht erinnern, daß ihr beide an diesem Abend je allein gewesen seid.»

«Er ist ins Zimmer gekommen.»

«In das, wo wir beide geschlafen haben?»

«Ja.»

«Aha.»

«Und er hat neben meinem Bett gekniet und mir Dinge zugeflüstert. Traurige kleine Dinge. Er wollte, daß ich die Wahrheit erfuhr. Ich schätze, er hat gedacht, das würde zur Entkrampfung der Reise beitragen. Ich habe ihm natürlich die Absolution erteilt.»

«Und dann bist du rübergerückt und hast ihn zu dir ins Bett gelassen.»

«Richtig», sagte sie.

«Und ich war direkt auf der andern Seite des Zimmers. Wahrlich ein tiefer Schlaf. Und seitdem habt ihr's miteinander?»

«Hin und wieder.»

«Aha.»

«Ja», sagte sie.

«Was ich nicht verstehe, ist die Logistik der ganzen Sache. Wie habt ihr das geschafft?»

«Wir haben nach jeder flüchtigen Gelegenheit gegriffen. Es war wie der Frühling drangvoller Liebe. Als wir unterwegs waren, war es gar nicht leicht. Erst als wir hier waren, kam's so richtig ins Rollen.»

«Und Pike?»

«Wachdienst», sagte sie.

«Und das erste Mal war in dieser Nacht in Maine, und ich war direkt auf der andern Seite des Zimmers.»

«Es war eigentlich sehr komisch, David. Du hast geschnarcht wie Lyndon Baines Johnson.»

«Ich schnarche nicht. Ich schnarche verdammt noch mal nicht.»

Was dann folgte, hatte einen gewissen burlesken Humor an sich, einen Hauch von stilisiertem Sadismus, erinnerte an alte Zelt-Shows und Torten ins Gesicht. Ich schwang meine Beine über die Sessellehne, stemmte mich hoch und stand auf. Sullivan erhob sich vom Bett, so daß wir jetzt beide standen. In ihrem fleckigen Trenchcoat schien sie in eine Demonstration hineinzugehören, die dreißig Jahre überfällig war.

«Warte hier», sagte ich. «Ich möchte von den andern Abschied nehmen. Der Handschlag mannhafter Kameraden. Wir werden auf das Schicksal trinken.»

«Und worauf werden wir beide trinken, David?»

«Auf meine Gesundheit natürlich.»

Ich kletterte hinten in den Camper. Pike und Brand spielten Rommé mit Zehn. Pike redete gerade über die Dingos von Australien und sah nicht auf, als ich eintrat. Ich stellte mich hinter ihn, legte meine Hände auf seine Schulter und drückte sie sehr fest. Endlich hörte er auf zu reden.

«Die Lady verlangt nach dir.»

«Weswegen?» fragte er.

«Zimmer 211. Aber ein bißchen zackig, Colonel.»

Er erhob sich langsam und ging raus. Ich nahm seinen Klappstuhl, drehte ihn um, so daß meine verschränkten Arme auf der Rückenlehne ruhten, als ich mich Brand gegenüber an den kleinen Tisch setzte. Er trug eine olivgrüne Army-Jacke. Ich eine grobe Kordhose und ein blaues Arbeitshemd.

«Sie hat's mir erzählt», sagte ich.

«Wer hat dir was erzählt?»

«Sully hat mir erzählt, daß ihr beide Doktor und Krankenschwesterchen gespielt habt.»

«Na und.»

«Das ist ja ein ganz schön dreistes Stück, wenn man bedenkt, daß wir beide alte Freunde sind und daß sie eigentlich mit mir zusammen war, wenn auch nicht ausdrücklich, aber auf jeden Fall implizit.»

«Dreistigkeit hilft», sagte er.

«Ich kenn sie schon seit Jahren. Du kannst dich nicht einfach so dazwischenlegen.»

«Du hast sie seit Jahren gekannt und ich seit Minuten. Das läuft aufs gleiche hinaus. Derlei Dinge müssen im Gegenlicht der Ewigkeit beurteilt werden.»

«Jetzt will ich dir mal was sagen. Schreib dir das hinter die Ohren. Hörst du zu? Sie hat dich nur deswegen drübergelassen, weil du Angst vor dem Schreiben hast. Kapiert? Ich rate dir, geh zurück zu der gottverdammten Airforce. Unser Waffensystem ist unvollständig ohne dich.»

«Ich bin wenigstens geflogen, Kumpel. Du warst ja nur ein Schützenarsch oder ein Aktenschieber.»

«Ich war gar nie dabei.»

«Das paßt.»

«Das paßt also, ja?»

«Verdammt gut», sagte er.

«Gehen wir raus, wo wir ein bißchen Bewegungsfreiheit haben.»

«Quatschen kostet nichts.»

«Eine sehr originelle Bemerkung», sagte ich.

Wir gingen durch eine schmale Einfahrt zum Parkplatz hinter dem Hotel. Dort standen drei Autos, die Stoßstangen an einen langen rechtwinkligen Balken gedrückt. Brand zog seine Jacke aus und warf sie auf den Boden. Ich griff nach den tätowierten Hunden auf seinem Unterarm und kniff sie. Er blickte mich erstaunt an und brüllte. Dann kniff er mir in den Hals. So hielten wir einander fest, uns kneifend und bemüht, keine Miene zu verziehen oder zu schreien. Ich hatte sehr starke Schmerzen. Ich wußte, ich würde es nicht mehr lange aushalten, und so ließ ich los und trat ihm gegen das Schienbein. Er zog mich an den Haaren. Dann blieben wir stehen, Auge in Auge.

«Wieso prügeln wir uns eigentlich wegen dieser häßlichen Kuh?» fragte ich.

«Sie ist nicht häßlich.»

«Dann eben fade.»

«Sie ist nicht mal fade, und das weißt du ganz genau.»

«Sie ist wohl fade.»

«Ist sie nicht.»

«Willst du nicht lieber deine Brille abnehmen?»

Wir begannen zu ringen, und dann biß er mich in die Schulter. Ich nahm ihn in einen Schwitzkasten und warf ihn über meine Hüfte zu Boden. Ich trat ihm nicht in die Rippen, obwohl nichts leichter als das gewesen wäre. Auf dem Boden liegend sah er zornig zu mir auf und preßte die Hand gegen seinen Unterleib. Das war eine sonderbare Reaktion, und ich wußte nicht, was sie bedeuten sollte.

Ich half ihm hoch, und wir gingen wieder nach vorne. Wir schüttelten uns die Hände, und dann sagte ich ihm, er könne meinen Wagen behalten oder verkaufen und das Geld behalten, so oder so gehöre er jetzt ihm. Dann ging ich nach hinten in den Camper und stahl Sullivans Radio. Ich ließ es beim Empfang und ging nach oben. Ich sagte ihnen, Brand warte schon, und wir wünschten uns gegenseitig alles Gute. Pike schüttelte mir die Hand. Sullivan gab mir einen Kuß aufs Kinn. Als sie fort waren, packte ich meine Sachen in zwei Koffer, einschließlich der Kamera, die nur etwa siebeneinhalb Pfund wog, sowie aller Tonbänder und Filmrollen. Ich beschloß, Stativ und Tonbandgerät dazulassen, außerdem einen Anzug, einen Sakko und zwei Paar Schuhe. Ich ließ den Mann vom Empfang hochkommen und sagte ihm, daß er alles haben könne und daß es wohl ausreiche, um damit die Kosten für die Renovierung des Zimmers zu decken. Er ging verwirrt von dannen. Dann masturbierte ich in die frischen Laken hinein, wobei ich eine sonderbare und entleerende Wonne verspürte, die kühle, gleichgültige Freude jener Zeiten, wo nichts vorhersehbar ist und alles was man hinter sich läßt, nur Ballast, dem niederen Klerus zur Fürsorge überlassen. Ich ging nach unten und stopfte das Radio in einen der beiden Koffer. Dann brach ich auf zum ersten

Abschnitt der zweiten Reise, zum großen suchenden Sprung hinein in die Tiefen Amerikas, zum Wildnistraum aller Dichter und Pfadfindergruppenführer, gen Westen, unserem offenbaren Schicksal entgegen, zu königlich roten Bäumen und buntem Sand, zu den goldverklärten Bergen, gen Westen, um die Schatten meines Bildes und meines Ichs zur Deckung zu bringen.

TEIL 4

KAPITEL 12

Ich falle lautlos durch mich selbst hindurch. Der Geist zieht sich zusammen, wenn eine Leidenschaft zu Ende geht, gleich ob es eine Zeit des Schmerzes oder der Liebe gewesen ist, und während ich die letzten Seiten vorbereite, habe ich das Gefühl, in ein Koma zu sinken, in einen Schlaf, der keine besonderen Schrecken birgt und doch ganz eng und bodenlos ist. Von mir scheint nur wenig übrig zu sein.

1) Äußerste Einsamkeit wird nur dann unerträglich, wenn es nichts gibt, was man einem anderen sagen möchte.
2) Heilige sprechen zu den Vögeln, aber nur Verrückte erhalten eine Antwort.

Ich habe den Punkt erreicht, wo das Münzen von Aphorismen als ein sehr würdiger Ersatz für gute Gesellschaft oder Wahnsinn erscheint. Dieser Bericht erreicht gewiß beides nicht. Zuviel wurde schon im Namen der Symmetrie entstellt. Unsere Leben waren die kürzeste Entfernung zwischen zwei Punkten, Geburt und Chaos, aber was auf diesen Seiten erscheint, stellt, in seinen geordneten Proportionen, beinahe eine Befreiung vom Chaos dar. Zuviel ist im Namen der Erinnerung vergessen worden. Die Narbe an meinem rechten Zeigefinger bleibt unerwähnt, die weiße Medizin, die ich als Kind nahm, die Äthervisionen meiner Mandeloperation. In mir klingen diese fernen Dinge nach wie purer Donner, viel dauerhafter als unsterbliche Bücher, lange und kurze Kriege, Reisen nach anderen Planeten. Kurzum, ich bin nicht schlau genug gewesen. Ich habe den mittleren Weg gewählt, weder Himmel noch Hölle, und noch soviel eigennützigen Recherchen zum Trotz lasse ich mir nicht ausreden, daß an den Extremen des Bewußtseins der Schlauheit die schärfsten Krallen wachsen. Nicht, daß dieses Werk ohne Ziel konstruiert worden wäre. Es ist ein Gegenstand, der mir lieb ist. Ich sehe sie mir gerne an, die ordentlich gestapelten Seiten, Hunderte, deren Unterschiede dem Auge verborgen bleiben. Ab und zu trage ich das Manuskript in ein anderes Zimmer, um von ihm überrascht zu werden, wenn ich das Zimmer betrete. Es verfehlt nie seine anrührende Wirkung, mein Buch auf einem Kiefernholztisch, poetisch in seiner Einsamkeit, vollkommen bewegungslos, cézannesk in dem zeitlosen Licht, das von ihm ausgeht, ein einfaches Objekt, die kastenförmige Entsprechung der Rollen, die in meinem kleinen klimatisierten Tresor liegen.

Ich bin seit einiger Zeit dabei, das Material zu sichten, Stunde um Stunde. Einiges davon strahlt eine verkrüppelte Schönheit aus – Sullivan auf der Schaukel, ganz Schatten und Bedrohlichkeit, ein langer dunkler Reiher, der durch unseren leeren Schlaf stakst. Die Episoden aus Fort Curtis sind nur ein kleiner Teil von dem, was schließlich ein Film der Stille und der Dunkelheit wurde. Das Ganze ist beinahe eine Woche lang, das ungeschnittene Material mehrerer Jahre. In der zeitlichen Folge betrachtet, wie er gedreht wurde, wird der Film immer dunkler und stiller. Da sind die Abschnitte aus Fort Curtis. Da sind Demonstrationen, Reden, Paraden, Unruhen. Da ist ein Urlaub, den ich in Vermont gemacht habe, Leute, die mein Apartment betreten, und ausgewählte Teile einer Liebesaffäre. Dann sind da lange ungeschnittene Szenen, in denen sich Freunde und Fremde vor der Kamera zu ihrem Wahnsinn bekennen. Ab da habe ich auf Ton verzichtet. Da sind Häuser, alle möglichen Häuser, von überall, wo ich war. Da sind Zeitungskioske, Ladenschaufenster, Busbahnhöfe und Warteräume. Da sind Nonnen, Hunderte, so ungeheuer schwarz und weiß, vollkommene Untertanen in ihrer langen Prozession, lautlos wie Rosenkranzperlen, die zwischen den Fingern einer Hand hindurchgleiten. Ich kehrte kurz zu Einzelpersonen zurück – Frauen und Jungs in Krankenhauskorridoren, Taubstumme beim Schachspielen, Leute in Tunnels. Das wahre Theaterstück fand sich nicht im Theater. Das wahre Theaterstück waren wir selbst, und wir brauchten Schatten, auf denen wir unsere Lichtspur hinterlassen konnten, Geschwindigkeit, um die Reihenfolge zu besiegen, unendliche Löcher, in die wir unser Bewußtsein pflanzen konnten.

Dann fing ich an, unterzubelichten, immer primitiver zu werden, indem ich Form und Licht vernichtete und versuchte, die Dunkelheit zu lösen, indem ich ganz in sie hineintrat. Am Ende des Films gibt es Museen, verhangene Szenen, die in Marmorhallen gedreht wurden, alle leer, unterseeisch in ihrer Erscheinung, erdrückt von der Dunkelheit, die sich von den Rändern der Leinwand ausbreitet, kaum sichtbare Kalksteinkönige, freundliche flämische Damen in quadratischen Rahmen und dann zum Schluß lange nichts. Ganz am Ende erscheine ich für einen kurzen Moment im Bild, in einem Spiegel, wie ich während der ersten Fort-Curtis-Szenen die Kamera halte. Diese zwanzig Sekunden Film dienen auch als Anfang.

Der Film funktioniert am besten als eine Art endgültiges Schizogramm, als eine Studie diametraler Gegensätze, die versucht, Bedeutung aufzulösen. Ich berühre den Film gerne. Ich sehe gerne zu, wie er sich durch den Projektor bewegt. Das ist mein Erfolg. In ihrer chirurgischen Ehrlichkeit haben Sullivan und Brand mich gelehrt, den Künstler zu fürchten und zu beneiden. (Brand war natürlich, wie sich herausstellte, ein Verfasser leerer Seiten. So sehe ich ihn, durchaus als einen Schriftsteller, gern auch als einen hochbegabten Handwerker – aber einer, der Worte von derselben Farbe wählte wie das Papier, auf dem sie geschrieben waren.) Ich wollte ein Künstler werden, wie sie es in meinen Augen waren, jemand, der bereit ist, mit den Komplexitäten der Wahrheit zu handeln. Ich war höchst erfolgreich. Ich schloß in Stille und Dunkelheit, bewegungslos dasitzend, ein Erschaffer von Objekten, die meine Vorliebe imitieren.

Von diesem Fenster aus kann ich den Ozean sehen, weit draußen, der da in diesem leeren bösen Schein wogt, den schlechtes Wetter über alle Gewässer legt. Später werde ich für eine Stunde oder so am Strand entlanggehen. Wenn es bis dahin aufgeklart hat, werde ich die afrikanische Küste sehen können, die große braune Kurve dieser äquatorialen Lende. Aber jetzt genieße ich die Vorfreude, ein weiteres Mal (im übernächsten Absatz) in eine viel verfilmungswertere Periode meines Lebens hineinzuschlüpfen.

Es wird kein Feuerwerk geben, wenn das neue Jahrhundert anbricht. Es wird keine Qualen im Garten geben. Jetzt da die Nacht winkt, wird die als erste angezündete Lampe jenem Mann gehören, der von einem Kliff springt und fliegen lernt, der sich zu den Tropen der Sonne hinaufschwingt und die geschlossene Hand von seiner Brust nehmend öffnet, um Feuer aus ihr herauszuschöpfen. Das Rauschen des Ozeans scheint sich in seiner eigenen explodierenden Leidenschaft zu verlieren. Ich habe eine weiße Flanellhose an.

Clevengers paläolithischer lavendelfarbener Cadillac war mit einer Klimaanlage ausgestattet, mit Flauschteppichboden, gepolstertem Armaturenbrett, Stereo-Kassettenanlage und einer Alarmanlage. Wie er da am Steuer saß, wirkte er wie ein alterfahrener Jockey, der völlig unbeeindruckt ist von der Großartigkeit seiner eigenen Ehrenabzeichen. Er war um die fünfzig, ein kleiner Mann mit einem tonbraunen, von tiefen Falten durchfurchten Nacken. Clevenger war Texaner. Er hatte mich irgendwo in Missouri mitgenommen, wo er seine Schwester und ihre Familie besucht hatte. Als ich ihm sagte, daß ich kein besonderes Ziel hätte, hatte er gegrinst und mir gesagt, ich sollte einsteigen. Er grinste den größten Teil von Kansas hindurch, und daraus schloß ich, daß es in seiner Jugend auch Zeiten gegeben hatte, wo er per Anhalter und Güterzug unterwegs gewesen war und die Nächte in Gesellschaft einsilbiger Männer im kauernden Schein von Lagerfeuern verbracht hatte. Wir übernachteten in den teuersten Motels, und zum Frühstück aß Clevenger Steak und selbstgemachte Fritten. Er war Leiter einer Teststrecke für Auto- und Lkw-Reifen am Ortsrand einer Stadt in West-Texas, die Rooster hieß. Dies war seine letzte Urlaubswoche, in der er sich um einige Privatgeschäfte kümmerte, die anscheinend ziemlich einträglich und jedenfalls sehr breit gestreut waren. Nach Kansas rissen wir eine südöstliche Ecke von Colorado ab und rasten dann quer durch New Mexico. Die Fahrt war sehr langweilig. Ständig bewegten wir uns auf den Saum von Erde und Himmel zu, kamen aber nie an, und nichts war unentdeckt, und die Zeit verwirrte sich. Übungsjets sausten im Tiefflug über Berge und Wüste. Die Vergangenheit kehrte in Plastik zurück. Das ökologische Gleichgewicht wankte allerorts, und die

Dinge schienen nicht mehr ganz die Summe ihrer Bestandteile zu sein. Die Polizisten starrten vor lauter Handfeuerwaffen. Es gab gelungene Verkehrungen geographischer und historischer Abläufe; die Speisekarte in einem grenzstädtisch eingerichteten Restaurant enthielt einen kurzen Hinweis darauf, daß der Hauptspeisesaal eine Nachbildung des Hauptspeisesaals im berühmten Cattleman in der Forty-fifth Street in New York sei. Die Leute angelten, jagten, besuchten mit ihren Söhnen die unvermeidliche neue Militäranlage und sprachen von Orten wie Phoenix oder Vegas, als erinnerten sie sich an einen teleskopisch fernen Augenblick, an irgendein verschwommenes grünes Blättchen Kindheit auf dem Planeten Erde. All diese Tage kamen im Grunde dem sehr nahe, wie man sich das Leben in einer Mondkolonie vorstellt. Überall, wo wir hinfuhren, streiften Indianer durch die Landschaft wie nach Sauerstoff dürstende Arbeiter, Männer, losgeschickt, um an einem Ort Steine zu bewegen, der nur aus Stein besteht. Kenneth Wattling Wild (aus Chicago, River Forest, U.S. Marine Corps, Leighton Gage College, Chicago, Insomnia und, zweifellos, wieder River Forest) hatte einmal geschrieben:

Der Tod kam zu zweit in der Nacht
Sein Atem satt mit Whisky-Rache.
Unsere Karabiner lagen am Fluß.

Und so erschien auch dieses, Mond und bunte Ponys, wie das Kommen und Gehen der Zeit, befreit von allem, was sie fesselt. Woran wir da vorbeifuhren und was wir hinter uns ließen, das war Literatur, und nicht so sehr Menschen und Kakteen. Seit Jahren war ich von dem großen epischen Geheimnis dieses tiefen Landbeckens gebannt gewesen, die dichten Absätze und imposanten Fotografien, der Galopp hechelnder Adjektive, Präriewahrheit und die säuberlich tötenden Adler, die in Navajo-Farben gehüllte Wüste, Bilder des surrealen Kinos, von an Pumpen festgebundenen Ventrikeln, von Chaco-Mauerwerk und der umgeschlungenen Gitarre, von Kirchenorgel-Lungen und dem Register vergangener Reiche, von Korallen an diesem sonderbaren Ort, der an ein Meer von Reliquien gemahnte, und dem gesegneten Anschein von Gott auf den Gesichtern abergläubischer Berge. Ob die Romane und Lieder sich des Landes bemächtigten oder ihm etwas Wahres wegnahmen – darum geht es weniger als um folgendes: daß das, womit ich hier beschäftigt war, lediglich ein literarisches Projekt war, ein Versuch, Muster und Motive aufzuspüren, aus etwas Wildem eine zimperliche These über das Wesen der Seele der Nation zu konstruieren. Zu formulieren. Verbindungen zu erkennen. Doch der Wind versengte die Flußbetten, beinahe ohne den Boden zu bewegen, und da gab es nichts, was ich mir als historische Erkenntnis hätte verkünden können. Selbst jetzt, wo ich dies schreibe, vermag ich nur wenig von dem zu vermitteln, was ich gesehen habe. Der Cadillac fuhr im Schnitt beinahe hundertvierzig, und seine Scheiben waren Clevengers ausgedörrten Augen zuliebe flaschengrün getönt.

Aber er wurde des Fahrens nie müde. Wir hielten nur zum Schlafen und Essen. Er machte eine ganze Reihe Telefonate, traf sich hin und wieder mit ein paar Leuten und blieb mehrmals am Rand einer Stadt eine Zeitlang stehen und betrachtete mit taxierendem Blick riesige Immobilien. Doch diese Aufenthalte wurden so abgestimmt, daß sie zeitlich mit den Essens- und Schlafstops zusammenfielen, und es ging immer bald wieder weiter. Clevenger liebte die Straße. Sie war eine gerade Linie von gekennzeichneter Länge und Begrenztheit, und man konnte sich darauf nur auf die direkteste Art und Weise fortbewegen; ein gemütliches kleines Sträßchen, das sich durchs hügeligste Bayern windet, hätte ihn in den Wahnsinn getrieben. Er ließ mich nur höflichkeitshalber ans Steuer. Wenn er nicht fuhr, sagte er kaum etwas, und ich dachte, das Steuer könnte vielleicht sein heimliches Laster sein, der einzige Kreis in seinem Leben, und ohne es war er nahezu verloren. Die Zeit rutschte vor und zurück, und die Natur war leicht schief, und ich hörte Radio. Wir wechselten zwischen Autoradio, Stereokassette und Sullivans weltverkleinerndem Kofferradio hin und her. Manchmal gelang es mir, einen lebhaften Mix zusammenzustellen, so daß Politiker oder Werbesprecher ihre Sprüche unter dem Geheul von Soul-Rock klopften. Das machte Clevenger an, und dann spielte er mit dem Gas und stieß seinen Ellbogen gegen die gepolsterte Tür. Meistens hielt ich mich ans Kofferradio, und dann war der Wagen erfüllt von den Klängen von Big Beat, Gospel, Ghetto-Soul, Jug-Bands und Dreckbands, saft- und kraftlosem College-Rock, elektrischen Obszönitäten und Verhängnissen, wilden Nashville-Fiedlern, von Ouds, Tamburinen und gierigen Trommeln, und dann, bei anbrechender Nacht, zwirbelte ich die Knöpfe auf der Jagd nach Jazz, und mit etwas Glück erwischte ich hin und wieder mal einen Fetzen katatonischen Monk oder mit Antimaterie kollidierenden Sun Ra, und irgendein Ton verknüpfte dann Teile der sich ausbreitenden Nacht miteinander, und einen Augenblick lang ergab alles einen Sinn, wenn die verrückten Harmonien jenen, die mit dem Tod um die Wette rannten, den Großteil dessen brachten, was geistig gesund war, und wenn wir in den Golf des Frühlichts hineinsteuerten, überfahren von dieser schwarzen Musik, dann fühlte ich mich fremd in meiner Liebe zu ihr, denn ich rannte mit nichts um die Wette.

Während des Frühstücks beäugte Clevenger die Kellnerin, eine Frau mit langsamen Bewegungen, die eine weiße Uniform und keine Strümpfe trug, eine Frau, die die Spannungen ihres Körpers so gut kannte, seine festen und elastischen Stellen, und wie Gehen und Stehen sie am besten zur Geltung brachten, daß ihre Uniform nach einigen Minuten mehr oder weniger überflüssig geworden war. Clevenger bestellte sein Steak gut durchgebraten und fuhr mit Daumen und Zeigefinger die ganze Länge seiner Zigarette entlang, bevor er sie sich anzündete.

«Manche Frauen legt man aufs Kreuz», sagte er. «Manche bumst man, manche vögelt man, und manche fickt man. Das da drüben ist ein Superfick der allerersten Kategorie. Das ist ein Kamelritt zu einem Ort weit unter dem Meeresspiegel. Eine einmalige Nummer nur für starke Brummer. Das ist erstklassiges Material.»

«Was mich umhaut, das ist das ‹Keine Strümpfe›», sagte ich.

«Gibt nur eins, was besser ist als keine Strümpfe. Und zwar Strümpfe. Die bringen einen richtig auf Touren. Die Welt ist in Ordnung, solange die kleinen Mädchen immer schön groß werden.»

«Wann müßten Sie zurück sein?»

«In drei Tagen», sagte er. «Ich muß mich erst noch an Phoenix ranschleichen. Komm doch mit mir runter, Dave. Die Alte wird sich über 'n bißchen Gesellschaft freuen. Sie fühlt sich einsam da draußen. Koyoten und Mexikaner. Sie ist aus San Antonio, und wenn sich die Dinge positiv entwickeln, schaff ich es vielleicht, daß wir nach San Anton zurück können. Das ist 'ne prächtige Stadt. Die kleine Frau versteht sich nicht mit meiner Schwester, sonst hätte ich sie auf unsern Trip hier mitnehmen müssen. Es regelt sich alles von selbst, wenn man nur lange genug wartet. Sieh dir mal die Beine von diesem Wesen an. Die sind einfach überwältigend. Sie ist überhaupt ein absolut überwältigendes Ding.»

«Ich glaube, ich sollte nicht mehr zu lang mitkommen. Ich habe Ihre Gastfreundschaft schon mehr als mißbraucht.»

«Mensch, mach dir deswegen bloß keine Sorgen, Dave.»

«Ich bin so gut wie pleite. Ich muß irgendwas unternehmen.»

«Du kannst eine Zeitlang bei mir arbeiten. Mensch, du kannst doch Auto fahren, oder? Komm doch mit mir runter und sieh dir mal die Strecke an. Viel springt nicht dabei raus, aber wenigstens verdienst du dir ein bißchen Kohle, während du dir deinen nächsten Schritt überlegst.»

«Vielleicht mach ich das.»

«Nichts vielleicht. Und ab jetzt laß dein Geld in der Tasche. Du brauchst nichts auszugeben. Ich habe alles unter Kontrolle. Wir werden uns noch einen ablachen, bevor die Sache hier rum ist.»

Auf dem Weg zur Toilette sagte er etwas zu der Kellnerin, worauf sie lächelte, mit ganzem Mund und zwinkernden Augen, eine schöne warme Verabschiedung und vielleicht ein verstohlener Gutschein für ein nächstes Mal. Dann waren wir wieder unterwegs, und Clevenger hätte nicht glücklicher sein können. Diese Frau hatte ein fast trockenliegendes Umwälzbecken seines Bluts in Gang gesetzt, seine Laune ganz schön angehoben, und er redete bis in den Nachmittag hinein, bei einem Reisetempo von fast hundertsechzig, über das Lenkrad vorgebeugt, so daß sein Hintern etwas angehoben war und er auf seinen Oberschenkeln saß. Er erzählte mir, er habe schon zwei Scheidungen auf seinem Konto, und dabei wackelte er mit dem Kopf und machte ein knappes Victory-Zeichen. Seine erste Frau war teils Mexikanerin, teils Apachin, teils Waliserin gewesen, und ein oder zwei Schuß Frankokanadierin. Er war neunzehn Jahre alt gewesen, als er sie kennenlernte, und sie war das schönste Wesen, das er je gesehen hatte. Ihre Probleme hatten begonnen, als sie versuchte, ihm während eines Streites wegen eines anderen Mannes das rechte Ohr abzubeißen. Clevenger zeigte auf die Seite seines Kopfes, und ich beugte mich vor, um mir das Ohr genauer anzusehen. Es hatte nichts besonders Auffälliges an sich, aber ich nickte trotzdem. Seine zweite Frau war Verkäuferin gewesen. Sie machte ihm nie Ärger. Sie verbrachte den ganzen Tag im Supermarkt und verkaufte Spielzeug und solche Sachen. Abends kochte, putzte, bügelte und stopfte sie. Clevenger fing an sie zu schlagen.

Ich hatte meine karierte Bebopper-Mütze auf. Clevenger fuhr weit nach Arizona hinein. Ich fragte ihn, wo denn das große Navajo-Reservat liege, und er sagte, ein gutes Stück weiter nördlich, was mir recht war. Wir aßen in einem himmelblauen Saloon zu Mittag, und ich ging in den Toilettenraum und betrachtete mich im Spiegel. Meine seit New York ungeschnittenen Haare waren erheblich dichter geworden, und es gefiel mir, wie sie hinter und unter der Mütze hervorquollen, die ich tief in der Stirn mit einem leichten Schlag nach rechts trug. Ich hatte mich seit zwei Tagen nicht mehr rasiert, aber es sah gut aus. Mir war in der Vergangenheit sogar schon öfters gesagt worden, daß ein blonder Stoppelbart ziemlich anziehend sei. Dann kam noch die Schuppenkontrolle. Am nächsten Tag begannen wir unsere letzte Etappe nach Phoenix.

«Man muß sie kleinhalten», sagte Clevenger.

«Wen?»

«Jeden, der einen einengen will.»

Wir kamen an einem jungen Mann am Straßenrand vorbei, aber er hatte keine Gitarre dabei, und außerdem hätte Kyrie in der kurzen Zeit unmöglich so weit laufen können. Hinter der Windschutzscheibe war die Erde eine blaßgrüne Lymphe, als wäre irgendwas mit der Sonne nicht in Ordnung und würde unsere kranke Zivilisation jetzt in einem Aqua-Licht dahinsiechen. Gute Gebärmütter und schlechte Gebärmütter. Die Erde krümmte sich. Ich sah in dem Moment mein Apartment vor mir, leer und dunkel und still, Möbel von John Widdicomb, Anzüge von F. R. Tripler und J. Press, Kunstbücher von Rizzoli, Teppiche von W & J Sloane, Kamin-Accessoires von Wm. H. Jackson, Besteck von Bonniers, Gläser von Steuben, Schuhe von Banister, Gin von House of Lords, Hemden von Gant and Hathaway, Stereo-Anlage von Garrard, Stanton and Fisher, Krawatten von Countess Mara, Handtücher von Fieldcrest, dies und das von Takashimaya. Wir aßen in einer riesigen verglasten Cafeteria zu Mittag, die ein wenig abseits vom Highway lag. Draußen standen etwa ein Dutzend Trailer-Trucks. Nach dem Essen rief ich per R-Gespräch bei mir zu Hause an und hörte zu, wie das Telefon in den leeren Räumen klingelte. Es war ein trauriges und schönes Gefühl, und ich konnte sehen, wie sich Tische, Bücher und Fenstersimse mit Staub bedeckten. Alles war still, und ich konnte durch die Zimmer wandern, die Kante des Kaminsimses berühren, die Seiten eines Buches umblättern, das aufgeschlagen auf dem Couchtisch lag. Mit dem Zeigefinger zog ich eine breite Linie durch den Staub auf dem Radio. Ich blies gegen den Duschvorhang, blickte in den Spiegel über dem Waschbecken und hörte mir das Klingeln des Telefons an. Ich hatte dieses Buch einige Wochen zuvor gelesen, und es schien möglich, daß ihm noch irgendein kleiner sonderbarer Äther anhaftete, womit aus einem feuchten Finger, der ein Blatt umwendet, ein Augenblick der Ewigkeit geworden wäre. Dann waren die Zimmer wieder leer, sogar in meiner Vorstellung. Ich war nicht dort, und nichts bewegte sich. Da war nur das Klingeln des Telefons.

Die Truck-Fahrer saßen in einer Art beherrschtem Delirium über ihre Kaffeebechern gebeugt, Männer, die schon tausendmal getan hatten, was getan werden mußte, und es allzugut verstanden. Wir fuhren wieder weiter. Clevenger, hinterm Steuer, deutete auf eine Ansammlung von zehn oder zwölf kleinen Behausungen, die in einem flachen Tal etwa dreihundert Meter hinter der Straße standen. Es schienen Hütten aus Holz und Lehm zu sein. Er ging vom Gas und fuhr an den Straßenrand.

«Da sind sie», sagte er. «Vor einem Jahr waren es erst drei oder vier. Jetzt sind es schon an die zwanzig, wie ich höre.»

«Wer ist das?»

«So'ne Truppe junger Leute. Jünger als du. Leben da unten mit den Indianern zusammen. Keine Ahnung, was das soll. Ich hab gehört, die beanspruchen irgendwelche Landbesetzerrechte. Das Land, auf dem die da sind, gehört dem Staat, es ist also nur eine Frage der Zeit.»

«Ich würde mir das gerne mal näher ansehen. Was dagegen?»

«Wir leben in einem freien Land, mein Junge.»

«Vielleicht sollte ich gleich meinen Krempel mitnehmen. Ich hab Ihnen schon lange genug Umstände gemacht.»

«Ich hab eine Idee», sagte er. «Geh du da rüber und sieh dir's an. In der Zwischenzeit fahr ich nach Phoenix rein und hol dich dann, sowie ich kann, wieder ab. Muß da noch zwei Judenbürschchen zuvorkommen. Das ist in ein paar Stunden erledigt. Dann geht's weiter.»

«Ich habe Ihnen wirklich schon genug Umstände gemacht, Mr. Clevenger.»

«Jetzt beweg deinen Arsch dahin, mein Junge. Und gewöhn dir mal an, mich Cap'n zu nennen. So nennen mich auch die Jungs unten an der Strecke.»

Ich rutschte die Böschung hinunter und ging über ein Feld mit flachen Steinen und Beifuß. Die Hütten waren nach keinem erkennbaren Muster angeordnet, und es schien keinen Dorfplatz oder ein Zentrum zu geben. Ein paar Leute saßen auf dem Boden – zwei junge Männer und eine weiße junge Frau, die ein indianisches Baby auf dem Arm hatte. Ich setzte mich neben einen der Männer. Er trug weder Schuhe noch Hemd, und als Hose trug er eine über den Knien abgeschnittene braune Jeans.

«Dave Bell», sagte ich. «Will mich nur mal umsehen.»

«Ich heiße Cliff. Das hier ist Hogue. Das ist Verna, und das Baby heißt Tommy. Oder ist das Jeff?»

«Das ist Jeff», sagte der andere Mann.

«Ihr lebt also mit den Indianern zusammen. Wie ist das so?»

«Das ist das totale Erlebnis», sagte Cliff. «Das hängt die andern

Scenes meilenweit ab. Wir leben hier alle wie richtige Personen. Hier herrscht sehr viel Liebe, obwohl es manchmal ein bißchen eintönig wird.»

«Sind das hier Navajos oder was?»

«Es sind Apachen. Abtrünnige von einem Apachenstamm, der etwa hundert Meilen östlich von hier lebt. Mehr oder weniger Dropouts. Sie haben sich geweigert, Rancher zu werden, so wie der Rest ihres Volkes. Im Moment sind es nur elf, aber wir erwarten noch mehr. Wir sind zu achtzehn. Wir hätten gern, daß sie mehr sind als wir. Das ist ein emotionaler Faktor.»

«Ich möchte hier nicht gleich den Kritiker spielen, von denen kommen hier wahrscheinlich mehr als genug vorbei, aber ich glaube, ich verstehe nicht ganz, was ihr eigentlich erreichen wollt.»

«Erreichen wollen wir gar nichts. Wir wollen bloß nichts mehr mit diesem Todesfest da draußen zu tun haben.»

«Da kommt Jill», sagte Hogue.

Sie war sehr dünn und schien sich uns seitwärts zu nähern, in kleinen Sprüngen und Hüpfschritten. Sie war sicher noch keine achtzehn. Sie hatte rotbraunes Haar, und ihre Nase war von mehreren Dutzend blassen Sommersprossen umschwärmt. Nach gegenseitiger Vorstellung und weiteren Kommentaren bot sie an, mich durchs Dorf zu führen. Mir gefiel, wie ihr Zahnfleisch zum Vorschein kam, wenn sie lächelte.

«Ich komme aus Trenton, New Jersey», sagte sie.

«Und ich aus New York.»

«Nachbarn!»

Sie trug ein weißes Herrenhemd, die Zipfel um die Hüfte gebunden, und über den Knien abgeschnittene Bluejeans. Wir betraten eine der Hütten. Der Boden bestand aus nackter Erde, die mit einem Teppich bedeckt war. Ein paar Strohmatten, ein Schlafsack, ein paar zusammengerollte Decken, gegen eine Wand gelehnt ein Druck von Matisse und das war's. Auf einer der Matten schlief ein Mann mit blauen Haaren. Es war heiß und dunkel. Wir setzten uns auf den Boden.

«Bist du glücklich?» fragte ich.

«Wir sind alle glücklich. Das hier ist der glücklichste Ort der Welt. Ich meine das ganz ernst.»

«Sind die Indianer glücklich?»

«Schwer zu sagen. Sie reden nicht viel. Aber glücklicher als vorher müssen sie schon sein, sonst würden sie ja wieder als Rancher arbeiten.»

«Du bist ja noch ganz schön jung, um so zu leben. Was keine Kritik bedeuten soll. Bist du von zu Hause weggelaufen?»

«Ich bin mit meinem Dad zusammen weggelaufen. Mom hat uns schier wahnsinnig gemacht. Das war Psychorama, rund um die Uhr. Klar, ich liebe sie trotzdem, aber es ist richtig schlimm geworden. Sie hat nur noch gesoffen und geraucht und ständig meinen Vater im Büro angerufen und beschimpft. Dann kam er irgendwann abends nicht mehr von der Arbeit nach Hause. Und danach hat er mich an der Schule abgeholt, und dann haben wir heimlich meine Sachen aus dem Haus geholt, als sie gerade einkaufen war, sind ins Auto rein und weg. Mein Dad ist jetzt in Tempe und versucht dort, eine chemische Reinigung aufzuziehen. Er besucht mich hier immer am Wochenende.»

«Wird dir nicht langweilig?»

«Alles ist besser, als für die Todesmaschine zu arbeiten. Wir versuchen, uns hier alle gleich anzuziehen. Schlicht und schön. Aber das ist nicht wie irgendso eine Uniform. Das gehört einfach zum einheitlichen Bewußtsein der Gemeinschaft. Jeder ist du, und du bist jeder, so in der Art. Sex läuft meistens autoerotisch ab. Man kann zusehen, wie jemand es mit sich selbst macht, und der- oder diejenige kann dann wieder bei einem selber zusehen. Das ist besser so, weil es wirklich sauberer und reiner ist, und es ist alles eins, und man kann es mit verschiedenen Leuten machen, ohne daß gleich jemand sein Schrotgewehr holen geht, wie draußen in der Todesfabrik. Manchmal ist es nicht auto, aber meistens, und es ist meistens auch nur zu zweit, weil zu zweit immer noch am schönsten ist. Ich weiß nicht, wie das bei den Indianern läuft.»

«Hör mal, Jill, ich bin kein Reporter oder so was, du brauchst mir also nichts Privates oder Intimes zu erzählen.»

«Ist schon okay», sagte sie. «Ich würde dir alles erzählen, weil du mich an meinen Bruder erinnerst. Er wurde von der Polizei umgebracht.»

«Das tut mir leid.»

«Ist schon okay. Ich habe ihn sehr geliebt, aber ich war nicht traurig. Das muß man hinter sich lassen.»

«Wer ist denn der Typ da drüben?»

«Das ist Incredible Shrinking Man. Er schläft hier jeden Tag um diese Zeit. Nachts geht er in die Wüste. Er hat mit der ganzen Sache hier angefangen. Er hat soviel Liebe zu verschenken. Bald werden sie ihn auch umbringen. Er glaubt an die Wahrheit von Science-fiction. Der Kosmos ist Liebe. Irgendwas ist da draußen, und wenn wir erst mal gelernt haben, es willkommen zu heißen, statt zu fürchten, dann werden wir feststellen, daß die Botschaft, die es uns schickt, Liebe heißt. Sein Name kommt von dem Titel eines alten Sci-fi-Films. Nachts geht er in die Wüste, um nach UFOs Ausschau zu halten. Er hat schon viele gesehen. Wir haben alle schon welche gesehen. Das ist hier eine gute Gegend für Sichtungen. Das ist auch einer der Gründe, warum er die Gemeinschaft hier draußen gegründet hat. Die Sicht ist sagenhaft gut. Sie werden ihn also umbringen, weil er Liebe predigt.»

«Ich glaube auch an die Untertassen.»

«Das tun fast alle», sagte sie. «Aber die Leute haben Angst, sich Dinge einzugestehen. Wenn wir lernen könnten, willkommen zu heißen, statt zu fürchten, dann würde das ganze Universum von Liebe wogen. Aber das Todesfest ist ständig im Gange. Das macht es manchen Leuten schwer.»

«Ich kannte mal jemand im College, der genau das gleiche gemacht hat wie ihr. Er ist einfach so von der Schule weg, um mit den Havasupai-Indianern zusammenzuleben. Er hat vierzig oder fünfzig Pfund abgenommen.»

«Die sind nördlich von hier. Ich glaube, es sind Farmer und Pflanzer.»

«Würde mich interessieren, ob er immer noch da ist. Leonard Zajac. Ein brillanter Junge.»

«Das hier ist die einzige Gemeinschaft, die sci-fi-orientiert ist.»

«Dann kenn ich noch einen, der gerade zu Fuß nach Kalifornien geht», sagte ich.

Incredible Shrinking Man stützte sich auf seine Ellbogen auf. Er hatte eine karierte Bermuda-Shorts an. Er war gut gebräunt und sehr muskulös, was das vage Gefühl von Unterernährung, das der Gegend anhaftete, beseitigte. Seine Haare reichten ihm fast bis auf die Schultern. Als wir uns erhoben, um uns die Hände zu schütteln, sah ich, daß er an die zwei Meter drei groß war, mit einer breiten, unbehaarten Brust und schmaler Taille. Er hatte einen sanften Händedruck. Ich ertappte mich dabei, daß ich fest drückte. Dann setzten wir uns wieder.

«Interessant, was ihr hier habt.»

«Die Einheimischen haben Angst vor uns», sagte er. «Sie begreifen nicht, daß wir eigentlich viel konservativer als sie sind. Das hier ist eine sehr konservative Siedlung. Wir wollen an den alten Dingen festhalten. Dem Land. Den Gebräuchen. Den Worten. Den Ideen. Leider wird Wildnis bald nur noch eine Erinnerung sein. Dann werden die Untertassen landen, und unsere Kinder werden gezwungen sein, die neue Technologie zu akzeptieren. Wenn sie nicht darauf vorbereitet sind, wenn wir sie nicht darauf vorbereiten, wird es eine große Verwirrung geben. Wir müssen lernen, die Tatsachen der Technologie zu akzeptieren ohne die Emotion, die sie hervorruft, den Todestrieb. Aber bald wird der Große Staat uns dieses Land wegnehmen und Silos, Raketen und Laserkanonen installieren, um die UFOs abzuwehren. Der Große Staat biept am Schluß alles weg. Die Durchgeknallten sind am Drücker. Zuhälter und Gehirnwäscher bauen ihre Machtpositionen aus. Die Lösung heißt Ununterscheidbarkeit. Werde ununterscheidbar von deinem Nachbarn und seinem Nachbarn und dessen Nachbarn. Der Todeszirkus kommt in die Stadt, und gutartiger Totalitarismus ist die einzige mögliche Erwiderung darauf.»

«Ich bin kein Journalist», sagte ich.

«Wer immer du bist, du bist willkommen. Jeder ist willkommen. Liebe lebt in unserer eigenen Galaxie. Wir singen um neun.»

«Jill hat gesagt, du hättest schon eine Menge UFOs draußen in der Wüste gesehen.»

«Er nennt sie Liebes-Objekte», sagte sie.

«Ich habe schon Dutzende gesehen. Mit Liebe gefüllte Nachtdinger. Aber sie landen erst, wenn die Zeit reif ist. Es ist da draußen. Jupiter und jenseits des Unendlichen.»

«Ich habe meine eigene Theorie über UFOs», sagte ich. «Sie kommen gar nicht aus dem äußeren Weltraum. Sie kommen aus den Meeren. Aus den Tiefen unserer eigenen Meere.»

«Wer steuert sie?» fragte Jill.

«Delphine.»

«Er macht bloß Witze», sagte sie zu Incredible Shrinking Man.

Wir setzten die Besichtigung fort. In einer der Hütten saßen ein paar Apachen und spielten Karten. Das Mädchen, das Verna hieß, hatte immer noch das Indianer-Baby im Arm. Eine Gruppe von acht jungen Männern und Frauen, die alle ein paar Jahre älter als Jill zu sein schienen, saßen im Staub und spielten Jacks. Am Rand der Gruppe kniete ein etwa vierzehnjähriger Junge, ein Indianer. Neben ihm auf dem Boden lagen zwei Fängerhandschuhe und ein Baseball. Ich hob einen der beiden Handschuhe auf, ein sehr altes Luke-Appling-Modell. Ich spuckte in die Handfläche und boxte ein paarmal hinein. Der Junge stand auf, und wir gingen langsam an der letzten Hütte vorbei und fingen an zu spielen. Zunächst standen wir nur etwa zehn Meter voneinander entfernt und warfen uns den Ball zum Aufwärmen gemächlich zu. Dann verdoppelten wir die Distanz und warfen uns etwas härtere Bälle zu. Dann wich er noch mal drei Meter zurück und ging zu Schleuderbällen über. Es war trocken und sehr heiß am Rand der Wüste. Ich fühlte mich großartig. Der Junge hatte einen starken und präzisen Wurf. Der Handschuh war weich vom vielen Gebrauch, nicht so gut gepolstert wie die späteren Modelle, und meine Hand begann zu brennen. Er entfernte sich noch weiter, und ich warf ihm ein paar hohe Flugbälle zu, die er umgehend zurückschickte. Ich zog mein Hemd aus. Die Sonne fühlte sich gut an, und auf Gesicht, Nacken und Oberkörper brach üppiger Schweiß aus. Der Junge bewegte sich, Staub aufwirbelnd, leicht über das mit Grasbüscheln bestandene Gelände und verzögerte absichtlich seinen Spurt nach dem Ball, um einen Über-die-Schulter- oder Rückhandfang zu machen.

Meine Hand tat jetzt sehr weh, und ich fühlte mich so gut, wie seit Jahren nicht mehr. Ich warf ihm weiterhin lange, hohe Flugbälle zu, mal auf die eine Seite, mal die andere, und der Junge scherte aus, kürzte ab, tänzelte rückwärts, seines Terrains immer sicher, wich den größeren Steinen aus, ohne je den Blick vom Ball zu nehmen. In meinem Bauchnabel sammelte sich Schweiß, ich rieb ihn mit meiner rechten Hand weg, rieb dann die Hand über den Boden, wischte den klebrigen Staub an meiner Hose ab und blies auf meine Hand, um sie noch mehr zu trocknen, und dann lehnte ich mich zurück und schleuderte einen weiteren Flugball im hohen Bogen in den Mund der Sonne. Auf dem Baseball waren schon seit langem jegliche Spuren von Beschriftung verschwunden.

Wir gingen ins Dorf zurück. Ich drapierte mir das Hemd um den Nacken. Jill kam uns entgegen, und dann war der Junge plötzlich verschwunden. Wir setzten uns auf den Boden, und dann legte sie einen Finger auf meine Brust und führte ihn an ihre Lippen. Wir blickten einander einen Moment lang an.

«Wieso färbt er seine Haare blau?» fragte ich.

«Aus Eitelkeit.»

«Aber weswegen?»

«Der Eitelkeit wegen», sagte sie. «Es ist dumm, seine Eitelkeit zu unterdrücken. Liebe deinen Körper, und du tötest den Tod in deinem Innern.»

«Da gibt es aber einige Ungereimtheiten.»

«Ich finde seine Haare schön so. Warum soll er keine blauen Haare haben, wenn ihm das gefällt? Fühlst du dich dadurch irgendwie bedroht? Jetzt mal ernsthaft, was für einen Schaden richtet er damit an? Wenn du dich sein läßt, was du sein willst, körperlich und seelisch, dann kannst du viel von dem Tod in deinem Innern töten.»

«Ich lasse mich liebend gerne von den sehr Jungen belehren. Daraus schließe ich, daß ich noch kein hoffnungsloser Fall bin.»

«Ich könnte dich nie belehren», sagte sie. «Und ich könnte auch nie sauer auf dich werden. Und das ist nicht nur wegen der Sache mit dem Bruder. Du bist so schön.»

«Und du meinst, das ist wichtig.»

«Jugend und Schönheit sind immer wichtig. Das haßt die Todespolizei am meisten. Sie wollen uns gleichzeitig umbringen und ficken.»

«Ich muß zugeben, er ist eine auffallende Erscheinung. Ich nehme an, die Indianer halten ihn für einen Gott.»

«Die Indianer halten ihn für einen Schwulen», sagte sie und kicherte eine kleine Weile. Dann schlug sie sich zur Strafe aufs Handgelenk.

«Wenn du lächelst, sieht man dein Zahnfleisch», sagte ich. «Davon krieg ich eine fast todbringende Lust.»

«Und ich wurde ganz zittrig, als ich dich vorhin berührt habe.»

«Mach's noch mal.»

«Lieber nicht», sagte sie.

«Deine Augen sind haselnußbraun.»

«Willst du bei uns bleiben?»

«Ich weiß nicht. Vielleicht sollte ich lieber immer weitergehen. Ich versuche, vor mir selbst davonzulaufen.»

«Ist das irgendwie so was wie eine Selbstmordphase?»

«Ich glaube nicht.»

«Falls doch, könnte dir mein Vater wahrscheinlich helfen. Er ist ein toller Kerl. Deswegen reagiert meine Mutter ihre ganzen Verdrängungen bei ihm ab.»

«Hast du zugeguckt, als ich mit dem Jungen Ballfangen gespielt habe?»

«Er-staunlich.»

«Baseball ist so schön und träge. Das ist unsere Version des Café-Lebens. Man sitzt da rum, und nichts passiert. Ich finde es herrlich. Die Saison beginnt jetzt gerade. Wenn wir jetzt 1955 hätten, könnte ich auf der Zuschauertribüne des alten Polo-Geländes sitzen und zugucken, wie die Giants gegen die Cubs spielen. Überall um mich herum wären hemdlose alte Männer mit eingefallenen rosa Brüsten, die Hosen bis über die knochigen Knie hochgekrempelt. Wie das ist? Das ist wie eine Küste am Ende der Zeit. Jill, deine haselnußbraunen Augen rauben mir den Verstand. Es ist schön, hier zu sitzen. Ein kleines Pläuschchen zu unserm staubigen Tee. Ermüdung ist heutzutage so ein Luxus.»

«Du solltest bleiben», sagte sie.

«Es kommt mich jemand abholen. Ich wundere mich, daß er noch nicht aufgetaucht ist.»

«Wir sind hier in einem Teil der Welt», sagte sie, «in dem Leute nicht immer auftauchen.»

Wir gingen zur Hütte zurück. Incredible Shrinking Man, fast so groß wie die Hütte selbst, stand draußen, nur mit seinen Bermuda-Shorts bekleidet, sein Körper hatte die satte Temperafarbe von Pennies, die blauen Haare hingen glatt herunter, und an seinen Armen zogen sich tiefe Muskelstränge entlang. Es war ein erstaunlicher Anblick, und während wir uns näherten, nahm ich mein Hemd von meinem Nacken herunter und zog es an. Später holte mich der Apachenjunge ab, um sich mit mir zusammen hinter seiner Hütte mit einem Schwamm zu waschen, und dann versammelte sich alles um mehrere Feuer herum zu einem Abendessen aus Hamburgern und Mais, ein Mädchen sang, sich auf einer Gitarre begleitend, einige Western-Balladen, und Clevenger kam immer noch nicht. In der Dunkelheit am Rand der Versammlung küßte ich die kleine Jill und berührte ihre sanft bebende, bedeckte Brust, und sie legte ihren Finger auf mein Handgelenk. Incredible Shrinking Man schritt hinaus in die Wüste, zum Festmahl seiner Unendlichkeit, weiße Zwerge und walzertanzende Doppelsternsysteme, der erste fiktionale Zentimeter der Weltraumodyssee. Hogue, Jill und ich machten es uns in der Matisse-Hütte zum Schlafen bequem. Es brannte ein kleines Feuer. Hogue erzählte von seinem Leben in Kanada und Mexiko, von seiner Suche nach Gold, dann nach Gott, und schließlich dem vollkommenen Vakuum. Sein Großvater hatte ganz in der Nähe dieses Geländes geschürft, ein Pistolenheld, der Maultierfleisch nicht verschmähte, aber sein Vater, das allzu ängstliche Produkt der Goldschürferzeiten, war schließlich beim Eisenwarenhandel gelandet. Wir drei lagen sehr weit auseinander. Bald erlosch das Feuer, und ich dachte, sie würde in der Dunkelheit zu mir kommen, die sommersprossige Mescalero-Maid, nach Leder und Beifuß duftend. Doch sie kam nicht. Und als ich bei Morgengrauen aufwachte, sah ich Incredible Shrinking Man, der sich in die Hütte hereinbeugte, sein nackter Körper vom Blut der Klapperschlange befleckt, die er in der Hand hielt. Jill stand auf und ging zu ihm, und dann verschwanden sie schweigend dorthin, wo man für die Waschungen des Spät- und des Frühmenschen hinging.

Der Cadillac wartete. Wir waren gerade mit dem Mittagessen fertig, und Jill begleitete mich noch bis zur Straße. Clevenger stand draußen neben dem Wagen, er trug neue Stiefel und rauchte einen Zigarillo. Als Jill sich am Fuß der Böschung verabschiedete, sagte ich ihr, sie solle noch einen Moment warten. Ich holte meine Koffer aus dem Wagen, leerte beide, füllte einen mit beinahe allen Kleidungsstücken, die ich noch besaß, und ließ ihn die Böschung zu ihr hinunterrutschen.

«Das Zeug hier kannst du verkaufen und dir dafür etwas zu essen besorgen.»

«Geh nicht», sagte sie. «Es ist schlecht da draußen.»

Zum ersten Mal, seit ich Clevenger begegnet war, fuhren wir Richtung Osten, Süden und Osten, und wenn er etwas weniger fröhlich wirkte, dann lag das vielleicht nur daran, daß ihm seine neuen Stiefel zu eng waren. Er bat mich, ihm seine Sonnenbrille aus dem Handschuhfach zu holen. Darin lag ein Revolver, ein Ding mit einem langen Lauf, wahrscheinlich Kaliber .45, und ich fragte mich, wie oft er Zielübungen machte oder in Gedanken vom fahrenden Auto aus schoß, Koyoten, Rothäute oder kleine ausländische Automobile umlegte. Und jetzt war er doppelt abgeschirmt hinter der getönten Windschutzscheibe und der Sonnenbrille, senkte den Kopf in seiner kühlen Kirche, und ich wußte, daß ich genau deswegen mit ihm zusammen war, um das äußerste Extrem aufzuspüren, die Bibel als Waffe, die hagere Jagd des gottesfürchtigen Mannes nach dem Kind, das seine Eltern verwirrte. Clevenger fuhr mit einer Hand.

«Man sollte sie in die Wüste hinausschleppen und mit der Pferdepeitsche auspeitschen.»

«Sie stören doch niemand», sagte ich.

«Das Land gehört dem Staat, auf dem die da sind.»

«Na und.»

«Hoppla, mein Junge, bist du vergrätzt? Ts-ts-ts. Ich kann's dir nicht verdenken. Ich habe wirklich versucht, gestern abend noch zurückzukommen, aber ich hab's da mit richtigen Schlitzohren zu tun gehabt. Ein übles Gemauschel. Und dann war da noch diese Frau.»

«Ist schon okay», sagte ich.

«Na komm, sag Cap'n zu mir.»

«Schon okay, Cap'n.»

«Da war diese Frau. Ein Pott warmer Sirup. Grauenhaft, jetzt nach Hause zu müssen. Die verfluchte perforierte Lunge Amerikas. Aber das ist nicht so schlimm. Wir leisten uns noch eine große Schweine-Party. Hey, siehst du diese Schlucht da drüben?»

«Ich war noch nie in Texas.»

«Ist eigentlich nicht Texas, wo wir hinfahren. Ist eigentlich überhaupt nichts. Hast du die Schlucht gesehen, an der wir gerade vorbeigefahren sind? Da steckt ein Stück Lokalgeschichte drin. Muntert mich auf, wenn ich nur daran denke, was da passiert ist. Manche Leute finden das natürlich nicht so komisch.»

«Ich höre», sagte ich.

«Ein junges Ding, etwa einundzwanzig Jahre alt. Eine süße kleine Coed-Studentin. Verbringt eine Nacht mit einem verheirateten Mann. Geht am nächsten Tag nach Hause und erzählt es Mama und Daddy. Frag mich nicht, warum. Vielleicht einfach um es ihnen unter die Nase zu reiben. Sie beschließen, daß sie eine Lektion nötig hat. Die ganze Familie fahrt in die Wüste raus, bis zu der Stelle, wo wir gerade vorbeigefahren sind. Alle drei plus der kleine Hund von dem Mädchen. Papa sagt dem Mädchen, es soll ein flaches Grab graben. Mama läßt sich auf alle viere nieder und hält den Hund am Halsband fest. Als das Mädchen mit dem Graben fertig ist, gibt Papa ihr einen Revolver Kaliber .22 und sagt ihr, sie soll den Hund erschießen. Eine richtig rührende Familienszene. Genau das Richtige für so einen religiösen Kalender zum Verschenken. Das Mädchen hält sich die Waffe an die Schläfe und bringt sich um. Na, ist das nicht ein rührendes Miststück von einer Geschichte? Gibt mir den Glauben an so ziemlich alles wieder.»

«Wir sind das einzige Land der Welt, wo Gewalt komisch sein kann», sagte ich.

«Und was meinst du, weswegen die Eltern angeklagt werden? Na, was glaubst du? Na komm, rate mal.»

«Totschlag?»

«Von wegen Totschlag. Tierquälerei. Wegen der Absicht, einen verdammten Hund zu töten, zu verstümmeln oder anderweitig zu verletzen, oder billigend in Kauf zu nehmen, daß er getötet, verstümmelt oder verletzt wird, oder der Beihilfe dazu. Das haut mir den Schwanz um. Das ist das Allerletzte vom Letzten.»

Dann heulte er, der vollkommene Rebellenschrei, ein zweisilbiger Laut, der zugleich Wildschweinruf, Kampfschrei und das Jubeln der erretteten Seele bei der Gebetsversammlung war. Clevenger war mir ein Rätsel. Er besaß Schattierungen, die das trübten, was ich ständig bei ihm zu finden erwartete. Literatur. Filme. Wir rasten durch das schuppige Land, dessen Zunge sich leckend zwischen den Gebeinen von Maultieren und Gier hindurchzuschieben schien, und alle Schilder wiesen auf nationale Denkmäler hin, auf Organ Pipe, Casa Grande, Saguaro, Chiricahua, Gila, White Sands, rührende Versuche, das lange Rätsel der Felsenbewohner einzubalsamieren, und wir glitten in den Abend hinein, den Scheitel der untergehenden Sonne in unserer Rückscheibe, die zarte Bedrohung unseres Landes, freischwänzige Fledermäuse über den flüsternden Hütten der Mystiker, und in den Bergen der Gesang aller ungeschriebenen Tode. Ich erzählte Clevenger von Incredible Shrinking Man, von seiner beeindruckenden Größe und Muskelkraft, der Energie, die von ihm ausging.

«Dem Mann muß ich noch begegnen, von dem Kugeln abprallen.»

Irgendwann in der Nacht, als ich schlaflos an einem Fenster stand und auf einen blauen Swimmingpool hinausblickte, erinnerte ich mich daran, wie ich einmal am Waldorf, an St. Bartholomew's und am Seagram Building vorbeigegangen war und auf der anderen Straßenseite eine wunderschöne Frau in Hellgrün gesehen hatte, die neben dem Mercedes-Autosalon in der Fifty-sixth Street stand. Es war ein Sommerabend, ein Freitag, und die Stadt begann sich zu leeren. Ich überquerte die Straße zur Verkehrsinsel und hielt einen Moment inne, um sie zu beobachten. Sie wartete auf jemand. Das violette Zwielicht der Park Avenue glitt über hoch aufragendes Glas. Der Verkehr floß langsamer, und das sanfte Blöken der Autohupen hob einen Halbton der Sehnsucht hinauf in die schwere Dämmerung. Es lag eine Stimmung von Tropen in der Luft, von Sinnlichkeit und gepflückten Früchten sowie von Meer, ein Versprechen, das sich in Wellen von Luft enthüllte, gesalzen von Flüssen und Bucht, eine Stimmung von Penthouse-Hängematten und riesigen grünen Pflanzen, als würden ein Mann und eine Frau zusehen, wie die Stadt in die musikalischen Krater ihrer Geburt versank. Und da stand sie beim Schaufenster, mit etwas abgewandtem Gesicht, wohlgeformt und liebreizend, hinter ihr gleichsam in einem Einweck-Glas diese ganze elegante Geschwindigkeit, verborgene Torsionsstäbe und Scheibenbremsen, die Grazie ausgefeilter Technik, und dann schien ihr Körper mit einer sanften Drehung in die schimmernde Scheibe hineinzuschmilzen. Mehr war da nicht, und es war alles.

«Wenn wir uns nicht beeilen, landen wir in der Scheiße», sagte Clevenger.

Er zog sich seine Stiefel im Dunkeln an. Er hatte nach fast sechshundert Kilometer am Steuer bloß zwei Stunden geschlafen, und es war noch tiefe Nacht, als wir wieder aufbrachen. Er sagte, die letzte Nacht habe er überhaupt nicht geschlafen, er brauche nur ein heißes Handtuch, eine Rasur und den Biß einer knusprigen Zigarre, um auf Zack zu bleiben. Ich schaltete das Kofferradio ein, und wir hörten uns an, wie der Reverend Tom Thumb Goodloe, ein Country-Sänger und Prediger, aus El Paso herausdröhnte. Clevenger lächelte.

«Adams sag ich. Aldrich sag ich. Andrews, Armstrong, Bancroft, Barton, Bennett, Box, Brown, Bryan. Gebt mir Calder. Gebt mir Carpenter, und mir geht's gut. Gebt mir Cartwright, Cassidy, Cole, Cooper, Curtis, Dale, Dixon. Ich will Elliot in meinem Team. Fowler hört sich gut an. Ich will Benjamin Cromwell Franklin. Ich will Calvin Gage. Ich will Albert Gallatin. Ich will Gant, Gillespie, Gray, Green, Hale, Hamilton, Hawkins, Hunt, Ingram, Jackson, Jennings, Jones, Kenyon, King, Lambert, Lane, Lawrence. Lewis sag ich. Lightfoot sag ich. Lindsay und Logan. Love, Marshall,

Martin. Maxwell sag ich. McClelland, McCoy, McKay, Mercer, Mitchell, Moore, Nabers, Nash, Orr, Pace, Parker, Patton, Phillips. Her mit den Namen, die sich richtig anhören, so wie Powell, Proctor, Reed und Reese. Ich will Rhodes hören, Robbins, Rockwell, Russell, Sanders, Scott, Slayton. Ich will die guten alten Namen hören, so wie Smith, Stilwell, Taylor, Thompson, Tindale. Ich will die guten Leute alle auf meiner Seite haben. Trask, Turner, Tyler, Wade, Walker, White, Williams, Yancey, York, Young. Sie waren alle da, bis zum letzten Mann, und haben das einsternige Banner gehißt. Und bei Gott, da war auch ein Goodloe. Robert Kemp Goodloe. Und ich war kein Fremder in meinem eigenen Land.»

«Was war das denn?» fragte ich.

«Er liest gerne einige von den Namen vor, die auf einem der Denkmäler drüben auf dem Schlachtfeldfriedhof von San Jacinto eingeritzt sind. Krieg gegen die Mexikaner. Sam Houston. Armee der Republik Texas. Er läßt gerne alle ausländisch klingenden Namen weg.»

«Die einfache Sprache der einfachen Leute. Bloß ein Jüngling, aber ein Jüngling mit einem Lied. Bloß ein armer Sohn des Landes, aber ein Sohn mit einer Hymne im Herzen. Bauer und Banjospieler, aber ganz Texas ist mein Zuhause, und ich bin ihm kein Fremder.»

«Er kommt allmählich auf Touren», sagte Clevenger.

«Kannst du den Namen eines Mannes nicht aussprechen, ist der Mann ein Fremder; und kann er dir nicht in die Augen sehen, mußt du ihm aus dem Weg gehen.»

«Das Letzte, dieser Bursche, stimmt's?»

«Weicher, weißer Bauch. Verbreitet diese Botschaft, Leute, und sagt euren guten Nachbarn, sie sollen am Ball bleiben. Erzählt ihnen, daß ihr diese Worte aus dem Mund von Tom Thumb Goodloe gehört habt, dem Mitternachtsprediger, ganze sechsundzwanzig Jahre alt und auf dem Weg zur Straße der Herrlichkeit. Also wie heißen diese Worte? Die Worte heißen weich und weiß und Bauch. Verbreitet sie, meine Freunde. Wir sind weich und zu freundlich, und wir müssen all jenen die Hölle heiß machen, die unsere christliche Nation mit ihrer Häme und ihrem Geschrei verunglimpfen wie eine islamische Sekte in einem Kinofilm. Wir müssen sie einstampfen, Freunde. Wir müssen ihnen unsere Footballspieler schicken. Keristus Jesus war kein Fremder in seinem eigenen Land. Er sprach wie sie. Er aß wie sie. Er hat sich richtig zu Hause gefühlt. Jetzt macht mir gerade unser guter Tonmeister, Mr. Dale Mulholland, ein Zeichen, daß jetzt mal ein Song dran ist, und ich lade euch alle da draußen ein mitzusingen, wo ihr auch gerade seid, in euren Betten oder in euren Küchen, wo ihr euch vielleicht noch einen späten Snack reinschiebt, oder was ihr sonst gerade so macht. Kommst du mit in die Laube? Wer es kennt, erhebe seine Stimme mit mir. Wer es nicht kennt, sollte es kennen. Aber erst noch eine kleine Unterbrechung für den Werbetext, den ich euch jetzt vorlesen werde.»

Ich wußte nicht, was so komisch war, aber Clevenger fuhr auf der ganzen Straße hin und her und boxte vor Vergnügen gegen das Lenkrad. Ich schaltete um. Eine Welle der Erschöpfung überspülte mich, als ich tiefer in meinen Sitz rutschte. Zehn Minuten später hörte ich im Rauschen des Äthers einen spanisch sprechenden Disc Jockey seine Absage machen, und einige Sekunden danach drang eine andere Stimme durch die lange Nacht.

«Narren, Prätendenten, Pharisäer und Schurken. Hier ist Beastly mit der letzten Stunde von ‹Der Tod ist gleich um die Ecke›. Ein paar philosophische Sprüche. Ein paar Ausfluge auf der Psychopathen-Promenade. Hin und wieder ein totes Luftloch. Mir ist gerade klar geworden, so klar wie klipp, daß ihr meine spezielle Form von Wahrheit nicht mehr lange brauchen werdet. Es ist vorgesehen, daß die Medien durch Drogen abgelöst werden. Eine dumpfe trübe Seligkeit wird die brennende Angst eurer Nächte und frühen Morgenstunden ersetzen. Ihr könnt euch auf eine durch Drogen herbeigeführte Befreiung von Angst, Kummer und Glück freuen. Als Endoparasiten werdet ihr alle euch an die Darmwände der Zeit höchstpersönlich klammern können. Doch, man wird mich vermissen. Pillen und Zauber-Chiclets sind kein Ersatz für die transistorisierte Liebe, die in der grausamen Nacht zwischen uns hin- und herfließt. Ich erbleiche vor widerlichen

Vorahnungen. Doch vorwärts, chloroformierte Unmenschen, in die Geheimnisse und Chaotika. Ich bin heute einem alten Freund über den Weg gelaufen, Lothar Nobo, dem ehemaligen George Jefferson Carver Eleanor Roosevelt III. Zweifellos hat selbst den Verbarrikadiertesten unter euch inzwischen die Nachricht erreicht, daß Lothar Nobo derzeit der wichtigste Sprecher für schwarze Männlichkeit und Stolz in unserm Land ist, bis zur Veröffentlichung der Top Forty des kommenden Monats. Ich lernte Lothar letztes Jahr auf dem J.-Edgar-Hoover-Platz in Westberlin kennen, wo wir beide die Internationale Bücherverbrennungs-Messe besuchten. Wenn ich mich recht erinnere, machte er vor der Presse einige ziemlich abfällige Bemerkungen über die Geschlechtsteile unseres geschätzten Staatsoberhauptes H. C. Porny. Aber darüber möchte ich jetzt nicht sprechen. Plötzlich ziehe ich es vor, über sanftere Dinge zu reden. Genug der Obszönitäten. Mein Leben wird von erlösenden anzüglichen Werten überwältigt. Wohin ich meine Schritte auch wende, sehe ich die Frucht meiner nächtlichen Bemühungen. Jetzt, da die Geschichte mich freigesprochen hat, und zwar gewaltig, möchte ich, glaube ich, sehr weit weg gehen – zu den Aran-Inseln, in die Sahara, in irgendein Dorf hoch oben im Himalaya. Um dort meinen ranzigen Körper und meinen gutbezahlten Geist den wilden Hunden der Natur auszusetzen. Meer, Wüste und Berg. Was für neo-heilige El Dorados der Einsamkeit. Welches Erstaunen auf meinem Gesicht, wenn ich aus meinem erdbedeckten Wikiwam trete und nicht die zurückhaltenden alten Herren und wächsernen Damen der Sixty-forth Street erblicke, sondern irgendein mephistophelisches Yak, das durch die Schneeverwehungen latscht. Ich drehe meine Harry-Winston-Gebetsmühle. Oder ich stehe über dem wütenden Meer, der weltmännische Mann von Aran, und spucke mir ins eigene Gesicht. Weltliche Erlösung. Allein bin ich vielleicht in der Lage, ein oder zwei ernsthafte Gedanken zu ertragen. Die reine Mathematik der Wüste. Dieser radioaktiven Pfütze entronnen zu sein. Meine Haut wird trocken und schuppig. Meine Zunge ist von Isotopen belegt. Meine Extremitäten, und zwar alle, verfärben sich blau. In der Wüste sind alle Geheimnisse enthalten.

Im Sand sich kreuzende Linien. Wo du bist und was du bist. Beduinismus in seiner ganzen Bettpfannenhumorigkeit. Buckmulliganismus in seiner Rasierschaum-Schale. In meinem Innenohr haust ein irischer Araber und verkündet Nachrichten, Wetter und Sport. Er hat eine jesuitische Erziehung und trägt das Beste, das sich mit Dogma kaufen läßt. Apropos Kleidung, alle eunuchoiden Trend-Entdecker da draußen dürfte es vielleicht interessieren, was Lothar Nobo trug, als ich ihn heute nachmittag auf der Fifty-third Street sah, direkt vor dem Museum of Modern Commerce, nämlich eine geflochtene Sassoon-Löwenmähne, einen Overall aus Leopardenpelz und ein Paar Königskobra-Plateauschuhe. An den Love-Beads seiner Halskette baumelte der Schrumpfkopf eines ehemaligen Polizisten aus Oakland. Lothar und ich begrüßten uns mit einem herzlichen Handschlag, und dann zeigte er mir das neueste Black-Power-Zeichen, verklammerte kleine Finger und Daumen nach unten, eine Begrüßungsart, die unter den Mitgliedern eines Nomadenstammes in Süd-Zentralalgerien verbreitet ist, der das mystische Auge auf der Rückseite von amerikanischen Dollarscheinen anbetet. Ich werde jetzt ohne weiteren Kommentar die Mitteilung vorlesen, die Lothar mir damals überreichte. Zitat. Ich möchte diese Gelegenheit wahrnehmen, um die weißen imperialistischen, machthungrigen, genozidalen Vergewaltiger und Kriegstreiber daran zu erinnern, daß ihnen genau noch vierundzwanzig Stunden bleiben, um aus Afrika, Asien, Süd- und Mittelamerika, der Karibik, Australien und Neuseeland zu verschwinden. Die Nichterfüllung dieses Befehls wird eine weltweite Orgie des Blutvergießens zur Folge haben, neben der sich der Zweite Weltkrieg wie ein Quaker-Picknick in New Harmony, Indiana ausnehmen wird. Zitat-Ende. Wie Dschungel und Wüste, Phrase um Phrase, in der dunklen Morgenstunde erschaffen werden. Diese bronzenen Namen herauszuhämmern. Auch bekannt als: Ahmed Abu Bekir. Halil Rassam. Shafik Bey. Imam el-Mahdi. Kwame Mwanga. Majid Said. Hassan Karami. Rashid Nimr. Muhammad Latif. Mustapha al-Attassi. Dugumbe Ujiji. Ismail bin Salim. James Lumumba. Abdul-Rahman Alami. Yakub Mahmud. Wir segelten dahin auf der Muhammad Latif / Als uns auf Backbord / Ein Meerschranz anrief. Meine kleinen Unsäglichkeiten, meine Trolle und Troglos – man denkt, es stecken edle Laute in diesen Wüstennamen. Schilf und Krummschwerter. Leicht bebt meine Brust mit dem Lachen des geangelten Sachsen. Der ich bin. Dreifach ausgefertigtes Fleisch der abgestuften Sequenz. Extrakt des letzten Gedankens im Endstadium. Aktenkind im Register des provisorischen Unterfadens. Von numerisch schattierten Werten übertragenes Bild. Standardisierte Anwendung des kodierten Tabulators. Ich bin der unvorstellbare Mandrake. Und ich sehe, daß wir jetzt unterbrechen müssen für eine aufgezeichnete Erklärung von elementarer Wichtigkeit für jeden, der sich in Hörweite meiner Stimme befindet. Tut währenddessen nichts, was dem nationalen Inzest schaden könnte.»

Die Teststrecke war ein vierzehn Kilometer langer Kreis in der Wüste. Die Sonne ging gerade auf, und wir standen auf einer Überführung und sahen zu, wie unter uns die Lkws und Autos vorbeifuhren. Clevenger sagte, der Verkehr rolle rund um die Uhr, sechs Tage die Woche, bei jedem Wetter. Hin und wieder schläft ein Fahrer ein, sagte er. Kachelt plötzlich von der Straße runter, überschlägt sich acht- oder sechsmal, verbrennt. Lastwagen hüpfen nicht so gut wie Autos, brennen aber offenbar besser. Dann sagte er, es sei Zeit, sich im Büro sehen zu lassen, aber zuerst drehte er noch eine Runde auf der Strecke, vierzehn sehr hastige Kilometer, sein letzter Spurt zur Ziellinie, die zitternde Tachonadel auf 190. Ich fragte mich, warum er noch hier rausgefahren war, anstatt gleich nach Hause zu fahren.

Im Büro zeigte er mir ein paar Einsatzpläne und gab mir einen knappen Überblick, wie der Betrieb lief. Er hatte zwölf mehr oder weniger feste Angestellte, vier Weiße, zwei Schwarze und sechs Mexikaner. Die Arbeit war inoffiziell so organisiert, daß die Mexikaner hauptsächlich fuhren, die Schwarzen die Reifen wechselten und die Weißen hauptsächlich das Ausbalancieren und Messen übernahmen sowie das Überprüfen von Luftdruck, Temperatur, Profilverlust und so weiter. Ich sagte ihm, ich wolle fahren und

Reifen wechseln, worauf er mich voller Ärger über die dämlichen Schuldgefühle und die einfältige Ignoranz der Nordstaatler anzublicken schien, obwohl sich weder sein Kopf noch seine Augen auch nur im geringsten bewegten. Es kam mir nur so vor. Dann sah er seine Post durch, und wir sagten lange Zeit nichts zueinander. Die Autos und Lastwagen fuhren vorbei, und das Gelände erstreckte sich vollkommen flach bis hin zu einer weit entfernten blauen Bergkette. Ich sagte, es sehe nach Regen aus.

«Wer versucht, in Texas das Wetter vorherzusagen, ist entweder ein Fremder oder ein verdammter Dummkopf.»

«Gut», sagte ich.

Am Fenster stand ein Mann, der etwas Heißes aus einem Papierbecher trank, und Clevenger ging hinaus, um ihm was zu sagen. Ich rief Warren Beasley zu Hause an.

«Können Sie uns für unsern Bargeld-Höchstgewinn von 840 000 Dollar den Mann oder die Frau nennen, der oder die bei den Philadelphia Phillies auf Third Base gespielt hat, und zwar zu dem genauen Zeitpunkt, als James Mason ins Meer schritt, um Judy Garlands Karriere zu retten?»

«Ohne meinen Anwalt rede ich nicht über Geld», sagte er. «Wer ist da?»

«David Bell. Ich hab vor ein paar Stunden deine Sendung gehört. Ich bin hier unten am Arsch der Welt. Ich fand dich ein bißchen unkomisch bei dieser Sache mit den Black Militants. Warum sollen sie denn nicht die Namen kriegen, die sie haben wollen? Hab ich dich geweckt?»

«Ich konnte nicht schlafen», sagte er.

«Jedenfalls hat's gutgetan, mal wieder eine vertraute Stimme zu hören.»

«Ging mir auch so. Ich hab's mir auch angehort. Hat mich beträchtlich aufgemuntert.»

«Ich versteh nicht, Warren.»

«Es kam vom Band. Ich mach das schon seit drei, vier Monaten per Vorproduktion. Ist mir zu stressig geworden, es live zu machen.»

«Das hätte ich mir denken können», sagte ich. «Da hätte ich

wirklich draufkommen können. Wir sind alle auf Band. Alle auf Band. Alle.»

«Tut mir leid, Tab, wenn ich deine empfindlichen Schaltkreise gestört habe. Aber es ist wirklich praktischer so. So kann ich ein paar Sendungen auf einmal aufnehmen und hin und wieder ein paar Tage freimachen.»

«Die andere Art war besser, Warren.»

«Nur im ontologischen Sinn. Aber ich muß zugeben, seit ich mit Band arbeite, habe ich keine Nacht mehr ordentlich durchschlafen können. Ich glaube, da ist meine Frau dran schuld, mehr als alles andere. Die ersten vier haben an Schlaflosigkeit gelitten. Folglich habe ich all die Jahre wie ein satter Säugling geschlafen. Mein Stoffwechsel beruht auf subtilen Polaritäten. Aber die aktuelle Tante liegt ständig in der Furzmulde. Sie ist wie eine Schlange, die in warmem Wasser schläft. Gegen so eine Macht komm ich nicht an. Und wenn ich dann schließlich mal für ein paar Minuten wegdöse, habe ich den Bandwurmtraum, den ich schon seit Jahren nicht mehr gehabt habe. Hör mal, Tab, komm doch rüber, und wir kippen ein paar Bloody Marys zusammen. Wir setzen uns ans Bett und gucken ihr beim Schlafen zu. Morgens um diese Zeit macht sie gern ein paar Fingerspiele. Wenn du ganz schnell hier rüberkommst, kannst du's dir ansehen.»

«Warren, ich bin nicht zu Hause. Ich bin im gottverdammten Texas.»

«Wann ist das denn passiert?»

«Weiß ich nicht», sagte ich. «Ich bin vor etwa fünf Wochen losgefahren. Ich hab nicht mal mehr einen Job.»

«Guck, sie fängt an.»

«Mach's gut», sagte ich.

Ich ging nach draußen, wo mich Clevenger mit zwei Weißen bekannt machte, die Lump und Dowd hießen. Er sagte, sowie Peewee da sei, würde er die Frauen kommen lassen. Wir gingen zur Garage. In der Mitte des Betonbodens stand ein kleiner Kipper, und an den Wänden waren Dutzende von Reifen aufgestapelt. Überall lagen Waagen und Meßgeräte herum, Lappen, Wagenheber, Reifenheber, Vergaser, Felgen, Radkappen, Auspuffrohre.

Lump trug zwei Kisten Bier herein, eine gegen jede Hüfte gestemmt, die Hand um den äußeren Rand der Holzeisenkiste geklammert. Er und Dowd setzten sich auf einen Reifen. Clevenger setzte sich auf einen Kotflügel des Kippers. Ich lehnte mich an ein freies Stück Wand. Wir begannen zu trinken. Es war sieben Uhr morgens.

Wir tranken direkt aus der Flasche. Das Bier schmeckte grauenhaft zu dieser Tageszeit, aber ich sagte nichts und trank weiter. Die anderen tranken ungefähr doppelt so schnell wie ich. Dowd kippte eine halbe Flasche und sagte, er gehe jetzt mal lieber raus, um volles Rohr zu pissen, und alles lachte. Etwa eine Stunde saßen wir da und tranken Bier, und sorgten abwechselnd für Heiterkeit, indem einer nach dem andern sich in das riesige Geviert der offenen Garagentür stellte und auf den Kies draußen pißte. Als ich dran war, gab es sowohl Gelächter wie auch Applaus, als hätte ich mich ihnen mit diesem Akt in irgendeiner mythischen Vereinigung angeschlossen. Ich stellte fest, daß ich mich über ihren Segen freute. Dann erschien Peewee mit einer großen Flasche Bourbon, und dann ließen wir die Flasche kreisen. Durch ein Fenster konnte ich die Autos und Lastwagen, jetzt mit ausgeschalteten Scheinwerfern, ihre Runden auf der Teststrecke drehen sehen. Clevenger ging zum Wandtelefon, sprach sehr leise und eintönig keine zehn Sekunden lang hinein und hängte dann wieder auf. Dowd zog die Garagentür herunter.

Eine halbe Stunde später kamen die Frauen. Es waren drei, alles Mexikanerinnen. Die Junge wollte wissen, wo Danny Boy sei, und Clevenger sagte ihr, Danny Boy sei im Knast abzüglich seines rechten Auges. Dowd ging mit der Dicken ins Führerhaus des Kippers, wo sie sich auf den Rücken legte und ihr Kleid hochzog. Er rutschte mit dem Knie vom Sitz ab und fiel über ihr Bein auf den Boden unter das Armaturenbrett. Wir waren alle am Lachen. Er kroch auf das Trittbrett hinaus und fiel lachend und kotzend auf den Boden, einen Fuß noch beim Trittbrett eingehängt. Lump trampelte über ihn drüber, machte seine Hose auf und bestieg die Frau. Clevenger zog sich nackt aus, stieg dann wieder in seine Stiefel und befahl der Jungen, sich in einen Lastwagenreifen zu setzen, der an der Wand stand. Als sie ihr Kleid anhob, ging er auf alle viere und steckte seinen Kopf drunter. Peewee hatte die andere gegen die nackte Wand gedrängt, ihr Kleid war hochgeschoben, er biß in ihre nicht entblößten Brüste und versuchte sich in die Frau hineinzuschieben. Ich zerrte Dowd hinter den Kipper, und als ich mir sicher war, daß mich niemand sehen konnte, trat ich ihm mit Wucht in die Rippen. Dann machte ich den Bourbon leer und goß Lump einen Teil einer Flasche Bier über den Kopf, und er lachte und machte einfach weiter. Peewee glitt langsam an den Beinen der Frau hinunter. Die Junge sah mich über Clevengers Hinterbacken hinweg an und bohrte sich dabei in der Nase. Peewee lag um die Beine der Frau gekrümmt mit fast ausgezogener Hose beißend auf dem Boden. Lump tauchte wieder aus dem Führerhaus auf, zog sich nackt aus und nahm sich eine Flasche Bier. Clevenger kam unter dem Kleid hervor und bestieg die Dicke im Führerhaus. Er sagte ihr, sie solle ihr Kleid ausziehen, aber sie wollte nicht, da fing er an zu lachen. Lump schleuderte die Flasche gegen eine Wand. Ich sah Dowd vorbeikriechen, half ihm auf die Beine und schob ihn in Richtung der Jungen. Er fiel auf halbem Wege wieder um. Sie saß noch im Reifen, und Lump ging zu ihr hinüber und steckte den Kopf unter ihr Kleid. Ich trat Dowd. Peewee hatte der dritten die Schuhe ausgezogen und steckte gerade ihren Fuß in seine Unterhose. Sie sah zu ihm hinunter und lachte, und dann lachte auch er, und sie fiel auf ihn drauf, und dann lagen sie beide lachend auf dem Boden, zogen sich gegenseitig an den Haaren, bissen sich und rollten hin und her. Ich bekam die Garagentür nicht auf, und ich lehnte meinen Kopf dagegen, spürte, wie ich fiel, wie ich darauf wartete, aufzuschlagen, es mir wünschte, aber irgendwie immer noch stand, die kalte Tür an meiner Wange. Clevenger schlug mir auf den Rücken und wiederholte immerzu die Worte *weicher weißer Bauch*. Ich drehte mich um und sah, wie die Dicke Dowd mit Bier übergoß. Peewee stand jetzt mit einem Stangenstück zwischen den Beinen, und alles lachte. Die Junge saß immer noch im Reifen. Lump pißte gegen die Wand. Dowd stand auf, legte die Arme um die Dicke und kotzte wieder. Sie schlug ihm ins Gesicht, zweimal, verletzte ihn, und alles lachte. Peewee hatte sich jetzt ausgezogen und kroch zu der Jungen hinüber und steckte seinen Kopf unter ihr Kleid. Clevenger sagte, ich solle mich in acht nehmen vor der Dicken. Ihre Votze habe Zähne. Die Dicke und die andere saßen auf dem Trittbrett und tranken zusammen eine Flasche Bier. Dowd, wieder auf dem Boden, sagte, es sei Zeit, daß er auch mal drankäme. Er torkelte auf die beiden Frauen zu, verlor das Gleichgewicht und schlug mit dem Kopf gegen die Kante der Stoßstange. Lump stand in seiner eigenen Pisse. Ich ging zu Peewee hinüber, packte ihn an den Fußgelenken und zog ihn von der Jungen weg. Er schleifte mit Bauch und Gesicht auf dem Boden. Clevenger schüttete Bier über ihn aus. Dann ging ich zu dem Mädchen, das im Reifen saß, schob ihr das Kleid bis zur Hüfte hoch und vergrub mein Gesicht zwischen ihren Beinen. Ihre Schenkel öffneten sich und schlossen sich wieder, feucht an meinen Ohren, und ich versuchte, mit meiner Zunge noch tiefer in sie einzudringen, wieder mit einem Gefühl, als würde ich im nächsten Moment ohnmächtig werden. Sie streichelte mir den Kopf. Jemand zog mich von ihr weg, und ich kroch auf die Dicke zu, wobei ich versuchte, mir das Hemd auszuziehen, nur das Hemd. Clevenger kam mir zuvor, und dann gingen sie zur Rückseite des Kippers und schafften es schließlich, hinaufzusteigen. Die andere stieß mich um, setzte sich rittlings auf mich drauf, knöpfte mir das Hemd auf und zog es aus und fing dann an, meinen Gürtel aufzumachen. Ich konnte Dowd sehen. Er war immer noch weg, aber es war kein Blut zu sehen. Die Frau hielt meinen Schwanz in der Hand und versuchte ihn sich reinzustecken. Ich zog sie zu mir herunter und küßte sie, und schließlich ließ sie los und legte sich einfach auf mich drauf, bewegte sich hin und her und leckte mein Gesicht ab. Dann setzte sie sich wieder rittlings auf, und ich begriff, daß sie dabei war, mir über Bauch und Brust zu pinkeln. Schließlich stand sie auf, setzte sich auf das Trittbrett und trank etwas Bier. Ich drehte mich auf die Knie und machte meinen Gürtel zu. Dann übergab ich mich. Lump steckte unter dem Kleid der Jungen. Peewee saß auf dem Boden und rauchte eine Zigarette. Ich kroch zu ihm hinüber und bat ihn, mich mal ziehen zu lassen, obwohl ich seit mehreren Jahren nicht mehr geraucht hatte. Wir saßen nebeneinander und rauchten die Zigarette gemeinsam. Clevenger ließ sich von dem Gefährt hinunter, zog seine Stiefel aus, kleidete sich an und zog seine Stiefel wieder an. Die Dicke stand hinten auf dem Kipper, und die andere reichte ihr die Flasche hoch. Clevenger telefonierte. Lump kam unter dem Kleid hervor und pißte Dowd voll. Die Junge saß im Reifen.

Dann ging Clevenger durch eine Seitentür hinaus. Ich folgte ihm und holte meinen Koffer aus dem Wagen. Er sagte, er würde in einer halben Stunde wieder zurück sein. Ich sah zu, wie er die Teststrecke abfuhr. Er fuhr drei Runden, beinahe doppelt so schnell wie die Lastwagen und anderen Autos. Ich betrachtete diesen riesigen Asphaltkreis, vierzehn nie endende Kilometer, wie das Vermächtnis irgendeines wahnsinnigen oder kindlichen Volkes. Es erinnerte mich einen kurzen Augenblick lang an Warburton, an sein letztes Memo, und ich begann, mit dem Alphabet zu jonglieren, kriegte es schließlich zusammen, drei Namen aus zweien, zu Anagrammen umgeformt, ein letzter Scherz aus dem Firmen-Exil. Ich ging zur Garage zurück, um mein Hemd zu holen. Dann rannte ich über die Fahrbahn und über fünfzig Meter Erde und zum Tor hinaus auf die Straße. Clevenger drehte noch immer seine Runden. Ich zog mein Hemd an und lief ungefähr eine halbe Stunde lang. Es wurde allmählich wärmer. An Drahtzäunen hatte man tote Koyoten aufgehängt. Dann hielt ein Wagen an, ein alter Studebaker. Der Fahrer fuhr schon wieder weiter, bevor ich die Tür zugemacht hatte. Er hatte nur einen Arm und trug die blaue Kleidung der US-Marine. Entlang der Straße und über die ganze Wüste verteilt standen Hunderte von Ölbohrtürmen, mit ihren schwarzen pumpenden Stangen, dreieckigen Köpfen und schmalen Rahmen, Sklavenkolonien riesiger Ameisenarbeiter, Science-fiction der Vorgeschichte und künftiger Zeiten. Aus einer Raffinerie quoll schwarzer Rauch, der Land und Himmel bedeckte. Ich fragte den Mann, wo er hinfahre, und er sagte Midland. Im Radio sang Bob Dylan ‹Subterranean Homesick Blues›. Als wir aus dem Rauch rauskamen, fragte ich den Fahrer, wie lange er schon bei der Marine sei. Er schien Mitte zwanzig zu sein, ein schmächtiger, geduckter Mann mit den dünnen Lippen und weißblonden Haaren eines heimlichen Planers von Banküberfällen.

«Du denkst, ich bin gar nicht bei der Marine, wegen dem Arm. Du findest, das paßt nicht zusammen. Das ist immer schon meine Stärke gewesen. Ich projiziere etwas Geheimnisvolles, das schon viele Männer und Frauen zu entschlüsseln versucht haben. Aber vielleicht liegt das Geheimnisvolle in ihnen selbst. Du fragst dich, wieso ich soviel über andere Menschen weiß. Ich bin mein ganzes Leben lang herumgereist. Ich war schon in China, einer der wenigen. Ich bin ein leidenschaftlicher Leser. Ich habe an der Sorbonne in Paris studiert. Das war vor der Sache mit dem Arm.»

«Nicht böse gemeint. Hab nur gefragt.»

«Jeder interessiert sich für meinen Arm. Es gibt andere Seiten von mir, tief unten, die noch nie jemand erreicht hat. Ich empfinde eine unstillbare Neugier für Menschen aus allen Schichten und Berufen. Wenn man etwas über andere Menschen erfahren will, muß man Augen und Ohren aufsperren und die Schnauze halten. Wie ein Kater bin ich durch die Straßen von Paris gestrichen. Ich war stumm und wachsam. Niemand ist mir komisch gekommen. Während meiner ganzen Zeit in Paris hatte ich immer ein Messer dabei. Ich hatte nur einen engen Freund, einen Maler-Schriftsteller aus Harlem. Er war gewandt und drahtig. Er war der coolste Nigger von Paris. Er war ein As. Wir waren wie zwei Kater auf Streifzug im Rief Goosch. Ich hatte zu jeder Zeit mein Messer dabei. Komm einem von uns komisch, und der andere schneidet dir die Kehle durch.»

«Wie hieß er?»

«Wer?»

«Der Maler-Schriftsteller.»

«Du bist höflich, weil du Angst vor mir hast. Angst veranlaßt Leute dazu, ranschmeißerische Fragen zu stellen. Das fällt mir schon seit einigen Jahren auf. Eine komplexe Angelegenheit, die Angst. Ich habe mich auf meinen Reisen eingehend damit befaßt. In den Bibliotheken der Welt gibt es eine ganze Literatur der Angst, die nur darauf wartet, gelesen und synthetisiert zu werden. Der Arm, das ist das, was die Leute nervös macht. Das Geheimnisvolle ist der Feind des weißen Mannes. Ich bin einer der wenigen, der Tiefgang hat. Laß mich mal sehen, wie du so gebaut bist.»

«Wie weit ist es nach Midland?»

«Ich will's sehen», sagte er. «Hinter der nächsten Reklametafel, an der wir vorbeikommen, stelle ich den Wagen ab. Dann werden wir mal sehen, wieviel Geheimnisvolles du so hast. Ich hab ein Gehänge. Wie ein Kampfstier. Ich bin echt riesig. Wir werden sehen, wer mehr Mann ist. Der Größere putzt, der Kleinere läßt sich. Hey, so sind die Verkehrsregeln.»

«Das reicht», sagte ich. «Lassen Sie mich raus.»

«Ablehnung ist ein Fluch unserer Zeit. Die Menschen sollten einander nie ablehnen. Du meinst, das sei bloß vulgäres Getue. Aber was ich anzubieten habe, ist mehr als bloße Ware. Männer haben schon viel für meine sexuellen Talente und Vorlieben gezahlt. Aber mein Geheimnis ist nicht zu verkaufen.»

«Anhalten.»

Er ging vom Gas und fuhr an den Straßenrand. Ich schnappte mir meinen Koffer und stieg aus. Und dann, ein begeistertes Kind, das einen Vers aufsagt, ein Kind, das sich Wort für Wort an irgendeine alte Lektion oder einen Schnipsel Sagengut erinnert, lehnte er sich aus dem Fenster und sagte triumphierend:

«Artige Jungs lassen sich nicht von Fremden im Auto mitnehmen.»

Die nächsten sechzig Kilometer nahm mich ein taubstummes Paar mit. Sie sahen sich so ähnlich, daß sie Zwillinge hätten sein können. Ich saß auf dem Rücksitz neben einer Gitarre. Dann fuhr ich ein kurzes Stück mit einem Mann, der Rattengift verkaufte und einmal Delegierter bei einem Parteikonvent gewesen war. Danach nahm mich eine ehemalige Striptease-Tänzerin bis nach Midland mit. Sie hatte früher Rommé gespielt mit dem Herzog von Windsor. Ich nahm mir ein Zimmer, rasierte mich, duschte, bezahlte die Rechnung und mietete einen Wagen. Ich fuhr die ganze Nacht durch, Richtung Nordosten, und wieder hatte ich das Gefühl, daß ich es in den vergangenen Tagen mit Literatur zu tun gehabt hatte, mit den Archetypen des düsteren Geheimnisses, mit Söhnen und Töchtern der Archetypen, mit Bildern, die sich nicht sicher sein konnten, welche von beiden Verwirrungen weniger Schrecken barg, ihre gegenwärtige oder das, was daraus werden könnte, wenn sie sich jemals der Wahrheit stellte. Ich fuhr mit halsbrecherischen Geschwindigkeiten.

Am Morgen fuhr ich in Downtown Dallas in westlicher Richtung die Main Street entlang. An der Houston Street bog ich rechts ein, dann nach links in die Elm und drückte meine Hand auf die Hupe. Ich behielt sie dort, während ich an dem Schulbuchlager vorbeifuhr, über Dealy Plaza und durch die dreifache Unterführung. Ich hupte die ganze Fahrt auf dem Stemmons Freeway lang, und weiter am Parkland Hospital vorbei. In Love Field gab ich den Wagen ab und kaufte ein Geschenk für Merry. Dann buchte ich mir mit meiner Kreditkarte von American Express einen Platz auf der nächsten Maschine nach New York. Zehn Minuten nach dem Start bat mich eine Frau um mein Autogramm.

Paul Auster

Paul Auster, geboren 1947 in Newark / New Jersey, gilt in Amerika als eine der großen literarischen Entdeckungen der letzten Jahre. Er studierte Anglistik und vergleichende Literaturwissenschaft an der Columbia University und verbrachte danach einige Jahre in Paris. Heute lebt er in New York.

Die New-York-Trilogie *Roman*
Deutsch von J. A. Frank
(rororo 12548)
Die «New-York-Trilogie» machte Paul Auster mit einem Schlage berühmt. Zunächst wirkt sie wie eine klassische, spannungsgeladene Kriminalgeschichte, die den Leser raffiniert in ihren Bann zieht. Aber bald scheinen die vordergründig logischen Zusammenhänge nicht mehr zu stimmen. Die Rollen der Täter und Opfer, der Verfolger und Verfolgten verschieben sich auf rätselhafte Weise ...
«Eine literarische Sensation!»
Sunday Times

Mond über Manhattan *Roman*
Deutsch von Werner Schmitz
(rororo 13154)
«Paul Auster ist der vielleicht bedeutendste amerikanische Autor der letzten Jahre; seine literarischen Qualitäten suchen auch hierzulande ihresgleichen.»
Deutschlandfunk

Die Erfindung der Einsamkeit
Deutsch von Werner Schmitz
256 Seiten. Gebunden
Paul Auster erzählt in zwei aufrichtigen autobiographischen Texten von der Einsamkeit und dem Sterben seines ihm bis zu-letzt fremdgebliebenen Vaters.

Die Musik des Zufalls *Roman*
Deutsch von Werner Schmitz
256 Seiten. Gebunden
Jim Nashe, ein Feuerwehrmann aus Boston, kündigt Job und Wohnung und begibt sich auf eine ziellose Reise, nachdem er unerwartet zweihunderttausend Dollar geerbt hat. Eines Tages liest er einen Anhalter auf: Jack ("Jackpot") Pozzi, einen bankrotten Zocker. Die beiden haben nichts zu verlieren und riskieren alles ...

Im Land der letzten Dinge
Roman
Deutsch von Werner Schmitz
(rororo 13043 und als gebundene Ausgabe)
«Ein ausgezeichnetes, höchst lesbares Buch. Paul Auster hat sowohl der modernen Literatur als auch unserer Sicht der Welt eine Dimension hinzugefügt.»
The Boston Globe

rororo Literatur

3201/4